藝術文獻集成

王時敏集

上

〔清〕王時敏

浙江人民美術出版社

圖書在版編目(CIP)數據

王時敏集 / (清) 王時敏著；毛小慶整理. —杭州:浙江人民美術出版社，2019.12

(藝術文獻集成)

ISBN 978-7-5340-7503-2

Ⅰ. ①王… Ⅱ. ①王… ②毛… Ⅲ. ①中國文學－古典文學－作品綜合集－清代 Ⅳ. ①I214.92

中國版本圖書館CIP數據核字(2019)第152773號

王時敏集

〔清〕王時敏 著

毛小慶 整理

責任編輯 霍西勝 張金輝 羅仕通

責任校對 余雅汝 於國娟

裝幀設計 劉昌鳳

責任印製 陳柏榮

出版發行 浙江人民美術出版社

(浙江省杭州市體育場路347號)

網　址 http://mss.zjcb.com

經　銷 全國各地新華書店

製　版 浙江新華圖文製作有限公司

印　刷 三河市元興印務有限公司

版　次 2019年12月第1版・第1次印刷

開　本 880mm×1230mm 1/32

印　張 29.375

字　數 441千字

書　號 ISBN 978-7-5340-7503-2

定　價 198.00圓(全二册)

王時敏像之一(天津市藝術博物館藏)

王時敏像之二（選自《清代學者像傳》）

《仿大癡陡壑密林圖軸》（上海博物館藏）

《杜甫詩意圖冊》之五（故宮博物院藏）

隸書五言詩聯（上海博物館藏）

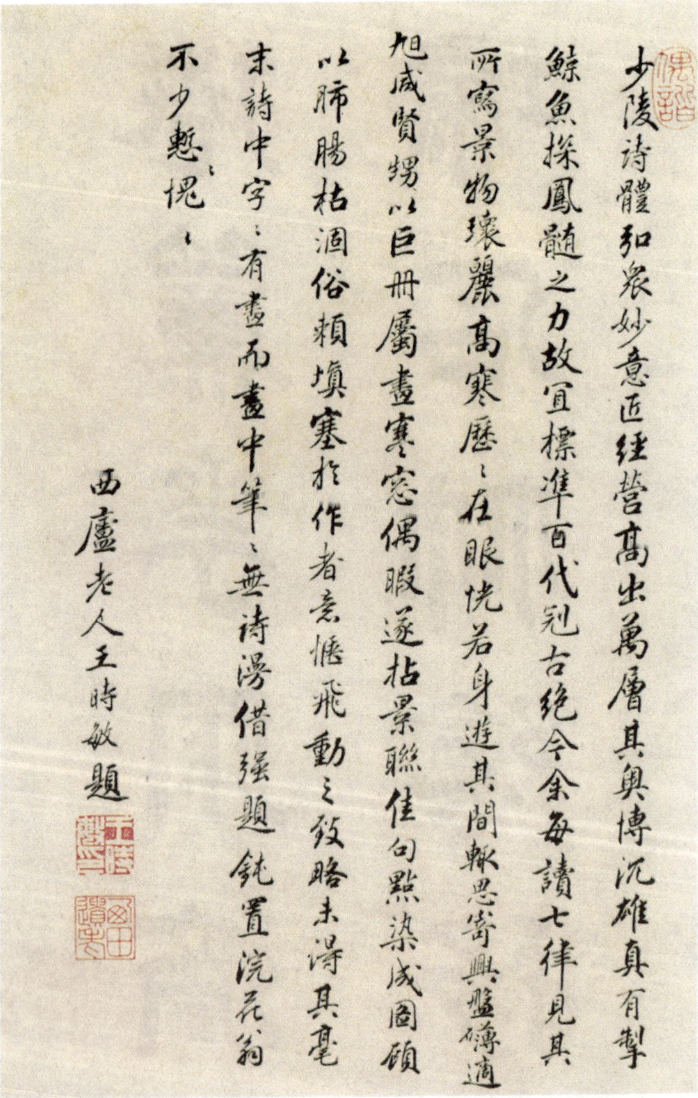

少陵詩體知衆妙意匠經營高出萬層其奧博沉雄真有掣鯨魚採鳳髓之力故宜標準百代冠古絶今余每讀七律見其所寫景物瓌麗高寒歷歷在眼恍若身遊其間輒思寄興盤礴適旭咸賢甥以巨册屬畫寒窓偶暇遂拈景聯佳句點染成圖頗以肺腸枯涸俗賴填塞於作者意態飛動之致略未得其毫末詩中字字有畫而畫中筆筆無詩漫借强題鈍置浣花翁不少慙慙愧愧

西廬老人王時敏題

《杜甫詩意圖册跋尾》（故宫博物院藏）

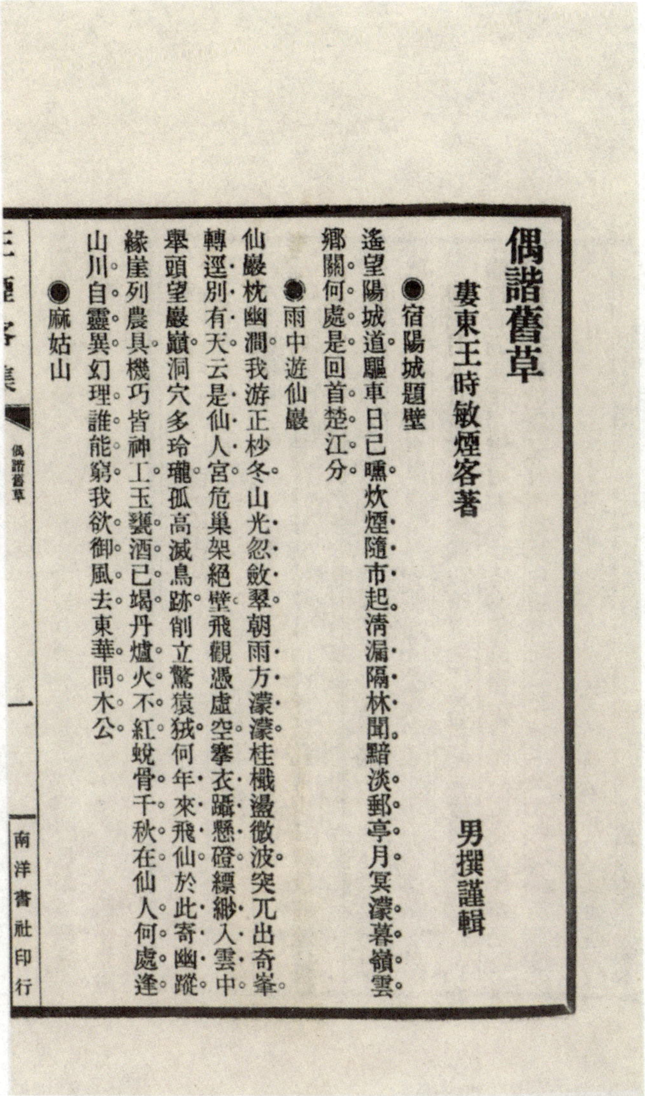

偶諧舊草

婁東王時敏煙客著　　男撰謹輯

●宿陽城題壁

遙望陽城道驅車日已曛炊煙隨市起清漏隔林聞黯淡郵亭月冥濛暮嶺雲
鄉關何處是回首楚江分

●雨中遊仙巖

仙巖枕幽澗我游正杪冬山光忽斂翠朝雨方濛濛桂檝盪微波突兀出奇峯
轉逕別有天云是仙人宮危巢架絕壁飛觀憑虛空搴衣躡懸磴縹緲入雲中
舉頭望巖巔洞穴多玲瓏孤高滅鳥跡側立驚猿狨何年來飛仙於此寄幽蹤
緣崖列農具機巧皆神工玉甕酒已竭丹爐火不紅蛻骨千秋在仙人何處逢
山川自靈異幻理誰能窮我欲御風去東華問木公

●麻姑山

南洋書社印行

《王煙客先生集》書影（一九一六）

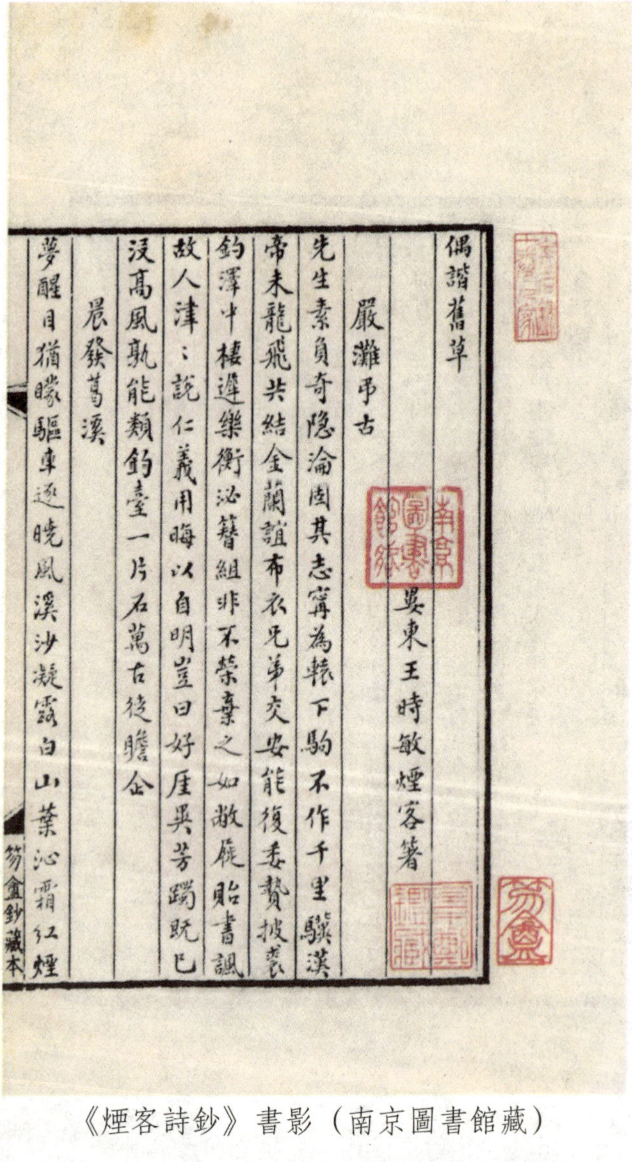

偶諧舊草

婁東王時敏煙客著

嚴灘弔古

先生素負奇隱淪困其志寧為轅下駒不作千里驥漢帝未龍飛共結金蘭誼布衣兄弟交安能復委贄披裘釣澤中棲遲樂衡泌簪組非不榮棄之如敝屣貽書諷故人津津說仁義用晦以自明豈曰好崖異芳蹤既已沒高風孰能類釣臺一片石萬古徒瞻企

晨發蒿溪

夢醒目猶矇驅車逝曉風溪沙凝露白山葉沁霜紅煙

匏盦鈔藏本

《煙客詩鈔》書影（南京圖書館藏）

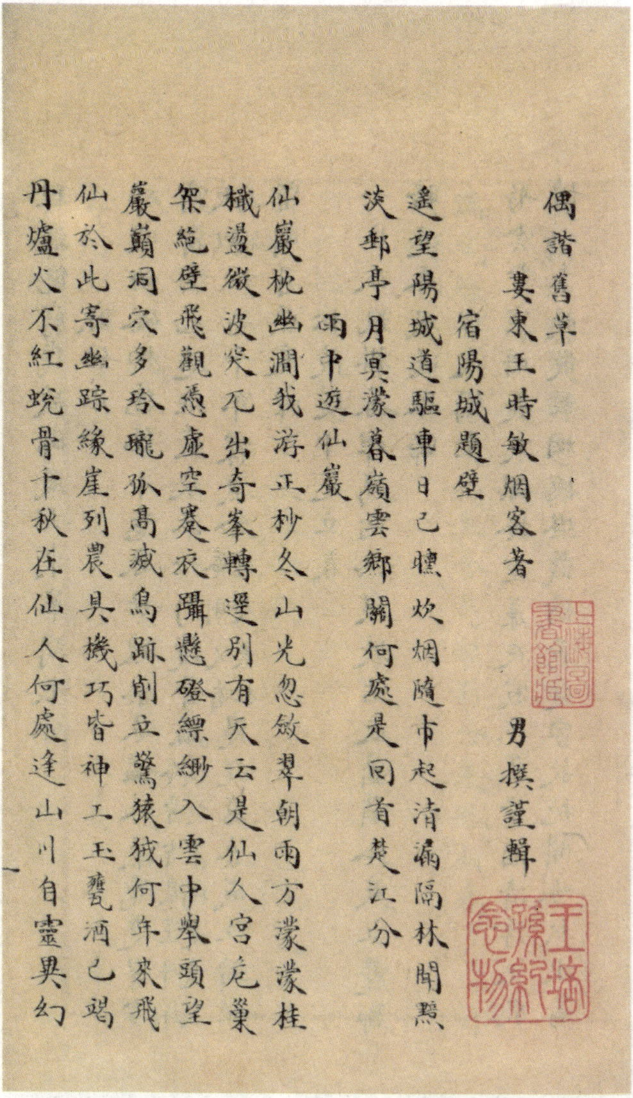
偶諧舊草
婁東王時敏烟客著　男撰謹輯
宿陽城題壁
遙望陽城道驅車日已曛炊烟隨市起清漏隔林聞點
淡郵亭月冥濛暮嶺雲鄉關何處是回首楚江分
雨中遊仙巖
仙巖枕幽澗我游正杪冬山光忽斂翠朝雨方濛濛桂
檝漫微波突兀出奇峯轉逕別有天云是仙人宮危巢
架絶壁飛觀憑虛空褰衣躡懸磴縹緲入雲中舉頭望
巖巔洞穴多玲瓏孤高減鳥跡削立驚猿狨何年來飛
仙於此寄幽蹤緣崖列農具機巧皆神工玉甕酒已竭
丹爐火不紅蜕骨千秋在仙人何處逢山川自靈異幻

《偶諧舊草》抄本之一（上海圖書館藏）

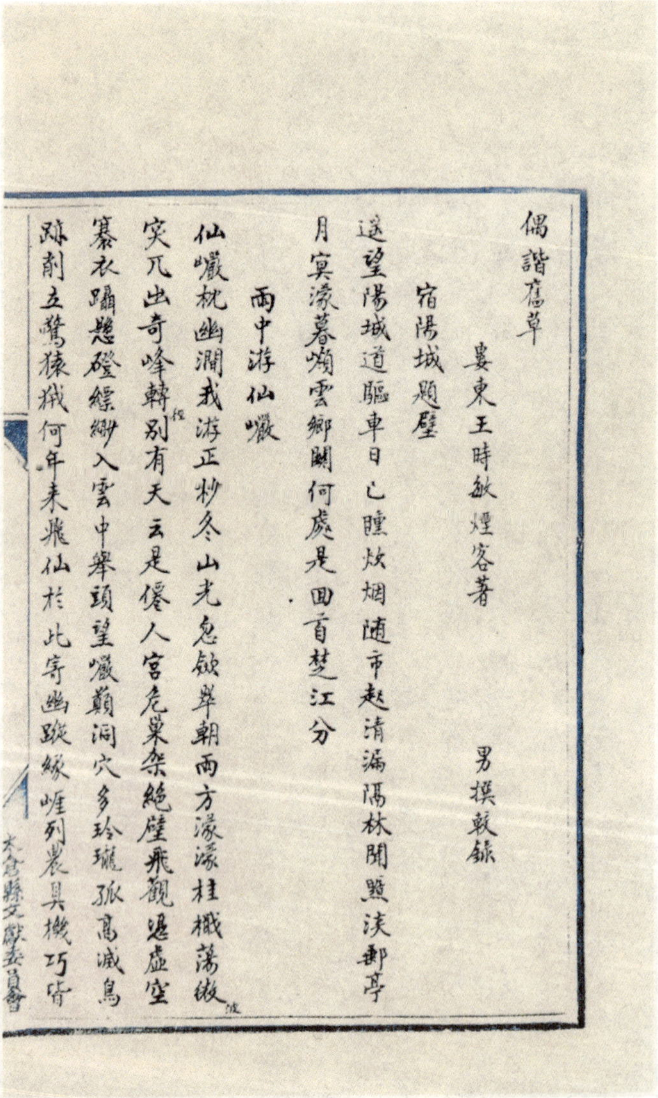

偶諧舊草

婁東王時敏煙客著　男撰較錄

宿陽城題壁

遥望陽城道驅車日已曛炊烟随市起清漏隔林聞照渎郵亭月寞濛暮嶺雲鄉關何處是回首楚江分

雨中游仙巖

仙巖枕幽澗我游正杪冬山光忽斂翠朝雨方濛濛桂檝蕩微突兀出奇峰轄别有天云是僊人宫危巢架絶壁飛觀遏虚空褰衣躡懸磴縹緲入雲中舉頭望巖巔洞穴多玲瓏孤高滅鳥跡削立鷲猿㺬何年来飛仙於此寄幽蹤緣崕列裊異機巧皆

《偶諧舊草》抄本之二（南京圖書館藏）

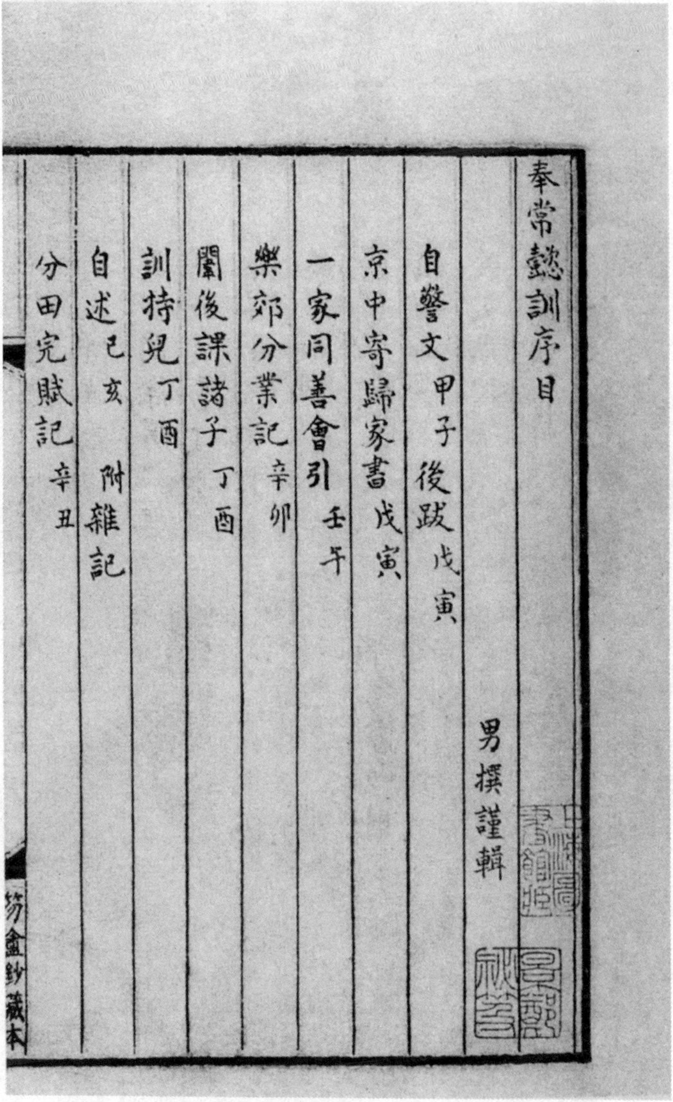

奉常懿訓序目

男撰謹輯

自警文甲子 後跋戊寅

京中寄歸家書戊寅

一家同善會引壬午

樂郊分業記辛卯

閫後課諸子丁酉

訓持兒丁酉

自述己亥 附雜記

分田完賦記辛丑

筠盦鈔藏本

《奉常懿訓》書影（上海圖書館藏）

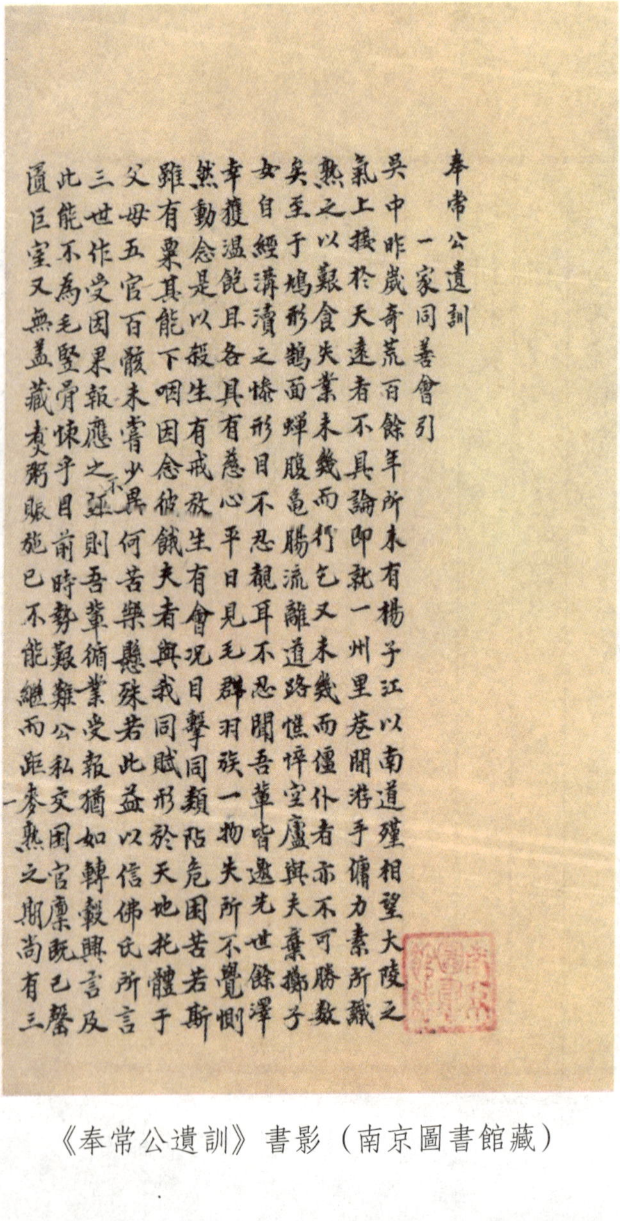

奉常公遺訓

一家同善會引

吴中昨歲奇荒百餘年所未有楊子江以南道殣相望大陵之
氣上接於天遠者不具論即就一州里巷閒措手傭力素所藏
熟之以艱食失業未幾而行乞又未幾而僵仆者亦不可勝數
矣至于鳩形鵠面蟬腹龜腸流離道路憔悴室廬與夫棄擲子
女自經溝瀆之慘形目不忍覩耳不忍聞吾輩皆邀先世餘澤
幸獲温飽且各具有慈心平日見毛群羽族一物失所不覺惻
然動念是以殺生有戒放生有會況目擊同類阽危困苦若斯
雖有粟其能下咽因念彼餓夫者與我同賦形於天地託體于
父母五官百骸未嘗少異何苦樂懸殊若此益以信佛氏所言
三世作受因果報應之不爽則吾輩循業受報猶如轉轂興言及
此能不爲毛竪骨悚乎目前時勢艱難公私交困官廩既已罄
匱巨室又無蓋藏煑粥賑施已不能繼而距麥熟之期尚有三

《奉常公遺訓》書影（南京圖書館藏）

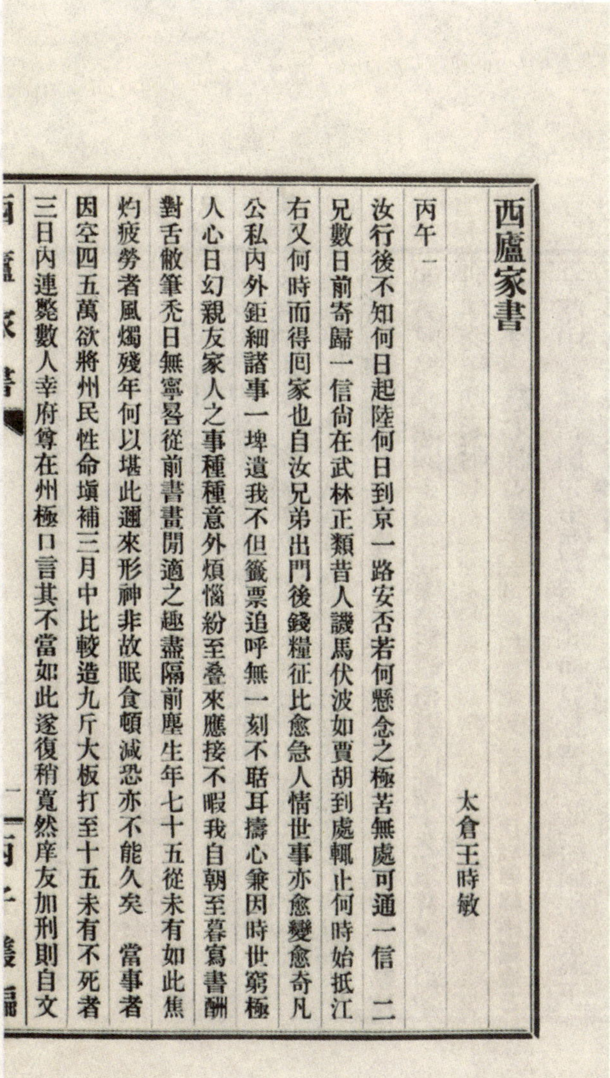
西廬家書

太倉王時敏

丙午一

汝行後不知何日起陸何日到京一路安否若何懸念之極苦無處可通一信 二兄數日前寄歸一信尚在武林正類昔人譏馬伏波如賈胡到處輒止何時始抵江右又何時而得囘家也自汝兄弟出門後錢糧征比愈急人情世事亦愈變愈奇凡公私內外鉅細諸事一埤遺我不但籤票追呼無一刻不聒耳擣心兼因時世窮極人心日幻親友家人之事種種意外煩惱紛至疊來應接不暇我自朝至暮寫書酬對舌敝筆禿日無寧晷從前書畫閒適之趣盡隔前塵生年七十五從未有如此焦灼疲勞者風燭殘年何以堪此邇來形神非故眠食頓減恐亦不能久矣 當事者因空四五萬欲將州民性命塡補三月中比較造九斤大板打至十五未有不死者三日內連斃數人幸府尊在州極口言其不當如此遂復稍寛然庠友加刑則自文

西廬家書 一

《西廬家書》排印本書影（一九三六）

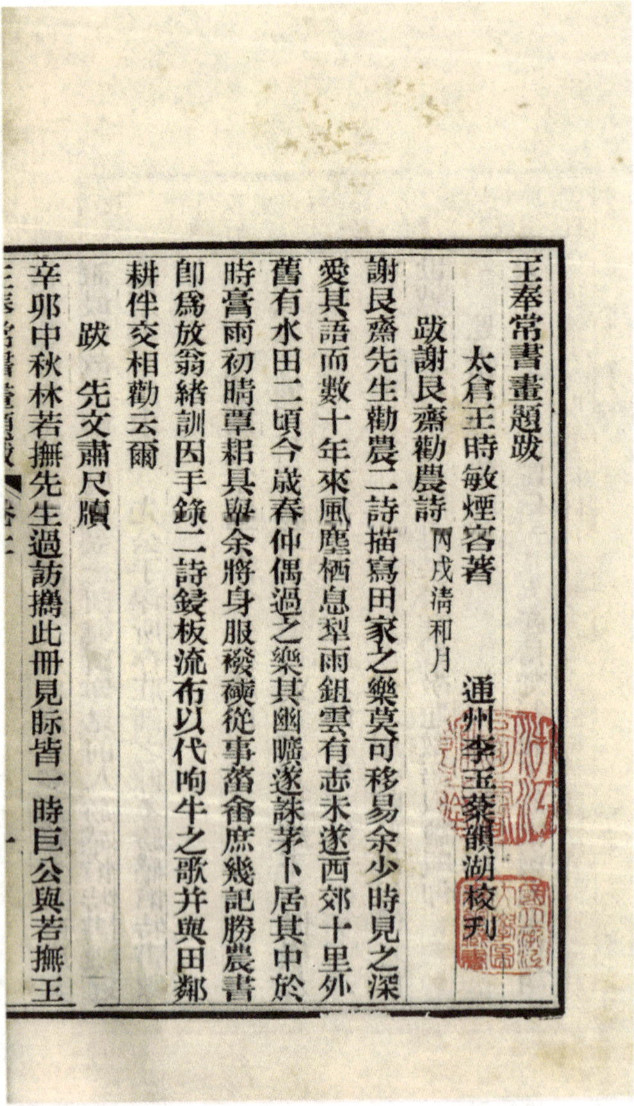

王奉常書畫題跋

太倉王時敏煙客著　通州李玉棻韻湖校刊

跋謝艮齋勸農詩 丙戌清和月

謝艮齋先生勸農二詩描寫田家之樂莫可移易余少時見之深愛其語而數十年來風塵栖息犁雨鉏雲有志未遂西郊十里外舊有水田二頃今歲春仲偶過之樂其幽曠遂誅茅卜居其中於時膏雨初晴覃耜具舉余將身服襏襫從事菑畬庶幾記勝農書即爲放翁緒訓因手錄二詩鋟板流布以代响牛之歌并與田鄰耕伴交相勸云爾

跋　先文肅尺牘

辛卯中秋林若撫先生過訪攜此冊見眎皆一時巨公與若撫王

王奉常書畫題跋　卷一　一

《王奉常書畫題跋》書影

出版説明

王時敏（一五九二—一六八〇），初名贊虞，字遜之，號煙客、懦齋、偶諧道人、西廬老人等，江南太倉（今屬江蘇蘇州）人。明大學士王錫爵之孫，翰林編修王衡之子。在明朝，曾以廕官尚寶丞，升太常寺少卿。入清以後，以遺民身份家居不出，友人吴梅村作《西田招隱詩》稱「到此身世寬，息心事樵牧」，峻節高風，可以想見。年八十九卒，入祀鄉賢祠，學者私謚曰恭孝先生，事見《婁東耆舊傳》《清史稿》等。

縱觀王時敏一生，其在藝術領域的成就是多方面的：在繪畫方面，早年得董其昌、陳繼儒等人指授，揚榷畫理，啟發爲多；且家資富厚，廣蓄名蹟，悉窮秘奥，終成一代大家。清人陳田認爲：「煙客續華亭之緒，開虞山之宗，太原、瑯琊一時匹美。石谷、甌香、漁山皆親炙西田，得其指授；麓臺之衍家傳，又無論矣。」（《明詩紀事》）其於清初畫壇之開繼地位可見一斑。在書法方面，行書習褚遂良、米芾，秀媚多姿，而自以軟弱爲嫌，不肯輕下筆；八分書則師《受禪碑》，參用《夏承碑》法，應人請無虚日，字大數尺者尤雄有勢，凡名山巨刹争求題榜爲重，與朱彝尊、鄭簠并稱清初隸書三大家。而在詩文方面，成就雖不及書畫，然亦多有可觀。如《皇清詩選》評其《村居雜興》（縈紆黄犢路）云：「清暇，如對晋人。」而《清詩紀事初編》則稱：「自傷失學，不敢言詩。然筆調横恣，故是作者。特爲畫名所掩。」亦爲持平之論。總之，王時敏是明清書畫史、文學史上頗值得關注的人物。

除此而外，王時敏對於明清史實之研究亦頗具價值。例如鄧之誠先生指出：「時敏年十九，獨當門户。以廕爲尚寶丞，累官太常寺少卿。崇禎庚辰以病歸。爲人有智計。錫爵以請三王并封，爲世詬病，時敏刻錫爵密揭及神宗御札以釋疑。雖門户各别，不免依傍馮銓，稱門下士，頗與聞機事，然不樂美宦。易代後以父執事錢謙益，請業甚謹；時與吴偉業酬唱往還，皆東林也。累世富厚，而居鄉頗言地方利弊興革，爲民請命。鼎革之際，獨能保全其家，蓋善以術自全者。」通過其存世的部分詩文、信札等文字，我們可以清晰地看到這位通常認爲的風流蘊藉佳公子、解衣盤礴老畫師，是如何在世情渫惡、内外紛擾之中，謹小慎微，黽勉維繫著這一「三朝袍笏，兩世絲綸」江南巨閥的。因此，從這個層面上來看，王時敏作爲研究明清繪畫的重要對象的同時，還是探討易代之際遺民交游、士人出處心理以及閥閱世家生存狀態的典型個案。

雖王時敏被世人尊爲山水正宗，聲名極其煊赫，但終清之世，其詩文著述多未鋟版。究其原因，當如鄧之誠先生所指出的「蓋善以術自全者」。錢謙益曾在《復王煙客書》中寫道：「來教指用事奥僻，此誠有之，其故有二：一則曰苦畏，一則曰苦貧。」事實上，錢氏此處的「苦畏」頗有畫足之嫌，因爲這份心思并非牧齋所獨。如前所述，煙客自明亡後即以遺民自處，而感念舊恩、寄懷故國的心緒時時流露於文字間；加之清初横施暴政，苛斂無度，生民苦不堪言，王氏於此亦往往有批評之語，如此種種，其著述中違礙之處在所難免。清初以降，文網日密，故此無論是在王時敏生前還是身後，其著述多以傳抄形式流傳。

至民國五年（一九一六），上海蘇新書社、蘇州振新書社印行了《王煙客先生集》六册。這是目前王時敏著作集較爲系統的整理本，包括《偶諧舊草》《偶諧續草》《西廬詩草》《西廬詩草補》《西廬詩餘》《遺訓》《尺牘》以及《西廬懷舊集》等部分。據王乃昌書後跋文云，此本乃其就師友及族人間搜集所得，是頗具價值的版本。比如其中所收《尺牘》二卷，内容十分豐富，大至清初賦役制度、江南奏銷案隱情，小至季振宜藏書、錢遵王爲人，都可從中尋到記載，是不可得多的研究資料。而此書目前尚未見其他版本，由此可見這一排印本價值之一斑。

但這部《王煙客先生集》也存在不少問題：首先，收羅不夠全面，例如，早在此書出版之前，即有秦祖永所刊《西廬畫跋》、李玉棻所刊《王奉常書畫題跋》行世，而此書皆未收録；其次，此本所據底本不盡完善，以書中所收《遺訓》爲例，與上海圖書館所藏笏盦鈔藏本、南京圖書館所藏楊毓昌等跋本比對會發現，此本佚去《鬮後課諸子》《西田預囑兼答祭田公議》《訓大三兩房》等重要篇章；最後，書中手民誤植，如「目擊」誤作「目攀」、「椎髓剥膚」誤作「推膚剥髓」等，不一而足。

本次出版《王時敏集》，在《王煙客先生集》基礎上，對存世著述作了較爲全面的整理。全書共包括詩詞、家訓、尺牘、書畫論著、集外輯佚以及附録六部分。具體整理情況如左：

一，詩詞部分共計七卷，包括《偶諧舊草》《偶諧續草》《西廬詩草》《西廬詩草補》《西廬詩餘》等數種。此部分整理，以上海蘇新書社、蘇州振新書社印行《王煙客先生集》爲底本，校補以上海圖書館所藏《婁東王氏詩抄三種》本（簡稱詩抄三種本）以及南京圖書館所藏《太倉文獻叢書》收嚴瀛抄本（簡稱太倉文獻叢書本）、潘志萬抄本（簡稱笏盦鈔藏本）。下面簡略介紹這三種參校本的基本情況：

（一）《婁東王氏詩抄三種》本。此本半葉十二行，行二十一字。諸詩集編排次序與《王煙客先生集》基本相同，所收詩作數量較後者略多。卷首鈐有「王培孫紀念物」印，當爲著名教育家、原上海南洋中學校長王培孫所藏，或即其所抄録。

（二）《太倉文獻叢書》收嚴瀛抄本。此本半葉十行，行二十四字。諸詩集編排次序與《王煙客先生集》基本相同，所收詩作數量與詩抄三種本同，惟卷末多《周太夫人行狀》一文。從版心所印「太倉縣文獻委員會」八字及書末「婁東嚴瀛蓬仙手抄」八字來看，此書或爲二十世紀四十年代編纂《太倉文獻叢書》時所抄録。

（三）潘志萬抄本。此本封面篆書「煙客詩鈔」，内文半葉十行，行二十一字，編排次序與其他版本不同，僅分爲《偶諧舊草》及《西廬草》兩部分。書中鈐有「金石録十卷人家」「笏盦」及「景鄭鑑藏」等印，版心印有「笏盦鈔藏本」五字，知爲晚清蘇州藏書家潘志萬（號笏盦）所抄録。潘景鄭先生《寄漚賸稿·王煙客詩鈔跋》一文，即跋此本。

二，本書家訓部分的整理，以《王煙客先生集》所收《遺訓》爲底本，校補以上海圖書館所藏潘志萬抄本（簡稱笏盦鈔藏本）、南京圖書館所藏楊毓昌等跋本（簡稱南圖藏鈔本）。兩種參校本基本情況如下：

（一）潘志萬抄本。此本半葉十行，行二十一字。書中鈐有「志萬」及「景鄭鑑藏」等印，版心復有「笏盦鈔藏本」五字，當與南圖所藏潘志萬本《煙客詩鈔》爲同一時期抄録。此本較之《王煙客先生集》所收《遺訓》溢出内容頗多，是極具價值的抄本之一。

（二）楊毓昌等跋本。此本半葉十四行，行二十四字。内容收録情況與笏盦鈔藏本類似，多於《王煙客先生集》所收《遺訓》，而且較笏盦鈔藏本尚多《公議》一篇。雖抄録文字偶有脱漏，却是收録家訓文字最多者。此本無具體抄録信息，惟書中夾有楊毓昌、王景懿跋詩一葉，分别作於民國二十八年（一九三九）、民國三十二年（一九四三）。檢得楊毓昌民國間嘗任職於太倉縣文管會，此本或亦爲時人爲整理鄉邦文獻所抄録。

三，尺牘部分共收録三種，即《西廬家書》《致清暉閣尺牘》以及《王煙客先生集》所收的王時敏致時人尺牘二卷。三種尺牘所包括内容及具體整理情況如左：

（一）《西廬家書》一卷。此書收録康熙五年（一六六六）王時敏致第五子王抃家書十通，所論於清初掌故及聞人事跡頗有關涉，爲研究當時人事彌足珍貴的史料。光緒三十二年（一九〇六），收藏者葉景葵曾將墨跡以珂羅版影印行世。至民國二十五年（一九三六），趙詒琛、王大隆纂輯《丙子叢編》，復據珂羅版整理排印，又於書後增入葉啟勳、趙詒琛、王大隆三人的跋文。今以趙詒琛、王大隆輯《丙子叢編》本點校，參覈珂羅版影印手跡本，收入本書。

（二）清咸豐七年（一八五七），來青閣重刊《清暉堂同人尺牘彙存》四卷，其中收有王時敏致王翬尺牘二十餘通。至宣統三年（一九一一），鄧氏風雨樓據畢瀧（號竹癡）刊本重鐫《清暉閣贈貽尺牘》二卷，亦首列王時敏致王翬尺牘三十餘通。對比可知，二者所據底本當爲同一系統，惟前者乃删節，且於用語亦偶有改動。這些尺牘所涉多是關於筆墨酬應及書畫修養之文字，是研究王時敏交游及畫學思想的重要文獻。今即以風雨樓刊本爲底本，將此三十餘通尺牘悉數録出，加以標點，并校以來青閣本，成《致清暉閣尺牘》一卷，收入本書中。

（三）《王煙客先生集》收有《尺牘》二卷，於此可見其交游酬應、名人故實及易代之際政治情勢等。此書目前尚未見有其他版本傳世，故此次整理即以《王煙客先生集》所收本爲底本標點，收入集中。

四，書畫論著部分，本書共收有《西廬畫跋》及《王奉常書畫題跋》兩種。兩書的具體情況如下：

（一）《西廬畫跋》一卷，收入清秦祖永所編《畫學心印》。考其内容，或直接録自書畫墨跡，或間接録自《婁水文徵》《清暉閣贈貽尺牘》等文獻，是開煙客書畫論整理先河的著作。此書雖收録不及後出之《王奉常書畫題跋》豐富，但在文字等方面却保留了不少與後者相異之處，自具價值。今即以《畫學心印》本爲底本，標點整理。

（二）《王奉常書畫題跋》二卷，清宣統間李玉棻刊行。據書前李氏自序云，乃據舊抄本重新校訂而成：「此卷世鮮知者，涿鹿尊行芝陔老人，昔在商丘宋牧仲裔孫家，得見鈔本，字多蠹蝕，倉卒借鈔，無可校正，故久未示人。癸卯秋初，棻以索讀，遂得所歸，藏之篋衍，倏忽七年。客冬晴窗夜雪，手自校讎，付之剞劂，俾世之擿埴索塗者，能知畫理。」此本較爲系統而全面地梳理了王時敏書畫題跋，是研究王氏書畫思想重要文獻。二十世紀八十年代，上海人民美術出版社曾據李氏刊本予以標點整理，收入《中國畫論文庫》本（簡稱畫論文庫本）。此書書後附有署名「季海」（或即朱季海先生）校勘記多則，頗多創見。今即以李氏所刊本爲底本標點，并參校以畫論文庫本。

五，王時敏爲書畫名家，片紙零縑，世人皆寶若拱璧，故集外文字多有見存。此次整理，自各種詩詞文獻（如《婁水文徵》《清暉贈言》《繡香居存稿》等）、地方志書（如《太倉新瀏河志》《相城小志》等）以及存世書畫墨跡中輯出佚詩佚文，依詩、文、信札等體裁臚列，成《王時敏集輯佚》一卷。需要説明的是，《輯佚》中所收《周太夫人行略》一文，原見於笏盦鈔藏本及太倉文獻叢書本，二書皆將此文單列爲雜著一種，本非集中佚篇。因此文篇幅有限，難以獨立成卷，故本次整理不再單列雜著一目，而將其一併歸入《輯佚》中。

六，爲便讀者研讀，書後附録了七種相關資料，分别爲《交游貽贈詩文選輯》《書畫著録資料選輯》《傳記及評論資料選輯》《奉常公年譜》《西廬先生年譜》《王煙客先生繪畫年表》以及《諸版本序跋彙編》等。具體情況如下：

（一）《交游貽贈詩文選輯》《書畫著録資料選輯》等兩種，乃以《王煙客先生集》所附《詩簡》《畫史》爲基礎增補而成。其中，《交游貽贈詩文選輯》收録時人與王時敏倡和贈貽之作，《書畫著録資料選輯》則爲歷代書畫著録文獻中有關王時敏書畫資料之彙編。

（二）《傳記及評論資料選輯》，則選輯各類史傳文獻中所收王氏之傳記資料，以及各類筆記、文集中所收關於王氏之評論資料。

（三）清嘉道間王時敏六世孫王寶仁積十餘年之力，全面搜羅和整理其生平資料及傳世著述作，編成《奉常公年譜》四卷，爲研究王時敏生平重要文獻。今據《北京圖書館藏珍本年譜叢刊》所影印道光間刊本爲底本，予以標點整理。

（四）清顧文彬嘗據《奉常公年譜》撮録成《西廬先生年譜》，收入《過雲樓書畫記》。今就光緒間所刊《過雲樓書畫記》中將此部分内容録出，收入本書。

（五）民國間江蘇省立圖書館曾刊行徐澂所編《王煙客先生繪畫年表》，以表格形式羅列圖名、畫本、尺寸以及款識等，對於了解王時敏繪畫創作頗爲直觀便捷。今即以影印形式，將此表收入書中。

（六）本書所收以上各書，其前後多有序跋等文字，對於了解文獻成書過程、所收内容基本情况等皆有所裨益。今將此序跋文字彙輯爲《諸書序跋彙編》，以便讀者參考查稽。

需要指出的是，王時敏著作長期以抄本形式流傳，從而使得其版本異常複雜。例如《國朝畫識》録有王時敏評語一條，注明乃出自《西田遺稿》。但這段文字并不見今本《王煙客先生集》，是知這部《西田遺稿》乃極具版本價值。近人龔方緯撰《清民兩代金石書畫史》，於此書猶有所參考。然而此次整理雖多方搜尋，却至今尚未能得其蹤跡。又如《太倉州志》載王時敏有《西廬餘稿》二十卷，温肇桐則云有《西廬遺稿》二十卷存世，加上前述《西田遺稿》，這三個版本之間的關係若何，未睹其書則難遽斷。由此數端，可見清晰而完整地梳理王時敏存世著作實非易事。加之整理者水平有限，此次所出版的《王時敏集》中肯定存在不少疏漏和不足之處，敬祈方家不吝賜教，俾得日後增補。

本書在文獻查訪蒐集過程中，蒙浙江圖書館、上海圖書館、南京圖書館以及常熟圖書館等收藏機構工作人員的熱情接待，在編輯整理過程中，先後得到了浙江古籍出版社李林先生、吴穎胤女士，浙江人民美術出版社張金輝先生、佘雅汝女士、袁媛女士的大力協助，在此謹申謝忱。

丙申年初夏，點校者於萬壽亭菜市場上

目録

卷一　偶諧舊草

卷二　偶諧續草

卷三 西廬詩草上卷

卷四　西廬詩草上卷補

卷五　西廬詩草下卷

卷六　西廬詩草下卷補

卷七　西廬詩餘

卷八　遺訓

卷九　西廬家書

卷十　致清暉閣尺牘

卷十一　尺牘卷上

卷十二　尺牘卷下

卷十五　王奉常書畫題跋卷下

卷十六　王時敏集輯佚

卷一　偶諧舊草

宿陽城題壁

遥望陽城道，驅車日已曛。炊煙隨市起，清漏隔林聞。黯淡郵亭月，冥濛暮嶺雲。鄉關何處是，回首楚江分。

雨中游仙巖

仙巖枕幽澗，我游正杪冬。山光忽斂翠，朝雨方濛濛。桂楫盪微波，突兀出奇峰。轉逕别有天，云是仙人宫。危巢架絶壁，飛觀憑虚空。搴〔一〕衣躡懸磴，縹緲入雲中。舉頭望巖巔，洞穴多玲瓏。孤高滅鳥跡，削立驚猿狨。何年來飛仙，於此寄幽蹤。緣崖列農具，機巧皆神工。玉甕酒已竭，丹爐火不紅。蜕骨千秋在，仙人何處逢。山川自靈異，幻理誰能窮。我欲御風去，東華問木公。

麻姑山

紆迴曲磴柳毿毿，中隱麻姑煉藥菴。檻外瀑飛雙罥雪，窗前巒色遍堆藍。泉涵一勺瓊膏溢，庵旁有泉，僅斗許，汲之不竭。建武人取以爲酒。松歷千年霧氣含。庵側又有唐大夫松。漫説滄桑成往蹟，空留明月照寒潭。

松陵道中逢立春

一片孤帆挂落暉，傷心無限淚沾衣。蕭蕭今夜江邊柳，暗逐春風送客歸。

雪夜獨坐

彤雲蒙密暗長天，深掩重簾夜寂然。蕉葉酒清浮玉乳，博山香暖散輕煙。挑燈戲仿黄庭字，欹枕閒吟秋水篇。寒漏漸闌風轉急，梅花和雪落窗前。

除夕憶李安人

滿城絲管不堪聞，獨坐含悲燭影分。泉路相逢多骨肉，團圞今夜却輸君。

正月八日夜雪與客會飲益謙堂次坡公聚星堂韻

新釀浮香滿蕉葉，衆客酣飲看夜雪。月影朦朧疑有無，鄰家突濕炊煙絶。瓶凍不辨梅花香，砌欹衹見竹梢折。林間宿鳥冷欲顛，鑪中松火寒將滅。高堂燒炬照呼盧，小青時把觥籌掣。氣豪自覺酒腸寬，興逸何妨醉眼纈。李賀詩：「醉纈拋紅網。」一驚聞座客談玄言，霏霏不窮如鋸屑。搴〔二〕簾仰面視寒空，亂點斜飛正飄瞥。須臾賓去寂無譁，清齋漏永愁難説。擁衾枯榻不成眠，聽得微風弄檐鐵。

紅葉

煙開樹色媚横塘，極目蒼黄映夕陽。葉醉清霜如暈頰，枝垂紅雨欲沾裳。分來春色催游屐，添却秋容斷客腸。一夜西風狼籍甚，臙脂歷亂點青岡。

德勝門定國園亭避暑

曲曲涼臺枕碧潯，四圍喬木動清陰。虛庭風送〔三〕荷香遠，廣陌雲〔四〕翻柳浪深。薤簟陸龜蒙詩「堪臨薤簟閒憑月」暫時消虐暑，茗杯聊自洗煩襟。歸鞍亂踏天街月，彷彿將橫丙夜參。

雨後園居

二月紅煙雨洗殘，垂簾獨坐小樓寒。烹來雪乳醒朝酒，摘得冰蔬供夕餐。大白漫評花品第，小青頻報竹平安。晚歸落日縈高樹，亂踏香泥屐未乾。

西山湖堤

楊柳參差綠漸齊，青山曲抱短長堤。輕花〔五〕細細催花落，一路殘紅襯馬蹄。

高粱橋

波紋如縠草芊芊，宛似江南二月天。不盡煙雲供嘯詠，多情魚鳥見留連。花間紅寺尋應遍，樹裏青山望轉妍。日暮河橋人影亂，千條新縷拂歸韉。

登岱

拄頰天門盼極峰，滿空寒露滴芙蓉。望中蓬島金銀動，杖底雲巒紫翠重。斷石猶存丞相篆，枯松下改大夫封。當年功德今何在，應使山靈笑祖龍。

削鐵巉崖一徑開，超然天界絶塵埃。俯窺疊嶂青千點，遥見滄溟水一杯。漢帝殘碑湮茂草，唐皇勒壁翳蒼苔。扶筇更上重臺望，暮靄霏微入座來。

躡屩攀蘿上碧空，香雲縹緲護珠宫。飛泉飄練霏煙裏，危磴懸絲杳靄中。汶水遥連河影白，海波初映晚霞紅。憑高無限鄉園思，欲望吴門目已窮。

登泰山絶頂觀日歌

曉起衝寒登峻閣，雲裏雞聲和晨柝。四垂黮黑煙糢糊，但見繁星光錯落。山巔林杪風彭彭，陰寒沁骨牙相迎。舉杯欲飲杯覆手，依稀漸見東方明。一縷微紅界空碧，俄頃流霞半天赤。方輿泛泛晶光浮，群峰點點丹砂積。火輪閃爍摇崑崙，金爛〔六〕蕩漾翻乾坤。疑是羲和騁六轡，霓旌絳節驅鼍鼉。此理荒唐孰能悉，飛烏御馬皆難必。我欲騎蜺破海雲，直至扶桑看日出。

東阿道〔七〕中晚行

薄暮垂楊道，征塵及馬韉。鳴蟬含宿雨，歸鳥帶殘煙。鄉思平沙外，離愁落照邊。穀城黃石在〔八〕，可得問真詮。

雨後招友人飲殘花下

愁霖滴瀝忽經旬，霽色初開石蘚新。芳草緑含三徑雨，野花紅點一庭春。小窗散帙尋佳句，深閣開尊待故人。莫道〔九〕園林無勝事，殘英猶可藉爲茵。

庚申冬過廬山

天下名山如櫛比，向平之游性所喜。僻居東海菰蘆中，竟乏培塿可旋螘。五嶽皆遥未可期，廬山僅距千餘里。我心向往〔一〇〕非一朝，今幸乘軺過其址〔一一〕。疊嶂綿延態各奇，千丈芙蓉插天起。峰巒窈窕刻畫成，草樹蒙茸錯文綺。憑軾遥瞻神欲飛，興來勃勃不能已。暫憩東林問老僧，擬覓籃輿入山裏。僧言磴道險且長，積雪恐難容杖履。我聞斯語謂信然，盻望躊躇遂中止。平生企慕是如何，今日相逢復如此。假使山靈固有知，能不胡盧笑吾鄙。回頭舊路杳難尋，心雖悔之無及矣。何時此地復經行，探盡幽奇雪兹恥。

人日園居

漸覺茅檐暖，春光次第來。草隨低岸發，梅傍小窗開。净裏〔一二〕窺禪案，閒懷寄茗杯。林西斜照入，花影共徘徊。

邀蝶

倚杖籬邊春色深，閒看小蝶戲輕陰。翻飛影入花光亂，棲泊身安草露侵。乍去若將尋伴侣，故來如欲集衣襟。荒園野趣憑妝點，莫逐香風過別林。

送蝶

荒村紅樹夕陽天，野蝶翩翩虎落邊。好逐風清餐晚露，那堪秋老宿寒煙。低尋淺緑無人見，孤抱殘香亦自憐。去去不須愁夢斷，相逢只在落花前。

宣風館和王陽明先生詩

雨歇溪頭落漲痕，激輪鳴碓未全渾。馬通螺〔一三〕鐸愁千里，豚柵雞栖鬧一村。寂歷孤鴻天外迴，參差群岫望中昏。岸花隨〔一四〕櫓江南路，每入清宵繞夢魂。

題瀘溪館壁

車馬塵埃兩月餘，雲山日日伴征旟。秋風蕭瑟悲游子，零雨溟濛思故廬。多歷迢程難記憶，幾臨險渡漫躊躇。明朝便是湘江路，欲問飛鴻一寄書。

中秋宿湘鄉有懷家園

客路三迴見望舒，秋中天宇倍澄虛。湘山曠莽人居少，楚澤蒼茫雁影疏。漁舍篝燈修竹裏，征車輟軏暝煙初。遥思今夜家園月，寂寂松窗映架書。

余力疾勉完使事歸途益憊不支雨夜次紫陽口占

雲山如畫罨車來，病骨支離倦眼〔一五〕開。憔悴秋風憐弱柳，滋生夜雨羡新苔。常移帶孔腰知瘦，每對青銅轉念灰。惟有鄉園無限思，殘燈旅夢幾低回。

校勘記

〔一〕〔二〕「搴」，笏盦鈔藏本、太倉文獻叢書本作「褰」，詩抄三種本作「搴」。

〔三〕「送」，笏盦鈔藏本、太倉文獻叢書本作「散」。

〔四〕「雲」，笏盦鈔藏本、太倉文獻叢書本作「煙」。

〔五〕「花」，笏盦鈔藏本、太倉文獻本叢書作「風」。

〔六〕「爛」，笏盦鈔藏本、詩抄三種本、太倉文獻叢書本作「瀾」。

〔七〕「阿」，太倉文獻叢書本作「河」。

〔八〕「轂石黄城在」原作「轂城黄石在」，據笏盦鈔藏本、詩抄三種本、太倉文獻叢書本改。

〔九〕「道」，詩抄三種本作「待」。
〔一〇〕「向往」，笏盦鈔藏本、太倉文獻叢書本作「坐馳」，詩抄三種本空二字。
〔一一〕「址」，笏盦鈔藏本、太倉文獻叢書本作「趾」。
〔一二〕「裹」，笏盦鈔藏本、太倉文獻叢書本作「理」。
〔一三〕「螺」，笏盦鈔藏本、太倉文獻叢書本作「騾」。
〔一四〕「隨」，笏盦鈔藏本、太倉文獻叢書本作「柔」。
〔一五〕「倦眼」，笏盦鈔藏本、太倉文獻叢書本作「眼倦」。

卷二　偶諧續草

嚴灘弔古

先生素負奇，隱淪固其志。寧爲轅下駒，不作千里驥。漢帝未龍飛，共結金蘭誼。布衣兄弟交，安能復委贄。披裘釣澤中，棲遲樂衡泌。簪組非不榮，棄之如敝屣。貽書諷故人，津津説仁義。用晦以自明，豈曰好崖異。芳躅既已没，高風孰〔一〕能類。釣臺一片石，萬古徒瞻企。

晨發葛溪

夢醒目猶矇，驅車逐曉風。溪沙凝露白，山葉沁霜紅。煙瘴〔二〕遥疑斷，雲濤遠似空。愁心何所寄，凝睇送歸鴻。

道經龍虎山登鶴歸亭題張真人

千重翠嶂擁仙居，絳閣崔嵬接太虛。巖際迴風摇月珮，松間垂露濕霞裾。山藏歷世金丹籙，家有先朝鐵券書。静夜玉蕤焚不已，會看元鶴下階除。

從姑山

百仞煙鬟小徑通，岧嶢飛閣倚晴空。風呼落木千林響，日映懸崖半壁紅。片屐踏將松影破，枯筇到處蘚花叢。莫愁歸去籃輿晚，咫尺城頭暮靄中。

停舟江干游虎跑石屋

江干沙渚乍維舟，共覓籃輿選勝游。梵響隔林蕭寺迴，松聲夾道〔三〕亂山稠。

苔泉風静澄如練，石室雲開翠欲流。却羨禪居塵不染，數竿煙竹據清幽。

月夜宿武林

月籠寒水共澄鮮，衰柳沿堤繫畫船。漫檢曆頭冬又盡，殘釭斜影對愁眠。

憶先内

窗前片片落清霜，枯枕寒釭怯夜長。含淚空教怨離別，無從覓取返魂香。
恍惚雲鬟入夢中，覺來孑影又成空。寂寥寒夜愁難曙，血淚斑斑枕上紅。

黄昏

空閨寂寂月黄昏，雙袖龍鍾濕淚痕。滿地落花風自掃，子規窗外又啼魂。

商家林和燕女瓊英韻〔四〕

「帶月衝寒行路難，霜華凋盡緑雲鬟。五更鼓角催行急，一枕鄉心夢未殘。」序云：「兒本燕人，歸於越客。悲故鄉之漸遠，嗟于役之方艱。聊賦斷章，題誌驛壁。瓊英書，時萬曆乙卯春作也。」壬午春寒食前二日，在甘陵署中，閱《河間府志》，因録之，可知好詩無不傳也。

旅館蕭蕭欲寐難，起來慵復整雙鬟。何時最是傷情處，廣野霜寒月未殘。

集張惠安園

落落郊原散馬蹄，林園暫爾寄幽栖。栽來薜荔陰成幄，灌得繁花香滿畦。觴政數行賓客醉，茶鐺初沸子規啼。攜牀徙倚清池上，涼到槐庭日已西。

夏日雨後池上即事

濕雲初出樹，池上澹煙籠。魚沫吹輕浪，蟬聲咽晚風。捲簾涼氣入，揮塵俗緣空。散步斜陽外，榴花亂落紅。

送許九寰詹簿轉回遼左

曙色熹微没曉河，追依使節動驪歌。欲儲塞士〔五〕圖麟閣，暫遣宫僚出鳳阿。鐵嶺城頭笳吹〔六〕急，玉門關下雁聲多。懷人正屬秋風裏，白露蒹葭意若何。

西山湖隄補三首

晴沙脉脉草霏霏，千頃澄湖白鷺飛。立馬橋頭看山色，春雲如故落人衣。

春隄煙鎖柳迷離，處處茅檐颺酒旗。隨意解鞍沽一醉，莫疑寂寞誤花期。

青青短麥覆春畦，獵獵新蒲浸碧溪。盡日啣杯渾不厭，斜陽欲墮馬頻嘶。

登岱補一首

雙屐淩空入紫煙，應知絶巘可捫天。九州城闕霧中近，萬里關河雲外連。嵐翠欲凝衣袂上，星芒正落酒杯前。三山果有長生藥〔七〕，我亦乘風一問仙。

萊蕪道中山水幽絶詩以紀之

纖雨絶塵氛，風來草木薰。千山叢嶂合，萬壑亂流分。鳥道無煙火，人家在白雲。此中如可隱，何用歎離群。

壽楊澄宇七十〔八〕

舊是翩翩藝苑家，德星遥映歲星高。家聲自昔稱麟定，世澤於今有鳳毛。玉樹臨風翻綵袖，金莖分露介春醪。欣看月桂天香發，正獻瑶池阿母桃。

壽趙瞻雲八十翁精幼科。

八十年來鬢未絲，桂輪初滿照深巵。長齡已入耆英會，豪詠猶逾少壯時。坐下紅牙翻白紵，杖頭緑玉挂青芝。兒童競指仙翁宅，茆屋疏籬繞杏枝。

壽武君陽六十

紫萸黄花秋色新，藤杯松釀醉長春。偶逢風月頻留句，時對煙雲爲寫真。茅屋數椽堪逸老，牙籤滿架未全貧。武夷探得延年術，何羨年華記大椿。

園中掃落花

粉堞青林外，紅橋緑水前。滿庭花雨落，掃地作神仙。

燕邸夏日有懷江南

燕雲縹緲暮煙空，夜夜鄉園入夢中。游子天涯歸未得，王孫芳草怨無窮。杜鵑聲老偏啼露，海燕雛嬌不耐風。最憶江南行樂處，横塘一路藉〔九〕花紅。

清明日吴江道中有所思

連朝風雨妬花煙，正值清明燕子天。春色欲殘愁欲絶，客途那復寄紅牋。

春日園中四首 一韻

風晨閒踏屐，曲徑板扉斜。有地都栽竹，無時不看花。柳橋晴颺絮，蘭砌暖生芽。自得幽居趣，何緣更憶家。

別業紅煙裏，柴扉小徑斜。輕風温似酒，纖浪簇如花。掃石穿雲葉，烹茶摘露芽。坐看新燕子，故故入人家。

幽齋香夢遠，日影逼窗斜。啼鳥藏新柳，游魚唼落花。裁詩慚鶴膝，點筆哂薑芽。春草池邊緑，風前憶謝家。

暖日烘簾幕，孤村柳外斜。時時啼好鳥，樹樹著穠花。汲井滋苔錦，編籬護笋芽。窗前清影落，新緑長〔一〇〕鄰家。

法相寺觀卓錫泉

衆山罨畫映禪栖，竹樹陰陰雲滿溪。欲看石泉苔徑滑，倩僧扶過小橋西。

桃山道中曉行

何處秋光不可憐，曉風落葉滿行韉。亂山斜度朦朧月，嶺樹横籠斷續煙。天際祇看題雁字，江流誰復寄魚牋。故園黄菊應方綻，獨坐啣杯思惘然。

冬日富莊道中

荒村日暮亂飛鴉，古道垂楊雪作花。候吏相逢應笑我，年年此地踏寒沙。

暑月旅店偶題

客途之苦難更僕，況遇炎天苦尤酷。火輪當空無可避，撲面塵沙眯雙目。喉間燥迫欲生煙，通體淋漓汗如沐。荒村日暮且止栖，倦鳥投林豈擇木。敗茅苫蓋糞土牆，逆鼻腥風垢可掬。未熟泥漿遂當茶，葱蒜餘羶沾盆盎。仰樹爲床葦作茵，蚤虱蚊蝱互潛伏。客方就枕睫未交，蠕動紛飛競攢簇。更厭騾驢蹴踏聲，徹曉窗前向躑躅。諸苦江南那慣嘗，幾度身經堪痛哭。因憶家園十畝間，臺榭陂池頗具足。清篁疏簾對碧漪，修竹千竿荷氣馥。雀舌新烹消渴吻，籜龍初飽罷饞腹。法書名畫紛滿牀，插架縹緗上連屋。五男幸可娱晨昏，一官何有徒羈束。解脱塵纓卒未能，每一興思亂心曲。性同野鹿戀長林，不久終當返初服。山巔水裔恣徜徉，何事馬蹄長碌祿。

壽李萍槎尚寶

老筆崢嶸撩虎牙，忤權歸弄海東霞。閉門熟讀五千字，抱甕閒澆重九花。南郭先生方隱几，東山太傅好辭家。聖明召對思英傑，努力清時髮未華。

壽武夷夷七十〔一〕

才名自昔重公侯，撚斷吟髭老未休。圖畫紛披丈室滿，雲煙變幻寸毫收。禪那已直參龍樹，盤礴何須遜虎頭。華髮酡顏游物外，年年高詠幔亭秋。

送沈越頂册封鄭藩

新桐初剪重維城，卿月輝輝擁傳行。光燭中天看使節，峻高崧岳儷才名。採風應獻河清頌，作賦皆翻郢雪聲。晝繡莫淹通德里，客臺喬木待遷鶯。

褚唐館題壁和魏廓園韻

分明〔一二〕來絶徼，終日陟崔巍。歸候期霏雪，離思託殷雷。連床森若薺，遠岫翠成帷。誰道王人見《公羊傳》貴，空田醉白醅。

題自畫秋山圖

頗憶雲門六六灣，輕煙〔一三〕香靄有無間。惟應藉手一峰老，領取千年紫翠連。

題畫贈關使君袁環中

闢門紫氣幻雲煙，大石寒山列兩邊。割取一峰深秀色，可堪移入米家船。

題畫贈徑山雪嶠師

雙徑茫茫若未明，那堪雲霧杖頭生。何時識得山中路，萬壑千峰信步行。

題畫壽蒼法師

結茆峰頂已多年，注就消遥内外篇。獅子座邊無剩義，旃檀林下息諸緣。贈來神駿閒苔草，放去胎禽上碧天。恰似南巖正月六，出群消息阿誰傳。

校勘記

〔一〕「孰」，太倉文獻叢書本作「軌」，誤。

〔二〕「瘴」，笏盦鈔藏本作「嶂」。

〔三〕「道」，笏盦鈔藏本、太倉文獻叢書本作「徑」。

〔四〕笏盦鈔藏本、太倉叢書本下有小注：「附録原唱。」

〔五〕「士」，笏盦鈔藏本、太倉文獻叢書本作「上」。

〔六〕「吹」，笏盦鈔藏本作「鼓」。

〔七〕「樂」，笏盦鈔藏本、太倉文獻叢書本作「藥」。

〔八〕以下三首原闕，據詩抄三種本、太倉文獻叢書本補。
〔九〕「藉」，笏盦鈔藏本、太倉文獻叢書本作「藕」。
〔一〇〕「長」，笏盦鈔藏本、太倉文獻叢書本「借」。
〔一一〕此首原闕，據詩抄三種本、太倉文獻叢書本補。
〔一二〕「明」，笏盦鈔藏本、太倉文獻叢書本作「銅」。
〔一三〕「香」，笏盦鈔藏本、太倉文獻叢書本作「杳」。

卷三　西廬詩草上卷

林居有感漫占

焚却銀魚早退休，輕安直似決懸瘤。身閑盤谷猶堪隱，人厭杯湖詎可游。元次山《杯湖銘》云：爲人厭者勿游杯湖。畏聽四筵談管樂，惟開三徑侶羊求。不材甘作溝中斷，桂伐樗全已熟籌。

和蒼雪法師講期解制詩兼謝法施

稱譏塗割總無干，佛性空虚本自寬。微玅勝蓮生舌底，莊嚴寶刹現毫端。栴檀析片香隨染，霧露沾衣潤未乾。何事迷人躭火宅，甘瞑長夜夢邯鄲。

首夏西田雜興用沈景倩家林諸作韻

亦愛吾廬剥啄稀，編荆聊且作門扉。澤農願學全身是，輞築規模〔一〕具體微。畦畔旅耕犁列耦，樹邊野饁坐成圍。行田又見暄風至，試著新裁白練衣。

村塢棲遲接對稀，斷筇聊用暫支扉。牆東跡敢言差似，硯北身慚力甚微。照眼叢榴紅萬點，殢人新竹碧千圍。日長飯罷渾無事，自理蓉裳緝芰衣。

枯坐蒲團問訊稀，時逢衲友款荆扉。隨緣差覺心君泰，逐境終慚道力微。慢岳誰爲摧峻垝，疑城何日透重圍。襄陽居士真龍象，心印親傳佛祖衣。

入夏娱心景物稀，衹餘罨緑護柴扉。穿林晛睆鶯吭滑，掠水蹁躚燕翼微。宵酌蛙聲爲鼓吹，舟行荻葉作長圍。月明前浦漁歌出，挂網船頭燎濕衣。

蓬門薜徑過從稀，石丈桐君互款扉。菓熟園丁職貢早，茶昏湯社策勳微。蜂群擁樹爭疆域，蟻族循堦合戰圍。萬類紛紜何足問，煙波投老一簑衣。

屏居丈室晤談稀，勝友相尋忽到扉。池上好風朝閣爽，簾前細雨夜燈微。麈毛對擲誰重席，玄辯將窮孰解圍。杜口忘言良不易，維摩一點少傳衣。

水田草岸路依稀，半畝桐陰暗竹扉。簫局香浮鼻觀熟，簫局爲熏籠，見唐詩。瓶笙韻入耳根微。難消永日如塵劫，賸有愁城似鐵圍。蟹舍漁灣聊寄跡，喜無妻子强牽衣。

夏夜雨後西田泛月

宵因月更静，境以漲偏奇。岸色分明暗，林光互蔽虧。風隨棲鷺起，星逐亂螢移。擊汰空明裏，狂歌倒接䍦。

野曠蒼煙迥，天高碧樹新。樹張風氣勢，水助月精神。光可數毫髮，清堪滌腑塵。延緣葦間去，聊此息閒身。

雨後添流碧幾灣，溝塍無處不潺湲。月光照夜〔二〕遥疑水，樹影沈波倒作山。鬖髿不堪明鏡裏，一竿聊寄短篷間。新晴好祝緣溪漲，攘我漁磯早見還。

陶南村集有村居雜興二十四首西田農隙漫次其韻存十三首

縈〔三〕紆黄犢路，澮蕩折〔四〕鷗家。荷舞風前葉，蘋香雨後葩。就陰牀屢徙，用韓持國事。延爽箔頻叉。晨夕茅檐下，孤吟興未賒。

無地堪投足，村墟且退藏。破籬遮老屋，斷岸見浮航，杞菊秋容淡，蒹葭晚色蒼。濁醪聊自適，一枕黑甜鄉。

鷗鷺群可侶，麋鹿性難馴。老境笻爲伴，孤蹤硯結隣。人愁歌當哭，世亂貴能貧。隴畝偷殘息，羞稱是幸民。

寓跡寧安土，浮家詎拙謀。蟹肥來稻脚，魚美信槎頭。竹翠和雲濕，菰煙帶月浮。破愁須借力，從事有青州。

曉候雲行卯，時當斗指丁。夏至後。家傳養魚法，户讀相牛經。急鼓催人賽，分膰歎鬼靈。田家〔五〕方作苦，茅舍晝常扃。

雨後涼風至，溪亭勝事添。水聲時到枕，荷氣曉穿簾。縱奪禪機活，中邊道味甜。「爲道如食蜜，中邊皆甜。」出《四十二章經》。猶嫌褦襶客，言大自炎炎。《莊子》：「大言炎炎。」

誰云田父拙，生事計偏長。炊秫供篘釀，留秔備漫秧。蔬經粘葦壁，匏臘挂蒿牀。農譜如堪授，吾將老是鄉。

四郊枹鼓静，小築枕清江。但聽晨征雁，曾無夜吠尨。花芬迎曉屐，香篆裊晴窗。運水搬柴事，神通學老龐。

水鄉栽樹少，村路過橋賒。棚暗牽匏葉，畦香放稻花。人家勤紡織，風土洵清嘉。隣叟愁風雨，黄昏叫鬼車。

農事春行及，新畬亦試耕。雨沾襏襫重，水上桔槔清。力作供饘粥，征徭畏踐更。使真寬税斂，猶可度餘生。

野篠排檐出，蒙茸不用薅。迎霜包橘柚，掩露食葡萄。魏文帝語。酣暢更三雅，沈冥狎二豪。浮漚此身世，形役總徒勞。

徙倚殘陽下，翹思詠隰苓。黍離悲故國，風景泣新亭。戲效漁樵曲，閒披耒耜經。偷生稱隱逸，慚愧北山靈。
郭外孤煙遠，漁隈一棹通。鷗波秋漲闊，龍氣海天空，催雨雲苗黑，占晴霞脚紅。相從隣父飲，愁劇酒無功。

薄暮王季美過訪因留小飲

晚涼相晤好，秋卉豔方肥。日夕羊牛下，月明烏鵲飛。漁樵情話久，燈火夜深微。盡此盈樽酒，何妨倒載歸。

農慶堂菊花盛開王遺民吴梅村朱昭芑黄攝六内姪李爾公賓侯同過夜飲

偶然穿築傍漁隈，朋侶輕舠乘漲來。世事頻年餘涕淚，秋光此日共徘徊。劇憐叢菊寒燈影，好盡清宵濁酒杯。能使幾回成勝集，鄰雞野哭莫相催。

送兒北上〔六〕

公車州郡檄催忙，游子天涯踐曉霜。三事那知開閤待，雙親時切倚閭望。側身燕市風塵暗，回首鍾山草木荒。兩地懸思千里恨，早歸相伴曝斜陽。

潤甫卞翁為余茅庵畫壁高妙直追董巨歌以紀之

西田九月鯉魚風，門外平疇穲稏紅。叢桂飄香月初下，芙蓉含笑曉煙中。傍溪新縛茅茨角〔七〕，疏籬小徑穿寒竹。兩〔八〕水漣漪夾明鏡，八窗窈窕羅群木。几榻清幽迥絶塵，筆牀茶竈日隨身。釣竿閑插卧房下，滿眼丹黄足暢神。中有二丈雪色壁，細滑好并鵝溪織。勝致欲將妙繪傳，静對晨昏時拂拭。吴門卞叟適來游，老筆蒼秀甲九州。見之欣然發玄賞，許我潑墨圖丹邱。閉户解衣恣盤礴，全圖在胸無苦索。掃殘一束紫毫芒，游如兔起與鶻落。畫成脉正神氣完，北苑釋巨還舊觀。紛紛時輩咸愧伏，流汗低頭不敢看。文沈仙去畫道失，二百年來無此筆。何幸荒村蓬藋間，忽覩煙雲生斗室。自堪〔九〕垂老筋骨衰，飛屩千峰非昔日。臥游且學宗少文，不待向平婚嫁畢。

庚寅十月既望楊曰補見訪余適有虞山之行兒輩留止拙修堂累日歸集菊下喜得佳什次韻和之

賢人星聚幾經秋，今幸重尋婁水游。小出不逢申悌駕，清言肯就阿戎留。歸吟佳句冰心映，夜坐寒光〔一〇〕燭影浮。白首躬耕欣得耦，相期飲犢上溪流。

西田感興

棲遲何必歎途窮，寂寞荒江作隱翁。篷底斜侵花外雨，笛聲遠度隴頭風。殘生已分經霜柳，陳迹都如踏雪鴻。靜愛小窗叢竹裏，夜深禪誦佛燈紅。其一

棲隱無山卜水涯，此生端負白雲期。溪流詰曲漁歸晚，煙靄蒼茫鳥度遲。雨霽南軒看積翠，天空北牖見浮眉。玉峰在南，虞山在北。吳中儘有閒邱壑，移放田家詎不

宜。其二

雨暗連村白鷺飛，平波渺渺緑苗稀。船行畝澮田廬杳，人倚菰蘆煙火微。蝸綴緣牆争欲上，燕棲尋棟已無依。殘年自分生涯少，飲啄天教與願違。其三

瓢笠翛然老衲如，傍溪聊結野人廬。畏逢俗客談塵事，貪向明窗把道書。静裏觀心誰是我，水邊照影正逢渠。但能齊物忘憎愛，高枕松風夢亦蘧。其四

溪煙深處滿菰蒲，買〔一二〕得漁舟足自娱。但願筆牀隨釣具，何須鼓吹置行艫。用陶峴事。夢迴沙渚眠鷗伴，望入平蕪去鳥孤。不獨晴江饒畫本，斜風細雨亦堪圖。其五

門外平疇穲稏齊，竹間石路净無泥。夕陽在樹雲初散，遠水浮空天欲低。剪韭村厨烹縮項，搓橙野飲擘團臍。而今始信爲農樂，怪得茨檐戀郭西。其六

遠黛横空日夕佳，高齋憑眺思無涯。灌花老圃身猶健，采藥名山志未諧。但有煙雲生素壁，何勞攀陟費青鞵。眼前粉本皆盤礴，黄葉連村愜素懷。其七

陰陰梧竹暗魚〔一三〕限，小徑柴扉向水開。書喜旁行從衲授，畫乘閒興畏人催。

殘霞映浦低紅樹，細雨滋花襯緑苔。最愛寒煙疏柳畔，雁行斜送釣船來。其八

闢徑穿池半畝園，虚明軒户接雲根。雨深苔色侵衣衽，風亞花枝壓酒樽。犢返新疇春草路，鴉翻古樹夕陽村。隱人生計粗云可，橘有千奴竹有孫。其九

投老菰蘆身始閒，惟餘幽事得相關。憐池似鏡萍常斂，愛月窺窗竹屢刪。露冷芙蓉眠鴨浦，煙藏楊柳釣魚灣。憑高極目平疇外，瞥見天邊一抹山。其十

吴塘北去隔塵囂，老我閑門鎖寂寥。地僻禽魚神自王，境幽雞犬色常驕。猶嫌樹小難遮屋，却喜船通不礙橋。安得南村素心侣，芋羹豆飯日相招。其十一

豈有仙源在近郊，擇林聊借一枝巢。迂非解事常逢怒，老不宜人可息交。風動夜籬鳴絡緯，雨侵晨户〔一三〕網蠨蛸。蓬門自此丸泥塞，寄語來過莫亂〔一四〕敲。其十二

尊前檐溜似奔濤，溪水平添緑半篙。燒筍劚煙參玉版，烹鮮舉網得銀刀。巖耕谷口徒希鄭，野飲籬邊且和陶。嫩渚軟灘安釣艇，絶勝大隱號三高。其十三

繁華昨夢等閒過，憔悴於今隱薜蘿。老去懽情隨歲減，愁來白髮較前多。暮雲

村杵催紅葉，夜雨寒蛩響緑莎。地僻喜無人跡到，蓽門衰柳挂漁蓑。其十四

荒煙寥落一川斜，差喜孤村遠市譁。未遂入山群鹿豕，也應傍水畏蟲沙。是非總屬摶〔一五〕空影，榮辱皆同翳目花。底事吾身關最切，願隨田父祝篝車。其十五

白袷烏巾道服涼，茶煙禪榻鬢絲颺。關情舊雨英游隔，回首前塵噩夢長。林壑猶能容釣弋，乾坤何用識滄桑。含愁默默支頤坐，匣劍依然夜吐芒。其十六

荆户〔一六〕常扃日寡營，囊空轉計此身輕。曉檐繙卷親黃嬭，《歲時風土記》：唐人呼晝睡爲黃嬭。又《金樓子》載：有人把卷即睡，因呼黃卷爲黃嬭。午枕酣眠戰黑枰。自信生平無長物，不貪世上有虛名。瓦罌新汲山泉水，手取旗鎗試一烹。其十七

衰颯身同秋葉零，逍遥剛得一溪亭。客來話雨茶初熟，睡起當風酒乍醒。幽卉恰宜供静室〔一七〕，哀鴻堪復帶愁聽。罏香坐對常終日，賸有餘煙宿研屏。其十八

自愧生平百不能，桑榆息影倚枯藤。微茫暝樹孤村杵，明滅漁舟遠漵燈。往事淒涼難再說，新愁雜沓最無憑。況今禾黍淹淫雨，白日秋來見未曾。其十九

鍾阜絪緼紫氣收，江天寥闊迥生愁。宫槐葉落迷芳苑，海嶠龍歸失故湫。哀角悲笳燕市雨，暮煙衰草石城秋。癡頑却笑歸村老，蝸舍溪邊祇自謀。其二十

身老躬耕力不任，隱囊欹案夜堂深。燈前白髮憐衰影，尊畔黄花契淡心。畫壁墨痕蝸迹涴，芸籤香氣蠹光沈。中庭浄碧雙梧樹，徙倚微哦待月陰。其二十一

蕭蕭蓬藋蔽茅菴，短褐藜羹也自堪。漫道有愁天可寄，敢云無住老能諳。退風飛鷁過都六，明月棲烏繞樹三。爲問門前摇落柳，可同悽愴在江潭。其二十二

六十頽齡住釣嵒，繞籬蒼翠鬱松杉。身同邱井悲空老，家似秋蓬苦載芟。緗帙遺書餘蠹蝕，紫囊傳笏但塵緘。惟藏宸翰茅茨裏，長有祥雲擁玉函。其二十三

春晴偶步後園時池上梅花正開

芳辰挈杖試行園，池上梅開也自繁。細縠乍看生水面，暗香剛與度花魂。踾窺漾影驚旋迸，鳥弄晴光喜欲言。静對悠然忘日暮，不堪聞笛悵南村。南園梅花最盛，朴菴師蹴爲禪居。游人排門攀折於方吐蕚時，盡擊去之，故末句云云。

春曉從西田放棹探梅蔡灣飲曹氏花下

日薄風輕曉霧披，緣江一棹路逶迤。尋花窈窕穿林遠，籍草淹留進艇遲。未許籬根香雪擁，還疑樹杪白雲瀰。賞心此日應難遇，莫惜尊前倒接䍦。

甲午除夕名捕巨惡既逸旋獲詩以誌喜

爆竹聲頻餞歲殘，椒花柏葉媚盤餐。應知興味隨年減，不分愁懷賴酒寬。談虎乍聞顔欲變，捕蛇猶在夢方安。此時慰意非容易，笑語人〔一八〕前入夜闌。

題文介石先生像

鐵石肝腸霽月襟，蕭蕭白髮不勝簪。黍離實灑孤臣淚，葵向猶懸萬里心。東海春風留振鐸，南枝幽怨寄鳴琴。忠規信國詒謀在，搦管常賡正氣吟。

輓送惲香山中舍旅櫬歸里

風流江左主詞盟，旅客翛然委蜕輕。畫卷煙雲留供養，詩篇冰雪見平生。龕同彌勒三身果，塚傍要離一紀情。引紼〔一九〕惟餘故人淚，灑將梅雨濕銘旌。

重陽攜掞兒游治平寺

晴巒横黛〔二〇〕鏡湖開，九日傾城士女來。酒氣滿山蒸霧起，歌聲迷舫拂波洄。頹齡自却〔二一〕登高力，獨往誰同泛菊杯。聊策短笻攜稚子，寺門林際一徘徊。

秦雨歌

婁江湯湯勢逶迤，民淳俗樸家安乎〔二二〕。海邦由來號樂國，土膏和〔二三〕潤豐年多。一自江煙形勝改，陰陽易位天薦瘥。田疇磽确鮮耕稼，沴氣蟠結生人疴。胥徒輿旱争放毒，齒牙爪距交搓摩。笑談翻掌布危械，酒杯作劇張虞羅。群飛翼虎望屋食，含沙蜮矢乘人過。黨類繁滋遍臺府，蟓傳蜾肖成巢窠。横征暴斂百如意，舞文枉法誰嗔訶。數年狂飈振郊邑，長林撼蕩無停柯。遺黎骨碎心膽墮，但知若輩遑知佗。況兼鳳里有冤獄，巧詆周内緣譏阨。孱生闔門陷罟阱，猶如〔二四〕弱鳥罹罾署。櫟陽禍猾斵民脉，東海怨抑干天和。去年商羊舞原隰，今年赤魃來江沱。鄉農耕蒔剷焦土，常憂天澤終蹉跎。幸逢秦公驄馭至，冰心鐵面持金科。炯然神光照毫髮，但除蝨賊蠲煩苛。深知此冤繙故牘，連宵秉燭惟凝眡。一朝霆斷沉噎豁，脱枷破杻加兇魔。士民傾城擁門闌〔二五〕，歡呼歌〔二六〕舞群傞傞。時方中天麗杲日，油雲忽合旋滂沱。須臾甘霖遂盈尺，街衢潦集如傾河。大有從兹可預卜，會看九穗登嘉禾。三農盡拜秦公賜，遠邇齊賡秦雨歌。往古平原御史雨，佳話相傳并不磨。且聞封章達帝闕，行開平陸仍洪波。挽回風氣氛祲息，善良鼓腹長婆娑。嗚呼，神人威德何巍峨，百辟爲憲福不那。從政者，不師秦公將若何。

同黄攝六水田泛月後以三律寄示次韻答之

一棹沿洄入水田，燈光林影共嬋娟。波流浩渺迷阡陌，湍落琮琤似管絃。繫纜〔二七〕偶然衝宿鷺，凌風恍若助登仙。拍浮徒爾添豪興，户小其如怯酒船。

垂垂樹杪晾新禾，贏得空田樂事多。四宇碧寥開素鏡，兩頭絲管沸金波。煙林極目朦朧見，星月隨身汗漫過。但使長〔二八〕生常有此，不愁斜景易消磨。

月白天青纖翳無，柳塘遥望緑糢糊。漪平穲稏紅荷〔二九〕在，露濕芙蓉豔木枯。沸雪餅笙鳴石瀨，穿雲鐵笛散林烏。丹青難繪空明景，賴有君詩勝畫圖。

翼王授經攄兒三易寒暑與余相得甚歡明春將赴研德吴門之約惜别賦贈

盍簪三載快奇緣，忽漫分攜倍黯然。悵别愁看吴苑樹，訂歸延望練川船。湖橋柳色迎春染，山塢梅花帶雪妍。百里寒江煙水接，詩筒莫惜慰衰年。

同席連茵羡兩賢，幽蘭空谷自芳鮮。心期膠漆應難并，文藻埍篪更莫先。晨夕共餘風木淚，生徒爲廢蓼莪篇。時翼工方以失怙哀慕。知君雅意憐頑鹵，珍勖頻希寄韋編。

校勘記

〔一〕「模」，笏奩鈔藏本、太倉文獻叢書本作「摹」。

〔二〕「夜」，笏奩鈔藏本、太倉文獻叢書本作「野」。

〔三〕「縈」原作「榮」，據笏奩鈔藏本、詩抄三種本、太倉文獻叢書本改。

〔四〕「折」，笏奩鈔藏本、詩抄三種本、太倉文獻叢書本作「白」。

〔五〕「家」，笏奩鈔藏本、太倉文獻叢書本作「間」。

〔六〕詩抄三種本題作「揆兒北上赴公車口占爲別」，笏奩鈔藏本、太倉文獻叢書本作「揆兒勉赴公車口占爲別」。

〔七〕「角」，笏奩鈔藏本、太倉文獻叢書本作「屋」。

〔八〕「兩」原作「雨」，據笏奩鈔藏本、詩抄三種本、太倉文獻叢書本改。

〔九〕「堪」，笏奩鈔藏本、太倉文獻叢書本作「嗟」。

〔一〇〕「花」，笏盦鈔藏本、太倉文獻叢書本作「花」。
〔一一〕「買」原作「賣」，據笏盦鈔藏本、詩抄三種本、太倉文獻叢書本改。
〔一二〕「魚」，笏盦鈔藏本、太倉文獻叢書本作「漁」。
〔一三〕「户」，笏盦鈔藏本、太倉文獻叢書本作「夕」。
〔一四〕「亂」，笏盦鈔藏本、太倉文獻叢書本作「浪」。
〔一五〕「摶」，笏盦鈔藏本、詩抄三種本、太倉文獻叢書本作「搏」。
〔一六〕「户」，笏盦鈔藏本、太倉文獻叢書本作「門」。
〔一七〕「室」，笏盦鈔藏本、太倉文獻叢書本作「賞」。
〔一八〕「人」，笏盦鈔藏本、太倉文獻叢書本作「燈」。
〔一九〕「佛」，笏盦鈔藏本、太倉文獻叢書本作「綍」。
〔二〇〕「黛」，笏盦鈔藏本、太倉文獻叢書本作「岱」。
〔二一〕「却」，笏盦鈔藏本、太倉文獻叢書本作「怯」。
〔二二〕「乎」，笏盦鈔藏本、太倉文獻叢書本作「和」。
〔二三〕「和」，笏盦鈔藏本、太倉文獻叢書本作「河」。

〔二四〕「如」，笏齋鈔藏本、太倉文獻叢書本作「知」。

〔二五〕「闌」，笏齋鈔藏本、太倉文獻叢書本作「闃」。

〔二六〕「歌」，笏齋鈔藏本、太倉文獻叢書本作「狂」。

〔二七〕「纜」，笏齋鈔藏本、太倉文獻叢書本作「汰」。

〔二八〕「長」，笏齋鈔藏本、太倉文獻叢書本作「殘」。

〔二九〕「荷」，笏齋鈔藏本、太倉文獻叢書本作「何」。

卷四　西廬詩草上卷補

林居有感漫占

迂拙應教世上嗔，孤蹤踽踽更誰親。潛身擬作袁閎室，拂面難禁庾亮塵。與我周旋寧作我，怪人薰灼肯從人。一丸自塞蓬蒿徑，別號端疑〔一〕署傲民。

首夏西田雜興用沈景倩家林諸作韻補三首

水村幽寂艤船稀，拍岸新流緑濺扉。好鳥〔二〕變聲節候換，高林垂蔭日光微。據梧何用綾紋刺，種藥無〔三〕須金帶圍。抱甕灌畦生事足，倦隨枕钁臥牛衣。其一

飄蕭自愧鬢毛稀，匿影惟愁客叩扉。驚閱滄桑知世幻，靜觀露電悟身微。已無

章甫之南越，但見曼胡入臘圍。猶有舊時涼袷在，倩人改作臂韝衣。其五

拙性從來投契稀，索居端合閉雙扉。退〔四〕趨自分世緣薄，學道其如忍力微。

筆硯精良烏几設，宋元圖畫素牆圍。也知盤礴非能事，時向明窗一解衣。其八

村居雜興次陶南村韻補七首

結廬潭水上，曲徑小橋平。飲啄聊隨分，桑麻足治生。有窗容寄傲，無物可當情。中夜驚心處，荒雞數報更。其四

隨肩皆白首，把臂入青林。攝六隱印溪，時相過從。閲世均衰盛，量愁共淺深。時將冰雪句，來和壤蟲吟。瀊沆〔五〕原同氣，無煩誦盍簪。其五

幽尋方避俗，室小意偏多。卷石聊爲嶂，涓流亦自波。門無殘客到，路絶貴人過。惟有白翎雀，按，白翎雀寒暑不易方，見《元史》。常棲庭樹柯。其七

吾生應有命，且作信天翁。負米〔六〕北山北，乘槎東海東。欲超塵壒外，其奈

畢〔七〕羈中。嘉遯多前哲，於今事不同。其九

頹然無一事，不但世情疏。每笑亡羊筴，兼嗤挂角書。負暄强衣貉，緩步當安車。覩彼百羅者，殘年愧逸居。其十五

逐羶傾穴蟻，採蜜競游蜂。物自謀生急，人胡世味濃。浮生雙雪鬢，晚景一枯笻。瀟灑遺塵慮，餘年萬事慵。其十六

園瓜經夏熟，庭卉向秋榮。草抹裙腰緑，水縈羅帶清。烹鮮誇晚釣，觀穫憶春耕。但使榮高枕，何妨樂太平。其二十

薄暮王季美過訪因留小飲

市遠無佳供，芹香溪鯽肥。盈觴浮蟻動，侵坐濕螢飛。砌近蟲言細，爐喧人語微。柴門兩相望，不醉且無歸。

重陽前風雨庭中秋卉盡仆感而賦此

荒庭風雨夕，秋卉盡横陳。憔悴蕭晨色，低徊〔八〕退士隣〔九〕。天時恒代謝，物態喜華新。但悟觀空理，榮衰總幻塵。

西田看菊歸梅村以佳什見投次韻奉和并用為謝

老圃秋容傲晚香，群賢星聚在漁莊。名花紫鳳還輸麗，宿釀新鵝更賽黄。伴隱正宜侔遠志，延年何用覓昌陽。誰爲藻飾東籬色，詩律於今有墨王。菊名傅延年。

寒候孤開如有意，蕭齋紛列自成妍。蒼官結侶同三徑，紅友追歡擁七鈿。籬畔霜華驚歲晚，燈前瘦影幸天全。却嗟衆卉多摇落，獨把，〔一〇〕幽芳肯受憐。

壽黄奉倩六十

瓅骨珊珊隱薜蘿，蓬萊清淺意如何。碧雲詩句吟秋色，皎月心期湛素波。長守庚申聞道早，但題甲子著書多。耆年莫遂稱遺老，會續浯溪頌不磨。

壽王遺民五十〔一〕

瓊樹千尋映後先，道風秀世更稱賢。藏山業就名書富，畫被功深妙墨傳。錦帶新裁居士服，蒲帆不挂孝廉船。方平自具神仙骨，好共洪厓笑拍肩。

贈總漕吴恭順

節樓矗立五雲叢，專鉞中原制府雄。淮楚旌旂增氣色，河山帶礪著勳庸。鄴侯名隸神仙籍，郭令身兼將相功。飛輓頻煩軍國計，廟堂應洊錫彤弓。

訓持兒

一氣育萬類，惟人禀清淑。賦受雖各殊，靈性無贏縮。但使能琢磨，光明白熚燁〔一二〕。或有貧賤者，飢寒窮困獨。童蒙失訓誨，乃遂流汙瀆。爾幸生高門，墮地處華屋。世澤藉餘潤，衣紈飽粱肉。六載方垂髫，挾策就家塾。皋比延明〔一三〕師，晝考夕習復。課以六時程，書亦等身讀。豈意爾冥頑〔一四〕，初不求蘊蓄。過眼即遺忘，枵然刺〔一五〕空腹。舉趾迷東西，辨物昏麥菽。廣坐〔一六〕談古今，低頭汗如沐。長大益愚懵，麤獷等獐鹿。忿懥揮老拳，沈湎躭糟麴。昂藏七尺軀，空自蝗黍穀。勉强襲巾裾，狙猴周公服。鄙悖見言詞，陋劣形面目。觸類羞面牆，何論繼書馥。兄弟六七人，森森似立竹。長幼争濯磨，爲章歌棫樸。惟爾獨臃腫，甘作不材木。胡顏對妻子〔一七〕，何以臨僮僕。人而不知學，猶如車折軸。傾跌陷泥塗，寸步難轉轂。親朋任詆諆，閭里〔一八〕受踏蹴。昔賢有寧越，奧賾探皇慮。人休不敢休，寧計年齒鶩。卒爲王者師，光名千載昱。又有張延符，游獵恣馳逐。一言服父訓，翻然飭邊幅。折節事縹緗，儒林著名宿。致柔韋常佩，止飲杯可覆。易操希古人，幸自求多福。鬢眉齒男兒，縱不望干禄。識字耕田夫，亦免玷家族。此爾身已切，吾老徒矍蹙。爾其勉旃哉，勿使嗤豚犢。

西田感興補七首

余以頽齡，適丁迍運。西村卜築，六載於兹。惟田圃之是謀，與樵牧而爲侣。何圖世路巑岏，時態獰惡。既困誅求於刻木，復驚毒螫於含沙。且也洪潦爲災，田廬胥溺。卒歲無計，萇楚徒嗟。每當抑鬱無憀，不勝低徊永歎。觸物興感，因事屬辭。每韻各爲一章，近體共得三十首。數年來歲功時景，人事物情，豐歉悲愉，約略可見。俚淺鄙僿，詎可云詩。正如鼁響蟲吟，聊取排愁破悶。匪敢曰賢，差足以擬釘鉸云爾。

骯髒形骸塊壘胸，故知時俗莫爲容。洪爐鑄物天應錯，栝棬逢人我亦慵。七尺頑軀惟短髮，百年生事付枯筇。窮愁褊塞誰驅遣，潦倒村墟濁酒濃。二冬

林外鐘聲聽擊撞，客塵擾擾未能降。焚香洗鉢歸廬遠，運水搬柴學楚龐。擬斷

萬緣參半偈，端知一月映〔一九〕千江。冥心静觀蓮花國，落日西懸對晚窗。三江

避地希蹤古逸民，荒村卜築幾經春。桃花流水引漁者，桂樹幽山招隱人。滿徑紅酣堪放屐，一泓緑净可垂綸。息陰未敢稱嘉遯，聊與黄虞作外臣。十一真

小結茅齋在水濆，不堪時態日紛紛。人皆横弄刀戈〔二〇〕雨，我自歡迎福德雲。白酒黄花聊作供，園翁溪友喜爲群。野人酬酢忘機事，相勸深杯送夕曛。十二文

白首頻〔二一〕驚世路難，從來噂〔二二〕沓本無端。自逃冷落知聞斷，始覺靈臺境界寬。羞與燕蝙争晝夜，甘同蓬〔二三〕梗任漂殘。朝來風雨西窗急，又趁漁舟過别灘。十四寒

殘年自幸老林泉，其奈徵求攪晏眠。豈視黄金同土價，强教滄海變桑田。天高未易言投匭，路暗惟看横索錢。近喜九重勤恤隱，蓬茅猶冀息勞肩。一先

虚堂燕坐百懷添，初月纖纖映荻簾。散翼在辰知世泰，《斗運樞》曰，老人星見，散翼垂芒，每見太平。守心得歲應農占。《春秋鈎命訣》曰：歲星守心年穀豐。服耕願逐十千耦，無悶應同初九潛。世味空華容易盡，莫教舐蜜劍頭甜。用《遺教經》語。十四鹽

壽錢山民七十

緹錦歸來换緑蓑，花枝紅映醉顔酡。要期梨棗胸中熟，《真誥》曰：交梨火棗，爲飛騰之藥，要使熟於胸中。忽漫滄桑眼下過。覺世君平非市肆，應諧曼倩在岩阿。夢華往事難重看〔二四〕，好唱仙人踏踏歌。

贈諸遠之相士

舉世皆皮相，惟君鑑獨玄。靈心參妙理，籥化契真詮。將相塵埃識，貞邪燭鑑〔二五〕懸。癡頑生此質，慚愧許登年。

西田小築流水環之〔二六〕雜花滿庭幽曠差堪避地奈公私逋欠叢集首夏暫憩其中踵索者日至煩悶無聊口占自慰

年光生計兩摧頽，卜築爲農傍水隈。嘉種及時催客播，好花隨意乞隣栽。沿流詎有迷津棹，擇地聊當避債臺。若使追呼無剥啄，蕭閒猶得遠塵埃。

西田夜泛

樹杪月初上，重陰逗半明。微茫紆徑白，晃耀片雲禎。犬應遥村吠，蛙喧匝岸聲。扁舟正游漾，坐久暗潮生。

丙申九月之望西田積潦與月光交映滉瀁空明一碧千頃余與客泛舟其中笛聲縹緲恍在天際樂飲忘疲漫占一律以紀其勝

潦集秋田漲溢陂，月光瑩映浄玻璃。池通巨浸金波淼，人泝空明碧宇垂。槎泛恍疑河漢接，笛聲遥逐水雲移。賞心此夕應難再，醉舞僊僊不自持。

校勘記

〔一〕「疑」，笏齋鈔藏本、太倉文獻叢書本作「宜」。

〔二〕「好鳥」，笏盦鈔藏本、太倉文獻叢書本作「時鳥」，詩抄三種本作「時易」。

〔三〕「無」，笏盦鈔藏本、太倉文獻叢書本作「寧」。

〔四〕「退」，笏盦鈔藏本、詩抄三種本、太倉文獻叢書本作「追」。

〔五〕「瀠沆」，笏盦鈔藏本、太倉文獻叢書本作「沆瀠」。

〔六〕「犟」，笏盦鈔藏本、詩抄三種本、太倉文獻叢書本作「馬」。

〔七〕「米」，笏盦鈔藏本、太倉文獻叢書本作「未」。

〔八〕「徊」，笏盦鈔藏本作「催」。

〔九〕「鄰」原作「憐」，據笏盦鈔藏本、詩抄三種本、太倉文獻叢書本改。

〔一〇〕「把」，笏盦鈔藏本、太倉文獻叢書本作「抱」

〔一一〕此首原闕，據詩抄三種本、太倉文獻叢書本補。

〔一二〕「燁燁」，笏盦鈔藏本作「熠煜」，太倉文獻叢書本作「燁煜」。

〔一三〕「明」，笏盦鈔藏本、太倉文獻叢書本作「名」。

〔一四〕「冥頑」，笏盦鈔藏本、太倉文獻叢書本作「頑冥」。

〔一五〕「剌」，笏盦鈔藏本、太倉文獻叢書本作「剩」。

〔一六〕「坐」，太倉文獻叢書本作「生」。
〔一七〕「子」，笏盦鈔藏本、太倉文獻叢書本作「孥」。
〔一八〕「閭里」，太倉文獻叢書本作「里閭」。
〔一九〕「映」，笏盦鈔藏本、太倉文獻叢書本作「印」。
〔二〇〕「戈」，笏盦鈔藏本、太倉文獻叢書本作「仗」。
〔二一〕「頻」，笏盦鈔藏本、太倉文獻叢書本作「彌」。
〔二二〕「噂」，太倉文獻叢書本作「蹲」。
〔二三〕「蓬」，笏盦鈔藏本、太倉文獻叢書本作「藕」。
〔二四〕「看」，笏盦鈔藏本、太倉文獻叢書本作「省」。
〔二五〕「鑑」，笏盦鈔藏本、太倉文獻叢書本作「鏡」。
〔二六〕「之」，笏盦鈔藏本、太倉文獻叢書本作「户」。

卷五　西廬詩草下卷

陳確庵以詩見貽次韻酬和

兩〔一〕榻高吟潦一庭，菰煙深處槿籬青。書淫豈止淹三篋，理窟真稱笥五經。喜誦新詩更白髮，争探奇字到玄亭。衰門自愧非荀里，何幸東行賁德星。

西田感興次確菴韻

曉窗綈几誦黄庭，香篆霏微拂座青。已分潛藏同蠖伏，安能導引學熊經。風煙別墅三蓬徑，歲月荒村一草亭。世事紛紜何足問，閒愁空惹鬢星星。潭影荷香按〔二〕户庭，兼饒竹色映檐青。但須抱甕勤爲圃，何必攜鋤更帶經。

投老自宜居退谷，違時端合署愚亭。稻花始放愁零雨，喜見晨光粲曙星。

秋花歷落點閒庭，硯泛松煙筲剩青。講德舊曾希續論，净名今尚憶殘經。芰荷香繞林間榻，楊柳風多水上亭。最是隔村煙樹外，漁燈隱隱似微星。

曬家藏墨蹟復次前韻

臨摹憶昔倚槐庭，嚮榻挑燈眼倍青。臨字有撥燈法，言如挑燈不急不徐也。屈鐵書推乞脯帖，色絲碑并换鵝經。家藏右軍《曹娥碑》、魯公《鹿脯帖》真蹟，皆先世所貽。寶章待訪藏筠篋。王方慶集十一代祖書名《寶章待訪録》。寒具防污閒草亭。懸帳風流誰得似，即今清鑑等晨星。

確庵過西田止宿有詩仍疊前韻又和

雨餘新漲到門庭，寂寂村扉暝霧青。遠浦紅微漁火見，輕橈緑破雀舟經。喜留一榻雲同宿，想見孤吟月在亭。拭壁題詩燈欲灺，螢光錯落亂檐星。

送揆兒北行至楓〔三〕橋歸棹不勝悽惋漫占四律以寄勖

草色侵舷柳拂篷，那堪分手各〔四〕西東。愁眠放榜三更月，怕聽征帆五兩風。衰老倍添離别苦，窶貧兼慮槖裝空。各天相憶無窮意，都在川煙堠雨中。

臨歧不禁淚汍瀾，已去頻回矍眼看。非爲時艱隨牒懶，衹緣親老〔五〕絶裾難。桑榆殘景雖堪惜，烏鳥私情豈易殫。但使牽絲從近地，春醪猶得奉餘歡。

世路迷陽自可驚，故知性拙簡逢迎。客程莫憚三千遠，宦迹應看四十成。欹器貴中勤自省，虚舟不繫信風行。卑栖利物心常在，何必鵷鸞侍玉清。

此日誰欽郭隗豪，金臺憑弔意蕭騷。拋梭宫錦愁新樣，援瑟齊門歎獨操。澒洞馬蹄塵霧合，嵯峨鷄首火雲高。好音珍重頻將慰，莫使〔六〕衰親望眼勞。

亥秋書事

柳〔七〕帆如霧集，海水怒争飛。貝冑森霜戟，犀渠閒鐵衣。鼉鳴戰鼓急，鳥過陣檣稀。豈意京江險，傷痍血濺磯。

方驚烽火急，忽報習流奔。露布朝傳數，鐃歌夕奏繁。江邊空戰骨，海外漫羈魂。京口士民有隨海船去者。不識蒼天意，同驅入死門。

擾攘風塵後，中秋月更明。天心難忖度，人事乍欣驚。幾處笙歌席，千家慟哭聲。亂離逢令節，顧景倍傷情。

鼙鼓無時息，輸將苦四應。戍兵終日至，田税疊年徵。竈冷虛晨釜，機殘暗夜燈。閭閻貧到骨，何以佐軍興。

哭姊八首有序

余薄祜終鮮，雁行零落。惟吾姊居止隣并，幸得朝夕數見，婉娩〔八〕相依。乃今〔九〕復舍我而去，衰年殘息，顧影無儔，摧割何能已已。因念吾姊自歸延陵，爲婦爲母，拮据萬狀，勤苦一生，實未一申眉頭。今年未古稀，眼見三子成立，舊業不墜，夫豈容易。其平日持身正靜，教子義方，内則端嚴，家規整肅，人皆知之。而隱德細行，更未可以一二數。愧余椎魯，無能闡揚萬一。姑舉閨幃病榻所親見親聞者，爲斷句八首，以識梗概。觸事興感，紀實無文。啜泣長吟，聊攄毒痛云。

零落鴒原久失群，相依惟姊又驚分。祇餘衰颯殘形在，獨倚枯〔一〇〕雲泣暮雲。

古訓嘉言户牖垂，諄諄提耳勖諸兒。試看林〔一一〕下三珠樹，始信高堂是母師。

三德均全號禮宗，大家女誡日銘胸。臨行手捉衣襦整，生死何曾一失容。

閨門櫛束凛如霜，訓誡先嚴時世妝。窄袖浣衣身作範，至今猶著嫁時裳。

平生〔一二〕門户勉支撑，似燕啣泥築壘成。逖聽不知銖積苦，錯疑丹穴類巴青〔一三〕。

平生〔一四〕不踏大堤游，柳色何曾望陌頭。皈向雲棲垂白首，去春纔一到杭州。

惜陰頻聚每嫌遲，時果甘新數問遺。今日千年成永〔一五〕別，推梨讓棗更無期。

共命前生夙有因，本來無著與天親。懸知七寶香池内，同脱〔一六〕蓮胎净妙身。

昔年叔寶姊丈面西念佛而逝，今吾姊亦然。

七十自詠有序

余偷延視息，忽屆稀齡。循省生平，深慚虚度。惟是胸懷結轖，夢寐囈喃。每思效鼃黽之鳴，少攄榛苓之感。而椎拙自愧，牽綴未能。勉賦俚句四章，仰呈詞壇一笑。儻荷不遺鄙俚，俯賜賡酬，庶沙礫溷投，反博珠圓入手。而春花蔚粲，頓令茅塞開心。不但絳雪延年，兼亦黄露洗髓矣。

流光忽復古稀年，慨〔一七〕息周餘意惘然。差幸虚舟違世患，敢矜蟠木得天全。

雲中徒羨冥鴻遠，秋半頻驚顧兔圓。述祖慚無康樂句，有懷空自讀遺編。

恩波太液浩無津，每詠秋槐倍愴神。竊祿五朝叨法從，偷生七衮媿遺民。身因頑健翻爲累，時際艱難轉幸貧。傳笏當年稱盛事，夢華今已隔前塵。

閑閑十畝足耕桑，小築精廬煙水旁。喜有遠山供畫笥，愧無佳〔一八〕句實詩囊。雨餘汀畔鷗群白，霜近籬邊菊信黃。但使爲農能世守，美譚應繼魏公莊。張浮休題魏鄭公莊云：「兒曹不識字，耕鑿魏公莊。」

薛鳳荀龍敢并名，將雛引犢亦娛情。草生豈爲憂春雨，樹老猶堪蔭寸莖。譽癖由來嗤福時，挂懷兼復笑淵明。却嫌婚嫁無時畢，誤我青鞵五嶽行。

題歸玄恭僧服小像

痛飲豪吟住醉鄉，人疑不稱道人裝。須知天亦頻頻醉，佛國何妨著酒狂。

墨池風動水粼粼，草聖龍蛇妙入神。屋漏何如折釵股，家傳書法自藏真。

贈歌者

別去春花幾度妍，今來重見李龜年。自憐頽暮頭如雪，喜聽清歌却再玄。

贈雲間沈友聖

獨行今求末俗難，更追風雅樹騷壇。敏思摇筆如翻水，老手新詩似脱丸。書帶葉垂苔砌碧，節花光照草廬丹。論文蘭茝元同味，柏府非關禮數寬。

思翁眉公過繡雪堂話雨留宿

滿徑緑陰静，清和景最佳〔一九〕。微風歸宿燕，細雨落輕花。老友不期至，清言何以加。酒酣餘逸興，粉壁走龍蛇〔二〇〕。

丁未除夕小盡為文肅公忌辰

桑榆惜歲意悽其，況復傷心泣硯時。砥礪敢矜窮始見，艱辛轉覺老能文〔二一〕。春來砌草餘寒色，雪後庭梅勒凍姿〔二二〕。少長共圍商陸火，斐晋公《守歲》有「爐中商陸火頻添」之句。可能述祖遂無詩。

題溪山勝趣畫卷

山根小築趁閒身，甕牖繩牀不算貧。一夜風吹春茗緑，滿腔溪壑鬭嶙峋。

題南山松柏圖

瓌瑋文章妙當世，高縱獨行冠閭鄉。滄桑已歷山河異，松柏彌增歲月長。雒社共尊三老席，幔亭先進九霞觴。承歡遥羡天倫樂，箕潁相將史册光。

繇來江夏羨無雙，烜赫堆瓊又繼香。喬梓詞壇皆擅美，璠璵寶玉暫韜光。椿枝偃蓋垂瑤砌，橘柚芬芳進養堂。聞道懸弧家慶日，團圞喜色上清揚。

校勘記

〔一〕「兩」，笏盦鈔藏本、太倉文獻叢書本作「雨」。

〔二〕「按」，笏盦鈔藏本、太倉文獻叢書本作「接」。

〔三〕「送揆兒北行至楓橋」，笏盦鈔藏本作「揆兒謁選北行送之楓橋」，詩抄三種本、太倉文獻叢書本作「送揆兒謁選北行之楓橋」。

〔四〕「各」，笏盦鈔藏本、太倉文獻叢書本作「忽」。

〔五〕「老」，笏盦鈔藏本、太倉文獻叢書本作「友」。

〔六〕「使」，太倉文獻叢書本作「將」。

〔七〕「柳」，笏盦鈔藏本、太倉文獻叢書本作「椰」。

〔八〕「婉娩」，笏盦鈔藏本、太倉文獻叢書本作「畹晚」。

〔九〕「乃今」，詩抄三種本作「今乃」。

〔一〇〕「雲」，笏盦鈔藏本、太倉文獻叢書本作「藤」。
〔一一〕「林」，笏盦鈔藏本、太倉文獻叢書本作「庭」。
〔一二〕「平生」，笏盦鈔藏本作「半世」，太倉文獻叢書本作「半生」。
〔一三〕「青」，笏盦鈔藏本、太倉文獻叢書本作「清」。
〔一四〕「平生」，笏盦鈔藏本、太倉文獻叢書本作「生平」。
〔一五〕「永」，笏盦鈔藏本、詩抄三種本、太倉文獻叢書本作「少」。
〔一六〕「脱」，笏盦鈔藏本、太倉文獻叢書本作「託」。
〔一七〕「慨」，笏盦鈔藏本、太倉文獻叢書本作「愾」。
〔一八〕「佳」，笏盦鈔藏本、太倉文獻叢書本作「奇」。
〔一九〕「佳」，笏盦鈔藏本、太倉文獻叢書本作「嘉」。
〔二〇〕笏盦鈔藏本、太倉文獻叢書本末句有小注：「思翁題『話雨』二字於壁。」
〔二一〕「能」，笏盦鈔藏本、太倉文獻叢書本作「難」。
〔二二〕「姿」，笏盦鈔藏本、太倉文獻叢書本作「枝」。

卷六　西廬詩草下卷補

白林九父臺〔一〕集揖山樓月夜觀荷余以患瘧不獲趨候賦此

簾靜公餘得小休，干旄斜日到林邱。山迴碧樹重陰合，波漾紅蓮出水稠。引滿方酣風入檻，登高欲賦月當頭〔二〕。心馳白傅池亭會，卧病無緣侍勝游。

吴門澄懷社初舉詩以紀其盛

凌秋〔三〕逸興迥離塵，寄賞煙雲筆有神。白水可要心共潔，青山不與世俱新。經營慘淡靈機出，景物蒼茫意象真。但使披圖招隱伴，仙源何羡避秦人。

葉〔四〕**白泉和石田自壽詩次韻**

蒼松聳壑露華零，南極新添兩壽星。老眼頻年看帶甲，閒身此日得輸丁。臨流染翰池皆墨〔五〕，殺竹爲書簡賸青。鎖骨方瞳天付與，長生何藉五芝靈。

西田感興次確菴韻 補第二首

面場新闢小門庭，雨後欣看遠岫青。地僻幸無車馬過，陌連時有犉犉經。五株楊柳非陶宅，一曲溪流近孟亭。每向南村占紫氣，水雲深處少微星。確菴居蔚村，相去僅數里。

丁酉除夕

餞臘頻傾柏葉醽，燈前非復舊清娛。歲陰蛇壑嗟何駛，生計蝸廬笑易枯。已見閭閻空杼柚，況經藪澤盛萑苻。餘年幸有安心法，半偈長依繡佛圖。

戊戌元旦次日立春

律應〔六〕青陽值歲初，東郊綵仗正紛如。梅因勒凍香猶淺，草爲迎春色漸舒。四海式平鳴待鶴，古語云：「清鶴鳴，天下平。」三農已稔夢維魚。老衰〔七〕且映茅檐日，棐几繩床展道書。

東園賞芍藥次白林九父臺見貽元韻

繡囊〔八〕朱芾映花枝，解愠薰風盡日吹。曉露凝珠香旖旎，晴光散騎色迷離。齊和調鼎他年手，賡詠翻階此日詩。金帶圍開符夢卜，徵書應及潁川時。

挺兒四十初度口占示之

子舍相依樂未央，勉承門業繼青箱。交游漫道傾都邑，著述空勞仰屋梁。迪志詩能尋舊則，閑居賦肯歎方剛。惟持駐景千年樂，琪樹花前捧壽觴。

己亥初夏復邀白林九父臺東園觀芍藥貽詩二律依韻奉酬時初奉調用之命

德星臨聚羽觴飛，姹粉嫣紅色正肥。爛漫由來承露渥，芳菲豈遂共春歸。染神香氣披襟遠，解愠薰風入座微。佳話甘棠堪媲美，可憐應是釋名非。

年年藻野爛群花，不似今年花更奢。倚檻香隨風瞥至〔九〕，鈎簾色映日初斜。園中蜂蝶香千界，佛經：千花世界。野外桑麻遍萬家。未忍將離輕折贈，喜看雲影護晴霞。

壽家丙三六衷

祖仲風流孰與倫，每談元〔一〇〕理見清真。當年杏苑曾飛轡，此日桃源好問津。學得河汾言外秘，詩摹輞水畫中神。鶴鳴子和高秋迥，仙嶺雲深不記春。

哭姊十四首補六首

延陵望族甲婁東，內助誰同〔一一〕賢母功。鍾郝徽音同〔一二〕史册，豈徒勤儉嗣家風。其二

臧奚肅肅奉規型，調度安閒指臂靈。晝永簾深人語寂，靜看花片落空庭。其四

蠟梅窗外影參差，每到初開贈幾枝。今日花開人不見，對花腸斷歲寒時。其八

流年荏苒日行斜，每勸閒游玩物華。鄧尉殘冬曾訂約，春來終竟負梅花。其十

長筵子姓競迴環，幾得慈親一啟顏。誰料閒居方作賦，忽將菅蒯易斑斕。其十二

濁世塵緣絕繫縈，絺巾神觀湛然明。中宵起坐騰騰去，直似懸崖撒手行。其十三

贈雲濤禪師

天上雲居揖絳霞，翛然來御白牛車。已誇內紹爲王種，更喜臨機遇作家。隨處

跏趺烏巨葉，幾年行脚趙州茶。江濤擁雪匡廬瀑，漱濯靈根現浄華。

贈虞山王石谷

江南風景屬琴川，畫手推君詣獨玄。奇思每參摩詰句，清標真得一峰傳。胸中邱壑看吾輩，筆底煙雲羡少年。何日秋霖共乘興，吮毫閒泛尚湖船。

題歸玄恭僧服小像補二首

德山臨濟與雲門，大力宏恢道義尊。祇爲儒門收不住，却從禪榻寄精魂。其一

雨葉風枝世擅場，羨君筆底更飛揚。湖州一派應專屬，不數當年夏太常。其四

壽卞神芝六十〔一三〕

清標不減卞田君，嘯詠超然遠世氛。愛侶山樵尋鹿徑，肯將野鶴入雞群。簡編静裏堪漁獵，盤礴閒時好策勳。心要早依黄蘗受，登高可藉碧虚文。

壽郁靜岩六十

東海雲霞五色翔，少微含譽并垂芒。家風孝友推康伯，里俗浮囂畏彦方，插架牙籤探寶笈，循階玉樹吐瑶光。兩行綵袖更番舞，佇看他年笏滿床。

喬柯緑蔭納晨涼，夾岸田田菡萏香。羔雁充庭徐介壽，詩歌繞座促行觴。彤庭〔一四〕已上匡時策，赤水還傳却老方。樂事頗饒通德里，薰風南至日偏長。

贈雲間陳山民

客游荏苒忽經秋，硯匣隨身倚寺樓。風送梵音心寂寂，雨牽鄉夢夜悠悠。欲知道性琴中聽，姚合詩：「聽琴知道性。」爲愛煙雲筆底收。珍重瓊樓頻折贈，愧無玉案可相酬。

放歌行

讀書身不登科名，便應棄書操奇贏。何爲使我鬱鬱不得志，利無所就名無成。老大飢驅遠行役，寥落三年空作客。一家兒女忍飢寒，況有高堂髮垂白。思之中夜心含酸，那堪回首憂百端。嗚呼蒼天究何意，磨折阨塞幾令不識生人歡。天生我身不足重，天生我才亦何用。不如辟穀學長生，跳出紅塵這場夢。明月清風處處多，任我物外閒婆娑。白雲無礙自來去，造化小兒奈我何，造化小兒奈我何。

深秋臥病〔一五〕

老至秋來住病鄉，晨昏偃仰一匡牀。醫方藥椀經時久，細雨殘燈滴漏長。自是寒風催落木，不關〔一六〕閏歲厄黄楊。榮衰浮世渾閒事，解得安心即道場。

乙巳九月之望邀吴梅村諸公郊園小集承麋涇九日以佳什見投漫賦俚言奉謝次麋涇韻

月白楓丹秋漲碧，忻從勝侶泛輕舠。隱居欲採〔一七〕幽山桂，避世難尋源水桃。野岸花繁聊侑酌，岡巒松稚亦生濤。愁多對景無佳思，猶喜詩人逸興高。

潭影軒獨坐續增

雲白霞青一望深，凍魚伏澤鳥歸林。蔣家徑草無人問，静對寒潭證道心。

眉公徵君如廬久歸他姓諸進士乾一捐貲贖還改作祠屋四方頌高義者詩歌盈帙余亦效顰漫賦一律

舊是徵君避詔巖，盤行〔一八〕曲磴鬱松杉。青山留蜕藏靈窟，碧落遺文閟玉函。

鸖館無人惟蔓草，舊有青鸖館。燕巢易主方呢喃。精廬頓復修明祀，高義千秋永不芟。

衛仲叔招集南園賦贈

樊村村口繫扁舟，策杖重來舊地游。十畝田園高士宅，四時花供讀書樓。叔喜此聯，將書香濤閣壁上。桑榆收拾閒身健，雞黍招攜好客留。我有西廬堪結隱，也期乘興一尋秋。

和南田題石谷毘陵秋興圖

篷底秋光盡日憑，更兼驄馬下昆陵。霜高月落烏啼後，翠嶂丹楓擬右丞。
李郭同舟已合仙，京江勝事忽喧傳。耄昏疲曳西田老，也放襄陽詩畫船。

校勘記

〔一〕「臺」，笏盦鈔藏本、太倉文獻叢書本作「母」。

〔二〕「頭」，笏盦鈔藏本、太倉文獻叢書本作「樓」。

〔三〕「秋」，太倉文獻叢書本作「波」。

〔四〕「葉」，笏盦鈔藏本、太倉文獻叢書本作「黃」。

〔五〕「墨」，笏盦鈔藏本、太倉文獻叢書本作「黑」。

〔六〕「應」，笏盦鈔藏本、太倉文獻叢書本作「轉」。

〔七〕「衰」，笏盦鈔藏本、太倉文獻叢書本作「簑」。

〔八〕「囊」，笏盦鈔藏本、太倉文獻叢書本作「裳」。

〔九〕「倚檻香隨風瞥至」，笏盦鈔藏本作「倚檻香飄風瞥至」，太倉文獻叢書本作「倚檻香風隨瞥至」。

〔一〇〕「元」，笏盦鈔藏本、太倉文獻叢書本作「名」。

〔一一〕「同」，笏盦鈔藏本、太倉文獻叢書本作「聞」。

〔一二〕「同」，笏盦鈔藏本、太倉文獻叢書本作「垂」。

〔一三〕此首原闕，據詩抄三種本、太倉文獻叢書本補。

〔一四〕「庭」，太倉文獻叢書本作「廷」。

〔一五〕笏盦鈔藏本下有小注：「甲辰閏在六月。」太倉文獻叢書本下有小注：「甲辰六月。」

〔一六〕「闢」，笏盦鈔藏本、太倉文獻叢書本作「同」。

〔一七〕「探」，笏盦鈔藏本、太倉文獻叢書本作「援」。

〔一八〕「行」，笏盦鈔藏本、太倉文獻叢書本作「紆」。

卷七　西廬詩餘

西田感興

步步嬌

轉眼繁華東流瀉，好夢追難拾，當年侍帝車清切。雲霄雨露恩偏，借雙綬挽桃花，蛾眉班領螭頭下。

香羅帶

歸來髩未華，槐陰滿衙，園林花竹渾如畫。紛披圖史足婆娑。也豈料滄桑變，等空花。中心摇摇愁似麻，更那堪滿目風塵也。聊此避迹，江村理釣槎。

皁羅袍

休訝田廬卑隘，葦簾土銼，雅稱農家。遠山青映小窗紗，新篁緑染低檐瓦。
柴門不正，溪流半斜。松花釀酒，荳莢點茶，客來共把漁樵話。

醉扶歸

曲彎彎，流水幽人舍。静寥寥，獨樹老夫家。儘消閒，且種邵平瓜。更辛勤，
漫學樊遲稼。聊從隴畝度年華，清標肯受黄塵惹。

好姐姐

汙邪甌窶滿車，操豚蹄向天祈拜。殷殷望歲，都爲民命嗟。詞非假，亂餘惟
盼豐年屆，豈祝倉箱已獨奢。

香柳枝

聽牛背笛聲，聽牛背笛聲。隴頭吹下，驚人午夢增悲咤。我心中恨者，我心中恨者。龍去渺無涯，鶴歸何處也。歎夕陽西逝，縱有魯戈怎遮好，教我淚如瓶瀉。

尾聲

隰苓思詠秋槐下，只恐孤音聽已賒，脈脈心期何處寫。

春去感懷

二郎神

芳菲候，遍乾坤。似蒸霞錯繡，看寶馬香車爭馳驟。提壺挈榼，相從陸海嬉游。鎮日裏，吞花仍臥酒，歎此福如何消受。儘風流，總憑著東君雨露恩稠。

鶯啼序

春明麗景霎時收，又早是緑肥紅瘦。更難禁鷃鳩啁啾，那堪風雨僝僽。留些，剩粉殘香，怎比嬌花寵柳，詩共酒冷落了白頭衰叟。

簇御林

香生袖，簾上鈎。悶無言，獨倚樓。鳩鳴午寂鶯聲溜，歎韶光不留。惜稠花頓休。因此上心頭，時去重回首。恨悠悠，緑陰清晝，一枕付莊周。

啄木兒

炎歊熾，金石流。萬錢難買北風牖，聽清音吹竹飂飂。最苦那奔馳觸熱，向朱門叩。渾身汗浹重衣透，滚滚紅塵迷兩眸。

滴溜子

雕欄外，雕欄外，玉露未[一]收。銀床畔，落葉漸稠。正是蕭辰凋候，怕秋聲轉助愁。黄昏後，怎禁那寒蛩四壁啾啾。

貓兒墜

風饕雪虐，徹骨冷颼颼，盼得個暘光當大裘。甚寒劇，憂盡添憂，悲秋。總不若等到豔陽佳節候，爛醉芳洲。

尾聲

花枝上春光逗，轉眼繁華，續舊游。只怕俺老子顛狂不自由。

點絳唇 詠海棠〔二〕

玉露晨涼，凭欄自玩閒庭草。一枝便儇。花比春光好。翠袂臨風，頻迎秋早。檀心小。臙脂易老。莫惜金樽倒。

校勘記

〔一〕「未」，詩抄三種本、太倉文獻叢書本作「朱」。

〔二〕此詞原闕，據笏盦鈔藏本、詩抄三種本、太倉文獻叢書本補。

卷八　遺訓

一家同善會引

吳中昨歲奇荒，百餘年所未有。揚子以南，道殣相望。大陵之氣，上接於天。遠者不具論，即就一州里巷間，游手傭力素所熟識之人，以艱食失業，未幾而行乞，又未幾而僵仆者，亦不可勝數矣。至於鳩形鵠面，蟬腹龜腸，流離〔一〕道路，憔悴空廬，與夫棄擲子女，自經溝瀆之慘形〔二〕，目不忍視，耳不忍聞。吾輩皆邀先世餘澤，幸獲温飽。且各具有慈心，平日見毛群羽族，一物失所，不覺惻然動念。是以殺生有戒，放生有會。況目擊同類阽危困苦如斯，雖有粟其能下咽？因念彼餓夫者，與我同賦形於天地，託體於父母，五官百骸，未嘗少異，何苦樂懸殊若此？益以信佛氏所言「三世作受，因果報應」之不誣。則知吾輩循業受報，猶如轉轂。興言及此，能不爲毛豎骨悚乎？目前時勢艱難，公私交困，官廪既已罄匱，巨室又無蓋藏，煮粥賑施，已不能繼。而距麥熟之期，尚有三月。衆口嗷嗷，殆將盡填溝壑，真可爲痛哭流涕者也。今欲多方設法，少圖至麥秋，而無米之炊，巧婦所難，展轉商籌，不得其術。計惟薄糜糠餅，差爲易辦。飢者亦可稍藉充虚，一日得食，便延一日殘喘。縱不能盡人而與，但眼見處不放過，或可拯什一於千百。而時日尚遠，獨力難支，將伯之助，又不敢告諸親友，祇就我一家眷屬，各以節縮口腹之餘，捐施共成勝舉。即下而家人輩，亦有握算可獲錐刀，有田不憂饘粥者，或銀錢，或米麥糠粞，不拘多寡，隨力輸助。以至在宅諸男女，自一分至一錢，若肯樂施，尤徵善念。各隨本願，并不相强。倘積累漸充，使兩三月間，粥餅源源不絶，里中聞風興起，競爲捐賑，則孑遺之民，賴以全活者，當亦不少。吾一家上下黽勉共行善事，亦不虚生世間，辜負飲食。不但種此善因，他生得免飢困，如眼前在厄諸窮人也。特書之以爲勸。

樂郊園分業記

樂郊園者，文肅公芍藥圃也。地遠囂塵，境處清曠，爲吾性之所適。舊有老屋數間，湫陋不堪容膝。己未之夏，稍拓花畦隙地，鋤棘誅茅，於以暫息塵鞅。適雲間張南垣至，其巧藝直奪天工，慫恿爲山甚力。吾時正年少，腸肥腦滿，未遑長慮，遂不惜傾囊聽之。因而穿池種樹，標峰置嶺，庚申經始，中間改作者再四，凡數年而後成。磴道盤紆，廣池澹灔，周遮竹樹蓊鬱，渾若天成，而涼堂邃閣，位置隨宜，卉木軒窗，參錯掩映，頗極林壑臺榭之美。不惟大減資產，心力亦爲殫瘁。然而雞肋未斷，馬首頻征，所謂婆娑偃息於其間者，二三十年中，曾未得居其半。而歲月如流，滄桑遂閱。郊坰兵燹，斯園幸留。垣闉雖猶僅存，扃鐍非復如故。獷夫連臂，雜種拉攞。朱欄叢曲，惟聽呼鷹。碧沼清漪，祇供飲馬。且也隤圮日甚，蕪穢年滋。視息尚延，已有臺傾池平之歎。撫今追往，慘目傷心。是以經月判年，未嘗一涉。且此數十畝山池，一時求售，固已甚難。每歲輸糧，亦復不易。自惟衰遲罄悴，無力整頓，然亦何忍以甌脱置之。用是區畫爲四，分授諸兒，令其各自管領。雖實貽之以累，勢處不得不然。嘗聞梁僕射徐修仁之言曰：「古往今來，名園甲第，皆同逆旅。每怪時人謂是我宅。」可爲達人大觀。因稽往代，如平泉之莊、奉誠之園，故家後裔，能克守舊業者蓋鮮。俯仰回環，可勝太息。爾曹當家門衰落之餘、世運屯塞之會，憂患猝至，保護彌難。但念先文肅手澤所存，阿翁精思所寄，其亦隨緣牽率，勉强支持乎？固知目前皆困窮愁，未能葺治。或稍稍補苴罅漏，搘拄欹傾，使老子殘年未盡，春秋佳日，杖履逍遥，亦庶或僕射所云求一時之暫樂，幸居常以待終也。若夫慶澤綿遠，向陽花木，三徑增榮，惠邀先人餘福不淺。脱不幸而門祚式微，風雨漂摇，一枝莫保。盛衰轉轂，總由造物者主之，非人所能預計，自宜頽心委運。安所用其戚欣，所以反覆感歎，不能已於諄諄者？聊以記爲園始末，傳示子孫，俾知吾半生拮据，情賞攸託云爾。

自述

余爲先太史府君第三子，初名贊虞。四歲，次兄賡虞痘殤，出繼叔祖學憲公爲嗣孫。十二歲，長兄鳴虞夭，仍歸宗，改名時敏。自幼依王父文肅公同房寢息，偶或園居，亦必相隨。迨十七成婚，始居別室。十八而先太史見背，遂嬰咯血之疾，綿歷年餘，幾瀕危殆，十九歲除。文肅公又爲岱游，兩歲間連遭大故，煢煢藐孤，危和千鈞引髮。爾時門祚單弱，内外事填委一身，不復事攻苦，且延世之典，未敢久辜國恩，遂就璽丞之廕。癸丑，完文肅公葬事。甲寅春，赴闕拜官。璽司列禁廷侍從，體貌優崇，職事清簡，所典惟誥勅貼黄用寶，及巡方御史領印、文武官關領牙牌，及稽查守衛官銅符等事。頭緒頗繁。余夙夜兢兢，寅恪供事，不敢以閒曹冷署而自假易。凡朝參陪祀，戴星出入，即祁寒暑雨，未嘗敢有間缺。顧以竊靡散局，尸素自慚，時或乞差以效馳驅。輶軒所歷，南北兩畿齊豫楚閩江右數省，足跡半天下，每叱馭時，必先誡僮僕曰：「此行車徒廩餼幾千里間，所糜朝廷金錢不小，而吾不費一錢，優游乘傳，又得便道歸里，已大逾分，何得復有苛擾！」故所至厨傳務從省約，傔從懔奉約束，静謐無聲。凡至止奉使之地，使事畢，明日便行，不少留以滋地方煩累。即候吏館人，咸歎詫以爲未有。所過監司及郡邑之長，凡有餽遺，一概謝絶。奉命册封存問祭葬，使於藩封者凡四，王府有遺，止受書籍、石刻之類，鏹幣則堅辭之。即與共事者異同，不顧也。崇禎壬申、癸酉間，先帝屢下卹郵之詔。奉差官員復命過限者，不許復用原領郵符。余時以存問周藩差過家，次年中途具疏移疾，奉旨沿途調理，淹留歲月，遂自僱夫馬北行，抵都具揭，以勘合徼之駕司。人皆笑其迂拙，即駕部郎亦爲微哂，然吾知奉公令而已，遑恤其他。令甲閣廕璽丞者，九年滿，始升二級。同寅邀登極特恩，不幾年而驟躋者比比，余獨以奉差在外，秩滿逾期，至甲子始升尚寶卿。丁卯，閩中頒詔歸，丁周太恭人艱，服闋踰年而後赴補。丙子，乃升太常少卿，仍管司事，己卯，持節册封岷世子，其地爲楚南絶徼，衝炎跋涉，瘧痢交攻，僅存皮骨。庚辰春，具疏繳節，遂以病請。奉旨在籍調理，病痊起補。温綸異數，不意閒冗得之，揣分循涯，倍增悚惕。甲申初夏，抱病里居。忽聞天崩地坼之變，五内摧裂，不自意生。無何南邦定鼎，起補原官。余深惟止足之義，且見朝廷方當草創，而黨論日事紛争，欆散無可報稱，遂引疾疏辭，蒙允。已而臺疏特薦，乙酉春復申前命，方擬再疏堅請，而陵谷遽爾變遷矣。尚忍言哉！計予筮仕以及予告，歷俸共二十四年，强半奉差，實在倚門者十年有餘，先後所閲寮寀，不下數十人。而天啟元二之間，山林彙征，英賢濟濟，署中至無可施席。大都皆宿素名碩，負海内重望。以余一騃豎溷厠其間，周旋步趨，幸不爲名賢吐棄，更有繆垂奬借者。癸亥、己巳兩察，始則當事者欲修先人之怨，繼則弄權者將爲異己之鋤，多方吹索，究無可抉摘而止，始終倖全，得免吏議。此余居官之大略也。自幼侍祖父之側，每聞緒言，士大夫居鄉，以早完國課、勤行善事爲第一義。余戢之於心，寤寐弗忘。及後獨身當户，慕黄兼濟平糶之事，每田所收入，至夏月踴貴時，必減價發糶，以濟貧民，歲以爲常。至寒施衣荐、饑施粥餅、病施藥、死施櫘，孳孳不倦。行道之人有以窮途遇難告者，輒周之數金，不詰其真僞。尤注意於國賦輸將，必先勾稽甚晰。晚年窘悴不支，時或延緩，然必鬻産質物，以期亟完，毋少逋欠。生平恥於請囑，從未有寸函入公府。屢有當道爲譜誼故交者，屬意頗殷，數諗余有所言，而余引分株守，終不隳微尚。御僮僕最嚴，家指數百，無敢闌户外事、與人鬬毆者，或有扞罔違約，但一字相聞，不問曲直，必痛予杖。是以户庭寂然，差省煩聒。又余性惡人無禮，素以謙益自將，三復敬恭桑梓之言，持循勿替。凡遇里中親友，毋論貴賤，一盡誠敬以待之，罔敢慢斁。即後生年齒遼絶，亦折輩行與交，惟恐其以耄而棄我。人以非意相干者，必以情恕，尤不屑屑於財利物非己有，一生未嘗妄取絲粟。即邇歲公私交迫，數棄田園以償宿逋，居間者乘急上下其手，每多賤售折閲，余明知之，不復與較。蓋余數十年來，寧下人，無上人，寧濫予，無貪取，永矢費渝，爲鄉里所信。此余居鄉之大略也。憶昔先文肅公以元輔里居，先太史以上第侍養，聲光赫奕，遠邇豔羨，余童時皆身親遇之。暨余甫成人，而疊遭閔凶，門户凋瘁，於苫塊哀迷中，勉召魂魄。爲文肅請卹，遂得全典上謚。既爲先人請不朽於當代巨公，得名世之文，以表諸地上，以瘞諸地下。已校刻奏牘草、兩世文集，已建特祠，建家廟。又卜吉壤以葬先父母、庶母、長兄共七喪，各求誌銘以垂諸後。凡可爲祖宗安塋者，不顧傾裝殫力，無憾而後安。周太恭人喪，三年之内，言及淚未嘗乾，麻衣未嘗去身，又爲寫經以資冥福。長兄長余五歲，友愛最篤，殁後思念不忘，祭必流涕。未婚者禮不當置後，余謂禮以義起，爲文告廟，以三男撰繼其蒸嘗。吴江之寡姑、崑山之寡姊，皆以貧老不能自給，爲築室迎致供贍者數年，殁後庀其棺斂，必盡誠信。而宗族親黨間，吉凶大禮，贈遺佽助，概從優厚。歷年間所費不貲，里中共悉。此余慎終崇本之大略也。余性伉直，少蓄藴，雖户外事概置不問，而是非可否，議論必軌於正，無所偏枉。意有不可，如含瓦石，必吐之而後已。然過後即忘，胸中了無宿物。有時賓朋廣座，見爽朗高亮者，輒握手共傾肺腑。其沈鷙婞婀者，去之若浼。且里居寡交，日惟扃門静處。凡狎邪游冶、絲竹飲博之友，絶無足跡至門。惟父執如雲間陳眉公，練川婁、唐兩先生，終身執猶子禮，扱箕撰履，不敢少懈。友朋中少同硯席，如張休儒，憐其介性處約，葺屋與居，解衣推食，周給備至，殁後助其窀穸，存䘏孤寡，久而逾篤。其境内境外博贍多聞者，皆折節事之，叩擊請益，靡間終始。見詩文之可傳者，必手自抄録。余亦時作小詩，自慚俚僿，不輕示人也。又余性拙，凡象弈、摴蒱諸戲，一無所知。

幼時曾事帖括，隨因病廢學。從仕後又冗不暇學。迨垂老歸田，閒居無事，始涉獵群書。即晚年病目昏眵，猶依檐映日，手一卷不暫釋。然年老意荒，過目茫然，無一字貯腹，殊用自愧。繪事尤所癖嗜，每見古人真蹟，不惜重價購藏，宋元諸名家，亦時一摹仿。而暇日頗少，未能德心殫精，摩以歲月，迄以無成。猶憶思翁宗伯每見余作，必讚歎題識，謬辱「蒼秀高華，奪幟古人」之稱。此固通家長者委曲獎成盛心，余實不堪自問也。真行書曾學褚河南，穉弱全無腕力，結蚓塗鴉，所最自怯，從不敢輕狝對箑。惟八分差得古人法，署牓字大數尺者，當滿意時，頗得筆勢，亦爲一時所推。然亦無佛處稱尊，我心終不爲善。至於竺乾之學，夙所皈依。禪宗一門，亦有志趨向。諸方尊宿之至吳者，必擔簦參訪，亦多開示，而根鈍障深，道念數起，每爲世事所移，曾未有纖毫省發。打哄一生，自甘淪墜。此余交游好尚之大略也。又余承先世餘廕，昧於治生，目不識秤，手不操算，惟於泉石癖入膏肓，隨所住處，必累石種樹，以寄情賞。壯歲氣豪心果，一往乘興，不顧其後。東、南兩園，疏築并興，樂郊紅藥數畝，修隄廣陂，標峰置嶺，鬱成名勝。然施與日繁，費用日廣，又加之以土木，漸至垂橐不支。況日月遷流，人事錯迕。既苦於不了之婚嫁，又不堪無藝之誅求。皮盡髓枯，徒存空質。不得已而棄産償逋，南園分典僧尼，前後割裂千樹梅花，四圍叢桂悉摧爲薪。東園爲短後曼胡者，朝夕蹂踐，巖石傾欹，山徑齒缺，非復舊觀。余以力難兼顧，分授諸兒，使之各自筦攝。兒輩皆貧窶，不能整葺，日就荒頽。余觸目傷心，終歲僅一再至。西郊北去十餘里，有沮洳之地頃餘，曲流清潭，渚蒲汀柳，頗饒澹蕩之致。遂誅茅其中，擬以息影送老。而塵累繭牽仍未免，每每入城，潛見俱非，幽懷莫遂。囊羞罍恥，兀兀窮愁。此余始腴末悴之大略也。慨余立志持身，痛洗綺糯紈袴之習，亦欲自拔於流俗塵鞅之外，而無奈高門恒多責望，孤根易生悔尤，且歲月銷於戰兢，資力殫於酬應，既不能以一經舊業，趾美前人，又不克以一藝成名，擅長當世。今且喞山景迫，涸轍途窮。向平之畢願未期，尼父之假年莫必。尋繹併力折箭之喻，難爲日昃鼓缶之謌。中懷結轖，多有難言之朋友而併不能明言之眷屬者，惟是循省一生，未得罪於名教，則是髫髫以至弱冠，晨昏祖父膝前，親見其家庭燕閒，擁鑪翦燭，非討論墳典，即辯證書法，或抵掌古今，或蒿目時事，從無一言及榮進浮華、生產璅屑，視近世士大夫終日孜孜汲汲、汩没於勢利之中者，品地何啻霄淵。余濡染耳目，浸灌心胸，亦知愧恥時趨，敦勖古處，行一事，發一言，惟恐隕越榘訓，爲先人羞。故終身以忠厚宅心，以介潔砥操，謹凛退讓，常如不及，幸免浮薄齷齪之過。然苟活偷安，有靦面目。區區婦孺檢柙，亦何足云。兹櫽括大略，秘不示人，惟寫一通，藏之家廟，使後世子孫知我生平梗概。因而推原於文肅、太史之庭訓，力追古道，毋忝前徽。庶幾舉策數馬，彷彿萬石之家風云爾。

附雜説

甲戌初夏，賫糧長勘合，敕至南户部。乙亥春，復命於常朝日面見致辭，音吐明朗，進退雍容，思廟目屬久之。退朝後，忽有中使持文書房墨字揭帖至尚寶司，内寫：「上傳王某係何出身、何處人，問明速速回報。」本司以履歷開進，後竟寂然，想以資格置之也。及庚辰予告，奉旨：「王某准在籍調理，病痊起補。」此三品以上大臣所不易得之温旨，及施於冷署冗員，知上之屬意深矣。此固不必使聞於人，但在我實爲奇遘，不可不記之，以示子孫。

凡官璽署者，多從詞林臺諫淹抑起補，或監司以才望超擢，大都海内宿望，如新安鮑中素、豐城熊思誠，尤其最表表者。乃兩公僚友間相謂之語，鮑則云：「王君少年，動循矩矱，諳習朝章，真不媿象賢矣。」熊則云：「王君才品豈可以世胄目之。使當盤錯，何所不可至？」同鄉父執陳眉公與朱平涵相國書：「遜之官禁近數年，兢兢業業，才高識甚老，眼太明，行甚静，實度越時流，惜爲世胄所掩。」唐叔達與陳四游侍郎書：「遜之潔清自好，不嫚不惰，動無越禮，殆類其祖父。而通曉萬事，調量人情，則又過之。惜以任子爲官，不得展其才藻。」又與侯豫瞻書「遜之材略明練，有老成人所不如者，足下宜與爲友」云云，皆刻載本集，其爲名流所推重如此。

書法學褚、米，秀媚多姿，自以軟弱嫌，不肯輕下筆，八分師《受禪碑》，參用《夏承碑》法，對聯扁額應人請無虚日，字大數尺者尤雄有勢，凡名山巨剎，争求題榜爲重。畫於董、巨、二趙、元四家無不摹仿，而子久尤爲專精，得意處往往亂真。晚年病目後，仿惠崇、趙大年作村莊小景，用筆纖細，設色鮮妍，不類平日筆，人因有疑其贋者。

别號煙客，誦龐居士詩「日用事無别，惟吾自偶諧」，讀之欣然會心，因自號偶諧道人。後葺小齋宴息，取昌黎「斂退就新儒」之句，顔之曰新儒，又號儒齋。晚歲築西郊之歸村爲終隱計，稱西田主人，亦稱歸村老農。已而於潭西結茅屋二間，爲西廬，又稱西廬老人。

分田完賦誌

吾弱冠之年，祖父背棄，遂專家秉。清白之遺，本無藏蓄。爾時國步承平，世途寬泰，滋殖尚易，保守非難。且以舊閥〔三〕單丁，仰席先人餘廕，田租歲入，質庫子錢，自足應酬公私，贍給俯仰，一切錢穀出入，悉付家倌主之，吾衣租食税，了不知何有何無也。既因京邸棲遲，往來頻數，復以交道日廣，子息日繁，費用浸益浩繁，婚嫁更苦紛疊。吾既不事生産，又復漸萌侈心，鄭驛郇厨，賓朋踵屬，西園東墅，土木煩興，兼僕輩奢汰成風，侵牟沿習，競爲竊轡，莫塞漏巵。先世所付典貲，不幾年而蕩掃，根本有撥。賸有租田，又以旱潦洊逢，漕白賠補。自此生計漸蹙，愁緒常縈，無復往時饒裕之樂矣。迨陵谷遷改，世事推移，誅求之烏鈔難堪，胥吏之狼攫無饜，馴至衿捉肘露，罍恥囊羞。而邇年賦斂促數，加派煩苛，款項多端，紛淆孰辨。且新令鍥急，如烈火峭澗，犯之立糜，田爲禍媒，莫甚今日。是以富室相戒，寸壤不收，負郭膏腴，貶價莫售。鬻田之路既塞，易銀之道愈窮。比限頻臨，追呼疊至。每當籤票交馳，不免倉皇四應，顧瞻戚黨，稱貸無門，搜索空囊，典質無物。自維風燭殘息，日夕憂煎，猶涸轍之魚、寒號之鳥，顧生不能，求死不得，其苦殆難以言喻也。家人輩見吾如此，咸謂累以貧增，後將轉甚，亟宜早圖變計。而諸兒晨昏趨侍，亦以吾年老不堪苦累，願爲代任賦役。懇請至於再三，遂於今月初旬，勉從衆議。即現在田中，擇其上者留千二百畝自贍，九子各受餘田二百，收其租入，以供三千畝之賦。吾則安享其奉，而無催科之擾。自此假息酣眠，安閒飽飯，以盡餘年。庶幾日昃之歌，猶可自遣。顧此日田之爲累，夫人知之。世俗之老而傳者，大都籯金櫝鏹，貽其子以富樂。吾獨計土任賦，貽之以累，實於心有戚戚然。況田非饒美，歲有豐凶，萬一年穀不登，賦調繁重，則賠貱之苦，更有不可勝言者。諸子固皆貧窶，使將來因之坐〔四〕累，膠擾不窮，吾獨能晏然而已乎？噫，亦可悲矣！惟是時極難危，朝不謀夕，欲規經久，實鮮良圖，祇就目前事所當爲、力有可爲者，黽勉架漏牽補，聊以延支。向後茫茫，詎能預料。我思既不得去累，終屬之諸子，無可解免。即今分受，不過稍先歲月，矧劫運巡回，桑海瞬息，數年以來，見奧區蕩爲宿莽、膏壤化爲石田者，比比而是，安能保饘粥之産，永爲常業？惟願邀天地之靈、祖宗之庇，自兹以往，不罹兵革，不遇凶災，勤苦力耕，輸將公税。但使歲時祀饗，薦馨不缺於粢盛，朝夕饔飧奉養常充於菽水，勉延累世之家法，以畢疲暮之餘生，則猶是天之幸、人世之吉祥善事。又何必於刹那夢中，鰓鰓遠計，作千年調哉？兹分撥既竣，爰揭壯年餘衍及今晚景蕭條之況，前後臚陳，以示諸子，使知盛衰之代謝、稼穡之艱難。門第不足稱，甘媮豈長保。務崇儉德，恪守素風。讀書爲善，一一盡其在我而已。流行坎止，聽之於天。於以惜餘福。處今世，庶幾得之耳。援筆欷歔，申以教詔。凡我子姓，慎毋忽諸。

分田就養誌

吾妻地處高原，田疇所植，木棉居什之七。吾自昨秋年届七旬，遵古人老傳之義，以析箸所存之田，分授諸兒，令供賦税，而留千餘畝以自贍。謝去塵鞅，便可安眠飽食，用畢餘年。不意當歲即逢霜儉，租入蕭條，終歲之資，艱窘不給。迨至今秋，則木棉罄埽，竟不得名一錢。㢊爨屢空，資用常缺，支吾無術，只得以田之半，分給九子爲飲食費，每人五十畝。吾則取次就養，三日而更，皆以二日葷一日素爲率，吾亦自任三日。而仍留餘田，取其歲入，以爲公私酬應之費。蓋省煩佚老，計不得不出乎此耳。雖然，昔漢陸大夫安車駟馬，過五子家，酒食極歡，十日而去，猶曰毋久慁公爲者，以有槖中裝予之也。今吾諸兒俱極貧窶，當此賦歛促迫、凶荒洊臻之時，饘粥多憂不繼。吾既一無所予，顧復畀之以無入空田，累之供億，於心能無耿耿？然人子事親，各因其力以盡其心，即菽水可承歡，何必擊牲列鼎，然後爲養？況吾夙禀梵戒，久斷宰殺，飲噉不强，易於饜飫，所須良復無多。且觀野史紀載人間食料，冥冥中有神主之，稍過量必及於禍。即今晚途屯蹇，舊事繁華，皆同逝水，惟望安閒一飽，又復不諧。安知非少時享用太過，爲造物所忌，故豐於前而嗇於後耶？摩捫殘軀，視蔭有幾，正恐無福可惜，詎宜舊業轉滋。放翁詩云：「民窮豐歲或無食，此事昔聞今見之。吾儕飯飽更念肉，不待人嘲應自知。」由此較之，則吾今日自奉雖儉約，奢汰猶踰數倍，反覆尋詠，未嘗不愧汗達踵也。今與諸兒約，非遇齋日，晨必素食，中晚腒鱐杯羹，便可適口。勿過三簋，勿戕物命，但令我毋踰涯量，受之而安，則食之甘味。自此徼天之庇，時和年豐，家庭雍穆，骨肉團圞，晨昏老瓦盆邊，方岳詩：「旋呼老瓦壓新芻。」注：老瓦盆也。鼓腹含飴，扶杖繞膝，融融然，陶陶然，更復申延歲月，便爲榆景之樂事、養堂之美談。此外更何求哉？以前記事復改更，故重爲記述，俾諸子知所遵守云。

友恭訓

兄弟同氣，豈伊異人。棠棣之美和樂，角弓之刺相怨，載於《詩》者，尚矣。大凡舊家望族，漸漬禮義，鮮有不誼篤在原，友愛敦睦者。惟市井傭販、委巷小人，目不識詩書，耳不聞渠訓，遂有鬩牆紾臂、交相爲瘉之患。然其端多起於争細微，而争必因乎分彼此。邇來世道交喪，江湖日下，往往見大家子弟亦多不免，良可慨也。吾家諸子，雖非同母，平日長惠幼順，相愛相睦，萬無不協之憂。惟房分既多，不能齊一心，門户各别，不能合一家，其中未免自生畛域。且無識僮僕，求效勤獻媚於主，故以飾詞聳聽，益堅其畛域者，未必無之。夫畛域分則口語多，口語多則紛争起，勢所必至。吾前日《自述》中，有「尋繹併力折箭之語，難爲日昃鼓缶之歌」者，正爲此也。且至今日世風澆惡極矣，吾家貧罄極矣，百事艱難，朝不及夕。使爾等兄弟能協力同心，匡維幹濟，手足共相佽助，觀聽自增氣色，庶幾衰緒猶可勉延。豈可泮涣優游，坐致決撤。凡人之貴乎多子者，以其農力耆事克承厥家也。所貴乎多兄弟者，以其孔懷急難無分一體也。今我年已逾暮，現在九子，長者不幸酷嬰廢疾，次者雖叨一第，遇實坎坷，然支持門户，責自莫辭。故凡家務世事，經理應酬，悉以委之。餘子遂謂家事任長，似可各營私計，不以大局措懷。且人各一性，中有一心，端緒繁多，釁訛易起。年來勾考紛紜，事多棘手，諸子一鬨聚散，未見分一憂、畫一策，反坐觀成敗，互相譏誚。其中或乏材幹，或近詖偏，要皆不軌乎正，無補於家。志向分歧，究歸渙散。古人灼艾分痛之情，推肥代瘦之義，愸置不講，長幼皆然。今無事尚如此，何況多故！我現在尚如此，何況身後！則森森濟濟，徒滋憂累，又何樂乎多子多兄弟哉！然不獨此也，渙散既久，必分彼此，彼此之形成，則釁隙之端啟，於是僉夫士人得以乘間而入，逢迎搆鬬，顛倒是非。每見大家後裔，沈閧鬩忍，恒必由之，不可不深防慮。至於室不相和，出語隣家，最爲大患。乃每每家庭之間，言方出口，外即騰播，雖因多喙郵傳，亦由心意不一所致。此則通邑所無，而吾家所獨有也。嘗聞人之有兄弟，猶身之肢體連心、木之枝葉附本，未有四肢殘而腹心不潰、枝葉瘁而根本不搖者。爾等皆讀書識道理，於此豈不明了？況今日未見其萌，何必爲未然之慮。特以薄俗澆風，恐沿習而不覺。且我景逼崦嵫，與汝等相聚日短，將來利害所關，不可不預申戒。故不憚舌敝穎禿，反覆叮嚀。爾等宜乘我眠食無恙時，猛省前非，篤念天顯，收渙成萃，轉異爲同，併數心爲一心，合數體爲一體，指臂互應，呼吸相通。凡於全局有關，競效將伯之助。長者勿以獨勞而有矜色，幼者勿以處後而生懈心。纖芥勿留於衷，豆羹勿見於面。共撑衰閥，不墜家風。使我得甘食鼓腹於餘年，含笑瞑目於異日，則汝等在家爲孝子，在鄉爲善士，與薛包、許武等齊芳史册，不亦休乎！今汝等雖皆貧窶，不能聊生，然兄弟皆列衣冠，雁行林立，外觀未謂全衰。使能同氣協和，衆心成城，隱然有虎豹在山之勢，雖衰猶盛。不然而手足乖違，離群獨跳，顯露枯根易仆之形，即朱紫聯翩，雖盛實衰。因以知家門興替，不在浮名；人世吉祥，莫逾樂孺。友恭之訓，可不勉哉。法昭禪師偈云：「同氣連枝各自榮，些些言語被傷情。一回相見一回老，能得幾時爲弟兄。」其言良可味也，宜以銘座書紳，終身誦之無斁。

後友恭訓

同氣連枝，莫如兄弟。和樂無間，乃爲瑞徵。我數年前曾有長言勸勉，諸子雖非同母，友恭之訓，服習頗深。近或口語間微有牴牾，雖互相猜疑，未見指實。即其事所從起，中間曲直，亦必有歸。但手足天倫，不可分異，苟有乖迕，便爲敗常。又況出自同胞，尤屬非宜，更何論其曲直？然家庭長幼之間，意見偶有不合，露齟形面，人孰無之。惟相對片語剖明，立時消融净盡。何至芥蒂胸中，纏綿滋蔓不了？據傳述陳訴之語，皆謂兩家各立畛域，互設詗探，凡我處一言一動，無不立知。甚至謂晨昏定省，亦必偵兄弟齊集，方敢一至。恐有疑其以密語相告者。風影無據，草木皆兵。要皆腹疑見罔，究竟無一毫實跡，可駭亦復可笑。然不知何以至此耶？豈有士人交搆其間耶？我聞之驚怛欲絶，夜不成寐者累夕。輒思果如所言，不但同室戈矛，貽笑閭里，即床榻間尺寸地步，皆生荆棘，何以聊生。家門隱禍，孰有烈於斯者哉！汝等但念及此，自當瞿然省悟，深悔前者之非，革圖易慮，倍敦友恭，併力齊心，共𢭏寒緒，永篤在原之情，更無交瘉之怨。吉祥善氣，充滋庭闈，且使我垂盡殘年，免增憂惱，豈不一家愉快。使不然而仍踵故轍，棄親即異，以自兀其本根，便爲祖宗之罪人。即靦顔人世，亦何以施面目？我亦當筆之家乘，傳示來祀，以爲後世子孫警戒即割恩遑恤矣。然吾更有一説，大凡世俗兄弟失好者，多因内眷，妯娌不和，浸潤溺聽，以致嫌隙日積。又有儇薄少年，喜生事端，面背兩舌，以播弄挑激致釁。其他婢僕猥賤，獻媚效勤，噂沓紛紛，在在皆然，更不足論。諸如此類，吾家自料必無，然房分衆多，變幻叵測，亦宜預爲防慮。倘或遇此，如見毒蛇猛獸，急宜遍告里中，竭能攻鉏，以除後患。非但塞耳勿聽已也。我篤老恐不及囑，乘今尚能握管預留此筆，以爲後誡。自覺所言太盡，且多事未必然，先爲逆億之語，亦似太過。然憂慮甚深，寧過言盡言之，使汝等見而猛省，未必無益。諸子曲體吾意，毋以故紙視之，亦所以慰我於存歿也。切囑切囑。

示雲間徐甥

尊甫遭此異變，乍聞肝腑痛裂。然禍之所基，實由始念之誤，未可全諉之命也。家長云亡，煢煢孤寡，何以支持？諸弟妹甚多，何以教養？家既不足，田租誰爲稽核？賦役誰爲料理？諸蒼頭中有老成諳練可委託者否？此皆吾所日夕繫念者也。賢甥年已成立，資性英穎，將來必能成器，勿自菲薄。文貞公累世遺緒所寄，全在一人。宜奮志勤學，練習世故，務以振先烈、雪前恥爲期，乃稱克家幹蠱之子。居家孝友，遇人謙和，固持身保家第一義。而尤以趨向高明、親近正人爲主。慎勿習染浮澆，比昵匪類。若謂時俗所尚，不妨隨波逐流，此念一萌，恐漸漬遂深，不能自返，將來塵點家聲，貽害匪淺。倘慮世路艱難，形迹不得不委蛇，立志不可不堅定。蓋舊家子弟，自有體局，與崛起者不同，雖窮困顛連，念及祖宗，豈可輕自貶損。此老人深心相爲之語，賢甥明識，知必不訝其迂闊也。三令叔静正醇謹，事事可師，吾甥每事請問而行，則萬舉萬當矣。切囑切囑。

預囑

文肅公特祠之建，我匍匐請之各臺，經年而後舉行。其間經營締搆，心力物力俱已殫瘁。我時年方壯盛，腸肥腦滿，群僕輩又皆好大喜靡，一時誤聽其説，惟務華侈以爲親榮，不暇遠計，規模宏麗太過，雕鏤之工亦多，歲久易於隤隊，葺理甚難，頗爲子孫之累。今兒輩皆赤貧，朝夕不支，何堪復加此費。然念祖恩，何忍坐視頹敗？只時常省視，嚴諭典守人用心防護。如牆屋稍有損壞，捉漏補隙等類，隨見隨修，雖不能掀宅修繕，猶或可補苴萬一耳。郡中如范文正公祠，諸子俱塑像左右，此則禮關祀典，未可比效。惟錫山王仲山祠，二子俱用影像，置龕列於兩旁，仍供木主於像前，最爲得體，我日後可仿此式，以冠帶畫置龕中，列於合祠之東壁。不但我精爽長侍祖禰，融洩宛如生前，且使後人知我剏造之艱難，纘承祖德，永守勿替，或亦無忝之一助乎？嗣後子孫有顯名於時，素履無玷者，皆得以昭穆聚食一堂，如范祠之例，亦吾家盛事也。勉旃。（置影像木主於旁，雖有他家例可循，但冠服銜稱，恐於時置不便，尚宜斟酌，慎勿草草。）子孫可盡心於祖先父母者，惟祭爲重。凡營家廟，作祭器，歲時祭饗儀法，《禮經》記載甚詳。而最警切深至者，莫如「致愛則存，致愨則著，著存不忘於心」，與夫「非物自外至，自中出生於心」等數語，尤宜反覆尋繹。吾見江南大家，居恒不敬祖宗、褻慢祭祀者，往往摩霄峻閥立見隳壞，可見古訓之不可倍棄如此。吾家家廟與文肅特祠，皆吾所營建，歲時朔望，瞻禮必虔，節饗薦新，四時無缺。但自分授之後，凡寒暑家祭，仍我勉力措辦。我身後應屬長房，恐赤貧無從設處，宜各房共爲佽助。而諸子亦貧窶，一時豈能湊集？須祭前先期幾日，出單預約，無使臨期有誤。祭祀亦必烹飪豐潔，使熱氣上蒸，毋得以生冷惡菜塞責，必須留心檢點，嚴諭庖人。祭後即以分餕各房，使得共飲餘福。終歲僅四五次，在諸子亦不甚難，苟在家無病，必各率其子躬親致祭，切不可託故自佚。《禮》云「君子有終身之喪」，忌日謂也。自文肅公以下，代既未遠，恩亦最隆，届期必虔恭致享，切記勿忘。（陳庶母久在祠中，素祭費頗不多，若留之以畢汝等一世，亦厚道也。）凡祭，子孫兄弟分列東西，共行盥獻，家禮圖説開載甚明。但吾家内眷多不出拜，前後曾行幾次，旋復弛廢，殊爲非禮。此宜於子孫行禮後，内眷復出補拜，庶克盡饗祀之禮，又無溷雜之嫌，最爲得中耳。

再囑

家禮尊祖敬宗，人倫慎終追遠，惟祭祀爲最重。蓋祭者，際也，謂人神交接之際；祀者，似也，謂似將見先人也。子孫惟此一事，可以致其思慕、著其誠慤，雖欲稍參以懈怠而有所不敢者。我生平於此最爲注心，凡歲時家祭，登降必盡嚴敬，品饌必令熱熟，庶幾焄蒿悽愴，昭格來歆。但今年及西垂，奉祀之日無多，長房實主七鬯，他日固其專責。奈病廢且貧，而家祠每設饗一次，約費數金，倘一時不能辦，或致闕略，非惟廢禮，亦諸子之羞也。宜如前則所云，長房任其庀治，而諸分各助資費。先期數日，出單遍約每分若干，收取備辦。屆時長幼男女齊集祠中，肅敬將事，不愆儀式，乃得舊家矩度。雖各分不無煩費，然每月供膳已省，一歲祇三四次，爲費無多，衆擎亦易舉也。若薦新一項，各家食新時不拘豐儉，先以上之祖先，但一稔足矣。若清明、十月朝展墓，城中各舊姓大族皆然，吾家先無此禮，自我始知行之，已相沿四五十年。此後雖極貧，宜勿憚數十里之勞，仍舊貫以存此意，勿使他人有不如他族之議。但祭品縱不能豐腆，魚肉之類，必須烹飪充俎，酒漿必令温熱，勿得以皮骨菜茹、生物冷物包裹塗飾，反致褻慢祖先，得罪名教。至囑至囑。子孫有無棲止者，特祠旁屋亦可少葺自住，照管較便，今申氏亦如此也。

家訓

我家上賴天地深恩，祖宗福蔭，年來子孫連列賢書，今歲春闈，遂得叔姪同登兩榜，里中侈爲盛事。我自惟涼德，何以邀此異福，聞報之後，轉覺營魄回駭，夢寐不安。因自念言造物之於人，善與善報，惡與惡報，感應之理，毫髮不爽。我無善可稱，而獲此厚報者，豈非先德流衍致然。使自此益切兢凛，時刻循省，常憂滿溢，庶幾仰邀降鑒，延祚久長。使不然而遽自驕矜，略無戒懼，浸淫不覺，衰念萌生，便爲拂逆天心，災咎立至，念之能無震悚？而其間匡正逢迎、成敗主人之事者，全由家人。今所以防閑之備嚴、訓戒之備切者，端爲此故。我子孫其痛自砥礪，盡除俗情，諸家人亦力祛夙習，存大體，贊助主人多行善事，長保令名，如此則聲實兼得，上下同休，樂豈有踰於此者哉！我欲作諭申儆，而端緒煩多，恐聯綴未能明了。茲特釐爲五款，開列於後。其諦觀而恪守之，毋忽。

一首先敦睦。古人云，家之興替，在禮義不在富貴。所謂禮義者，其類多端，而孝友敦睦爲首務。循行之則雖貧賤爲興，反是則雖榮盛爲替。蓋天性至親，莫如兄弟，猶身之肢體連心、木之枝葉附本，未有四肢殘而腹心不潰、枝葉瘁而本根不撥者。其摯誼深情，膠結而不可解者也。自世降道衰，手足間雖有怡怡和樂之容，而無肫肫懇切之實，甚至有以榮悴異視、細故生嫌者。此雖世道不古，習俗使然，而其端多起於小人。每見大家房分多者，其家人各有分屬，妄分彼此。於傳述之間，往往默測喜怒，飾詞聳聽。原其初意，不過獻諂效勤，見爲忠其所事，而嫌隙遂因之而生者，在今日遂爲通弊矣。吾家諸子兄愛弟敬，毫無間言。即家人輩亦無險詖之徒，簧鼓生事，似可無未然之憂。但不免猶存畛域，恐將來遂致分歧，不可不豫爲防慮。此後諸弟兄宜益加勖勉，情好愈篤，家人輩亦同心協力，幹辦幫扶，一分有事，各分人體主人之意，竭蹶奔走，一如己事，勿分彼此。凡賦役諸務，通同商酌，必期妥便畫一而行，毋得專執私見，致有互異。倘有如前所言挑鬬妄生異同者，主人立行痛懲，以杜效尤。務併衆心爲一心，合衆體爲一體，臂指立應，呼吸相通。如此則一門之内，和氣盈溢，福慶自來，更何興替之足云哉。若夫各房遭逢有遲速，境遇有順逆，總由天數，非可强求，然古人仕宦能使澤及九族，況一氣分形者，祇此數人，而於其痛癢甘苦，能漠不相關乎？力雖未及，要當刻刻存諸心耳。

一省察功過。有一甲科問蓮池大師曰：「世間何等人造孽最重？」師曰：「惟公等七篇頭兩榜老先生造孽最重。」甲科愕然曰：「如弟子僥倖以來，日夕兢兢，未嘗敢造孽。」師曰：「誰說公造？凡公親族家人有造孽者，皆公造也。」此言警策痛切，真是頂門一針。因知佛經所云「衆生舉心動念，無非是孽」，即賢者亦所不免，可不畏歟？古來名賢，有日所行夜必焚香告之天者；有設二器，以白黑豆分善惡，隨其所行之事輒下一粒，日久而黑漸少者。千古芳規，所宜師法。乃若昧於感應，恣逞胸臆，則其過日積而不自知，良可矜憫。然縉紳猶有好省事，而僕從則務喜多事。其贊導慫恿，把持武斷，顛倒是非，固其常技。此吾家從來未有，今且勿論。而佃户間以瑣事相爭，投揭告愬者，宜喚進詳訊顛末，與之調停。勿輕批揭差人，往鄉查問。田野窮民，尺布斗粟，一家性命所係，不堪騷擾。由此推之，則大家一言一動，不知不覺中默蹈過愆者，正不知凡幾。細微處可不加慎耶？猶記吾祖父鼎盛，每晤上臺，維持公道，揚善雪枉，絶不知有囑託事。我籍門資入仕，浮沉冷局，固無勢力可援，然自弱冠以至白首，未嘗開一干求之口，得一非分之錢。比及貧老，而子孫連發，或因此寸善，亦未可知。今甲第重興，繼述伊始，正宜恪守家法，力挽時趨。每日惟以善惡兩端，事事檢點，刻刻循省，自然邪念少而正念多。縱不敢如《感應篇》所云功行積累，妄求多福，而但得寡過，身心泰然，亦已多矣。

一敬恭桑梓。凡生同土壤、周旋累世者，非係戚黨，即屬交游。或其子孫衰替，久斷往還，或市井謀生，衣冠路隔，而其始未嘗不情聯故舊、誼洽比鄰。古人仕宦，過里門而下車，良有深意，豈可以忽慢視之、氣焰凌之。且鄉黨序齒，載在《禮經》。曩見嘐邑慶弔公舉，屏軸書名，布衣儼列大老之上，此風猶爲近古，今則亡矣。至於士大夫居鄉，少不檢點，僕從假借横行，開罪親黨，在在皆然。而里巷間以口語細事、詬誶鬭争者，即素號清謹之家，亦所不免。吾家素守先世家法，嚴戢僮奴，凡家人與外人争毆者，但有隻字相聞，不問曲直，立行笞責，故人知戒懼，生事者少，頗亦省唇舌之煩。此行之數十年如一日，里中所共悉也。今子孫一時倖叨甲第，較前似處盈滿，方切兢惕，恐蠢奴愚昧，妄謂可以恢張，遂復弛放。特行嚴飭，務比舊加倍斂戢，遇人倍加恭敬。倘有人以非禮相加者，吞聲忍受，唾面自乾，不得輒有回答，致生事端。總之，吃虧一分討一分便宜，渾厚一分養一分元氣，與己有益無損也。乃爭我常怪世人體面、崖岸之説，最爲害事。家人惹事，直者置之，曲者治之而已。乃爭體面，立崖岸，曲護其短，强文其直，究或詘於公論，損望招尤，則是自傷體面，自壞崖岸也。果何益哉？我所以反覆叮嚀訓戒者，實爲保泰持盈之計，兼爲闔家造福。大小家人須深體我意，痛除夙習。其兢凛奉行者，必有厚賞；頑玩故違者，必行痛懲。禍福懸殊，慎勿貽悔。

一慎收奴僕。沈文端公曰：「大凡僕從只將就足用，不必太多，太多則飲食於我者多，而生事亦多。至有不衣不食而爲我服役者，尤不可。蓋彼非徒然，必藉我以行其私也。彼藉我以行私，我因彼以斂怨，則我之役彼一時奔走之微勞，而彼之役我者終身名節之大竅也。此非我役彼，而實彼役我也。奈何役人而反爲人役哉？」其言字字透骨，可爲冰鑑。吴俗好夸，大率富貴之家，以坐榻後森然林立，車馬簇如雲湧爲美觀，亦直非有道者所宜處。今應世方新，百凡以雅素爲尚，無事塵俗，但仕途交際正煩，如寫帖奔走，二三健從，固不可少。家中既無其人，不得不求之於外。惟投靠者決不可收。蓋此等人非故家舊族，即衙門宿猾，其智巧踰於常人，初委以事，必能以小忠小信效其所長，向後爲患不小。前所云藉我以行其私者，正是此輩，杜之不可不嚴。宜託居間者廣爲尋訪，如里中有諳練世事、誠實可託、肯爲人役者，用善價買之，庶可長久。然或有與眼前親識瓜葛相關，不知誤收，後仍非便，須再三詳訊，一無妨礙始可耳。

一早完國課。方今田賦，功令最急，苟有逋懸，禍亦最重。此天下皆然，而江南爲甚。吾家清白之遺，家無長物，各房析箸時，惟分田授畝，貽之以累。當此春月開徵，先期賠墊，鬻田路絶，典貸無門，且頭緒多端，以赤手四應，剜肉醫瘡，良爲劇苦。然既有田在籍，雖骨枯髓竭，催科自難寬免，輸將豈容暫緩？宜主人與管數家人，時刻提心，在殫思慮以籌畫，焦唇舌以督催，捃拾經營，陸續投納，完過隨索印票，總冊總數塡明，庶可杜移易飛灑之弊。乃家人輩往往吝惜小費，圖逸目前，事急則張皇失措，稍緩便不復驚心，惟以遮掩欠數，那延時日爲能事。主人亦以窘困莫支，暫圖休息，姑且聽之，不知錢糧究不可遲，積累愈增繁重。譬如養癰，終必潰敗，所謂漏脯救飢，鴆酒止渴，謀身適以自戕，即至愚所不爲也。惟是新舊相仍，追比迨無虚日，無可搜索支吾。田租雖微，猶必少藉牽補，決宜於秋成之後，計取所入，銖積寸累，盡以輸官。而家中日用，人事應酬，凡百務從節嗇，切勿輕以租入用散。則雖簞食瓢飲，衣穿履決，而身心輕快，魂夢俱安。較之日夕驚憂者，所得孰多！使不然而秋冬所入隨手用盡，一入新年，枵然赤立，數月間徵比追呼，爲期甚速，粉骨難支，必至敗壞不可收拾矣，可不爲慮乎？且有田供賦，固臣民通義，毋容逋緩，況吾家新登甲第，列在縉紳，而下同頑户，觀聽亦甚不便。眉公先生曰：「士大夫居鄉，以早完國課爲第一義。」誠爲至言。所當時刻書紳，雖力有不及，而心切自勉者也。

以上諸款，皆日用常經，非迂遠難行之事，然多從克己退步，討得些小受用。且每見大家規範，多壞於僕輩，故反覆痛切言之，每事申儆。爲主人者但堅持主宰，勿有偏聽，兼能以至誠感化，使上下同心，則不但元氣常存，福祐綿遠，而將來遠大之業，亦於此基之矣。勉旃勉旃。

族勸

某以孤孫，承先文肅公之後，仰賴祖宗福蔭、親族匡維，年及西垂，獲見子孫蕃衍，科第蟬聯。邀福逾量，深懼履盈，惟時刻警省，冀以少免愆尤。敢併告之通族。凡我尊長以及弟姪輩，累世聚族而居，漸漬先文肅懿訓有年。無論讀書者勵行好修，即力田者亦皆循分守理，必無躍冶之慮。但族蕃人衆，恐心志未能齊一。此後更望互相勖勉，倍加砥礪。每事必主退讓，同宗切勿鬭争，毋與户外，毋比匪人，務使禮義敦睦之風洽聞遠邇。將來條葉發祥，更益昌大，爲太原盛事佳話，不亦休歟！一本相承，德誼不淺，此尤末屬枯朽所惓惓注望者也。幸惟慈諒。

自警文

夫人立身應物，總不踰言行兩端。言行之得失，人品之優劣，一生之禍福係焉。

《易》曰「君子之樞機」，樞機之發，榮辱之至也，可不慎乎！歷考往代，如萬石公醇謹承家，馬伏波忠厚誡子，衛叔寶喜愠不形於色，徐偉長臧否不挂於口，皆爲史書所豔稱。他如國武以翹過隕身；伯宗以直言賈禍；陽處父剛過於柔，寧嬴知其不免；張茂先華而不實，韋忠策其必敗，芳規覆轍，開卷瞭然。況今日遍地罝羅，觸頭罜網，可不日夕兢兢而任意冥行也耶？予心氣粗浮，遇事多不思維，意之所到，輒便爲之。及事後反覆審度，始覺未安，則憂煎悔恨，真如萬火燒心、衆鏑攢體，甚至寢食都廢，形神俱瘁，而事已無及矣。昔高順謂吕布曰：「將軍舉動不肯詳思，忽有失得，動輒言誤，誤豈數乎？」此言正中吾病，良可思也。至於口過，尤當痛省。余素病口直，胸中若有一事，如含瓦礫，必欲吐之而後已，甚或道聽一語，未辨真僞，即以語人。或傳述事實，意在聳聽，稍事增飾。或言與心違，前後矛盾。此皆市井儇薄之態，安有正人君子而若是者乎！且言者風波也，一有差失，大則可以殺身，小則可以害成，豈容草草乃爾！至若傷人之言，深於矛戟，或以一言壞人生平；或以蜚語搆人是非；或意見不同，過肆譏評；或發人隱私，極意描畫，此真爲鬼蜮，豺狼不食者也。《韓非子》曰，人之游世，無害人之心，則亦無人害。令以口舌害人，人未有不知者，出爾反爾，相報必重。縱使生時幸免，死獨不畏犁舌耶。予自檢生平，不解作僞，然酒杯諧謔之間，興到不禁忘其所以，得無有犯之而不知者？不可不時時警省也。又予性太疏脱，每與人交，一言意合，便推心促膝，肝膽盡傾。誠信待人，固交道所貴，然人情險巇，甚於山山，世態反覆，真如雲雨，豈無借我言爲口實，餂我言以執贄者？自兹以後，凡遇乍交酬接之間，言語自當留意，勿因片語投機，遽輸心腹，貽駟不及舌之恨也。予衷無城府，以坦率待人，自謂與世無忤，徒以喜愠無恒，鋒芒太露。人或見爲刻薄難近，然我　身既不爲人所親，則必爲人所畏，未有處世爲人所畏而長無怨疾者。自後宜盡改前習，務養得沖和渾厚，常如嬰兒，於人既無猜嫌，於己又得安適，不亦善乎！昔楊再思謙屈太過，人有問之者，對曰：「世路艱難，直者受禍，苟不如此，何以全身？」再思佞人諂子，其言固不足采，然此語頗得危行遜言之意，正不可以人棄言也。又嗔性予所最重，此從始生帶來，諸根盤結，隨觸即發，姑勿論大利大害，或意有所是，人與相違，或議論蠭起，爲人所抑，或人以非禮相加，不甘忍受，或見以强凌弱，代爲不平，或以好語勸人，其人愚頑不服，或人不肯體諒，多有意外纏擾，或眷屬勃谿，或僮僕錯誤，往往不勝憤怒，如火燎原，不可遏滅。及至事過之後，轉一思之，與我絶不相干，何直得裂眥碎齒，自伐天和！況大怒之時，血氣不能自主，語言錯亂，舉動乖方，恒必繇之。少頃氣平，輒又不勝懊悔。若能於忿念將起之時，亟以此心默照，堅忍須臾，自然漸息漸夷，究必冰泮籜隕，何至侵性傷神，恣情失禮，貽無窮之悔哉！衛洗馬云：「人有不及，可以情恕，非意相干，可以理遣。」斯言真懲分藥石，即終身誦之可矣。以上諸病，予久蹈之，自知守此不變，於身多悔尤，於世多齟齬，每思力爲省改，而積習深重，過眼即忘。兹特一一拈出，朝夕覽閲，痛自檢束，庶幾吞刀飲炭，不但韋絃之佩已也。

此余甲子秋從長安歸途中漫筆，朝夕省覽以自警者也。繼以跧伏草土，斷絶世情，此册不復寓目。歲月既久，日漸遺忘，迨戊寅新正三日，偶檢書篋，得之於舊籍中，不覺憮然自失，恧然汗下。因思篇中之語，字字觸著痛處，使余能時刻軫慮，謹守金人之緘，深存木雞之養，何至垂老爲狐涎蠅矢所點污哉！是知鬼車弓影，集謗叢疑，亦余疏率淺薄有以致之，未可全諉之命犯磨蝎也。掩卷爲之三歎〔五〕。

手書先哲格言訓六房

《顔氏家訓》曰：兄弟之際，異於他人，望深則易怨，地親則易弭。猶居室一穴則塞之，一隙則塗之，則無頹毁之慮。如雀鼠之不恤，風雨之不防，壁陷楹淪，無可救藥。僕妾之爲雀鼠，妻子之爲風雨，甚哉！人或交天下之士，皆有歡愛，而失敬於兄者，何其能多而不能少也？人或將數萬之師，得其死力，而失恩於弟者，何其能疏而不能親也？士大夫子弟恥涉農商，羞務工伎，射既不能穿札，筆則纔記姓名，飽食醉酒，忽忽無事，以此銷日，以此終年。或因家世餘緒，便謂已足。及有吉凶大事，議論得失，蒙然張口，如坐雲霧。公私宴集，譚古賦詩，塞默低頭而已。有識旁觀，代其入地。何惜數年勤學，長受一生愧辱哉！

夫明六經之旨，涉百家之書，縱不能增益德行，敦厲風俗，猶爲一藝得以自資。父兄不可常依，鄉國不可常保，一旦流離，無人庇蔭，當自求諸身耳。○柳玭戒子弟曰，凡門第高，可畏而不可恃也。立身有失，得罪重於他人，此所以可畏也。門高易驕，族盛招忌，懿行實才，人未之信，少有疵累，衆指乘焉，此所以不可恃也。故膏粱子弟，學加勤，行加勵，僅得比他人耳。予見名門右族，莫不由祖先忠孝勤儉以成立，莫不由子孫頑率奢傲以覆墜。成立難如登天，覆墜易於燎毛，言之痛心，爾宜刻骨。○裴晋公嘗訓其子曰，凡富貴紈綺之子，少而聰穎，援筆立賦，睥睨千秋，心滿氣盈，已不勝骯髒之習。而食客游士，又從而諛之，一文出奴僕班揚，一詩成伯仲李杜，夜郎王何如漢大，富貴凌人，而以才俊濟之，角蛇翼虎，釀成淫毒，至覆國傾家而罔悔。反不如椎魯無文者，猶能自存也。余嘗與豪貴言，見其縱横飄忽，目無所不空，口無所不擊，自三教聖人而下，不免推詈，又岸然自謂手金剛杵，所當無不碎者，而方盛有時名，雙睫如炬，電光其舌，旁人雖欲與一語，扞不得入。嗟乎，富貴之爲害如此！余願士大夫教子，先坊以禮義，教以謙抑，而後課以藝文，責以古今，一事之能無輕奬，一語之俊無妄誇，是真能愛子弟者也。○東坡云，若進退之際，不甚慎静，則於定命不能有毫髮增益，而於道德有邱山之損。東坡與友書云，孫莘老識歐陽文忠公，嘗乘間以文字問之，云無他術，維勤讀書而多爲之自工。世人患作文字，少嬾讀書，每一篇出，即求過人，如此少有至者。疵病不必待人指摘，多作自能見之。此公以其嘗試者告人，故尤有味。〇所示書文，大約如行雲流水，初無定質，但常行於所當行，常止於不可不止，文理自然姿態横生。求物之妙，如繫風捕影，能使事物了然於心，蓋千萬人而不一遇也，而况能使了然於口與手者乎？是之謂辭達。辭至於能達，則又不可勝用矣。〇朱晦庵答劉平甫書云，新年人事，幾日而定，定後進業，恐不可廢。大抵家務冗幹既多，此不可已者。若於其餘時，又以不急雜務，虚費光陰，則是終無時讀書也。愚意講學幹蠱之外，挽弓鳴琴、抄書讎校之類，皆可且罷。平甫試思此等於吾身計，果孰親且急哉！又比來游從稍雜，與此曹交處最易親狎，而驕慢之心日滋，既非所以養成德器，其於觀聽亦自不美，所損多矣。有國家者，猶以近習傷德害政，况吾徒乎！〇又答陳膚仲書云，承以家務叢委，妨於學問爲憂，此固無可奈何者，然亦只此便是用功實地。但每事看得到理，不令容易放過，更於此間見得平日病，痛加翦除，則爲學之道，何以加此。若起一脱去之心，生一排遣之念，則理事却成兩截，讀書亦無用處矣。

偶檢先哲格言數條，録付扶兒，置之座右，苟能體認力行，庶於持躬勵學有餘師矣。勉旃勉旃。八十四老人漫筆。

戊寅由京中寄家書

聞家鄉旱涸已極，河路盡絶，米價日貴一日。到漕糧時，更不知作何光景。且雨雪杳然，至夜赤氛復起。明年旱蝗勢所必有，尚未卜何所究竟。吾家多積米糧，或以減價平糶，或備煮粥賑饑。而累年所積，皆爲工作用盡。今年又值歉收，除完倉糧外所存無幾，苦不能如願。然使各莊所報稻租數，粒粒徵收，口糧日用之外，尚有幾百石赢餘，亦可用作好事。汝等可諄諭管家人等設法嚴催，務使盡數輸完，毋容少欠顆粒。倉米數出入數目，亦宜時常稽核，勿使濫破，今正惜米如珠時也。此際商之衆家人，必謂儉歲廩虚，自家度用尚不足，何力爲此？殊不知此時人情世風，天災時變，皆不可保，富不如貧，聚不如散，我見之甚明。況我家自高曾以來，富厚已逾百年，人家如此，可謂久遠。以理數揆之，至今亦宜衰落。我家從無實蓄，而體面虛張，比他家百倍。年來已大見捉襟露肘之狀，外人終不見信，止因田産尚多之故。即減産以行善事，猶不至於貧罄。而堅守舊轍，懸此枵然空質，將來之事反不可知。智士決宜早計，以不足爲有餘，切勿狃眉睫之見，貽顧指失掌之悔也。我近來忽自省悟，凡人一舉念，一動足，皆有天鑒察在上，善惡禍福之報，如影隨形，如響應聲，一定不爽。即間有爲善逢殃，爲惡蒙福者，人見爲謂因果倒施，而遲速輕重之間，紆迴感應，何曾少差毫髮！我家在里中素有善名，然僅不詐財害人，實未嘗做一濟人利物善事。以我世禄之家，非但人之望我比衆不同，即天意責備亦比他人較重，但不能濟人利物，便與詐財害人者罪等矣。況我一身，五十年來，雖比他大家子弟極口體之奉、縱耳目之欲者稍別，而美衣甘食，安居逸處，每日非義之言、非義之事，不自檢察，所犯實多。人生一飲一食，冥司皆預註定，有官主之。范文正公每夜就寢，必自計一日飲食奉養之費，與所爲之事相稱，方始安眼。古人身兼將相，功被天下，猶且如此，我虛生半百，罪過萬端，享用太過，暴殄太多，安能無惡報？每一循念，不覺毛豎骨竦。念欲力行善事，少作懺悔，而以杯水救車薪之火，何能有濟？使更不實力施行，徒形筆舌，則爲欺天欺人，更添一重罪案，得禍愈不可救矣。汝等閲世未深，習染未錮，宜及此時培養善根，勤修善行，刻刻念念，以惜福作福爲主，將來種種福澤，盡從此一念生發。天道無親，常與善人。丈夫當轉造化，勿爲造化所轉。袁了凡先生《炯鑒》一書，可細觀也。此字宜示家人，再與反覆言之，各體吾意毋忽。

闈後課諸子〔六〕

三年已復浪擲，轉眴又是子秋，年復一年，科復一科，倏忽老至，一青衿何以結束〔七〕？爾等生長膏粱，不習勞苦，筋骨弛緩，不任奔馳，舍讀書進取外，更無安身立命之地。然使本領未裕，學力未充，如鳥無翼，如車無輪，何以凌高致遠？平日讀書作文，但能工夫綿密，研討精深，古今之學貫穿淹通，考時猝遇難題，書旨瞭然，機神湊拍，庶幾可冀萬一。若窗下荒疏，臨場急抱佛脚，入闈手生意亂，僅得勉綴成篇，豈可遂以不售諉之命數？古云：「穮蔉待豐。」未聞有不耕而穫也。目今深秋佳序，燈火可觀，讀禮者宜趁空閒，鎩翮者宜益憤悱，務於此三年内奮厲共用苦功，必期有成。每月三六九日，兄弟子姪約題作文，非至忙不輟。月内仍輪一人值，會請同志之友會藝，以二篇爲率，日長時增經藝一首，送友評閲，務求直指瑕疵，切勿徒徇形迹，過情獎飾，庶得切磋之益。爾等自爲終身計，各宜猛省，我年向暮，不能爲爾等朝夕程督，特以父子恩深，期望不已，故復縷悉言之。正如王僧虔誡子所謂「各爾身己切，豈復關吾哉」，爾等宜深體此意，亟自努力，勿復悠忽惰廢，使年力家計與歲月消磨同盡也。勉之勉之。

終事

宋朱新仲舍人作人生五計，以六十爲死計，古人達天知命如此。今吾年過周甲又十六年，如草頭殘露，寧有幾時，豈可不早爲計？偶意所觸，隨筆諸紙，庶幾易簀之日，詒之話語，俾後人知所導守云爾。

内典言人捨報後七七之内，識神猶在家未散，急延清净真實僧誦持經咒，以資冥助，必獲利益。若酒肉應教其平日造業過俗人，豈能升濟幽明？乃大家僕輩，每與門徒僧酒食緣深多爲薦引。其聳感主人，輒謂禪和子寂静行持，外無所聞，必有儉親之議，故必應教吹螺鏘鈸，廣作佛戲，庶足動人觀聽，可免物議。殊不知人子於親，苟可救其厄，雖頭目體腦，總不遑恤。此何事，而可以虚名具文眩人耳目哉？況徒費金錢，於逝者無纖毫之益，亦何苦爲之？我後命終，宜於善知識道場中，選擇有德禪衲，或四或六衆，即在佛堂中日誦大乘經典，早晚持咒，七七而止，庶冥冥中仰仗佛力，得遂逍遥。切勿徇流俗之見，仍用門徒混鬧累日，使我益滋業障也。誡之誡之。

佛堂爲我魂魄所依之地，我身後宜留爲公所，像設、供器一切勿動，七七之内宜延真實僧三四衆，在内諷經持咒，以資冥福。間請大德法師放焰口一壇，以拯濟幽冥，必得實益。宜擇一單身無累、年近六旬者，令居側近，各分湊出米糧，給其口實，專令朝夕灑掃、添香换水。於家中留此清净域，使闔家眷屬得常瞻仰禮拜，熏長善根，豈非勝事。但恐各分未必同心，傳之久遠，不能無變，萬一香火不能常繼，房屋或有更張，則現在諸佛像或諸分有信心者自請供養，或轉送名刹善知識處，切不可付授非人，鬻賣得財，反增無量罪孽也。

祭問

我八旬後衰憊日甚一日，自覺形神不相綜攝，諒已不能長久。向後未了之事正復多端，耄荒善忘，一時不能盡記，兼思慮煩亂，赤手莫可經營，難以條列，先就其所最急、我所時刻縈懷者，如先祖墓歲時祭饗皆剋定時日，不容延誤，非比他事可以怠緩，爲子孫第一要務。大房爲承祧之主，論理自宜承任。但其生平落拓自放，於世事家事概不經心，且盲廢多年，既乏内助，又無良僕，百事隳廢，家亦罄空，已決撒不可收拾，思一歲中幾次作饗，約略有二三千金之費，倉卒何從措處，自不得不需助於各房。初議諸子均出公分，目前供膳我者，後日即可移以助祭，衆擎易舉，似簡便可行。後又恐房分衆多，事難合一，恐一時未能齊集，復議挨年輪值，庶有專責，無容推諉。然細思諸子俱苦貧乏，傳之久遠，豈能一一應期？萬一或有參差，祭事豈可遂已？二者俱未盡善，焦思無策，曾商之有識者，謂宜立祭田若干，收其租入，專供祭祀之用。諸兄弟共輪，綜理其事，勾稽出納，并任督催，庶無虚濫之虞。且使有成規可循，不致廢斁，似較前差妥。不知垂之於久，得究竟無弊否。至若賜塋特祠，規模太大，葺治甚難。何項可備繕修，何人可任典守，如兄弟俱叨餘蔭，相關并切，凡承先毖後事，亡如存之道，各宜詳慮深籌，慎勿視爲泛常，隨聲附和，以一鬨了局。執友中如殷老、聖老，宗族中如衛叔、蔚姪等，皆老成練達，宜與細細商榷，務求至當。但使斟酌合宜，使先人蒸嘗勿替，則我未盡殘年可免積憂，即死亦得長瞑矣。至切至切。

西田預囑兼答祭田公議

西田百畝，在州治西北隅，距城十餘里，本汙坳沮洳之地。余乙酉夏間避地過之，見深林僻塢，夐絶人境，且中有廣池曲流，不煩開鑿，而曠覯幽致，渾然天成，意頗樂之。自兵火少熄，即沿流擇勝，誅茅種樹，隨宜布置，涼亭燠室，約略粗備，因而旁近增拓，復得四十餘畝，不數年而樹木蓊鬱，花竹玲瓏，遂爲荒郊勝境。余年日衰，深幸得此少娱心目，聊以處陰息影，故每當佳晨良夕，即扁舟往游，多或累旬，少亦數日，棲息其中，流連忘返。爾時掞兒初生，必攜之同往，至六歲就學始止，自是余之涉履亦復少稀，然每語掞曰：「西田，汝髫齔熟游，俟稍長當以畀汝。」蓋余衷久定，非自今日始發此念也。迨至癸丑，余癃篤日甚，掞適以母憂歸。余念每歲特祠兩祀、祖宗家祠時饗，皆余之所獨任，今殘息無幾，諸兒又皆貧罄，苟不預爲規畫，倘致烝嘗有缺，抱恨何窮。遂浼執友宗黨暨諸兒輩，會聚一堂，公議長便之策，皆云祭田必不可不立。蓋祭田者，所以統攝人心、區明規則，百世之憑依。又必出納有稽、輪替有册，庶免日久朦溷之弊。可謂計慮周詳，無復遺議。但累代祠墓甚多，不獨祭饗繁重，即修葺之費，亦甚不貲。必須祭田數多，庶足充用。乃今田各有主，未分屬者衹存楓橋三百餘畝與西田頃餘，豈足供費？且西田小築，實我一生精血所注，即身後魂魄猶應至止，尚欲少留，以存付託。此語偶露之蔚姪，諸兒遂曲體余意，欲於所分授田内各出數畝，湊成百數，以補此項。掞兒聞之，謂：「昔年以東園分授諸兒，僅長者四分，餘亦未能遍及。今諸兒尚有未授者，我豈可越次先之？誓不敢領。」蔚儀復以素定之意再三苦勸，乃云：「如父命必不可違，則或祇受屋宇，田則仍歸公分，充祭田之用，庶可勉承。不然不敢。」夫諸兒弟篤天倫之愛，慨然義助，掞兒又不欲叨越序之賞，退然禮讓，皆近世之罕有、家庭之鋭氣，吾聞之不勝慰喜。但揆之情事，猶以爲未必然當，爲兒輩詳言之：大凡父母遺之子者，必爲之計奇嬴、規利益。若我園亭之分晝，徒以情賞所寄，不忍捐棄，姑存典守虚名，而每歲增葺賠糧，實反加累，生息何有。至若西田卑濕，屋室最易朽腐。況田尤瘠薄，佃更奸頑，余居此將三十年，從未一收全租，兩遭水旱，公賦全賠，其受累更有甚於他處者，恐亦未堪爲祭田用也。今明知以此田加賫，實所以累之。因念掞兒倖登仕版，勉力支撑，窘瘁至於徹骨，余愧不能佽助分毫，舍此一項，别無可以見意。且僻荒寂寞之鄉，若田無分寸，何以守此廬舍？諸兒既能公諒，掞兒當以從命爲敬。至於祭田虧少，誠如議中所云，隨時隨力增田裕用。雖後人之光大前業，總尚聽之造物，未敢妄爲期想，然神理默綏，惟深培元氣，操修懋勉，爲之孚感而已。所論皆鑿鑿中窾，無可移易。其中委折細微處，尤須條析發明，尚可不時參酌。諸兒各賢明識大體，無庸老人懸念也，特言之傳示子孫，使知我今日苦心如此〔八〕。

又書祭田公議後

祭田公議，承親族苦心斟酌，可謂深思極慮，更無不盡矣。但議中諸款皆屬異日之事，非目前可以遥度，況臨時事或變更，亦難懸定。且祀饗所費猶少，如修葺祠墓，增益祭田，更爲繁重，恐非楓橋二百餘畝及在城零雜田房些些租入便足充用。況諸兒皆處貧乏，賠補無力，一旦輪次任事，萬一捉襟露肘，日闕亡儲，創始維艱，鮮終可慮，亦不可不預自籌畫也。吾意宜通盤打算，三年之内酌量小葺，應費幾多，約計若干可抵此費，估榷既定，儲蓄無虧，庶幾根據可憑，可垂永式。即如議中所云「恢拓裕用，神而明之」等語，皆可次第講求，協力整緝，務實實增光廟祏，非徒託紙上空言。要期胸中先有成竹，然後臨事可免摶沙，所宜時刻夢寐、蒿目經心者也。此事我一生精魂所注，恐後不及再囑，故復縷縷言之。諸兄弟俱有至性，且習聞先生長者之教久矣，必有以大慰我於存殁者，無俟數數丁寧耳。

訓大三兩房

我比來癃篤日甚，百病交攻，自知不久人世，追溯少時危疾，豈望壽逾八旬？得至今日，更復何憾。但家極負寠，兒息繁多，俱因田賦煎熬，膏血罄盡，向後諸事未妥，可憂正多，乃我生前痗心、死不瞑目之事，而所灼腸頃刻不忘者，大房、三房爲尤甚。大兒本鹵戇坦率之人，但落拓昏瞀，别具一種情性，思慮每多膈膜，精神全務外交，即左右指使，亦昧於鑒裁，往往嬖諂佞而惡誠樸，以致一家上下相習成風，比别房另一格局，遂至百事決撒、拉攞大壞，不可收拾。此則病在昏昧。三兒性本醇謹，人亦孝友，雜藝頗見多能，勾稽亦工籌算，顧以優柔寡斷，鮮能振作，日漸消耗，罄無一存，以至不免凍餒。此其病在懦弱。凡二子之顛連，皆已失之前，莫可捄挽。惟大房一事，關繫匪尠，則今所居之宅，乃文肅公故第，相沿已逾百年，理當屬之長孫，前後層屋頗極奧深，歲久風雨侵凌傾圮，每歲修葺之費皆我任之，幾無虚月。今大兒以赤身窮漢，住城中第一大宅，賠糧既所不堪，葺費何從設處？我身後各房往來稀簡，宅中益復寂寥，一分豈能獨住？料其必不能守。雖州中凋敝，在城諸巨室未必有大力者可得，而徽人借作質庫，勢所必至無論。一歸他姓，便難取贖，言念堂構，能無病心！而遷移之後，歷代神主未知棄擲何所，尤我地下愁魂刻刻如刀剜縷割者也。特此先囑諸兒，萬一有此，須協同涕泣諫止，縱未能終使長留，但遲一日可令存歿安妥一日，亦子孫之大孝。倘僥倖汝等有仕途得意者，或借或買，分劃同居，更爲兩便。此則姑作妄想，機緣尚聽之天也。且不獨此，汝兄弟雖皆極貧，然内外尚有佽助，黽勉支吾，或猶可逐日捱度。獨兩房皆已無家，支吾何有？將來未知何所底止。汝兄弟子姪中有已遇者，目下尚在窮途，不遑自爲，安能爲人？使後日或致通顯，禄賜稍豐，知必能曲垂賑恤。范文正澤及九族，流芳百祼。況今同氣連枝、均屬毛裏，豈有目擊其危困而忍坐視者乎？然在二子自處，則境遇時命坎坷俱到極地，當由宿業所招，非今一生之事。我爲反覆巡思，惟讀書爲善，庶望斡旋厄運，亦可感格天心。然讀書乃後生本分事，憤悱鑢礪，無待激觸；爲善則必發勇猛志願，如了凡先生《科名炯鑒録》所載，嚴核功過，時刻持循，必期克臻實際，非輕泛常虛閧，此則各分子孫皆當專心着力，不獨兩房宜然也。我風燭之年，惟恐朝露猝至，不及囑囑，故乘一息尚延，筆之於紙，以詒汝等。末後一段，實感應必然之理，慎勿以爲迂腐而忽之。子孫但能深體吾意，奉四字爲養身秘寶，奮勵力行，交相勖勉，以慰我心，則我將含笑入地矣，更何言哉！

後樓預囑

我生子九人，分授住宅，惟大、二、三房皆親自經營。大房於正屋之外加以小宅、後園，所以隆長枝也。其餘或授外宅，或畀田爲買宅之資，總不如前。而八房併未有田，僅以中小宅授之，俱係書齋，無一間可作内室，恐我身後八房必致遠遷。因思大兒病廢已久，家復就落，兩孫既已婚配，孱懦未諳世故，家中又無强幹之僕可以佽助，成立殊艱，文肅世閥，決難搘撑，宜諸叔共爲照管。但各分住開，往來未便。八房同宅，義自無辭。况忝仕路，幸厠詞館，則擔承門户，是其職分。若聽其別徙，必至鳩居鵲巢，祖宗饗祀之地亦將變遷。此雖未必遽有之事，而老人深思積慮，未嘗不廢寢忘食者也。昔張公藝九世同居，浦江義門鄭氏與陳競十三世同居更不絶書，而其他奕葉聚首、怡怡一堂者，更不可勝數。吾妻爲禮義之邦，祇緣習俗沿流，遂至兄弟分宅。吾家孝弟相傳，八兒自幼事長兄極恭，若大、八兩房同宅，則門楣永久無恙。俟我身後，大房長孫居燕喜堂，次孫居樂頤堂，併後樓一帶其大樓一正兩側，則付八房作内室。若迎接官長與婚姻大禮，總用大廳。八房稍有餘力，宜於大廳茶廳量補修葺之費，總期兩房均用，不得有阻。如此，則一門和洽，骨肉團圞，不惟老人心慰，祖宗在天之靈亦歡喜無量矣。老人一日九迴，不過爲大房善後之謀，爲宗祠久安之計。乘今日尚能握筆，書此以爲後券。既使大房安於無言，且使八房不得退却，併使諸兒共白我隱，無不從祖宗起見，豈有他哉！倘邀天之祐，大房兩孫皆能自振，每事追隨叔後，不失爲禮義之家。設使不幸，欲棄此宅，必當歸之八房，不可別售，縱有善地可遷，其若祖宗怨恫何！兩房苟違吾言，不孝之大者，使我没齒有餘憾矣〔九〕。

祭田申訓

文肅公特祠與楓橋賜塋，規模宏大，日後每年修葺，爲費甚繁，況有春秋展墓并有兩丁祭享之用乎？前所議祭田僅貳百九十餘畝，除去糧役，所存租入將來必不濟用。惟恃此田坐落楓橋，即遇水旱不至十分荒歉。向聞諸兒曾有各助數畝之議，甚善。至於躋身仕路，若得通顯得意，尤當篤念本源，須多助增入。如可湊成千畝，固屬上願。否則，五六百畝必不可少。此不獨文肅公祠塋得以修葺，凡東鄉祖塋，雖經各分承任，亦可以餘力所及，永不至於坍塌。是在賢子孫神明我意，非告語所可及也。倘汝曹異日不思加增，反欲侵損，甚或豔羨膏腴，妄冀更换，在祖宗爲罪人，在我老人爲不孝，忝列名教，尚慎旃哉！汝曹皆知大體，必無此事。恐再傳而後，未必盡如目前，故爲未然之慮，書以示誡。

公議〔一〇〕

一，設田。

祭享修葺諸大事，垂之永久，必有參差。遵議立祭田，允爲不易。如楓橋西郭田二百六十六畝七分三釐，共租二百九十五石一斗五升三合，又地租銀八兩一錢二分，房租銀三十一兩七錢，特祠前基地銀壹十一兩二錢，馬路内地租銀五兩九錢五分，皆可充用。但所費極繁，而祭田甚少，嗣後有能光大前徽，隨力隨時增田裕用，則在賢子孫神明之而已。

一，輪任。

兄弟九分，定爲三分管協，三年一輪。其管協之序：大房、二房、四房爲一分，三房、六房、八房爲一分，五房、七房、九房爲一分。諸兄弟面同酌定，無不悦從。

一，收管。

每年就輪管之中，遵諭推一房主持，兩房協助。凡所收之米，貯一公廒；所收

之銀，貯一公柜，柜貯主持者之家，必三分面同封貯，
不得私開。其完辦賦役之外，米則易銀，以供祭享之用。餘銀公同寄貯典庫，
少生微息，
以備墳祠修葺之需。貯典之時，須三分公用半票爲憑，以杜獨自支取或借別項
急撮轉挪之弊。三分中，第一分二房揆輪主，大房、
四房協助：；第二分八房掞輪主，三房、六房協助：；第三分五房抃輪主，七房、九
房協助。三分各輪，一分專管，兩房協助。然祖宗大事，責任維均，自宜一體留心。
如聞有怠緩者，他分催促。得以煩聒爲嫌，有如是者，衆共非之。

康熙某年

某月某日王宅付本銀幾兩

每月每兩幾分起息

將此票中截，主持者獨藏一半，協助者共藏一半。兩截票齊付合符，方許支銀。

如獨付半票，不準支取。

一，查覈。

造總册一本，鎸圖記一方，輪管主持者執掌。每次公用畢，輪管三分面同會算，注册用記，各填花押，以便交盤。三分各自造底册備查，不得稍有異同。至交盤之際，務極清楚從公，勿使授受不明，致滋議端。

一，經始。

初年任事者，租利未入，即有祭銀啟徵，且丁祭時享接踵而來，何以支應？定議：初年費用，九分協力料理，直至歲終爲止，使任事者全收今歲之租，準備來歲之用，則臨事整暇，永無他慮。至第三年交盤，定期十月朔，不得稍有游移。

一，管租。

管租之人既催且辦，關係非輕，須九分公擇實心堪任者充之。如得妥，則不必屢易。反致墮誤租課，佃户失宜。如有未妥，則公議易之。無得狥好惡，使效勞者灰心。

一，祭享。

文肅公賜塋祭掃，特祠春秋二祭及家祠夏至、中元、長至、除夕作饗，并節序奉觴薦新、祖父母生日忌辰，每次悉參照舊規儀式，務期豐潔，垂法後人。

一，修葺。

初年任事，即議修葺，則難在前而易在後，恐有不均。不議修葺，則久益頹而工難起，易生□避。莫若定期三年一修，而三年内擇其最急應修者先之。須九分公同估算，不得苟且粉飾，耗費開銷。

一，備荒。

三年内倘值微眚，竟不必計及。如遇大歉，則動支餘租。如無餘租，則公同協辦。

一，謹守。

每見郡邑諸大家設立祠祭，其始未嘗不嚴整，甫一傳而漸弛迨，再傳而空名亦無復存焉矣。究其故，不過因動摇祭田一項耳。文肅公以清白傳家，累世不名一錢，存設祭田，悉係祖宗血産，世世子孫當思創始之維艱、典守之非易。如輪任之年而擅廢一畝、抛荒一地者，即爲祖宗之罪人也，其慎旃勿忘。

以上詳議賜塋、特祠等大事，俱仰體不匱之思，允足光前裕後。但東鄉老宅，係祖宗發祥之地，安得不貽謀久遠？理宜作九分公所，亦三年一修，則工作有限。即隨祠、塋之後，似亦易辦。

康熙十二年九月二十八日，友顧殷重（押）、盛聖傳（押）、族衛仲（押）、蔚義（押）同議。

校勘記

〔一〕「離」，原作「蹤」，據笏盦鈔藏本、南圖藏鈔本改。

〔二〕「形」，原闕，據笏盦鈔藏本、南圖藏鈔本補。

〔三〕「閲」，南圖藏鈔本作「閾」。

〔四〕「坐」，南圖藏鈔本作「增」。

〔五〕南圖藏鈔本後有：「戊寅春正四日，又識。」
〔六〕自《闈後課諸子》至《祭田申訓》八篇，原本皆闕，據笏盦鈔藏本補，後校記從略。
〔七〕「束」，南圖藏鈔本作「果」。
〔八〕南圖藏鈔本後有：「康熙十二年癸丑十月望日，八十二老人筆的筆書，西廬草。」
〔九〕南圖藏鈔本後有：「丙辰清和既望，西廬老人筆。」
〔一〇〕《公議》一文，原本及笏盦鈔藏本皆闕，據南圖藏鈔本補。

卷九　西廬家書

丙午一

汝行後不知何日起陸，何日到京，一路安否，若何。懸念之極，苦無處可通一信。二兄數日前寄歸一信，尚在武林，正類昔人譏馬伏波如賈胡，到處輒止。何時始抵江右，又何時而得回家也？自汝兄弟出門後，錢糧征比愈急，人情世事，亦愈變愈奇。凡公私内外鉅細諸事，一埤遺我，不但籤票追呼無一刻不聒耳擣心，兼因時世窮極，人心日幻，親友家人之事，種種意外，煩惱紛至疊來，應接不暇。我自朝至暮寫書酬對，舌敝筆秃，日無寧晷，從前書畫閒適之趣，盡隔前塵。生年七十五，從未有如此焦灼疲勞者，風燭殘年，何以堪此。邇來形神非故，眠食頓減，恐亦不能久矣。當事者因空四五萬，欲將州民性命填補。三月中比較，造九斤大板，打至十五未有不死者，三日内連斃數人。幸府尊在州，極口言其不當如此，遂復稍寬。然庠友加刑，則自文宗申飭後各邑稍覺衰止，惟吾州帶上無不鞭撻。近錢魯斯又責二十板收監，次早保出。此君固頑鈍，二子尤可怪也。月初又立一法，條銀除現徵二分外，更徵四分，俱要一時清完。每户差一書手守催。鄉紳惟兩顯者，次早即各先送一六十、一八十金，大户亦惟彭城先有所納。我家田多，亦宜少有輸助，以見急公，曾批各分湊處，而諸兄弟皆罄空無措，至今未有，甚爲不便。近又免耗三日，以鼓勸投納者，三日内遂收五千餘金。我家若乘此際少有投納，亦得小便宜，而無奈莫措毫末，亦竟束手蹉過。事勢窮迫至此，無論官長不肯體諒，自家亦何計支吾。處此功令嚴急、民窮無告之日，恐將來終不免禍，大是可憂。人皆謂我年迫西垂，宜自排遣，然觀諸兒如此景狀，人非木石，豈能長作癡呆甘食美睡乎。蘆課自歸併藩司，催督倍急。陸茂之勒耗多至加七八，我家亦必要加五，略少便不肯收，明語我家諸僕云：「你家既如此待你，自解便了。」昨守公聽從其説，特有書來，必要我家自解。我實不甘受陸吏欺侮，回書千餘言，盡發其婪剋之弊，求守公釐剔，其詞頗厲，意彼必以觸忤震怒，總不遑恤。乃復發回書，詞反和婉，云：「重耗已嚴飭。貴府自解既多不便，此後有應解者逕投入内署，當即起批遣解，庶免勒索滋費。」但自此之後，吾家決宜少完，而苦無可措置，其何以塞官吏之求多哉。又王瑛户田八十畝，實管徵應五十餘兩，前二限已完過十二兩，近照摘四分，應十八兩。乃總書開單混摘四十六兩，更比十分有羸。瑛已面禀批審，乃復誤聽人言，復將原票洗改十六兩，遂被總書首禀，即發硃單：「王瑛私改官牌，擅用硃筆。」差兩快頭拘審，勢甚洶湧，意欲難量。我致書爲瑛説明，微有所入，而隨得批銷，大是僥倖。二事皆非意料所及。然瑛實愚懦無知，惟王濟之言是聽，里人垂涎者甚多，嗾之者蠭起，恐其家終難保全。奈何奈何。嘉定初有成心，不肯銷籤，一月三比，共十五户，每比必催十五人，又加比籤三次，凡被杖責者血肉狼籍，接踵到門。我偶送客遇見，必被群擁呼號，最苦難堪聒擾，不但所費不貲。只得寫一長書哀籲，極言公賦豈容延久，自非狂易喪心，孰敢逋慢，以干大法。實因洊遇奇荒，家中典質俱盡，萬分艱窘之狀。其稍緩，自當捃拾經營，期於無負。若持之太急，恐益無所措手足，反致耽延云云。書進，隨荷銷籖。然各分臨限莫措，仍復如故，何以捱過三四月。惟四年分蠲荒，嘉定即准扣，而吾州及他邑竟束高閣，此則大不同耳。若吾州三年分未扣一分，藩司牌至，云存留抵補，未經題定，不許擅扣，大約竟荒唐矣。四房救命惟靠賣房一着，向因二柩在内，故無售主。近十二日已草草移出，而仍無人問。漕糧欠缺甚多，陳壽多方那借，至今猶未全完。條銀則竟無巴鼻，各帳已送過。孚令處所急者，莫棠案，吴偉光字孚令，太倉州學生，梅村季弟。見梅村詩集注。專在還田，乃衹擔任綜核，田無一字説起。家無半文粒粟，逋負日增一日，算帳徒屬虚名，何益實事乎。高陽自汝行前即駕言出游，至今未歸。前所云竟置不題，想成子虚。即宿翊、荷百，皆詑爲奇絶。李喜我見之兩次，惟言他家之貧比我家更倍。此輩但知趨富欺貧，口頭甜騙，總不足信，可厭復可恨。然不獨此，近日城中習氣，無一事不歸之勢利，全不論友誼親情。衰落如吾家，真寸步難行，一刻難過，惟有寬着肚皮忍耐而已。劉河城復議改築，仝游公意主茜涇，已定議鎮上四角設栅，以當城門，業已詳過撫院，而制臺批駁應鎮海邊，不當安居内地，遂爾中止。但造城約費數萬，無從設處，目前雖暫停，恐後終不免騷擾。惟東土受累更甚耳。新道尊已至。因楓橋失盜，撫臺以新例題留舊者，今李公借住民房，看部覆以爲行止。府尊因比白折往州已及一月，去而復來。此項民間已久清完，因那别用，故比新賦補足，尚欠四五千金，未能即去。然府尊廉静慈仁，州中賴其調劑，多所寬解，人亦樂其久留也。府尊曾枉顧，請帖不辭，遂同梅老請之，止付七成分金六兩，約折數金。司李則合州公請，亦我任醵，斂分極省，無肯還者，往復數次始付。大率低輕兩席，又折斤金，亦豈窶人所堪，皆二兒遠出所總成也。奏銷事，常州吴耕老面懇撫臺，已許爲題疏。郡中諸公，復理捐罰前説。二兒在遠又無力，恐不及與彈冠之會矣。未知都中議論如何，有便可密聞。合肥已歸。敬翁曾晤否，故人之意何如。聖符曾抵都否。莫棠案，吴世睿字聖符，太倉州人。選貢生，官蕲水縣丞。見《蘇州府志》。旭咸必朝夕相會，不及寄字，可致相念。吴三娘娘遣女使問遺，此必承旭咸之囑，待老人情意過厚。然我自分薄劣，轉滋慚愧，可爲我多多致謝。家中惟苦貧罄，眷屬俱幸平善，兩孫長者在學相安，次者倍加肥碩，不必懸念。兹因吴扶風行便，附此。鱗鴻雖不乏，求的當甚難，未得數寄。窮老短景，晨夕倚閭，惟望何蕃一歸。屈指秋深，以日爲歲，惟深會此意。囑囑。王紫崖、徐五儀俱爲我致意。四月廿八日，父字。

作信甫完，接汝二兄武林信，云腰纏甚少，不能爲江右之行。已令壽郎隨秦單老去，寫書致印周，身留杭州，欲少盤桓以潤游囊，六七月間必可歸矣。七弟下體忽患懸癰，請張會嘉醫治，昨已穿潰，須服人參滋補，苦空囊不易致耳。此月中旬，松江徐家姊同福官小女到家住四日而去，其貧已極，衣皆舊敝，頭上皆白骨銅簪。據云口食不周，無以度日。細察其情狀，比前實可哀憐，非有矯飾。去未幾日，忽董家二姊差其妾喜姐持書昏夜扣門，必欲面見。書云窮困已極，南翔房租力不能還，房主有見拒之意，欲挈家搬到我家。其作想甚奇，當夜汝母大叱揮之出宅。我差人送夜飯至舟，見欲仙與子俱在船中，我亦佯爲不知，次早略送舟金擔米而去。我思徐、董俱天大人家，一旦狼狽至此。雖其望我者深，殊欠體諒，然情關骨肉，豈能恝然。父母俱因貧窘，既不能少有周助，而汝母詞色加厲，絶之已甚，殊爲不情。如三姊累年一歸，未露有所求索，亦加譙讓，略無好顏待之，太覺寡恩失體。惟我家今已大撒，汝兄弟流離顛沛，亦在眼前，更不堪諸女增累。然偏我女如此，總是宿因使然，亦無可奈何事也。登善若到，可謂我道懸切不及通候之意。王文遠已死，窮極真不能殮，終具皆賒取。平日所稱最相愛者，所贈甚微，情意索然。惟我勉贈一金，何足濟其用。我今孑然塊處，無一伴閒之友。公路冷處不到。蘇君所望太奢，舊態復作，旬不一至，邀之亦不來。愁緒萬端，無一人閒話排解，鬱鬱終日，精神安得不益敝也。

丙午二

四月中旬，聞南門吴扶風北行，曾寄極長一信，家中内外諸事寫述甚詳。乃出月尚在家，聞其因乃尊病未必果行，復令索回，云馬電文往，已先寄彼帶去，計最遲月杪必到，未知曾送至否。家鄉雨亦常有，但多風無雷，天氣頗寒，至今尚御裌衣。風燥水易退，農家皆言不宜，未知向後歲事若何。邇來征比愈嚴，刑罰愈酷。當事者以正項用空，府尊更坐定州中，守催白折，忙迫無措，故多方設法追比。前月免火耗者三日，後又再免三日，幾日内遂收六千餘金。聞此公以頓少耗贈多金，在内恨極，出示有「食毒療飢，剜肉醫瘡，皆爲妻民所害。今已死無葬身之地，索性再寬半日，以遂爾民刻薄之念」等語。我家張眼看人納無耗之賦，得幾許利益？獨不能設處分毫，以討些子便宜，可謂忠厚之至者矣。然此公所徵，府尊自至州庫取去小半，以抵白折；近日又因端陽至郡交際不貲，適因鹺使者按臨有匿名紙四張，大費周旋，恐前所征者不足供所費。昨夜始歸，其催科嚴厲當更加幾倍矣。如何如何。四房屋徽人復議借，已定初十日立契。借價止四百兩，月中先交二百，餘約冬盡春初交足。目前且不要出房。但此二百金，姚處先去五十，三邑漕白俱從此取給，彀得甚用？且下步未有。三房欲以書房與之，事固兩便，然爲數幾何，頭緒多端，隨手散去，僅足支眼下，於根本仍無救也。高陽至今未歸，云云竟掉腦後，且看秋收後如何，目前已決無望。近日城中兩顯者雙輪并行，遂多推轅夾轂之人。勢利固世俗通行，惟此一二富家盡態極妍，使人太難堪耳。新道尊旅况淒涼，欲與各屬聯義會以辦歸裝。制臺有檄，令且交代候旨，舊者捍然不讓，亦是奇聞，想此時已得旨矣。奏銷一事，全係毘陵諸公爲政，吴耕老倡首，郡中諸老唯唯聽之。有欠一罰二十之説。揭係曹村筆，極其妥當。撫公已批，藩司議奪，行牌有果否。衆議僉同，語似不願者。聽聞梅老以貧老不願，欲更出一揭，其事甚秘，乃其子姪密傳明日往郡，未知即爲此否。我窮悴其來已久，未有如近日之甚者。四月間因有府官應酬，且多弔賀，諸分煩費更多，王瑛月進已先期透支，此月中遂無措處。中旬夏至家祭，將何置辦，其苦真不可言。二兒在杭，久無信息。三兒窮困憔悴，間日一來。六弟病頷疽，七弟患子癰，皆繇愁鬱所致。八弟抱佛脚。九弟在外家。諸兒一時睽曠，定省無人，殘生餘年，未有如今日之寡懽者。想汝念之，亦時刻迴環夢寐也。江虞九師前月中即云欲爲北行，屢索家報，然其言多有游移，或云自去，或云專差，一人只要少助盤費，想亦無聊之辭，未必果行，故不敢輕寄。適有陳箓斐族弟以漕兑事十二日起身，短盤甚速，故特寄此。旭咸到京後，四月中旬即有信歸，想必從報房捎帶。汝從此封寄甚便，但須少發犒勞，恐旅邸空囊，亦是不易耳。家中老幼俱平安，不必罣念。炎天惟倍萬保護，勿觸熱奔馳，多喫生冷爲囑。五月初十日，父字。

丙午 三

第一信初寄吴扶風者，云轉託馬殿聞，至崑訪之，初八日始行，計月杪亦可到。昨初十日又寄一信於大橋陳晋徵，以兑務陸路入京，亦云十二行。甫緘致傳香付之，下午虞九師至，又云十二准行。我想渠正在窘困中，何處措得腰纏，我又手無半文，不能少助，那湊兩日，纔得一金贈之，殊自愧也。高陽從來在家，託言出游。昨守公初歸，在州前補送節禮，傳香曾與接談，京郎亟走問，又云復往上海去矣。李喜亦久不見人，往尋問其家，必回云連日未歸，不知在誰家。似專爲此堅避。荷百亦絶不説起，語及漫應，辭甚支離。我思標望之禮，世俗通行，頗非大煩難事。何本家以及居中傳説者，皆患苦畏避乃爾。知彼非直慳吝，竟是有意欺侮。古人不食嗟來之食，何况如此惡狀。丈夫血性，亦不可無。我家雖窮，骨格自在，豈能默默受此凌蔑。我意汝宜因便致一字於居間者，或宿翊或荷百，明言前日所云，實緣北行無措，恃在親誼，冀借此少通緩急，并非理外妄求，何至展轉遷脱，情禮俱廢。庶使自愧，且令里中聞之，亦知我非有望於富親。自家少存地步，即少激亦非過當也。五月來從未有雨，日日燥風，河水日退幾寸，鄉農已漸憂旱。若黄梅無雨，將來歲事又似可憂。蓋天時人事相爲感應，理所固然。今方沴氣充塞，安望有秋。吾家若更無收，恐遂有溝瀆之虞，且不暇憂溝壑矣。奈何。王瑛復被周利市孫國重之子住馬路南口將侵占營基事告州，差快拘審。即東門外賢聖廟西邊瓦礫糞穢泥堆，乃其家開國祖墳，旁有屋兩間，即趙福郎借住被火者。王貞於崇禎末年得之江氏，地基止幾分，價止五兩。二十餘年從未改造恢拓，何繇侵占？顯係霹空紮詐。究其根因，盡是祠堂前人合謀構局，吴奕祖在卞氏兄弟家寫狀，人所共知，殊爲可恨。周半千雖推不知，致書於我力辨，然又屢央荷百、耳黄等必求少處，又每每以侍御貴坦壓人，尤爲可厭，則其事亦必與聞也。張元吉被鹽臺訪拏，人大稱快。糊公在郡，重費得寬，大約一杯淡話矣。奏銷一事，已行牌到州，會議捐罰之數，大意不願者聽。二兒在外，不知其意若何。頃有信歸，云在杭游况甚寂寞，將領札往臨安、餘杭，兩處皆山城小邑，有甚光景，乃舍家中諸要緊事，棲屑外鄉，甚覺無謂。我欲覓便促之早歸，恐鶩馬戀棧，未必即如吾言耳。初十夜比，四房有一票洗補五月，總書索賄不遂，執以進稟夾責籤拏。我家只因無措，輸納既少，又於州總處每缺周旋，往往被其魚肉，真可痛恨。四房屋事初十仍未立契，似猶有游移之意。若不果成，何以過此三月也。江師行促，草草寄音，諸事俱詳前二信及江師口中，不多贅。五月十二日，父字。

丙午四

汝抵京第一、第二信俱到，知一路平安，甚慰。但都中食物湧貴，日用艱難，何以推過？幾月甚爲懸念。我前所寄馬殿聞、陳晋徵鎮海衛人、虞九師三信俱曾到否？家中近狀三信中具詳也。四月末旬至五月望後，不雨者兩旬，河水盡涸，農家憂旱。幸夏至後得雨，插蒔殆遍。交六月初，陰雨連綿，天氣冷如深秋。初六七晴，連熱三日，稻頓發棵，惟花被草没，未得耘清，而復遇寒雨，花苗不長。目前似花不如稻，若向後常晴，三伏大熱，則仍可無恙也。征糧比舊加嚴，各邑皆然，崑尤憒憒，略無條理。我家各邑皆無措，如嘉定錢糧，本州條銀、蘆課等項，自前致書稍寬後，各分若能勉湊，臨限量完不缺，便好支吾。即經承亦無可苛索。其奈罄存一身，萬無設處，不能挺起肚皮做好漢，致被鼠輩看破，愈肆欺侮。前陸茂之進説守公，要我家自解，我致書發其奸弊，守公婉詞以復，因此愈觸其怒。近日，范胤爲二房納課六錢，只實收二錢有餘，又有張濬塘親往納，茂之語之云：「汝面上，我寧讓些。只要傳與王家各分，定要加六，少一釐也不成。」顯欺我家至此，其惡比前楊其芳更加倍蓰。我聞之憤極，幾欲拚此老命，各分經管人齊去與之理論，彼雖抵賴并未有此語，然嫌怨愈深，向後或更有險械，俱未可知。且近日城中箈籃風競，以炎涼爲能事，應奉者百方趨奉，可欺者盡情欺侮。即至親密友間，其氣色間自有一種難堪處。非獨胥役賤流。我家窮形盡露，窮名大著，人皆視爲無用之物，恣意踐踏，略不睬採。即本家僮僕，亦漸有灰心解體之意，每事推諉不前，局勢比前已大撤。雖欲勉强支持，其可得乎。我自四五月應酬多費，又有端節、夏至祀先諸項，管家處月進俱先期透支，此月内遂無分文。守公誥命至，賀分與城中奠分約有四五兩，當頭已盡，萬無設處。况有石谷在家，已及一月。幸渠目前尚未有去意，然秋間必歸，將何以應付之，令人憂殺急殺。其畫果凌跨古人，爲我作二長卷，無一家不酷肖，真曠代所無，此則愁中一大快也。聞賓侯改授臺中，殊爲狂喜，未及申賀，晤時先爲我致意。右老極承其垂念，未敢數以無益寒暄相溷，徒有感念。八弟今初十早復生一女，收生銀五錢，括囊無可措置，我又無毫釐可爲應援，惟有相對而泣。人但知我貧，豈知其一貧至此。熊公薦見右老時，便間可一聞之。二兄近有字回，云在武林，游道蕭索，資斧垂盡。且聞往餘杭，適令君患病杜門，不得見而返。運蹇如此，便應亟歸，乃猶戀戀棧豆。遺欲爲湖州之行，望門投止，如窮人無所歸，亦大不智矣。三弟初十晚往就郡試。試一途，明知必不可得，而搜括腰纏，衝炎匍匐者何爲。我屢止之而不得，可憐亦復可笑。諸弟往省者期亦漸近，然手無一錢，何以出門。毋論進取渺茫，即經營盤費，其苦已不可勝言矣。楓橋壽山月池内，五月十五日有金色紅尾大鯉魚，長八九尺，後隨小鯉三四十，亦長三尺餘，每午間群游池内，自東至西三四迴，漾起，三日不見。遠近傳聞，聚觀者無數，皆以爲佳兆。然吾家正當極衰敝之時，寧有他望，妖祥正未卜也。虞師何日到京。位初得意可喜。登老補官有期否，念之殊甚。聖符、旭咸旅況定佳，俱不及寄札，均爲我道相念。虎老、馬又如晤時道我日夕懷念，未能申候。惟以我衰邁窮困之狀，約略述之而已。家中惟貧苦，幸老幼俱安善，汝家二孫俱健旺，次者更壯碩，不必挂念。高陽在家，所云略不説起，我屢向荷百言之，亦無回報，可以見人情矣。兹因周公順三令郎進京，附此。北地炎蒸穢氣，秋來朔風易寒，倍難保護，惟加意調攝是囑。公順老朋友衛籍乃郎，亦以糧事入京。十一月十一日，父字。

見報，因承恩伯之請，分章京滿兵防守各省沿海諸處，江南雖題定松江，但有提臺駐劄，標下已有萬餘兵，恐頽敝空城，不堪復有多兵屯駐。吾州有劉河、七汊兩屯，又有空存衙門，恐彼中必弄送來州，大是可憂。在京如有所聞，星速寄報。兵將何日出京，度幾時可到，亦須報知。

丙午五

自四月至六月，共寄四信，曾俱到否。汝六月初五日信先到三兄處，我次日始見之。駐防一説未見信。前一日城中已鬨傳，當事者先事張皇，繕修廨舍，人情益復驚擾。然見小報，江南沿海要害者三處，則吾婁劉河久有陰沙障蔽，水陸皆不能上下，較之福山、靖江諸處迥別，并非要衝，設兵何爲。昨沈友聖過婁，云定住松城，無分駐之説；梅老入郡曾晤張養吾，所言亦然，則似前聞猶未盡確。但吾城先自認定，掃除以待，恐鄰邦聞之，必經營弄送至州耳。撥定之後，如有的聞，星速寄報房馳報，勿誤勿誤。六月初即有大潮，颶風發屋拔木。幸稻苗尚稚，不甚傷。惟連旬涼如深秋，早花多萎，幸望後久晴，天氣毒熱，不異炮灼，數日不解，花稻俱鬱茂。但河水漸涸，又須車戽。得出月雨水調匀，便可望有秋矣。嵋初北歸後，我因往弔子吉母喪，曾與劇談良久，渠述汝旅況甚悉，云汝場後諸親友必欲挽留爲教習地，此汝終身大事，豈我所能沮。我雖衰邁，精力猶可勉支，壽命雖在天，或窮苦磨折尚可少延，且不須以殘景爲慮。但住京年餘，萬里空囊將何支度，家中賦役誰爲料理，萬一兩地困窮，益致決撒，將如之何。此又不可不熟籌也。二兒廿七日已到家，滯留湖上者半年，蕭然無所有。差壽郎至江右，彼中考試俱完，亦無一事。雖微有所贈，僅可比昔年中等館資。惟堯文在吉頽閒，觴詠種植，大有興致，於同鄉亦甚有情，一到任即寄土宜通問，城中惟梅、枚、魯、我四家。其子竟匿不送，近聞壽郎歸述，知不可掩，方始送到。其書乃三月十二發者，詞亦極其款曲殷郅。其使與壽郎同歸，又寄代儀六兩。止梅、我兩家。因五嘉以官事入郡，途中遇見，復并書札攜去，半月杳然，想必又思乾没。荷百又述颺先云，堯老又寄汝十二金，致書颺先託致意，以初到衙齋，蕭然未能成禮，聊以少助其子爲祖道之贈，乃竟匿而不送，并颺先書亦復浮沈，此人真宇宙古今所未有也。近以園上有一人匿園丁家，乃舊案大盜，周介玉兄弟以窩隱首州，守公即申撫道，五嘉方被拘提，雖無大事，恐大費必不免，聞一至郡已先費二百餘金矣。州中巨細事皆受明一手握定，遂爲第一要人。近有家人孫姓者打死德藻家人沈泥頭，被其子告在安道處，首名錢臣扆，次名錢受明，莫棠案，錢陛字如卿，一字臣扆，晚號訥齋。家世鼎盛。陛持身清峻，謙謹如布衣。同懷七人極友愛。兄給諫增没，撫其子廷銃如己子。弟臺有外侮，出貲營救，不令弟知。父没，遺券萬金，陛悉焚之。《鎮洋縣志》《梅村集》有贈詩又壽序。受明，臣扆子，名鏄，太倉州學生，梅村之季弟孚令壻也。吴集亦有詩，云「獨喜營時譽」，又曰「猶來傳孝謹，非必守前人」，似譽之而有婉諷，西盧之言可信。批發總捕廳究審，雖有兩貴人倒身護持，然遇此兩當道恐必不肯輕輕放過，其父子以富室而恣漁獵，刻薄勢利，應爲造物所憎，自不能不少挫。所倚恃者惟兩貴，安知不爲之增長生意乎。我今年真窮徹骨，又往年所未有。七月分供應先已透支用完，出月遂無一錢，何以支七夕節禮、上元家祭常例獻瓜之費？況有分金四兩餘，先寫在前者，今當頭已盡，搜括已窮，將何以應。近姚均凱直至石門口，催九房二限截票銀。我問其各分欠數，據云四房已截三票，三房亦差不多，七、九兩房俱在二限中，惟六房尚未起頭。六弟稟怪癖之性，每事自瞞，不與人商量，行事多致舛錯。且家中無人，任用每誤。如王士鰲，一生以脱空爲事，真全無心肝之人，乃託令管租。近爲仝游擊放米於鄉人，盤算重利，綳爬弔打，備諸殘酷，人皆恨之刻骨，將來必有非常大禍，田租必被侵没。蔚儀屢言之，我亦時諭六弟，而六弟聽其誘騙，因循不早更易。各分雖皆撤局，尤大壞不可收拾者，必六房也。闈期已近，諸弟望後必當赴省，奈百方設處，盤費無處可得分毫，何以出門。録遺之途更窄，三弟老而赤貧，何苦逐隊少年，酷暑中蹴躃長途，我屢止之不得。今府試與九弟雖皆有名，道試有力者如林，豈能與之角逐？及今已之，猶可少留資斧，以納錢糧，差得些子便宜。其如癡腸之不能遽斷何！鹽臺三特等，皆子俶之力也。陸茂之專心致志擺佈我家，不但耗勒加六，又課銀每分出一差牌，追呼甚迫，各分荒月實實無措，具一甘結云：「日下赴省應試，家中無人，恐益稽誤。甘至秋成完納，不誤起解。」聞守公初有允意，茂之又進密稟，云我家田多，不可開例，守公遂貽書以憲催嚴切爲辭，我回札以至情懇之，且言實以兒輩往試，故求暫緩，決不負約，遂蒙批允。然歲時尚未可知，即使豐登，而各分罅隙無數，秋收後東塗西塞，仍未必如期應納，則反貽陸蠹以口實，益爲當事者所輕，向後更難求寬矣。如何如何。王瑛愚暗，聽周先生指撥，與受明交密。其家户田向係陸璘管數，因有欺不用，近盡包與錢景文并其弟，田共千餘畝，盡收入錢氏區圖中，一字不使家顧聞，家顧甚不樂。彭城族姓繁多，忽以外姓一人錯雜其中，將來差役之間必多諉卸，在瑛大爲失計，凡老成有識者，皆以爲然，我曾批諭瑛宜詳酌，而成事已不可挽。汝便間再以一諭提醒之，何如。右老榮遷，想在場後。我以衰病窶貧，不能數數通候，惟有感念。晤時可爲我致意。王敬翁畢竟曾晤否。聖符場前竟不入城，曾相聞否。旭咸旅況定佳，不及致札。虞師抵都後聞有館地，定居何處，均道相念之意。賓侯已報省臺，何復中寢，想目前無缺，後當徐補。久缺通問，并道意。闔家老幼俱各平安，汝居室湫隘，炎蒸倍熾。幸兩孫俱安好，不須懸念。茲以報房偶便，揮汗寄此。時下炎熛爍肌，秋來凛風滲骨，惟倍加保練至囑。

六月三十日，父字。

酷熱數日，連日復大陣雨。昨晚東鄉人來，言花稻俱變好，稻盡發棵，黃花滿地。但苦鎮此地者毫不以職業爲事，惟放狠債罟利，縱兵丁炒擾害民，亦從來所未有。萬一更有兵至，恐遂蕩然矣。奈何奈何。庚郎聞常至寓，此人無父無主，天地不容，自彼去班散，外人班銀無一還者。惟殷旦爲崑山李太奶奶所收，聞復欲退歸索銀。查旦價獨重至二十兩，飄然遠出，合班或云在無錫，或云在江寧，竟無定處。餘人皆看其樣，若不相關。此項約有幾十金，若得盡還，極窘中亦可濟急。豈堪盡被抗賴，只得達知元炤，當官告追。庚郎若見，宜諭令亟歸，庶可少寬其罪。姚慶死後一無所存，人言爲老媽所匿。以姪爲嗣，乃孫家人也。初一日，又字。

丙午六

汝四五兩月寄歸信俱到，此皆汝未見南信前所發。五、六、七月間我連寄五信，至今無一字回答，令我望眼欲穿，豈郵寄者爲人所浮沈耶？月初江師信歸，寄嚴司空回札于梅老，又寄張允文一字。八弟聞之友人，詳述其詞，云汝亦有家信付江僕張求處，亟往索之，又云并無此，則大不可解也。今歲三伏毒熱。七月初旬，日有大雨。初三午後大雨傾盆，平地頃刻盈尺，拙修堂内亦有三寸，各河港俱泛溢。以謂田皆渰没，甚於三十六年。幸水退甚疾，次早即減尺許。又晴熱者逾旬，農家甚以爲喜。目前花稻俱極鬱茂，八月初若無風潮，便可望大有。但錢糧征比倍急，我家罅隙萬端，縱十分豐稔，恐未能補苴百一。州中前做起者仍皆放出，崑山已比第八限，積年舊欠雜項，無一不比，不分皂白，一例嚴刑夾打。舊令催科雖暴，尚有條理，此則昏憒混亂，惟左右言是聽，人益不堪。吾家各分崑、嘉雖各有欠，惟九房則小衣破服，俱已當盡，既無分毫付出，又無一人答應。周元之縣差日逐守定石門邊，屢諭不肯去，其勢萬難支吾。六、七兩房光景相去亦不遠。況今俱出赴考，事益決撤，距收租時尚有月餘，如何捱度得過也。許家標望似已回絶。堯老兩次所寄之物，因壽郎前面説幾次，又與其使同歸，知不能隱，故往索只得送來。書末云五親翁前曾有臚金十二兩奉贈，并望叱名。又寄颺先書，亦專託致意，乞諒菲薄。隨令人以書意與言，直答云事中多費，已借用，復差人至江右，俟其歸，自當補送。曠日空言，其意又將欲抹倒。京郎曾問其家人，云有一人攛掇此項，可權宜借用，細扣之乃李喜。此媪近日曾到老宅，極言其貧徹骨，又有官事，故無措處。我思吝嗇之家，有何恩意及此輩而爲之一至此極也。彭城事，兇身爲文老家孫貴之弟，乃受明贈嫁苦主，沈官係德藻家人，入郡投游客閩垣。吴公備言其家巨富，故蓄念甚奢。梅老曾與此公相識，特往郡講解，得以詩數完局。道尊處則央錢黍谷，亦得批銷，數亦如之，然所費亦已多矣。巡海之役，城中喜懼相半，喜者結隊遠迎，懼者争先奔避，道前以至東城，搬徙一空。然見督撫牌面，皆稱南路大人，按臨則應在松郡，與吾郡無干。州中士民具呈守公，言婁地并非要衝，歲荒不堪騷擾，守公已據呈申詳，未見批轉。日來忽傳聞已定上海，州人交慶。此衙門諸役與郡中來者所言皆然，未知有何的據。然當事者略無鎮定綏輯之意，惟欲借事生波。如沿海梅花樁一項，凡塘長俱敲夾垂斃，不過欲斂使費，每圖五兩餘，雜費又倍之，約有千餘金。我家各分湊來共有二名，其受累更出意外矣。我宗雲吉，山居南門。尺玉無聊，依其弟秀上，與浦八子三人同居，正與雲吉偪鄰。因平日借貸不遂，合謀訟雲吉於州。秀上曾從雲吉受業，解到時守公怒秀上以徒訟師，先責二十候審。三人乘雲吉在城，歸率其妻孥擁入雲吉之室，恣行搶掠，巖細無存，并日用雜記簿取去。此里人共見不平者也。進報，守公稍用意於其間，立備文書，申報督撫以下共十衙門。原覺太過，不意尺玉先馳入郡，以簿上有零星當物細數，以私開典鋪訟於藩司，執此爲證，且各處放火，言有鉅萬家資，遂批總捕廳究解。尺玉又送此事於前吴公，開口甚大，雲吉遂不知死所。然其實家事總計不過三四百金，何堪大做。今聞諸當事以及游客，皆知其爲寒儒，勢已漸緩。但城中因此開端，澆風大起，呈告紛紛，捕捉四出。近則一錢五分，如茱莉簪、鑲笏、布衣之類，無不持票至門，罵詈白討，通國如狂，與昔討文書者無異。以致官典亦皆自危，白晝扃閉。守公雖曾出示禁止，然有告者即差快頭，人心愈益惶駭。如王瑛，原係官典，有當物先贖幾件，尚有餘存者，竟來白手横索。顧魁存日好當雜物、畫片，更多聒擾。家顧又畏怯太甚，人益視爲魚肉，書札稟揭來纏我者日無寧刻，真州中一大變。然實誰爲厲階也？聖符曾入京否，與旭咸想俱康善。旭咸近有書及我，深苦同鄉人有眈眈欲食之語，不知其何所指。吴氏三甥待我最厚，我亦親愛之不啻己出，然從來未有財物交關。前歲因萬不得已，與之那移，至今未還，我時刻在念，夢寐未嘗少置。今春二兄之出，原云冀有所入，了此宿逋，乃歸云一無所有。其家艱窘之狀，比前更甚，大都又成冷局。我年日老一日，家日窮一日，恐遂終無還期。負債受報，每及多生。此我死不瞑目事也。旭咸書末又云，素受大人卵翼深恩，百凡自蒙照庇，不敢多爲陳乞語。豈不便明言，默寓催索意乎？益使我展轉抱歉，寢食不寧。汝可微探其語氣如何，并致我日夜不安之意。奏銷事制臺貽書撫公，催行甚急。又答曹村書，中有「昨歲事已垂成，因吴鄉紳辨卸其名，遂寢其事」

等語，郡中士紳執此以爲口實，梅老聞之亦甚不樂。今各邑皆已公議，獨吾州絕無言及，未卜將來作何究竟，亦不知都中議論若何也。諸弟以闈期將近，廿一日俱出門。然經營盤費者月餘，終苦不足。遺試途甚窄，逐鹿者紛紛，聞藩司移文闈中，止修四千餘號，今正科舉已將盈此數，所少不過三四百，總計各屬每庠僅可四五人。三弟老而貧，空拳浪戰，知必無望。今待考句曲，困乏窮途，昨字歸，已深自悔。若九弟，尤屬可已，其婦翁以體面趣之行，更無謂矣。七弟忽患三瘧，已六七伐，有舊患此病者，云最速愈亦須年餘，初猶不覺甚苦，二十伐後便委頓不支，計期正在臨場之際，多恐不能終局。總之，吾家氣色正當衰颯，榮路必不可幾。且毋論進步如海撈針，即炎天跋涉勞苦，資斧設處艱難，受累已不可言。汝在遠更無接濟，計所攜些須此時必已罄盡，將何以支度耶？念之酸楚。汝家中俱平安，但苦過用不給。壽孫月初身體微熱，鼻內出血，請沈世瞻診視，云係積勞，想出學堂時仍舊跳浪多走之故，服藥幾劑，今已全愈矣。因久不得汝信，懸挂之極，故復從鄒報房郵寄此信，想當無誤。計信到日汝場事已畢，此際正閒，可速覓的當便羽，詳悉寄慰。諸惟倍萬保重，至囑。七月廿四日，父字。

平西差趙蝦至蘇廣購優童，須滿百人之數。陳完初與諸囝父母不和，竟將全班投送，點中六名，阿祖子品品在内。趙君甚賢，討囝必問主子、父母俱情願方始成交，且不惜重費。莫虎班中已成幾名，生旦俱大，數品品尤所愛，外傳俱云已得身價一半，阿祖又云尚無，還要特差人至州立契。汝家正日用不給，若得此分潤，亦好濟急。但阿祖甚狡詐，説話遮掩游移，疑必有隱弊。汝家又無能幹之人，稽察其蹤跡，且於中講説。恐主人究竟未必得大利益耳。然聞此囝甚頑且猾，恐去後未能停妥，日後貽累主人、父母，亦未可知，仍不能無後憂也。

丙午七

久不得京信，懸念幾於腸斷。七月初八日，陳俊歸，得汝字，知平安爲慰。所言場後去留，我前信中已詳之。此汝一生大事，我豈旁沮。但經年之久，家中賦役誰爲料理，都中資斧何法接濟？況兩親俱老，未卜果能久待。凡此種種，皆當預慮。

然若機會可乘，又不當蹉過。但此迷若有成説，他館不宜復就，恐兩歧反致貽誤，須卜之神明爲行止可也。秋來晴熱，花稻俱十二分。昨白露，雷雨一陣，旋止。初十火日，細雨竟日，微有風聲，深憂其淹成風潮。今早風息日霽，可謂全美。城中各家俱開倉，吾家亦擇十一日。閩中花客久不至婁，近忽有挾重貲而來者，舉州歎爲祥瑞，大約今歲遠勝他年。但吾家罅隙甚多，恐區區租入，未足補塞。宅内前後以及西田坍漏頹壞處甚多，修葺正苦無力，乃昨初九日特祠東脚門三聘亭記碑忽倒，亟須重竪，而三聘亭内三大碑又皆欹側，須另牮起打樁扶直，頃估最少必須斤金，何從措置，正所謂「屋漏更遭連夜雨」也。文宗考法甚寬，且極秉公，請託一切謝絶。三兄遺試幸録，殊出望外。但盤纏設處甚難，行時百計搜括，僅得六金。持我書往儀真，有十二金之贈，聊可藉以入省。九郎留趕散場，我甚恨其不量力，乃亦幸收。然徒折報信之費，家中萬窘萬苦中更添一重愁迫，豈非多此一事耶。我家六子一孫，盡得觀場，亦是一時盛事，後次豈能復得。獨七弟懸癰之後，復患三瘧，隨衆至京口，委頓不支而返。今已十餘伐，飲食不進，頗見沈重。我思進場固秀才常事，偏渠此緣極慳，且每次必以臨場奪之，不知造物者何意。問之曾患此證者，皆云必經歲始瘳，後須大服補劑。汝弟貧甚，不辦買參，痊可正未可期。將來必妨歲考，何命運迍蹇一至此也。荷百借貸出門，屢考失意，窮途踽踽，無伴同歸，情景實可念。然渠每當考前，意興甚鋭，矜詡太過，不肯稍留餘地，每爲同人所厭，今日益難爲情。此是其一生大病，老大尤爲不宜，惜無人以此提醒之耳。巡海大人已至省，撫臺方往會議駐處，見蘇常道抄録撫臺條議行牌，到州分南、北、中三處，南駐上海，中駐靖江，北駐海門，又云「若以衝邊不便，即就府城駐紮」等語，則界限自定，似與吾州無涉矣。吾州不獨錢糧一項加派溷淆，嚴刑峻罰，民不堪命，兼之惡衿蠹胥，創謀造囤，詐害多端。如私典窩盜等事，平空攀陷，觸處糜爛。近更游客鱗集，舊守吕公坐定海寧、四明，范公舊吏部亦寓東園期仙、掃花間，雞鵝滿地，魚肉懸梁，穢雜喧沓，幾同句容飯店。而東西兵之猖獗，比前倍甚。高陽之事，全係二周、李三同顧安甫搆成，竟以小偷申報大盜，六人俱陷重辟，主人雖大費，至今猶批駁未結，里中共爲不平。此種則他邑所無，而吾州獨有，其流之弊何所底止。倘遇當道，不妨略使聞之，得一正性熱腸之君子，片語轉致文宗，少爲禁戢，爲全婁造福無涯矣。雲臣在州，六月間爲陳定拉去。其來專爲我家，因我堅避不相見，遂往崑山。石谷六月十七日來，住此五旬，已畫五長卷。忽家信至，託言糧務促歸，所畫多未完局。原約去兩日即來，乃二旬杳然。蓋此君藝固獨絶，利上最重。想因臨行之際，我多方設處，贈之僅得八金，使大失望，故遲遲不來。再手札懇促始復至，然窺其意終不快。到此十餘日，終日矻矻筆硯間，計日惜陰，餘外應酬誓不動一筆，畫扇尤不肯破戒，諸兄弟輩皆不敢以一扇相求，求亦不應。悔老、德藻皆欲延之，渠意皆不樂就。亦緣各處稗販之家求其法製古蹟，争許重禮購之，書牘踵至，故不能久處籠中。在吾家大約尚有一月，前後總計日期，酬謝不少，恐一時不能湊集，如何如何。滇中王額駙初在郡中，今住維揚，廣收書畫，不惜重價。玉、石亦未能鑒别，好事家以物往者，往往獲利數倍，吴兒走之者如鶩。石谷力勸我不可蹉此好機會，決宜摒擋物件，過江與作交易，渠願身往。有閶門孟君在揚，寄字二兒，所言亦然。但聞近日額駙公以陳定爲眼，去取貴賤悉憑判斷，被他一手握定，截斷衆流，他人遂不得進。定在彼已獲二萬餘金，即近日崑山得李家二、三房書畫幾件，價止三百，到彼即賣千四，可爲明證。所冀者，彼係官身，有時入省，若偵他不在揚時，庶可乘驪龍之睡，不然必無幸也。品品已去，名雖一數，中間折耗，所存無幾，入主人者甚微。城中共去數囝。聞趙君復將至州徵選，又有一二郡棍爲之搜索，諸班無不憂慮。聞彌彌者尤所注意，恐日後終不免耳。右老久疏候問，方愧貧窘，無以將意，何以反承厚惠。可先爲我致感怍之意，容後專謝。登善何日得補。蔣虎老、賓侯俱極馳念，未及通候，并聖符、旭咸、紫崖、五儀俱不及作字，可俱致意。家中俱平善，兩孫大者鼻血已平，但面比前少瘦，想因暑中失調、學堂拘束之故；小者充實厚重，似體中病盡去矣。文集索者甚多，苦無力刷印。俟收租後或有盈餘，印幾部裝釘，看有便船裝載，方可無失。但月下恐不易得龍衣船差便，但秋間亦已無及，奈何。奏銷事，制臺雖屢催，撫臺終是遲疑。吴耕老曾到京否。聞計甫草欲以民間俊秀入監考中翰，此是其邑人之言，未知確否。汝場後去留若決，須速速寄音，慰我懸挂。若已定留，則年餘暌隔，使我何能放懷。古人云「萬里之外，以身爲本」，惟萬分保重，乃善體吾心也。至囑至囑。

八月十一日，父字。

丙午八

八月初八接汝七月十二信，繼因孚令行，又寄數行，想已久到。計汝場後必復有信寄回，此時亦宜到矣。門祚衰薄，我本不作妄想，南闈八弟幸雋，大出望外。然諸兄弟南歸後，八弟、大姪卷極爲人所稱，皆以入彀期之，而八弟獨得，想因筆氣暢達故也。三弟老而貧，我望之尤切。今年闈卷簡練秀整，比往日手脚不同，友人輩皆决其必售，乃終以命奇不遇。且報捷之日，報人先誤入其家，至書房坐久，我聞報往看，則已鬨然而散，尤爲不堪。里中之人沿路歡聲雷動，即兒童婦女皆舉手加額，以三老佛得中，謂皇天有眼。及聞其不果，無不垂首喪氣者累日，不知何修而得此於鄉黨。然闔州人情聞吾家報捷，無不喜者，亦可徵爲善之報矣。北報至，知汝被落，深爲焦悶。然監中麟經半天下，衹共兩名，真如海底撈針之難，豈能猝遇。但汝空囊，棲屑窮途，不知何以度日，念之殊爲腸斷。昨兩次祈關籤，卜汝營教習一途可得成就，有「癡心指望成連理，到底誰知事不諧」及「不如息了且歸耕，莫隨道路人閒語」之句，俱甚不佳。此籤每多奇驗。我十五所祈更爲靈異，將汝叔姪兄弟六人每人祈一籤，有直回絶者，有浮泛無實者。獨九弟「到頭萬事總成空」，則頭場即貼。八弟「佛説淘沙始見金」，初猶不知所謂，昨親供歸，始知房師爲金壇縣高沖之，一爲潁上縣勞傚胤，第一句包「金沙」二字，第二句有「勞」字，第三句指論題，無一字不驗，亦甚奇也。昨子傚云，教習雖功名徑路，然考時仍有優劣，未必定爲正印。不若竟以監生考過行頭，考後去就由得自己，後科仍可進場。南場如海，畢竟南人居北，進取較易。即如今科，南中有學人所屈指者，大都盡去。不可遂以偶屈灰心。亦是一説。且汝飄泊都中，何所依賴。使教習若成，便須年餘住京，盤纏如何接濟。父母俱老，相見無期，此亦不可不慮。況今歲十分豐稔，亦所曠值。雖棉花五旬不開，至今尚無租入，人以爲憂，然節候比常年較遲，或時尚未至。今日十三最爲喫緊，又甚晴明，農家交慶，可無後慮。汝家中乏忠幹之人，主人在遠，恐徵收未能如法。不如考過行頭，仍復歸來。不但骨肉團欒，而家事亦得料理，乃爲穩着。此在汝自爲計耳。八弟之中，固是喜事，但苦爲報人所擾，日費數金以外，我與本房皆赤手無一錢，且稱貸典質、親黨應援之路俱絶，將何佈擺。惟船上勉措打發，大報則茫無巴鼻，萬難竣局。況向後送旗匾、見座師、祭祖、謝親族、北行資斧，所費正多，無米之炊，無法可以措置。一番歡喜，反添無窮愁累矣。祠堂碑圮扶牮費斤餘金，又三聘亭并樓屋瓦破壞，重新補葺刷抹，共費三十餘金，時詘舉贏，倍覺艱苦，然自不能不爾。壽姐忽於此月初六日腹痛驟死，殯殮又費十餘金，真是「屋漏更遭連夜雨」。此媪一生柔謹，事我五十餘年，未嘗聞其謦欬，隨往京者三次，生二子俱殤，晚年供用俱缺，死時又值我奇窘，後事不能成文，紙錢亦無一陌，可謂命窮之甚者矣。孚令既不還田，初時欲以四房田盡歸其户十六都，謂可少省役費。近忽然北行，既不屬付家幹料理，又不相聞我家，徑以田數私畀廿八都公正曹聖芑。此人乃區中極惡，田在其甲者多被侵擾不堪，近皆收出。乃孚令忽以授之，不知何意。曹人徑來據數收田，諸親友聞之者皆謂此人如蝎，遇之必螫，萬萬不可。二兄因以名帖致之，欲令仍歸本圖，而彼以孚令見託爲辭，堅執不肯。頃不得已，先致札梅老，求其轉諭還數。若彼必不從，只得當官求判斷矣。兩孫俱安好，氣體充實，畢竟少勝於長。二、三兩房孫婦免身皆得女，我暮年風燭，不知何日得見曾孫。七弟三瘧稍輕，但其婦產後病甚，以貧窘不能事醫藥，殊爲可憂。適因報房之便，附此。右老處不及寄音，公車者凜遵新令，仲冬必當北來，但恐腰纏未能猝辦耳。聖符即就選人乎，抑仍歸也？旭咸考過，當即歸，念之甚切。以報房不能多寄紙札，晤時可各道我意。堯老齎捧入都，汝承其厚意，雖未得實惠，晤時宜一謝之。事忙行促，不及細寫，當俟後寄。有便羽速寄信，以慰懸懸。朔風正寒，諸惟倍萬保重爲囑。九月十三日，父字。

巡海大人昨已過劉河，秋毫不擾，可謂至賢。郡中各邑奸徒有私投充役者，撫臺訪緝，俱拏枷責，亦大快事也。劉河城，制臺批定不必重築，已定在茜涇買民房作游擊府，一州六縣幫貼價，銀價亦不上二千，軍民兩便，田地亦免騷擾，誠東土可喜事也。

丙午九

九月十三日，寄第八信於報房，曾到否。十月十二日，又接汝九月廿五信，述場後情形甚悉。知汝隻影空囊，困頓名場，滯涸窮路，每爲臨食廢箸，中夜掩泣，無一刻置諸懷也。春秋六省祇共二卷，真如海底撈針，豈能猝遇。《書經》吾州從無中者，故習之者絶少。惟張九服甲子科北監得之，則國學當不在拘忌之例。汝試卜之，若改經迪吉，則《尚書》題目正大，作文亦易，三年之内卒業非難。此時仕路雖不論資格，畢竟科目可以伸眉。若教習一途，非盡正印。且卜筮欠佳，恐亦未能必得。久客京華，兩地困窮，盤纏如何接濟，中多窒礙，尚宜熟籌。昨郡中顧松老來婁，云及其事，云是誠功名捷徑，記先年在事時曾考此項，以三年爲滿，正印、佐貳各居其半。但非徒手可得，必有所費。至館之後，學徒索取衣服靴帽等物，更多嘈雜。大約每歲最少必須千金，此則大費設處。今又隔幾年，功令朝夕變更，不知比前稍異否。其言如此，頗覺煩難。但汝既發此念，不妨兼圖，只須得大有力人倚傍，庶後日免維谷之慮耳。目下聞考中翰，監中限以四十人送考，未知汝得與否。共有八缺，以五人取一卷，亦非極難。但此席甚羶，有力者競逐，豈汝孤蹤垂橐所可覬望。萬一幸而與考，宜盡其在我，以得失聽之天可也。諸兄弟南闈二場多貼，三兄以印卷號印色油透重紙，并非己過，尤爲冤苦，貧病不能聊生，形容亦漸枯槁。七弟三瘧復變爲日日瘧，似可望痊，而寒熱愈重，形如枯腊。娘子復以産病幾死，累月奄奄牀褥，僅存一息。子女又皆患瘧，一家疾病醫藥無措，寒衣典盡，瓶無儲粟，真正不免凍餒。逋賦甚多，家中又無一人着力，其撤更甚於三、四兩房。諸兄弟窘迫大略相同，而兩三家尤甚，後不知何所究竟。大姪場後即染瘧，已四十餘伐，忽止忽重來，至今猶未痊可，亦屬可憂。我思一家兄弟，學業相等，乃得失之間榮悴頓判，雖同氣連枝，皆能以義命自安，不復以遲速介意，而父子恩深，目覩其憔悴連蹇、蓬頭歷齒之狀，能無隱恫乎。八弟雖幸弋獲，遂其平日攻苦之志，然一番大費，房户中簪珥衣被之類典質殆盡，尚多那撮。賒取諸物無術措還，我又赤手無能佽助。惟王貞所進方彝，原云幾百金者，發還王瑛，止要百金，以助其報人之費，强之再四而後集。此外又任豎旗杆一項，今年木甚賤，門前祠墓共用十根，價止二十餘兩，比前值已減倍蓰，奈各作雜費、繩鐵等項反倍之。楓橋當米六十兩并利二十，盡用尚且不彀。自此匝月筆札，筋骨疲於應酬，心力、精力、物力俱已殫罄，而北行之資全無巴鼻，舉家焦灼，莫可爲計。一時歡喜，豈知反增無窮愁累，究竟一舉人支撑得甚事，徒使里中之人羨而生妒者噂嗒背憎，且使貧家更加枯涸，亦有何益。可見人世一切樂爲苦因，竟無一真實快活之事，惟有爲善乃實受用。因思城中諸縉紳之後，陵夷掃地者比比，而是惟吾家書種不絶，科第相繼，天之待我已過厚，深愧無德以堪。但今手無錢，不能爲濟人利物之事。惟家庭相聚，勖勉諸兒事事務存寬厚，念念勿萌邪曲，培養元氣，和睦鄉閭，庶可少答天意。家雖貧寠，得苟安無事，長如今日，足矣，他何覬哉。棉花秋來甚可觀，鈴子亦不少，只是不肯開。十月朝往鄉展墓，親見彌望皆青，間有幾白點，亦是奇事。然九月至今，幾一月晴皎，花原零星開放，但不能起齊。各佃隨開隨取，先還營債，次贖私典之物，竟置租銀於度外，只以不開藉口。今惟存枝杪一二小鈴，已終無用。還租僅錢許，遂思告罷。殷重、蔚儀皆云反不及去年。前守公來送旗匾，曾同梅老以此告之，隨出示嚴諭，又請一張簽印，黏老宅西偏橋下，是夕諸兄弟俱宿莊，次早已被塗抹，頑惡遂至於此。蓋因佃户狃於舊習，結黨抗賴。嘉定亦有此事，令公出示，令田主盡開佃户姓名，每限專比，佃户此風遂息。今守公只問里長徵比用刑，增耗重至加三外。比前倍嚴，大板亦稀用，概行敲夾，立斃亦已多人。若佃户之奸頑，與言終不認真，故鄉農益無顧忌。且仝游擊專事貨殖搜括之法，無一不盡我家。王士驁又爲之鷹犬，東土膏血俱被吸盡，而莫可誰何，亦從來堡將未有之惡。連年奇荒後，又遭此劫，東鄉田更爲棄物，吾家何以爲卒歲之計。稻租則處處十分豐熟，但米賤太甚，糙者四錢餘，上白僅可六錢，田主與佃農俱困。若再以白折，則死亡無日矣，奈何奈何。東鄉花價原出八錢七分，觀鄉人意色決不肯還，恐亦虚名而已。汝在外已久，資斧自然告罄，吾日夜惟以此憂念。各邑錢糧，諸人雖那移權應，然主人不在，人心自生慢弛，未知完欠若何。平日既無積蓄，目前租銀又不湊手，家中日用維艱，何堪接濟都中之費。田租已嚴切批諭，酌量留除，不得盡扣，以誤公私諸務。王士俊專著一人催督，務要十分清足，但未知果能實實遵行否。我前屢勸汝歸者，正慮各天艱阻，反成撒局。今觀人言此事頗難，揆之己力則不足，卜之蓍龜則不從，人謀鬼謀無一可者。而汝拋離骨肉，飄泊他鄉，以圖不可必得之事，似大失計。成事已不必説，只願汝深慮善圖，籌量終始，旅邸經年，得藜糗粗給，免在陳之歎，差可慰老人懸挂。而世事悠悠，利鈍未可預料，不能不展轉憂慮也。高陽寄贐與所議之禮，京郎時往催索，初猶遷脱，今竟絶無還意。李喜倒身爲之，每見必言其一貧徹骨，不必使之傳説。堯老入都，曾謝之否。其言云何。我家不便差人坐索，思前寄贐原託颺先致意，標望禮則荷百經知。後有便郵，各作一字，託令一催，何如。三、四兩年皆蠲免二分，吾州尚有二分未放。八月中，已將十限挂出，一齊征比，具詳撫院。以存留一項引豫楚全蠲例求蠲，蒙批云江南蠲災從無免及存留之例，該州不得徇延覬覦，自誤考成繳。然此批乃八月十九發者，迄今已兩月，寂然不使人知。因少司農貽書司成，有「起存現折，一概二分，總之條銀，一兩免二錢」之語，外人稍稍聞之，紛然具呈，遂出示由撫批曉諭，且以原批遍送紳袍閲過，以示回絶。始知此批爲用意上房所得，預爲今日平吞地也。乃近日又聞部咨已到，撫院已發藩司，其言確有根據。李如侯又有信出，催速來照會，故里中士民又出約單，欲與守公面講。而清河證其絶無，力阻不可，不知其中是何機竅也。又紳衿户前歲曾奉撫院憲牌，仍存紳儒名色，以便查覈。故此番編審，擬重立户，冀可如他邑及松江事例，少沾優免。守公亦已面許。乃因三四清袍必欲照前朝免額，原覺多事。因此事全係李黄東樓爲政，向彼求之而不得，語言未免過激，李遂譖之當事者，出文申詳撫院。其稿有人見之，語氣竟同參劾。然實未行，不過虚聲恐喝。守公又於錢大老前呼子俶之名，大加詬厲，謂妻田有限，安得人人而悦之，已立誓不行矣。然此兩事雖行之概州，而一二顯要與用事之友，則皆兩相默會，陰爲蠲免，通國緘口，一任其偷天换日，無一敢昌言者，良可慨也。來琛失意之後，牢騷獨甚，閉門不出者月餘。近聞京信，轉託司李促之進京，遂卒卒辦裝，此月末旬已定首塗。其母夫人新正五十，亦不及待，不知有何榮路可圖而汲汲若是也。受明官事後思倚權門以雪憤，已將八百金買充工部東房書辦，今已入郡承役。其衙門書牘稀簡，惟時寫家書，用俚俗語，似甚容易。乃猶於里中遍覓代筆者，人皆以爲笑談。且其下喬入谷，俄頃而成，即梅老亦未之知，深爲駭歎，何舉動之詭秘耶！聖符曾投供否。渠性既拘且懶，不耐煩雜，於簿書奔走之任，恐非所宜。以彼其才，即不得科第，閉户讀書，夷猶於詩酒翰墨間，亦不失爲名士，何必做官。我念之甚，不能爲佐一籌，晤時可爲道意。八弟公車之行，新令森嚴，自宜遄發，但租入既寡，典質又盡，郡州親黨應援路絶，無法可以措置，我又骨髓俱竭，不能分毫助之，何以俶裝。欲往金沙一謁房師，亦苦腰纏無措，何況遠道。然聞高公亦過於渾厚者，亦未必能有所津潤也。計此行最少須百五十金，時日已迫，豈能猝辦。然終不可已，目下方百計設處，如幸而就緒，行期遲不過來月末旬，臘底必抵都矣。吾州新科三人，曹亦奇窘，惟陳有尊公可倚，凡事裕如。陳兄真君子，但性太怪僻，儉嗇亦過甚，總之一文不用即中，後應行禮文一概不與，不能與之共事也。巡海大人駐上海，每月必從二十餘騎遍至海邊巡歷一回。近日從八丫來，曾入城中，一飯即去，略無騷擾。但沿海見一船隻，不論官民及大小，即併船户拏去，必有無限苛求，不肯輕放。惟先偵其所至，避之則無事矣。劉河城漸爲海潮所嚙，制臺題准批定不必重造，即從茜鎮買民房爲衙署兵營，一州六縣共出一千五百金，爲買房之費。近晤游擊，云些少不足充用，然尚未能遽集。待定有房屋，便當遷移，大約不出今年，稍遠終得安靖，亦吾家大幸也。《曹娥碑》是何要人欲得？進貢之説亦覺荒唐，得非有欲誆得之者？確爲何人，果足信否，可詳言其來歷，必有的據，方可商量寄來。但此重器，遠路難攜，必船行方穩。若八弟單襆輕裝，風雪載途，豈能攜帶。我家惟此一物尚可藉爲後事之資，未能輕擲之也。季蒼葦近日大收骨董，然有目無覩，惟藉陳定爲眼。近又與錢遵王往來甚密，買其宋板書，一次便有三千金交易。今現在其家，昨託伊人來，云先特致意，要到我家看書畫。聞此公最刻，惟與陳定膠漆，連年被其騙取幾萬餘金，然信之不疑。此來必受其心印，或仍如前强奪，皆未可知。遵王亦一鑽骨剔髓之人，俱非好相識。聞欲與之偕來，我甚怖畏，然不能引疾以謝之，正在躊躇未決、辭見兩難時耳。汝家中俱平安，兩孫體皆充實。邵先生已留之。我是家中供用不足，汝婦不免愁苦。我比來衰態日增，行步常如失足，對客每多磕睡，此皆從來未有，今歲始然者。固知氣血兩衰，當亦不久。汝母比亦多病，性復多怪。八月杪，忽往七房，仍住樓下。此房已屬他人，前後空場，闃無一人，祇同一極幼丫頭止宿其中。現今欬嗽頭暈，少進飲食，每日眠多坐少，景象甚覺淒涼。我時至七房，必勸之仍歸老宅，大家言笑過遣，老年相聚能有幾時，而乃孤寂若此，言之諄諄，終不聽從。性度似亦改常，殊屬可憂。我念汝之極，每思汝在家時胸懷共吐，今相見無期，輒爲嗚咽。陳俊來京，寫此信已五日。偶思之所至，即筆之，不覺覼縷滿紙。其有不能形之筆札者，則不復宣露也。汝若念我，惟刻刻以此身爲重，毋使爲思慮愁鬱、風霜飢勞所侵，則慰我者多矣。餘俟八弟來，再當詳示。輟筆泫然。十月十五日，父字。

昨十七日，敉老以乃郎週歲宴守公，我亦與陪，梅老同席，言及教習事，渠云不無所費，定以三年爲滿，與松老所言相符。又云此途北人甚便，南人必有家者爲之方好，亦是確論。今汝家中朝夕不給，各管事人皆云萬萬不能接濟；若借京債，僅得其半，起息又重，何以措還？恐兩地俱成撤局，是不可不慮也。吾州黄德卿課命俱有奇驗，人皆推服之。場前即云曹九咸、八弟必捷，可寫包票，今果不爽。近日特來索謝。推算汝命，云過四十方利，來科必中。今年吾郡如顧、陸年皆五外，以汝年歲視之，相去尚遠。近公肅至婁，云畢竟北闈差易，汝勿遽灰此念也。合肥十二日從揚州起身北來矣。因陳俊不果來，故託郡中黄魯望表弟寄至。十一信已寄來琛處，計其途中未必迅速，大約兩信一時并至也。廿五日，又行。

丙午十

汝九月廿五信已到，未知我所寄報房第九信曾到否。念汝坎壈失意，流落天涯，孤蹤窮旅，資斧不給，腸爲寸斷，而見面無期，惟有掩泣。我夏秋來衰憊日甚，眼目昏暗，步履蹣跚，大非前比，皆繇貧窮愁鬱所致。八弟之中，大段使費雖皆其自己勉强支持，然如豎旗杆、送旗匾、請州學宗族之宴，我不能不少助，搜括已盡，倍加乾涸。且今歲方慶有秋，不意木棉終成撒局。蓋因花鈴逾期不開，九月至今有一月晴暖，原逐日逐朶開放，佃户零星捃拾，即用還營債私逋，絶不以租銀措意，今則枝頭小鈴俱已開盡，更無可還租。花價雖出示定八錢之外，交納者絶響，即我贍田派各房人管租者，屢催不至，每十日半月所交不過一兩五錢，猶云係彼應出，比去年更覺煩難。殷重、蔚儀皆云反不及舊歲。花開氣候忽遲，雖天時不可解，亦繇人心狃於積習，借端抗賴。若薛家灘，則實爲惰農弄壞，遂成真荒。今佃户逃亡將半，明歲愈難收拾矣。將如之何。汝母比亦病甚，住七房已將兩月，咳嗽泄瀉，少進飲食，臥牀已久。所居仍在書樓下，旁皆隙地，前後無一人，惟一數歲女童相伴，我屢勸之歸，又令女奴再三敦請，仍住老宅，朝夕相聚，以便照管，二兄亦屢請之，并撥人伏侍，不惟不從，反生嗔怒。其性怪僻變常，總是秋冬之氣，恐非嘉徵。星家推算云，星辰兩月不利，過冬至後或可漸安，未知果得驗否。諸兄弟俱窮困，已皆決撒，不復能支。七弟三瘧變爲日日瘧，而寒熱轉重，痊可無期。且一家俱病，婦産中幾瀕危殆，奇窘尤難過日。八弟雖幸進一步，而中伎雜費，房户中衣簪之類俱已典盡，罄存一身。房師在金沙，以乏腰纏，亦未能往謁。公車赴部，新令綦嚴，自應早發，計期來月末旬，不能復緩。但脂秣之資，最少亦須百五十金，多方搜索，萬無設處，故尚未能定期。計無復之，擬同兩同年公懇守公撮坊銀應用。但此公錢糧尚空幾萬，恩蠲二分，弄上臺批准回絶，欲以呑隱填空，尚且不足；近復因文武攤賠一款，被人訟之制臺，批臬司拘提經承，語大傷州守，方重費彌縫，安肯許開項那撮？恐亦未可必得也。季滄葦與錢遵王交密，近過虞山，錢之宋板書傾筐倒庋與之，共有三千金交易。訪伊人先來致意，云欲同遵王到我家看畫。向聞此公無真鑒，必旁人贊助始成，遵王尤爲峭刻詭譎之人，同來必無好處，心甚憂之。十九日果至季家，三友馮研祥、唐子晋、乃其舅。戴寅清乃泰興拔貢，云在監與汝相識，錢則攜老骨董，徐硯北、王雲谷、石谷父。張子愿齊來趕積。二十日早至我家，盡出所藏與觀，亦極道好，但必欲拔其尤，論價又太懸絶。看罷上席，又請枚老、子俶、次谷奉陪，共酒六卓，所費十金之外。次日赴彦老之招，我亦與陪，與易宋板《通鑑》等書，亦有百六十金。别時約明朝再過我家，乃下船便皆開去，想無左右爲之先容者，我亦不解其中機竅也。極窘中徒增煩費，曾無纖毫以濟眉急，何窮人命中無財一至此耶。數日前郡中顧松老至婁，言及汝有考教習之意，渠云此功名捷徑，極口慫恿。但云繇監送部，繇部考定，不能無所費，至館時有餽送學徒衣帽等禮，以三年爲滿，住京盤費每年最少亦須千金。後又因梅老在枚老家同席，所言亦與相符。又云此途在北人最便，南人必有家者爲之方好，亦是確論。近季滄老則云雖定三年，然三年中可給假二次，可得一年在家。若遇賢主人，學徒不但四時饋遺，將來仕途照庇，一生受用他不盡，反比鄉會房師倍加得趣。我聞之差稍慰心。但如給假往返，資斧何從措辦。如守住都中，則家中如何接濟。算到此處，又舉家愁煞矣。來琛因京信催之入京，遂同周豳六匆匆出門，資裝甚盛，真稱壯游。汝窮邸中得至親相傍，差慰寂寞，亦是可喜事。其家受明已爲工部書辦矣。陳俊原云望後北來，故作一家信，於一切事頗詳。乃因湊處盤纏無措，尚須住家料理。且路費亦無設處，故不果來。郡中有黄魯望表弟王姓者，初二日押貨往京，係宫老至親，可託，遂以前信付之，另作此信附來琛使者，計二信必先後并至也。聖符性嬾且拘，恐州縣佐貳之職非其所宜，我念之甚欲作一字沮其就選，今聞先已投供，止之無及，遂爾閣筆。近承虞九兄寄緘，詞甚肫摯，極感其意。聞其橋梓在都，旅況頗佳，深爲慰懷。倉卒未能作書，統俟八弟來耑致，晤時可先致聲。諸惟倍萬保重，時寄安信爲囑。廿五日，父字。

卷十　致清暉閣尺牘

其一

不挹清揚者累年，飢惄之懷，時形夢寐。近過郡友齋頭，得見妙染甚夥，所摹唐宋諸家皆極得神髓，而筆墨奔放，思致高奇。此雖天資秀拔，迥越尋常，而學問之富、功力之深，尤非時流可及，斯誠藝林獨步、三吴無敵、百年僅覯者矣。弟自縱觀，復目眩神摇，中心悦服。竊幸殘年餘息，猶得復見古人。又恨相隔衣帶，未克晤對左右，快覩吮毫潑墨之奇。巡回憶念何容舍。然賤目畏風，冬候如寒蟲墐户，跬步殊艱。少俟春和，便即鼓枻虞山，叩領緒論，并布皈響之誠。弟藏諸蹟，向曾奉鑒，固非絶品，亦具古人風格，得蒙枉賁，當出少供游矚耳。臨紙神與俱往。

其二

前辱遠顧，兼接教言，如執熱者之濯清風，快爽何量。別後即有賦役諸事，交併攢迫，又以壯子遠出，衰殘獨自支撑，渴企高雅，未嘗少間也。日來氣候清淑，緑陰黄鳥，景物娱人，正堪搜採畫筍，發皇奇思。特遣小舟奉迎，萬祈惠然。吴梅老欽仰甚殷，日盼駕臨，幾同望歲。而敝里親知，咸思快瞻丰采，高轍一至，即息影深居，恐紫氣不能久閟，小齋賓履紛沓，須更作鐵門限矣。如何如何。

其三

前僮回得手翰，承許十日見過，屈指屆期，寸陰若歲。乃今又將浹旬，而履聲寂然。轉思之莫解其故，豈以敝里爲勝母耶，抑以互鄉爲不足與言耶？弟於蹭磚一道雖未能盡窺藩籬，然觀道兄妙繪，於古入神韻研深入微處，自分稍識一二，竊附於草木同味。惟冀暫撥冗一過，俾得縱觀潑墨，以豁心目，則累月來所誇詡於人者，今果邀致，不爲里人所笑，叨愛尤無已也。禱切。

其四

自道兄别後，弟如少水魚，濡沫無所，神馳左右，不啻一日三秋。前尊翁枉顧，大慰企渴。滄老以及諸勝流名賢快集，弟出所藏舊跡，展玩竟日，良爲賞心，特鑒别各殊耳。吾兄以一心五指而應天下之求，恐力不給，時竊慮之。然吾兄情篤友誼，曠别自難恝置，必當具舴艋，張豹席，到門剪燭聯床，以遂抵掌之樂。乃跂望日久，而紫氣杳然。固知迫於敦趣，旋赴晋昌之招。奚惜一日之程、一夕之話，早慰弟之癡腸餓眼乎。衰暮殘年，是以迫於奉教。吾兄垂念及此，知即惠然肯來也。不盡。

其五

昨兒輩假道虞山，附通數行，想蒙達覽。前承訂約，方將至信辟金，豈意復疲引領。吾兄爲世瓌寶，人争鈎致，安得千百億化身，使大地普霑法雨乎？其中離合自有機緣，非敢預料。但前聚首五旬，雖荷投玉，未盡探珠，冀得再領珍圖，少效環報，以畢餘生宿願，快幸更難量矣。專僮奉迓，望即早過爲禱。

其六

枉玉寒廬，復得懽聚。爾時不敢久留，别後黯然之況，覺文通賦别猶屬未盡。小兒過虞造訪，始知遠行未卜，深悔輕爲分袂也。十二大册穠纖出於高古，神逸寄於法度，直是古人不及，豈云摹仿奪真。營魄回駭，既羨且妬。因思大小挂幅，懸之壁間，猶可坐卧咀玩；長卷寓目難竟，往往前後相失，未免舒卷之煩。竊恨前者未及奉求也。弟比來窘悴益甚，質貸路絶，計惟舊跡可藉變易。但裨販者多，真賞者少，凡以訪購來言者，槩擬丸泥封斷，畢此殘年。昨膠州清河氏不遠千里至婁，凂炤翁爲介，於弟所藏北苑、大癡中欲拔其尤者二幀，賴炤翁極力周旋，幸不折閲。精華既去，畫苑無光，晚景更無聊賴。自念采集良苦，寶愛不啻性命。今以勢迫割棄，阿堵用之則盡，性命一去不可復得，巡迴心腑，能不愴然。候值清和，紅藥將放，吾兄武陵之棹如可暫緩，過我作經月盤桓，其樂無限，真引年扶老上藥。所旦夕以幾而不敢請者，道愛如吾兄，何靳三舍之勞也。乘便附候，種種俟悉。

其七

前小孫入郡，得接顔教，知玉體偶郄，殊切懸懸，隨遣奴子候訊，而道駕已返矣。手教至，始識霍然，兼許涼秋見過，不勝喜躍。近聞輦下鉅公有來相訂者，吾兄具絶世之才，羔雁成群，自所必至，度不克長守故閭。弟亦謂筆墨之煩未了，不若皇城如海，反可藏身。吾兄宜飄然遠馭，如陳子昂破琴都市，一日而名滿天下，斯爲至快。吾土信美，終是短汀淺渚，非神物游泳之地。惟重溟深淵，可攄爪甲耳。吾兄果有北行，過我傾倒，亦誼所不容已。諸兒孫俱荷垂念，亦無不引領紫氣之東也。率勒布候，不既。

其八

前蒙聚首荒齋，談笑累日，欣慰無已。別後魂夢爲勞，觸境生憶，徬徨延企，何可喻形。小兒倖雋，不足記存，辱〔二〕賜珍圖，展軸光怪陸離，洞心駭目，使黄鶴爲之，恐不能渾化至此。即處父子間，不禁羡妬。前古後今，吾兄真足當之矣。讀來教，知唐孔翁專使相促，交情有素，誼不能辭。然念獻酬群心，良亦甚難。拙逸智勞，往哲已先道之，物理固然，更何尤哉。晉陵相與正長，如弟景逼崦嵫，殘光欲盡，奚敢白駒空谷，妄思縶維。弟以至情相告，或不遐棄也。尊使行促，率爾謝復。小兒不及奉啟，縷綜萬千，統容續罄。

其九

抵舍後即感寒，屢汗不解，今雖稍復，然步履愈艱，飲噉頓減，蓋衰年遘疾，如老樹經霜，生意漸盡。因念蠖伏逾二十年，今歲忽復馳動，間關跋涉，徵逐應酬，朝夕益苦難支。目下公私鉅細諸事委積，其何以慰日昃之嗟乎。平日交游絶少，惟一二密友，時相往還。今公路遠在百里外，睿玉偃卧蕭寺，既不能起，又不能歸，大可念也。弟孑然孤影，塊處一室，跫然足音，經月絶響，況味可知。念當今擅絶世之藝、具高世之行，與弟異體同心者，惟吾兄可託歲寒。而垂天雲翼，方將横絶四海，弟安所假羽翰以相從耶。天下之寶，當與天下共寶之。幸嗇神養和，倍自保練，俾光瑞長照世間，如一峰、白石，皆臻上壽，真藝林盛事，亦群情所共快也。妙繪所獲固多，展玩輒忘愁疾。惟荒耄茫無所得，頗以爲恨。然年及西垂，詎敢復作妄想，或留來生少分種子，便是奇福，而亦豈易得耶。尤可笑者，老尚貪癡，每見人手中一扇、壁間短幅，輒加妬羡，猶小兒不論飢飽，見食便垂涎耳。諸畫中獨少挂幅，終不能置懷，在吾兄亦未了事。而伺吾兄隙辰，亦何可得，日月逾邁，視蔭幾何，恐亦終成虚望也。大年卷當軼真跡而上之，奚止中郎虎賁，此時刻不忍釋手者。比因郡守以鄉飲相困，因擬跳避，乘此赴願公之約，尚爾趦趄。以仁兄道義一體，晤對無期，故捉管不覺嫋嫋〔二〕。便羽無金玉爾音。

其一〇

荒悴之餘，閔閔望歲，時方舉耜，又值屯膏，憂心倍切。前鬻諸畫，究於緩急無濟，徒使妙蹟永棄，追悔無及，自此當益堅初志矣。虞山衣帶，音問暌違，想吾兄久滯維揚，未審何時得竣，幸密示知，便可附尺蹏，博報牋，以當晤對。不敢宣露於人，致累吾兄作鐵門限也。吾兄妙繪人競欲得，幸而獲者必將櫝藏錦襲，重複緘縢，弟何敢妄思延致。但風燭殘年，貪心未絶，欲求華原、鷗波、一峰、梅道人各一幀，以爲矜式，并貽子孫。特恐一逋未了，一逋復催，果幸再邀玉趾，則入山獲寶，平地遇仙，不足喻此樂矣。

眉批：煙老收藏，尚不能保以終身，正如泡影易散，吾亦感慨係之。

其一一

聞道駕歸自邗溝，喜爲狂舞，亟遣舟奉迎，謂旦晚必得聚首。乃接教，似有遐心，致弟内媿色沮。竊意高情必不若是，或由是擺撥不迭，未遑爲境外之游。且吾兄宿諾多，而獨徇弟請，形迹尤難。褎裒久之，不敢以隻字再瀆。然念吾兩人意氣相期，自足千古，今此睽離，忍不一執手乎。倘得蹔紆清塵，爲旬日盤桓，兼索墨妙，以娱老眼，弟雖身同蕈露，可無遺憾。未知能許我否。

其一二

客冬枉存具紉，吾兄敦宿好，重然諾，道誼之厚，迥出尋常。改歲衰病闕問，未知邗上之行何日。得於行前再過荒齋，則至誼深情，更出望外矣。第恐遠邇聞風藉響，幣聘交馳，行止未能自必，益不勝疑慮耳。此道頑敝已極，幸吾兄今日起而振之，集古人之長，盡驅筆端，故能妙絶千古。前諸製作固足亂真，比則更爲脱化，每仿一家曲盡其致，而超逸之趣則又過之。近見爲梅仙仿松年小幅，秀媚絶倫，心形俱服。所求册子，希乘興點染，得於高簡中别具瀟灑澹蕩之致。弟雖酷貧，即典衣鬻器，所不惜也。子晋所繪荷花，夢寢不置，衹爲轉懇。邇來愁病增劇，百念已灰，惟筆墨嗜好，至今更切。舊跡盡去，追憶惘然。名賢妙繪，直性命所寄。吾兄俯念癃殘，知不靳惠顧耳。

其一三

去臘千愁并集，無以卒歲，知道駕久駐澄江，未及申謝，耿耿之私，夜不成寐。忽探舍姪歸，極道兩賢郎試作燦然，不媿嶲選青錢，拭目望捷，不意暫爲六月息也。吾兄仿古珍圖，如獲拱璧，巨幅雖規橅山樵，而高古深遠，盡備荆、關、董、巨之法。此弟所之奇妙，不徒肖其形似，而直抉其精髓，即唐、宋、元季諸家復起，定拜下風。但呵凍揮灑，勞神已甚，所望殘冬瞥過，春日載陽，庶幾紫心折而歎舉世獨絶者也。

氣東來，萬斛愁腸可藉晤言以消之也。確[三]庵從毘陵歸，云吾兄赴錫山秦太翁之招，曉行至紅塔，忽爲盜憎，中道復返，兩説甚異，深爲駭愕。竊思近地輕裝，吾兄隨身惟有煙雲空翠，何足動胠篋者之興。然恐所攜妙蹟入偷兒手，便落惡劫，未知其實如何。吾兄曾否小出，途中有無驚恐，筆墨都無恙否，乞詳示以慰懸懸。歲律行盡，壯游想在新春。一水相望，紆棹無難，命駕而來，快談信宿，高情薄雲矣。

眉批：妙繪被劫，可與遇盜乞詩同一佳話。

其一四

讀來教，知聚首有期，可樂殘景。窮冬短晷，駛如隙駒，數日留連，已足稱奇遘矣。清河君遣人來問關仝真跡、大年《湖莊清夏圖》，云不惜重購，弟未忍輕棄，婉言辭之。但此跡藏之甚秘，外人何以聞知。窮子漸成孤露，惟此衣珠，永以爲寶，其忍使罔象得聞之耶。梅村翁長歌附覽，渠即手書以贈。承賜秧履紅燭，用以暖歲寒，照四壁，拜惠良多。

眉批：煙客秘笈散見札中者，可彙爲《西田藏古畫目》，然二百年來，不知尚在人間否。

其一五

孝逸歸，云晤兩令似，知潤州有翰使相促，雖得金石之信，必無轉移，而敦趣甚迫，恐難自堅。迴環寸心，不覺如擣。頃修一緘，致江上，求暫假兩月，或當矜許。倘其使未行，即以付之。許堯老從北歸，云友人攜《鹿脯帖》至都，有軒冕精於賞鑒者，一見歎絶，深以未得先購爲憾。幸飛棹來面談也。

其一六

驕陽累月，大地如焚，衰殘餘魄，亦幾同盡。雖得微雨，猶彌望如赭，天澤未遍，其能望枯苗之復甦耶。江南春圖，輝映蓬壁，而尋丈巨幛，一時又得二幀，其爲瑰異，何啻石家四尺珊瑚也。櫟園周司農傾慕有年，無由合并，凡三四致意梅村翁并及弟，屬爲勸駕。司農引領吾兄之過白門，夢寐以之，而吾兄到處遮留，未能千里命駕，以副司農飢惄之思。其珍重至意厚矣，何忍濡遲，無以慰之耶。

其一七

前過訪，得晤兩令似，因留一函，倉卒中不知作何語，今亦不復記憶。弟秋來老病日增，貧亦日甚，自分摧頹暮景，如衰草經霜，豈復望久長。諸緣悉謝，猶賴石交至誼，時時在心。更有無厭請者，則以頻年所獲妙繪，各種具備，惟小卷猶爲缺事。非得殘山剩水，其能畢弟夙願乎。近聞金沙、京口頻多賢主人，築館招游牽留，正未有已。一得大刀之信，即當面申懇請。前李書老過婁，云於江皋得晤，隨已邀歸，聞之可勝黯結。然弟塊然獨處，歲暮淒其，朔雪寒風，天涯人遠，彌深懷友之思。猶冀江流如帶，一葦可杭，臘盡春初，道駕東還，得即枉賁寒齋，握手道故，樂過新知，則一時聚首，便足千秋矣。臨楮依依。

其一八

自通問後，久逖音塵。弟少時咯血之症陡發，支離藥裹者累月。遠承垂問，且知玉體霍然，深爲欣慰。遷居大費經營，相距一水，未克少爲分憂，負悚殊深。若弟夙疾之發，皆因積勞所致，耄年此病，豈望久存。承諭勖以節勞息慮，真藥石生我，其如境遇當前不能排抑何也。吾兄晉陵之行何日？祭章語語情至，即古人挂劍聞笛，奚啻過之。但此間挽留必力，歸期難定。承許返棹過舍，不勝躍然。使果踐宿諾，便是非常奇構。自分何幸得之，且喜且疑。或值燕閒飛天仙人，忽從雲墜。殘息再得相依，如留當風之燭而與以續命之膏，其樂何限。弟雖貧罄，雞豚同社酒，猶〔四〕可作東道主耳。入春林令君延攬倍殷，吾兄礫礴署齋，必無隙暇。近知已辭令君，亟欲過婁。乍聞斯言，猶如優鉢曇花千年再現，欣喜豈屬尋常。前晤健老，偶及吾兄筆墨，必屏居覃思而後申紙和墨，較時輩以敷衍補綴爲能事者，品格天淵，宜其落筆得心應手，出宋入元，彙集前賢，驅之指腕，稱後來居上也。健老云，與石老相契有年，其畫臻神境，心折已久。能翩然惠臨，以副其向慕之誠，真墨林勝事也。

其一九

別後隨嬰齒擊之疾，吭吻閒幾無停響。春初，謀之岐黄家，稍得平復，而頭暈復作，所謂轉側須人，偃仰待日，豈非尊生無術，固宜抱痾若是耶。向承吾兄同高足子鶴楊兄有過舍盤桓之訂，傳神阿堵，子鶴可稱擅長，所圖小像神色飛動，見者皆謂宛然如可與笑語，無毫髮憾。弟朽骨垂盡，敢祈賢師弟惠顧，再商定一圖，貽示後人，則邀愛庇多矣。容罄以悉。

其二〇

接手教，知尊翁稍有違和，旋臻勿藥。繼承妙繪郵寄筆墨之光，與煙雲互相映發，倍增忻悦。未幾里人有從虞歸者，忽傳非常之耗，聞之不勝悽愴。吾兄何以爲心。平居定省，惟博物娱古，爲融融洩洩之至樂，而一旦奄忽。且吾兄至性過人，當此大故，必加摧裂。然光前裕後已爲至孝，勿過哀傷，貽滅性之譏也。弟與賢喬梓契誼迥出尋常，匍匐赴唁，不敢不力。顧頭眩屢發，恍如天傾地坼，茫不知所依。止令小孫先致奠禮𤓰，俟殘疾稍瘳，即當竭蹶松區，必不以宿草爲辭耳。

其二一

清河君再來婁上，好尚竟成兩截，其先所賞諸縑〔五〕概不着眼，惟必欲得《曹娥》真蹟，然所許之值不及陳生所言之半，何能輕擲耶？寫生一路榛蕪久矣。弟曩時於此曾少研思，然舉世率沿於波流，了無創闢之趣。前見正叔所爲没骨花圖，真别開生面，令人眼目一新。其隨意點綴一言半語，往往引人入勝。弟與正叔有先世之雅，聞其人脱落世俗，無一點塵埃氣，亟思披對，與之昵好。但屢訂來游，而蹤迹杳然。桑榆隙光，能久待耶。吾兄春明肯相拉偕行，慰我飢渴，寂莫荒齋，得延二妙，若果此緣，一段佳話也。

眉批：王煙客暮年書畫，盡歸北燕張見陽，見吴氏修《論畫絶句》。此清河君，正謂張見陽也。

其二二

冬初展墓楓橋，知赴當事之招，憲署嚴密，不及通問。弟以躑躅川塗，倉皇負約，捫省益切愧悚，停雲佇雨，瞻憶徒勞。重其過婁，持尊册見示，高簡超逸，直有乘霞御風之致，見之美〔六〕愛，摩挲不忍釋手，未知風燭殘光，何時得窺潑墨之妙耶。西田結夏，固禱祀而求，然猶望望焉不可必得。倘邀信宿，爲衰朽稍續舊盟，迅掃長綃，淋漓殘墨，爲洞心之觀，蠲疾引年，惟此爲衰年上藥，吾兄豈無意乎。

其二三

方擬馳候，忽寄珍圖，展玩間蒼蒼莽莽，筆如游龍，即梅花庵主，恐未有此奇拔。炤老適過寒廬，歎賞不置，亦謂過於石田。天生我石谷，直於畫道中抉天地之精華，綜古今之奧窔〔七〕，誠名世間出、百千年而不一覯者。邇聞牽染世紛，奇思靈襟，漸汩塵濁。豈靈秀之氣，發洩已盡，反爲造物所忌耶。吾兄意氣所激，自是古人高義，然竟可坦焉置之？又爲吾兄計，筆墨酬應難厭群心，不若早爲出游，以煙雲自娱，悠然澹遠，如孤松迥秀，不與群木爲侶，品愈高而名愈重，則道韻與妙筆并傳，聲價更增百倍矣。新春道駕先過小齋，快聚旬餘，共慶〔八〕元夕，然後踐櫟園公祖之約，恃夙愛不罪其戇也。拙詠未足壯行，聊博一哂。

其二四

居今之世，何事不出理外。吾兄高士名流，胸吞雲夢，流俗呶呶多口，即宜一笑置之，所謂大輅不與柴車并逐也。潎州守牧仰慕若渴，又從弟索大筆細觀，如山樵長軸與大兒所藏子久、次兒范中立二幀，借玩數日而音息寂然，得毋久假不歸乎。聞將有遠行，健翮翱翔，何從攀接，正恐高名爲累，反妨閒適，惟吾兄所心許者，識之不忘，庶不貽他年挂劍之思耳。

其二五

來翰相訂桂月過婁，爾時璧月澄花，涼飇襲座，心知合并，良稱勝集。且聞爲健翁所製屏障，鉅麗之觀，横絶今古，東來望攜見示。尊公像贊塗納，但以荒蕪〔九〕之筆，塵點高標，殊爲不稱。奈何。近第五兒爲正叔兄演《鷺峰緣》新劇已成，伶人傳習似亦可觀，但其中情事略有粉飾，須正叔自來商定，亦慫慂來游之一會也。便羽幸即聞之。

其二六

弟一生規橅癡翁，訪求真跡，無慮廿有餘本。惟長卷最不易得，如《沙磧圖》不過盈尺，《溪山雨意卷》長不過〔一〇〕五尺耳，已爲希世之珍。前見吾兄所臨《富春圖卷》長二丈餘，觀其點置峰巒林木，溪橋村落，蒼深瀟灑，逸氣飛翔，與平時畦徑洗脱略盡，一峰墨迹至此神矣化矣，天下之能事畢矣。弟研弄繪墨五十餘年，所見一峰真本當以此爲第一。恨曩時未及搜羅摹仿，幸吾兄相過，即爲我臨此長卷，以補缺事。弟雖衰殘，猶欲時置案間，一日三摩挲，略得其百分之一二也。

其二七

昔董文敏常稱北苑真跡，長卷有《瀟湘圖》《夏口待渡圖》，弟曾於雲間宗伯處借觀，真天壤間奇麗神化之迹。元四家皆出北苑，觀此方知其淵源所自。他如《龍宿郊民圖》，設色青潤，則又近松雪一派，非其本色矣。頃見吾兄爲笪江上翁所臨北苑巨軸，筆墨之精，渲染之妙，骨法秀勁，氣味渾古。數十年來夢想北苑二圖，邈不可見，常歎妙跡永絶，今耽玩臨本，焕若神明，頓還舊觀。吾兄未見北苑二圖，筆底何從得之，豈亦所謂鬼神通之耶？乍觀不覺叫絶，使弟飲食寤寐恍惝不寧，有難以晷刻待者。特拏舟相迎過小齋，爲弟追橅長卷，數十年胸中耿耿不能忘者，庶得藉此以酬夙願。謹滌硯磨墨，以待惠臨。勿後勿後。

其二八

遥想虞山明秀，與春光互相映發，景物必倍尋常。屢欲扁舟來訪，一攬林壑之勝，而愁緒如麻，足欲舉而不前。側聞瑶華見貽，庶藉少蠲愁疾。炤老、伊人先後歸，知道兄始苦頭風，繼營卜築，愧未分痛排愁，反滋煩聒，益切疚心。即前者屢訂，亦以來日苦短，妄覬見過。乃承吾兄於藥裹愁緒中，殷殷良訊，念我深矣。札中又云將赴泰興季滄老之約，如果則相聚又難預期，益增黯結，荒圃蔭樹，追涼徒成虚願。奈何。

西田獨賞序

西田者，婁東王奉常煙客先生别業也。先生既與時偕晦，築别業以娱老，所與游多緇流方外，而心所獨契忘年定交者，惟王子石谷。少於先生三十餘歲，居虞山東麓，去西田幾百里。而先生於石谷無日不思也。石谷多為好事者羅致，行踪或及千百里外，而先生於石谷，如詩人之懷美人、思公子，得見則喜，不得見則離憂倚徙，欲暫解於中而不能。嗚呼，石谷何以得此於先生哉！石谷家故貧，所藏惟宋元名繪，少長即事臨摹，每一點染輒至亂真。先生圖書之富甲於東南，世所稱關、荆、董、巨之筆，秘府不能致者，先生皆秘藏之，故於繪事最得宋元筆法，片箋尺幅，世競寶之，不啻拱璧也。先生乃不自矜異，每得石谷畫輒愛玩不去手，嘗欲多方搜致，必盡備諸體以為快。至於饋贈殷勤，酬報優渥，若惟恐不得當於石谷。至終其身不少倦，何也？古人若太沖之於太真、元歎之於伯階，皆一言稱賞，遂名滿天下。以先生之名德為世模楷，生平品望高簡，即在繪事亦未嘗輕相許可，何以獨於石谷往復纏綿，亹亹不置也？吾聞先生為人温良樸摯，其所稱道，皆稱心而出。《詩》曰「惟其有之，是以似之」，信矣！流俗浮偽，妄相衿詡。虚懷善下如先生，吾未之見也。石谷謂余曰：「吾於慘淡經營時，嘗不能自言其所得。而先生之書曲折出之，無不探吾之隱，先生真知吾者。今安能已人琴之痛哉！此《獨賞》所以有刻也。」嗚呼，賞石谷者不惟先生，而惟先生之賞乃可以正天下之賞。天下之賞同先生之賞，獨同者喜其形質，獨者得其神明也。微先生，不能窺石谷之造詣；微石谷，豈能當先生之頌揚。先生言之不為諛，石谷受之不為愧。兩賢之相得，豈在區區形迹間哉。天下之造詣不逮先生、名德不若先生，而幸與石谷敦縞紵之歡、申摯維之誼者，其愛慕我石谷又當何如也。甲子嘉平三日，宛溪後學顧祖禹序。

其二九

前辱遠顧小齋，累日盤桓，飫聆道誨，樂不可支。顧以别久會稀，匆匆分袂，念之又成好夢耳。别示人言，不知所以。弟始而愕，既而疑，又怪此飄風幻影，曠識如吾兄，不付之都盧一笑，而諄諄置辨，若以爲真有其事者，何也？弟之服膺品藝，寔根心本。吾兄之謬垂睠愛，亦出肺肝。比年來形骸盡忘，夢寐靡間，壹似夙世實有緣契，非止今生投分獨深者。人情澂惡，易生娼嫉，容或有之。然弟平日足不踰閾、户絶賓履，曾與何人晤對，乃有不足於吾兄之語。且影掠一事爲口實，則謬悠荒誕，更窮天極地矣。憶惟吾兄每次垂訪，或有人見問石谷去何匆促，何不留之，弟答以此兄名滿天下，跡之者幾遍幽隱，正苦無分身之術，今宵撥忙見過，已非常厚意，安望其久留。蓋據實以對，應只如此。豈憸夫淺人，遂緣飾以爲構鬬耶？要之，弟與吾兄至誼深情，堅同金石，固逾膠漆，非譎訛者可間。吾兄惟充耳弗聞，謗議自熄，所謂山鬼伎倆有限，老僧不見不聞無窮。若一置齒頰，便墮其術中矣。祝滄翁將至，弟以久闊，渴思瞻對，兼謝其情文周渥。會以金氏之喪，亟往郡中一兩日。間復有小冗，必須暫歸。滄翁在虞，或有幾日逗留，弟當扁舟馳詣。否則月初定於郡城與吾兄把臂不遠。但其在郡去留遲速，萬乞先示，寄之楓橋丙舍，郵傳亦甚速也。尚有種種欲商者，統俟造膝時面罄耳。先此布悃，幸垂照。

其三〇

昨意道駕久在毘陵，故有一緘奉寄，不圖竟未成行。頃伊人兄自貴邑歸，云吾兄即日過婁，喜爲神躍。但弟此旬内有鄉郡掃墓之行，恐高轍至止，或不相値，得於二十後枉玉更妙。徒以隔闊相思，渴於把晤。若吾兄，天下之寶，自當與天下共之，豈綿薄所能縻。總俟奉對時面悉耳。兹因岳臣兄歸便附此，不多及。

其三一

小齋得復邀道駕，盤桓兩日，甚快，但匆匆慢去爲歉耳。長翁至郡，恨不能假翼飛晤，奈病甚，實難强策，且窮檐野叟與顯者酬對，非綿薄所堪，想吾兄必能委照。盤餐寒陋殊甚，聊以見意，餅餌皆家製，幸借鼎致維岳兄，乞道意。弟不久過郡，當而謝也。諸容耑布，不一。

校勘記

〔一〕「辱」，來青閣本作「屬」。
〔二〕「嫋嫋」，來青閣本作「娓娓」。
〔三〕「確」原作「礭」，據來青閣本改。
〔四〕「猶」原闕，據來青閣本補。
〔五〕「縑」，來青閣本作「畫」。

〔六〕「美」，來青閣本作「羨」。
〔七〕「窔」，來青閣本作「賾」。
〔八〕「慶」，來青閣本作「度」。
〔九〕「蕪」，來青閣本作「薉」。
〔一〇〕「過」，來青閣本作「滿」。

卷十一　尺牘卷上

致張承詔

緬維福星照臨數郡者五載，夏雨秋霜，在在歌頌。而不肖某則闔門老稚，受庇於二天之戴、沐浴於九里之潤者，尤爲極優極渥。其謳吟思慕，自當百倍民情。乃瞻違逾歲，隴雁久疏，摩挲舊棠，方不勝依依之感。而瑶華忽墜，厚誼藹然。捧誦周環，益增唧戢矣。竊念台臺最績鴻名，直節正氣，夙爲宸衷所簡注，士望所依歸，指日榮擢天垣，以主持國是，襄翊休明，宗社蒼生實嘉賴之，寧直東吴蒲蛤之民仰沾濊澤已哉！尊役旋，率勒數行附訊。不盡欲言，薄侑聊旌一念，統冀莞涵。臨楮可勝感激馳戀之至。

致熊開元

恭維老台臺神明愷悌，借重海邦，下車未久，種種仁風惠政，淪肌浹髓，兩歧之頌，五袴之謡，直有耳不勝聽、手不勝記者。不肖某叨庇鄰封，沐浴餘潤，蓋朝和風夕甘雨也。子民之分，自宜甫輟軏而即摳衣。乃初從閩還，席未及煖，不遑馳候鈴閣，而反辱車騎先施，重以玄黄之篚。適不肖某避囂遠郊，有失擁篲，亟趨謁河干，冀得攀留片晷，而彩鷁先發，壺漿之敬，屈焉未申。内訟疏節，即灼艾於背，注冰於懷，未足喻展轉慚悚矣。兹擬操一葦叩謝堂皇，會以先人窀穸之事拮据榛莽，食息無暇，咫尺不能自前。謹遣奴子薄賫不腆，代致鄙忱，統惟台慈涵茹。百冗中不及具莊啟，幸恕不恭。

致周道尊其一

恭惟老公祖台臺，一時山斗，兩浙人龍。不肖某，自塵仕版，便知嚮往，恨不旦暮爲之執鞭。矧今儆有天幸，身處照臨之下，而沐浴膏雨之潤也！乃自惟碌碌，出則浮萍，居則株守，雖鈴閣密邇，幾與隻水舟帆相接，而不獲一展摳趨，罪負重矣。昨棨戟東巡，幸瞻符采，乃荒郊蒿徑，更荷光臨，邀榮席賁，寧有涯量。惟是惡草之供，百不成禮，深用慚悚耳。伏諗懋績升聞，宸衷簡注，巍膴薦陟，車服以庸，四郡士民，靡不歡呼距踴。不肖某，叨庇最渥，喜躍倍切恒情。即擬鼓枻澄江，拜舞堦下。而賤軀病痞方劇，咫尺不能自前。翹首台光，殊不勝耿耿於懷耳。敝城二三紳衿，感台臺國士之遇，共製小屏以仿輿人之頌，不肖某亦附姓名於屏末，而辰下支離藥裹，未能旅進稱賀。雖台臺汪度，必不以形跡見督，顧不肖公私廢禮，揆之寸衷，亦何以自安也。不腆一芹，統希涵茹。賤疾少間，即當伏謁左右，以鳴謝臆，併請積愆。

致周道尊其二

謹啟。先子鄉賢一事，嚮蒙台臺衮借鼎噓，邀榮不朽。周文宗在任時，道府久已詳請，文宗亦許於試後批行。不圖有意外之事，遂爾中格。今通學諸生復擬具呈學臺，而非藉九鼎，曷覬萬全？用是不避煩聒，再瀆台聽，萬希崇照。竊念先子砥礪一生，沉酣萬卷，學術操履宜不爲公論所棄，徒以某綿薄不嗣，致今宫牆俎豆獨後他人。此某所以痛心疾首，中夜念及，爲之忘寢者也。伏惟台臺，世道表儀，人倫藻鑑，片言獎借，便足千秋，倘蒙俯賜留神，於學臺公祖前，不靳齒牙餘論，俾得早賜允行，不復批查以稽時日，則台臺援骨嘘枯之恩，直埒高厚矣。其爲存歿之感激，子孫圖報，又寧止一世再世而已哉。病瘧伏枕，不能百叩躬懇，謹勒此紙，伏布悃誠，統惟慈鑒。若夫感謝之私，總非毫楮可悉，尚容面陳。

致謝三賓

不肖受廛宇下，曲借恩私，雖帶水爲限，不能時候興居，而沐浴九里之潤，則朝和風夕甘雨也，感戴豈有量哉。恭惟台臺榮膺綸綍，燕喜方新，凡屬帲幪，咸切距踊。不肖某叨庇最渥，喜躍更倍恒情。而賤軀以病瘧委頓，不能拜舞台堦，謹從諸縉紳後，少伸鄙私，深抱耿耿。惠徼台臺曠度，寬之形表，已屬厚幸。而復辱齒謝，重以珍貺，金錢乎，几杖乎，益令不肖某跼天蹐地，措躬無所矣。隆賜出自台臺，子民分無敢辭，第捫心内省，實多不自安者，敢用僭璧，萬冀台原。賤疾稍間，即當蒲伏臺下，以鳴謝悃，併請積僁。臨楮可勝悚仄。

致郭瞻月

憶昔辛酉冬，雒州郵舍，一奉顏色，比於景星慶雲。嗣後甲子秋仲，復以中州捧詔之役，得操篲臺端。蒙老公祖老伯教誨勤拳，惠貺稠疊，種種恩私，迥踰常格。自非推先君夙昔之愛，何以有此。不肖某感藏中心，靡間寤寐。而河山修阻，鴻鯉浮沉，膢臘屢更，不獲一通奏記，歉可知矣。今幸江淮重鎮，仰借節旄，河流湯湯，不肖姪實邀餘潤，而引分株守，未敢輕謁以溷台嚴，徒有感戀一念，日夕縈迴函丈已耳。竊念時事多艱，國儲告匱，司農既不勝仰屋之籌，而閭左復不堪竭澤之歎，自非台臺殫力斡旋，苦心籌畫，孰能使上下交劑而無厲乎？豐功盛烈，真堪勒鐘鼎而紀旂常。

旦晚間入秉鈞衡，坐躋台鉉，將窮髮含生，罔不被霖雨之澤，寧但台臺賜履之地，爲之氓者，渥霑覆露已哉。若不肖某，年家猶子，仰戴二天，又不足言矣。特肅荒函，耑遣一介，恭候崇禧。并薦一芹，以申積悃，伏冀莞涵。外有瀝血之誠，僭投左右，別簡具詳，玆不備宣。

致張茂梧

不肖以年家末行，婆娑棠蔭之卜，其所霑被於台臺者，蓋朝和風夕甘雨也。而帶水爲隔，弗獲時覲龍光，以聆塵誨，言念疏節，負歉何如。恭惟台臺，文章山斗，藻鑑賢才，桃李在門，麟鳳在羅，愉快何可言喻。昨聞金陵旋軫，亟擬挈舟趨賀，而以家慈抱病，日侍湯藥，跬步不能暫離，西望喬雲，祇慚手額已耳。外有懇者，先文肅就窆，迄今十有餘年，而賜塋抵補　事，尚懸未定。曾兩蒙撫臺批准，復荷台臺審給，目今惟將應抵顧流等申詳定局，則台慈澤枯之賜，與國恩同其罔極矣。萬望留神，可勝肫切。以母疾不能躬懇，謹肅荒函代佈，并措一芹侑緘，伏祈莞茹。俟台旌榮發有期，尚當歌驪脂鞏，一申攀戀之私。臨箋曷任瞻依翹企之至。

致熊開元

恭惟老父母台臺，涖崇二載，明爲德星，潤爲時雨，清風濊澤，父老口碑，已耳不勝聽，手不勝記矣。乃當事者，以海邦僻壤，不足久慁大賢，而松陵賦甲吴中，號稱繁鉅，非台臺游刃大才，安能理棼治劇，恢恢乎有餘地。用請於朝，特移凫舄，一時來暮之歌、甘棠之詠，彼此并切。而不肖某，叨庇鄰封，沐浴九里之潤，蓋兩地如一也。兹者台車榮涖河陽，春色頓滿江城。不肖某菅蒯在躬，未敢趨賀堂下，先遣一介，代布鄙忱，少遲晨夕，當操篲摳衣，以干鳴琴之暇。仰恃台臺汪度，必不以後至爲誅耳。神與俱往，牘不具宣。

致謝三省其一

日承枉奠先慈，衮章豐貺，照曜素帷，殁存之感，何可言喻。以方伏苫塊，未遑泥首台堦，而翰貺又辱臨矣，負悚何如。竊惟台臺榮蒞以來，湛露甘霖，淪洽百里，兩歧五袴之頌，有耳不勝聽而手不勝記者。近輯瑞之行，束於功令，莫遂攀挽，士民皇皇，如赤子暫離乳哺。然東南重地，爲聖主所廑念，計必循褰帷賜璽故事，爲瞾邑復借寇君，竹馬郊迎尚亦匪遥也。台臺冰蘗之操，砥礪甚嚴，豈堪數煩分俸。況不肖草土殊息，何緣當此横施。揣理揆情，本不敢領，而以邦君之賜，分在子民，懼以不恭獲罪，勉爾拜登，其如顔之有靦何！使還，先此附謝，荒迷中未盡感私，統容耑布。

致謝三省其二

伏惟福星照臨以來，不孝以帶水之隔，雖不獲朝夕左右，而仁風披拂，霑沐最多。草木頑鈍，亦知謝榮。祇以台臺庭署清嚴，未敢干鳴琴之暇。計俟驄馭朝天，當以素竿濁酒，奉迓金閶，賦采菽之三章，爲執事者先驅。不虞一旦遘閔至此也。嗟乎，不孝今日何得猥附攀轅臥轍之民乎？惟是先慈重承賁卹，啣結未伸，亟欲匍匐叩堦下。而又聞榮發伊邇，不敢以不祥之服唐突典闈。方切負悚，乃辱台臺不我遐棄，特於戒裝倥偬時，賜書捐貺，投款逾深。不孝自維疏節，何緣得此隆施，而棘人欒欒，又無緣瞻送鷁首，翹望台光，惟有感泣。猶幸瓜期未屆，得借寇一年，晤侍光塵，當復不遠也。不腆之賾，耑童泥首代獻，仰惟台慈鑒存。

致熊開元

某頻年以來，仰藉恩庇，不可縷指，草木頑鈍，亦知謝榮。衹以受廛稍遠，弗獲時侍光塵，内訟疏節，慚悚曷既。兹者歲律再新，福星增耀，四野之棠陰日茂，一堂之燕喜方新，不肖忭舞私衷，百倍倫等，雖野田土簋，無足充辛盤之薦，而子民一觴，聊藉手以效南山之祝，知必蒙台臺照涵也。肅函馳候，未盡感悰。獻不及躬，統希垂亮。

致周道尊

恭惟老公祖台臺，榮莅以來，瀸澤深恩，淪浹四郡。而不肖某猥以殊愚，謬承盼睞，闔門老穉，歌舞於二天之戴，沐浴於百里之潤者，尤爲極渥。感刻深摯，豈筆楮所能罄形？顧跧伏草土，與蓼蟲同蟄，不敢仰通雲霄之問。即台臺榮膺簡擢，建節荆楚，亦不及以一緘馳賀，罪可知矣。恭聞棨戟戒行，計此時士民將吏遮道擁輿、謳吟於甘棠之下者，奚啻千百。不肖某叨庇最先，分宜隨諸父老後，瞻送道左，一展攀臥之誠。而儼焉萱蒯，未敢唐突清塵，翹首台光，可勝於邑。惟望東南重鎮，旋借中丞節旄，水國煙波，福星再照，則不肖舊部子民，提漿騎竹，以郊迎袞繡，固有日耳。不腆一芹，拜遣僮奴泥首代獻，聊申驢私，萬祈莞茹。感悚之懷，百未一宣，并希台慈照原。

致劉州尊

謹啟先文肅專祠，每歲春秋二祀，必蒙台駕躬臨，丘山大德，歿存咸戴，其曷有諼？但先文肅生平冲挹之度，退然若不勝衣，今身歿已久，而歲辱邦君之致敬，於禮則過，於分則逾。無論不肖某爲之後者，踧踖靡寧，即先公有知，冥漠之中亦必有惕然不能安者。某所以懇辭再三，而不蒙俯允，彌用悚惶。兹當春祀伊邇，特此再瀝血誠，萬乞台臺俯鑒鄙忱，臨期別委僚屬，攝帛將事，庶大禮無僭，而先靈獲安，蒙賜更渥，鏤德滋深矣。知台臺政冗，不敢躬叩，以溷興居，削牘布懇，伏冀慈涵。

致張承詔

曩者福星涖吴，膏雨春風，在在淪浹，迄今敝鄉士民，甘棠之思，數年如一日。而不肖某尤私覆露，其爲感念，倍切恒情。顧嚮來跧伏草土，世禮都廢，無論竿牘之訊，久疏記室，即旌旆往來閶闔，亦不及偵望前驅，罪可知矣。恭惟台臺，以命世英賢，居獻納之地，精忠峻節，貫日摩霄，每於邸報中伏讀大疏，未嘗不擊節讚歎，以爲冀得面申感私，并賀新祉，而風濤際天，望洋自却。茲又迫於北行，未得摳衣堂下，翹首光塵，倍增悚仄。特肅數行，專一介代賫不腆，少申鄙忱，統祈台慈鑒茹。冗中不及具莊啟，幸恕不恭。

致曹撫臺

恭惟老公祖台臺，學術經濟，振耀千古，甫申方召，合爲一人。自節旄臨蒞三吴，威若風行，化尤草偃，凡厥士民，靡不沾濡汪濊。而不肖某，一介譾庸，亦蒙列之人數，曲加顔色而寵遇之。頃者，叩別台堦，渥承殊禮，既蒙瓊玖之賜，復拜瑶華之貽。某何人斯，乃蒙台臺誤恩至此！戴山負岳，未足勝荷矣。蒙委牋箑，以匆匆渡江，率爾舐筆，自顧醜惡，不足供台臺之法鑒。俟京邸稍暇，當作小圖寄覽，庶或補救萬一耳。舟次京口，特勒荒函鳴謝。感懷縷縷，統容嗣音。

致劉州尊

不肖某，以三生之幸，辱二天之知。比年以來，帡幪大庇，雨露深膏，令人沐浴於其中，而莫可名狀。頃者小草北行，特蒙賜贐賜祖，勤拳肯款，曲借恩私。不肖某自惟庸謭，何緣而沐台臺過誤之愛殷殷至此！金石可銷，此誼難泯矣。竊惟台臺神明最績，上徹宸聰，特簡新綸，且暮且下。計春明瞻對龍光，爲期匪遠。但海壖百里，無緣長借福星誦九罭衮衣之章，不勝耿耿於懷耳。伏庇渡江，挂帆無恙。轉憶隆誼，感結滋深。耑肅一介，特布謝忱，伏惟台鑒。

致王象晋其一

不肖某譾劣無似，忝附世譜之末，其視台臺，則猶仲父行也。童時髮未燥，即知企慕台臺，爲當代第一偉人。第以僻處海滋，無由一遂識荆。丁巳幸從京邸得接光範，大慰生平。而瞻違以後，萍蹤鹿鹿，杳無鴻鯉之緣，邈絶河山，祇有馳溯而已。

茲者徼天之幸，遂得借重敝邦，日月照臨，所覆露豈止一地，而蒲柳之望春風，尤其最先者也。時下棨戟東駐，吴山動色，東海驅潮。而不肖某，以小草北行，不獲操壺簞之獻，式歌且舞，爲諸父老倡。世誼之謂何，而疏節若是？捫心内訟，罪豈勝誅。惟冀台臺惠顧前好，大雅含弘，收之矜憐之中，寬之形迹之表耳。特肅荒緘，侑以不腆。耑童泥首代獻，少展微忱，伏祈台慈鑒存。

致王象晋其二

日者台光照臨敝里，小子某壺漿之敬，未克少申，深用爲歉。茲者祥開獻歲，慶履端辰，恭諗台臺繁祉日新，德星增耀，小子某辱在帡幪，可勝忻慰。顧以先慈襄事，拮据榛莽，未遑躋堂，躬薦椒觴，拜舞稱賀。而猥辱瑶翰遠頒，重以隆貺。拜賜之頃，頓覺條風布暖，寒谷回春，竊榮徼福，寧有涯量。惟是野人芹曝，逡巡後時，循省疏節，但有且感且愧而已。肅此附謝，容即耑布，以罄悃款。伏惟台慈照原。

復劉彥

不肖某拜别以來，倏再更序，恩知之戴，綢繆肺肝，而自入春明，擾擾馬蹄間，一介行李，不遑遄發，以故蹇淺竿牘，久闕然於典記。即舍甥黄口，倖厠子衿，皆徼台臺噓植之賜，而未遑馳謝，罪可知也。恭惟老父母台臺，名高箕斗，望壓龔黄，海邦五載，神明愷悌之教，洋溢遠邇，中朝想望，銓曹虚席以待，而會以考成未及，暫稽啟事。今乃舉累年之積逋，一朝盡完，究且鞭朴不煩，人人樂輸而恐後者，則非台臺德化提桴、妙才游刃，亦何以致此也。指日司農奏績，御屏書名，陟膴登巍，旦暮當有新命。蕞爾敝邑，弗獲久借福星。而不肖某夙戴二天，一旦失所怙冒，殊不勝悵悵於懷耳。不肖某近乞一差，未得俞旨，旅愁牢落，二豎乘之，辰下正擬引疾陳請，倘邀台庇，得遂初服，則八騶赴召時，尚得隨諸父老後，扶攜攀臥於東轅之下也。分俸過侈，何敢濫叨，第以賜自台臺，子民之分，懼以不恭獲罪，勉爾拜登，其如顔之有靦何！使還，率爾附謝，未遑報李，循省欲然。尚容耑布悃款，伏冀慈涵。

致周之夔

恭惟老公祖台臺下車以來，冬日秋霜，謳歌載道，而不肖某仰沐覆露，尤倍倫等。昨摳謁堦下，深愧後時，乃台臺不之討，而霑接惠顧，有加禮焉，益令不肖某汗顔芒背，無地措躬矣。兹者祥開獻歲，慶履端辰，台臺彙四境之風謡，介一堂之燕喜，愉快可知。不肖某託庇生成，可勝忻躍。本擬躬捧一巵，躋堂稱賀，少效九如之祝，而歲聿云暮，恐台臺公事鞅掌，未敢輒溷興居。敢陳不腆之壺漿，以望椒觴之餘瀝。耑童馳獻，伏冀莞涵。貪奉教於大方，不敢自匿其醜，特作山水一小幀，并圖二扇，以塵清覽。布鼓雷門，不勝惶懼。惟台臺有以教之。諸容新正，躬頌不一。

致樊大羹

恭惟老公祖台臺，過化敝婁，僅僅幾月，而汪恩濊澤，淪肌浹髓，甘棠之恩，俎豆之祝，自薦紳以及黎獻，毫無間然。若不肖某霑被春膏，尤極慇渥，其爲感戴，更倍恒情。而台旌返郡，適以有事松楸，弗及瞻送道左。即昨者重蒙賁卹，亦未遑泥首叩謝，負歉何如。兹者歲籥更新，德星增耀，遐想如天之福履，行敷匝地之陽春，不肖伏在宇下，欣躍奚勝。亟擬摳謁堂堦，捧觴上壽，而歲聿云暮，恐台臺公事鞅掌，未敢唐突，以溷興居。匪腆野芹，專一介代獻，以望椒觴之餘瀝，仰恃煦育，知必收之春風中也。望見之日，當在新正。感懷縷縷，統容面陳。

致樊通判

不肖某蒙台臺再造之恩，舉家頂戴，顧自惟瑣弱，無能仰報萬一，惟有銘勒肺腑矢以没齒而已。恭諗台臺以王事賢勞，星槎即日北指，不肖亟擬操舴艋，尾送江干，少申繾綣。而舍間適有必不得已事，不能出門，瞻望清塵，曷勝悵怏。因念平日沾沐恩膏，何等優渥，而帶水之隔，不能隨諸父老後，瞻送道左，某真非人也哉。然實爲冗羈，分身無術，非敢忍心裹足，自處照臨之外。想台臺必能亮之形表也。特肅數行，耑一介代致鄙忱，并措莖芹，以當賮獻，伏冀莞存。

致王象晋

茲者王正節届，海國春回。緬惟台臺政播民和，德融天粹。弘開壽域，使無不達之勾萌；遠念窮廬，俾預向陽之草木。既借噓於鼎呂，復賁錫以多儀。情切由中，恩隆望外，自愧么麽之陋質，何當高厚之隆施。即擬摳謝崇墀，兼申嵩祝，而歲聿云暮，台務殷繁，恐唐突以滋嚳，遂逡巡而自阻。薄修芹獻，聊佐辛盤。倘噓我以春風，幸鑒誠於曝日。諸容躬頌，曷任神馳。

致劉彦

海邦幸借福星，僅歷五載，種種惠政，僂指難數。自台旌赴召以來，婁中士民老稚，甘棠之思，久彌而篤。不肖某仰承覆露，更倍倫等，居恒感頌明德，寤寐弗諼。而自惟綿薄，不能圖報萬分之一，言之殊切慚惶耳。客冬歸途，邂逅餘皇，匆匆分棹，鄙悰百未一展。既輟軏里門，即爲母兄營葬，拮据海壖，迨夏始竣。坐是隴雁久疏，方深負歉。而雲翰遠頒，温如春煦，口誦心維，不勝疏節之愧矣。不肖某積勞成病，日親藥椀，思欲具疏請告，而仰悚功令，未敢造次。倘賤體賴庇得安，自當竭蹶赴闕。清秋素節，或得於燕市中，瞻侍光塵矣。尊伻還，率爾附覆，并謝注存。感懷縷結，統容嗣音。

致蔣兵備

恭惟老公祖台臺，蒞吴二載，士民將吏，靡不沾濡汪濊。而不肖某仰蒙垂盻，尤倍倫等。方幸燕雀微生，得依大廈之庇，乃不虞意外嚴旨，奪我所天，舉家皇皇，何異赤子之頓失乳哺也。台駕瀕行，不肖某絲髮之敬，弗克少展，而反蒙恩禮綢繆，倍增感怍。即擬拏舟，追送松陵，少申攀戀，而迫於王程，俶裝薄遽，苦無晷隙。以平日沾沐最先，而瞻送獨後，百慚百負，何以自解。口祝心維，惟願台臺早膺節鉞，衮衣再東，庶幾吴民得終永佑耳。特肅荒械，耑一介泥首道左，代致鄙忱，萬鑒台原。

致王象晋

日者率爾摳謁，方懼莫逭後時之誅，乃蒙台臺曲賜綴接，垂誨殷殷，既又辱枉顧招提，重以分俸，渥誼隆施，種種溢格。小子某自惟疏節，何以當此，捫心内訟，彌不勝展轉慚仄耳。恭惟棨戟臨蒞三吴，凡厥士民，無不沾濡汪濊，而小子某以先世夙誼，舉家沐覆露之恩，尤倍尋常萬萬。居恒銘篆肺腑，誓報肌骨，夢寐弗有諼也。茲聞八騶榮發，已卜昌辰，竊計台臺，功高望重，秉鉞握樞，旦晚首膺簡擢，恐敝鄉不得復借福星。小子某分宜瞻送江干，少申繾綣，兼罄感私。而以北行在郡俶裝，竟無隙晷。犬子某亦因偶恙，不能率之叩謝台堦。百慚百負，無可言者。苟非台臺汪度鑒涵，則某辜恩背德之罪，擢髮其足數耶。不腆芹將，耑遣奴子泥首代獻，少展軆私。統惟台臺，亮其積悰之誠，赦其弗躬之罰，麾而納焉。

致林按臺

曩者老公祖台臺，持斧廠鄉，雖幾月未竟厥施，而湛恩汪濊，江以南靡不沾濡。迄今士民謳吟思慕，六年如一日也。昨聞簡命，幸獲早借福星，我吳紳衿童叟，無不忻忻相告，樂有寧宇。而不肖某惠徼世誼，一天之慶，尤倍常情。不意昊天降割，忽奉尊公老先生之諱，嗷嗷待澤之民，頓失所望，涕淚悲號，如奪乳哺。而不肖某通家私慟，又不足言矣。緬維太老先生之於先文肅，肝膽深知，有出尋常契誼之外。無論朝端議論，多藉匡持，即先文肅游岱之後，龍門客散，羅雀門寒，而太老先生千里命駕，賁卹有加，此誼豈近世可望，而亦豈不肖子孫所敢一日忘者哉！聞訃後，即擬束芻絜酒，哭酹繐帷，而迫於王程，星言兼邁，弗克一遂鄙懷。百慚百負，何可言者。特遣奴子敬賫蕪詞菲奠，泥首代獻。萬惟台臺諒其不得已之情，赦其弗躬親之罪，叱名進之靈几，徼寵何如。諸惟爲國爲蒼生節哀自玉。

致顏登魁其一

恭惟老父母台臺，榮莅以來，福曜甘霖，照萬家而潤百里。不肖某叨庇隣封，霑沐最渥。久擬叩謁堂皇，一展瞻依之敬，而望洋自却，逡巡後時。今復迫於王程，星言兼邁。無論未遑叩别，即尺一之訊，缺焉未將。疏節抱諐，方懼莫逭。乃台臺不加之討，而瑶函鼎貺，遠煩使者，感媿交并。賤息某秉質駑鈍，口尚乳臭，辱收門李，許以晞陽，雖日月昭暉，不受芳草之謝，而作人雅誼，使寒門賤質，世世佩之，又何時可忘銘戴矣。但擊蒙伊始，不容一日無師，誠恐上臺旌羅，復有河陽之辟，在朱兄與不肖某，原有夙盟，義無他就，又何若老父母九鼎片言，使纁幣不臨，研塾如故之相安於在宥也。敬因鴻便，肅布魚牋。薄具芹絲，少申葵悃。

致顏登魁其二

不肖某去德滋遠，思德滋深。昨正肅一緘申候，未審曾達記室否。恭惟台臺金玉之品，冰蘖之操，鍛鍊之才，誠敝婁二百年來所未有。且當此功令嚴切之際，而苦心調劑，寓撫字於催科之中，敝婁年頻洊罹水旱，而尤不至於阽危者，纖毫皆台臺賜也。目前颶變異常，孑遺之民，所望神君覆露更切，計當事者必能爲海邦借留福星。行見政表百城，譽孚六計，河内之最績升聞，潁川之璽書首及。不肖某徼庇如天，報稱無地，惟有南向額首，遥爲忭舞而已。稚兒黄口，仰荷栽培，且蒙台翰遠頒，勤拳殷渥。雖台臺恩施不報，顧不肖以薄劣承之，能無汗顔芒背乎。羽便率爾布謝，縷縷感悰，統容耑候以悉。

致魯期昌公函

恭惟台臺，氣備四時，才雄八面，鼎鑄而不若咸伏，鑑明而塵垢弗生。治弟等渥沾覆露，咸頌靡諼。而引分株守，久疏瞻覲，負悚何如。兹有啟者，蘆洲一項，蘇松向無此名，邇年始有開報派課之例。但各邑皆有，而太倉貽禍獨烈者，皆因四五年來，奸胥積蠹，上下交通，鑿空囤槩，恐喝攫財，大約與拔富同一機局。治弟輩間有數畝者，所費皆各不貲，而王煙老則以世籍海傍，故賠累最深。至於孱弱窮黎，供其魚肉，往往蕩家殞命者，又不必言矣。向因其憑依滿部，衆户未免忌器畏縮。兹遇天地昭明，共快撥雲見日，曾具一呈，合籲按臺老公祖，又幸送老祖臺案下，此正萬户更生、沉冤剖雪之會也。但首禍之人，竄身蘆政已久，似非州父母所能立致，必早賜憲提，迅霆之下，魑魅無所施其伎倆。倘復曠日經時，彼必挾負嵎之勢，以逞含沙之毒，恐積困求伸者，又轉而蹈禍不測矣。事關桑梓大害，用敢合詞籲懇。其始末情弊，且載在刊册中，不敢復贅。伏祈老祖臺，俯垂犀照，即定鐵案，爲婁民亟解倒懸。某等臨啟，不勝激切待命之至。

致趙按臺

恭惟老公祖大猷翊運，定力扶霄，霜凛如秋，殿中向推壁立，星占是福，江左首被恩波。適際雷霆震疊之餘，誕施霖雨沾濡之澤，遂使驚濤化爲止水，黍谷變作葭灰，惟此三吴，實叨再造。不肖某因道路久乏舟楫，故帶水尚阻參承，而劌腑鏤肝，瞻嶽望斗，蓋匪朝伊夕矣。茲者皇清肇啟，聖化覃敷，雪我君父之大讎，拯茲烝黎之劇苦，凡在亭育，莫不歡騰，矧厠紳衿，寧忘瞻覲。苟駑蹇之可策，豈跋涉之敢辭。頃蒙台札勤拳，廣爲敦趣，州司傳示，遍及卑微。雖不肖賞以世延，官非德選，雙鳧乘雁，無關江湖之有無，朽櫟散樗，不中工師之繩墨，而欣逢盛際，願覲耿光，跽誦未周，神爽先躍。顧無奈病因日積，命與心違，迫切私衷，有不得不陳之台聽者。祇緣不肖某素以蒲柳之質，復當遲暮之年，自丁卯于役瘴鄉，腰背遂嬰痼疾，舉發頻數，痊愈無期，屈指乞骸居里，業已六易寒暑。即昨歲再塵啟事，亦未一效馳驅。視息雖幸僅存，形骸實已成廢，此閭里之所共悉。想亦台臺之所深憐，用敢披瀝苦情，丐祈洪造，萬望老祖臺賜之寬假，許以調攝。倘藥餌可冀奏功，則竭蹶其何敢後。恩同生我，戴切二天矣。

致李景廉其一

恭惟老公祖，百代宗師，萬邦爲憲。朱衣就列，人推威重聰明；蒼玉臨雍，世仰儒林學府。借作北門鎖鑰，柏臺開半壁之陽春；快覩東方衮衣，憲府沛百城之膏雨。端卿人地，今爲第一；元禮龍門，古亦無雙。知紫薇外省之尊，即黄閣綸扉之重。金甌遄覆，玉鉉需調。不待槐樹音聲，而人情已賢於夢卜矣。曩從都下，獲奉英游，蒙老祖臺推先世塤篪之雅，修通門奕葉之歡，不以霄漢而隔泥途，不以錦茵而薄菅蒯，周旋誨接，備荷慇隆，銘勒五衷，何時可寘。顧自瞻違台範，不覺膢臘七更。潦倒藥囊，久與世隔，未能一通奏記，惟有徒勤夢思。兹何幸邀有天緣，遂移福照，冰壺水鏡，熊軾隼旟，更爲半壁乾坤滌塵改色，東南黎庶盡慶更生。而不肖某，舉家髦稚，叨庇二天，尤倍倫等，即渴苗之醉時雨，寒蟲之曝春陽，其爲邀潤含和，未足以喻萬一也。屬者陽和始布，萬物沾春，威稜挾惠風以飈馳，兵氣從日光而銷隕。伏諗老祖臺凝香畫戟，嘯詠碧幢，福祉嘉祥，與日俱積。不肖某越在帶水，尺五見天，渴欲操篲堦墀，仰挹光霽，而支離殘廢，久困床簀，不能强策而前，翹首喬雲，曷勝悵怏。耑此薄修芹獻，少展葵傾，伏惟老祖臺存念夙誼，賜以汪涵，俾村曝獲通微忱，即蠖伏倍增光寵。外有私懇，別楮具陳，并祈台慈垂矚。

致李景廉其二

屬者泰運維新，虞門四闢，當事博采旁求，業已野無遺賢矣。若不肖某，樗櫟無用，蒲柳早衰，年來疢疾纏綿，自分飾巾待盡，於世如浮塵墜葉，何關有無。前按臺公祖臨菹敝婁，曾具呈揭控陳，似已幸邀鑒許，乃不意客冬拜疏，賤姓名仍在起送之列。彙征盛典，枯朽知榮，荀鞭策之可施，豈馳驅之敢後。顧某自己卯盛夏，跋踄炎鄉，瘴濕深中筋絡，遂有腰背跪躄之疾，每一舉發，痛徹心髓，寢食并廢，動息俱妨，故自先帝時請告歸臥，於今七年。前秋曾蒙起補，江寧密邇，未能趨赴，疏稿部札，一一現在，可以覆按。比來精血日衰，疾發更數，彌覺困憊不支。較之在任乍歸、近始稱病者，情事原自懸殊也。頃蒙憲檄敦趣，固知功令森嚴，當事萬非獲已，豈容以私情陳瀆。但賤恙入春正復加劇，呻吟床褥，扶曳未能，即使勉輿就塗，而數千里間關醫藥，勢必顛踣道路，言念首丘，百感悽惻。竊不自揣，復瀝苦情，懇之按臺，不敢妄希解免，但祈寬假攝調。然霜威凜肅，非藉先容，何敢輕爲唐突。仰恃老祖臺如天恩誼，敢冒昧百頓以請。倘蒙慨賜鼎吕，特爲郵致，俾得惠徼寵臨，幸諧鄙願，則區區垂絶之喘，實老祖臺再造之，視息一日幸存，雖絲繡平原，金鑄少伯，亦何能罄其補報哉。耑此籲禱，萬萬留神。

致馮淮源

兹者三陽介慶，五福延祥。恭諗老世翁台臺，譽望騫騰，德威遐鬯，岡陵松柏，伴玉帳以峥嶸，吴越山川，作油幢之待衛。喜見橐籥之元氣，散爲大地之陽春，信乎德星所照，非但四履咸沐恩膏，即鄰壤盡沾餘潤矣。不肖某衰遲疲苶，强策不前，雖相距帶水，未遂躋堂。而渥被睠私，時切顧戀。一冬浮沉藥裹，兼之孽障糾纏，困悴煩懣，莫可名狀。以故二天恩地，久成疏節。捫心内訟，無以自逭。猶恃通門道義至誼，或當諒之形外也。屬當傳柑佳節，正老世臺燕喜綏福之辰。衰踵支離，未能捧卮上壽，特貢一二粗燈，以附九華之餘耀。薄侑野芹，少佐觴酌，統希莞茹。

致吴惟華

恭惟老公祖，狀猷翊運，偉略匡時。帶礪永河山，峻業直凌萬仞；文章懸日月，鴻書垂耀千秋。挽輸足九塞之儲糈，鄭侯并美；安攘奠八埏於磐石，郭令媲賢。正宜弼亮一人，豈止儀型百辟。不肖某道旁棄櫟，澤畔朽株，遥霑茂樾之餘陰，獲庇枯荄之悴質。雖仰瞻霄漢，私衷時切景行；而跧伏泥途，未敢越分上援。顧不意一介譾庸，猥勤渥注。且忘蕢蒞凡草之賤，收之椒蘭臭味之中。寶鼎重於百朋，珍翰榮於十賚。殊恩異數，溢格逾涯。捧次得寵若驚，撫心滋愧。自分衰劣，沐此隆施，何日可以報稱，何福乃能消受。衹以分無妨命，勉爾三肅拜登。念欲耑力申謝，而田間奴無可驅遣。薄修芹獻，敢附便風。非率不莊，伏希鑒茹。若夫不肖某，憔悴困躓之餘生，日供奸胥里猾之魚肉，顛連無告，溝壑何辭。稔知禹稷之深仁，當憫一夫之不獲，而迴環瞻顧，所爲飲堇茹荼，未敢輕爲籲控者也。冒昧附布，統冀鑒涵。

致王崇銘

恭惟台臺河汾碩學，濩澤淵才。聲猷夙著於朝端，筦鑰暫司夫國計。不肖某跧伏菰蘆，仰欽山斗久矣。顧以病廢陳人，恨無由披覿芝宇。不圖華札，光耀蓬茅，而豚兒郡歸，具述垂注之渥。自惟譾劣，何以得此於當世偉人。顧已循渥，感而益之以愧矣。某衰病殘息，待盡田廬，桑榆之陰，視蔭無幾，然而沐浴聖化，猶冀一沾濊澤，以安林薄之忱。倘邀藉寵美，得於諸當事者前，不靳鼎吕嘘植，俾鷃雀微生，倖保叢蔚，則再造殊恩，直埒覆燾。寒家百世子孫，捐糜頂踵，詎足報稱萬一哉。不肖某於書畫二道，皆無師傳，信腕塗抹，僅如小兒塗鴉，何足當大方法鑒。台命不敢固違，勉呈博笑。其如涴污之罪，捫心莫逭何。賤體久患腰背蹺蹩，不能扶曳趨叩，謹遣豚兒，代布鄙忱。戔戔聊展芹曝，并希莞涵。

致張慎學

恭惟老祖臺，禹稷爲心，周孔是則。去惡手傳霹靂，扶良脚轉陽春。凡兹化俗之微權，盡是救時之碩畫。吴中昏霾黑霧，沉蔽經年，自繡斧一臨，而山川開滌，天日晶明，四境澄清，萬類鼓舞。敝婁僻處海濱，蘆州爲患，擢筋剔髓，飲痛難言。業户横罹湯火，較他邑獨深。而寒家日被嚵嚼，比衆户猶甚。幸逢老祖臺軫念民瘼，有意爬梳，獖首頳尾之徒，方忻忻少蘇續喘。不意還朝匆遽，使無窮德意嘉猷弗克竟展。譬如人尫羸垂盡，幸遇神醫，甫至門而忽奪之去，是造物者有意絶之也，更何言哉！有識咨嗟，無計攀挽，方爲全吴百萬生靈興憂涽溺，而不肖一身一家之私，又不足言矣。别有懇者，寒廬不獨以蘆洲破家，現肩機户重役，三載於兹，豚兒某拮据經營，綿力已竭。蓋承先文肅清白之遺，惟賴薄田以供饘粥，别無生計。今以兩累交迫，廢産莫支，罄悴之狀，殆難言喻。馮師相以暨都門諸老，夙叨知愛者。去歲備聞苦況，咸爲矜惜。倘蒙老祖臺特賜嵩函，以此意婉致當事，并以東郭御馬之喻，往役踐更之例動之，不敢望盡弛負擔，但得少從輕減，免致顛仆，則阽危餘息，實出老祖臺再造，舉家老稚没齒不忘啣戴矣。疾痛呼天呼父母，自屬恒情。愚父子情迫倒懸，莫可望援，是非洞悉民隱、推念陳人如我老祖臺者，搏顙呼籲而誰籲哉。前以此情面懇，仰荷慨俞，故以豚兒追送江干，冒昧再申前請。衰疢疲苶，臥轍靡從，翹首台光，祇增黯結。尚圖耑覓便羽，以候崇禧。

公書

恭惟老祖臺軫念民瘼，爲東南請命，幸邀半折，感荷鴻恩。比聞以婁中報災稍遲，分數獨後於他縣，萬姓失望，將填溝壑。繼捧祖臺鈞批，則加意向隅。婁人之疾苦，得察於左右，敢不悉其荒狀，爲祖臺陳之。夫婁之産惟花，花之困水，實百倍於稻，秋成淫潦既甚，又兼河道不通，凡田盡數潦没，其僅僅游青者，花鈴皆萎落不開，花行則家家閉户，佃户則人人逃散，奇災異慘，幾類不毛。至於西北雙鳳、直塘一帶，所謂七水區者，犬牙相角，即在崑山常熟界中，至今尤爲巨浸。是他縣有一荒，而太倉有二荒也。但太倉民性愚弱，風俗解散，即有患苦，莫敢先聞。況花田被災在播種之後，比稻田稍遲，愚民尚妄冀花開，不知其後雨益多，花益壞，遂至於無救。在他縣遇災之日，皆先事具詳。州父母小心謹慎，畝畝親勘，區區細查，既不盡災荒，後遂有稽遲時日。太倉報荒獨遲，凡以此也。今若婁人竭膏血，鬻子女，苟可完漕，則涓滴皆係皇仁，豈敢仰希浩蕩。惟是劉河既塞，田土荒蕪，歷年賠累，皮骨俱盡。當此極災之歲，他境俱免，此地獨徵，目今流亡載途，萬一餓殍殆盡，敲朴不至，賠誤奉公，民命事小，漕糧事大，某等所大懼也。伏蒙祖臺興哀於僻陋之地，動念於殘弱之民，不敢告災者，其災實深，不能言苦者，其苦更至。即不敢及額五分，亦祈准以四分折兑。若以無米之鄉，積苦嘗與各縣同其漕，極荒之年，特恩又被隣境分其折，則朝廷如傷之念，祖臺一視之仁，必爲之惻然矣。郡命死生，在此一舉，情切語迫，惟祈矜亮。

致步文政

恭惟老公祖弘猷濟世，定力扶胥。以清通簡要之名賢，膺旬宣挽輸之重寄。鼎鑄而不若咸伏，鑑明而塵垢不生。霹靂隨車，吴會之氛霾頓滌；陽春在握，蔀檐之旭照常温。此誠江左之福星，而天南之一柱也。不肖某樸遬陋質，枯賤陳人，猥緣知舊之先容，敢望崇嚴之下走。顧蒙老祖臺，曲垂綴接，特枉干旄，隆施溢於百朋，明誨重於九鼎。某方徽榮佩德之不暇，何敢復有瀆陳。惟異數出自國恩，因革有關祖烈者，不敢不仰干亭造，伏冀鏡融。先文肅在前朝，奉旨建有特祠。自皇清定鼎，公占悉入蘆州，既蒙督撫議復，特祀一仍舊貫，崇賢曠典，百代爲昭，奚止一家啣戴。但春秋之俎豆既復，則祠堂之公占、徭役之優免，悉宜仍舊。前由州申道，以六都荒崗字圩蕩田抵補，具詳撫臺，蒙批覆核。蓋以事關錢糧，不厭三復，仰見當事者詳慎至意。今有賤户二十都雨字圩，輕瘠荒田七十餘畝，捐貲開墾，加陞重糧，數適相當。以本名之産，抵應補之數，既不牽派州田，又不虧捐原額，極爲兩便，業蒙州父母核實具詳。伏乞老祖臺燭照始末，即爲詳請撫臺，准其抵補祖塋，仍作公占，著爲定案，則渥典煒煌，照垂不朽，而不肖子孫，頂戴仁人澤枯之賜，與國恩同其罔極矣。耑此陳墾，并録各臺批詞呈覽，希恕唐突。

致許焕其一

秋中叩别，荏苒又及暮春。馳戀之私，無間寤寐。而鴻鯉無緣，久不通雲霄之問。顧承老親翁，於一月中，兩賜手札，念舊存交，勤拳諄郅。此段高誼，直當於古人中求之。然竊窺老親翁熱腸善氣，飲人以和，凡在維桑，咸叨廈庇。而素辱投契如不肖弟者，渥承隆睠，又不足言矣。弟比來衰病日增，窘悴日甚。徵求百急，鬻産不繼。蘆洲一事，舊冬歷盡艱辛，累年重科之累，得蒙撫臺批豁。方私幸息肩有日，各業户亦共慶更生，乃不意又有吴之榮一揭。詳繹部文諄諄，恐其生厲，期於不擾。而吾州經承胥吏，一奉憲檄，如獲錢樹，踴躍布局，要索百端，即今憲委總捕廳清丈，臨州尚未有期，而供億之費，科斂各排年者，多至數百金，其他可知。民間湯火之厄，惟蘆洲最烈。各邑皆有之，獨吾婁爲甚。蓋因此事之興，各邑經承皆畏如陷阱，而吾州獨倚爲窟穴，其機局固異也。頻年蘆政，承差絡繹，賄贈不貲，蘆課加七徵收，田價擅自追比，無一不取之業户。經承於中牟利既厚，結冤既深，不能復歇手。目覩數百家皮骨俱盡，椎剥愈酷。廟堂勤恤民隱，詎知海隅蒼生，乃有此無告之冤苦哉！老親翁念切桑梓，身當事任，正大菩薩救世之時，得於當事者前慨賜鼎吕，一陳疾苦，俾垂盡窮黎，稍延殘喘，造福無量，陰功亦無量矣。至若寒門不造，妖牝煽禨，其中變幻紛紜，亘古未有。惡獸逸而獲，獲而復逸，與夫吴族之賣奸誘奸，初以賄縱，繼以賄死，種種皆出人意表。總由獸之父母溺情禽犢，糞金營救，措置乖方所致。寒家出絶之後，初意一揭自靖，一切可置不問，不意事變特至，復纏入官非口舌中，遂及半載。幸各臺洞燭原委，前後讞案，無一字涉及。而撫臺嚴詞批駁，欲置此獸於重典，輿情莫不稱快。乃伊父母惟恃錢神，罔顧名義，今且王、吴合局，不但巧營脱兔，且聞力圖復合。弟自維罄痒孤孱，萬非其敵，茹仇飲恨，遂將終身。所恃老親翁藴義憤盈，力持清議，長安公論，藉以發舒，必不使奇妖異獸，公然嘯舞於青天白日之下也。馮老師相垂念陳人，遠頒厚賜，舉家驚喜，詫爲異數。南垣寓居檇李，元夕前接教，即馳急足致之，并多方勸勉，令速趣裝。渠以老病不能涉遠爲辭，云曾懇之鎮臺，許代爲轉達，未知果否。近聞其將赴崑山大姓之招，尚擬誘之至婁，面爲從臾，要之必行。倘彼稍有幡然之意，則弟亦可少效折枝之勞，未審果得如願否。弟因愁病棼如，户外絶無所聞，并不知縉老行期如此迫促，兼以稚兒病殄，心緒芒亂，師相處未及具禀，容覓便郵耑寄，希爲道意。舊江臺王公祖，承其特賜鼎噓，真恩隆望外；詞林梁敷老，忝在夙誼，傾慕最久，倉卒俱未及申候，均乞先致戴仰之私，荷荷。羞囊無可爲敬，薄致以申遠臆，幸勿以輶褻見訝。諸容嗣音。

致許焕其二

病衰屏跡，不能時覓便鴻，奉候起居。前僅因某兒北行，附寄數行，而使者歸，又承手札累幅，纏綿周至，恍如親聆玉屑，何親臺之垂念陳人，殷殷無已如此。感戢高誼，更有出於尋常睠雅之外也。恭諗親臺崇資峻望，軒出霞表，計玉尺金鏡，整緝九流，旦夕當膺特簡，弟且拭目望之矣。家鄉今歲木棉蕩掃，商賈絶跡，市肆蕭條，而冬來凛冽奇寒，河冰凝冱，道路斷絶，皆從來未有之奇。守公以二分漕兑，先奉憲檄少緩，致總漕臺糾合。事在貴衙門，知老親臺必能爲全婁保護慈母，不使有失哺之憂，毋待翹祝。所幸者新撫公清操正氣，真實爲民，每見紳士，必虚懷下問，孜孜以興利除害爲務。下車未數日，覺吳中氛霾盡滌，陽和頓回。指日巡歷海上，當必綢繆實著。且秦公在浙，同心共濟，籌畫互資，何患鯨波不即偃息，尤東南非常奇福耳。前歲所蒙緩急，以連遭荒祲，囊空無指，不能盡數清還，日切疚心。昨聞之尊紀綱，尊府亦因霜儉，需用孔亟，敢不仰體，以辜德意。適鬻村市小房，已有成議，俟其值至，當子母并歸主藏也。兹因使乎行便，率勒附候，并謝注存。某兒不知何日到京，從無音耗，深爲懸懸，有一信附寄，煩即擲致之。諸容新正耑賀，不盡悃縷。

致金之俊其一

伏蒙老親翁台臺，惠顧前好，不棄式微，俯屈高霞，枉炤流潦，遂使蔦蘿弱質，得附喬松，糞土賤息，獲倚岱嶽，高誼直薄層霄，榮施且及奕世，舉家啣戴，詎可言宣。昨者摳謝台墀，筐篚之將，深愧草略。顧承寵以華筵，重以鼎貺，渥禮逾涯，令不肖某倍增感悚。而雨中恐煩動定，不敢再叩。躬申頌私，歉可知矣。竊惟台臺經人學海，弘長風流，士類幸有依歸，後學奉爲型範。豚兒某一介黄口，自分鈍鐵頑鉛，無當大冶融鑄，乃其平日誦法孔子，一念歸嚮之誠，或亦哲匠之所不拒。用是忘其冒昧，敢令執贄宫牆。倘蒙慨賜甄收，俾得立雪生風，以備帳外掃除之數。匠石一睇，工師遂無棄斥；孫陽偶迴，圉人可免揮策。其所邀生成恩造，靡有涯矣。謹布腹心，并謝高厚，仰惟台慈委矚。

致金之俊其二

恭惟老親臺咸德協天，升猷焕世，寰宇倚作鰲柱，人倫仰爲斗杓，朝野顒顒日望，爰立以霈霖雨，蓋不待琉璃椀覆，而人情已賢於夢卜矣。菊月吴天章親丈北行，曾寄荒牋奉候，并有一緘，煩致馮師相，未審何日始達記室。兹因敝州陳父母遺役之便，附候新禧。父母守婁三載，殫精奉職，潔己孚民，明恕洞徹物情，簡静深達政要，催科有法，出納必躬，爲國勤勞，不辭夙夜。是以漕糧蚤辦，供賦獨先。而閭閻之疾苦，利弊之興除，巨細靡不留心，綱目一皆具舉。即如敝婁劇苦莫若蘆洲，父母日夕軫懷，思爲拯援，雖事端掣肘，民情壅隔，未盡展其拊卹深仁，而痌瘝一體之念，時時形於辭色，尤令窮黎感入骨髓。蓋以慈祥愷悌之體，兼明作幹濟之用，乳哺尫瘵，袵席孑遺，維此福星，曠世所不一覯，宜海邦士民家頌户祝，共戴爲仁君衆母也。來兹以覃恩封典，遣役入都，如綸扉之默造，銓部之裁成，凡可提攜，惟鼎吕是賴。來役自當一一禀懇。其治狀卓越，老親臺素所稔悉，且爲桑梓滋培循牧，知必不靳委曲留神耳。某兒以芚愚之資，處式微之勢，近雖勉就童試，誠恐終困無津，猶幸半子微緣，或得仰希恩造。老親臺兒女情深，口噓手挽，當無俟區區翹籲矣。特此率勒布悃，俟新春潭府郵便，尚容耑申候私。

致金之俊其三

恭惟令郎親翁丹穴文苞，渥洼神駿。以轡虎雕龍之才，生瑶林瓊樹之圃。國琛家寶，人士豔稱。比者高掇芹香，蜚英黌序。扶摇九萬，從兹發軔。異日鳳文麟步，趾美脤賢，不著可知。凡在親知，咸切距躍。而不肖某遠伏田廬，無由厠賀客之末，負悚何如。特修不腆之將，聊志分榮之喜。耑童代布，伏冀慈涵。

致金之俊其四

吾吴天變異常，淫雨累月，自五月端午前，以至今六月中旬，崑、常兩邑皆大浸稽天矣。詢之父老，言今歲之水，同於萬曆三十六年戊申之時，而其患則更有十倍之者。何則？戊申以前，猶旱潦間作，河浦疏通，水至易於洩瀉，圩岸可以增修。今則自乙酉迄今，年年大水，處處盈溢，兼因劉河淤塞，宣洩無所，涓滴渟瀦，污泥不堪纍築矣。前者雖遇水災，米價猶未翔貴，小民雜作經營，可以易米而食，薙草伐木，可以代薪而炊。今則蓋藏俱盡，林木久空，石米五兩，觔柴數錢，糟糠無以自給，朝夕不能暫支矣。前者催科尚緩，民力尚實，猶可殫力補救，百計支吾。今則各項之輸將無一不急，民間之財力無日不消，田主接濟無術，鄉農稱貸無門矣。此今日之水，有加於戊申之時也。且此雨在七八月間，稻穀漸實，可以擊舟楫而拾殘穗；此雨在三四月間，則秧苗未蒔，可以留工本而濟餘喘。今不先不後，適值其時，即使天色漸晴，而苗根已腐矣。即欲播穀復種，而時氣又遲矣。縱有花豆瓜菜，亦皆没於草莽，敗於泥淖矣。所恃者惟有堤岸，而外河之水高於田中幾尺，潰者已十之八九。間有存者，男女老幼日夜併力車戽，爲僥倖萬一之謀。而枵腹倚於桔槔，僵仆相繼。況西南大風，不時起發，太湖苕霅之水，滔滔東下，退寸漲尺，尚有毫髮之望哉？國家財賦，仰給東南，吴民生理，全仗耕織。使雨暘時若，秋成式稔，則百姓猶得偷耒耜耰鋤之暇，以從事於桑麻杼軸之間。今水災至此，耕織廢矣。耕織既廢，薪米無出，安能坐而待死？弱者爲丐，强者爲盜，勢所必至。至於盜賊四散，而始圖式遏，不更大費籌畫乎？興言及此，良可寒心。昔坡公論救災恤患，尤貴於早，早則用物約而所及廣，官無大失，而人人受賜；遲則用物博而所及微，官爲大困，而終於死亡，正今日之謂也。兹幸老親臺身膺禹稷之任，心切桑梓之憂，必當臥不帖席，食不甘味，豈有以天下爲一家而不以全吴爲同室者哉？今兩臺有題疏，各邑有民疏，雖蠲税賑貸，恩在聖明，而其間周旋委曲，全在老親臺與諸當軸大老。伏望九鼎噓借，旦夕即沛德音。若少緩時日，則會計已定，民心愈急，恐非百萬生靈所以數千里呼天呼父母之意也。兹因崑民叩閽之便，敢以目擊諸苦，陳之左右。若崑令鄧父母，不惜焦心濡首，以拯饑溺，尤目前所僅見。使盡得此良牧，布在各邑，孑遺之民，庶幾其有瘳乎。至於敝邑，立州原以崑、常、嘉三邑之田割隸。其東南與嘉接壤者，因劉河之淤，水無宣洩，花荳俱腐。而西北與崑常接壤者，害亦相同。乃數年以來，胥吏肆虐，州人膏髓盡於誅求，心膽懾於威劫，畏禍偷安，遂成一涣散推諉之習，莫敢倡言利弊。且無如鄧父母者主持於上，故報荒獨後他邑。恐將來各邑普沾浩蕩，獨敝婁終悲向隅，想尤仁人所曲軫而深憐者耳。稔悉老親臺仁同覆載，念切如傷，故不覺曉曉如此。惟亟圖所以上挽天變而下救民窮者，幸甚。

致金之俊其五

春初敝親家錢某北行，曾附一啟奉候。爾時以愚臆揣度，竊謂明良密契，淵穆久孚，鼓舞機權，聖明必有神用。乃未幾而特旨宣麻，果符所望。君實作相，薄海歡呼，寧獨不肖某舉家忭舞。顧荏苒累月，未有一緘鳴賀者，緣賤目赤腫作楚，比前加劇，而精氣消耗，百病乘之，入夏來强半床褥，握管未能，是以久缺奏記。而私心爲天下賀者，約略有四焉。夫由特簡則眷倚轉深，憑舊知則籌畫易信。觀泰交之志通，知納牖之機捷，其爲可賀者一也。畸見末代，衆喙難調。今建平康正直之標，消偏陂異同之習，鼓勵材力，默杜紛岐，其可賀者二也。寇盜陸梁，偷命晷刻，淮蔡得晋公而耆定，遼人聞司馬而戒邊，樽俎足以折衝，縞紵可以制敵，其可賀者三也。碩鼠果腹，牂羊羵首，風邪嚮黯，民命攸關，烹阿封墨而齊化大行，賜璽褰帷而漢吏益勸，激揚丕振，蒼赤自安，其可賀者四也。凡此皆老師相親臺經綸之餘事，亦海内所共知。不肖某以服聞之有素，敢效頌揚之微悃。若謂草野枯賤，妄言天下事，則某固知罪矣。豚兒年來頗能下帷攻苦，志亦足嘉。乃數奇不偶，臨考忽患赤目，不能開視。越數日而補試，憑卷尚隔雲霧，文雖不甚落夾，字畫則已塗鴉，宜其見遺。某諭以年齒尚稚，當力蘼衰，以待豐年，何必汲汲進取。雖小試得失自有定數，渠亦知以義命自安；但兄弟皆幸收，己獨被擯，未免向隅之悲耳。若不肖某孱露孤生，向爲刻木所困，邇來幸邦有神君，差得安枕。然驚弓之羽，猶不能無過慮。倘得仰邀雲庇，使殘廢餘齡，得安飲啄於隴畝，即是老師相施恩於不報之地，而他未敢多有喋舌也。茲有舍親許某，素守練才，向荷老師相培植深恩，感不去口，此番司榷九江，因師行絡繹，商旅裹足，不免損槖貲以補課額，亦足念也。兩目方膠合，不能從事筆牘，謹口授豚兒代書，統希鑒原。

致金之俊其六

昨因便羽，附候新禧。奏記甫緘，即聞老親臺榮膺簡命，晋改夏卿。安攘咸藉壯猷，邦國定毗元老。嗣此登庸台衮，襄翊休明，雖河山帶礪，麟閣丹青，未足酬豐功而揭盛烈矣。敝婁蘆洲之害，烈火沸湯，浸淫彌酷，皆因設立排年，他邑所無，而敝州獨有，故部州經承，得借之以肆其婪虐。州父母質本朴愿，性亦慈柔，獨此事惑於奸胥鼓扇之語，雖心知劇苦，漫無主持。自客夏張撫臺涖吴，曾因業户具呈，批州確議。今春鄉紳有公牘，里排有公呈，備呈疾苦於撫臺，懇求散排年之名，以蘆課歸條編徵比，極爲兩便之法。蒙撫臺深垂軫念，慨賜允行，兩次嚴檄詳覆，而奸胥公然沉閣，曾無一報。蓋提掇盡出其手，雖上臺留意拯救，其奈雲霧萬里，民隱終無由上達也。頃接邸報，聖諭盡撤各關滿官，德音一霈，商民頂呼者，當遍寰宇。不知何以獨遺蘆政？恭繹諭中所言諸弊，字字明見萬里，然奸徒倚恃滿勢，狐假肆毒，惟蘆政爲甚。榷關之使，或未寬仁，不過使商旅失利。惟司田賦者，一行科虐，即使良民立致傾家。蓋海濱斥鹵之地，每畝所入漕白外，餘存無幾。今計一畝之費，每年不可限量，何以堪此。即如某席祖父之餘蔭，差幸温飽，年來血枯髓竭，困悴不支，而其他小户，因之死亡逃散者，不可勝數。一隅如此，他處可知。究厥弊源，總由本地經承串通蘆役所致。而每歲鑿空造冏、拘提刑禁、恣行殘暴者，皆蘆政經承所爲。兩人盤踞，虎視鴟張。又紹興中之窮奇檮杌，工部差撤，惟此獨留，其兇燄更當百倍。當此皇仁普被，遐邇群萌，咸得鼓舞於光天化日之下，何獨以蘆政爲名者，長抱向隅之悲？使此種情形一入宸聰，必當昃食興歎，而當軸英賢，志在斯民者，攢眉軫慮，亟圖更絃，以救遺孑，當不待言。昔宋孝宗時，近習梁俊彦請税兩淮沙田，以助軍餉，葉子昂爲相，奏曰沙田乃江潮出没之地，水激於東，則漲於西，水激於西，則張於東，百姓隨沙漲而田之，未可以爲常也。孝宗悟，即罷之。讜言嘉猷，煜霅千古。今日正與相類，况敝州又入計之田，爲里胥所陷害，并非沙田可比者乎？老親臺仁爲己任，軼追禹稷，决不使昔賢擅美於前。即使事機窒礙，而未必遽撤，而先事禁戢，設法清釐，端有賴於廟堂之裁制。至於新使君之出，誣諉丁寧，尤窮黎生死緊關，所望留神者，更不淺也。更可怪者，佃價一事，原爲上江欺隱者設，蘇松一帶從來不隸蘆政。因四年間，滿洲把馬不恤民隱，拘提業户，威脅議價，而彼復以生利爲功，獨以滿官署名，將恭議洲田上價事報入户部，隨奉部咨督撫查核，果否應納。此案至今未覆。若敝州則以完糧老田强作蘆洲，不得已而反除漕白，乞歸蘆課，皆滿洲之積威、奸胥之横行所致也。況復價之可議乎？六年夏間，州蠹葉蔚華、周應宿等，不候部覆，不奉俞旨，假捏部牌，竟自開徵四百餘金。近日張爾老廉得此弊，曾一拘查，而彼懼事敗禍及，陰通綫索於藩司，陽借聲勢於道府，反欲盡數追徵，以蓋其前弊。總由首難揚其芳，虎踞江寧，惟所欲爲，此一兩日間事，守公又必奉命不遑矣。切思敝州奸蠹叢出，日異月新，際此聖明，與天下更始，豈容鼠輩怙惡噬民，肆無忌憚若此！必祈鼎論主持，得有心者倡言於朝，頒示明文，凡係向入計額改作蘆洲者，不得混入欺隱追價之列。諒宸聰所樂聞，亦聖世所必行也。濱海窮黎，所引領呼號者，惟此最急。昨閲邸報，知蘆政一差仍歸工部，或可稍息。但非釐弊不能興利，非鋤奸不能救民，繼此任者皆老親臺舊屬，萬乞留神鼎囑爲望。

致金世漢

自尊翁老親臺師相特旨宣麻，有識交慶，不獨弟舉家忭舞。蓋正人爰立，薄海内外，咸被霖雨之澤，鄉邦蒙福，固其小者，而戚黨邀庇，又其小者也。弟以病目成痼，不能趨賀蘭錡，先令豚兒代致不寐之懷，想已蒙台鑒矣。方今聖主昃食興利，無刻不在蒼生，而濟濟喆輔，一德同心，亦無刻不以饑渴軫念。顧澤不下究，民生猶未遂者，豈更道未純，激歡鼓舞之術猶有未盡歟？如敝州守白父母，居官如家，視民如子，其施爲厝注，一以愛民爲本，不遑他恤。而守絶纖塵，至誠惻怛，恩意感孚，尤沁入閭閻骨髓，誠不愧古之循吏，非但一時良牧。即如邇日老親翁貽書當事，以概荒爲請，仁言利溥，各邑頂踵。乃以蠹猾盤踞，積習滋深，未易更絃易轍。獨敝婁守公早有定見，毅然力行，概從均派，毋論蔀屋窮檐，悉得盡沾浩蕩。即此一端，其才識過人遠矣。惟其一心愛民，疏於世法，且御下甚嚴，執持不撓，故群小浸潤日滋，頗不爲上官所諒。此公視一官如敝屣，略不介懷。但敝婁百萬生靈，全倚爲命，每慮海邦薄佑，不得常依福星，其皇皇憂恫之輿情，誠有不可名狀者。昨家表弟周孝寬傳述德云，欲主持公論，爲慨發聊城矢。仰見老親翁扶植循良，嘉惠梓里，爲苞桑根本至計。昔范文正公澤被宇内，多得忠宣贊助之功。今日復於老親翁見之。敝婁紳衿黎獻，聞者無不感頌。吳魯老清德雅操，杜門掃軌，惟爲婁民憂最切，故感高誼最深，特拏舟馳詣膺門，面申謝悃。而以嫌於未同託弟一言爲介。幸老親翁班荆促膝，與共籌所以護持之策，則片言九鼎，實可以激揚吏治，非獨區區一婁，盡沐亭造，銜戴弗諼已也。欲寓奏記於尊翁師相，而苦無順郵，何日北鴻有便，幸一示之。

致錢謙益其一

客夏摳謁台堦，得侍提誨者竟日。嗣後闊焉聞問，輒復經年。真人紫氣，近隔衣帶，弗克夔立蛇進，日請事史席間，則因事累累糾纏，愁冗坌集，以致四體如桎，百事都損，想長者所稔聞而深恤。至若區區傾慕嚮一念，固寤寐靡有或諼。雖自愧鄙僿愚芚，不足以備糞除之役，而田中濁潦，流入於海，與江漢朝宗無異，當亦谷王所不拒也。伏聞老先生杜門却掃，精選國朝詩文，以付剞劂，擷一代之菁華，樹千秋之儀的，爲後學津梁不淺，匪止埶林鉅麗之觀。昨子羽傳述台意，欲得先文肅三草寓目，耑僮馳上記室。倘蒙流覽採擇，獲附鴻編以不朽，何幸如之。暑月無可爲獻，沙瓜頗稱佳産，而今夏爲霪雨所薄，不能多得，謹以六十枚奉貢。別侑一二麄物，真所謂野人芹也，惟笑存之。秋深事略，倘幸稍間，即趨侍左右，不盡馳仰。

與錢謙益其二

睽侍左右，倏又經年。塵累繭牽，帶水久闕，擁篲捫省，疏節何以自逭。惟有朝宗一念，晨夕瀠洄左右而已。西田荒落，絕無景物可觀，衹以殘年，厭苦塵鞅，聊縛把茅，爲處陰息影之地。不知農舍漁菴，何由入鉅公清聽，既蒙賜之詩歌，復重之以大記，琱言瑋撰，直軼少陵、昌黎而上之，使沮茹污萊，遂與欹湖輞水爭勝。而感慨淋漓，一唱三歎，綽有餘音，尤令人低佪不能已已。竊不自揣，尚欲裝成一册，仰丐手書，爲子孫世世之寶，想老先生必不我拒也。恭諗大壽攬揆，千齡伊始，初知老先生客戒方堅，未敢遽爾唐突。既與子相約，擬辰下馳詣奉觴，而以瘍發於足，不戒於湯，臃腫支離，平復未可旦夕冀。瞻言尺五，深懼後時。特先令豚兒拜舞堦下，俟賤足稍可蹣跚，即當躋堂稱兕，以效岡陵之祝耳。空囊無可爲敬，一絲將悃，寒窶之意可掬，伏惟老先生以形外莞存之，邀寵何如。諸容百頓，不備。

致錢謙益其三

不肖某病目屏居，絶跡境外。去秋曾操篲龍門，適老先生有事郡中，未獲一奉提誨。嗣此藥裹支離，音塵久逖。時從子羽處詢知研精教典，撰述弘多，杖履康旺倍常，輒爲忭躍。而鴻著詩文，時於友人扇册借抄，晨夕快讀，以當刮翳金鎞，延年絳雪，用助炳燭之光，歡喜更無量也。言念學問文章，如先生汎瀾淵海，光燄千古，曠世而不一遇，某幸同土壤，夙厠游從，顧弗克備掃除於門牆，一叩洪鐘之響。今且衰病侵尋，晼晚靡及，是尤值佛世而不獲承事，良爲虛度此生，惟有撫躬悼歎而已。冰雪凝沍，舟楫少通，虞山翠色，可望而不可即。初擬會葬孟鳧先生，必得一遂瞻覲，而逼除蜎冗，勢恐未能。摳衣登堂，又當遲之獻歲。專此布候興居，并告嚮來疏節。薄具野田土篚，不足佐椒觴餘瀝，統希哂存。

致陸銑其一

日者翁臺攬揆之辰，弟適以塵累纏綿，不獲躋堂，躬捧一觴，而戔戔之敬，又弗克絲髮，徒滋一番煩溷，累月來展轉慚仄，不啻注冰於懷而灼艾於背也。竊惟老先生壽屆古稀，鶴髮尚玄，瑣骨正響，見者皆羡爲地行仙，海内交知無不矢頌稱歌，賡周雅九如之詠。獨不肖弟愚芚椎魯，無能以筆墨奉祝。惟此蟬翼一卮，聊當手獻，又不蒙哂納，迴環睠誼，何以爲情。雖知清德概謝問遺，獨不能爲游從末契特一破例，以少慰其心乎？藏之笥中已久，本擬深秋過虞面致，而事累紛糾，婚嫁疊併，後晤尚未可期。謹耑一介，再上左右，必祈俯存，乃見不我鄙棄，榮更無量耳。聞牧翁杜門，專力選國朝文集，懸示指南，使服習者知所趨嚮，砭俗學而起大雅，厥功甚偉，非獨珠林玉圃，爲鉅麗之觀已也。詩選剞劂已竣，未知何日始懸國門，可以紙就印否？幸示之。沙瓜爲夏雨所傷，秋來甚少，聊具二十奉嘗，以當野人職貢，幸勿訝其輶菲。

致陸銑其二

向緣愁冗紛沓，帶水久闕聞問。惟時從子羽處，詢知老先生杖履愈旺，著述益富，輒爲忭慰企羡耳。不肖某馬齒虚度，故國遺民，自愧靦焉視陰，桑蓬忽届，蒿蔚增悲，概不敢當觴賜。惟西田村舍數椽，爲情賞所寄，冀得邀名公佳什，使沮茹頓沐光輝。乃承賢昆仲先生塤篪迭和，珠琳競爽，字字玉琢錦洗，光華首壓縹緗。而老先生意猶未盡，復爲寄託古人，反覆歌詠，窮工極妙，變化入神，尤令人洞心駭目。但比擬過當，非庸劣所堪承，捧誦周環，祇增愧汗。而仰藉鼎噓，又得邀宗伯翁大記，異日并載名集，漁菴農舍遂與昌黎盤谷、次山杯湖并傳，何幸如之。晤宗伯翁乞先爲道謝，俟容出月九頓。隆施出自長者，本不敢外盛雅，但疊荷鴻篇，已過於既醉之感，百朋之錫，弟雖概不敢受賜，而飲和食德，孰有重於此者，其敢復叨他賜乎？況區區私衷，實抱隱痛，諒亦仁人所深憐而不罪其不恭者也。《汪水雲詩》謹領，《群雄集録》已抄大半，因小介病輟，今當促令寫完，九月中定歸記室。御札久未搨印，僅存舊者一册，先奉台覽。當事者霜威方肅，角虎碩鼠，在在斂息。獨㪉州蠹穴滋繁，鴟張如故。而洪潦爲災，報荒之牒，亦惟㪉婁無爲主持者，隻字不及，東南半壁，獨委爲豐年化國，其故可思，亦可痛可駭甚矣。尊書撝謙太過，且紅箋概不敢當，念欲璧諸掌記，而來意鄭重，又恐以荒簡開罪，免爾襲藏，以爲奕世光寵。然老先生儒宗耆碩，譾劣如弟，蒙不鄙棄，得與游從之末，爲幸已多，而折節過甚，使不肖何以自安也！使旋，先此附謝，黄花節後尚圖百頓，以罄積悃。

致陳臣謙

憶自吴門叩别令先公，光塵荏苒，遂閲滄桑，用躓餘生，無由一通筒問。前歲偶從浙郵，得見殉義諸作，凛凛大節，與日月争光，爲之神骨俱悚。隨其不腆生芻，欲上几筵，以告焚惋，而道路梗澁，既無小介可遣，又無便羽可寄。今春聞繼和尚還山，擬煩郵致，而臨行未及相聞，遂復相失。愚父子自惟懵悖，慚負君親師友，側身天壤，不屬爲人，宜爲大君子所吐棄。不圖猶荷記存，雲翰殷惓，遠使而辱貽之也。

弟窮感幽憂，祈死不得死，似造物者故留之以受磨折。年來誅求促數，外侮頻仍，種種意外遘迍，總由胥吏煽虐。今家已破而禍患益深，阱已投而捄挽無策，自悔昔日爲貪怖所誤，豈知偷生之不易如此！言念令先公千載猶生，其萬死有餘愧矣。恭諗老世翁忠孝本於世篤，文章得自家傳，於負土攀柏之餘，間關危險，遠涉吴會，紫氣在望，渴欲一覲光儀，而衰病支離，削影田舍，不能强策而前。特令豚兒拏舟一叩，并以薄奠蕪詞，附上左右。幸返駕時，爲叱名酹告隧道，以見弟千里炙絮微忱，感當何似。極知老世翁揺漂風雨，旅橐蕭然，而時下實罄悴，無能少爲佽助，自愧薄劣，有負恩私，回皇寸衷，悚仄無地，猶恃知己深鑒而曲原之耳。承賜扇頭珠玉，俯仰今昔之感，一唱三歎，綽有餘哀，猶見詩人微旨，自當藏之什襲，永以爲好，不敢懷衲褻之也。佳貺藉手完璧，别附寸芹，以佐行厨，幸惟莞存。

致胡兵道

恭惟老祖臺憲邦亮采，王事賢勞，北闕暫度福星，南國佇徯霖雨。兹喜駟鐵榮旋之日，適符竹馬郊迎之期，協氣雲蒸，歡聲雷動。不肖某平日所叨恩疪，更復百倍倫等，深幸長戴二天，光分四壁。方與闔門老稚酌酒相慶，不意以蠢奴無狀，致逢霆怒也。昨衛守備傳宣台諭，不肖舉家惶恐。當以某羈跡鹿城，聞之踉蹌馳歸，亟問其故，實因此奴以蚩蚩鄉愚，乍入城市，偶緣舁薪，道路相軋，不識乘馬者爲台使，輒爾唐突，非敢明知故犯。爾時某及豚兒隨將此奴送捕廳責治。此奴仍攺家法痛懲，送驗加責。豚兒後具名揭荆請太老先生，仰荷温詞慰諭。此段情形，想未有聞之老祖臺者。陳大廳、朱捕廳現在，一一可問，不敢一字虛飾也。且寒家累世以來，禁戢童僕甚嚴，即鄉閭親黨，從不敢有開罪，況憲臺霜凜恩埒覆燾者，而敢獲戾乎？則惡奴無知，扞網萬死，固無所逃，而愚父子寅畏微誠，當亦仁人之所矜亮。正擬侵晨以此奴纏致臺下，不意其在外聞風先遁，今一面四出躧緝，一面將伊嫡兄并妻呈解，伏望正法。俟本身獲到之日，即當解進，以伏斧躓。愚父子謹肉袒轅門，泥首謝罪，萬祈老祖臺俯鑒顛末，迴霜收電，則巨海汪涵，泰幬加覆。此後頂踵，益復非身有矣。肅函呼籲，統俟恩私。

致蔣超

恭惟老親臺以朱絃寶瑟之韻，冠瑶篸玉筍之班。抑且道冲而用之不盈，禮蘖而守之以厚。洵哉滄海弘納，涵天浴日，浩汗無涯。蓋不待琉璃椀覆，而救時大業，輿情已預卜之矣。不肖弟瑣尾陳人，幸邀夙生緣契，得附葭莩之末。蒙老親臺推誼殷篤，曲借餘光，不以霄漢而隔途泥，不以錦茵而棄菅蒯，乃至豚兒愚蔽，亦復劇荷提攜，銘戢肝衷，何可言喻。顧衰遲困悴，匿影田廬，自甘疏節。前台駕駐婁月餘，絲髮之敬，未克少展，迄今念之，猶不勝顙泚背負也。兹聞星信首塗，山川動色，彌天霖雨，行遍寰區，奚止桑梓一隅，頻霑汪澤。而不肖弟孱露餘生，幸邀厦庇，以安藜藿，又不足言矣。極擬瞻送江干，會以腰膂作楚，不任扶曳。特肅數行，耑力代申鄙悃。薄具戔戔，以當折柳，伏冀莞存。太老先生未及另啟，尚欲耑申鄙私，并申向來闕禮之罪，伏乞先爲叱名道意。

卷十二　尺牘卷下

致王光晋

恭惟老公祖台臺興朝柱礎，名世斗山。熊軾新憑，八邑均沾滲灑；麟符初綰，萬間仰戴帡幪。秉智燭以臨民，幽蔀畢照；噓神風以扇物，寒谷回暘。一路慶遇福星，萬姓欣依衆母。而宗工秉鐸，冰鏡題材，使桃李共拂春風，菁莪咸沐化雨。尤士子所鼓舞而希就郢斤，淬厲而願歸融冶者也。不肖某瑣尾陳人，衰殘朽質，尚未通名典謁，何敢妄有瀆陳。惟是嫡男州庠生某、府庠生某，平日下帷攻業，每試輒先曹偶，而稚兒童生某，皆髫年力學，有志向往。然非風胡委矚，曷增鏝理之光；非孫陽迴眄，曷長凡駘之價。用不禁舐犢深情，循例干請。倘蒙老祖臺俯垂藻鑑，拔置前茅，則寒門賤質，一家悉荷生成，他日幸邀寸進，援琴立雪，其敢一日忘明賜哉。率爾籲懇，唐突台嚴，統惟垂慈鑒原。

又公書

恭惟老公祖台臺氣備四時，才雄八面。清襟映水，秉玉尺以持躬；朗月入懷，坐冰壺而燭物。棠陰蔽芾於八邑，河潤滲灑於三吴。某等沐浴恩膏，瞻依孔邇，而株守田廬，未敢數數修覲，負悚何如。兹有啟者，敝婁蘆洲之害，茹痛有年。兹幸老祖臺洞鑒疾苦，許爲詳憲拯援。此誠湯火遺黎，白骨再肉之會，頂祝感頌，幾徧海隅。惟是蘆政一役，原因沿江上下先朝給賜勳産而設，并不及於江南，即近日新任蘆部刊勅諭，頒發各邑，明從鎮江起至蘄黄等處，則東南海角，與上江迥别顯然。溯其受禍之原，皆因敝州經承藉以棼詐罟利，勾同部胥，强勒混報，遂以歷年入計老田，悉入蘆洲。嗣此重糧三載，創立排年，累年差承横索，設局酷詐，每畝一年所費，較之他田不啻什倍，種種冤累，未易更僕，已詳各業户刊册中，毋容復贅。今重糧排年二害，業蒙各憲矜惜，次第豁除，惟田價尚須詳議，懸案未結。然如上江蘆洲，原以不糧之田，故應納價。敝婁則民間世業，寸寸皆入版圖，未有既除重糧，而復行徵價者。乃諸胥耽耽奇貨，百計營收。前年既已朦徵，近日復爾朦覆，游移未定，終伏危機。諸業户數年塗炭，豈不思號籲求伸？顧以諸胥手能障日，膽可包天，且挾橫部之威，縱橫無不如意，即如價值未奉明旨，輒敢朦揑橫徵。前按臺批發公呈，經年沉閣，輒引赦例請銷，致蒙老祖臺批駁，明旨憲令，不難蔑視。況區區業户，皆其几上肉，尚敢貿貿以攖其鋒乎？兹幸按臺公祖神明除蠹，考祖臺慈惠恤民，正積霾盡滌、沉冤得雪之時，而各業户於膏枯髓竭之餘，復爲周防害後之計，以爲從前所受冤苦，皆屬已過災迍，使向後田價未蠲，更有無窮禍害，故目前仰祈豁免，更急於申雪，其迫切至情，想亦老祖臺所深憐而曲軫者也。伏望台慈電矚始末，立詳按臺，特疏題豁，則海濱孑遺之民，皆老祖臺所再造，恩私無量，陰功亦無量矣。某等目擊桑梓劇苦，不勝痛心疾首，恐諸業户鄉愚口訥，台嚴咫尺，未能盡所欲陳，用敢合辭籲懇，統希照督。

致王國寶

恭惟老公祖台臺政播民和，德融天粹。仁開壽域，便無不逮之勾萌；澤沛寒檐，俾預向陽之草木。某等竊餘生於隴畝，荷大造於陶鈞，戴層霄而瞻麗晝，仰斗極以祝嵩高，蓋已感在不言矣。兹有敀者，敝婁蘆洲疾苦，塗炭理拯，蒙老祖臺洞燭俯恤，毋庸再贅。但此課各邑皆有，然正以名色與雜項并徵，惟敝婁設有十甲排年，射利者遂以爲的，每於蘆課完解之外，吏端設局，熯烙而烹煎之，一年之中，幾無虚月，較之他田，每畝所費不啻什倍。此則各邑所無，而敝婁所獨，其故蓋有難言者矣。夫業户八百餘家，多寡不同，鄉愚窮窶者居其大半，課銀加耗之繁重，剜肉猶可免支，額外重疊之誅求，粉骨斷難措應。此海濱窮黎，所爲飲痛吞聲，莫可控籲，即州父母亦深惜其苦，時爲欷嘘愾歎，而莫能拯援者也。兹因老祖臺燭照幽隱，慨許更絃，敝婁萬姓聞之，無不舉手加額，歡喜更生。然有不利排年之散者，設辭相難，輒以蘆課既無責成，恐難猝辦爲言。殊不知正供錢糧，除金花丁銀外，色目甚多，以織造兵餉及徭里項下等款，皆於條編徵比，聽各衙門提取，未嘗欠缺。況蘆課數止一千五百十有奇耳，蘆政部司之專督，滿洲大人之威嚴，而敢獨後乎？此可不必過慮者也。又有謂蘆部係新設衙門，未有經費，每歲巡歷不時，誰爲供億。殊不知國家理制，當垂永久，蘆部之接代方長，窮民之膏血有限，排年止任完課，責以承值供辦，一則鄉愚可欺，一則經承卸擔，殊非常策。況各憲按臨，供億俱有定例，何獨於蘆部而有異同？必祈批示嚴飭，永爲遵守，庶可稍節其力，以任輸將，不至顛仆。此於國計民生大有裨益者也。蓋督撫爲歲會之總塗，蘆賦中藪蠹叢奸，雖由多政旁掣，而老祖臺爲萬民所託命，其間興利除害，事權全歸主持，伏乞痛釐極弊，亟解倒懸，立賜批行，照岷、崇等縣，附各圖白銀户下帶徵，散排年豁累，則一舉筆間而垂絶遺黎胥得脱湯火而登衽席，再造洪慈，萬世永賴。且創役五年，更化易於轉瞬，乞即斧裁定格，檄州奉行。倘復需議，徒滋撓成，德意終不能下究，民困終無由甦息耳。某等目擊桑梓劇苦，不勝痛心疾首，用敢合辭籲陳，統祈台慈照督。

致王無咎

恭惟老宗臺胸羅象緯，筆絢雲裏。德業傳家，尹之後必有陟；文章濟美，瓌之繼是爲頲。立德立言，彌光懿烈；拜前拜後，允蹈芳規。喬梓敷榮，棣萼輝映。誠史册所希覯，閥閲所僅聞者也。弟某猥慚濁潦，幸附璇源。前歲大旣，過化鹿城，涯邀廣厦之庇。旣而豚兒偕計燕市，又疊承下濟之光。昨春直指出都，復蒙不靳齒芬，曲爲嘘借。自惟草野陳人，未緣咨覯，與當世大賢，地隔風雨，何以蒙忘分殷拳，推心翼護如此？殊私異睠，日切銘心，而衰病支離，且堅守林壑之分，不敢以隻字闌入長安，申謝高厚，并師相父母亦不能一通起居，疏節擢髪不足數矣。兹聞弭節吴會，五百里間且晝現星光，飛棹趨詣，瞻覲清輝，固平日飢惄在懷而幾年萬一者。其如賤體腰背抱痾，艱於罄折，一時陟發，咫尺步不能强移，交臂而失此良覯也。翹首紫氣，倍增悵怏，令豚兒步叩行臺，代申鄙悃，并俱戔戔，以將遠臆，幸惟莞存。

致申濟芳

衰病杜門，帶水幾同河漢。春間曾一叩台閣，未獲瞻對爲耿。惟聞老親翁園居却掃，覃思著述，名山之業，日新富有，輒不勝企羨耳。不肖弟支離潦倒，久自厭其餘生，不意視息苟延，遂及周甲。撫今追往，百感悽惻，何當知己垂記，乃蒙華箋盛貺，遠使寵存！跪誦扇頭嘉藻，斐亹蟬連，如萬斛珠璣，隨風傾瀉。且述先世調燮之同心，奕葉箎塤之永好，尤令低徊感歎，不能已已。惟是崇獎過當，使衰劣益切慚惶。即此什襲，已逾百朋。況又重以朗翁珍繪，縹緲煙雲，神山咫尺，朝夕展玩，恍若置身其間，老親翁之勖我者更深矣。蘧使遠賁，特適弟羈跡山中，有失裁答。昨反舍特肅數行，奉謝高厚，尚容百頓台堦，以罄感私。

致張王治

弟頻年爲里胥所困，日在湯火煎熬中，憔悴顛踣，生趣迺盡，想翁臺非聞其概。

是以暌違色笑，腰臘屢更，桐江如帶，不乏雙魚，未遑以尺一通問者，雖刺足未遑，亦恃翁臺道義一體，必能收之矜憐之中，諒之形迹之表也。夏初豚兒薄游武林，歸時具述曾於西子湖頭得遇旌旆，過蒙睠禮稠渥，溢格逾涯。而所以垂念陳人者，尤極殷摯。雲天高誼，心藏弗諼。顧以塵累纏迫，亦未及一緘申謝。惟聞神君異政，爲越中諸侯冠，耳飽輿誦，輒不勝忭躍起舞，仰竊餘光。況今最績升聞，璽書徵召，上坡丹地，首當借重名賢，自此膚寸油雲，不崇朝而遍雨天下，霑濡滲漉者，寧惟桑梓一隅？而不肖弟因緣夙契，枯朽得邀潤澤，又不足言矣。至若區區泥塗甲子，愁中日月，祇厭其長，何當知己垂記，乃煩華牋鼎貺，遠使賫存？捫省增慚，本毫不敢領，而珍盃錫我以嘉名，佳錦煦我以温旭，又不敢自外盛雅。飲醇挾纊，拜賜過侈，但以疏節而荷隆施，益使弟抱悚無地耳。次豚公車之役，以冗累未能即出，冬仲當勉圖脂秣，仰頌長者存念，謝謝。使還，率爾謝復，不盡感悰。薄附戔戔，聊展闊忱，匪敢曰報，并惟台涵。

致丁彥

恭惟老先生台臺中朝鰲柱，當代龍門。聲猷鬱起於望門，文章允推夫宗匠。暫借舟鮫之寄，尋登水鏡之司。蓋已澤被江表，而績簡宸衷矣。不肖某衰殘餘息，跧伏泥途，雖與雲霄敻隔，而道鄉衣帶密邇，且邀清惠公通家一脈，服聞峻譽，每悵披覿無緣。詎意徼天之幸，東南葦政，仰借大賢，潦倒陳人，遂得率族而庇萬間之下。江南從無蘆課，自丁亥之冬，把馬兩大人巡歷海濱，以民間計田乞入，始有蘆田之目。然立法止期於足課，初未嘗有意厲民。孰知蠹猾乘機，恣爲奸利，更於額課外鑿空囤絜，變幻無窮。寒家以世籍海壖，被禍尤烈，四五年來，業户傾家殞命者相繼，刊册者所列諸狀，字字實録。此誠懸倒剥膚，莫可控告之苦。而究厥禍源，則皆經承楊其芳之流毒也。此段情形，長安諸老已多有稔悉者。前日貴堂臺張蓬老敝年伯有一緘見寄，云曾於台臺出都時諄諄言之，而所頒明示，於比歲胥吏舞文、差役肆横諸弊無不洞若觀火，嚴爲禁戢，則台臺於孑遺之民，已不啻手挽之湯火而登袵席，老稚擁觀，皆爲感涕。至於蘆課正供，衆户無不竭蹶輸將，罔敢後時者也。今蒙各上臺加意軫恤，多方拯援，凡重糧、排年、議價、供應等項，積困已次第漸蘇。惟是衆户之於其芳，怨毒最深，而其芳自知惡滿，巧營兔窟，於前歲滿洲在任時，業已夤充貴衙門差承，衆户危懼益甚。今當聖政維新、萬象昭蘇之日，無往不復，非獨天道宜然，亦人所必至。欲奔控臺下，而道途遼遠，窮黎無力裹糧。且事係州胥，須向按臺申理，適秦公祖方涖敝郡，於此事頗爲垂意，遂以敝州先後經承始末情弊，具詞陳造。蒙發司理，移文關捉，必得兩造面鞫，可了憲案。若夫詞内應審，間有一二及貴役者，蓋以往年事偶相關，不過借爲證據，想台臺深體皇仁，恤民蠹蠹，去莠護苗，惟恐不早，必不以唐突爲嫌矣。極擬躬叩鈴閣，面陳積苦，而衰病不任扶曳，特肅荒函，專一介代布鄙忱，并申向往之誠。戔戔聊曝寸念，非敢仰溷台嚴，并惟鑒涵。

致李廷秀

恭惟老父母台臺慈爲衆母，明號神君。投利刃以熱游，委棼絲而必理。惠澤覃敷於花縣，循聲上徹於楓宸。固知丹掖上坡，即當虚席以待矣。不肖某受廛隣宇，沐浴膏露，頂踵知恩。顧以衰病杜門，一水衣帶，未能趨覲龍光，負罪何似。兹有啟者，先祖文肅公坏土，屬籍臺治，九都二圖，係先朝特賜營建，所有塋旁祭田，以備烝嘗，止徵正賦，蠲免雜差，載在《賦役全書》。此舊時令甲也。自興朝定鼎，因革維新，革者固不敢復仍，而因者亦豈可復廢。如先文肅特祠祀典，前歲蒙各上臺覈議批後，其祠塋修葺田畝，去歲蒙撫臺公祖批賜優免，著令永遵，現有案卷勒石可攷，則藏骨一丘，其在恩波浩蕩之中，不待言矣。乃今老父臺編審糧役，前替糧蠹夏復賄脱應充人户，而以寒家向叨恩免者混報塞責，致蒙將敝户王卿點列首名二分五釐。伏念昌時盛典，奕代霑承，實千古不易覯之奇遇，豈其沾澤未久，遽令湮蕪？糧務雖非劇差，恩數斷難泯滅。想老父母稽覈掌故，必有愍然軫懷者，特此肅勒布懇。倘推曠蕩，得賜蠲豁，則自兹以及永永，頂戴台慈，與國恩同其罔極矣。歷來給帖批照，仰希澄矚，外別具一揭，并乞察例批免。纖芹媿不成貢，聊展子民瞻依一念，統祈鑒涵。

致張蓬玄

小姪自南國渥叨燾庇，吴會疊荷恩勤。嗣此顛躓泥途，迥隔霄漢，奏記久缺，感戀徒殷。兹聞樞斗八座之崇階，特簡文昌九德之名碩。百工惟叙，四民是居。尋當爕陰陽以成歲功，贊化育而熙帝載。參斷國論，康濟生民。薄海内外，咸沐膏霖。奚止小子獨私亭造已也。吴中自違慈覆，兵燹之餘，凋瘵日甚。所最苦者，惟機户、蘆洲二事。蓋諸役皆從田起，惟機户憑諸臆報之口；諸役皆有踐更，惟機户將爲終身之累。且錢糧累季偶一支放，而其中抽扣，機户實領什無其半，每月重費，竭髓難支。衆户啣冤，無可控訴。種種弊政，業經臺府交章入告，不敢復贅。惟是蘆洲一項，蘇松從來未有，祗因四年間，满洲把馬不恤民隱，巡行下邑，威脅耆正，强以入計老田申報，業户重糧疊輸者三年，方始控撫。批豁原案，州册瞭然。然反除漕白，而以民田乞入蘆課，亦由嚴威震疊、胥蠹劫持使然，夫豈得已。且復檄令議價，混入州田價值册中，獨以满官署名，關送户部，現在重核未覆。此時惟以生利聚斂爲功，絶不以國計民瘼爲念。至於每年造囤詐害，科歛勒索，額課僅止千餘，雜費幾溢萬數。業户八百家，逃亡轉死者接踵，而忍痛茹荼、束手待斃者，皆由敝州奸胥與蘆政經承狼狽相倚，狐假横行，此則他邑所無，而吾州獨有。就中委折，公揭中略詳，伏乞俯垂電燭。至若寒家適丁厄運，機户、蘆洲兩兼而有之，先祖父清白之遺，年來蕩廢殆盡，空囊無措，鬻産不支，日爲士燮祝宗之祈，而不可得。伯父老祖台試問敝親家金屺老，當知姪困悴顛連之苦，一字不敢虚飾矣。今幸聖政維新，皇仁溥被，各差盡撤滿官，蘆政仍撤滿部，又遇伯父老祖臺榮掌邦土，正海濱窮黎殘喘幸續之時。固知遴選貴屬，必爲救時英傑，臨行乞諄諭之各屬，凡係向入計額，改作蘆洲田者，頒示明文，不混入追價之列，則仁言利溥、盛德大業，豈在禹稷下哉！適因州役之便，附候崇禧。其人襆被單行，薄附銀鼎，特進鵝羢一端，聊申千里一毛之意，萬祈莞涵。怵於嚴例，不敢具莊啟，片刺寸函，荒率殊甚，統惟台慈。

致方拱乾

不肖某每從名山精舍，見閣下率爾題詠，必有深致，不但言語妙天下，而與教義禪宗無不斬關抽鑰，真當世之子瞻也。懷中瓣香有素，非獨因通門年譜，願接光塵。曩者長安道中，輪蹄鹿鹿，其交臂相失也固宜。乃今老年臺開墅東山，長干朱雀，不在天上，而一葦未杭，并筒問缺然者，則衰病使之然也。弟某以疲暮待盡之年，頻年爲蠹胥所椎剥，髓枯皮盡，益復自厭餘生，無堪爲長者道。惟幸賢喬梓，樾翠參天，蔭及纖草，庶幾顛踣瑣尾之餘，猶冀獲有寧宇。顒企禱祈，實勤寤寐。至若筆墨之事，本無所知，年來愁病棼如，腕弱眼花，廢閣日久。讀來教，寓賞輞川，不覺根觸技癢，即欲滌塵硯，作小圖請正。而辰下適有小冗，促刺未遑，俟少間即當舐筆，覓便郵寄呈耳。趙世翁仰慕甚久，願見如渴，顧冗中彼此相訪，俱不得晤，且行色甚遽，不能少盡地主之誼，殊切耿耿。茲因具便，率勒奉復。

致馮銓

小子某樗櫟朽枯，艸芥賤微，猥因夙昔掃門之緣，幸邀層霄霽旭之照，故敢輒乘便風，借通記室，越分上援，深切凛兢。顧蒙老師臺不加譴訶，俯垂涵納，且復憐其孤露，不待叩籲，先爲申囑，於□直指。此等恩勤，即父母之於赤子，鞠育撫摩，時飢寒而審燥濕，寧有如是篤摯者乎？小子某比歲以來，外侮頻仍，誅求狎至，無刻不在多凶多懼之中。而禍患浸淫，莫知底止者，惟蘆洲爲甚。蓋此一役，朝廷但期足額，當事本無苛求，而里中猾胥因爲奸利，初以老田申報，繼則重糧疊徵，因斂怨之已深，慮衆怒之難犯，遂通蘆政經承，轉肆婪虐，營收課而加八横增，未奉旨而朦文追價，甚至飛謀造幻，陽設陰施。業户但訴疾苦，便云阻撓，稍言胥弊，硬坐奸頑，必遭追捕拘囚，往往傾家殞命，以故窮黎喪魄，忍痛吞聲。而其他苛斂勒索，更復多端，額課僅千餘，雜費不可限量，歲以爲常，恬不知恤。吴郡各邑皆有蘆課，獨敝婁被禍最烈者，祗因部州經承，表裏爲奸，遂爲無窮盡之湯火。其中委細，敝親家金岩老必能詳道之。然吳中邇年胥吏縱横，黨衆勢盛，遠邇響應，綫索貫通，其神通力量，與數年前壇坫諸雄相似，而威燄不啻過之。小子閒冷剩物，與世何關有無，乃前後兩局皆受荼毒。恭遇老祖臺臨吳，有意釐剔，方幸陽和下轉，困蟄快覩昭蘇，孰知福曜忽移，窮鳥反供刀俎。自念常爲魚肉，當由夙業所招，孤蹤阽危，安所望援！所恃者，老師臺仁爲己任，志在斯民，當萬國之咸寧，憫一夫之失所，默移化籥，曲賜鼎噓，續命於垂絶之年，施恩於不報之地，生生世世，啣戴高厚，與天無極矣。玆因金屺老還朝，肅勒附候崇禧。知老師臺軫念民瘼，用敢瑣屑絮陳，并以節略呈覽。幸惟留神電矚外，聊展門墻下走千里鴻毛寸忱，伏希汪茹。前舍親許堯文歸，蒙藏帖珍盃之賜，并百頓以謝。

致張王治

歲杪因郡中郵便，曾寓一椷，未審曾徹覽否。序入春和，伏諗茂膺駢祉，深用忭躍。且時從邸報伏讀大疏，言言關社稷大計，矢必中的，刃必及竅，置之名臣奏議中，去賈太傅、陸宣公何遠也。吾鄉去歲奇荒，實數十年所僅見，自老親臺拜疏後，凋瘵遺黎皆欣欣有更生之望。及因督撫奏報濡滯，遂稽部覆。日來漕兑催檄如雨，荒折似已竟成畫餅。吾州因守公恩意感孚，漕米將逾七分。他邑荒區所缺尚多，萬姓皇皇，如坐焦釜。而秦公疏列倉場四弊，奉旨痛革勒石者，非但視爲故紙，反多創增，民間瓶罄釜戛，不知何所究竟。然老親臺手援飢溺，一念鄉黨，感戴已不啻淪肌浹髓矣。里中修蛇雄虺，久逸天網，守公設法密捕，次第就縛，其一立斃於衆怨之手，通國稱快。但父母結冤益深，自處益危，且其稟性迂執，多忤少茹，亦豈適時之具？萬一廣厦或有動摇，則婁民安從託庇？良可寒心。維持調護，惟恃有老親臺鼎吕耳。海上之事，非所敢言，但狂寇連艅數千，出没江海，飄忽不常，我兵單船少，往來馳援，疲於奔命，僅足支吾險隘，詎能立奏蕩平？毋論曠日持久，蔓延滋甚，釀患無窮；即累月徵調驛騷，兵馬蹂躪，沿海一帶，鄉農失業，爲害已不可勝言矣。老親臺禁中頗牧，殊爲可慮。且海氛益熾，江湖并急，兵力單弱，水陸殊塗，終無制勝之策。恐醖釀日久，滋蔓難圖，總非艸野之所敢輕言，惟在廟堂亟圖長畫。至於貪黷成風，盜賊充斥，種種非太平景象，尤厪杞憂。吾婁惟恃白父母居官如家，視民猶子，其恩意固結人心，久而愈至。獨以禮節闊略，往往得罪於上官。蓋其守嚴一介，結納實苦無資，亦由左右利其速去，匿情不告，故使脱誤，以開其釁隙。如近日鋤大奸，擒大惡，争荒數，主漕兑，皆毅然立行，不遑他顧，士民之愛戴，因此愈深，而上官之怒與群下之怨亦因此愈甚。交搆浸潤，日前正當極危之時，通國皇皇，如坐漏舟，雖知其孤峭獨立，不能久安，而但留一日，婁民得一日安枕。知台翁桑梓念切，必當與某老協力共爲護持也。弟少時失學，觸處面墻，於詩道猶茫然，惟一隙之明知，愛重台翁篇詠，每從友人處，得一言半語，輒手録以爲帳秘。方慮山川邈隔，無由得新作，而忽承緘寄盈帙，捧次如獲珠船，歡喜無涯。吟咀再過，寓意深遠，辭旨悽切，得惻隱古人之義。而《蘆洲》一首，叙致詳核，不啻安上門之圖，傳流輦下，爲湯火遺黎造福不淺。抄録既竟，即當傳示攝兄與子俶、聖符兄弟，并致遠念也。適晤魯翁，知有儲趾仁兄廷試之便，率勒附候，并謝垂記。因其登舟後始知之，停橈待書，不能多陳，統祈來月寶眷北行，當再附緘，以罄悃縷。曼老因道梗少遲，想春夏之交，必得握晤矣。瑞徵兄定佳，不及另書，希爲道意。

致曹如松

恭惟台臺孫吴英略，方召壯猷。江海懾虎視之威，旌旗壯鷹揚之氣。自麾幢榮涖劉河，陽德宣暢，紀律嚴明，氓安於廛而甿安於野，晏然不復知有兵擾。而不肖某，宗族丘隴悉在海濱，所邀厦庇更渥。且聞前者茜鎮防戍之兵，踐嚙蕩蘆，蒙台臺軫念寒家頻年蘆洲苦累，曲諭主者，立爲禁止，恩意惻隱，更出尋常覆幬之外，舉家啣戴，非筆舌所能罄其補報也。今聞海氛復爾蠢動，恐徵調所不免。有敝廬一區，即先文肅發跡之地，相傳已逾百年，僻處田間，距汛甚遠。此春間辱台車枉顧，曾經目覩者。去歲因撫標撥防兵馬，屯駐其中，蹈藉數月，頹毁滋甚，而寒宗凡有數椽者，無一得免。竊思蕞爾一隅，每年征戍驛騷，鄉愚耕耘俱廢，其苦已百倍他處，況寥寥數家，室廬蕩爲厍廄，供億又竭膏髓，其何以堪？且距汛既遥，遇有猝警，奔命不給，亦非捍禦良策也。伏乞台臺詳酌扼要，分調駐防，不但民間獲有寧宇，皆邀亭造，即地方亦大有造矣。率爾冒瀆，伏冀垂神。

致金世漢

弟比來衰憊日甚，屏跡息交。春仲入郡，曾一叩台闔，未獲望見顔色。嗣復抱影寒廬，久缺候問。即邇日老師相粥諧奏績，渥膺殊寵，逡巡未及修賀，負罪何如。兹敵寇氛復動，海澨單虛，撥防兵馬，誠不可緩。但設防本以衛民，非轉滋民害。敝婁沿海各村，年來征戍驛騷，耕耘多廢，室廬既爲厈廄，供億又竭津膏，其苦不能殫述。而敝鄉二十都，地近劉河，兵馬更番雜遝，受累猶甚。有敝廬一區，乃先文肅發跡之地，相傳已逾百年，僻處田間，距汛甚遠。前此兩年，從未有一兵闌入。自去夏游閫衙門，有幕客蠹役，需索不遂，因朦派屯駐，并寒宗稍有數椽者，無一得免。無論蹈籍數有房屋，恣意摧毀，而酒食芻秣之費，殫力難支。迨秋冬督撫兩臺巡歷，深悉其弊，嚴示禁戢，方稍稍散去。然自高曾考暨先文肅生聚於斯，已歷累世，今區區旋馬之庭，子孫弗克自保，乃至歲時伏臘，欲一望松楸而無家可歸，其情事亦可傷矣。前新游戎曹公初蒞，弟曾備述其苦，頗蒙軫恤。不意今日調防兵至，竟以往例爲辭，仍將派居於此，則不知其例安在，豈督撫皇皇明禁，不足遵守，而營役以私意嫁禍立煻者，遂可據爲例耶？況離汛既遥，遇有猝警，奔命不給，亦非防禦良策也。曹公廉將，仁慈愛民，恐左右以往例之説誤之。聞昔年老師相秉鉞津門時，渠曾備干掫於鈐閣，則潭府實有恩旺。敢懇老親臺慨發數行，令於沿海扼要之處，遵憲撥防，勿容安居腹内，侵擾民間。不但蕞爾一隅咸荷衽席，而疆圉亦大有倚賴，所造於桑梓者，豈淺尠哉！率布懇忱，示稿附覽，統祈垂矚。

致張有譽

老先生行解兼至，脱屣塵埃，非但不貪豪傑之名，并泯道人之迹。此真維摩再來分身説法，非僅宰官中了晤如無垢無盡者可比。其曩歲靈巖幸接道範，不勝心折。歸後回里，思慕胸中時時盤一車輪，每與子羽相約擔簦入山，冀得再聆玄麈，而病目酷畏風日，幾成廢人，逡巡未克如願。自惟衰殘餘息，視蔭幾何，幸大導師相望一水，顧慳傴侍之緣，豈非福輕業重？撫躬顧景，徒自歎悼耳。生白劉君不止術業精深，品亦篤實恬雅，絕無江湖氣習，得藉定交，良慰夙企。但時方毒熱，火輪赤傘之下，不任奔馳，稍俟秋涼，當令兒輩遍踏郡中諸山，業與再三訂定矣。茲因其返郡攔汗，率勒奉覆。秋冬間決擬扶杖靈山，爾時慈光萃止，當得沾醍醐餘潤，以消渴塵。不盡瞻注。

致柳翹才

恭惟老公祖台臺雄才紫電，峻望朱霞。不競不絿，和風翊太尹之治；既優既渥，瀸澤沾吳會之區。不肖某仰戴帡幪，深邀覆露，顧以衰老病目，不能趨叩堂墀。昨歲干旄過婁，傴謁河干，又未獲面申感悰，惟有頂誦而已。謹啟先文肅一坏，在長洲縣楓橋之北。爲先朝賜塋。鼎革之後，憲府追念先德，給示嚴禁侵擾，松楸幸保無虞。不意隣近有顧三者，素性悍惡，游手無賴，驀於今月十二日闌入，置罾捕魚，觸損石岸，守墓人稍爲呵止，遂糾惡黨悍妻，排闥毆擊。某聞之，大爲咤異，猶以久在隣比，不欲深求批示。小僕婉以理諭，而彼轉益猖狂，肆言無忌。小人無知，凌侮弁髦法紀，未有如此之甚者，當亦三尺所不容也。且彼昔年曾祖寒家墓傍隙地，置造機房，更有幾分侵隱未明，某以相距稍遠，未及清查，并望老祖臺嚴提訊鞫，勒令歸正。庶奸惡知警，而先墓獲安，澤枯之恩，存歿感佩弗諼矣。特此瀆聽，伏惟垂覽。

致沈頴其一

恭惟老親翁神淵涵月，道岸標霞。節鉞家聲，喬木世臣瞻舊德；鳳麟國瑞，青箱秘學著芳聞。詒懿範於慶門，忠規孝緒；濬吴源於華系，圓折方流。濯秀上林，吐納積煙霞之思；植根芳苑，縱横振香豔之才。世濟琳瑯，蟬聯冠冕。某通門篤契，世譜夙盟。倚瓊樹以生輝，附貞蕤而非偶。兹幸蓬廬蒿徑，儼來玉潤之英姿；陋館寒樽，喜接龍光之秀質。山庭表德，珠角應祥。不殊鄭侯童時之賦碁，可卜姚相他年之秉軸。依光竊幸，邀福何涯。顧念犬馬之齒日增，歎駒隙之陰易駛。何當寵注，遠賜珍儀。捫衰衷以多慚，捧良書而滋愧。隆施稠疊，心戢弗諼。感縷纏綿，筆抒莫罄。統惟慈炤，不盡瞻馳。

致沈頴其二

弟以衰殘病目，屏廢田廬，世事一切謝絶。於老親翁處，多所疏節，累承渥注，未及以寸函馳謝，方切悚惶。顧辱隆施稠疊，鄭重有加，益使感怍無地矣。令嗣丰神玉朗，器宇霞軒，方當舞勺之年，已具成人之度，固知德門積慶，鍾此奇英，千里龍文，即今可卜。衰門何幸，得借餘輝，相對浹旬，情誼款洽，雖儉陋自慚，亦欲攀留徑月，少慰晨昏。而令嗣以定省念殷，卜帷志切，屢屢告歸。又恐老親翁計日懸遲，不敢相强。匆遽言別，殆難爲懷。惟望此後源源而來，庶慰弟舉家蹺企耳。又見令嗣神雖旺而禀賦稍清，粥飯少進。昨吴門幼科名家王舜符適過敝婁，曾令診視，云脈氣太弱，全須滋補，藥餌維持，不可暫缺，而穀氣乃能固本，雜啖反足傷脾。則努力加餐，更望老親翁一爲勸勉也。茲因令嗣歸便，率勒奉謝，并布區區。萬千感臆，總非管城可宣。統容耑候，以罄悃縷。

致盛交

閩吴迢隔，鴻鯉浮沉。惟時聆老親臺循謦翔洽，以爲欣慰。顧以病目累年，竟成殘廢。竿牘之問，久疏記室，緬懷渥誼，彌不勝耿耿也。老親臺資深望重，久當借鼎清華。昨冬見邸報，在咨部考選之列，不勝忭躍，豈意復以錢糧暫格，然鴻猷駿略，海内共仰，計瑣垣獻納，玉尺量材，旦夕當膺特簡，自此主持國是，襄翊休明，禔福中外者非尠。不肖某區區莩末，分輝竊庇，又何足言哉。風便率爾布謝，深愧空函。屈指八騶錦旋，爲期匪遠，容偵紫氣負韉，摳迎道左。不盡瞻依。

致沈埞卿

曩歲都門，得接芝宇。屈指暌闊，垂二十年。其間陵谷變遷，風塵澒洞，衣帶相望，邈若河山，緬溯高情，祇增馳結。恭惟令兄老年臺貞標亮節，彪炳千秋，而忠厚和平，光明洞達，才子天性自然，尤爲舉世無兩。竊謂造物者綏佑純德，眉壽蕃昌，自當不爽。乃不意大雲方現，泰山已頹。兼以病甚文園，厄同伯道，天道可謂無知。遠邇聞者，咸以哲人之萎，爲世道盡傷。而不肖弟惠徼夙誼，積叨道愛尤渥，摧痛更倍恒情。聞訃後即擬爲素車白馬之行，奈病目漸成盲廢，不出户庭已及三年，匍匐未能如願，南望惟有哽咽。薄具瓣香束帛，虔遣豚兒代叩，以告焚惋。惟老年臺叱名上之几筵，榮感何似。令器世兄以鳳毛麟趾，式穀承祧，將來重光門業，大展令兄年臺未竟之經綸，端有賴焉。此又弟所遥聞而慰竊者也。覼縷莫罄，臨風泫然。

致秦士奇熊開元史應選

伏以歲籥維新，恩波增潤。仰惟台臺德化翔洽，福祉駢臻。不肖某受廛宇下，叨庇鄰封，霑霂最渥，其爲忭舞，百倍恒情。顧爲塵鞅所羈，反居燕雀之後。謹將芹獻，聊佐辛盤。倘噓我以春風，幸鑒誠於曝日。諸容躬叩，曷任神馳。

致張王治

病廢陳人，過蒙雲霄渥注，夏秋兩接琅函，綢繆款至，宛若面奉玄提，感慰無已。顧潦倒一榻，弗獲偵覓便鴻，時通起居，爲悵悵耳。老親臺仁爲己任，凡桑梓利病，知無不言，言無不盡。前條奏三款，字字爲大旱甘霖，業奉明旨嚴禁，雖重閽遠隔，不無挂壁之嘆，而苛政少斂，終攝在山之威，造福東南，寧有涯量。至邇年漕兑，官旗撦索，包棍侵漁，民困已極。老親臺深爲軫恤，思欲改用官兑，誠拔本塞源第一善政。但有治人無治法，自古已然，使奉行不得其人，即良法究鮮實效。如浙中初行，宿害盡袪，今歲仍聞滋弊，可以概見矣。弟檮昧無所知識，偶晤魯翁及何叔老言及，亦以爲然。幸老親臺詳酌而熟計，必有畫一定制，使後來者不能以私意毫髮損益其間，則誠百世之利也。稻田今歲處處大稔，惟吾婁木棉風潮之後，遂罄掃靡孑遺，洗手不得名一錢，何以卒歲。意外奇荒，吾婁獨罹其厄，可向隅而莫可控訴者，老親臺何以策之？鄉闈榜發，里中寂寥無色，爲從來所未有。此雖一時氣運，而場前謗帖紛然，煸亂視聽，亦是怪徵。比來險詖之徒，恣憑忮臆，横搆飛文，其風亦不可長，留心世道者，當必圖所以力砥之也。弟病目經年，筆硯久廢，近爲王敬翁作設色絹畫一幀，差不落夾，頗用自喜。俟來月某兒北行，當令賫致，晤間乞先爲道意。聞駿老體中少有違和，想即弗藥，念之腸如涫湯，恨不能假翼飛視。旅況牢落，賴有老親翁知己骨肉，送袍推衿，足以滌煩蠲鬱，當不待枚生《七發》也。適聞尊府郵便，特肅一椷，附候新祉，并謝記存。弟最謭劣無似，謬辱隆眷，收之臭味之列，亦已有年；況於戚誼老親臺又屬尊行，而尊稟一字胡爲乎來！捧次愧汗達踵，莫知所措。敢以奉歸記室，并此請罪，惟台慈鑒原之。

致蔣超

弟病目經年，漸成盲廢，日惟閉影一室，於親友悉斷知聞，故渥誼隆情，時時在臆，久未遑以寸牘通問。惟時從曼翁處，詢知台體倍益神旺，且還朝已撰昌辰，不勝忭起。方擬馳數行奉送，乃忽聞尊公太老先生之訃，爲之驚悼欲絶。竊念先令公北斗高名，東山宿望。海内有識，方望蒲輪應召，喬梓并秉國鈞，快覩常平事業，以福澤天下。而倏爾騎箕，安能無殄瘁之痛？况台翁霖雨大業，因讀禮少淹，尤輿情所爲耿耿寸陰若歲者也。弟忝在莩末，夙叨睠誼，即擬匍匐繐帷，而寒候畏風，不能出户庭跬步。特庀蕪詞薄奠，附上几筵，以告焚惋。倘春和賴庇，賤體少差，素車白馬之馳，終不敢自後耳。謹此率勒布忱，伏冀慈涵。諸惟爲道爲蒼生節哀珍衛。

致馮銓

伏諗慈幃燕喜，慶冑麟祥。箕裘已見雲礽，作述無非錦紹。國恩家慶，駢集一時。海内忻忻豔説，爲吉祥善事，千古罕儷。小子某方北向忭舞，擬覔便郵修賀。乃傳聞有太老夫人之變，恫疑駭惋，不敢以爲信。既而見温綸撫慰，始不勝五衷摧痛，業爲設位以臨。因念老師相純孝根心，當不知如何孺慕。然而太老夫人福備天人，壽臻耄耋，生而寵褒，窮貴極秩號之隆，殁而愍恤，便蕃究哀榮之禮，盡人間之所謂尊養與光顯，業已纖毫靡有遺憾，而老師相永孝之思，其可以自抑矣。今時事多艱，政機繁重，聖衷倚毗方殷，輿情屬望更切，贊化調元，誠不可一日暫虚台席，伏望少節擗踴之哀，益懋弼諧之績，則如明旨忠孝兩全，家國允賴，而寰宇亦被無疆之庥。此門墻下走數千里外遥祝之寸赤，所晨夕迴環而不能自已者也。小子某各天遥阻，縮地無術，末繇匍匐繐帷，一致焚惋之誠。特函唁詞，束帛齋盥拜發，令豚兒百叩敬上几筵。伏惟叱致，曷任邀榮。諸惟爲宗社蒼生倍加崇護。

致李登雲

闊别台顔，時勞夢寐。山川迢隔，久曠音塵。去冬豚兒北行，曾附短牋寸菲，託令從京郵覓寄，未審曾達典籤否。竊惟老親臺以隆棟之宏材，處馮翊之雄郡，愷悌爲政，寬簡宜民，龔黄召杜之譽，不脛而馳於遠邇。方今聖主愛養元元，首重師帥，方欲崇獎循卓以風有位，聲績琅琅如台翁者，指寧多屈？固知賜璽褒帷，旦夕當有新命矣。吴中去歲田禾幸皆豐稔，吾婁木棉獨遘奇荒，且海氛不靖，征戍驛騷，漕事大壞，民不聊生。雖賢父母費盡苦心，無能救挽，勢已極重難返，將來更多隱憂。老親臺爲桑梓計，其何以預籌徙薪之策耶？豚兒潦倒場屋，邀庇幸竊一第。但初入迷途，跬步面墻。惟賴長者推鄉曲之誼，便間時賜金玉，示以指南，感被匪淺。倘天假之緣，他日得執鞭箠於宇下，尤屬三生至幸，然未卜幾遘何若也。第病目經年，世事久廢，深愧久疏候問，何當老親翁政務紛冗時，特垂記存。且冰蘗之操方嚴，而愚父子悉叨分俸，又皆過侈，雖雲天渥愛，有加無已，顧使承之者，能無驚於五漿之愧乎？低徊再四，本不敢承，而重違遠意，勉爾拜領。别附銀爵一晋，金壇葛一端，以志遠忱，不足報瓊貺萬一，伏惟莞存。

致陳之翰

敝婁幸借福星，首尾六載，慈愛潔廉，去如始至，海邦萬户，沾被膏雨之澤，何啻浹髓淪肌？自惟乳哺，又倏兩賡歲籥，至今甘棠之思召伯，畏壘之祝庚桑，猶如一日。而不肖某仰叨覆露，尤軼倫等，謳吟思慕，更倍恒情。顧以病目三年，世事都廢，未獲覓羽，一候興居，寤寐抱耿。惟有晨昏頂祝，仰企霓旌龍節一日重來，庶得常依二天之庇耳。兹者虎旅星臨，皋貔雲集，而里井晏然，市肆無擾，皆賴老父母調護之力。在城童叟感極，咸爲泣下。至於海濱一隅，頻年徵調絡繹，兵馬驛騷，耕耘俱廢，其苦累更百倍於城中。即先人故廬，亦幾蕩爲庌廄，松楸在望，欲一展覲而無從。想我慈父，并州念切，聞之必爲隱軫也。側聞紫氣暫駐河干，瞻依孔邇，亟擬趨叩，以罄感戀之懷，而賤目甚怯風日，龍光咫尺，不能一遂摳承，彌滋悵怏。特令豚兒代叩行臺，并具不腆盤餐，以犒從者，幸惟莞茹。

致金世漢

弟衰老愈甚，目疾轉加。吴門咫尺，如在天上。不但一葦未杭，并箇問亦復久逖，深爲負耿。惟時從豚兒處，詢知老親臺福履駢臻，聲華藉甚，不勝忭慰而已。兹有啟者，劉河游戎曹公，拮据危疆一年，綢繆周密，守禦精嚴，近因奏夾晏之績，其功居多，而持躬潔廉，馭下整肅，尤近時將領中所僅見。是以海壖童叟愛戴謳歌，如依怙冒。寒家則率族邀庇，更倍倫等者也。兹當歲終，撫軍例有甄别之疏，一言臧否，不啻衮鉞。如曹公仁廉之將，恩威久孚，金湯攸賴，知必當首儲夾袋。而逐鹿紛紛，非藉齒芬，安覬必得？意欲援門墻下走舊誼，摳謁龍光，弟以叨庇良深，敢一言爲之介紹。老親翁倘賜燕閑，一垂綴接，便見其敦詩説禮，迥越恒流。更得於撫軍前九鼎嘘培，俾必列名薦剡，則不特曹公啣戴生成，矢效雀環之報，而海邦奠安，桑梓感頌盛德，亦靡諼矣。率勒布瀆，伏冀留神。

致金之俊

恭惟老師相親臺德懋含弘，功贊化育，弼一人而出治，與萬物以偕春。比者序入青陽，伏諗台階萬福，吉祥畢集，聖眷彌隆。此朝野所共瞻，非獨某區區私祝也。客秋豚兒歸，得接台函，温辭斐亹，厚意綢繆，跽誦迴環，不啻煦日被體。緬惟大造帡幪，啣戴已非一日，寧止在三恩誼，世世佩之。而荏苒經時，無尺一以上典籤者，則緣衰惰因循，亦知機務殷繁，不敢以無益寒暄仰溷耳。家鄉兵馬驛騷，賦率煩重，預借横加，追呼促數，民困已極。而漕事潰壞，比昨歲轉甚，浸淫不已，後更何所底止。東南根本，良多隱憂。至於敝婁蘆患，向荷老師相神力斡旋，湯火遺黎，幸獲稍稍休息。乃今一切苛嬈盡復其故，里中昔年巨蠹窟穴，囊橐其間，爲鄉里患苦者，根株盤互，陰操綫索，如曹秋老疏陳蘆洲一田兩課之害，督撫奉旨移檄行查，竟爾詭詞朦覆。舉凡計田，乞入蘆課，歷年苦累實情，概行抹倒，致覆疏獨遺，不得比他邑均沾浩蕩。狡謀陰害，即此略見一端。其它不能縷述，且蘆部胥役，暴逾豺虎，仍將表裏勾連，搆局肆毒，勢必比前倍烈。凡産隸蘆籍者，人人自危。寒家昔攖其鋒，首懼不免，猘牙蠆尾，時刻戒心。惟恃老師相萬間弘庇，或幸託以安全，不至爲風雨漂揺也。兹因貴門生顧介俶謁選之便，附通起居。顧兄少年練才，品復端雅，可期將來遠大，不止方州盤錯，游刃有餘。又舍甥吴世睿，即梅村族弟，才藻横溢，久稱婁中譽髦垂髫，食餼新用，歲次薦膺，其年始逾三十。今入都廷試，竊不自揣，思一望見宫墻，逢掖微渺，妄希覲上台之光，固知非分。某敢冒昧爲之代請者，亦以骨肉情深，萬一纖萌濯露，異日有捎雲之望耳。鴻便率布空函，尚圖耑候，以罄鄙悃，伏冀台涵。

致錢謙益

前者信宿虞山，再侍史席，蒙老先生垂光下滴，慰藉有加，何異旃檀林中得佛手，令人歡喜無量。顧孤根芼黑，不能少有扣擊，以發洪鐘之響，真入寶山而空回也。某承藉先澤，生長膏粱，鄙意亦欲少自振厲，粗知今古，不甘爲面墻視肉。而少嬰危疾，疊搆閔凶，世故拘牽，弱冠廢學，迨棲屑仕途，刺促鞅掌，東塗西抹者三十餘年。歸田已及畹晚，心腑蔽塞，空具六尺之軀，竟成一無字碑矣。垂老端憂，屏居多暇，時取古人書讀之，而早歲迨遑，未嘗學問，觸處觝滯，罔識津涯耳，不得其指要。差幸一隙微明，於先生鴻著獨有深嗜，不啻飢渴之於飲食，寤寐訪求，寒暑抄寫，積久遂已成帙。每當衰憊不支，憂思軫結，旋視録本，則霍然體輕，灑然意釋，頓失愁病所在。小窗晴暖，病眼昏眵，映檐把讀，不知日之移晷，自謂殘年樂事，無以踰之。然而耽好徒勤，於作文關鍵、立言指歸，實未窺見萬一。至於用字奥僻處，茫然不得其解，醯雞之覆，悼歎良多。惟是光燄飛騰，元氣磅礴，如高旻圓蓋而星緯錯陳，大海迴瀾而環怪坌涌，以爲雄肆高華，臻文宗之極致，上下千百年，縱横一萬里，惟老先生一人而已。固自念言，生幸同時，又同土壤，參承洵至宿緣，乃壯年以萍梗浮蹤，弗獲北面稱弟，丐餘芬以自淑，良爲虚負此生。今則景逼崦嵫，殘光行盡，自分枯枵黮黯，不能爲問字之侯芭。惟愛慕博奥，庶或得比於蕭穎士之僕耳。簡閲舊抄應酬之作，約略居半，多非老先生精思所屬，然率意揮灑，而魚龍百變，波瀾老成，迥非時流所可企及。乃若碑版之文，一日繫九鼎，照四裔而垂千秋者，直當軼駕韓、歐，顧靳固非肯遽出愚意悙史直筆，南董是師，品隲抑揚，毋庸輭避。其間興歎劫塵，寓感舟壑，輪囷肝膽，隱躍筆端，疑或有捩時眼，然撫寶帳秘，自古有之，亦何妨密示同志，矧某毖慎，每先緘縢夙戒者乎？兹因孝逸趨侍，特託懇請，倘蒙傾筐倒庋，悉畀録藏，俾得以炳燭之光，晨夕咀誦，樂而忘老，誠不啻絳雪引年、仙家十賚者矣。昨歲册中小影，甕盎頑姿，過蒙獎飾，迄今慚感。復有長幀，不揣復丐名筆，爲子孫世世之寶。凝寒濡毫，極知煩溷，猶恃明月不疲屢照也。率爾馳訊，并布腹心，容即耑候，以罄感縷。不盡依依。

致陳國珍

比來衰病日增，深秋卧床累旬，形神俱瘁，惟杜門待盡，不能時侍台側，以鳴謝私，徒有感佇。蘆課積逋，致廑蒿目，極爲怵惕靡寧。然所以致兹者，實因沿海一帶連遘奇荒，今歲海潮淹浸滌地，無類佃户逃亡殆盡，租入不名一錢，衆户困窮，膏髓罄竭，故輸將未能如期。度仁君必垂軫恤。更聞歷年拖欠頗多，則係往歲牧吏侵蝕者確有其人，致累賠補，撮應其咎，似不專屬業户，久在老父臺燭照中矣。辱諭周生某訟經承加撮一事，忽波及寒家，不勝駭愕。不肖某一生株守固陋，静退自居，豚兒數人恪循家法，無闌户外事者，里中所悉。周生固世交，前曾延之家塾，辭去已兩年，往還亦甚疏，其興訟絶未之聞。近因里黨諠傳，頌其高議者載途，始知大略。兹因婁土災歉頻仍，賦調嚴急，民困已極，而加撮與正供并比，又無印票可憑，款項繁多，剥膚椎髓之餘，實不堪命。然皆經承胥吏爲之，於賢父母何與。自紳士以及黎庶數人之外，有心者怨，有口者謗，已非一日。至於老父臺勢迫衿肘，苦心挪移，人固共諒，但恨經承因緣爲奸利耳。周生因衆心之洶洶，投袂而起，一往而不復返顧，誠是癡腸。然里人疑信相半，尚多臆忖，即彼亦不能自明，則人心之公可知矣。若長豚某者，盲廢已久，世事都捐，足迹不出房闈，未嘗接對賓客，何因而有聳臾罵詈之語，不知得之何人，有何的據？是必有因往年他事遷怒豚兒，乘機造蜚語中之者，願老父臺之詳察之也。寒家劇叨肅庇，惟户田切己事間有禀白，此外絶無一事相干，承老父臺加意周旋，恩誼殷渥，誠不知何緣而得此於二天，舉家方感戴不暇，何嫌何疑而甘爲吠堯之犬？此世所必無之事，更不必置辯者。惟是通國之論，實指爲出於一人一家，彼潝訾者其意何居？豈以寒家衰懦，豚兒殘廢，可供魚肉耶？周生今歲現館虞山，交游頗廣，其舌尚存，當非區區一手所能掩。若寒家之於經承，既無嫌怨，又非交通，似亦無可和盤託出也。幸老父臺博採衆論，公聽并觀，非但可收拾人心，全婁亦邀福無涯矣。冒昧艸復，希鑒狂瞽。

致張撫臺

恭惟老公祖台臺翊運元勛，應期良弼。春生秋殺，一柱撐開半壁之天；大法小廉，百僚謹凛全型之化。自門旗日月，耀光彩於槍纍；而轟鼓雷霆，銷塵氛於溟渤。凡叨帡覆，咸沐恩膏。其爲口頌心祈，不啻肌淪髓浹也。不肖某猥以枯賤，跧伏田廬，不敢數溷堦墀。惟有晨夕頂戴，仰懾台嚴，何敢輒通竿牘。第有局係險幻、事關名節者，不得不一剖白，爲老公祖陳之。奸棍某以庸醫流寓敝婁，其初至時，寒家曾令承乏用藥，後因親屬輩屢被誤傷，絶弗與通。近某父子更端易名，訟其親家程某幾遍臺府，某亦未聞。四月間程某刻揭鳴冤，傳至敝婁，始悉起訟之由，以程曾借寒家銀一百兩，係彼居間爲辭，又假愚父子書劄遍投諸當事，某見之不勝駭愕，亟令人入郡細訪，則一一皆真。竊某家世清白，惟賴薄田以供饘粥。自完公賦供朝夕之外，廩無餘粟，囊無餘蓄，安有長物假貸於人？且某濫厠冠裳者垂四十年，斤斤株守，從未有隻字入公門，里中共知，亦蒙歷年公祖父母見信。豈今於孱廢之餘，殘年殆盡，而忽頓隳素操？即豚兒某，新進小生，守身如處子，無端牽連列名，爲所玷污，亦復何堪。詳察根因，皆因某子婿隱謀播弄，神奸囮局，未有如此之鑿空者。其伎倆何事不可揑造，何人不可假冒？真可爲骨戰毛竪矣。今某以足疽身故，大以惡稔天刑，乃伊子猶不悔過，反覆以假命訟程，經紀小民，累訟糾纏，薄業傾蕩，尤復疊詐不休。蓋因程柔懦朴訥，畏事求安，業已甘爲魚肉，何怪乎眈逐者競欲啜其羹耶？此固與某無與，然惡揑稱借貸，遍投書札，無不影借寒家，則某雖未嘗害程，而程之禍實由於某。是以展轉驚仄，寤寐不能即安，敢以顛末控陳。程有一詞，冒昧代爲籲進，伏乞老祖臺批發廉明，一一嚴訊。但假債假書之機局一明，則奸訟之葛藤立斷，庶奸謀盡破，而良善獲安。實風紀所關，非獨某心迹得白也。以急欲自明，忘其率瀆，統希台慈鑒原。

致戴明説

恭惟老先生道備四時，棟隆八杜。文章經濟，步履已近星辰；掌握運籌，聞望洊居喉舌。綰盈絀之重計，績懋中州；持軍國之大權，勳同鄭國。大小戴爲三千禮儀淵藪，周魯公作一代社稷宗臣。麻紙夜宣，黄扉晝啟，只在昕夕間矣。某跧伏草野，景入崦嵫，每念疇昔，濫厠班行，謬叨拂拭，雖暌違已久，而皈依更虔。猥以分絶雲泥，關河修阻，不獲時申候問。昨歲春闈，公郎老年臺以鳳質龍變之姿、聳壑昂霄之幹，出爲國楨世瑞，而豚兒揆枋榆短翮，樸樕小材，亦幸附師門後塵，兩世依光，沆瀣一氣，鮑生附平原以不朽，愚父子抑何有厚幸也。且揆兒數月長安，蒙賢喬梓睠誼殷惓，踰涯溢格，更非頂踵所能報稱。而朵雲璀璨，垂記陳人，尚憶塗壙泥壁舊事，益紉隆誼不遺。雖頽齡疲薾，病目昏眊，繪事廢閣，已歷年所，仰承清問，不敢虚鄭重之意，漫作小幀，聊以塞命。甜邪俗癩，諸相備現，袛足貽笑宗工，如何如何。台臺燮理之暇，手中造化，筆底煙雲，必滿長康之篋，恨無由奮飛，飽探武庫，徒有惆悵耳。舍甥吴世睿以明經入對大廷，特令伏謁台堦，以申瓣香執御之忱，幸進而教之。舍甥總角食餼，困躓場屋，未展素志，輪次歲薦，猶在妙年。且雋才多藝，亦善盤礴。倘荷賢喬梓收之門墻，俾厠立雪之列，朝夕陶鑄，事事成就之，則夾袋筦庫之蒐，亦異日一佳士。敢因鴻便，附候台禧。遠道單襆，聊寄雙巵，以當隴枝，統冀莞涵。

致秦世禎其一

恭惟老祖臺畢宿毓祥，台符耀彩。肅霜威於繡斧，攬轡而海宇澄清；驅霆令於絳騶，秉鉞而雰雺蕩掃。剛經百鍊，弗迷定力於風雷；氣備四時，默贊成功於化育。蓋聖賢出以扶世，喬嶽挺而柱天。斯應百世之昌期，實萃兩間之元氣。昔所稱德被生民，功存社稷者，庶幾似之。其他持憲名臣，尋常功業，舉不足以比方盛烈。吳中數年以來，狐鼠晝嘯，雞犬夜驚，莠盛苗穢，幾於莫可鋤櫛。自老祖臺鷺車臨，而山川振動，雨露兼施，弱鱗安於静波，瀌雪消於見現，遠邇歡呼，始知十日黄座中，原有飛沙走石之雷霆、經天不夜之日月。而敝婁蘆患湯火，累年焦爛，幸蒙老祖臺特疏具題，盡祛蠹弊，數百口垂絶之遺黎，皆援白而傅之肉，此恩真同覆載，百世不朽，雖畏壘庚桑，家家尸祝，於頂戴輿情，亦何能少抒萬一哉！顧自衮繡還朝以後，陰風塵嗌，漸復蔽空，已去之弊將復，未來之害或增，人情咸懷惴惴，朝夕禱祀而求，惟願旌節之花，開向舊棠陰處，庶吳儂託庇萬間，長安衽席。乃不意福曜垂芒，越中已先得歲。尤幸境壤交接，擊柝相聞，九里餘潤，滂流滲漉。得新中丞張祖臺芝蘭同氣謨畫，則三吳萬姓沐浴恩波，固儼然仁覆之在宥也。不肖某舉家殘息幸延，皆出台慈再造，鏤銘鼎祝，食息不忘。祇以草野引分，不敢上援雲霄，從未寓片𥳑修謝。七八月間，聞旌節將過吳門，入郡祇候者再，以紫氣尚遥，遂復返棹。不虞旋已飛渡，瞻望弗及，彌增悵怏。武林密邇衣帶，亟擬馳候和門，而賤目負疴，業經三載，本因風寒所致，每當寒候匿影避風，不能出户庭跬步。特肅荒函，先遣豚兒泥首堦下，代申感激之私。來歲春和，定當扶曳百叩，以謝亭造耳。仰體機務毀繁，不敢以俳語滋溷。蹇淺尺牘，深懼不莊。戔戔之侑，非敢唐突衙官，聊旌區區傾戀積悃，統希鑒涵。

致秦世禎其二

某載敀。敝婁自劉河淤塞，荒歉頻仍，民窮且懦，祇供狐鼠嗜嚼，而蠹猾盤牙，遂成淵藪，機局多端，司牧者每墮其雲霧而不覺，頗稱難治。今自州守白父母至，潔己字民，執法繩下，催科有法，聽斷如神，鋤巨惡以安良善，敦六諭以正風俗，而又事事本諸真實，出之和平，既不爲束濕急弦，又不爲弛啣縱轡，未幾月而令行禁止，弊絶風清。初時闔邑交慶，左右不便之者猶不免怨咨，今德化漸漬日久，至誠咸孚，即頑梗亦皆革慮，無不易誹爲頌，其治行卓越，真有古循吏之風，守令中最不易得，非獨弊婁從來所僅見也。如此良牧，使得老祖臺臨之，必有特達知遇，彼亦益自奮勵，以効臂指之助，其猷爲必更可觀。而無奈時與志違，未克展布四體，且性本介執，孤行一意，於時情世法不甚周旋，非但琴調恒乏賞志，見疑蛾眉，或招衆妬。是以通國輿情，愛戴慈母，常恐一日忽離乳哺，皇皇咸抱杞憂。今新撫臺以績標正氣，提衡吏治，藻鑑空明，正循良吐氣之日。如白守一時名譽，知必夾袋久儲，豈草野所宜饒舌。惟是目擊善政，身沐恩膏，且幸遇老祖臺冰鏡在邇，型範攸歸，乃不敢仰緇衣之好一裘素絲之節，是昧秉彝而忘怙冒，義之所不敢出也。故略陳梗概，用備采風。倘蒙鼎致張撫臺，特加甄異，并賜護持，俾海邦長倚神君，獲有寧宇，則凋瘵遺黎皆老祖臺貽之袵席，蔽芾棠陰，逾久而逾茂矣。地方安危所係，不揣手勒僭陳，輕瀆台嚴，希恕狂率。

致濟志

某兩年睽侍慈光，癡蓋彌覆，日益深重。昨冬幸瓶錫東來，得聆誨勅，如病渴人暫陰清涼，慶快無量。且至人過化，爲海陬人士闡聖學精微，標佛法正眼，饒益弘多，非獨某蕉芽重沐潤澤也。敝里諸友刻意操修，誠末俗所不易得。其皈向老師節義道德，亦已心形俱服。惟學問終泥己見，於微言奧旨猶未免河漢。蓋識囿一隅，望洋却步，固無怪其然。老師嘉惠後學，期相與以有成，當不惜苦口爲之導炬津梁耳。某不倖生於舊閥，一生精力全爲酬應支撑所耗，兼以兒女障深，向平之累迄老未得休息。今且困悴不支，累更加重，身心遂無片刻安閒。可惜此生粗知向道，於善知識亦倖多值遇，而終其身汩没塵勞，竟爾虛生浪死，良可悲歎。屢承和尚記存，感念慈恩，時形夢寐。顧以賤目畏風，寒候如蟄蟲墐户，足不踵閾。莫春和暖，或當賈勇入山，執侍巾拂，殘年得再沾法乳，亦至快也。兹因還山禪者之便附此，不盡欲言。百一和尚前乞先爲道意。

致願雲

昨冬送果禪兄還山，曾附一緘，想久徹覽。時屆春和，伏審法體安穩，道化遐暢，不勝忭慰。顧慈雲迢隔，末由趨侍左右，爲耿耿耳。某比來衰病，日增什倍，田産爲害，欲棄無門，累因罄悴而愈重，身以愁苦而愈衰，困頓支離，殆難名狀。親知相勸，皆謂兒輩衆多，何不卸擔。殊不知應接世緣，動必有費，且向平之累尚多未了，諸兒皆苦不足，即能代其勞，孰堪任其費！以故劫劫波波，沉淪煩惱海中，至老不得暫息。可惜此生，粗知向道，乃終其身爲鞅掌所奪，竟爾虛生浪死，良可悲歎。

以老師世外知己，用敢略陳苦況，想必爲垂愍也。西田水邊，縛茅作一團焦，已及七年，度老師所未見。取陶詩「西廬」名之，敢乞名筆，爲草庵眉目？又逢渠處，北面搆一小閣，正對落日，擬標「懸鼓觀」三字自策，未識有當否？倘老師以爲可，亦乞揮付。殘年摳侍無期，得時對妙墨，恍若親承謦咳耳。松友許安絃兄，清真雅素，兼工詩畫，與某投契最久。今在臨江司理署中，每有書至，仰慕老師甚切，以屢通書問，未得望見顏色爲悵。今有一緘附寄，倘山中有便信往來，得并昨冬之札致去，荷荷。茲因曇師入山，率筆附候法履。方在極窘中，薄措二金修供，深愧輶菲。別具藏墨一函、研硃二笏、毫筆十矢，奉佐臨池，幸惟哂茹。

致繼起其一

名山古剎，法席久虛。自和尚瓶鉢一臨，而釋網重維，靈山生色。弟子向爲塵累粘縛，今春始得躡屐趨風，摳侍法座者半晌。蒙和尚勤勤接引，縷臂忘勞，且爲憫其牽纏，恤其困悴，即慈父之撫慰窮子，不啻過之。感念恩勤，不覺悲涕。乃別後汨没苦趣，終日昏昏，不知和尚返駕國清，如此其遽也。弟子根器雖及下劣，而世之濃享習氣，自謂沾染稍輕。顧以早年少怙，爲門户計，勉爾棲屑，促刺馳驅，酬應中遂及白首。兼以兒障深重，子女衆多，一生精神爲向平私累，消磨過半。而晚景所遭，遂同飄墜，益復難言。縱使息影山林，耑心向道，桑榆之陰，能有幾何？況復湯火交煎，魔嬈日迫，不容一刻暫寧，何暇復理道業？自分虛生浪死，徑負和尚憐憫婆心，尋繹誨言，惟有慚愧。猶冀飛錫載東，弟子賴庇，未先朝露，得朝夕親近承事，竊聆一字半句，結來生般若緣耳。東南福利，全藉法幢。日道從還台，原許秋間復返靈巖，吴中山林樹木之神，共爲延佇，不特四衆引領，伏望即日命駕，以慰群情。渴仰翹勤，筆不能盡。

致繼起其二

春間靈巖一晤寶相，嗣後吴越各天，山川綿邈，無緣躡蹻趨風，執侍瓶拂，私衷戀慕，何啻赤子之去慈母！兹者飛錫載東，靈山咫尺，塵勞熱惱，借蔭慈雲，詎非三生大幸。足躍神馳，恨不能假翼趨侍。而無奈修羅刀伏，鬼國黑風愈久愈酷。兼以向平私累，并集一時。左支右吾，日靡寧晷。固知世事無涯，决非有涯之生可了，然非慧根夙植、道力素定者，亦安能冥心於膠擾之辰、息慮於刀塗之會哉？況弟子自秋以來，自覺神觀益衰，志意轉墜，桑榆殘照，能復有幾？生值佛世，又得親見如來，乃以庸散因循，終於淪墜，徒負大慈勤勤接引，豈非宿業使然！捧誦法音，惟遍身汗下，涕淚悲泫而已。歲聿云暮，不能撥冗入山。獻歲發春，定當齊心禮足。茲因開化禪人還，率勒附候法履，并謝誨勅。窘悴中無可爲敬，薄具白粲三石，聊爲香積稊米之助，乞命主庾者簡收，不盡渴仰。

致願雲

客歲清和，奉違法座。嗣後魔嬈愈深，罄悴愈甚，愁緒萬端，病亦隨至。賤軀素有腹背之疾，觸寒陡發，綿歷冬春，跧蹙支離，遂妨坐卧。苦惱中渴企慈海，如火宅冀沃清涼。而天各一方，音塵久隔，未悉瓶錫何時入山。雖訛傳知同蔡誕，然逖聽未免杞憂。自聞已抵廬阜，而始釋胸春。今得捧讀手教，而不勝神躍也。匡廬秀甲天下，載在圖經。古來名人詠歌，極力描寫，不能盡其勝。某四顧其下，兩宿西林，而登陟緣慳，非阻風雪，則牽疾疢，往往覿面失之。今苦海方淪，嵫景日迫，即檐宇間，一丘一壑，無福消受，寧復夢此鉅麗之觀。言念老師蒲團宴坐，拄杖徑行於空青雪瀑中，長養聖胎，所得無量。下視塵世營營擾擾者，真同蚊蚋。即此便有聖凡浄穢之别，何況迷悟懸殊，苦樂天淵也哉！吴中企望法幢，如飢渴之思飲食。老師婆心素切，於衆生慈盼如子，必不久戀煙霞，優游獨善。未知道駕何日載東，使法雨普潤，焦芽皆成嘉種？某頹景邅迴，常恐時不我待，引領飛錫，更不啻以日爲歲。倘或機緣未偶，咨扣尚遥，江流如帶，幸不靳頻寄海音，庶幾玄風道範，時在心目，雖假翼無從，恍如執侍巾拂耳。諸老尊已各致尊意，極感記存。吾城一時風氣，竟成一蒲博醉飽世界。然言及吾師，未有不心折者也。

致張鴻乙

夙仰老年翁浄屏塵好，耑意禪那，真俗互融，行解雙卓，誠末法中之真佛。而衰病杜門，衣帶密邇，不能造膝一近旃檀氣，負耿何如。兹啟穹窿山地，先年經營繕築，所費不貲。既因堪輿家同道不協，巧詆暗破，弟爾時胸無定見，未免爲其所惑，因而棄置。相距遼遠，頻年苦於包糧。適有言尊府欲得者，遂以奉售，未知爲頂師蘭若也。自此垂二十年，不復措意，近因松陵諸舍親皆以吉壤難遘，争欲得之，貽書於弟，求爲贖取。弟比年衰病侵加，急欲覓一容棺之墟，念山林固所性耽，法門又所素嚮，若此地固佳，何不仍歸故物。因同江右地師再一往觀，彼即讚歎不置。而地不能言，任人臧否，弟亦未能遽信。惟滇中文學師篤行君子，雪腸朗鑒，絶非江湖行術者比，其言亦云安穩，大旺人丁。兒輩雖多，目前皆艱於舉子，頗以後嗣不蕃爲憂。聞之心竊企慕，因遂有議贖之意，自謂楚弓楚得，無煩辭説。且頂師道場，在近依傍，適以相益，了無相妨。豈其廓然無物中，自生障礙？昨尉公見顧，面剖始末，疑滯豁然。始知道人知見，自是不同。初以俗情測度者，猶似以手撮摩虛空耳。茲特令豚兒泥首奉懇，勉措原價取贖，從中委折，俟獻春奉約入山，集緇素共議何如。謹此佈悃，顒俟德音。

致郭瞻月

伏以握符節而紓財賦，秩貳地卿；膺簡書而控咽喉，班崇柏府。棠陰遙憩，烏愛夙沾。恭惟台臺清時喬嶽，名世鼎台。初試吏於花封，擅能製錦；旋歷官於水部，勵操飲冰。棘院銘黄，閱遍宮城桃李；藩屏繡斧，霈施畿輔甘霖。洊膺寵命，晋陟中生。干旄飭閫外之戎車，厥由方叔；節鉞寄北門之鎖鑰，獨倚萊公。保釐奏績燕都，轉運借籌吳會。東南民力已竭，實廑王文正之深憂；江淮穀價常贏，豈後吳耀卿之碩畫。某年家猶子，海邑部民。惟先誼之惠徽，乃恩私之遍渥。往有使事中州，曾曲垂乎盼睞；茲幸鎮臨南國，尤重賴乎帡幪。伏願出宣壯猷，奠百城之屏翰；入佐至計，弘一人之股肱。九鼎和傅說之羹，功高玉銘；五色補仲山之衮，名重金甌。茲憑順羽以颺言，聊對清風而作誦。身跂龍門，無由縮地；神馳鳳閣，曷任戴天。

致沈兵備

伏以甘棠樹下，重開旌節之花；竹馬路傍，共擁如絲之轡。歡聲騰於四履，雅望切於三台。戴厦既弘，舉笏知慶。恭惟老祖臺清規水月，妙略風雲。昔依彤蓋之輝，來開福曜；迨沐金莖之潤，去灑甘霖。愠解九夏之中，瑞紀雙岐之盛。丹山碧水，既來旬而來宣；七澤三湘，爰之綱而之紀。勁節奪薰貂之氣，翹車起巖壑之負。處處願寇君重來，人人思郭駕再蒞。山川何幸，仍歸節制之專；棨戟益崇，不改提封之舊。果吾父也，聽相告之欣欣；事我公兮，解從前之鬱鬱。一日變臨淮之旗幟，千秋駕黄霸之輕車。某夙依化治，阻附賀裾。宅雒保釐，久涌東郊之績；憲甲文武，載賡南土之章。屈指霓節之還臨，極目星垣而加峻。舊游子弟，皆有結襪之思；故國髦齔，已遂操漿之願。惟鴻泥之蹟偶紆，乃燕厦之悰敢忘。用修悃於典籤，惟峥嶸於編列。迴環頓首，霢霂盈懷。

卷十三　西廬畫跋

畫雖一藝，古人於此冥心搜討，慘淡經營，必功參造化，思接混茫，迺能垂千秋而開後學。原其流派所自，各有淵源，如宋之李、郭，皆本荆、關；元之四大家，悉宗董、巨是也。近世攻畫者如林，莫不人推白眉，自誇巨手，然多追逐時好，鮮知古學。即有知而慕之者，有志仿效，無奈習氣深錮，筆不從心者多矣。間有傑出之英，靈心妙解，力追古法，亦不過專學幾家，豈能於歷代諸名蹟盡得其閫奥？且形似者神或不全，神具者形多未肖，求其筆墨逼真，形神俱似，羅古人於尺幅，萃衆美於筆下者，五百年來從未之見，惟吾石谷一人而已。石谷天資靈秀，固自胎性帶來。其於畫學取精去觕，研深入微，見解與時流迥别。又館毘陵者累年，於唐孔明先生所遍觀名蹟，磨礱浸灌，刓精竭思，橐臼盡脱。而復意動天機，神合自然，猶如禪者徹悟到家，一了百了，所謂「一超直入如來地」，非一知半解者所能望其塵影也。近過敝廬，爲余作雪圖長卷，兼用右丞、營邱法，其行筆布置，瑰麗高寒，各極其致，宛然天造地設，不能增減一筆，而皴擦勾斫、渲染開闔之法，無一不得古人神髓。昔人謂：「昌黎文，少陵詩，無一字無出處。」今石谷之畫亦然。蓋其學富力深，遂與俱化，心思所至，左右逢源，不待仿摹，而古人神韻自然湊泊筆端者，要皆元本之功耳。余於畫道有癖嗜，顧以資質鈍劣，又嬰物務不能懇習，迄以無成。生平所交畫友數輩，亦多未脱時趨，意謂風尚止此。不圖疲暮之年，得遇石谷，且親見其盤礴，如古人忽復現前，詎非大幸。然猶恨相遇之晚，不能不致歎於壯盛之緣慳也。自慚椎魯無文，於妙繪神奇未能罄揄萬一，聊識古法源委，并我兩人定交因緣，以見絶藝固自有真，且以訂歲寒之盟云耳。

右丞《江山霽雪圖》，爲馮大司成舊藏者，後歸新安程季白。余昔年京邸與程連牆，朝夕過從，時得展玩。迄今三十餘年，不知此圖屬之誰氏，自分此生已不復再覯矣。前歲偶過沈伊在齋頭，見石谷所作雪卷，寒林積素，江村寥落，一一皆如真境，宛然輞川筆法。蓋因淵思兼得神解，於古人同鼻孔出氣，下筆自然契合，無待規摹。

昔人評右丞畫，「雲峰石色，迥出天機，筆意縱橫，參乎造化」，以題此卷，亦復何忝。余實愛慕，未能暫釋諸懷，顧以日久漸忘，不無悵悵。今伊在同余爲廣陵之游，攜至舟中，復得縱觀累日。追憶右丞真蹟，宛在心目，焕若神明，頓還舊觀，詎非殘年大幸？因書其後，聊以志快。若伊在、石谷，筆精墨妙，塤篪競爽，作家相遇，故宜其拋撒乃爾，又不必贅論矣。

石谷畫道甲天下，鑒賞家定論久歸。然余比年每見其新作，必詫爲登峰造極，無以復加。及繼見，則又過之。未知將來所詣，果何底止。昔柳子論觀文，謂如懸衡，增之銖兩則俯，反是則仰，欲令吾俯，莫若增重其文，苟增之不已，將懼吾首至地。余觀石谷畫亦然。石谷日進乎技，一樹一石，無不與諸古人血脈貫通。如子久逸韻出塵，學者僅能摹其郛廓，乃獨奪神抉髓，使之重開生面，尤非時流可幾萬一。余展玩服膺，不覺弛氣惵墨，豈但首之至地也哉。

江貫道專師巨然，其皴法不甚用筆，而以墨氣濃淡渲運爲主。鄧公壽作《畫繼》，在巖穴上士之列，爲南宋第一名家。石谷此圖林麓映帶，峰嶺紆迴，皴染位置，悉得巨然三昧。雖規模貫道，而取精去觕，遠出於藍。自非於逸園有殉知之合，何以得此！歎羡歎羡。

石谷此圖雖仿山樵，而用筆措思全以右丞爲宗，故風骨高奇，迥出山樵規格之外。春晚過婁，攜以見眎。余初欲留之，知其意頗自珍，不忍遽奪，每爲悵悵然。余時方苦嗽，得飽玩累日，霍然失病所在，始知昔人檄愈頭風，良不虛也。

宣和主人於萬幾之下，游戲丹青，山水樹石外，間作花鳥蟲魚，用以寫生適興。其措意用筆處，往往迥出天機，超然塵表，絶非尋常畦逕可及。此《江渚秋晴卷》，純仿楊昇，不多用筆，全以色渲染成圖，疏爽高奇，如三代彝鼎照人，洵稱希世之寶。舊爲余所購藏，後歸虞山宗伯。既聞遭鬱攸之厄，時復悵然於懷。不意石谷乃能追意臨摹，不爽毫髮。過婁，攜以見眎，反覆披翫，焕若神明，頓還舊觀，歡喜不能釋手。惜原本先爲六丁取去，弗獲爲延津雙龍之合耳。

畫不在形似，有筆妙而墨不妙者，有墨妙而筆不妙者。能得此中三昧，方是作家。此圖爲孔明先生作，峰巒樹石，大率規模承旨。然趙於古法中，以高華工麗爲元畫之冠。此尤以淡逸見奇，筆墨兼妙，從董、巨伐毛洗髓得來，故於仿古皆能超軼其上，非獨承旨，此圖亦一證也。蓋與孔明投契最深，實有殉知之合。不然，何以抛撒逗漏至此。

昔董文敏嘗爲余言，子久畫冠元四家，得其斷楮殘縑，不啻吉光片羽。而生平所最合作，尤莫如《富春山卷》。蓋以神韻超軼，體備衆法，又能脱化渾融，不落筆墨畦徑，故非人所企及。此誠藝林飛仙，迥出塵埃之外者也。余二十年前過荆溪，一鉅公拉同往延陵氏請觀，以遄歸弗果。既聞此卷有爨桐之厄，幸而所損無多。復爲精鑒者購藏，益信有神物呵護。一江帶隔，不能鼓枻往觀。然殘年猶作妄想，庶幾旦暮遇之。去冬，吾友陸子桴亭歸自毘陵，云見石谷子臨摹一卷，神采覺異常筆，因思石谷於宋元名蹟摹仿無不奪真，子久猶其所深詣，定知焕若神明，頓還舊觀。不敢望見真跡，見此摹卷，足矣。中心卷卷然，如飢渴之於飲食，欲須臾忘而不可得。適石谷再過小齋，并攜孔老、照老二跋見眎，益令人棖觸豔羡，營魄回皇，不能自已。雖石谷許以别摹貽贈，然渠應酬紛遝，食息不皇，安得有千手眼，以慰余夢寐之求耶！兩卷余皆未得寓目，特紀平日積慕與無緣披覯始末，以堅石谷息壤之盟焉耳。

余家藏趙大年《湖鄉清夏圖》，柳汀竹嶼，茅舍漁舟，種種天趣，非南渡後人可及。石谷此圖仿彿相似，而清遠疏朗過之，洵稱冰寒於水。

書畫之道，以時代爲盛衰。故鍾、王妙蹟，歷世罕逮；董、巨逸軌，後學競宗。固山川毓秀，亦一時風氣使然也。唐宋以後畫家正脈，自元季四大家、趙承旨外，吾吴沈、文、唐、仇，以臮董文敏，雖用筆各殊，皆刻意師古，實同鼻孔出氣。邇來畫道衰熸，古法漸湮，人多自出新意，謬種流傳，遂至衰詭不可救挽。乃有石谷起而振之，凡唐宋元諸名家，無不摹仿逼肖。偶一點染，展卷即古色蒼然。毋論位置蹊徑，宛然古人，而筆墨神韻，一一尋真。且仿某家，則全是某家，不雜一他筆。使非題款，雖善鑑者不能辨。此尤前此未有，即沈、文諸公亦所不及者也。余嘗謂石谷惜生稍晚，不及遇文敏公。使公見之，不知如何擊節歎賞。石谷亦自恨無緣，時爲惘惘。今此卷雲煙滅没，林木鬱森，全從營邱、巨然得筆，而兼燕文貴之景物萬變，尤稱生平合作。今秋將赴櫟園少司農之招，欲即用爲贄，因出以示余，而屬爲標置。

蓋櫟翁風流博雅，爲士夫之宗、精鑒之祖，其於石谷相慕甚殷，一見訢合，固不待言。而石谷感遇殉知，殫其靈心妙指，爲清閟几席之供者，瓌異更不可數計。所謂得夫子而名益彰也。初即不遇文敏，今得遇司農，已足快平生矣，又何生不逢時之慨哉。

石谷此圖，爲以韜張君飛鶴來庭而作，其林木蒨葱，峰巒峭拔，儼然伯駒《仙山樓閣圖》，而秀逸過之，令觀者有飄飄霞外之思。蓋鶴者仙禽，其九皋之響、萬里之心，正與以韜貞姿遠性互相吸引，故宜翩然來下，依止軒墀。而又得石谷以神妙之筆繪成長卷，雲氣滃溢其間。他日挾之遨游八極，當如蘇公駕鶴往來，更無待僧繇畫龍點睛矣。

松年畫秀美絶倫，然猶未脱蹊徑。一入石谷手，便超逸高妙乃爾。此真藝林絶致，古今罕二，安得不令人傾心歎服哉！特題其端，以識獲觀之幸。

元季四大家皆宗董、巨，穠纖澹遠，各極其致。惟子久神明變化，不拘拘守其師法。每見其布景用筆，於渾厚中仍饒逋峭，蒼莽中轉見娟妍，纖細而氣益閎，填塞而境愈廓，意味無窮，故學者罕窺其津涉。獨石谷妙在神髓，不徒以神似爲能，尤非餘子可及。然子久真蹟，余平生所見，幾及二十餘幀，家藏亦有三四，今皆散佚無存。猶憶董文敏公云，黄畫圖片紙尺璧，畢竟以《富春圖卷》爲第一，恨未之見。數年前，聞石谷爲晋陵唐氏臨寫一卷，亦未得寓目。但懸擬神韻，題數語於别幅，聊志羨慕之意。舊冬，石谷偶游潤州，復爲在辛侍御對臨真本。今將赴焦山度夏之約，過婁話别，因攜此卷見眎。始見其筆墨縱橫，超逸入神，有運斤成風之妙，而總歸於平淡。大癡二百年翻身出世作怪，白石翁所以自況者。徵之今日，端不多讓。余殘年何幸，獲此鉅觀。雖欣羡有心，未敢輕請，迺蒙石谷慨許舐筆，兼欲索侍御題識見貽，聞之益不勝狂喜。侍御清風峻節，砥柱頹波，麗藻雄文，主盟風雅，余皈嚮亦已有年，顧髦衰無由披覯。今邀借芬齒，被以餘光，詎非三生慶快。而石谷古今絶藝，得夫子而名益彰，神怡務閑，又得江山之助，其進乎技者，正不知所止。長夏深林，解衣盤礴，吾知息壤之盟未寒，瓊枝之投有望矣。

元四大家畫皆宗董、巨，其不爲法縛，意超象外處，總非時流所可企及。而山樵尤脱化無垠，元氣磅礴，使學者莫能窺其涯涘，故求肖似良難。惟石谷深得其神髓，尺幅巨幛，無不亂真。此卷爲高足苻文作，凡林壑之開闔蔽虧，煙雲之變幻滅没，寓法度於縱放之中，得奇趣於筆墨之外，山樵奇秘密藏，指授已無餘藴。苻文得此，心摹手追，行見黄鶴一燈，近在虞山相續無盡，詎非蓺林快事耶！書以志喜。

石谷於畫道研深入微，凡唐宋元名蹟，已悉窮其精藴，集以大成，聲名驚爆海内，遠近丐求者户外屨滿，欲作鐵門限久矣。近從鹿城舟次得快覩巨册，摹古共二十幀，筆端變化，於前喆神韻種種，各極其致。展玩迴環，如探海藏，如羅寶網，不覺目眩魂摇。但惜先有所歸，不獲乞爲家秘，朝夕坐卧其間，猶不勝悵惘耳。

石谷畫囊括古人，凌軼近代，聲名震爆海内，無待縷述也久矣。爾日過婁，攜一巨卷，高尺有咫，而長則數十倍之，乃爲高弟西園作者。初猶秘不示人，既從其篋中搜得，纔一展觀，便覺煙雲滿紙，其間雲巒層疊，林木盤紆，薈蔚蒙茸，恍迷出入，而尋源抉奥，飛泉曲磴，歷歷分明。且皴斫拘點諸法具備，變幻無窮，一以高古莽蒼爲主。總之化機在乎元氣淋漓，合荆、關、董、巨爲一，蓋有不期然而自然者，真極藝苑之能事，爲畫禪之大觀也。吴中自文、沈、唐、仇之後，有石谷子，畫道始樹正鵠，及門者英俊輩出，争奇競爽。今又有此卷爲矜式，使學者知所嚮方，將來虞山一隅，筆墨之盛，正未知所止。余衰耄殘年，猶及見之，可勝慶幸！

吴門自白石翁、文、唐兩公時，唐宋元名蹟尚富，鑒賞盤礴與之血戰，觀其點染，即一樹一石，皆有原本，故畫道最盛。自後名手輩出，各有師承，雖神韻浸衰，矩度故在。後有一二淺識者，古法茫然，妄以己意衒奇，流傳謬種，爲時所趨，遂使前輩典型蕩然無存。至今日，而瀾倒益甚。雲間董宗伯後亦云，良可慨也。虞山王子石谷，天資既高，又師事廉州，受正法眼藏，規模古人，遂得三昧。兹偕廉州過訪，請余盡出所藏宋元人畫縱觀，多有悟入，能於筆墨之外，抉摘其元妙，尤爲時流所難，將來精進，未見其止。此卷遍仿宋元諸家，皆平日偶見名蹟，藴之胸中，而驅之筆端者，氣韻往往奪真。眼之所見，手輒隨之，自是當今絶藝。吴中畫道之衰，端賴振起，不獨稱雄一時矣。可勝歎服。

丹青家具文秀之質，而渾厚未足；得遒勁之力，而風韻不全。至如石谷，衆美畢具，可謂毫髪無遺恨矣。此圖深沈澹遠，元氣靈通，尤稱合作，良可寶也。

藝術文獻集成

王時敏集

下

〔清〕王時敏

浙江人民美術出版社

卷十四　王奉常書畫題跋卷上

跋謝艮齋勸農詩丙戌清和月

謝艮齋先生《勸農》二詩，描寫田家之樂，莫可移易。余少時見之，深愛其語，而數十年來，風塵棲息，犂雨鉏雲，有志未遂。西郊十里外舊有水田二頃，今歲春仲偶過之，樂其幽曠，遂誅茅卜居其中。於時膏雨初晴，覃耜具舉，余將身服襏襫，從事菑畬，庶幾汜〔一〕勝《農書》，即爲放翁《緒訓》。因手録二詩，鋟板流布，以代呴牛之歌，并與田鄰耕伴交相勸云爾。

跋先文肅尺牘

辛卯中秋，林若撫先生過訪，攜此册見眎，皆一時巨公與若撫王叔父尊甫先生往還手牘，而先文肅學憲尤多。蓋緣少共研席，契誼最深，故書辭皮膚脱盡，止留真實。仰見前人友道交情，非晚近悠悠者可比。余以先公手澤所存，莊誦之餘，不勝感愴，特書數語歸之。

中州陳簡菴索題手書先公行狀後

參政公德備四科，學融二氏，其徽猷懿行，良足振耀千古，映徹九泉。彭公狀事事精核，無一溢辭。而嗣君簡菴復手録一册，字畫端楷，規摹元常，始終無一惰筆，仁人孝子之用心，即此可見。傳之世世，誠陳氏之天球河圖也。某得拜觀，敬題數語，以識皈仰。

題善財院華嚴經後

吳門天宫寺善財院信一上人，嚴持梵行，兼工詩畫，發大宏願，請德温韓居士書《華嚴經》，全部告成，遍乞四方緇素，每卷爲之跋尾，併及於余。余最暗劣，於《華嚴》妙義茫然。惟聞善財童子見大莊嚴園毘盧樓閣門開，得見慈〔二〕氏，一身偏入，交光互現，證此一切境界莊嚴藏解脱門，是知盡十方刹土，一切不思議事皆歸性海，則此經塵沙點畫，一一點畫中普含十方界，一一界中普現光明幢。信公從此悟入，是性是相，互融互攝，經卷字畫，一切俱泯。不出善財院，而諸妙樓閣門，彈指一時啟，奚待歷百城煙水哉？余族叔敷求，寓信公寮，歸述勝因，故爲讚歎之如此。

跋蘭亭石刻

《蘭亭》石刻本種數甚多，惟定武爲最。據姜白石考，定武有三刻，五字損本爲致佳。今見此帖，其損處正合，而字畫肥瘦得中，精采焕發，其爲定武薛本無疑。大翁素精書法，又得此帖爲矜式，如寶刀入荆卿手，其神用更當百倍矣。健羨健羨。

題十七帖

右軍十七等帖，諸刻中多有之。此爲唐摹秘本，紙墨迥異，神采奕奕，下真跡一等物也。不意殘年獲此奇觀，聊記歲月，以志慶幸。

題米南宫字文

米襄陽少時書，不能自立一家，專事橅帖，人有規之者曰：「須得勢乃傳。」襄陽由此大悟。後語人作字之法，必以勢爲主。宋四家真蹟并重於世，惟公尤烜赫千古者，以勢勝也。此《千字文》筆光墨彩，奕奕照人，一點畫間皆具鸞迴鳳翥之勢，洵稱希世奇寶。永師鐵門限，諸本不得專美於前矣。

題婁子柔書唐叔達詩册

嘐邑唐、婁兩先生皆余父執，并以道德文章名世。婁尤精於書學，其法原本山陰，旁追北海，爲海内所珍求，來者户外屨滿，幾同永師鐵門限。此册書叔達先生《園中詩》八首，詩聖墨仙，允稱合璧。爲德超購藏，眎余，屬爲之跋。展觀結構精密，神采陸離，洵得晋唐三昧。德超素工臨池，又得此册爲師模，戈法當益進，宜其寶護如襲連城。追溯疁中諸君子，學問藝業，悉有淵源。前輩風流，何可復見！俯仰今昔，實有餘思，寧第字畫足傳也哉。

跋孫漢陽隸書千字文

吾吴自文太史父子并工隸書，古法兼饒天趣，秀逸絶倫。華亭孫漢陽繼起，更以蒼勁取姿，名滿海内，并稱八分之傑。雖兩家風格稍殊，要皆原本《受禪》《夏承碑》，故能窮微極造，凌跨唐宋，後遂寥寥嗣響。余自髫丱即知躭習，姿鈍腕弱，白首未能精詣者，良由天分有限耳。大翁觀察藏此册有年，近始出以見眎，展玩精光横溢，不覺目眩神摇，益自慚其拙劣。且昔漢陽書册，與余今日獲觀，歲皆丁未年，齒亦相同，尤爲奇事。豈余與前喆水乳冥契，固有宿緣？俯仰六七年，典型具在，迺不能追躡後塵，可勝愧歎。

題沈伊在詩草

余初交伊在，見其清標玉立，逸韻風生，汎湘澧之崇蘭，濯靈和之春柳，竊以爲英妙勝流。既知其工詩善畫，追蹤古人，擬隱侯之八詠，擅長康之三絕，又以爲風雅巨擘。然未能窺其奧也。頃余偶有維揚之行，滸關邂逅，幸與同途，方舟懽聚者累日夕。親見其盤礴點染，秀逸絕倫。及觀所著詩歌，盈溢緗帙，拔新領異，無一字作火食人語，意味蕭遠，總似其畫與人，益不勝歛襟歎服，深愧向來知之不盡。夫明珠良玉，賢愚知寶。余雖不知詩，而瑰異當前，豈遂有目無覩？用以数言附諸名公之後，聊志欣賞。併幸少日周旋，重沾道韻，發覆良多。庶幾殘年遠跋，爲不徒爾。

題董文敏仿蘇黃米蔡書

文敏公仿宋四家，不拘拘形似，而各得其神韻，所謂善學柳下惠者。石谷精研八法，每見其橅古帖，亦專主神肖，正與叶契。宜其不惜重購，寶愛之如髻珠也。

題董宗伯尺牘

文敏公文章翰墨妙天下，書法包舉晋、唐、宋諸賢，而神韻特超，故爲一代臨池之冠。尺牘雖瑣言剩語，必饒風致，洵是安石碎金。好事者得其隻字，不啻吉光片羽，况多至十餘通、積累成帙者乎！舜工兄廣蒐海内名公手札，彙集裝潢，不下數十册。又得此册壓卷，群玉圃中寶光更當坌溢。且使後世學者，於殘煤斷楮中，想見往喆流風遺韻，摩挲披繹，有遐思焉，不徒爲藝苑勝事已也。

題徐耦生臨争坐位帖後

石谷每過舍，必言其里中有徐君耦生，工詩畫圖刻，尤精於書法，凡真草隸篆、晋唐宋諸家名蹟無不濡毫滿志，摹寫亂真。余聞之駭歎，謂虞山畫有石谷，書有耦生，皆能以己手腕追古人神骨，雖山川孕秀，文章翰墨，咸萃一隅，抑何神奇至此！近石谷有金陵之行，過余言别，復攜其所摹《争坐帖》見眎，益爲驚叫。蓋此帖僅用起草，縱筆揮灑，如不經意，而矩度具備，姿態横生，顔書中尤不易學。乃能形神克肖，不爽毫髮。推此以及他蹟，湧現筆端，皆非難事。自非具千手眼者不能。《墨莊漫録》云，學書須得趣，它好俱忘，乃入妙。别爲一好縈之，便不能工。今觀牧翁宗伯題其詩後云「耦生終身困頓，居老屋之下，破窗風雨，補布蔬食」，則知有甘處窮約，志意專一，屏他好以鑽研書學者有年，故宜其臻妙乃爾。《莊子》云：「用志不紛，乃凝於神。」洵不虚矣。

書華孝子祠記引首後

孝子行蹟詳載祠記中，誠足表儀百禩，振耀千古。今守固年翁復倩名手繕寫補圖，裝成一卷，詔之世世，蓋欲樹爲子鵠，益見繼述深思。但惡筆塗鴉，漫污卷首，深慚不稱耳。

跋周孝逸結鄰集序

讀書懷獨行之士，姓名湮没不傳，真所浩歎。《結鄰》一集，可以附青雲而不朽，惟櫟園先生意在表微，惟逸園能表先生表微之意。作文不貴以辭勝，貴以意勝，此序可謂意勝矣。

跋錢中丞浩翁尺牘

中丞老年伯盛德大業，功在國家，澤流桑梓，至今人能道之。惟於字畫頗自矜慎，染翰絶少，故不以書名天下。乃今見此尺牘，本於《聖教序》，而沖夷之度、挺特之氣，隱隱見於筆墨間，使觀之者知其爲人，不獨以書法稱妙，且益見前輩風流藴藉，不自有其能者。若以方來蒐輯襲藏，以章祖德，其不匱之思，亦近世所僅有也。余幸獲觀，因題數語，以志景仰。

題晦山和尚真行小册

智永禪師，王右軍七世孫，妙得家法，隋唐間爲書學宗匠。有真草《千字文》百本，散在人間。至今尚有初搨流傳，字畫精研，下真蹟一等者，果與尋常迥别。晦山師書法，於晋唐諸家盡得其精藴，《千文》一册尤可量銖稱，毫芒寡忒，數百年機感，如印印泥，豈僅稱其苗裔耶？然永公當日祇以書名，未聞以道法照爍天下。今吾師洞澈濟髓，鑪鞲宏施，大雲所覆，慈雨覃敷，筆墨特其餘事。然觀其臨摹《蘭亭》《哀册》，於逼肖之中具超拔之致。而江楚游覽諸行草，縱横變化，矯若游龍，不獨詩詞清儁高邁，當命島、可爲詩奴也。總由靈心妙腕，皆從般若中流出，較之凡俗，相去何啻萬里。且於登九有殉知之合，其拋撒逗漏固宜。昔有法師書《多寶經》，筆端舍利如雨。此册出古宿手，想亦當然。宜同法寶，晨夕以香花供養，勿作翰墨觀可耳。

春雨堂匾跋

雪翁老父臺莅畱以來，邑之黎獻日沐浴春風膏雨中，已不啻淪肌浹髓。乃猶以春雨名堂者，竊窺公志，直欲使環海蒼生咸登春臺，普沾濊澤，不獨以滲漉一方爲愉快。他日作霖巨手，即此便見一斑矣。辱委題額，愧拙腕無能爲役。仰推我公惠愛深仁，綴一言於署書之後，聊代黍苗詠歌云耳。

題石刻金剛經後

每見佛口讚歎書寫、讀誦大乘經典，其功德如妙高山，縱橫上下，難以數量。況《金剛》尤般若秘要，了空色相，洞明覺地者乎？此石本，字畫遒美，刻復精好，更爲法寶中希有。沆池朝夕虔誦，研繹妙義，隨誦隨空，不見有跡，與此般若非同非別兩忘，光明熾然，功德總不足論矣。

跋晦山和尚尺牘

晦山和尚與臣扆初同研席，既深道契，有水乳之合。平生往來書牘，爛然盈笥，長箋寸楮，積累成帙。而行草變化，諸體具備，得永、素筆墨之神，誠書家之極致、物外之奇觀也。余嘗讀歐陽公題大令雜帖云，魏晋間遺牘，率皆敘睽離、通訊問、施於家人朋友之間者。初非用意，而逸筆餘興，淋漓揮灑，百態横生，故令後世得之者驟見驚絶，以爲珍玩，而想見其人。況今晦公洞澈真空，片語隻字，不違實相，其中指迷策進之語，一點畫間可令人染神尅骨，廣沾饒益。較之寒暄蹇淺，惟字跡可愛玩者，不亦什百千萬耶？則此二册，非徒墨妙，世世奉爲金繩寶筏可也。

題倪雲林手書詩藁長卷

雲林詩詞書畫超逸簡貴，不似食煙火人筆。江南士大夫家以有無爲清俗，其崇尚也久矣。此册雜鈔各體百餘首，初無首尾，行款整密，字畫精楷，儼然晋唐風格。

但旁多改竄，疑是手書詩藁。然何以莊重若此？余昔年購得小景一幀，乃其未改名前所作，畫端題詠兩行，書法全仿率更，猶拘拘繩墨，未若晚年流便。正與今册字相類，因知真蹟無疑。且見古人纖細必謹，可爲後法，彌用感歎。惟是所録諸詩，留連光景、夷猶泉石者居多，而微辭隱語，憂時憫世，一種抑塞磊落之氣，時磅礴於筆墨之間，益以見高人志士，其肥遯砥俗之意，無時蹔忘。所謂「詩卷長留天地間」者，固自有在，不獨詞翰足珍而已。亦仙年翁不惜重購，裝潢什襲，亦以氣韻之同，曠世相感，非徒總其清芬。而余以垂盡殘年，復得寓目，誠没齒之幸也。特爲援筆，以識其後。雲林初名珽，後又改名瓚。

跋顧伊人湄所藏牧翁雜簡

牧翁宗伯文章之妙，超軼古今，振耀寰宇，已不待言。其爲簡牘，長篇則布濩浩瀚，莫測涯涘，即小言亦停泓演迤，霶丐不窮，故凡從游者以得隻字爲至寶。伊人於及門中講藝論詩，尤有水乳之合，平生往來尺牘，所得獨多。彙輯裝褫成卷，雖短牋剩語，而風流激賞，辭約意盡，已不啻連篇累幅。此固字字出神龍頷下，實伊人髻中珠也。余亦積有數十通，篋藏歲久，半委之蛛絲蠹腹，屢欲檢出付標，奈耄荒，舉念輒忘。兹辱見眎，深幸起予，因於尾卷漫綴數行，聊志同心之喜。若名蹟珍重，輕以塵垢點污朵雲，則吾豈敢。

跋董宗伯書卷

董文敏公高文妙翰，驚耀古今，平日家庭間瓅言剩筆，點滴盡是珠璣。令似季苑結集襲藏，蓋有年矣。其爲金石之藏、睢涣之觀，與晋唐諸賢并垂不朽，洵乎天壤所生，誠有自然之妙。顧不知何因散佚，王假沈丈以重購得之。寶章他屬，未免有識興歎。然楚弓楚得，舉世共珍，豈復以在人在我爲軒輊耶？丙辰長夏獲觀，漫言於後。

跋文壽承隸書古詩十九首

八分自漢魏以降，流入於唐，姿態雖濃，骨力漸弱。至明文氏父子，始力追古法。其體格悉師《受禪碑》，而韻致過之。此文博士書《古詩十九首》，爲嘉禾沈受蕃孝廉所藏，遒逸勁健，縱横盡勢，真有鸞鶩鷹峙之奇，尤生平合作也。余與孝廉投契有年，自滄桑改易，各以衰遲，有連蹇之隔。己亥暮春，匆匆邂逅於西子湖上，握手笑言，恍若夢寐。既出此卷見眎，精光陸離，不覺昏眸頓豁，何幸殘年病目，復獲此鉅麗之觀！而卷末有故友景倩數行，墨痕尚新，神采奕奕，展玩迴環，更不勝山陽聞笛之感。

題自畫秣陵秋色圖

往於京口張修羽太學家，見子久《秋山圖》，細玩之，真銘心絶品也。癸酉九月，大寉表兄謁選，得南都司馬郎，將行，以此絹屬畫，遂用子久筆意得《秣陵秋色圖》。

畫成，頗自喜，以爲去古人不遠。大宦至南都，以此圖張之壁間，退食之暇拄頰看西山雲氣，此圖能得其彷彿否？請并質之僧彌社兄，爲索一語評之。

題雲山卷贈侯六真大司農

韓純全〔三〕論畫曰，通山川之氣，以雲爲總，所狀閒逸舒暢、靉靆滅没之致，正不可以筆墨蹊徑求之。古今得此關捩者，惟海嶽翁父子耳。然米老有云：「李成師荆浩，未見一筆相似。」乃知取青媲白者，真兒童之論也。數年前偶學米畫林泉，彷彿頗師其意，不沾沾形似。藏笥中且久。適來長安，大司農六真侯公問及繪事，即以奉鑒。公指甲間有龍蠕蠕，膚寸之興，頃刻可霖天下。余乃以淺洲小渚，作供几席，豈非米老所謂「慚惶煞人」者耶？併書以志愧。

題董北苑卷

自勝國諸大家畫遍行江南，汴宋名蹟益隱没不復可購。亦猶南宗盛後，卧輪一偈，獨迴向威音座下耳。何幸復見北苑此幅，且賞鑑收藏兩鉅公，皆具金剛王眼者，謹合掌贊歎希有而已。

跋自作幔亭秋色圖

丙寅秋杪，曾以使事入閩，長揖幔亭君，因戲繪其《接笋峰圖》以歸，爲思翁年伯所許可，而心實愧之。後來游武夷者，至大曲輒止，若就中仙靈巧立荒門譎户，以隔斷凡趾者。假令荷衣霞飯之士，剥笋見尖，其間奇詭當不勝收拾，僅乃作恒似之形耶？今直指慎翁。林公生長重丹疊碧中，又深精畫理，顧徵圖於拙劣，蓋猶過信宗伯緒言，謂羊公寉果善舞也。不知見公墨瀋時，小巫氣已索盡矣。昔晁補之嘗作畫寄人，題其顔曰「自嫌麥隴無佳思，戲作南齋百里山」。陳無己獨愛其蹟，謂爲「偃屈蓋代氣，萬里入咫尺」。今請以陳所稱者歸公，而以晁所題者自處，尚恐仙山繡蜕，未肯破顔見許耳。

跋擬子久秋山圖

往在京口張修羽家，見大癡設色《秋山圖》，賞玩彌日，徘徊不能去。自此往來於懷，每過其地，必訪主人索觀。而修羽堅爲竹中之避，不可復覯。辛未三月，以赴補北行，舟中無事，喜弄筆墨，偶攜得佳絹，乘興戲擬其意，凡三日而成。用筆稚弱，締觀輒復自愧，遂置之篋中，不復展視。乙亥，再入長安，適叔度年翁往年數徵拙畫，大方玄鑑，所願就正，而緇塵碌碌，苦無興會，久未有以應之。偶檢行篋，此畫尚在，遂爲補苴數筆，奉供几席。聊以酬宿諾耳，不計工拙也。

為葉雁湖作武夷山圖

丙寅秋杪，以使事入閩，曾游武夷，至三曲而止。今爲雁湖世翁作此，追憶十年前所見，不可復得，以意想像，信筆成圖。自愧傖父俗筆，妄繪仙山，必不免幔亭君嗔怪。惟望雁翁輶軒經過，亟吐珠璣，爲我解嘲耳。

題自畫卷贈楊曰補

曰補社兄畫格畫學高妙淵深，獨步海内。戊寅初秋，過婁，以佳紙徵拙畫，并出諸名筆見示。余戲弄筆墨，自顧軟甜疥癩，何足供大方法鑑！布鼓雷門，益增愧縮，而珠玉在前，更不勝形穢之懼。勉學一峰筆意，作小圖呈教。實以就正工倕之念，迫不容緩，非謂傖父面目，果堪把臂爲竹林游也。

題玄照仿梅花道人山水

畫道至今日，正極盛極衰之時，遍觀天下，不敢妄爲許可。蓋由盤礴家競習時趨，謬種流傳，妄謂自開堂户，遂與古人日遠。獨玄照郡伯靈心妙手，力追古法於荆、關、董、巨、勝國諸名家，無不醖釀胸中，馳驅腕下，而氣韻位置，往往有出藍之能。其爲近代一人，斷斷無疑。此圖雖仿吴仲圭，實得巨然三昧，尤爲合作。三復展玩，不忍釋手。雖目前贋作紛紛，而明珠魚目真僞迥殊，不待波斯胡始能鑑别耳。

題自畫贈吴約叟封翁

約翁以此素屬畫，適余病冗侵尋，未有興會，留笥中者年餘。今歲清秋，始爲點染。因筆硯久荒，古人規模氣韻與腕了不相接。偶憶勝國名家，如承旨、一峰，同師北苑，雖徑轍各别，仍是一家眷屬，遂以意作此圖。樹石全仿大癡，而山頭則以趙吴興《鵲華卷》法爲之。零星採拾，未知果能鎔釧瓶盤鎔成一器否也。請以質之約翁具眼，并志余媿。

跋自畫册貽聖符辛巳臈月八日，書於維亭舟中。

聖符髫年即喜弄筆墨，其時尚未識古人門庭，而時作山水小幀，輒已暗合古法。及長，益喜博覽舊跡。然家鮮收藏，每過余索觀，於宋元諸名家筆墨三昧不言喻處，一經寓目，便能默會。每從經畬文圃之餘，間作卷册及長牋巨幅，規模董、巨以至勝國四大家，無不咄咄逼真。夙慧知津，匠心合轍，非所謂前身畫師者耶？昔王叔明爲趙文敏甥，學有淵源，一時盤礴并爲千古絶藝。今聖符畫道已獨步海内，不讓叔明，獨余資質劣弱，又以老懶無成，深慚文敏。此册爲聖符所屬，留篋中者年餘。頃偶爲吴門之行，船窗晴暖，適有興會，遂舐筆彷彿諸家體，一日盡畫此十幀。學步固未能，況復疾行無善跡乎？因題而歸之，并以志愧。

題贈鞏都尉畫

太師洪圖鞏公，以帝甥之貴而研精文史，貫穿該洽，旁及繪事，以神品兼逸品，乃今之王晋卿也。余昔在都門，曾躬聆麈誨，稍識門庭。歸來愁病侵尋，頹然自廢，筆研庋閣者經年，即偶一爲之，而自顧軟甜疥癩，去古人日遠，輒復棄去。冥行失步，亟欲得明眼人指迷。漫繪此幅呈政，不知洪翁何以教我？

贈聖符畫

聖符以此絹屬畫，篋藏者經年，出入必以自隨，欲下筆而輒止者數四。蓋見其近作氣韻冲融，已入化境，令人不覺氣奪，非但因老懶也。此圖勉爾塗抹，聊以應存諾。曾未夢見大癡脚汗氣，何論形神！米老所云「慚惶煞人」，正謂此耳。

題自畫贈闞使君袁環中甲申王正六日

環翁使君既工盤礴，又富收藏，李營邱爲士大夫之宗，米南宮乃精鑑之祖，故使荆、闞、董、巨真名蹟歸其家。乃猶勤向鄙蒙索其點染，荏苒一年，未有以應。蓋時見公墨瀋，不覺小巫氣索，欲下筆而輒止者數四。兹於其軺車戒裝，聊仿一峰老人筆意，作小幅丐郢。昔人所謂恒似似人之語，轉覺學步之難爲工也。特書以志吾愧。

闞門紫氣幻雲煙，大石寒山列兩邊。割取一峰深秀色，可堪移入米家船。

題山中宰相圖為顧筍翁年伯壽甲申中秋

筍翁老年伯身受長生之籙，家烹靈壽之丹，千古通明，是其榜樣。惟是鳳雛麟步，遠勝前人，若論冥會明心，更有先覺。茲逢大耄，爲繪《仙山圖》，聊明真誥之前身，如發石函之後記云爾。詩另録。

跋大癡風林泊舟圖

大癡老人畫，以峰巒渾厚、草木華滋爲藝林所宗。此圖畫風林泊舟，荒率點染，悉具怒號澎湃之勢；而破墨用筆，於本家筆中參以荆、關遺法，尤爲可寶。昔人評右丞，謂「雲峰石迹，迥出天機。筆思縱横，參乎造化」者，斯圖真足嗣響矣。

跋自畫為蒼雪法師壽丁亥初春

結茆山頂已多年，註就逍遥内外篇。獅子座邊無剩義，旃檀林下息諸緣。贈來神駿閒荒草，放去胎禽上碧天。恰似南巖正月六，出群消息阿誰傳。石門老人作《南巖主定光生辰詩》曰：「堪笑年年正月六，出群消息少人知。」今中峰蒼大師以首春三日，法臘一周，即用題《松亭雲岫圖》爲猊座無量祝，并以資一時嘔噱。

題玄照仿北苑瀟湘圖 丁亥仲夏

北苑《瀟湘圖》，余昔從宗伯借觀，留齋頭者年餘。丙寅，以北行歸之。二十餘年時落夢寐，以爲求其形似如中郎虎賁者已不可得。今得玄照背臨長卷，規模位置頓還舊觀，而煙雲滅没，筆墨奔放，殆又過之。余於畫道老而無成，久已棄去不學。邇年田居多暇，時復弄筆，以消永日。今見此卷弛氣懊墨，遂欲焚君苗研矣。特書以志吾愧。

跋錢罄室畫卷

元時以房山、鷗波并稱，趙文敏於高尚書畫數有題詠，倪元鎮亦以黄子久不及房山，爲其脱畫家習氣，真稱逸品。叔寶先生此卷，設色布景，咄咄逼真，而煙巒雲樹縹緲滅没之致，尤得其神髓，自非與古人血戰者不能辨，豈近時掇膚淺學所能夢見耶？

題黄甥臨宋人花鳥册丁亥小春

余家藏有宋人花鳥一册，乃弇州公故物，黄甥借觀累月，擇其中之致佳者臨摹寄眎。用筆設色，一一亂真，但縑素少新耳。當此畫道日趨衰謬之時，猶得見古人風格，而得正法眼、具斲輪手者，乃出自閨秀中，尤爲奇絶。展玩迴環，惟有讚歎。

自題畫册戊子季秋

此册爲兒子撰裝以乞畫，留笥中，出入必以自隨，村居閒暇，間或弄筆，意倦輒止，故半歲僅得七幅。九月看楓林於吾谷，歸舟無事，且值風日晴美，明窗潑墨，乘興染完。於宋元諸家但師其意，不拘拘以形模爲工。東坡詩云「論畫以形似，見與兒童隣」，學古人者正當於此語細參耳。撰兒性最嗜畫，資亦相近，見其所作山水亦秀潤有致，但經生本分内事，所當留心者甚多，筆墨小技，不願其如此癖嗜也。題而授之，併以爲誡。

自題仿大癡畫

近世畫山水者，惟作磊砢之石、瘦直之樹，用筆簡率輒曰模仿大癡，而於皴法氣韻不復措意。蓋眼中希見真本，謬習相傳，遂謂能事。是以學者愈多，去之愈遠。不知大癡畫法全從董、巨中來，張伯雨評爲「峰巒渾厚，草木華滋」，即此二語，非夙具靈根、深研妙理者不能企及，夫豈易易！余於大癡畫素有癖嗜，生平所見卷軸二十餘本。往從董文敏公所購得幾幅，雖非極致，要皆真蹟。顧壯歲馳逐風塵，未得與之血戰。今則衰病幽憂，不能復學。雖其風神韻格略會一二，而精隨年去，筆與意違，徒有浩歎而已。戊子長至日，晴窗明暖，偶作此圖，因及之以志慨。

題玄照畫册後

邇年吴中畫道衰絶，以精鑒兼深詣，一洗纖靡斜繆之習，文、沈而後直接古人一派者，舍玄照焉歸？此册仿宋元諸名家，有出藍之能，而筆墨變化，各極其致，真畫家正法眼藏也。欲知津者，即於此求寶筏可耳。

題姜睿玉畫

珂公畫法高妙，爲今之巨然。睿玉乃其高足弟子，筆墨娟秀，往往出藍。此圖兼一峰、黄鶴之長，尤稱合作。畫成見眎，余爲張之壁間，坐卧其下者累月，而老懶筆研久荒，未能模仿萬一，惟有讚歎而已。

題玄照畫

玄照畫道獨步海内，贋作紛紛，不無魚目混珠之歎。昔人題名蹟，謂如岳陽樓親見洞賓，覺世間畫本都不類。余於此圖亦云然。

題玄照仿梅花道人畫

梅道人畫全得巨然三昧，惟筆端荒率蒼莽，少變宋法。玄照郡伯生平於巨然有深詣，所作卷軸往往亂真。而又間仿仲圭筆墨，渾融縝秀，全從北宋陶鑄而來。且酣縱淋漓，不拘拘於繩束，巨然耶，仲圭耶？遂與之俱化。此真曠代絶藝，文、沈所不能也。適抱膝空齋，友人攜此見眎，余爲張之壁間，坐卧其下者累日，心開目明，煩懷頓釋。惜老病幽憂，不復能學，正如大乘菩薩現身百佛世界，八相成道，小果人天，視之惟有頂禮讚歎而已。

題玄照仿董北苑畫

北苑畫縱横變化，余平生所見數幅無一相同，而於雲氣點染尤極工妙。米家父子皆從此出。玄照骨帶煙霞，筆能扛鼎，凡宋元諸名家無不供其採擷，而北苑更所專詣。此圖樹石蒼秀，煙雲變滅，尤稱傑作。且人物屋宇，一一精絶，亦近代所罕見。文、沈以後一人，斷無疑矣。歎服歎服。

題自作夏山圖

營邱北苑無真虎，十岳煙雲萃一峰。不是夏山偏入畫，愛他霖雨霎時濃。

質翁老先生家藏名畫多宋元人真蹟，南北鑑賞家皆取則焉。忽來索拙畫，羞縮久之，乃摹子久《夏山圖》一幅請教，殆亦宋人賫燕石而投之周之玉府也。

題自畫贈張按臺

此圖作於己丑之春。自嫌劣弱，置敝篋者經年，已不復記憶。庚寅夏，趨翁祖臺驄馭按吴，未及兩月，奉召還朝。首途之日，吴民呼號攀挽，願以身塞車轅者數千人。某亦隨諸父老後，扶曳道左，臨期拜别。乃蒙下索拙畫，會其行旌匆遽，不及舐筆。偶簡篋中，此畫尚在，遂以呈。政如晁補之所云「麥隴無佳思，豈堪供几席」。

仰挹清風，聊當酌水奉餞而已。謹題歲月，以志瞻戀。

題吴志衍畫梅村弟，早卒。

志衍靈心秀骨，得自天授，其於繪事，文翰之餘偶一游戲，未嘗專攻，磨以歲月，遂能下筆如此高妙。使在今日，更不知如何精詣。神契莫追，風流頓盡，披覽遺圖，不勝山陽聞笛之感。

題玄照畫

余長於玄照二十年，宦游里居，蹤迹畧同，亦有筆墨之嗜。乃余以資劣〔四〕腕弱，迄老無成。而玄照宿植靈根，一蹴直造古人之域。余年來焚棄筆硯，雖因衰病目眵，亦由見其近作奇妙入神，爲之氣奪，不敢復道盤礴事。非但如尹夫人望見邢夫人，俛首下拜已也。此圖位置專仿吴仲圭，而筆法氣韻似本巨然。展玩不能釋手，惟有讚歎。

又

元翁方伯文章、政術振耀古今，而退食之餘，時復寄情筆墨，玄賞精鑒，爲一時風雅之宗。玄照此圖，乃純祐數千里外貽書轉乞相贈者，出入董、巨，神逸而兼以精能，尤稱生平傑作，所謂「獅子捉象，必全其力」，孫虔禮敘書五合，殉知居其一，良不虛也。

題自畫册歸吴聖符

余於畫道雖有癖嗜，未游其藩。比年愁累紛遝，益與筆墨諸緣落落。聖符以巨册索畫，因無興會，且苦難竟，度閣者年餘。新正偶見玄照郡伯一册，備宋元諸家體，精成而兼神逸，反覆展玩，悦目賞心，不覺棖觸技癢。適遇風日融和，明窗和墨，率意盤礴，遂得十二幅。於董、巨、三趙、元四大家無所不彷，亦猶見獵生喜、聞樂起舞之意。聊以强名，非謂果得其形模也。然畫雖小技，亦必所見者廣，日以古法浸灌心胸，而又專精熟習，乃臻工妙。如董文敏公，骨帶煙霞，學深淵海，近代罕二。憶余曩時每侍燕閒，見其揮翰之餘，評論書畫，遇几上有斷柬殘箋，輒弄筆墨，作樹石，紛披滿紙，心手躭習，至老不衰，宜其筆墨韻致妙絶今古如此。若余資本鈍劣，又經年不一執筆，頹墮自廢，詎能有成？今且衰病日增，專攻無及，歲月蹉跎，徒有惋歎。聖符正當盛年，又深畫學，願益淬厲制舉子業，整翮天蜚，然後研精肆力，直追古人之室，一振時習之衰，爲文敏傳衣鉢，差不負老人期許。如此册軟甜疥癩，不足爲法，即當屏置勿觀，勿使惡習薰染，貽桓祖恭似舅之譏也。

題自畫

余作此圖垂三十年，軟甜稚弱，何異小兒塗牆。當日董、陳兩公題辭皆以一峰筆法見許，過情特甚，豈昌黎所謂「誘之而欲其至於是」耶？乃玉凫儀部復以兩公之言收之，尤不啻紉蘭及艾矣。癸巳重觀，不勝顔汗，特書數語志愧。

跋白州侯詩畫壽册

塗吟巷誦，其來最古。至兩漢循良輩出，士民詠歌德澤者，必託之單辭隻語，非若後世習爲具文，以連篇累牘諛媚當事也。我林翁白父母，筮仕柘邑，廉勤慈愛，史不能記。解任日，童叟婦女攀轅遮留者盈道。其涖婁也，務本經術，鋤奸剔弊，崇儒重農，未浹月風俗轉移，狐鼠屏跡。較之千古，雖所稱卓魯，更何加歟。江夏黄攝六，於白侯有緇衣之雅，彙徵吴中名彦作詩歌一帙，以紀其事。其詞章縟麗，幾與丹青并耀。多出宗正鉅公、高人韻士之手。而彝好之公、輿祝之誠，聞聲屬和，仍塗吟巷誦意也。攝六令蜀五載，政績烺烺，雖錦江玉壘已作秦灰幻劫，而簡其宦橐，惟留詩章數卷，尚存不朽，實與侯爲同調。此册墨妙筆精，裝潢工雅，侯其什襲之以示子孫乎？昔楊瑒在官清白，吏請立石紀德，瑒曰：「事益於人，書名史氏足矣，若碑頌者，徒遺後人作矴石耳。」册中扇揚實政，無一溢辭，豈若楊公所誚？它日輶軒之使，採風謡以上史館，編入《循吏傳》中，徽猷盛烈，煜霅千古，則此册實始基之也，余故喜而書其後。

題自畫寄贈王敬哉學士

余病目經年，筆硯久廢。敬翁學士曩歲邸舍比隣，嘗觀余盤礴，有昌歜之嗜，郵書見徵。適晴日映檐，漫效大癡筆作設色小幛，奉寄請政。兩眼昏眵，點染如隔雲霧，不知疥癩幾許。昔宋李伯時繪事精能，爲士流中絶藝。同時蘇、米兩公交口贊歎，遂益長其聲價。晚年右手病痺，不能運筆，故其畫流傳甚少。余畫豈敢望伯時，而學士精鑒，實堪方駕兩公，蒼蠅附驥，幸續藝林佳話，慚愧慚愧。

題王舜田小像乙未九月朔日

曩舜田先生與余投契最密，數來婁上，兒曹幼時咸賴國手保護。且其通懷汪度，德矩徽範，足以善世淑人，迺今之叔度、太邱，非直歧伯、俞跗已也。自仙游垂二十年，時時往來夢寐，每憶其掀髯抵掌之態，宛在目前。頃令嗣舜符過婁，出小影見睞，展卷道貌儼然，恍若重接謦咳，不覺爲欷嘘感歎。嗟乎，時代推遷，物情鍥薄，如先生之仁心古隣、導迎善氣者，畢世安得再觀？而徒低徊於尺幅粉墨之間，亦可悲已。特書之以志追慕。

題自畫贈何省齋宮允

子久畫全師董、巨，用筆以蒼潤秀逸，布景以幽深渾厚爲主。凡樹枝轉折，石面向背，山形分合，扶疏紆迴，各盡其態。而遠近濃淡，一以皴法運之，故傑構淵思，與筆墨氣韻相映發於尺幅片楮間，有斐亹不窮之致。余生平所見大小卷軸不下數十幅，無一相同。蓋其靈機獨詣，縱横變化，無轍迹可尋。學者能從此處深參冥悟，斯得其真。决非規規形似，所能幾及萬一。乃近世彷彿紛紜，大都作直樹枯枒，平沙亂石，草草數筆，有輪廓而無皴染，遂自謂盡子久之能事。是猶窺豹一斑，何曾夢見全毛也？余於子久畫自少有癖嗜，亦能粗解其意趣，顧以資質鈍劣，口所能言，筆不能隨，每用愧歎。近且衰遲病目，頹然面壁，筆硯諸緣屏謝輒復經歲。昨秋揆兒從都門歸，述省翁宫允惓惓詢及拙畫，盤礴小拔，謬辱大方徵索，何敢以老病辭。春暖晴窗，漫作短册十幅，寄呈博粲。甜俗固其本色，又以兩目昏眊，倍增疥癩，曾未得子久脚汗氣，何論形似耶！書以志愧。

題玄照臨石田長幅

此圖舊藏練川給諫玉海李公家，董宗伯數數向余稱爲白石翁生平傑作，余遂從次君彝仲購得之，珍襲已三十年。丙申初夏，敉菴大諫借觀，屬湘碧郡伯臨摹副本，筆光墨采，咄咄逼真，百餘年後復覩石翁化身示現，亦一奇也。展玩不覺叫絶。

跋文太史許溪草堂圖

文太史遺蹟，流傳人間者，片紙珍逾拱璧。此卷圖畫詞翰真稱三絶，而諸名賢題詠，又纍纍光溢縹緗，所謂玄圃群玉，無非夜光，誠希世之寶也。慨自兵燹塵飛，圖書散佚，獨此卷完好無恙，似有靈物護持。培風上人其善襲藏之，非但妙迹永傳，將使吴中後學瞻先輩風流，益起高山景行之慕。

題玄照仿大癡長幅

子久畫師董、巨，布景用筆專以幽深媚秀取勝。凡樹枝轉折，石面向背，山形分合，扶疏紆迴，各極其態。而皴法濃淡疏密，隨宜濡染，變化不窮，有不可言喻之妙，故於元四大家中韻致獨絶。近世仿效紛紛，大都作直樹枯枿、頑石平沙，粗率寂寥，有輪廓而無皴染。自謂妙得真傳，帶累子久不少。玄照郡伯向於董、巨有精詣，長卷巨幅往往亂真。近復規摹子久，得其神髓，不徒以形似爲能，淵源有自，波瀾老成，宜其邱壑位置、筆墨氣韻於子久有過無不及也。此圖峰巒渾厚，草木華滋，直是子久於三百年後現身説法，不當作模擬觀。展玩之餘，歎服無已。

題玄照仿黄子久

元四大家風格各殊，其源流要皆出於董、巨。玄照於董、巨有專嗜，所作往往亂真。此圖復仿子久，而用筆皴法仍師北苑，有董、巨之功力，又有子久之逸韻，瓶盤釵釧鎔成一器，即使子久復生，神妙亦不過如此，真古今絶藝也。余老鈍無成，時亦仿子久，而粗率疥癩，相去愈遠。今見此傑作，珠玉在前，益慚形穢，遂欲焚棄筆硯矣。歎絶歎絶。

題陳明卿廉雪卷

右丞《江山雪霽圖》，爲馮開之大司成所藏，後歸新安程季白。余甲子京邸與程鄰舍，幸得借觀。其運筆用思所謂迴出天機，參乎造化，非後人所能企及。徽宗《雪江歸棹圖》，正師其法。後又從興化李祖修行篋見《江干雪意》長卷，筆意亦畧相同，雖未辨真爲右丞筆，要皆希世之寶。頃文邃開士，以故友陳明卿所畫雪圖見眎，雖蒼勁微遜古人，而渲染布置可與前二卷頡頏，不知當時何以竟失題款。明卿畫娟秀沖夷，固從胎骨中帶來。初以趙文度爲宗，既從余家縱觀宋元真蹟，多有悟入，所詣益深。爲余摹諸名圖，以尋丈巨軸縮爲方册，能使筆墨酷肖，毫髮不遺，真畫史之絶技。且其素心道氣，超然流俗，尤近世所罕覯。惜乎艾年溘逝，未獲標赤幟於吴中，爲後輩指南也。余幽憂窮老，顧影無儔，每憶曩日交情，輒爲隕涕。今覩此圖，不勝山陽聞笛之感。

題玄照爲朱汝圭畫册

馬文璧每規橅子久，此圖雖曰仿之，用筆仍北宋法，幾欲軼兩家而上之矣。

王孟端畫雖工，尚有筆墨畦徑。此圖以瀟灑娟秀勝之，所謂師法捨短也。玄照於巨然有專嗜，短箋小景，往往亂真。此圖尤爲合作。玄照學梅道人，每多奪真。此圖以娟潤去其粗率，正是魯男子學展季。

子久畫，林壑深邃，溪路逶迤，令觀者有不窮之妙，故難企及。惟玄照深得其法。昔人謂觀李龍眠《山莊圖》，信足而行，自得道路，此圖是矣。

余家藏有大癡《夏山圖》大幅，設色布景正是如此。斯圖大不盈尺，乃能曲盡其致，尤爲難事。

此幀雖師仲圭，而筆墨蒼潤，景物幽閒，全得巨然三昧，非見過其師者不能也。巨然真蹟，世不多見。斯圖澹蕩高簡，非超絶塵表者不能，觀此知傳衣有自矣。山樵畫全師北苑，而以蒼莽沉鬱一變其格。此圖筆墨既以酷肖，設色更復奇古，當令叔明數百年後復開生面。

雲林畫蕭疏簡貴，不似食煙火人筆。學者僅能仿其形似，罕得其神。此圖形神俱肖，與真跡幾不復辨。雖其天肯自合，亦由功深至此。故北宋、元季諸大家盡驅之筆端，無不臻妙。此册所圖雖殘山剩水，更皆吉光片羽也，藏者其寶諸。

題玄照畫册

廉州刻意摹古，所作卷軸，一樹一石，必與宋元諸名家血戰。力厚功深，久而與之俱化。不但筆墨位置咄咄逼真，而取神去腣，秀逸高華，駸駸殆將過之。蓋古法形摹可以臨仿，惟筆端靈秀之氣，必自胎骨中帶來，未可學習，故有神品之分。古人論畫，以取物無疑爲一合，非神逸品兼備不能。此册衆美畢臻，真可不愧斯語。畫道至今日衰謬已極，得此正法眼藏爲津梁，迷方者庶幾知所歸嚮矣。展觀快絶。

題自畫册

吾年來爲賦役所困，塵坌滿眼，愁鬱填胸，於筆研諸緣久復落落。此册爲兒子掞乞畫，日置案頭，每當煩懣交併，無可奈何，輒一弄筆以自遣，而境違神滯，心手相乖，如古井無瀾、老蠶抽繭，了無佳思，以發奇趣。每幀雖借古人之名，漫爲題仿，實未能少窺其藩，下筆不勝顔汗。然坡公論畫不取形似，則臨摹古蹟尺尺寸寸而求其肖者，要非得畫之真。吾畫固不足以語此，而略曉其大意，因以知不獨畫藝，文章之道亦然，山谷詩云「文章最忌隨人後，自成一家始逼真」，正當與坡公語并參也。掞其勉旃。

自題設色長卷

余昨冬作此圖，時正值殘臈凝沍，適有興會，窮兩日之力，未嘗輟〔五〕筆。老眼昏眵，倚窗向明，爲寒氣所薄，落墨甫竟，頭岑岑然不勝委頓，經旬葯裹，逾歲始平。又以愁冗紛糾，庋閣累日。長夏偃息林莽，塵務少間，遂爲揮汗設色。既成，諦觀殊不愜意。蓋畫雖小技，必託寄高遠，意思悦適，然後萬彙羅於胸中，攄之筆下。如《莊子》所稱畫史解衣盤礴，晋顧虎頭構層樓以爲畫，乃真得達士之致，暢玄對之神。今余老病窮悴，方蹙蹙愁城苦海中，志意抑鬱，觸物凝滯，而欲希蹤古人，其可得耶？特書之以志愧。

題陳明卿仿黄子久卷

明卿爲趙文度高足弟子。初至婁時，尚守其師法。既爲余臨宋元諸名蹟，縮成小本，因此大有悟入，畫格遂爲一變。此卷仿大癡《富春山圖》，筆墨氣韻，妙得子久神髓，允稱智過於師。但未知爲何人作，竟失題款。然歷兵燹之餘，不落傖父手，而爲君宣所藏，猶爨桐椽竹得遇賞音，則亦此圖之幸矣。余故喜爲之題，用表奇蹟，併以志慨。

題自畫為吴漁山

漁山文心道韻，筆墨秀絶。首秋過婁，索觀余所藏宋元諸蹟，僦寓臨摹，縮成小本，不兩旬而卒業。非但形模克肖，而簡淡超逸處，深得古人用筆之意，信是當今獨步。余於此道雖有癖嗜，奈資質鈍劣，白首無成，見之殊不勝氣索。此紙爲其臨别時强屬，不得已而漫應，市鼓雷門，深切自愧。漁山惟爲我藏拙，勿以示人，乃益佩相成之愛耳。

題王勤中寫生册

吴中寫生，自石田翁後有陸包山、陳白陽，皆得生動高簡之致。其餘即有工能者，多未脱畫家習氣，求如前人者殆鮮。獨勤中能以靈心貌諸名卉，迎風如笑，含露欲滴，一一似可手摘，而逸情遠韻，迥出筆墨畦徑之外，真堪與白石諸公輝映後先。此册於汝圭爲殉知，尤稱合作，三復展玩，前輩風流宛然再挹，深幸衰暮得此奇觀。而汝圭以逸士寶兹妙繪，雅尚叶契，傳賞藝林，亦一時勝事也。爰識紙尾，用續佳話。

又題玄照仿趙文敏巨幅

趙文敏當至元、大德之間，風流文采，冠冕一時。畫更高華閎麗，類其爲人。今廉州筆墨韻致，約畧相符，宜其臨摹克肖。此圖設色位置一一奪真，尤可寶也。

又題玄照畫册

梁蕭文奐於團扇上圖山水，咫尺之内便覺萬里爲遥。少陵詩云「尤工遠勢古莫比，咫尺應須論萬里」，蓋用此事也。今廉州此册，以尺幅仿諸名蹟，於各家風格之外，更出奇思，不但筆墨工妙，超軼前古，而布景閎偉，居然有萬里之勢，置之古人中，未必遽遜文奐，使杜陵見之，更不知如何讚歎矣。

題黄麗農畫册

畫山水之法，凡間架位置、設色布景，全資工力，非深造精詣，不能臻妙。惟筆墨秀逸，必從胎骨帶來，非關習學。縱使馳騁今古，盤礴如意，景物極其幽深，煙雲極其變幻，而俗氣未除，終不足貴。麗農世翁文章、學問得自家傳，旁及繪事，亦娟秀絶倫，有飄飄欲仙之致。而規摹唐宋諸家，蒼然古色，仍不失其風度。古人中如趙大年、馬和之者，庶幾近之。可見文人高士之筆，自與俗塵迥異，不啻高霞濁潦之相懸也。

題自畫杜陵詩意册爲吴愣旭咸

少陵詩體弘衆妙，意匠經營，高出萬層，奥博沉雄，真有掣鯨魚、探鳳髓之力，故宜標準百代，冠絶古今。余每讀七律，見其所寫景物，瓌麗高寒，歷歷在眼，恍若身游其間，輒思寄興盤礴。適旭咸以巨册屬畫，寒窗偶暇，遂拈景聯佳句點染成圖。顧以肺腸枯涸，俗癩填塞，於詩人意愜飛動之致，略未得其毫末，詩中字字有畫，而畫中筆筆無詩，漫借强題，鈍置浣花翁不少，慚愧慚愧。

題自畫長幅爲沈伯敘

子久畫原本董、巨，而能神明變化，别出奇思，不拘守其師法。每見布景用筆，於渾厚中仍饒波峭，莽蒼處轉見娟妍，纖密而氣益閎，填塞而境逾廓，意味深遠，故學者罕得其津涉。無論世俗空拘輪廓、枯槁寂寥者，相去不啻徑庭；即極力規橅、位置逼真，亦僅竊其形似，於神理無當也。余藏有真蹟幾軸，自壯盛以迄白首，日夕臨摹，曾未能彷彿毫髮。研求愈深，去之愈遠。始知靈妙出自天機，決非功力可就。況今衰遲疲頓，窮蹙幽憂，屏跡田廬，不復措意盤礴。於子久一法正如焦芽敗種，成熟無期。適伯敘道長闊别經年，寓緘索畫，勉拭塵研，爲作長幀。

題王石谷畫

畫雖一藝，古人於此冥心搜討，慘淡經營，必功參造化，思接混茫，迺能垂千秋而開後學。原其流派所自，各有淵源，如宋之李、郭皆本荆、關，元之四大家悉宗董、巨是也。近世攻畫者如林，莫不人推白眉，自誇巨手，然多追逐時好，鮮知古學。即有知而慕之者，有志彷效，無奈習氣深錮，筆不從心者多矣。間有傑出之英，靈心妙解，力追古法，亦不過專學幾家，豈能於歷代諸名蹟盡入其閫奥？且形似者神或不全，神具者形多未肖，求其筆墨逼真、形神俱似，羅古人於尺幅、萃衆美於筆下者，五百年來從未之見，惟我石谷一人而已。石谷天資靈秀，固自胎性帶來，其於畫學取神去㑑，研深入微，見解與時流迥絶。又館毘陵者累年，於孔明先生所遍觀名蹟，磨礱浸灌，刓精竭思，窠臼盡脱，而後意動天機，神合自然，猶如禪者徹悟到家，一了百了，所謂「一超真入如來地」，非一知半解者所能望其塵影也。近過敝廬，爲余作雪圖長卷，兼用右丞、營邱法，其用筆布置，瑰麗高寒，各極其致，宛然天造地設，不能增減一筆。凡開闔分披、皴擦勾斫、渲染點運之法，無不得古人神髓。昔人謂昌黎文、少陵詩無一字無出處，今石谷之畫亦然。蓋其學富力深，遂與俱化，心思所至，左右逢原，不待仿摹，而古人神韻自然湊泊筆端。要皆原本資之曼羨，雖欲不傳得乎？余於畫道有癖嗜，顧以資質鈍劣，又嬰物務，不能懇習，迄以無成。生平所交畫友數輩，亦多未脱時趨，意謂風尚止此。不圖疲暮之年，得遇石谷，且親見其盤礴，如古人忽復現前，詎非大幸？然猶恨相遇之晚，不能不致歎於壯盛之緣慳也。自慚椎魯無文，妙繪神奇未能罄揄萬一，聊識古法源委，并我兩人定交因緣，以見絶藝固自有真，且以訂歲寒之盟云爾。

題惠崇畫

惠崇畫世不多見，此圖亦項氏所藏，而余以重估購得者。壬辰秋，重爲裝潢，雖縑素少損，而神采奕奕，猶是吉光片羽，洵可寶也。

題自摹浮巒暖翠圖

《浮巒暖翠圖》爲子久一生傑作，如右軍之《蘭亭序》，他書皆不逮。傳爲荆川先生家舊藏，余少時曾於吴門見之。既聞歸京口張太學修羽，時有要路，計將强取，遂託言爲祝融所奪，秘不示人，更如慶喜之於阿閦佛，一見更不再見矣。迨修羽物故，其家亦落，此圖復出。近聞有人攜至金閶，余以衰病裹足不能往觀，追溯五十年來倏忽已閲一世，而希有奇蹟交臂相失，巡迴心腑，豈能舍然？適簡篋中有縮本小藁，廣僅踰尺，略具大意，秋爽閒居，身心調暢，偶有舊存巨縑，遂賈餘勇摹之。又值挨兒幸雋，應酬紛遝，食息不遑，然稍閒輒復弄筆，皴染設色，踰月而後成。毋論是圖筆墨神韻未能仿彿毫芒，即樹石位置亦罣一漏百，直未得子久脚汗氣，奚止不免重儓之誚耶！惟余疲暮餘生，昏眸弱腕，猶能勉力畢此大幛，差用自喜。聊識歲月，傳之子孫，俾知余老尚兒嬉，不忘結習如此。

題趙文度畫

文度畫實開雲間風氣，以虛翕淡逸爲宗。文敏公與爲筆墨之友，極推重之。此圖乃其避暑吾婁僧舍時所作，全師北苑，盡脱生平畦徑，尤爲可寶。

題玄照畫扇

北苑、華原爲北宋畫道之祖，具骨力、思致傑出千古，故宋元諸名家多宗尚之。此小景用筆布景，居然具萬里之勢，自非兩家精藴盤礴胸次，吞雲夢者八九，曷克臻此。當與古人名蹟并傳，勿但作便面觀也。

校勘記

〔一〕「氾」原作「記」，據畫論文庫本改。

〔二〕「慈」原作「茲」，據畫論文庫本改。

〔三〕「全」原作「金」，據畫論文庫本改。

〔四〕「劣」原作「力」，據畫論文庫本改。按，季海云「他跋云『若余資本鈍劣』可證。李本脱上半，誤刊爲力」，是。

〔五〕「輟」原作「掇」，據畫論文庫本改。

卷十五　王奉常書畫題跋卷下

題王石谷畫册

石谷畫道甲天下，鑒賞家定論久歸。然余年來每見其新作，必詫爲登峰造極，無以復加。及繼見，則又過之，未知將來所詣，果何底止。昔柳子論觀文，謂比懸衡，增之銖兩則俯，反是則仰，欲令吾俯，莫若增重其文，苟增之不已，將懼吾首至地。今余觀石谷畫亦然。

題自仿子久浮巒暖翠圖

《浮巒暖翠圖》乃子久一生合作。相傳爲荆川先生舊藏，後歸京口張太學修羽。聞有欲豪奪之者，遂詭託五丁取去，秘不示人。余弱冠時曾一見之吴門，後六十餘年如漁父桃源之迷，不復再見。太學身後皆落，此圖始出。近爲宋荔裳憲長購藏，僑寓金閶，僅距百里，余屢欲往觀，顧以衰病屏跡，扶曳未能，夢寐抱耿。適家有粉本，遂以其意作此圖。天資鈍劣，視古人神韻相去迥絶，纔一動筆則甜俗習氣輒復隨之，而位置舛錯、樹石穉弱又不必論，因知煙雲逸致，俱從胎骨中帶來，非習學所能企及。昔人所云「胸中讀萬卷書，足下行萬里路，自然脱去塵俗，濬發靈機」，洵非虚語。如余孤陋蹉跼，兼又不能懇習，安望其脱窠臼而臻化境？手書以志媿。

題自仿子久畫

子久畫專師董、巨，必出以新意，秀潤絶倫，故爲元四大家之冠。余所見不下二十餘幀，筆法無一相類者，惟《徒壑密林》《良常山館》二小幅，脱去縱横刻畫之習，一本於平淡天真，如畫家草隸，匠心變化，無畦迹可尋，尤稱生平合作。舊爲董文敏公所藏，余昔年懇請和會，初猶靳固，後以重購得之，寶護不啻頭目。邇年困於賦調，貧不能守，遂爲好事者易去。夢寐憶念，無刻寘懷。因追兩幀梗概，參取成圖，其蒼莽處似於子久筆意微有所得，頗用自喜。適蓼翁貽書索畫，遂以奉寄。懸之邸齋，晨夕相對，遥想其疲暮盤礴、慘淡經營，當知余有故劍之思耳。

跋石谷仿趙松雪筆

畫不在形似，有筆妙而墨不妙者、墨妙而筆不妙者，能得此中三昧，方是作家。此圖爲孔明年翁作，峰巒樹石，大率規摹承旨。然趙於古法中，以高華工麗爲元畫之冠。此尤以淡逸見奇，筆墨兼妙，從董、巨伐毛洗髓得來，故於仿古皆能超逸其上，非獨承旨，此圖亦一證也。蓋與孔老投契最深，實有殉知之合，不然，何以抛撒逗漏至此。

跋玄照畫册

廉州此册大都仿宋元諸名家，而精能過之。其運筆布景，往往霞思天想，非尋常畦徑可用揣摩，尤生平神情所最存注者。米海嶽論李昇畫，謂一幀可得半載工力，此册信然。蓋學深詣到，猶海渤匯夫衆流，何一不歸布濩？然締構經營，良復不易。雖日事盤礴，欲求其窮神盡變，躊躇满志，如此數幀者，一生豈可多得。吾知世有真賞，必寶護如髻珠，即連城不與易也。

題石谷雪卷

右丞《江山雪霽圖》爲馮大司成舊藏者，後歸新安程季白。余昔年京邸，與程連牆，朝夕過從，時得展玩。迄今三十餘年，不知此圖屬之誰氏，自分此生已不復再覯矣。前歲偶過伊在齋頭，見石谷所作雪卷，寒林積素，江村寥落，一一皆如真境，宛然輞川筆法。蓋由淵才，兼得神解，於古人同鼻孔出氣，下筆自然契合，不待觀摩。昔人評右丞畫「雲峰石色，迥出天機，筆意縱横，參乎造化」，以題此卷，亦復何忝。余實愛慕不能釋諸懷，顧以日久漸忘，不無悵悵。近伊在同余爲廣陵游，攜至舟中，復得縱觀累日，追憶右丞真蹟，宛在心目，焕若神明，頓還舊觀，詎非衰年大幸？因書其後，聊以志快。若石谷、伊在，筆精墨妙，塤篪競爽，作家相遇，宜其抛撒乃爾，又不必贅論矣。

跋名人書畫便面册

彭城自中丞、封諫兩公，以暨都諫昆仲，德業文章，煜霅婁中。其所往還多一時寵臣鉅公、風雅翰墨之士，累世竿牘，爛然在笥。而扇頭書畫相贈遺者，争奇競微，光怪陸離，尤莫可指數。今臣扆年翁裒集便面之完好者，裝潢成册，藏之什襲，永爲家秘。蓋以述先德，重文誼，示子孫，以觸物觀感，毋忘祖考先澤之遺，克承前烈，其用意至深遠，非徒殘煤敝箑之足珍也。余故識之，以爲世則。

題董文敏公畫册

文敏於短牋小册，作殘山剩水，筆墨酣放，煙雲滅没，儼然具萬里勢，真得簡淡高人之致。余購藏之二十餘年，適石谷過小齋，見之歎賞不置，遂以貽之。非但高山流水得遇賞音，其風韻正相類也。

跋石谷臨富春山卷

昔董文敏公嘗爲余言子久畫，首冠元四家，得其斷楮殘縑，不啻吉光羽片。而生平所最合作，尤莫如《富春山卷》。蓋以其神韻超軼，體備衆法，又能脱化渾融，不落筆墨畦逕，故非人可企及。此誠藝林飛仙，迴出塵埃之外者也。余二十年前過荆溪，有一鉅公拉同往延陵氏請觀，以遄歸匆果。既聞此卷有爨桐之厄，幸而所損無多。復爲精鑒者購藏，益信有神物呵護。一江帶隔，不能鼓枻往觀，然殘年猶作妄想，庶幾旦暮遇之。去冬，吾友陸子桴亭歸自毘陵，云見石谷臨摹一卷，神采覺異常筆，因思石谷於宋元名蹟摹仿無不奪真，子久尤其所深詣，定知焕若神明，頓還舊觀，不敢望見真跡，見此摹卷足矣。中心卷卷，然如飢渴之於飲飡，欲須臾忘而不可得。適石谷再過小齋，并攜孔老、照老二跋見眎，益令人棖觸豔羨，營魄回皇，不能自已。雖承石谷許以别摹貽贈，然渠應酬紛遝，食息不遑，安得有千手眼，以慰余夢寐之求耶？兩卷余皆未得寓目，特紀平日積慕與無緣披覯始末，以堅石谷息壤之盟焉爾。

題石谷仿趙大年畫

余家藏趙大年《湖鄉清夏圖》，柳汀竹嶼，茅舍漁舟，種種天趣，非南渡後人可及。石谷此圖彷彿相似，而清遠疏朗過之，洵稱冰寒於水。

題自畫壽豁堂和尚

豁堂大和尚以丙午七月三日俗壽七十，爾時適有金陵之行。越歲還山，某始得繪圖作供，補申千歲寶掌之祝。因念和尚毒鼓慧炬，震爍大千，而詩聖畫禪，更復超軼休、巨，蓋緣深入佛智，筆墨點滴，皆從般若中流出，豈塵慮凡心所能測其涯涘。拙畫俗癩，何足博破顔，竊自比於童子戲草木，指甲悉用迴向。惟此一瓣心香，或亦慈光所攝受耳。

題自仿雲林溪亭山色圖

雲林《溪亭山色圖》，舊爲吾郡王文恪公家藏，雲間董文敏公亟稱其爲倪畫第一，余想慕有年，恨未得見。今秋長安公憇拙政園，余偶因過從，幸獲寓目。筆墨高奇，紙素完潔，洵是希世之寶。惜即攜歸清閟，勿獲坐卧其下者，累日夢寐，不能置懷。適從武林返棹，舟中清暇，追憶仿摹，固不能妄希神韻，未知於形模少存大略否。深爲愧歎。

題仿黃子久筆

子久畫師董、巨，而峰巒渾厚，草木華滋，別有一種神韻，不復拘拘師法，故非學習所能幾及。余學之一生，未有入處。五年前偶有佳紙，刻意摹仿，以作此圖，自謂略得其毫末。隨爲友人持去，日久已不復記憶。近東白孫丈從他處以重購得之，重裝見眎，何異享敝帚以千金，深愧其意。

自題畫册贈書城戊申十一月廿八日

書翁老兄自粤東解組歸，屢索余畫册，心許之已累年，因老懶窮愁，曠延歲月，時時如抱重負。夏初偶有興會，弄筆無幾，尋爲俗冗所牽，仍復廢閣。今時序漸及殘冬，轉眼便將改歲，恐益蹉跎，彌重諾責，遂滌塵硯，窮旬日之力，呵凍盡此十幀。腕弱腸枯，竟無一筆是處，强借千載上諸君子之名，漫云摹仿，不足掩媸，而祇以彰陋，用塵法鑒，益滋汗顔。惟書翁比來境遇懽寡愁殷，計一展觀必當撫掌大笑，則以此册代萱蘇，或庶幾耳。

題吴漁山雪圖

漁山雪圖，簡淡高寒，真得右丞遺意。默公孤情絶照，氣韻相同，故宜有殉知之合，展觀歎賞無已。

題袁節母像

重其以幼孤奉事節母，備極孝養，迄於白首，其所以表揚貞嫠者，有牧翁宗伯暨海内諸名公鴻著，自足抗跡圖史，炳耀千秋。兹己酉初春，母壽八十有五，特延名手繪像，傳之世世。昔劉中壘《列女傳》畫像，用古服佩，而繫之以頌。今以牧翁《旌節頌》書於像端，於義斯愜，并以表袁氏一門節孝，亦吾吴希有盛事也。

題王石谷仿江貫道長幅

江貫道師巨然，其皴法不甚用筆，而以墨氣分濃淡渲運爲主。鄧公壽作《畫繼》，在岩穴上士之列，爲南宋第一名家。石谷此圖林麓映帶，峰嶺紆迴，其皴染位置，得巨然三昧。雖規摹貫道，而取精去觕，遠出於藍，自非於逸園有殉知之合，何以得此。歎羡歎羡。

題長白山圖

長白山者，今御史大夫張公之謝墅也。丹梯仙闥，若入道書中，當在清平、良常之間。又得吾鄉宗伯名圖，譬若太華三峰，已劈入巨靈之手，乃使侏儒攄指相向，何從有一節之驗也。泚墨之餘，聊用志愧。

題長白山卷

御史大夫張公長白山兔□，乃仙人白兔公赤松子成道處，靈山仙麓，有金堂玉室在焉。非終南草堂、藍田鹿柴可比。乃屬拙筆爲之寫照，豈能省此？聊以韓君平詩意點綴成圖，用塞來命，不足供大方法鑒也。

跋周櫟園公祖時人畫册後

少司農櫟園周公，世間出爲風雅主盟，偉伐鴻名，淪浹於輿情者，已非一日。而於文章政事之餘，又旁精畫道，流悦圖繪，凡海内縉紳韋布、道人衲子，從事丹青，寓興盤礴者，無不郵驛蒐羅，重繭購索。積集有年，裝成凡二十册，錦贉繡褫，標識其美，啟函披玩，如探玉圃珠林，詭態幻思，繽紛奪目，此固藝林盛事，非公託寄高遠，不能有此。然或謂得佳畫數幀，便足寄情賞，何用多多許，是則不然。夫畫雖小技，化工之賦象與作者之靈機實皆於焉湊泊，即片縑斷楮，其間資性萬殊，宗派各別，一人有一人之思致，一幅有一幅之景趣，精神自不可磨滅。使能摘索而融會之，捨短取長，選精去觕，則釵釧盤盂鎔來一器，更可良金鍮石之辨。且六書象形之首，乃繪事之權輿，推而及於詩文，層疊波瀾，變化曲折，與匠心造景無異。雖擅場畫手，藻出無聲，而慧業文心，知均杼軸，經營一致，塗轍同歸。此潛溪畫原爲彰施所繪，所以濟書之不足者也。今公方以詩文之道津梁後學，宜其於畫有篤嗜，博採兼收，良有深意。因以覘公他日宰持天下，澄叙九流，盡出夾袋所儲，爲國家樹人，以貽無疆之休者，又豈筆揄墨頌所能罄其萬一耶！余疲慕之年，獲此鉅麗之觀；又以蝸涎鳥跡，濫厠麟文鳳彩之間，抑何厚幸。兹於册尾，聊識歲月，用紀勝事，亦以自慶其遭云爾。

石谷畫卷跋

書畫之道，以時代爲盛衰，故鍾、王妙蹟，歷世罕逮，董、巨逸軌，後學競宗，固山川毓秀，亦一時風氣使然也。唐宋以後畫家正脈，自元季四大家、趙承旨外，吾吴沈、文、唐、仇以暨董文敏，雖用筆各殊，皆刻意師古，實同鼻孔出氣。邇來畫道衰替，古法漸湮，人多自出新意，謬種流傳，遂至衺詭，不可救挽。乃有石谷者，起而振之，凡唐宋元諸名家無不摹仿逼肖，偶一點染，展卷即古色蒼然，毋論位置谿逕宛然古人，而筆墨神韻一一奪真。且仿某家則全是某家，不雜一他筆，使非題款，雖善鑑者不能辨。此尤前所未有，即沈、文諸公亦所不及者也。余嘗謂石谷惜生稍晚，不及遇文敏公。使公見之，不知如何擊節歎賞。石谷亦自恨無緣，時爲惘惘。今此卷雲煙滅没，林木鬱森，全從營丘、巨然筆，而兼燕文貴之景物萬變，尤稱生平合作。今秋將赴櫟翁少司農之招，欲即用爲贄，因出以示余，而屬爲標識。蓋櫟翁風流博雅，爲士大夫之宗、精鑒之祖。其於石谷相慕甚殷，一見訢合固不待言。而石谷感遇殉知，殫其靈心妙指，爲清閟几席之供者，瓌異更不可數計，所謂「得夫子而名益彰」也。初即不遇文敏，今得遇司農，已足快平生矣，又何生不同時之慨哉？

跋石谷仿宣和畫

宣和主人於萬幾之暇，游戲丹青，山水樹石外間作花鳥蟲魚，用以寫生適興。其措意用筆處，往往迥出天機，超軼塵表，絶非尋常畦徑可及。此《江渚秋晴卷》純仿楊昇，不多用墨，全以色渲染成圖，疏秀高奇，如三代彝鼎，古色照人，洵稱希世之寶。舊爲余所購藏，後歸漁山宗伯。既聞其遭鬱攸之厄，時復悵然於懷，不意石谷乃能追憶臨摹，不爽毫髮。過婁，攜以見眎，反復披玩，焕若神明，頓還舊觀，歡喜不能釋手。惜原本先爲六丁取去，瑰異在前，弗獲爲延津雙龍之合耳。

題畫贈顧茂倫

重其每過婁，輒言茂倫道翁欲得余山水小景，當由誤聽，謂余於畫道果有所詣，不知實未窺其藩也。然既辱謬採，何敢匿醜，心許之已累年，而衰病侵尋，舐筆復已再四。適暑退涼生，偶有興會，漫仿子久筆意，作此圖寄贈請正。聊以酬宿諾耳，不暇計工拙也。

題仿子久秋山圖贈金治文

子久設色《秋山圖》，往從京口張修羽太學家見之，娟秀淡冶，有超然出塵之致。迄今三十餘年，時時往來於懷，未嘗少置。今秋偶爲山行，丹黄滿目，景物與此圖不異。閒窗追憶，聊仿大意，愧未能彷彿萬一。適治文表姪購暡中四先生集見贈，遂以遺之。然投珠報礫，於《木瓜》之詩得無太相反乎？一笑。

題管公遠畫册

公遠管翁淡蕩蕭閒，得雅人深致，畫亦類其爲人。余别二十餘年，衰暮屏居，遂成暌隔。適有攜其畫册見眎者，娟秀淡逸，風流可愛，令人觀之有張緒當年之想。且翁與余生同壬辰，余已龍鍾疲憊，跬步維艱，翁視履益强，筆墨猶暢，如此豈非畫中煙雲供養耶？歎羨無已。

題自畫寄嚴顥亭都諫

去歲子月，顥翁年臺過婁，以此册屬畫。時方寒冬，蹙縮斗室，指僵手瘃，盤礴久廢。春來又塵冗紛遝，酬應不遑。夏初稍閒，風日清美，思有以踐宿諾。而以公精研畫道，妙得古法，不勝小巫氣索，下筆復止者再四。然妍媸鏡無遁形，況工倕之門，尤所願就斧削。不敢自匿其醜，勉滌塵硯，和殘墨漫塗十六幀，腕弱目眵，劾極乃止。雖每幀標題强名之曰學某家，其實於古人神韻曾未得其毫髮，正米老所謂

「慚惶煞人」也。大方家何以教之？

題石谷來鶴圖卷

石谷此圖爲以韜道翁飛鶴來庭而作，其林木蒨葱，峰巒峭拔，儼然伯駒《仙山樓閣圖》，而秀逸過之，令觀者有飄飄霞外之想。蓋鶴者仙禽，其九皋之響，萬里之心，正與以韜貞姿遠性互相吸引，故宜翩然來下，依止軒墀。而又得石谷以神妙之筆繪成長卷，雲氣滃溢其間，他日挾之遨游八極，當如蘇公駕鶴往來，更無待僧繇畫龍點睛矣。

題自畫贈簡謙居學臺

某少壯時好游戲盤礴，顧實未窺其藩。迨其漸老，稍知宋元畫道津涉，始悟平日所作，猶仍流俗餘習，去古法何啻天淵，益羞澁，久疏筆硯。兹辱謙翁祖臺校士之暇，旁詢及之，不敢自秘其醜，勉效黄子久《松雲圖》，敬呈丐郢。而耄荒腕弱，握筆如杵，非但無一長可效，并古步亦復失之。唐突大方，悚愧交集。公或視爲孺子履、野人芹，一鑒其皈嚮之誠，則幸矣。

題黄忍菴與堅畫册

忍菴以詩文鳴海内，學者得其片言隻句，誦讀咀詠，以爲韓、杜復作。然繪事不可概見。今觀此册，思致高奇，筆墨蒼秀，既脗合古法，又超軼絶塵，誠不意深詣乃爾。蓋詩文之道，霞思天想，撑霆裂月，其意匠經營，原與畫道不二。忍菴精於詩文，神化冥通，安得不精於畫？故知畫雖一藝，非胸中有萬卷書，筆下無半點塵，不能臻此妙境也。歎絶歎絶。

題邱青谷畫

青谷詩詞書畫皆秀逸淡遠，不似食煙火人筆。余神交有年，未晤。聞青谷亦知有余，欲至叟垂訪者再，屢見之友人尺牘。一日，余具刺到門，正值其屬纊之時，究竟不得一面，極爲惋悵。今觀此圖，平淡天真，乃得元人三昧。使天假以年，學愈充而筆愈老，何必多讓倪高士？惜今音徽澌沫，猶幸此畫尚存，風流不墜。且以繫舊友聞笛之思，差足慰耳。

跋葉桐初白雲圖

昔狄梁公登太行，見白雲孤飛，念親舍在下，顧瞻徘徊，雲移乃去，爲思親千古美談。今桐初幼失怙恃，渺絶音容，每一追思，不勝崩心之痛，百感惻愴，悉見乎詩。蓋就岳翁茶村先生深論研求，得其句法，有冰清玉潤之稱，遂相從僑寓金陵。近始歸里，特請湘碧郡伯作《白雲圖》，裝潢成卷，時刻置諸懷袖，以志戀慕不忘之意，且以致莫可自盡之情。其孝思篤至，追比古人過之，將來貽之子孫，爲葉氏世世鴻寶，不獨廉州筆墨奔放，頡頏二米，爲足珍也。

題李文定公金山詩補圖卷

文定公金山詩，雲間董宗伯題其後，雄詞妙翰，輝映卷軸，寶章家秘，百世永貽。顧令某以稚子塗牆之技，點染成圖，是與菅蒯緝龍衮者何異？舐筆之餘，雖以得塵紙尾爲幸，然亦不勝悚汗矣。

跋吴漁山仿雲林筆

白石翁仿宋元諸名蹟往往亂真，惟雲林尚隔一塵。蓋以力勝於韻，其淡處卒難企及也。漁山此圖蕭疏簡貴，妙得神髓，正以氣韻相同耳。

跋石谷臨巨然煙浮遠岫圖

巨然《煙浮遠岫圖》，余一生想慕，未得寓目。辛亥秋，獲觀於拙政園，惜如慶喜見阿閦佛，一見更不再見。壬子殘臘，石谷從京口歸，紆棹過訪，云爲在辛侍御臨摹一幀，適攜篋中，出以見眎。展觀墨光映射，元氣磅礴，興愜飛動，皴法入神，已爲巨公重開生面，復何有於真跡！石谷固巧奪天工，然非在翁精鑒深契，安得此殉知之合？即余暮年癃篤，猶得披圖歎賞，洵亦奇緣。特書其端，用志藝林勝事，併以自幸云爾。

跋唐子晋没骨荷花

没骨寫生之法，起自江南徐氏祖孫。數百年後，復有匹士兄以畫蓮獨步海内。此圖爲石谷兄稱祝，紅衣爛熳，翠蓋參差，迎風如笑，含露欲滴，雖取法徐氏，而高妙過之，真洞心駭目之觀也。安得沾丐殘膏剩粉，片紙永爲世珍？披玩之餘，羡妬交集。壬子殘臘，雪窗呵凍題。

跋吴漁山小景

畫忌筆滑，欲其觚棱轉折，不爲筆使，乃能入妙。北宋諸大家無不如此。漁山爲青嶼侍御作此圖，布置蕭遠，筆墨蒼茫間悉具全力，深得古人之意，正孫虔禮所謂殉知之合也，展觀不勝贊歎。

題石谷仿劉松年筆

松年畫秀美絶倫，然猶未脱蹊徑。一入石谷手，便超逸高妙乃爾。此真藝林絶致，古今罕二，安得不令人傾心歎服哉。特題其端，以識獲觀之幸。

跋石谷為筤在辛侍御臨大癡富春山卷

元四大家皆宗董、巨，穠纖淡遠，各極其致。惟子久神明變化，不拘拘守其師法。每見其布景用筆，於渾厚中仍饒波峭，蒼莽處轉見娟妍，纖細而氣益閎，填塞而氣愈廓，意味無窮，故學者罕窺其津涉。獨石谷妙在神髓，不徒以形似爲能，尤非餘子可及。然子久真蹟，余生平所見幾及二十餘幀，家藏亦有三四，今皆散帙無存，猶憶董文敏公云，黄畫圖片紙尺璧，畢竟以《富春長卷》爲第一，恨未之見。數年前聞石谷爲晉陵唐氏臨寫一卷，亦未得寓目，但懸擬神韻，題數語於別幅，聊志羡慕之意。舊冬，石谷偶游潤州，復爲在翁侍御對臨真本。今將赴焦山度夏之約，過婁話別，因攜此卷見眎，始見其筆墨縱横，超逸入神，有運斤成風之妙，而總歸於平淡，大癡二百年來翻身出世作怪，白石翁所以自況者，徵之今日，端不多讓。余殘年何幸，獲此鉅觀，雖欣羡有心，未敢輕請。迺蒙〔一〕石谷慨許舐筆，兼欲索侍御題識見貽，聞之益不勝狂喜。蓋侍御清風峻節，砥柱頹波，麗藻雄文，主盟風雅，余皈嚮亦已有年，顧髦衰無由披覯，今邀借芬齒，被以餘光，詎非三生慶快。而石谷古今絶藝，得夫子而名益彰，神怡務閑，又得江山之助，其進乎技者正不知所止。長夏深林，解衣盤礴，吾知息壤之盟未寒，瓊枝之投有望矣。

續畫忍菴册又題

忍菴前以素册屬畫，已爲點染四幀，復承後命畫此一册，置篋中者經年，久負諸責，非徒老懶，實因見君造詣精深，筆墨酣放，不勝小巫氣索也。近晤，又辱詢及，愧無以應，勉仿元四大家筆復作六幀，以足成之。輟筆旋觀，雖較前稍減穉氣，終慚俗癩，非但不能彷彿萬一。冀大匠不拒枉木，賜之斤削，并祈爲我藏拙，勿以示人，則佩相成之愛益深矣。

題自畫贈簡謙居學憲

謙翁公祖以淵、雲之才，具陸、歐之鑒，秉鐸東南，兩閲秋闈，網羅真士，公以生明，思皇鬱蒸，從來作人之盛，未有如今日者也。某舉家長幼盡沐滋培，顧以癃篤杜門，緣慳御李，五中傾戀，何日忘之。兹逢奏滿還朝，敬繪山川出雲，預占霖雨天下，亦猶蔽芾之思、衮衣之誦，纏綿不能自已。仰溷清塵，聊當攀卧云耳。

序顧雲臣雜摹占繪粉本兼彙録名公題跋

緬維藝事多端，浩若煙海，雖其間洪纖精觕種種不同，要皆各有法程，類多秘奥。而盤礴一技，包孕群象，默參化工，既藉天資，復需功力，求工更屬非易。然前人風致規格具存，攻之者但能鏃礪鑽研，磨礲浸灌，自然超軼流俗，聲謦垂延。不然而榘範未循，時趨競騖，是猶空柯無刃，中流失壺，而希伐山取淵，無是理也。余同里雲臣顧子，資性敏悟，幼有畫癖。顧恥爲習俗所囿，羸幐曆遠，訪名宿而師事之，由是藝業日進。初猶以寫照名，亡何佛像人物、山水林木、宫室禽獸、花鳥蟲魚之屬，無不兼工并詣，四方繦幣日集於門。人但豔其品列精能，獨步江左，豈知其窮日落月，鉥心掐腎，攻苦有百倍尋常者？余嘗見其巨帙累累，高可等身。凡生平所見古人圖繪，零星采摘，集爲粉本。凡諸佛菩薩、聖賢遺像蒐求甚備，莫之或遺。至若眉目慈威各别、耳目長短異形、指臂屈伸異勢者，分類每件數十，并羅一紙，以盡衆態，餘物皆然。惟山水則李唐、馬、夏居多，蓋從己性所近也。他如磨宋異錦，花様出奇者，亦别摹成帙，并以鈎填設色之方細註於旁，以期彰施作繪時與真畢肖；而鼎彝色澤蒼翠，几榻制式古樸者，一經眼即筆之於帙，以備畫圖之用，故宜其點染陳設，古色照人，畧無塵俗。自非儲峙夙充，逢原肆應，何以有此？試問今之學者，其孰能苦心若是？然猶僅一圖耳，更有名公題跋彙録一册，其中論次辨晰，窮極旨趣，涵貫古今，爲儀的津筏者更夥，乃知圖猶事物之迹，非藉闡迪何以濬靈源而開解路？則圖之與跋如輪之有軸，相輔而行，固未可偏有軒輊也。假使悉付之梓，公諸海内，使迷頭布影者知所依歸，其於裨益畫道，嘉惠後生，所推引不益多乎？尹文子有云：「貴工倕之巧，不貴其獨巧，貴其能與衆共巧也。」三復雲臣二書，參以斯言，若券操而節合，深有會於余心，故喜而爲之序。

題自畫贈慕鶴鳴公祖

韓純全論畫曰：「通山川之氣，以雲爲總。」所狀閑逸舒暢，靉靆滅没之致，不可以筆墨蹊徑求之。古今得此關捩者，惟海嶽父子，嗣後則黄子久。《浮嵐暖翠》與《夏山圖》兩巨幀，皆以雲氣浮動，掩映林巒，自非意在筆先、機通象外者，曷克臻此。然變幻滅没，參乎造化，固非凡庸所能夢見。某自少肆力追慕，迄於疲暮，曾未能彷彿萬一。今且癃篤日增，筆硯久棄，并疥壁宿習亦復失之矣。兹辱鶴翁老公祖問及繪事，不敢以昏眊辭免，索枯腸追憶二幀景趣，參合成圖，聊以奉鑒。竊窺我公指甲間有龍蠕蠕，膚寸之興，頃刻可霖天下。某乃以淺洲小渚作供几席，又豈非米老所謂「慚惶煞人」者耶？書以志媿。

題文待詔仿趙承旨

文徵仲先生高風介行，坊表不渝，先正典型，表見於紀載者不一。其詩文翰墨，師授皆有淵源，毫芒必循矩度，德藝兼優，允稱金春玉應。旁及畫道，博綜古人，於趙文敏尤所雅慕，長縑巨幀，每多仿效。然但採掇其高華，而挺勁孤峭之致仍自己出，更有加於人一等者。此圖洵足爲模楷，若屢屢求其形似，則失之矣。

題書城兄小像

瑯琊、太原同源分派，見之簡册者非一。然吾兩家至誼實不因此，蓋自司寇、奉常兩公與先文肅、學憲以同里締交，歡好宛若同氣，一時里中有四王先生之稱。自後子孫皆以輩行齒序，異世靡斁。迨余與書城翁雖從幼追隨履舄，而自揣猥劣，如渴潦之於高霞，不敢仰望。顧承不我鄙棄，提絜有加，睠愛綢繆，老而彌篤，誠不自意何以得此，撫躬殊切負愧也。近承以所圖小像見眎，其自題及諸名筆，翁之風迹襟期，已洗發無遺藴矣。乃復欲余以沙礫溷厠珠玉，辭勿獲已，勉溯平日交情與素所服膺者，漫識於左。然以沓拖蕪穢之語，輒爲貂續，妄恣鴉塗，多見其不知量。旋自觀之，更不勝慚汗耳。

楊子鶴為余寫照題贈

海内寫照名家，余生平交與甚鮮。少壯時兩遇曾波臣，先後得二幀，俱不甚似，以後遂久無貌余者。甲寅春仲，虞山子鶴楊兄同石谷歸自邗江，扁舟過訪，雨窗清暇，爲圖小影，竟日而成，見者無不駭歎，詫爲酷肖。即余攬鏡自照，恍若相對共語，呀然一笑。蓋子鶴爲石谷高足，其於畫道探幽測微，妙得神解，悉用以會通寫生，故宜其超軼時流若此。而余樗櫟朽質，甕盎頑姿，獲此合作，亦不勝自幸其遭矣。

題自仿子久畫贈崑山董父母

古來盤礴名家，宗派皆有淵源，意匠各極慘淡，然其筆法位置皆可學而至。惟癡翁，筆墨外皆有一種淡逸之致、蒼莽之氣，則全出天趣，不可學而能，故學癡翁者多失其真。余自童時以迄白首，即刻意摹仿，歲月雖深，相去愈遠，曾未得彷彿萬一。兹承貞翁父母誤聽下索，且恐髦衰假手捉刀，諄諄垂囑，益滋慚汗。然余一生游戲點染，僅同小兒塗牆，拙劣自知，何有真贋。况比來癃篤倍甚，目昏腕弱，更非昔日，縱黽勉竭其薄技，衹是供大方一噴飯耳。於癡翁神韻，固毫髮無當也。特此請正，并以志愧。

題董文敏雲山便面

文敏公墨戲，煙雲滅没，筆墨淋漓，與米氏父子相伯仲。此扇雖黯敝，猶是安石碎金。臣扆親翁偶於市上鑒賞得之，裝潢什襲，寶護不啻髻珠，真稱巨眼。

題石谷仿黄鶴山樵卷

元四大家畫皆宗董、巨，其不爲法縛、意超象外處，總非時流所可企及。而山樵尤脱化無垠，元氣磅礴，使學者莫能窺其涯涘，故求肖似良難。惟石谷深得其神髓，尺幅巨幛，無不亂真。此卷爲高足荇文作，凡林壑之開闔蔽虧、煙雲之變幻滅没，寓法度於縱放之中，得奇趣於筆墨之外，山樵秘密藏指授已無餘藴。荇文得此，心摹手追，行見黄鶴一燈近在虞山，相續無盡，詎非藝林快事耶！書以志喜。

題廉州畫

廉州畫出入宋元，士氣、作家俱備，一時鮮有敵手，而蒼秀之致，與年俱進，往往不經意處，更非時流可及。此圖高古簡淡，有唐賢風度，學者但於象外求之，當得其玄妙耳。

又題廉州仿子久

每見子久破墨，多由淡入濃，故所畫山容樹色斐亹映帶，趣味無窮，非盤礴家所能彷彿。余舊藏《陡壑密林》小幀，尤曲盡其致，惜以貧不能守，久去几席，時時往來於懷。今見湘碧所作，雖位置各别，而氣韻宛然，自非斲輪妙手，詎能臻妙若此。披覽之餘，倍深歎服。

題石谷摹古巨册

石谷於畫道研深入微，凡唐宋元名蹟已悉窮其精藴，集以大成，聲名驚爆海内，遠近丐求者户外屨滿，欲作鐵門限久矣。近從鹿城舟次，得快覩巨册摹古共二十幀，筆端變化，於前喆神韻種種各極其致，展玩迴環，如探海藏，如羅寶網，不覺目眩魂摇。但惜先有所歸，勿獲乞爲家秘，朝夕坐卧其間，猶不勝恨惘耳。

跋廉州畫册

廉州畫初師董、巨，咄咄逼真，年來更出入三趙，以穠麗爲宗，然高華秀逸兼而有之，總由胸中畫學浩如煙海，至足之餘，溢爲怪奇。蓋出於不得已，亦猶詩之變風，時會使然，非有意以炫世駭俗也。此册得變化三昧，尤稱傑作，不待波斯胡，當識其爲至寶耳。

又

此圖古秀深遠，與巨然亂真。余昔見《賺蘭亭圖》，其用筆正如此，乃廉州自題謂梅花道人，恐仲圭猶當避席也。

題宋元名跡縮本

余以一生精血裒集宋元名跡十有六幀，寶護不啻頭目髓腦。年來衰病侵尋，歲荒賦急，貧不能守，先後散歸之好事者，家罄無一存。襟懷索莫，猶失水之魚，濡沫無所。兹幸廉州斵輪妙手，借余所留粉本，神而明之，縮成此册，神采宛在，纖細不遺，洵足洞心駭目。顧余展玩迴環，撫今追昔，深自愧挈瓶之智，益不勝故劍之思，書以志慨。

題吴漁山苦雨詩圖後

漁山以名賢後裔，清標玉立，博物工詩，兼精繪事，與毘陵許青嶼侍御訂文章筆墨之交，相視莫逆。每游覽名勝，巾車櫂舟，未嘗不共。詩文互相唱和，積久成帙。近復有《歎雨》十六韻，系之以圖，尤稱合作。青嶼、秬園後先賡詠，雖憂國願豐，悯時正雅，所志不同，而懇惻纏綿，各窮其致。詩中畫，畫中詩，此卷已備之矣。余於詩道茫然，何敢妄置一喙？惟相望二百里間，偉人高士，大雅之音，孔碩肆好，與珍圖相輝映，爲藝苑一佳話，而余垂盡殘息，猶及見之，亦詎非後幸耶？故喜而題其後。

題湘碧畫

廉州畫學淵源宋元諸名家，摹仿無不逼肖，於巨然尤得三昧。此圖更生平合作。語公素精畫道，今復得此，真傳衣鉢矣。

題自畫贈方艾賢公祖

元季四大家皆宗董、巨，參以變化神明，故能脱盡窠臼，超軼出塵。余於諸君子中更服膺子久者，以其筆墨之外別有一種荒率蒼莽之氣，迥出天機，絶非工力所企及，故習學尤難。余自少壯癖嗜，家藏蹟一二幀，朝夕臨摹，迄衰暮毫無悟入。自戊酉間，困於賦調，貧不能守，遂爲好事者易去，從此如盲人失杖，倀倀何依。兼以老病侵尋，筆墨久成廢閣。兹蒙艾翁公祖，以精鑒博雅之家，垂光下問，想由誤聽謂羊公鶴果善舞也。某不敢固辭，然猶以殘骸畏寒，待春融始勉舐筆，仿子久《夏山》大意，聊博噴飯。雖心摹手追不遺餘力，而旋觀内愧，終似五技窮鼠。惟大方諒其伎倆止此，不以點涴爲罪，則幸甚。

題石谷長卷

石谷畫囊括古人，凌軼近代，聲名震爆海内，無待縷述也久矣。邇日過婁，攜一巨卷，高尺有咫，而長則數十倍之，乃爲高弟西園作者。初猶秘不示人，既從其篋中搜得，纔一展觀，便覺煙雲滿紙，其間峰巒層疊，林木盤紆，薈蔚蒙茸，恍迷出入，而尋源抉奥，飛泉曲磴，歷歷分明，且皴斫勾點，諸法具備，變幻無窮，一以高古莽蒼爲主。總之，化機在手，元氣淋漓，合荆、關、董、巨爲一，蓋有不期然而自然者，真極藝苑之大[二]事，爲畫禪之大觀也。吴中自沈、文、唐、仇之後有石谷子，畫道始樹正鵠，及門英俊輩出，争奇競爽，今又有此卷爲矜式，使學者知所嚮方，將來虞山一隅，筆墨之事，正未知所止。余衰髦殘年，猶及見之，可勝慶幸。

跋自畫贈徐健菴太史

子久畫全從北苑陶鑄得來，風格高秀，思致幽深，爲元四家之冠。嘗聞董文敏公論其生平傑作，必以《富春圖》爲第一，惜余未得寓目。惟見白石翁臨卷，蒼老有餘，神韻差减，益以未覩真蹟爲恨。適健菴年翁苦索拙畫，而余癃篤眊昏，囊筆櫝硯已及數年，豈能漫應？辭不獲已，勉取子久粉本，撮其大意，點染成圖，顧以軟甜俗筆，妄繪高霞，寧復有毫髮相似。况以横卷改作長幅，其中開合關鍵，一切都非，尚安得有畫哉。敬奉案頭，聊供撫掌，使大方知其伎倆止此耳。

題自畫贈施愚山學憲

子久論畫，凡破墨皆由淡入濃，平淡天真，皆從巨然風韻中來。余此圖畧仿大意，全未得癡翁脚汗氣。惟得一當愚翁先生，即食前噴飯，皆爲仙家十賚矣。

題自畫寄冒辟疆

耳飽辟疆先生名積有歲月，一江帶隔，遂闕褰裳，非但衰病久不出疆，亦自分無一知半解可以儐价左右，是以趦趄不前。惟揆兒草木臭吐，幸爾訢合，而敝親亦史從珂里歸，備述先生肆力於詞賦，殘膏剩馥，沾溉一時，私心益不勝嚮往。既小孫邂逅邗關，復得奉教長者，且承以盤礴小技孜孜下問。顧以癃篤，棄置筆硯，久未有以應命。追溯曩昔藏子久一二真蹟，自壯歲以迄白首，日夕臨摹，曾未彷彿毫髮。蓋子久邱壑位置皆可學而能，惟筆墨之外别有一種荒率蒼莽之氣，則不可學而至，故學者罕得其津涉也。年來疲暮窮蹙，殘縑斷幅，多爲好事者易去。先匠日遠，準的靡從，益日趨於甜癩，點污嘉箋，旋覼倍增惶恐。聊致案頭，用博都盧一笑，庶幾少寄心期，工拙且不暇計耳。

跋虞山陳夫人山水册後

夫德藝相宣，要歸至道，必研深入微，迺臻具美。此即珪璋特達之彦，猶戛戛乎難言之，何況閨閣笄褘〔三〕者流？兹海虞瞿太君陳夫人者，以道藴林下之風，邁少君高世之行，宏覽博物，含英咀華，固已伉儷唱和，嚶鳴悦響矣。而旁及繪事，又能軼追董、巨，出入四大家，一一辭真，尤秀娟之精進、淡逸之極致也。皆趙文敏公文章書畫震耀古今，與管夫人酬贈討論，正堪對壘。然見其點染，不過竹石小草，未聞以山水擅長，規摹諸名家也。則此册殆遠過之矣。壽明襲藏，以爲世寶，於瞿氏文章忠孝之外，又傳不朽盛事，其永爲子孫天球宏璧者，詎有既乎。

題自畫册贈陳學山大司空

余自精力向衰，囊筆櫝硯，久疏盤礴。比更病目昏眵，益與無緣。適逢風日清美，偶乘興會，戲仿諸家小景，積久成册，頗用自喜。兹小孫謁選入都，因學翁年臺累世至誼，揆兒苦索之，以爲孺子利見之資，遂以畀之。仰祈大方郢正，聊當親承指誨，知醜惡不堪獻笑也。

題白石翁長卷

石翁文章翰墨，氣壓九州，而於畫道尤極精研，凡唐、宋、勝國諸名家，無不摹仿，囊括靡遺，不愧集大成之譽。然其平生所作，以磊落蒼古爲宗。惟此圖紆迴窈窕，仍歸秀逸。蓋盡去筆墨窠臼，窮象外之趣，自有不期然而然者，真希世之珍，鑒藏良非易易。余殘光戢影，忽得此鉅麗之觀，抑何幸也。書此志喜，兼以慶鴻寶之得所歸耳。

題曹郡尊屬畫屏幛十二幅

胸無丘壑，兼老廢筆墨，每念少作，方有餘悔。己未夏日，承統翁公祖之命，不容匿醜，摩挲昏眊，敬仿宋元以來名蹟十二幀，用呈一噱。恐優孟折旋，終慚形似，不應泅入清閟也。

跋石田汎月圖

白石翁翰墨妙絶古今，即今片楮點墨，皆同璣璧。此卷奉其尊人泛月所作，畫全師梅道人，詞翰皆極蒼秀，爲其所最注意，非泛泛應酬者，尤可寶也。

題楊子鶴山水册

吴中畫道，自沈、文、唐、仇之後，有石谷子，始樹正鵠。及門者英俊輩出，争奇競爽，又獨子鶴楊子爲白眉，筆墨有出藍之妙。邇日過婁，攜一巨册，展觀便覺煙雲滿紙。其間峰嵐層疊，林木盤紆，蔚薈蒙茸，恍迷出入，而尋源抉奥，飛泉曲磴，歷歷分明，且皴斫勾點諸法具備，變幻無窮，一以高古爲主。總之，化機在手，元氣磅礴，真極藝苑之能事，洵畫禪之大觀也。將來虞山一隅，筆墨之盛，正未知所止。不意余衰髦殘年，猶及見之，深爲慶幸。

題自畫大册為吴甥德藻

余舊藏唐宋元畫巨册，中有趙文敏《東西洞庭圖》，至佳，數年前爲好事者易去，不可復見，時時往來於懷。兹背臨二幀，筆墨氣韻未能彷彿萬一，畧存其大意而已。往在都下，於萬金吾所見小米尋丈大軸，青緑設色者，雲氣滅没，群松鬱葱，高華迥絶，不獨以墨氣見奇。乃知高尚書所自出。閒窗追憶作此幀，紙鬆拒筆，未有芥子許與古法相應。不揣效顰，秖益慚惶耳。

巨册中有雲林子少時短幅，皴法全師董源，初尚名珽，題款字極精楷，規楷率更，書畫皆與晚年不類。略仿其意，聊存倪畫一種。

往於董宗伯齋見關仝大軸，布景正是如此。又見李成雪圖，位置亦約畧相似。此圖參用兩家法爲之，筆力輭弱，何異以柔條纖草仰望參天黛色也？愧甚愧甚。德藻甥裝此册屬畫，已及數年。初仿元四大家連畫四幀，既因側理麄澁，頗拒筆墨，漸生厭倦，兼以世故錯互，愁悴萬端，久復庋閣。癸卯長夏，閉關謝客，遂借盤礴爲逃暑計，不數日盡此一册。老眼昏眵，憂心鬱結，詎復有佳思，以希合作。雖云臨摹古人，實未有毫髮得其形似，聊以酬宿諾而已。爰歸案頭，用資噴飯。

自題畫贈于念劬太史

余年齒疲暮，兼以病目經年，筆硯久廢。乙未，揆兒獲雋，幸出念翁太史之門，歸述京邸摳衣函丈時，每承垂詢衰劣，徵及拙畫。雖昏瞳久在雲霧，誼不敢辭，晴窗和墨，勉效一峰筆意，作小圖呈政。手腕生疏，思致枯澀，僅如蝸涎繡壁，彷彿成形，視近時名家猶不堪作奴，何況子久？聊供大方一噴飯而已。

題自畫贈戴巖犖司農

大司農巖翁戴公既工盤礴，又富收藏，故凡宋元諸名家筆精墨妙，無不醖釀胸中，馳驅腕下。余曩年京邸得侍研席，深慶奇緣。顧自己卯歸田，荏苒流光，遂及疲暮。兼以病目屏居，槖筆焚硯，又累年於兹矣。近辱公貽書徵畫，似以夙昔煙雲同嗜，謂衰劣尚能賈勇者。追溯英游，不覺挑動技癢，勉拭昏瞳，仿子久筆意作設色小圖，寄呈郢政。雖軟甜疥癩，伎倆止此，亦由見公墨瀋令小巫氣索也。譬如短褐蒙茸，豈堪與百丈明光錦比絜長短哉。

題董宗伯畫

思翁鑒解既超，收藏復富，凡唐宋元諸名家無不與之血戰，刓膚掇髓，遂集大成。而筆無纖塵，墨具五色，別有一種逸韻，則自骨中帶來，非學習功力可及，故其風格更逸成、嘉間諸名公之上。邇年海内争購，雖殘縑斷楮，珍比連城，況此圖位置筆法高古莽蒼，衆美畢具，尤爲生平傑作。余雖藏有幾幀，求如此者絶少。比從事衍借觀，愛玩不能釋手，事衍畫已獨步吾婁，今更得此爲師資，當益臻神逸矣。歎羡歎羨。

題自畫贈季因士

因翁先生妙筆入神，復具精鑒，凡晋、唐、五季、宋、元名家真虎盡歸其家，海内推收藏之富，不啻珠林玉府。余嚮往有年，顧以江流帶隔，末由褰裳造請，一窺清秘之藏，居恒怏怏，以爲歉事。惟時從友人扇頭見公墨戲，瓌瑋奇特，雖率爾點染，悉備古法，非近代所能企及，輒心形俱服，推爲當世第一。比來畫道入魔，正法眼藏非公誰歸。每思以拙筆請政，而病目經年，筆硯久廢，遂爾逡巡不果。兹因弱水丈見過，云將即日造謁，道公於筆墨有深嗜，即小兒塗牆，欣然許與，勿恡指誨，不覺悵觸技癢，勉拭昏瞳，效子久筆意作小幀博粲。寔仰大方玄鑒，貪於就正，忘其醜惡，非敢操斧工倕之門也。

爲柳敬亭題左寧南像

敬亭敦重意氣，感寧南國士之遇，繪像以識不忘。寧南知人好賢，且麾下之士今專鉞策勳如郭令公之於渾咸寧者，指不勝屈，而敬亭以談説默相引重，則猶蒯通之進賢於曹相國，交道契合，夫豈偶然。今覽此圖，殊不勝咨嗟感歎也。

題卞潤甫畫册

花龕老人秀筆軼塵，晚更研精宋元諸名家，具得其法，臨摹往往亂真，文、沈以後嗣響者一人而已。爾年吴中畫道謬種流傳，盡失原本，雖漫云仿擬，未免盲人摸象之誚。此册妙得古人神髓，非但中郎虎賁，洵可爲迷路指南也。展玩周環，讚歎不已。

題自畫贈杜于皇

于皇杜翁壬午過婁，距今已十八年。其間陵谷變遷，人事錯迕，擾擾萬端，金陵衣帶相望，渺同河漢。不意今兹仲夏，紫氣忽臨，握手笑談，恍如夢寐。郊里觴詠之餘，出此紙索畫。揮汗潑墨，潦草成圖。雖軟甜疥癩，了不足觀，而自惟衰髦殘年，又值蒼茫風塵之際，尚得偷延視息，與古人留連杯酒，拈弄筆墨，暫時賞心，勝緣良不易覯矣。爰書歲月，以志感慨。

題董丹鳴索畫册

余嬰目疾者數年，差幸病在睫輪，瞳神不損，蠅頭細書，燭下猶見，惟苦眦淚盈溢，輒復蔽明，故須時時頮濯。然亦因是六時中瞑坐居多，筆硯久廢。今春丹鳴董丈過婁，持册索畫，以無興會，久留篋中。五月下浣，積雨頗涼，閒居無事，以此册消永晝，日盡三四紙，不五日遂成十二幀。凡宋元名家以及三趙，無所不效。然僅借古人之名，以文已醜，未能彷彿形模萬一，效顰學步，祇益慚惶。況茗中畫道，自鷗波、黄鶴舅甥唱和妙絶千古，嗣此繼響者代不乏人。憶余童時曾見君家儀部公於扇頭仿山樵，莽蒼高古，有出藍之能，迄今猶宛在心目。今余乃以眊餘弄筆，漫汗簡册，是能投瓦礫於玉圃，持布鼓於雷門，徒資識者捧腹耳。丹鳴其爲我藏拙，勿貽無鹽唐突西子之誚。

跋虞山王石谷畫卷

吴門自白石翁，文、唐兩公時，唐宋元名蹟爲富，鑒賞盤礴，與之血戰，觀其點染，即一樹一石，皆有原本，故畫道猶盛。自後名手輩出，各有師承，雖神韻浸衰，矩度故在。迨後有一二淺識者，於古法茫然，妄以己意衒奇，流傳謬種，爲時所趨，遂使前輩典型蕩然無存，至今日而瀾倒益甚。雲間董宗伯後亦云，良可慨也。虞山王子石谷，天資既高，又師事廉州，受正法眼藏，規模古人，遂得三昧。兹偕廉州過訪，請余盡出所藏宋元人畫縱觀，多有悟入，能於筆墨之外抉摘其玄妙，尤爲時流所難，將來精進未見其止。此卷遍仿宋元諸名家，皆平日偶見名蹟蕴之胸中而驅之筆端者，氣韻往往奪真。眼之所見，手輒隨之，自是當今絶藝。吴中畫道之衰，端賴振起，不獨稱雄一時矣。可勝歎服。

又題玄照仿子久

每見玄照仿子久筆，林壑幽深，谿路迴折，纖秀處往往亂真。今此圖獨以簡勝，愈得其神，少陵所謂「簡易高人意」者，可爲定評矣。

題自畫

余老嬾目眵，久不作山水大幛。此幀乃是趙君際公昆仲屬爲，爲其所親壽者。晴窗日暖，適有興會，信筆揮染，不旬日而成。其間澗壑縈迴，煙雲滅没，頗得古人之致，殊用自喜。二趙故勳裔，瞻雲翁郎其從祖，與余家爲世交，斯圖躊躇滿志，當亦有殉知之合耳。

題吴漁山臨宋元畫縮本

臨摹之難，甚於自畫。蓋自畫猶可從宕匠心，臨摹則必尺寸前規，不爽毫髮，乃稱能事。既使形似宛然，筆墨豈能兼妙。而欲縮尋丈於尺幅之間，求其氣韻位置略不失古人面目，抑又難矣。漁山索覿余所藏諸畫，隨臨仿縮作小本，間架草樹，用筆設色，一一亂真。且能於生紙上渲染煙雲，冉冉欲動，毫無痕跡可尋，是真刻刺神技，斲輪妙手，冥心默契，不可思議者也。況自此與宋元人血戰，曾未匝月，見其近作扇册皆從諸畫中伐毛洗髓得來，脱盡向時畦徑。方在妙年，遂已度越時流，後正未見其止。雖欲不獨步，得乎？嘗見牧翁宗伯題其《桃溪詩藁》，以攻文汲古爲畫道權輿。又聞古人云，善書者必善畫。漁山博綜群書，精研八法，涵茹風雅，悉以迴向筆端，宜其變化不窮，躊躇滿志乃爾也。歎服歎服。

題自畫贈阮亭司寇

吾宗科名簪組，蟬聯奕葉，貴盛莫儔者，海内首推新城。自先文肅與司馬公聯鑣曲江，金蘭氣誼，世世以之。今阮亭昆仲又以文章代興，先世聲華更并昱霅。而溯厥慶源，皆匡廬太翁種德積學，振前烈而啟後賢，其流光者遠也。兒子揆幸附驥尾，實藉龍光。蒙阮翁惠顧前好，時勤尺一，屢復訊及陳人。而疲暮屏居，一江帶隔，椿庭麗畫，勿能扶杖褰裳，躋堂獻祝，悚歉滋深。漫作小圖，自慚俗癩，非謂足塵法鑒，或供嘔噱，以進一觴耳。

題自畫册

寒窗蓄縮，抖擻無悰。晴日映檐，筆墨生興。案上適有素册，遂仿諸家法點染，愧未能彷彿萬一，聊借以遣日破愁而已。

題王書城所賒玄照畫册

瑯琊一派，自晋永嘉南渡迄今，文章勳業，代不乏人，而書法流傳更爲千古準的。迨弇州、奉常兩公繼起，文章事業不待言，兼以山陰衣鉢得自家傳，世世精研戈法，惟畫不少概見。考張彦遠《名畫記》兼載右軍、大令，李嗣真《畫品》則止列大令一人，然皆未有其蹟，即大令誤筆成烏犉〔四〕牛，亦僅見之傳記，此外寂無聞也。今玄照郡伯夙擅臨池，畫道更博綜古法，爲世所宗。此册摹仿宋元名家，一一得其神髓，雖短箋小景，居然有萬里勢，其巨幛長卷，雄偉深遠當更倍之，正如鸞鷲鷹峙之奇，隨大小結構無不臻妙，洵足當時獨絶，將來續入書畫苑中，光映後先，不但寶章集爲瑯琊佳話也。歲初晴旦，書翁出以見眎，因題其後。

題畫壽繼起和尚

靈巖和尚以古佛現身，無量光壽，蔭覆大千。兹世臈初周，法幢矗竪，道化熾隆，方如日升川至，衆生蒙福正未有涯。某霑法乳慈恩，愧椎拙無能揄頌，聊作小圖，以煙雲供養，當寶掌千歲之祝。蟲絲鳥跡，塵點虚空，未知可博熙怡一笑否也。

題自畫為郁静岩

静岩親翁以此紙屬畫，老嬾久疏筆硯，留篋中者經年。春暮晴窗，屏居多暇，興至漫爲點染，而思涸手生，每致相戾，兼以紙澁拒筆，益復增其疥癩。草率成圖，聊以酬宿諾耳，固不暇計工拙也。

題自畫贈蟄菴

蟄菴仙風道骨，超然塵表，其畫極亦高逸絶倫，不似食煙火人作。顧問道於盲，以佳紙屬畫，小巫氣索，操不律如杵，本不敢輕爲涴污，祇以諄命屢及，弗獲固辭，勉爾塞白。傖父俗筆，妄塵清鑒，是猶呑腥啄腐，與餐霞飲露者敻隔仙凡，真堪愧絶。

題玄照畫册

夫畫道亦甚難矣。工力深者類鮮逸致，意趣勝者每鮮精能。求其法韻兼得，神逸并臻，真不數數覯也。廉州畫學浩如煙海，自五代、宋、元諸名蹟無不摹寫，亦無不肖似，規矩既極謹嚴，神韻又復超逸，真得士氣，絶去習者蹊徑，而精詣入微處，將使白石遜其妍、宗伯讓其工矣。余年來所見仿諸家小册甚夥，此册尤爲合作。適有持以見眎者，留几間累旬，愛玩不能釋手，漫題數語，用識皈嚮。

題玄照畫册

近代惟石田先生，於宋元諸名蹟悉能變化出入，遇得意處，真不讓古人。惟其筆老力勝，往往過之，故於神韻時或稍異。今廉州繼起，董、巨、李、范、三趙以暨元季四大家，皆得心印，非但肖其形似，兼能抉其神髓，不待標題，即知爲某家筆意，誠士林之絶藝、畫苑之宗工也。此十幀摹仿諸家，儼有生氣，學者得之，如大海獲遇導師，不煩更問津涉矣。

題董思翁畫册

文敏公游岱後，其畫爲海内争購，殘縑斷楮，珍等連城，好事家所藏秘不復出，故寥寥如星鳳。近且贋作紛紛，識真家者寡，不無魚目混珠之歎。此册氣韻超軼，迥脱畦徑，乃真蹟中之致佳者，雖小景簡率，要是吉光片羽，洵可寶也。

題玄照畫册

廉州畫册，余所見十餘本。此册爲德藻甥所乞，工麗簡遠，無一不具，所謂士氣兼作家，尤爲殉知合作。古人論畫，以取物無疑爲一合，非十三科全備者不能。今此諸幀中，樹石、屋宇、雲氣、人物畢臻其妙，而所效諸體，不但取肖形模，一一得其神理。蓋平日精研古法，深造獨得，故能意動天機，神合自然，誠有出於筆墨畦徑之外者，非時俗淺學所得夢見也。余從德藻借觀，留置几席間者累旬，晨夕展玩，不忍釋手。惜老衰鈍滯，無能摹仿萬一，惟有讚歎。

題自畫册

此余辛未春以服闋赴補，由水道入都，舟中閒暇，漫爲點染。歲久亦已忘之。乙巳仲春，於抑兒几頭瞥見，云爲友人攜至，亦不知所來。展觀筆竟稚弱，輒爲面棗然。憶作此册，忽忽將四十年，中間陵谷滄桑，變遷多故，俯仰今昔，可勝慨歎。而余偷延殘息，漸迫崦嵫，筆墨之功，視壯時畧不少進。小藝尚爾，何況其他？可爲侏儒觀一節效矣。慚愧慚愧。

自題仿黄子久長幅

余丙子初冬偶有山行，以楓林丹黄悦目，遂寫所見，妄謂畧得子久皮毛，頗用自喜。雜置亂紙中，旋爲兒子持去。歲閲一周，聞已裝成巨軸。復索諦觀，則腕弱筆癡，疵累百出，無芥子許與古法相應，不勝顔汗。豈余見與昔異，抑識稍勝前耶？因自溯壯盛之年，腸肥腦满，信手塗抹，如盲人擿埴冥行，曷辨阡陌？迨年齒日衰，探求稍力，又得良友指示奥賾，始益信此道之難。於古人筆墨深微處，粗窺一二，而精力已疲，不能懇習，所謂老將至而耄及之，徒有悼歎而已。爰書畫端，聊志畹晚蹉跎之慨。

跋自畫册為文邃上人

此册雜仿諸家，後有三幀未畫，未及題款，其在何年與爲誰氏作，已都不復記憶。不知文邃開士得之何人，前秋出以眎余，因請續成後幅。展觀纖弱支離，一筆無有是處，不禁顔汗。攜歸留置篋中，老嬾未能猝應，又逾兩年。今冬屏居一室，小窗晴暖，適有筆墨之興，終日遂竟此册。其視前作，稍覺老蒼。然自分焦芽敗種，迄以無成，非但疾行無善迹也。邃公鄭重購藏，何異千金以享敝帚，深愧其意。

題楊子鶴畫卷

曩歲楊子野鶴爲余寫照，時稱酷肖。今撰兒過虞山，野鶴爲畫小卷，仿貫道，深得巨然三昧。石谷子爲添沙磧遠帆，撰兒謂其畫尺幀千里，真衣鉢相傳。余諦視之，實與宋人血戰，不讓其師。異日石谷子見之，亦應深韙余言。撰兒寶之，勿以今人忽諸。

校勘記

〔一〕「蒙」原作「余」，據《畫學心印》本改。

〔二〕「大」，畫論文庫本作「能」，於意較勝。

〔三〕「禕」原作「禕」，據畫論文庫本改。

〔四〕「牸」原作「牸」，據畫論文庫本改。

卷十六　王時敏集輯佚

詩

辛亥仲春為石谷老兄四十壽

春酒長筵恰令辰，盈觴持獻二親頻。徑來車馬推名士，胸有溪山號散人。潑墨已追黄子久，揮毫重見李公麟。與君俱是王喬後，九派江分水乳勻。

（録自清王翬編《清暉贈言》）

題王廉州臨北苑瀟湘圖立軸

一望煙巒接遠沙，碧林深處幾人家。溪流常繞柴門外，蘆葉西風拂釣槎。

題卞文瑜山水軸

畫中九友卞司空，煙樹晴嵐點筆濃。鼻祖由來推北苑，繪林千古有宗風。

題魯得之竹軸

墨汁淋漓尚未乾，誰揮醉筆寫琅玕。秋風無限江南思，影落瀟湘暮雨寒。

（以上三首録自清陸時化撰《吴越所見書畫録》）

題自作溪山勝趣圖

山垠小築趁閒身，甕牖繩床不算貧。一夜風吹春茗緑，滿腔溪壑鬬嶙峋。

（録自清陸心源撰《穰梨館過眼録》）

題自作夏山圖

營邱北苑無真虎，十岳煙雲萃一峰。不是夏山偏入畫，愛他霖雨霎時濃。

（録自清王時敏撰《王奉常書畫題跋》）

題自作歸村圖

籬落參差屋數楹，青衫箬笠課農耕。西田雨過秧針緑，原隰風來麥浪平。香稻宿儲春作飯，吴菘新長摘調羹。呼僮爲置門前榻，向午貪陰坐豆棚。

題自作農慶堂讀書圖

忽忽吾心意不如，悠悠此世計全疏。曉來到晚一無事，翻盡牀頭百卷書。

（以上二首録自民國龐元濟撰《虚齋名畫録》）

題王鑑仿王蒙山水軸

微雨不滑道，斷雲疏復行。紫崖奔處黑，白馬去邊明。秋日沾新影，寒江落舊聲。柴扉臨埜碓，半濕搗香粳。

（録自清張大鏞撰《自怡悦齋書畫録》）

闕題

按，詩後署「俚言奉贈君翁老父母，兼祈詞壇教正。通家治弟王時敏頓首具草」。

海甸稱巖險，神明宰一城。頒條如廣漢，約法過秦彭。勵操冰壺潔，持心玉尺平。恩波濡萬井，膏雨潤千甍。數布巡郊惠，長推閉閣誠。杜翁矜赤野，賈父□黎氓。菜市收庸少，蒲鞭示撻輕。兼侔胡質儉，更比伏湛清。愛素蒸匏脯，防嫌覆雀羹。去氈仍却絹，埋鹿又辭鱗。李勉堪同傳，王尊好共評，操脩能狷介，邁節自崢嶸。書擲當廳水，筵消別駕觥。城狐彈指得，漕蠹挺身争。露板諸曹恐，移書屬郡驚。嘉謠興五袴，特績播三鐺。質朽資培植，門衰賴覆帡。循良真足紀，謳祝媿難傾。竹馬迎車拜，銀麾夾轂行。寇恂如可借，加額爲蒼生。

（録自文物出版社《中國古代書畫圖録》）

闕題按，詩後署「八十一老人王時敏」。

黄山瑞氣産人豪，門第汪家喜最高。風雅自來誇鷺羽，魚鹽何惜試牛刀。茱萸節裏蟠桃宴，叢菊花前琥珀醪。聞道昔年曾像設，優瑱福德報非遥。

（録自長城出版社《中國歷史博物館藏捐贈文物集萃》）

闕題按，詩後署「右詩書上符老年翁詞宗，王時敏」。

越王城外柳千條，五馬腓腓驛路遥。白日搴帷臨海甸，清秋建節上雲霄。召公蔽芾留南國，黄霸威名動北朝。自笑棲遲衡泌客，吴天極目佇揚鑣。

（録自中國書店《明清名家詩文手跡鑒賞·隸書篇》）

闕題按，詩後署「書似叔度道兄正，時敏」。

來去渾無跡，披襟快客衣。泠然樓倚篴，曠爾竹開扉。樹古傳泉瀉，雲閒作石飛。悠悠行路者，若者會靈機。

（録自文物出版社《常州博物館五十週年典藏叢書・書法》）

題王石谷十里溪塘圖按，詩後署「康熙己酉立秋後三日，西廬老人王時敏，時年七十有八」。

十里溪塘水落流，晴沙細草臥江鷗。試看一片春山色，雙燕雪池逼枝頭。

（録自童一鳴《王時敏年譜》，《朵雲》第四十六期）

贈王貞媛詩按，詩後款署「曳水八十七老人王時敏書」。

從容仗節女程嬰，況復青閨未嫁身。心矢柏舟長灑淚，貞同雪窖不知春。樓頭繡佛垂虹映，月下鳴機落雁巡。皎皎孤芳堪勵俗，門閭旌賜苧絲綸。

（録自《西泠印社二〇一二年春季拍賣會·中國書畫古代作品專場》）

闕題按，詩後署「右書于恭壽堂，王時敏」。

春風開遍碧桃花，白髮青樽傲物華。門外舊栽彭澤柳，隴頭新熟邵平瓜。看禽獨唤亭中鐵，待月閑烹竹裏茶。斗酒爲君稱介壽，一泓流水泛胡麻。

（録自《西泠印社二〇〇七年秋拍·中國書畫古代作品專場（清代）》）

文

雲客先生像贊

短笠籠頭，單襦挂身，天庭黄色靄乎春。軒軒霞舉，若遺世而絶塵。人以爲輟耕之野老、還讀之隱倫。我觀其頰上之三毫，知爲虎頭之寫炤，傳我友雲客之神。

吁嗟乎，猶龍出關而後千百世下，豈祥光紫氣復氤氳。盤結於虞山之畔、尚湖之濱。而遇此騎牛之人。

（録自清王翬編《清暉贈言》）

太倉州重濬朱涇碑記

國家重財賦矣，亦知財賦之原乎？財賦本於農田，農田本於水利，未有置其本而不講者也。吾蘇財賦甲天下。而農田之在低窪者，歲苦浸；在高亢者，歲苦旱。浸者利洩，旱者利蓄。蓄洩之利，宜歲歲講者也。宋之范仲淹、郟氏父子，明之夏忠靖、周文襄、海忠介、姚文灝、吕光洵、耿橘、歸熙甫、張玉笥諸公，或躬建厥績，或手輯諸書，吴地咸有賴焉。逮後鮮有究心，以致農田日壞，財賦日困，民生之所以日蹙也。悲夫！吾婁濱海，地高亢，田斥鹵，利在蓄，諸河爲上江尾閭，利又在以洩爲蓄。自劉河未開以前，止戚浦帶水，不能瀉上江諸流，故長、崑兩縣多積水，太倉、高鄉乏灌溉。前任白州侯覩其患而思拯之，乃採諸生顧士璉議，於順治乙未春鑿朱涇五十里，洩鄰邑積水；丁酉春，復開劉河，留壩捍渾潮，乃掣劉河水，北注朱涇，俾水壯可以刷沙。於是朱涇洩長、崑之水，戚浦洩巴陽之水。同爲幹河，但通海河宜歲淘，或三歲一疏，則潮沙不淀。乃朱涇濬後越十年，戚浦越二十年，中多淤段，難以行舟。甲辰春，值劉河議移城，而將作不能出朱涇；崇沙高餉匱，而運艘不能出戚浦。羽書旁午，軍民交困。州牧陳侯乃奉撫部院韓公檄，并浚兩河。侯以鴻材偉抱，幹濟有餘，念不得不勞民，而籌其所以便民者，仍用白守銷圩勸分法，權兩河繁簡，以撥夫役。通計一邑二十九區，分五十扇，以四十扇役戚浦，一十扇役朱涇，如三都、四都、八都、十都、十九都、二十都，附近朱涇，故役之。蓋朱涇迤東淤段，袤二十五里，難河每丈僅得役田三十八畝，田嗇力艱，似難底績。乃民樂於附近，亟於灌溉，四野雲集，萬鍤雷動，侯不待再巡，而工已畢矣。役始於本年四月之二十日，卒事於五月之二十六日。自茶菴起，南至天妃鎮，北至茜涇鎮，計四千餘丈。每丈約十六工，計六萬四千工。每工准租銀六分，計三千八百四十兩。朱涇告成後，戚浦亦漸竣。由是運艘既達，城工可興，則侯勤勞王事之績矣。高鄉得溉，貿遷有濟，則侯施及農商之澤矣。乙巳秋霖，吴地大浸，侯乃決婁江、朱涇兩壩，以洩上江積水，則侯波及鄰邦之惠矣。夫水土之功，與天地并，是以萬古頌神禹之烈，然手胼足胝，盡力溝洫，必躬親之，況民牧乎，又烏能已？歷考離堆芍陂、鄭渠召堰，仁人君子，千載垂聲。至於後世，居官如傳舍，視民如鷗鳥，平日不以利病關心，及水旱薦臻，征徭孔亟，正供缺額，參罰隨後，盍求患本，爲民導衣食之路，爲國濬財賦之源乎？數十年來，蔑有講究及者。唯白州侯毅然爲民興利，而又著書惠後。後賢乃能因其法而拓其跡，以成前人之美於不替，是非仁人君子之用心乎？昔周文襄撫吴，清釐賦額，兼治田治水，吴民至今尸祝。今撫部院首請減糧，更疏河、救荒并舉，是忠靖、文襄於今再見，假以范、郟遺法，令合屬脩水上之政，以裕農田財賦之本，得屬吏如侯者，奉行德意，恤災拯患，三吴之困其瘳乎，豈獨婁土一邑交頌明德也？侯名國珍，號鹿屏，金華人。委官則吏目李君永禄，東昌人。董工則諸生李玉枝、顧士璉、王文炳、何九敘、章斐、顧廷鏞、李膺。耆民則徐洲、陸燝等。俱附書焉。戚浦别有記。時康熙乙巳十月之朔，年家治弟里人王時敏頓首拜撰。

（録自明顧士璉等輯《太倉新瀏河志》）

抄本初學集題記

《初學集》一百卷，梓於甲申之前，運遘陽九，姑爲名山之藏，余借録本讀之，喜而不寐，遂鈔得十之六，爲歲丁亥。已而借槧本鈔十之四，爲歲己丑。原刻族分部居，有倫有脊：詩五卷，雜文五卷，（潘重規案：原鈔作「廿五卷」，朱筆圈去「廿」字。）序十二卷，記五卷，行狀三卷，墓誌銘十卷，神道碑銘三卷，墓表二卷，（潘重規案：原鈔作「三卷」，朱筆校改爲「二卷」。）塔銘二卷，傳三卷，譜牒二卷，祭文一卷，哀詞一卷，啟帳詞書一卷，疏一卷，贊偈一卷，題跋四卷，奏疏二卷，（潘重規案：據刻本實一卷，此誤爲二卷。）制科之卷三，外制之卷十，實録辨證之卷，讀杜小箋、二箋之卷五。余先鈔十之六，以録本之敘次條分，不依原刻，不無歉然於此。後，鈔槧本以足之。寓覽全帙，迺知目次之釐然也。行書密行，亦經年而蕆事，以是爲《初學集》草藁，娱一人之目可乎？余年艾矣，攤紙日度數千言，午夜夢回，腕楚輒作呻吟聲，晨起科頭，筆墨戛戛然且握管不釋手也。耑勤篤嗜，其不暇逸乎哉！書成爲識之如此。己丑中秋，識於吴興氏之寓樓。

（録自潘重規《王煙客手鈔錢謙益初學集考》）

堯峰禪院募施小引

吴中多佳山水，而各藍鉅刹亦往往不乏，大約非其人則不能創，非其人則不能守，故開創難而守成亦不易。予曩者遊屐至堯峰，見其四圍連峰千嶂成障，寺宇澄肅，梵修浄嚴，謂入諸天勝境。既而仰矚山麓，更覺殿閣崢嶸，僧行紅葉，嵐擁白雲，絶非人間近玩。乃偕友步屧而上，整衣入殿，禮佛訖，忽聽晝漏初傳，鐘聲嘹喨，宛然寒山夜半時也。因徘徊久之，不忍去。夫堯峰湛師者，初至龍洞，結茅數椽，不蔽風雨。師躬自托鉢，廣參大乘，遂受菩提之密印，化人天之導師。迄今垂百有餘年，其徒孫範圜師能永此道場，一如湛公生存。而殿宇之焕，僧衆之盛，不異曩時，洵乎守成之功與開創之功可并垂不朽也。所慮大衆雲集，糗糧時匱，如吴之名公鉅卿，有讀東震之書，慕西乾之教，能信心正覺，助宣大道，各隨力樂施，俾成勝事，則百千萬人同沾化雨，二百餘衆共證樂邦。範園之願，尤湛師之願也。去年冬，範師持此軸示予，欲乞一言以從文太史之後。顧耄耋之年，意思瞶眊，不能即應其請。昨趺坐半禪，偶一念至，并憶昔日游歷之樂，因援筆書此。語曰：「莫爲之前，雖盛節傳；莫爲之後，雖美弗繼。」若堯峰一山，奇秀傑特，固甲於吴郡。前之開刱者湛師也，後之守成者範園也。而今之護法施捨以永此道場者，其將望之君子乎。康熙庚戌初秋，西廬老人王時敏撰并書。

（録自清王寶仁等編《婁水文徵》，并校補以《吴越所見書畫録》）

封樹連枝記

余祖發源山右，蕃衍中州，元明之際，流寓東吴。至第六世莆田公始著。八世贈宫保。自然公爲大宗公之季子。友棣公再傳爲景熙公，生二子，長君延時進，次備公天敘，余再從弟也。憶余弱齡在疚，承文肅公之緒，如髮引鈞。時式好無尤者，惟君延一人。君延少余一歲，備公少君延十歲，兄弟師友，極天倫之樂。知之稔者，莫余若。君延三子：擢、揀、捷。備公一子聞炳。備公年未中壽，賫志以殁。歲辛丑，聞炳爲父卜葬，滇南文先生感其誠，躬爲相地，於祖居之後得吉壤。聞炳曰：「此雖祖業，今屬之世父，世父春秋高，正需壽藏，可不問。」然文先生之言已傳入君延之耳，呼聞炳語曰：「此壤果吉，速爲汝父葬。」聞炳再三謝不敢，君延曰：「汝平日事我猶父，藉此以報，成汝孝思。」聞炳不能辭，更請知擢兄弟。擢兄弟曰：「父命也，曷疑爲？」遂交易於壬寅之冬。聞炳感甚，既而曰：「世父寧不樂斯邱乎？欲慰不肖，弗顧其後，不肖何以即安？莫若遷王父母爲主穴，我考祔其穆，他年世父祔於昭，斯兩得之。」因請於君延，其父子聞之喜可知也。越癸卯，聞炳奉父柩厝其所，不即窀穸，言有待耳。丙午，君延去世，擢、聞炳理前説，而識者謂景熙宅兆久安，遽欲移葬，非所以妥先靈也。擢、聞炳是之。爰相謂曰：「傳稱合葬非古，何以後漢樊重遺令與吏人同墳異藏乎？而況連枝共本者乎？讀古人書，師其意不必泥其言。盍同爲馬鬣之封，兩先人并穴，日後我兄弟各祔其旁，則兩世孔懷，生死相依，善之善者也。」以余爲識途之馬，進而質焉。余謂：「生死一耳。生而塤篪道合，死而魂魄何忍相離。兄弟并穴，雖剏自今，亦即古人同居共被之意，孝子事死如事生，云何不可！」慨自布粟興謡，不令爲瘉，積成風俗，吾州之以友恭著聲、白首無間言者，吾家有二焉，曰大橋，曰北行。大橋則諸父子原、子政、子受、子張、子慎也。北行則君延、備公也。擢、聞炳等又親踰同氣，媲美河東，各能仰成先志，尤不易得。是舉也，可以範族，可以訓子孫。援筆以垂後者，余老人事也。

（録自清王寶仁等編《婁水文徵》）

虞山二子字説

虞山王子石谷，筆墨妙天下。與婁東西廬老人交，最稱莫逆。一日，持素册以謁老人，使名其二子而著説焉。老人瞿然避席曰：「命名非朋友事，且非耄夫之所知也。」石谷再拜而言曰：「吾家世業儒，大父淹通典籍，旁及丹青，以博雅爲鄉閭推重。至翬弗念厥紹，雖夙興夜寐，疇云無忝。幸二子皆有志，駸駸嚮道。翬惡乎名之？先生辱忘年交，强爲我取經義以勖之。」老人堅辭不獲，因思石谷之才涵貫古今，石谷之名驚爆天下，而猶以祖武爲念，石谷之志大矣。夫以石谷之才，何難於工制科、博上第，顧不以烜耀一時爲榮，而以可傳後世爲事，則保艾克昌，必令聞令望爲世名賢而後可當，不徒以功名顯也。《裳裳者華》之首章曰「我心寫兮，是以有譽處兮」，蓋言得君以得天，善其聲也，安其處也。其次章曰「維其有章矣，是以有慶矣」，蓋言有文章斯有福慶耳。爲名其長曰有譽，而字曰處伯；次曰有章，而字曰慶仲。庶幾二子者思其名之貴，則知所以自貴，思其字之美，則自勵以全其美，不亦可乎。石谷曰：「善。」遂書以贈。

（録自清王翬編《清暉閣贈貽尺牘》）

□□重修相城靈應觀記

長洲相城靈應觀羽士趙弘科，偕其徒周正誼介子、老友退山馬翁載拜稽首，鄭重而請曰：縣治東北五十里，瀕澥枕湖，膏腴澤國。相傳春秋時伍子胥爲闔閭築城，先於此相地，以下濕故止，遂名相城，所謂漁子沙也。石梁横亘，顔曰通仙；寶坊巋峙，額名靈應。自宋咸淳二年，開山始祖趙志清奉敕所建，初名靈應道院。□□□□□□□□興，道風演迤。其能呼及風雷，名聞當寧，因請陞院爲觀者，師祖蘇斗南也。至若博通淵微，旁及儒釋兵法，莫不洞曉，孝友和敬，望而知爲神仙中人者，先提點蘇城白鶴觀，鄭明德爲之記，及老歸相川靈應觀，奉母終養者二十餘年，姚榮國銘其孝行，煉師心齋席應真號紫陽子也。勝國之初，有紹修清浄玄妙之學，其修煉醮祭，白鶴翔舞於雲端，奇蹟累著者，法師周鶴林也。地雖褊小，代有高真。殿宇廢興，因人代謝。然而道不中絶，緣機有待。穆宗朝，里人馬倖好道樂施，鳩工庀材，而兹觀爲之一新。歷數十年，凌替彌甚，風雨漂摇，殿堂傾圮。天啟癸亥，先師祖顧娱川、金寰宇不敢坐視玄宫之淪於瓦礫，乃齊心共事，竭蹶告成，於是殿廂廊廡、垣墉階戺以次，而兹觀爲之再新。既經鼎革，尋更水旱，穹樓湧殿一墜不復興者，所在皆是。時則吴門張上池者，以岐黄業託跡於觀，寰宇爲之具饔食，久而靡間。上池後游京師，頓得諸公卿間，來招寰宇，而寰宇已殁矣。弘科，寰宇之徒，跋涉三千里，上池願爲之領袖，時龔大司馬捐貲首倡，以暨四方好施檀護，共襄厥成。殿宇莊嚴，金容完好，弘科願力可謂克盡矣。而復念後人無受經之所，歲值水旱，薦臻抄化無由，乃聚徒輩周正誼等矢心合志，以平日襯施之積材，倩傭闢東南隙地，鼎新創造，於是翻經之室、習煉之房、庖湢之所，無不畢具。是役也，始於丙辰之春，成於己未之秋，四載經營，聊有次第。念後先興復之由、檀施佽助之力，皆不可以厯滅，乞公書其歲月，勒之貞珉，以垂永久。余讀《周禮》，大祝掌六祈，以同鬼神祇，天神、人鬼、地祇不同，則六厲作見，故以祈禮同之。國有大，故大災必禱，祀上下，神祇方，今東南多事，庶物失祈大故大災，必禱祈上下神祇。方今東南多事，庶物失所，大故大災，宜莫甚於此者。弘科所爲，亟亟乎飾神區，崇觀宇，於古者號呼求福之義不可謂無當也，遂徇其請而爲之記。康熙十八年歲在己未秋八月望日，婁水西廬老人王時敏拜撰，時年八十有六。

（録自陳惟坻等輯《相城小志》）

周太夫人行略

嗚呼痛哉，先慈見背越三載矣。栝棬手澤，觸緒興悲，不孝何忍狀吾母也？不孝始離母腹，即付之乳媪手。稍長，出就外傅。丱童時身嬰羸疾，支離藥裏累年。弱冠病已，則又服官輦下，南北驅馳無寧歲。回思三十六年間，晨昏温凊於先慈者，十未三四也。先慈生平辛苦，日攢眉蹙蹙，未嘗一爲開顔。惟盼六十初度之期，捧觴上壽，跽奏岡陵之祝，庶幾解頤受之，而先慈已先期五日棄不孝而去矣。嗚呼痛哉！不孝自惟罪逆通天，鬼神實不遑以逮母。□然負疚，何顔視息人間。然念一死不償債，而使先慈懿孅湮没弗傳，爲戾滋大，用是收召魂魄，取先慈一生行實，稍稍追憶而次第之，以備名世大賢採擇焉。

先慈姓周氏，其先本出鳳陽，國初以功爲户侯，後數世徙居蘇州，世有隱德。父某，别號□□，誠慤慷慨，不輕然諾，里中稱爲篤行君子。吾母生而嚴重，動有儀軌，性穎慧，《閨訓》《列女傳》諸書，覽輒通曉大義，至女紅組訓，入手如所素習，無弗工者。年及笄，會先府君太史公有金宜人之戚，先大母朱夫人亟謀置貳，聞母有淑慎稱，躬往視之，一見歎曰：「此女端凝閒静，將來必有後福」。遂委幣焉。母時年十七，歸于先府君。朱夫人性嚴毅，櫛束内政如朝典，子婦舉止應對稍弗當意，輒加譙訶，而吾母嫻于典訓，奉兩尊人無違禮，事先考無媟容，以故最爲朱夫人所憐重。初舉吴氏姊，繼復有娠，焚香祝天曰：「太原門户鼎貴，獨嗣祚未蕃。倘徼天之福，免身生男，當長齋奉佛，不復御膏沐矣。」已而果生不孝，迨不孝試周之後，遂刺斷葷血，布衣蔬食，獨處小樓，六時唄誦聲不輟，即家庭讌集，先府君時或徵召，亦不赴也。辛丑，先府君擢上第，授翰林院編修，適際升儲大典，馳詔江南四郡，錦衣擁傳，歸省文肅公于里第。比時繞膝稱孫者凡四人，遠近豔羨，謂鼎盛蕃昌，甲于大江以東。亡何而長兄幼弟相繼夭折，先府君復遭奇疾，逾年寖劇。吾母朝夕省問榻前，恐傷先府君意，强效歡容相慰，退則含淚私語不孝曰：「爾父病勢日甚，萬一有不諱，爾祖老矣，童子未經世故，其能爲門户作計耶？」策無復之，惟晝夜白佛哀禱，願以身代。而先君竟不起，母號天搶地，絶而復甦者再四，未幾不孝復以哀勞失理，得咯血之症，時發時止，吾母簡視湯藥，跬步不離，既虞醫禱罔效，又恐重文肅公憂，蓋一歲間方寸如焚，鬢髮爲白，衣未嘗解帶，目未嘗交睫也。至庚戌除夕，而文肅公復作岱游矣。嗚呼痛哉！不孝母子爾時如天頹地騫，又如覆舟大海，僅拾斷桅，茫然莫知所稅泊，哀號躃踊，幾不欲生。會文肅公遺疏上，神廟震悼，特予全卹上謚，官不孝爲尚璽丞。不孝於癸丑春勉畢文肅公襄事，適當服闋，母拊不孝謂曰：「吾家三朝袍笏、兩世絲綸，兒念家聲，豈忍遽就門蔭？但兒獨身當户，又素羸弱，門内門外事輻輳慎委，何暇攻苦下帷？且世情渫惡，非冠裳曷支巨閥？兒宜亟入京拜恩，吾爲爾相之。人顧自豎何如耳，寧必世世科第也？」不孝謝弗獲已，遂俶裝奉母，詣闕受職，供事禁近。歲餘，適奉命視葬益藩，復偕而南。經月官舫，静醫無言聲，榜人嘖驚歎，以爲壼範未有肅于此者。迨歸而李氏婦病殁，三孫繼殤，母哭之慟，遂患痰壅頭痃，諸病比比，時中饋無主，親黨咸謂不孝憂，而吾母綜理内外，家政更加毖焉。丁巳春，不孝以報命入都，母時夙疾屢發，不任遠涉，而以不孝孑身在外，未忍恝然，遂力疾偕行。會不孝以三年奏滿，得封母爲太安人，母春秋正五十，不孝恭奉綸章，并翟冠霞帔以進，四方知交之仕于朝者，咸醵金張屏爲賀。而吾母因帷而觀焉，忽念及先府君，不覺蘇蘇泣下，雖釐受寵命，略不知榮也。越明年，不孝以致祭衡藩歸，優游子舍者匝歲，母嗣後亦憚遠役，不復同行矣。甲子夏，不孝以九年滿，升尚寶卿，適遇覃慶，加封母爲太宜人。是年秋，不孝復以使事還里閲月，而綸音適至，吾母冠帔拜受于庭，不孝隨率諸孫男女羅拜稱賀，母拊且歎曰：「憶昔爾祖、父相繼背棄，兒又負羸疾，此時單弱孤危之狀，如九鼎絲、千鈞髮，豈意復有今日？今賴天地祖宗之靈，兒克修其門業，保世滋大，子女環列，而汝祖汝父不及見，撫今追昔，能無歆痛！」言未竟而悲咽不能語矣。比時母病良已，然不孝每切烏哺之私，擬乞身侍養，母聞之恚曰：「兒晋秩方新，國恩未報，尚寶雖冷署循職，亦可自效，何遽思閒適也？我幸健飯，趣戒裝，勿以吾爲念。」不孝由是不敢復言，黽勉就道。比入都，數感惡夢，遂汲汲乞歸差。七月十五日，至毘陵，廬兒出迎，始聞母病痰喘，昏眩累日，不孝驚魂失措，亟易輕舠，兼程疾馳，十七日抵家，拜母牀下時，母病少蘇，相與抱持而泣，左右亦泣，不孝至此始知膝前團圞之樂，三公不與易也。是年冬，不孝舉先考柩葬于宋涇橋之新阡，母哀慟如初喪，夙疾亦因是數發，不孝皇皇醫藥，不復能爲絶裾；且見閹孽猴冠璽署，恥與同列，決計疏請終養，第虞非吾母意，偶因問視之暇，以微言探之，母曰：「兒平日嘗欲乞身，此其時矣。」不孝聞之喜不自勝，而簡查令甲侍養一款：凡京官奉差在外欲乞終養者，必親身至京具奏。以故遍咨耆宿，廣稽典故，擬延至冬初，爲母稱六十觴再決進止。孰意吾母入秋以後病勢加厲，初患咯血，繼以寒熱不止，遂妨眠食，病革之日，猶簡料篋中簪珥，手自啟閉，神觀了了。少選索湯，湯至忽昏瞀不能舉杯。不孝暨吴氏姊急跪床前，手捧母面，大聲疾呼，母舉兩手拊不孝頭者再，瞪目直視，曰：「吾兒吾兒。」自是不復言，閲三日而遂逝。嗚呼痛哉！吾母辛苦一生，無論不孝菽水之養百未一申，即距觴祝期僅幾日耳，而竟不及待也。痛哉痛哉！吾母自奉至儉，持齋三十餘年，朝夕所供，蔬筍之屬，味不重簋，衣垢敝則浣補以服，不孝每敕鮮衣好食進，母輒揮手謝去，曰：「我固性安之。」澹泊之操，老而彌篤。至於朱夫人所賜，雖一絲寸縷，數十年襲藏如新，罔敢遺失。居恒刀尺筐篋、米鹽粢糗，必躬必親，不假他手。督課婢子紡績，日有短度，每霜天月夜，寒雞喔喔，猶聞機杼聲。不孝嘗從容微諷曰：「家幸裕，何自苦爲？」母曰：「吾自樂此，殊不爲疲。兒不聞公父文伯母之言乎，人勞則思，思則善心生，逸則忘善，忘善則惡心生。我三復其言而有懼焉，所以抱苦身，先侍婢，搰搰不休者，正爲此耳。」至若持籌榷算子，母不遺銖黍，計極密而息甚寬，以故人亦從之。吾家二十年來建祠卜壤，所費不貲，每歲田租所入不足供所出，而不至減産者，皆吾母力也。於外家素絶私饋，外祖父母及舅氏雖歲不一至，至則寥寥數語，一飯而别，未嘗私以錢帛。即歲時問遺，餅餌菓蔬外，無他筐篚也。或有訝其薄者，母曰：「吾爲王氏守財，豈可私之母家？方媿世俗之橐金裹繒以厚餉其私親者，乃尤而效之，可乎？」御下銜轡甚嚴，僮僕有飲博闤市、闌入有司之庭者，主繩以法；而尤重閫儀，細至男女并行偶語，必以訶責從其後，以是内範益肅。而不孝數數宦游，臧獲輩咸禀成法，無杆罔生事以貽内顧憂者。生平奉佛甚謹，晨昏課誦無間，即病劇時猶强起，盥櫛禮拜，持誦如儀。惟屬纊前數日，不復能下床，口中猶喃喃佛號不置。然不喜近尼媪，亦未嘗至剎院燃香，每語人曰：「人人有佛性，處處皆佛土。何用招攜無益之侣，憧憧梵宇間爲佛事耶？」性亢爽諒直，偶聞親黨間有不平事，如含瓦石，必吐之而後已。與人言，衷所拂忤，輒面加誚讓，過則涣然冰釋，未嘗留宿於胸中也。自奉雖嗇，而遇人之困輒好行其德，如飢予之粟，寒受之綿，病者藥而死者櫝，種種善事，皆命不孝力行之，里中老穉翕然頌德無間言，故病之日，無問親疏，争醵金祀神爲禱，及卒而復爲禮懺，以薦冥福。嗟嗟，女德不踰閫，而吾母致此於鄉黨，豈偶然哉！不孝因念吾母生平處富貴若窶貧，履康樂如憂危，恭儉惜福，慈仁好生，未嘗纖毫取盈於造物，宜不犯鬼神之忌。且骨相挺勁，精神充溢，雖常在病鄉，而操作勞勩不減平時，終夜不寐，略無倦色，見者咸謂眉壽百年之徵。即病劇時，羣醫診視，猶云脉息甚旺，定無恙。不孝方用自慰，詎知不數日而遂踐大期，壽僅止此也？嗚呼，皆由不孝孽不可逭以速之，尚忍言哉！吾母生於隆慶三年十月初八日，卒於天啟七年十月初三日，得年六十。子一即不孝時敏，娶崑山太史集虚李公女；女一，適同里太學生吴鳴珙。孫男六：長挺，聘吴江憲副元谷吴公女；次揆，聘長洲大司馬元緒申公孫、太學維習公女；又次撰，聘崑山大司成瑞屏顧公女；又次接、持、援。孫女四：長諾常熟中丞衷虛陸公子某，次諾華亭大宗伯思白董公子祖京，餘尚幼。不孝初意欲奉吾母柩祔葬於先府君新塋，諸地師堅執不可，僉云：「地隘土薄，所葬已多，不宜復動畚鍤，動必獲咎。」不孝不得已，别營兆於出字圩之南，距先考塋僅半里，松楸鬱鬱相望也。嗟乎，吾母自育不孝後即獨處一室，皈依覺王，幾不知有莞簟之適。惟此窀穸方丈地，庶幾白首同歸，而又泥於形家之言，復使暌隔，不孝彌天罪逆，萬死其足贖耶。噫，先慈已矣！不肖今日即皮紙骨筆，無足仰酬罔極，而況此俚質之辭，於吾母淑德懿行何能揚厲萬一耶！惟是墓中片石，得邀華表，則先慈死且不朽。用是略述梗概，以乞靈於當代立言君子，伏惟哀憐而賜之琬琰，歿存幸甚。

（録自嚴瀛抄本《偶諧舊草》，補以笏盦鈔藏本《煙客詩鈔》）

瞿太君陳夫人詩稿題辭

夫德藝相宣，要歸至道，必研深入微，乃臻具美。即圭璋特達之彦，猶戛戛乎難言之，何況閨閣笄褘者流？兹虞山瞿太君陳夫人者，以道韞林下之風，邁少君高世之行，宏覽博物，含英咀華，固已伉儷倡和，嚶鳴悦響矣。旁及繪事，又能軼追宋元出入四大家，一一亂真，而所著詩草，深得三百篇之遺意，有鬚眉才子之所不能道者。昔趙文敏公，文章書畫，震耀古今，與管夫人酬贈討論，正堪對壘。夫人之追隨唱和，固足媲美，若夫原本忠愛，抒發性情，則曹大家且未能望其項背。惜稿多散佚，僅存十之三四，壽明翰檢哀集而藏弆之，奉爲世寶，於瞿氏文章忠孝之外，又傳不朽盛事，其永爲子孫天球弘璧者，寧有既乎。康熙乙卯小春，年通家眷弟王時敏題，年八十有四。

（録自明陳璘撰《繡香居存稿》卷首）

跋米芾捕蝗帖

董文敏公嘗言，宋代四家書法皆宗顔、歐，而米海岳尤爲超絶，脱盡前人窠臼，自出機軸，故能沉著痛快，直抉晋人之神髓。《捕蝗帖》向爲名家歎賞，余今得見真蹟，遒勁奔軼，真是平生得意筆，信可寶也。甲辰春杪，西廬王時敏題。

（録自上海書店《宋元尺牘》）

跋唐拓十七帖

右軍《十七》等帖，諸刻多有之。此爲唐摹秘本，紙墨迥異，神采奕奕，下真蹟一等物也。不意殘年獲此奇觀，聊記歲月，以志慶幸。西銘年翁道長攜示於拙修堂拜觀漫識，旹乙巳新秋二日，弟王時敏。

（録自民國間有正書局刊《唐拓十七帖》）

信札

致王翬札一

弟初六日自楓橋返棹，夜泊婁門，五鼓發舟，順風揚帆，至虞山日尚未午，即風送滕王，亦不過如此暢快。但吾兄在遠，以不得把臂爲悵。惟與尊公親翁劇談片晌，因出唐子晋兄近札相眎，其所以要質吾兄者，密密重圍不放一綫，料道駕過毗陵必爲所縶縻。寒冬急景，如駒過隙。一入新春，王長翁又將北歸，必當邀致。恐弟朝菌夕陰，遂無復接清光之日，深切痗懷。極知吾兄宿諾正多，苦無分身之法，然來日方長，自可取次酬應。惟弟年及西垂，迫不及待。不敢望累月經年，但祈乘閒暫過，使弟得再侍研席，一觀盤礴，則餘生之願畢矣。在貴邑解維，率附數行。郵筒有便，千乞寄音，以慰懸懸，不勝跂望。石老仁道兄，社盟弟時敏頓首。

致王翬札二

前過虞時雖未接言笑，而尊公親翁厚愛綢繆，迄今銜感，但以未展寸忱爲歉耳。正以吾兄歸信時時繫念，疑必爲晋昌牽留。前月挨兒往金沙，曾寄一椷，囑令過毗陵時覓便投致，想未及達。惟陸桴老近歸，云曾訪其橋梓，孔老體尚未健，子晋兄方有殤子之戚，想其欲得吾兄以排愁破涕不啻飢渴，而尊體適因小極，未能登岸，則似天假之緣，庶幾吾兩人得以少遂合併。捧讀來教，喜躍欲狂。蓋以弟衰病日增，視陰無幾，而吾兄一身四應，漸鮮暇期，故亟思聚首，以樂殘景。雖窮冬短晷，駛如隙駒，然得暫紆清塵，即數日亦稱奇遘。未知曾覓得舊紙絹否，倘俯念前約，惠然肯來，仍以三月爲期。俟長翁北歸後，弟與吾兄同往謁晤，歸後赴孔老之，約亦未爲遲。總之，他處相與止長，惟弟來日苦短，故不得不先其急者以至情告之，當亦必能見諒耳。張仙三向在金沙，近復遣人來問關仝真績，云不惜重購，弟姑以典去答之。但此績藏之甚秘，不知其何以聞知，窮子漸成孤露，惟此衣裏珠，實不敢輕以示人也。龕婢學製餺飥，比更勤習，已大勝前，再兩月度必精熟，一俟長翁歸，當即送去。因彼中無善此者，聊以充用，何言報乎。敝城饌品，惟寒家最惡，一二俗庖不過官廚排當，豈足供錬珍之役，容徐徐廣覓以報。使若輩聞之，料無不奔走如鶩者，未知何人有此福也。崐生旅況何如，與黄君曾解結否，幸示之。承秧履紅燭之賜，用以暖歲寒、照四壁，拜惠良多。吾兄念弟何以勤拳乃爾，益使弟自慚薄劣矣。未敢奉報，容即專僮奉候，并布鄙悰，縷縷不盡。弟時敏頓首石老仁道兄社長。沖。

撝稱何以仍用此一字，反似疏外，萬乞去之。

致王翬札三

前聞道駕歸自邗溝，喜爲狂舞，亟遣舟奉迎，謂旦晚必得聚首。乃人回接手札，則以尊體偶隙爲辭，并芹將亦不見納，似若有遐心者，令弟内愧色沮，悄然以思。竊意高情必不若是恝，當繇凋年急景，筆墨舊逋擺撥不迭，未遑爲境外之游。且年來宿諾頗多，一手一足，未能獻酬群心，方以此叢怨媒忌。而獨狥弟請，形跡尤所甚難，中間牽掣良苦，弟悉深知。乃數數相强，誠爲不識進退，循念殊切悚惶，是以徘徊累旬，不敢以隻字再瀆。而望前一日，孝逸從貴邑歸，云曾晤吾兄精神倍旺，且獲觀新作巨幀偉麗奇特，詫未曾有，益令弟不勝羡慕。又云吾兄已得勝侶，開歲即爲京華之行。果爾，則弟垂盡殘光，一别不復再見。因念吾兩人投契之日雖淺，而意氣相期，自足千古。今此睽離，忍不一執手乎？未審春風整轡定卜何日，如可暫紆清塵，獻歲之初，即望枉賁於小齋，爲旬月盤桓，更得賜妙筆一二小幅，以輝耀蓬廬、娱悦老眼，則弟雖身同菌露，亦無遺憾。未知肯慨許之否。前辱教云，殘歲尚當過婁爲炤翁稱觴，近孝逸亦云然。此誠不可少緩，弟亦因之再挹清揚，詎非至快。且有少裏言必須促膝傾倒。尊舟果來，幸從北關登岸，繇州前先過寒舍，晤談少頃後訪染香爲便。炤翁壽圖乞先見眎，趙景翁大幛如未送去，得并攜賜觀，尤荷尤荷。人便附寄。尚容專人薄致鄙忱。縷縷未盡。十八日，弟時敏頓首石老仁道兄大人社長。沖。

致王翬札四

初旬從郡中鼓棹虞山。晤尊公親翁。有一緘奉寄。未審曾徹覽否。長翁於何處分袂廣陵。於何日渡江。計歸途道經毗陵。必多留滯。在吾兄袛自不能恝然。自此侯門如海。弟已自分爲路人。但區區鄙願不過以視陰無幾。惟冀蹔紆清塵。非敢有久留之望。雖吾兄分身無術。不能自繇。然宿諾何如。尋思得無耿耿。前見子晋兄札。有九日期兄不至。已作一詩解嘲。若冬後失約。當以長篇揄揚盛德。此雖調激之語。而盼望殷切。人情相去不遠。於此可見。豈以弟不能詩。遂謂可無慮耶。一咲。茲因掞兒有金沙之行。再以數字囑令過毗陵覓便奉致吾兄。故知乍聚。席尚未暖。何敢相促。但祈賜一回音示以過舍的期。使弟得安心竚俟。免日夜腸斷眼穿。則厚幸矣。萬乞存念。至懇至感。云翁橋梓前乞爲弟道傾向之誠。縷縷未盡。陽月廿四日，弟時敏頓首石老仁道兄大人社長。沖。

長翁定何日還南，峴生近況何如，并乞。

致王翬札五

日道駕過婁，得接顔論者累日，深慰渴企。即欲攀留，知尚多筆墨之逋，未敢遽妨清課，匆匆判袂，不禁黯然。惟來月初見過，面承訂定不啻再三，差足自慰。然數日光陰，尤嫌其太遠耳。昨睿玉從貴邑回，云晤尊公親翁，知晉陵復有使翰相促。雖恃金石之信，必無轉移，而敦趣甚迫，恐難自堅。迴環寸心，不覺如擣。頃草一札致子晉兄，求其暫假一兩月，或當矜許。倘其使者未行，即以付之。否則，覓便郵早寄何如。許堯老新從北歸，云在都與邵蘭雪往來甚密，得見大作卷册，歎服不置。邵兄尚有裏言寄聞，吾兄至婁尚可與堯老面談也。又云長翁攜《鹿脯帖》至都，有軒冕精於賞鑒者一見歎絶，深恨聞之稍遲，未得先購。又云長翁方往汾州迎太夫人，尚未至揚，皆渠所目擊，則前所傳十二已到之況想亦不甚確。未知伊在兄曾行否，聞有唐使在宅，故先草一札，令急足馳上。俟出月當即遣人舟奉迎，并修薄聘，諸不多及。廿四日，弟時敏頓首石老仁道兄大人社長。沖。

緘書後偶晤梅翁，云已爲吾兄作長歌，頗甚得意。因方付謄寫，尚未寓目。道駕速來讀之，亦一快也。并聞。又拜。

致王翬札六

吾兄正當羔雁交集、手足莫措之時，乃爲弟堅謝他約，確訂來期，高誼隆情，真可薄云天而辟金石。捧誦手札，忻感無已。今旬期已届，特遣小舟奉迎，并具二十金，少爲尊庭一日甘脆之奉，萬唯即日命棹，以慰懸佇，懇懇。梅翁長歌先録奉覽，渠方裝一册，尚欲手書以贈。但聞初十日欲爲苕上之行，即之武林，或有一兩月盤桓，吾兄早過猶得相晤。張先三頃有字至，欲得《湖莊清夏圖》，弟實戀戀不忍割，姑以暫典須贖緩辭之。然比來方苦窘困，莫名一錢，恐亦不能固守。亦待吾兄至，粗勾草稿，聊存一形模耳。種種統俟晤時面罄，不多及。石老仁道兄大人社長，弟時敏頓首。

致王翬札七

前子惠至虞山，有一緘奉寄，云已致尊公，未知家郵中曾以達覽否。小僮在郡數日，遍覽尊寓不得，聞已有錫山之行。及昨子惠歸，云曾至飲馬橋袁寓奉訪，適逢偶出弗遇，則仙蹤仍留郡中。以凡延致吾兄者，皆詭詞謝客，秘不使人知，故無從物色耳。惟於雲臣處得吾兄前寄一札，娓娓滿紙，所以垂念者最殷、訂晤者最切，具見道愛綢繆，信義諄摯，過越尋常，弟何人而邀異睠乃爾，感非言喻。但吾兄以一身應天下之求，固極煩苦，正恐復當益甚，則高名爲累，反妨閒適。毋論弟妄希瑰寶，究成虛願，即求一接笑言，亦豈易得。殘年促景，益不勝悵惘也。弟今年所處困約，真成赤立。前所託伊在之物，三次遣人催索，其兄弟間互相推諉，逐日遷脱，竟無了局。雖累次稍有持歸，以舍間適有意外之費，隨手散盡，惟籍後手些須以支旦夕。原許月内全完，故復令催取，但聞其家漸成撒局，且索逋者甚多，恐以先應强力之家，則弟孱懦些微，益後緩視。乞吾兄以正論婉諷，得如期速付先爲竣事，則當厄之施，感佩更不尠矣。以實因窘迫，不得不爲大聲之呼，乞致伊在兄曲爲留意。長翁有的信否？良晤或在其過郡時，有便千祈惠音。冗次草草。石老仁道兄社長，弟時敏頓首。

（以上録自章暉《西盧殘照——王時敏晚年的生活與藝術》）

致某人書

望後有北鴻之便，曾附一緘，并拙筆寄呈。但其人舟行，恐未能遽達，計端陽左右始徹台覽耳。竊惟老年親台，捄時巨手，朝野具瞻。海内有識，咸以夢卜之應，覘世道之隆替。吾鄉當剥削刓敝之餘，急資霖雨，顒望倍切。弟衰殘待盡，不能數通問候。惟冀偷延餘息，傾耳延登，遹觀德化之成而已。兹因練川李秋孫之便，附候興居。秋孫爲長蘅先生家孫，能世其學，詩文皆超軼絶塵，品更金玉，真可克紹前美。而弱冠游庠，即遇奏銷，且家以亂廢，遂無一椽，屏跡郡之西山，以樵採以自給，窮餓殆不能支。適武林嚴顥老爲先世石交，引與令郎方老共事研席，特附舟以至都下。仰慕老親台爲當代中郎、北海，思得望見台光。弟敢以一言爲之紹介。固知好篤緇衣，日勤吐握，且流覽其文辭，必垂鑒賞。當使仲宣、正平，藉以騰聲。不但推情往喆，令羈旅孤生，免負薪葛帔之歎已也。聊藉便風，少展闊臆。幸惟委照，臨紙神馳。弟時敏頓首。左悊。

（録自潘承厚《明清畫苑尺牘》，民國間影印本）

致子挺揆撰等書

（前略）汝若知有門路，可與細商之。駿老歸，悒鬱之極，對人極贊首揆，懷寧次之。我因問（中略）主局者定□何人，渠沉吟良久，曰「誠意一人而已」。觀其意頗深恨之。汝歸，對人切不可露與劉往返之意，此亦至緊事也。昭老諸公無不罵劉者。德清五十初度已過，竟失賀壽。首揆同年，未知其誕期確在何月。懷寧聞亦六十，果否？劉公生日亦可問明。（中略）辰乃仕途所最重也。（中略）切勿示之，即劉公亦勿使知也。（中略）黄石老在南中，汝宜執贄往見。楊機老若在，亦見之。如此時勢，斷不可無委蛇之術。（中略）其在汝前如此居功，意不在小。昨送禮物太輕，恐反觸其怒。（中略）目前錢曼老北行，吴來老、周彝老賀禮贐禮皆須隆厚，赤手無可措辭。（中略）彼南中耳目甚多，説話須萬萬謹慎。逢人只是贊他，勿露一毫不足之意。昆山事，亦時人所諱言，若有人問及，亦只推不知而已。（中略）以如簧惑聽，陸人疏揭外，復以天老家墓志聯字刻文，（中略）揭復社十罪檄討。黄子羽以虞山守公之故，爲群小所側目。（中略）將來禍必及我，（中略）此時長安一日態，一夕數驚，真成稱一夜頭堪白。（中略）父字付男挺、揆、撰等。

（録自凌利中《閥閱江南第一家——「婁東畫派」研究三則》）

至某人書

秋末得手書，兼以珍册見惠，且述尊公體違和。竊謂小極不足介意，乃未旬日忽聞大故，痛盡曷勝。已屆終七之期，適有小价歸虞之便，特□薄具生芻，并侑蕪辭，以告焚惋。雖筆揄墨誦，未足摹寫大雅之萬一，幸惟鑒存。誄辭雖從彼來，然恐或非其意，幸唯秘之。妙册尚未圖抹，容當專謝。道臺岱游，此月□□當扶曳一拜，若得於吳門邂逅，猶幸也。□前書附覽於此，□不符，惟淡淡改之，至荷。愚時敏頓首。

（録自《中國嘉德二〇一一秋季拍賣·妙筆》）

致蔚老賢姪書

老姪厚愛，非比泛常，佳簞輟惠，辭曰扶衰，尤似至情。但家有一張，用之未敝。餘年有幾，所謂「一生能著幾緉屐」，乃復費此珍物，是以未敢濫叨，想蒙俯寬。若盛意無已，固已心戢弗諼矣。先此謝復，容面頌，不一。蔚老賢姪骨肉，愚伯時敏頓首。

編者按，另頁張廷濟道光十三年癸巳十一月廿日跋云：「右太倉王煙客奉常時敏手書真蹟八行。王，明萬曆二十年壬辰生，康熙十九年庚申卒，年八十九。此蹟係晚年筆，審其語當是與石谷子。」張跋恐誤，此當爲致族人王蔚儀書。

（録自《西泠印社二〇一二年春季拍賣會·中國書畫古代作品專場》）

附録一　交游貽贈詩文選輯

詩

王文肅公祠堂成遜之尚寶乞詩

婁堅

公起菰蘆中，名在日月際。當其拂衣歸，不難忤權勢。召還彌感激，入告幾摩厲。黄閣佇論思，青蒲餘涕淚。上意幸少回，臣愚有深悸。將毋蒙異恩，呼天謝三事。未忍忘朝廷，長懷抉蒙蔽。依違不上聞，俯仰媿當世。今也殁不忘，偉哉遂所志。奕奕者新宫，濟濟儼陳饋。拜起相與言，後來復誰繼。年少前致問，老翁三歎喟。具言公少成，嶷然夙表異。或以文字知，諒爲公輔器。科名詎足矜，樹立有司契。曲江度何知，廣平静堪嗣。敬輿在貞元，得貶非其罪。希文在慶曆，乍進俄已退。孰有眷注深，終以腹心寄。維皇在宥久，頗厭群囂詖。章疏積報聞，威福漸委棄。自非抱忠貞，何由徹嚴邃。在遠荷眷懷，已衰虞隕墜。奄忽騎尾箕，已復十改歲。玉樹先秋凋，孫枝爛霞蔚。才氣千里駒，聲遠九皋唳。交游信其恭，閭里稱其惠。造門無雜賓，開卷索珍味。以兹紹前徽，實能垂後裔。几筵近在馮，榱桷仰可睇。崇閎倍難支，琱鏤必多翳。殷勤嗣箕裘，庶幾永茨塈。歌以諗後賢，一念百千禩。

王尚寶遜之北上有贈

同　前

東風吹海午潮平，春半仙郎上帝京。進止定回明主顧，丰標應憶舊臣名。清言廣座蘭心合，點筆輕縑霧氣横。白倚青箱饒世業，不因華胄動公卿。

送王遜之尚寶奉使還朝

同前

仙郎朝直久楓宸，詔下西藩遣侍臣。還聽早鶯宮漏永，遥憐新柳御溝勻。斬鯨黑水銷兵近，立鵠丹霄獻頌頻。似我迂疏何以贈，羡於開卷識經綸。

送王遜之入朝

唐時升

春深宫柳隱西垣，争看三朝國老孫。匡世經綸留鳳閣，在廷冠冕半龍門。曾窮歲月通經術，早向雲霄報主恩。若問廿年開濟事，諫書猶有淚成痕。

丁卯四月七日同陳眉公過遜之山館話雨留宿

董其昌

風物清和好，相將過竹林。驟寒知夜雨，繁響逗蛙吟。雜坐忘賓主，清言見古今。呼僮頻剪燭，不覺已更深。

同思翁過遜之山館話雨

陳繼儒

半載文園病，花前悵別深。何期今夕雨，重話十年心。池畔蛙聲亂，樓頭漏點沈。一尊更相勸，惜我鬢毛侵。

九月八日集遜之南園

朱夏

重陽節到興偏佳，共約南園賞物華。莫向鏡中悲白髮，且從籬畔對黄花。解官自愧非陶令，落帽何煩笑孟嘉。賢主多情心已醉，卧看弦月墜蒼葭。

集王遜之南園

文震孟

乘興重尋勝地游，風光不見緑陰稠。滿庭紅葉偏宜晚，三徑黄花却耐秋。烏帽每從風外整，羽觴只向席間流。美人欲得周郎顧，故拂箏絃伺轉頭。

早春游婁東王璽卿東園

陳子龍

別墅東郊道，春暉起薄陰。曲樊微徑出，亂木小闌深。竹勢迴崗接，花源隔水尋。便生濠濮想，疏館獨鳴琴。

拂拭朱門貴，幽然物外情。碧雲摇暗雨，紅藥媚餘晴。平野華堂迥，寒花絶澗明。最憐無粉澤，一往見澄泓。

游王煙客尚璽樂郊園

楊文驄

周園抱冷月，素影若先私。入島飲孤翠，回舟望九疑。精神寧自適，情性真相移。妒殺王摩詰，終朝畫裏詩。

甲戌仲夏讌集王太常東園

陸世儀

樂郊昔日舊游地，此來又見經營初。小山纔築已餘勢，新沼乍成方始波。歷落沙隄種榆柳，參差軒閣開巖阿。我心正爾抱抑鬱，欲坐此間長嘯歌。

季夏復集東園

同前

六月避蒸暑，載游東岡陂。賓客曳華裾，蒼童攜酒巵。入門縱觀眺，高山正透迤。華軒枕虛壑，危樓臨大池。緑葉翳繁林，朱華被清漪。已登崇邱嶺，復涉淺水湄。掃花庵名看奇石，剪鏡亭名觀流澌。逍遥長隄上，散步魚梁基。疏桐夾榆柳，竹石鬱參差。放舟理輕楫，悠然適所宜。曲澗多迴湍，長杉障炎曦。涼風一披拂，邈若清秋時。樂事貴群賞，勝情欣獨知。神仙不可接，當與古人期。

南園夜集

同前

置酒臨軒幕四垂，坐深絲竹動清悲。只今小苑聞歌夜，正是高堂浩歎時。

王煙翁卜隱西田首夏為雜詩十首依韻奉和

同前

柳葉參差竹葉稀，碧梧桐下見雙扉。久疑輞口規模勝，轉覺桃源徑路微。小阜已添方丈閣，時築小阜，有閣曰霞外。新溪又闢一重圍。又闢新溪，築圍其外。塵氛滿眼應須滌，且向高岡一振衣。

西莊五月麥田稀，小檻朝晴獨啟扉。西田有水檻。蜀田逕渠處渠一作原。野鶴鬬群時戛戛，游鯈寄子自微微。一山當户青如點，四水環軒緑作圍。除却讀書無一事，釣磯閒坐弄魚衣。

亂後應憐景物稀，深藏猶幸有山扉。北風南極傾華蓋，東海西田隱少微。負郭止營五畝宅，危途已脱百重圍。遥知冠冕今難問，親種荷花擬製衣。

新榆疏柳夾門稀，小閣臨流闢短扉。東塢乍看農事急，西塘忽聽棹歌微。秧過穀雨争分種，水漲春田競築圍。惟有兒童無別事，夕陽多處曬牛衣。

出郭已知塵事稀，誅茅况復構巖扉。山林舊擬王摩詰，松菊今歸韋表微。藥臼茶鐺終日侍，竹洲花塢自相圍。當途幸喜知交寡，送酒無勞過白衣。

吴塘灣裏過船稀，盡日無人自掩扉。午睡正酣風乍穩，小花纔種雨方微。浣溪近漲波三尺，彭澤行栽柳十圍。竹葉牀頭春釀熟，少陵不用典春衣。

莫道村中好客稀，臨一作沿流隨處款柴扉。溪翁偶語魚經熟，野老濃談要術微。鄰叟周華山精農事，時與煙談種植。爲看秧苗行未倦，偶商晴雨坐成圍。幾回杖策歸來晚，不覺凉生白袷衣。

錦鏡亭前紅未稀，魚限村外緑遮扉。錦鏡、魚限皆西田事圃之名。事因入俗隨方易，詩爲傷時用意微。留客幸餘冰一片，避人何必竹千圍。水田畦畔分明在，摩詰新裁稱體衣。

地僻舟車相過稀，興酣落筆坐當扉。但教潑墨臨圖障，已自游神入翠微。老懶溪頭秋色滿，大癡雲樹曉山圍。置身邱壑真能事，肯數曹家出水衣。

水面風生菱葉稀，野航疏敞不裝扉。恐驚魚隊施篙緩，畏損菱絲撥棹微。港曲路窮思作坐，時擬作亭於水陰。圩旁蘆長欲成圍。江湖滿地多愁思，杜老應傷未拂衣。

西田八章章八句集葩經壽王煙客有序

同前

西田，招隱也。大夫有耄而遯於荒者，君子爲之覽古以志焉。

西田何有，榛楛濟濟。作之屏之，爰居爰處。率時農夫，侯亞侯旅。既安且寧，黃髮兒齒。

西田何有，芃芃黍苗。或耘或耔，以永今朝。我田既臧，我歌且謠。采薇采薇，于焉逍遥。

西田何有，河水洋洋。檜楫松舟，河上乎翺翔。豈無他人，毋逝我梁。人涉卬否，我姑酌我兕觥。

西田何有，緑竹猗猗。在彼中阿，雨雪霏霏。無冬無夏，猗儺其枝。允兮君子，壽考維祺。

西田何有，有蒲有荷。在水一方，洵美且都。月出皎兮，且往觀乎。悠哉悠哉，其嘯也歌。

西田何有，有園有桃。灼灼其華，曾不崇朝。歸哉歸哉，適彼樂郊。有酒湑我，嘉賓式燕以敖。

西田何有，有菀者柳。晛睆黄鳥，好言自口。爲此春酒，酌以大斗。攜手同行，卬須我友。

西田何有，魚在于沼。泳之游之，洵美且好。誰能烹魚，薄采其藻。酒醴維醹，永錫難老。

丁酉仲夏十二日白使君林九約往王太常東郊看荷周臣端士異公布席揖山樓略去苛禮雜坐凭欄清風徐來香滿四座少焉月出移席臨流露氣花香山容樹色疑非人間境也使君樂甚即席分韻人賦一首時同集者武陵吳興公正宗維揚陸無文朝陽羨任文素雄雲間董得仲黄子少楹枅及予與顧子殷重陳子確庵也

同　前

樓頭開宴午風輕，樓下移尊晚更清。花自若耶分衆妙，飲如河朔集群英。紅葩映月紛紛白，暗葉傾珠顆顆明。最是香山能好士，新詩容得野人賡。

和王煙客太常西田泛月作

同　前

月滿青天水滿陂，明珠光映碧琉璃。已添的爍星環照，更有空濛露四垂。清極小亭渾不寐，興來孤棹欲頻移。霜螯九月初肥美，獨酌新醅手自持。

王太常東園芍藥盛開邀白使君及群公讌賞賦詩予在澄江不得與歸索補作即次白使君韻

同　前

春暮名花豔滿枝，慇勤更值曉風吹。平池萬頃非溱洧，上客頻來傲別離。小折香分荀令席，醉吟清入使君詩。病餘江上多鄉思，夢到芳園月上時。

王煙客太常招同顧子殷重陪白使君東園讌集二律

同　前

東城郊外午橋莊，行樂年來徑漸荒。端爲君侯重拂拭，却令山水盡生光。尊前款語懷民社，醉裏憂時動慨慷。共起隔溪觀樹色，滿前都是舊甘棠。

猶記觀荷傍曲池，憑欄對月共題詩。十年風雅留高韻，千里雲山隔夢思。劍佩忽臨如昨日，尊罍重整話當時。相親一刻非容易，莫厭頻斟酒滿巵。

有懷西田寄王煙客太常

陳　瑚

吳塘鴨緑漲波渾，一棹西田繫夢魂。屋角荔添芳杜色，石坳篁破落花痕。牛宮遠近人歸市，蛙吹參差月在門。耆舊如公能得幾，布袍寀筆是君恩。

次韻王太常西田招隱詩二首

同　前

南村北垞犬聲稀，緑樹叢中白板扉。行踏亂紅三徑濕，坐看遥翠一山微。緯簫蝦蟹鄰漁醉，打鼓雞豚社叟圍。遠有芙蓉溪上好，呼童裁作水田衣。

城闉十里客來稀，或有山僧夜款扉。望斷緑波漁舍出，煨殘紫芋佛燈微。烏啼柏樹星千點，鷺立蘆花雪一圍。退谷杯湖容寄傲，十年前已拂朝衣。

讀煙客先生西田三十韻詩却寄

同　前

宗彝祖笏舊時春，白袷烏巾别業新。杜甫正當天寶日，陶潛終是義熙身。亂離風物添佳句，蕭瑟江關老世臣。寄語桃花好相待，可知儂亦避秦人。

秋日獻煙客先生　同　前

花護書巢草覆庭，墻東人坐一簾青。魚牋硯落新裁句，虎觀家傳舊賜經。十賚定承天下諾，四休初記谷中亭。只今便是高陽里，更有何門聚德星。

疊前韻和煙客先生西田詩四首　同　前

一片秋光落户庭，隔煙遥見數峰青。溪頭人語蟬聲亂，雨後苔痕鳥篆經。紅愛晚香荷豔豔，翠看高節竹亭亭。瑶池若降西王母，定指人間有歲星。

稻花香細入空庭，雨過平疇分外青。二仲到時桑落酒，八關齋日貝多經。芙蓉綽約王維浒，楊柳扶疏白傅亭。遥想披襟深坐處，夜凉人定一池星。

雲影溪光共一庭，梧桐初下薜蘿青。添成高士求魚具，注就仙人相鶴經。自有丹青題謝障，誰云玄白笑楊亭。比來學化莊周蝶，栩栩何愁兩鬢星。

雙扉習静閉秋庭，佛火常懸照帝青。菊品新添先入譜，茶香罷鬭已成經。夢魂想到慈恩院，名姓應垂麗句亭。邊報差除都不管，無煩術士問三星。

投宿西田又疊前韻題壁

同前

濛濛花柳罨門庭，約略疏籬帶露青。犬吠一燈驚獨立，竹開三徑記曾經。眠分孺子來時榻，掃學林宗去後亭。十里望衡知不遠，早涼歸棹滿溪星。

王太常書至云有小極寄此問之

同前

弱歲招延醉飲醇，白頭隆誼尚如新。兩疏車馬當年事，四皓衣冠此日身。絹萃襪材求畫客，門穿鐵限乞書人。相期强飯兼頤性，遥慰天涯一放民。

太常王煙客先生見示西田圖記寄題十二絶句

錢謙益

天寶繁華噩夢長，西田茅屋是西莊。最憐清夜禪燈伴，村犬聲如華子岡。

竹暗花明斷劫灰，夕陽多處阜堂開。湘簾蕩日春風巷，依舊烏衣燕子來。

香稻庵前穲稏香，秋原天外耦耕堂。閒來判斷人間事，只有爲農氣味長。

池亭花木轉清鮮，玉石從教崑火然。可是寂光常住土，不同變壞惱諸天。

江岸縈迴籬落斜，相門何異故侯家。郊原初得嘉賓會，自擷東陵子母瓜。

縹囊玉軸亞朱闌，昔酒吳羹竟日歡。好事客來頻看畫，不將寒具列盤飧。

列檻虞山近可呼，野煙村火滿平蕪。閒窗潑墨支頤坐，自寫秋槐落葉圖。

閟閣香燈小築幽，金函神祖御書留。吉祥雲海茅茨裏，長湧神光鎮斗牛。

滄海波如古井瀾，圯橋流水去漫漫。世間若解人間事，家世紛紛說相韓。

尚璽東吳夢斷時，軟紅塵土正迷離。藥欄大有翻階藥，留與春風印紫泥。

緑水紅蓮即鳳池，朝陽刷羽競長離。梧桐百尺鐃雞樹，要宿從他揀一枝。
標峰置嶺看參差，幻甚丹青畫裏詩。還向右丞參半偈，水窮雲起坐看時。

題煙客畫扇

同前

吹笛居箱去不回，人間粉本付沈灰。空齋畫扇秋風裏，重見浮嵐煖翠來。

王煙客奉常像贊

同前

穆穆文肅，配食清廟。衮衣介圭，即圖周召。英英太史，鰲禁繼出。麻紙方新，巾香猶鬱。奉常世美，有光厥緒。天球河圖，恒在東序。惟明有臣，惟王有子。奉璋峩峩，是茂是似。武頌豐芑，成誥梓材。高曾喬木，有人矣哉。銖衣拂石，沉灰填海。幅巾道衣，一床未改。西莊輞川，芍圃蘭亭。人之視之，右軍右丞。秋槐吟孤，我誓墓心苦。顧瞻周道，泣涕如雨。澄懷觀水，熏心染香。不起于座，刀齊尺梁。我懷斯人，菰煙霞露。穆如清風，拂此毫素。

西田詩

吴偉業

穿築倦人事，田野得自然。偶來北郭外，學住西谿邊。道大習隱難，地僻起衆傳。而我忽相訪，棹入菇蒲天。落日浮遠樹，桑柘生微煙。逕轉溪路迷，鳧鴨引我船。香近聞芰荷，卧入花鮮妍。人語出垂柳，曲岸魚槎偏。執手顧而笑，此乃吾西田。長得君輩客，野興同流連。藉草傾一壺，聊以娱餘年。

到此身世寬，息心事樵牧。舍南一團焦，云以飯黄犢。入門沿長廊，虚堂敞心目。把卷倚新桐，持杯泛南菊。曲處通簾櫳，茶香具含蓄。俄穿密室暗，倏遇清溪緑。碧水開紅蕖，娟娟媚幽獨。有鳥立層波，垂翅清如玉。對此不能去，溪光好留宿。月照寒潭深，經聲入寒竹。徙倚良有悟。閒居道書讀。

別業多幽處，探源更不窮。隄沿密篠盡，路細竹扉通。石罅枯泉過，菖蒲間碧叢。一亭壓溪頭，魚藻如游空。扁舟更不繫，出没柳陰風。小閣收平蕪，良苗何雍容。此緑詎可畫，變化陰晴中。隔岡見村舍，曲背驅牛翁。苦言長官峻，未敢休微躬。樸陋矜詩書，無乃與我同。日落掩扉去，滿地桃花紅。

常言愛茅齋，投老纔翦葺。創置依舊圖，新意出髣髴。蒼然一笠寒，能添夕陽色。細影懸晨光，一一秋露滴。卞生工丹青，妙手固誰匹。山村貧無人，取意先自適。想像生雲煙，爲我開素壁。了了見千峰，可以攜手入。道人十年夢，惆悵平生屐。此地足卧游，不負幽人室。願以求長生，芝草堪采食。

王煙客招往西田同黄二攝六王大子彦及家舅氏朱昭芑李爾公賓候兄弟賞菊

同前

九秋風物令公香，三徑滋培處士莊。花似賜緋兼賜紫，人曾衣白對衣黄。未堪醉酒師彭澤，欲借餐英問首陽。轉眼東籬有何意，莊嚴金色是空王。

不扶自直疏還密，已折仍開瘦更妍。最愛蕭齋臨素壁，好因高燭耀華鈿。坐來黯質同杯泛，老去孤根幸瓦全。苦向鄰家怨移植，寄人籬下受人憐。

和王太常西田雜興韻

同　前

一卧溪雲相見稀，繫船枯柳叩斜扉。橋通小市魚蝦賤，水遶孤村煙火微。到處琴書攜自近，驟來賓客看人圍。畫將松雪花溪卷，補入西田老衲衣。

積雨空庭鳥雀稀，泉聲入竹冷巖扉。芒鞋藤杖將迎少，蟹舍魚莊生事微。病酒客攜茶荈到，罷棋人簇畫圖圍。日斜清簟追涼好，移榻桐陰見解衣。

苦竹黃蘆宿火稀，渡頭人歇望歸扉。偶添小閣林巒秀，漸見歸帆煙靄微。蔬圃草深鳧雁亂，水亭橋没芰荷圍。夜涼捲幔深更話，已御秋來白袷衣。

竹塢花潭過客稀，灌畦纔罷掩松扉。道人石上支頤久，漁父磯邊款乃微。潮没秋田孤鷺遠，閣含山雨斷虹圍。亭皋木落黄州夢，江海蹁躚一羽衣。

亂後歸來桑柘稀，牽船補屋就柴扉。游魚自見江湖闊，野雀何知身體微。聽説詩書田父喜，偶譚城市醉人圍。昨朝换去機頭布，已見新縫短後衣。

勝情今日似君稀，鷺立灘頭隱釣扉。屋置茶寮圖陸羽，軒開畫壁祀王微。蕭齋散帙知耽癖，高座談經早解圍。手植松枝當麈尾，雲林居士水田衣。

相逢道舊故交稀，偶過鄰翁話掩扉。陶氏先疇思士行，謝家遺緒羡宏微。城中賜第書千卷，祠下豐碑柳十圍。今日亂離寥落甚，秋風禾黍淚沾衣。

春曉臺前春思稀，故園蘿薜繞山扉。僮耕十畝桑麻熟，僧住一龕鐘磬微。題就詩篇纔滿壁，種來松柏已成圍。而今却向西田老，换石栽松典敝衣。

懷王奉常煙客

同 前

把君詩卷問南鴻，憔悴看成六十翁。老去祇應添鬢雪，愁來那得愈頭風。田園蕪没支笻懶，書畫蕭條隱几空。猶喜梅花開遶屋，臘醅初熟草堂中。

丁亥之秋王煙客招予西田賞菊踰月蒼雪師亦至今年予既卧病同游者多以事阻追敘舊約為之慨然因賦此詩

同　前

露白霜高九月天，匡牀卧疾憶西田。黄雞紫蟹堪攜酒，紅樹青山好放船。秫稻將登農父喜，茱萸遍插故人憐。舊游多病難重省，記别蒼公又二年。

憶别寄王煙客南園

閔　裴

有好園林不厭過，紅亭白舫共婆娑。待開芍藥書相報，漸老黄鸝客奈何。畫裏輞川休沐暇，詩中裴迪和吟多。正思竹徑攜琴夜，漫聽春風散玉珂。

次韻王奉常西田首夏雜興五首

黄翼聖

名園抛置讌游稀，却向蘆灣小結扉。釣艇乍添書畫重，藕塘頻墮篆絲微。鶯吭圓作歌喉轉，藤蔓牽成錦繡圍。物外生涯原不欠，如何酒醒忽沾衣。

野彴禽逐空林熟果稀，静聞花片打窗扉。占將鷗界安亭小，割得桑陰蒔菊微。野彴斷來横艇續，竹籬缺處遠山圍。餘生取世無多子，分我谿雲補衲衣。

亂來歸從萬里故交稀，掃徑頻煩展露扉。煙港魚跳新漲闊，海天人哭夕陽微。亂來敢望清樽穩，老去偏思故帙圍。剩有道人風味在，松花野飯芰荷衣。

風雨荒村客到稀，幽人停午未開扉。眼通塵世興亡小，夢入槐柯得喪微。行曳瘦筇依鷺跡，坐摇團扇却蚊圍。莫嗟炎暑初當令，轉眼西風又换衣。

幽尋芳草路依稀，記以魚竿挂竹扉。禮法疏來容阮籍，茅齋開處對王微。貧無橘柚金千顆，老愛湘波碧四圍。有鳥照溪偏自喜，變更原不及烏衣。

西田詩六首　　同前

小築離城市，到門菰蒲深。瓜田隱故侯，植柳比陶邨。繞舍田二頃，及春荷鉏勤。謖謖泠風至，翼翼良苗新。築場納禾稼，置酒招朋賓。奕世頌祖德，一飯銜君恩。農慶堂

不寐枕寒溪，竟夜滴清露。念君解脱人，早爲世緣誤。處盈多昃慮，履坦每却顧。摩詰晚好道，移家藍田住。清净以治心，游戲及餘技。恍然見价公，重拈照水偈。逢渠處

有閣梅花巓，倒影壓秋水。偶來閱晴梅，煙雲幻不已。有時雨跳珠，隔村挂龍尾。須臾日注射，流霞散成綺。昃景轉蒼茫，孤客愁徙倚。禾黍最無情，離離直到海。霞外

溪光如滿月，樹影蝕其半。麯塵楊柳波，紅雨桃花岸。風來碎空碧，鏡底春無

算。亭孤佐以舟，起坐互回換。櫓輕鷗不知，藻静魚常貫。去去路彌深，荻花白如霰。錦鏡亭

廿歲歷華要，不識郊原美。一笑向東籬，煙鬟乃如許。山本日夕佳，着眼今方始。舉酒向山靈，濃淡誰爲主。淡從飛鳥没，濃并雲嵐起。中有采藥翁，吾當躡其趾。緑畫

取勝在一水，正側自爲變。溪流初入池，泱泱行淺淺。蒲葦相因依，數折始平遠。兹軒納朝曦，溪光并到眼。覆隄青桐高，貼岸朱欄短。嘯傲窗中人，煙絲手中捲。垂絲千尺

贈王煙客先生六十招隱西田

陸元輔

江左卿材故國臣，風塵投紱事耕耘。叔孫禮樂猶思漢，綺季衣冠早避秦。頤性山中黄犢健，息機海上白鷗親。平生亦有煙霞癖，久欲披雲洽隱淪。

東園二首

同　前

繫纜芙蓉岸，舟人指翠微。却攜青箬笠，來款白雲扉。夏木鶯聲接，高樓山氣歸。隔籬精舍晚，清磬滿魚磯。

曾聞邱壑美，悔不及春游。正欲尋源去，何妨爲雨留。緑蘿宜罥日，紅葉不同秋。林中忽見紅葉。歎息浮家客，飄摇愧野鷗。

西田雜興為王煙客先生賦次原韻

李王燁

地遠囂塵應接稀，偶延樵牧啟雙扉。緑庭柳色琴書潤，入座荷香笑語微。石丈忘機前客座，龍孫離蟄透墻圍。高齋竟日耽閒寂，羽扇風前試葛衣。

野外天空人事稀，水雲深處露柴扉。桐陰花落茶煙薄，蕉雨聲長燈影微。縛帚兩童無客擾，撫琴四座有山圍。閒心久被雲泉繞，不待華山半臂衣。

竹屋涼風冠履稀，幸無剥啄到村扉。食安松韭嘗甘便，性痼煙霞示疾微。七椀風流看茗戰，百城南面坐書圍。年來絶意繁華事，笑向花陰曬衲衣。

首夏西田雜興遵家大人韻二首

王　抃

江南春盡晚紅稀，夏木陰陰覆竹扉。野艇風吹叢荇亂，蓬窗雨過小燈微。避秦學種桃千樹，思漢愁看柳十圍。只恐高樓飛燕子，梁空無處認烏衣。

陶令莊前車馬稀，忽聞人語自開扉。新秧半插根初醒，乳燕低飛力尚微。遍植野花當曆日，故留老樹作牆圍。南冠此日休相問，只合江頭製芰衣。

寄贈王煙客奉常時隱南園

張玉書

中原耆舊半沈淪，屈指如今更幾人。彭澤有詩題歲月，竹溪招友絶風塵。愛尋山葉浮煙艇，坐狎沙鷗把釣綸。戰艦已閒官税薄，白頭穩卧五湖濱。

寄懷王煙客先生

沈荃

清川花竹西田路，杳靄園林幽絶處。門前深柳緑絲絲，書畫船頭時繫樹。太原清卿老奉常，頻攜琹酒憩山莊。平泉獨樂復何有，萬卷雙眸興自長。世學青箱丞相後，雲霄甲第森堂構。諸郎次第籥天衢，重看孫枝衣錦晝。逸趣尤工灑翰餘，臨摹妙絶八分書。輞川別墅真神品，不數煙江疊嶂圖。藥欄花塢舒懷抱，行年今日渭濱老。蒼藤未許倩人扶，桃花比似朱顔好。露下高天白雁來，烏衣庭榭錦筵開。持將鼇島金莖液，遥獻南山長命杯。

廣陵喜晤王奉常煙客先生口占二絶

計東

誰念先朝老侍常，用何大復句。扁舟風雨泊維揚。興衰閲盡渾無意，對酒當歌也不妨。

渥丹顔色語洪鐘，嶽嶽丰標似老松。羇旅幸逢牀下拜，高陽久已識群龍。

題王煙客仿黄子久山水大軸

林壽圖

吾聞婁江北，虞山南，前朝奉常誅茆庵。餐光飲淥入肝肺，清氣翕納開煙嵐。亦如井西供養富春渚，神明未衰齊彭聃。興來游戲師造物，粉本自出無青藍。范緩倪迂盡斂手，抗行癡叟豈汝慚。樂郊擁卷百城坐，長林巨壑來庭參。濡毫涉想飛鳥上，崩雲裂石摧穹嵁。天風浩洶勢吹海，空際隱現山成三。銀河匹練忽倒挂，下方作雨龍吟潭。東峰近水響野碓，西崦落照明禪龕。危關側入磴道險，幾家小聚人語酣。大宫小霍互包絡，揩笻披笠疲登探。圖長七尺聳萬笏，子久筆力容未堪。奉常老向歸逕隱，澹泊世緣百不貪。解衣盤礴弄狡獪，想其意態殊狂憨。吴越禹跡恣搜探，安用折腰低首趨朝簪。西園樵牧足自放，南渡衣冠誰解談。迢迢青山我夢寐，垂垂白髮今氍毹。君恩許休武彝住，待繪陶令歸乘籃。

得王煙客奉常書

程守

歸去青岩又十年，報書近得老僧傳。王晞久已稱方外，裴迪曾經到輞川。記否三更觀海日，蕭然四壁待雲煙。故人撿點多新鬼，爲謝殷勤寄彩箋。

贈王煙客太常

釋通雲

天高海闊眉毛上，策起須憑大丈夫。一念萬年誰住著，千七百則若規模。等閒白棒掀翻過，觸處清風自在吾。所欲從心老居士，豈嫌山叟嘴都盧。

西田謠壽王太常煙客

同前

西田老人雙頰朱，西田秀野天下無。爲督西田看雲約，十年不寄西田圖。花連鹿柴辛夷香，輞川流傳圖卷長。古今相望詩畫絶，輞川整暇西田荒。山水由來貴荒逸，高人雅會從真率。西園對話挂西窗，霜葉聲中看點筆。

過王煙客先生西田　　同　前

名園細路自孤城，花户紆迴島嶼青。摩詰畫圖開竹里，右軍書法記蘭亭。屋壁間多董文敏書。横溪松老龍生甲，繞屋梅殘鶴墮翎。惆悵烏衣雙燕子，呢喃絮語木香屏。

贈王太常煙客詩　　徐開任

曾侍先皇太乙壇，昆明復見劫灰寒。一樽陶令猶思晋，五世留侯未報韓。擇地嬾沾新雨露，避人還着古衣冠。揮毫欲寫雲林意，賸水殘山不忍看。

王太常煙客先生作畫見寄報以短歌

施閏章

余寓書先生，初未相識，聞作畫後數日臂痛廢搦管，亦見先生耄年特筆矣。

畫家法變宋元後，潑墨紛紛負能手。太常一幅來婁江，意遠神閒真罕有。乍看僧巨然，再觀癡子久。晴山濕空翠，輕雲罥林藪。華頂天台恨未登，見此使我心騫騰。峽裏飛流迴積雪，松間細葉垂蒼藤。先生甲第舊平津，八龍七葉多聞人，時移身隱歸耆舊，巢許臯夔無等倫。少工書畫吐奇氣，望古心追争上駟。中年惟作擘窠書，老罷丹青倦人事。誰邀異數苦經營，是歲春秋八十四。前賢折節收後生，手書細作千餘字。昔我視學山之東，梅村爲寫丈人峰。剩水殘山走嶽瀆，此圖氣象將無同。側聞别墅冠吴中，惜哉相望阻相從。轉眼梅花照亭榭，何時鼓舵披心胸，但見高堂素障山千重。

東園歌爲王煙客先生作時公子藻儒令孫茂京同舉進士

宋　琬

海内於今推甲第，太原家世誰能儷。相國當年相定陵，百年魚水君臣契。伯仲堪居伊吕間，昇平再見唐虞際。池上鴛雛五色文，世掌絲綸參内制。相國文孫有奉常，官秩清華尚璽郎。由來獨抱煙霞癖，早賦初衣笠澤旁。尚有平原餘薜荔，更開别業闢池塘。斜置小橋通鳥路，直從雕檻擊漁榔。韓陵一片石堪友，窈窕硿砑出林藪。鑿險搜遍洞庭，靈威丈人復何有。手植青藤松際懸，蛟瘦龍蟠紋左紐。紫幔交垂白鷺眠，緑蔭冪䍥蒼鼯走。君不見會稽内史王右軍，千載人傳修禊文。又不見藍田主人王給事，摩詰前身畫師是。逸少諸郎尤絶倫，衣冠累葉何詵詵。文采風流兼福慧，奉常得之爲一身。游戲丹青過北宋，嚴莊篆籀學先秦。絳雪堂前珠作樹，青羊車裏璧爲人。彩筆憑陵掣雷電，承恩同賜紅綾宴。家有名駒羨阿戎，人如國寶誇王儉。上苑驊騮風骨殊，北堂龍馬精神健。連鑣共向曲江游，即看視草蓬萊殿。東園紅葉正芳芬，千樹鶯聲出亂雲。鷲嶺僧供鄭國笏，虎邱松老令公墳。叩陪杖履娱清晝，坐遣壺觴到夜分。羡翁久擅五湖長，更署新銜萬石君。

春日煙客王夫子招游西田

吴歷

名園深隱緑陰中，小閣晴雲細路通。石澗鳥翻花露白，水天漁唱夕陽紅。開簾遠岫春無限，動壁煙波月滿空。樽酒笙歌來共賞，檢書看畫興何窮。

挽王煙客夫子

同前

婁水音傳信又疑，雨窗燈暗淚雙垂。呼兒早爲開行篋，檢得生平示我詩。負笈悠悠歲月長，墨池影在緑微茫。憶初共擬癡黄筆，川色巒容細較量。東園春盡夏西田，手植三槐菡萏邊。縱有緑陰柑酒在，也應啼碎鳥聲圓。

清閟岧嶢倚晚天，桐花開後月空圓。光摇四壁古圖在，依舊華亭畫對懸。壁間宋元真蹟，每與華亭對懸。

早輕禄位狎群鷗，不逐雞聲海曙秋。遺得書囊便無底，曾無封禪茂陵求。

病日愁霖死不休，而今屋角少鳴鳩。烏衣巷口無乾處，却是兒孫涕泗流。

恨不生前再細論，須臾一别夢中存。廬居願得松楸下，那敢高聲哭墓門。

執紼沙溪水亂飛，丹旐遥映樹重圍。江南江北來相弔，愁絶人間齒德稀。

哭王奉常煙客先生

惲　格

相韓家世舊青箱，牢落先朝老奉常。縱使雲霄參玉樹，白頭遺恨已滄桑。

江山非復舊時春，浩劫難留一外臣。若向人間論甲子，龍蛇年歲是庚申。

江上薰風五兩催，偏從到日卧庭隈。見時尚説前宵夢，客自琴川泛棹來。先生於到日疾作，却後三日與石谷見先生於牀第，云：「前夜剛夢君過我。」

帶水盈盈悵望情，披幃一見慰平生。依稀十載相思字，欲語含糊聽未明。壽平與先生聞聲相思十有餘年，未償一見之願，今夏始登先生之堂。

卧疾毘邪欲見難，褰帷如對故人歡。回身尚擬披衣起，老眼朦朧拭淚看。

釣渭非熊事已違，山阿零落薜蘿衣。怪他天海愁雲合，慘澹星芒隕少微。

相國當年再召時，先臣奉使十年遲。交情兩世關生死，問病驚傳卜珓時。神廟時，先伯爲大行奉使召文肅公入相，歲首來勸駕，適當易簀時。後數十年，壽平謁先生，又遇大期，與先生永訣。先是得病，日於關帝祠前占之，詩曰若問終身云云，即先伯諱也。

相逢偏恨泰山頹，此日乘箕去不回。若道人間原有夜，如何無路訪泉臺。

典型南國表群倫，綺季商巖與結鄰。隻眼乾坤遺老盡，從今海内竟無人。壽平贈先生舊句有云「天心尚欲留遺老，不許塵揚碧海東」，詩成而先生往矣。

續命難求藥一丸，絶絃空有廣陵彈。婁東即是西州路，畫扇真同挂劍看。先生以扇寄南田，屬寫生。

獨向花前賦大招，猶聞閭巷哭殘宵。可憐淚作漫天雨，没盡桑田一夜潮。先生辭世後大浸稽天，百年來所無。

芙蓉千樹未凋霜，勝地曾過華子岡。若使先生今日在，埽花庵内共聯牀。

烏衣門巷緑楊遮，風月平泉故相家。絲竹東山人去矣，空令山鬼哭寒花。右二首過東園有歎。

愛客誰將古道論，風流還憶信陵門。傾家散盡黄金日，不解人間有報恩。鄉人每稱先生爲癡，如捐金脱人於難，親串黨友綏念以告必峰生平不知責報於人當宦游時奉使柔傳而與馬行厨皆出私微他人所難父老云太原王公能知人之所不知而或不能知人之所共知蓋實絲也。

鐵畫銀鈎筆勢殊，香林蓮社每停車。年來題署名山遍，烏翩争傳次仲書。先生榜書八分，爲近代第一，名山梵刹，非先生書不足爲重也。

花前酹酒有花知，不道今年與世辭。繡幕東風無限恨，牡丹枯盡向窗枝。

可是頻伽梵烏身，白鷳花底記前因。羽毛憔悴春風影，先向雕籠别主人。先生所愛牡丹白鷳，皆先先生化去，先生嘗祝曰：「我一日在，留以伴我。」

名德巋然世所尊，鳳毛金馬最承恩。家風萬石傳恭謹，雲路鵷鸞啟後昆。

壽王煙客太常五十三首

黃淳耀

曼容辭爵禄，疏廣入丹青。户映珠三樹，家傳帶萬釘。漁樵新友社，猿鶴舊山靈。料得金門裏，時時望歲星。

已成洪上築，都棄漢陰機。拂席山皆響，開厨畫欲飛。玉蕤纓篛笠，金椀醉漁磯。比較牆東老，人今遯更肥。

百歲方强半，其如難老何。黑頭明鏡滿，頳玉輭顏多。上客吟叢桂，幽人送好鵞。坐繙花蕚集，樂事許誰過。

贈王煙客五十壽

瞿式耜

要識匡王業，須看奕葉昌。昭融逢景運，綿邈際平康。啟沃垂貽燕，絲綸紹肯堂。後先追幹濟，作述溯巖廊。次第風雲合，委蛇日月旁。致身從尚璽，典樂暫司常。人物江東俊，官聯北斗颺。望隆翻用晦，秩峻轉周防。游息消閒日，緗毫早擅場。營丘工點染，送了極微茫。遂用丹青理，通心雲水鄉。聲名中允并，丘壑輞川藏。倡和資裴迪，扳延擬鄭莊。虛窗羅典籍，綺席倒壺觴。繞膝調騏驥，賡鳴叶鳳凰。高山深蘊玉，大國産名香。更喜懸弧日，先開斫桂祥。公侯必復始，定角又成行。早擅東平寵，今延四世芳。西京韋氏盛，唐代令公强。歲暮愁冰雲，時艱念闔閭。非君重展布，孰與慰痍瘡。祖武人皆有，孫枝鮮克當。傾心期遘會，拭目覩翱翔。孤癖承通賞，過從屢欲狂。入林忻把臂，移棹幾迴腸。世附金蘭譜，交真秋水長。生成多壽骨，談笑吐雄鋩。報主身難逸，籌邊鬢未蒼。麒麟高閣在，早晚畫明光。

王煙客樂郊園

沈德符

鵬飛鷃息總消遥，樂事郊坰傍泬寥。漢魏未知何論晋，巢由可狎且忘堯。遐心每託鴻辭弋，瘦影閒陪鶴憇橋。䙰襶雖稀賓不乏，幾看仙客下煙霄。

華山寺遇王遜之張天如蒼雪道開諸勝

同　前

豢鶴支公澗，栽蓮惠遠池。嗜游甘誚癖，戒飲忍隣欺。花作撩禪態，松位代麈枝。忘情亦相勗，戀别乃遲遲。

豎義兼新舊，爲娱略主賓。筍蔬無禁口，笠屐自由身。石火觀浮世，風輪悟往因。學人參總誤，雙樹也成塵。時寺主汰如新下世。

壽王遜之太常五十　同前

天上星爲紀，人間月作卿。闕廷曾候舃，家世愛吹笙。累鳳髫年事，籠鵞壯歲名。登朝推德裕，嗣胙羨玄成。拄腹經韜笥，陳師墨號兵。帝心崇國士，民譽集家聲。書殿螭坳列，符臺鶴綬縈。綴班庭著作，入對閤延英。軒翥朝霞舉，森疏夕秀呈。八騶馳禹甸，四牡歷周京。煙月籠高幰，星河繞去旌。屈原歌北渚，潘岳賦西征。詩以陳風麗，經因注水清。渭涇方互指，洛蜀亦相傾。在冶金偏粹，遭礲玉倍瑩。門高江左籍，身謝汝南評。叩夢生松瑞，升華背棘榮。衣冠原廟想，霜露寢園情。稽古偏能力，虔齋不廢酲。僉言推朗鑒，國論倚持平。佇聽尚書履，愁聞太傅箏。車因師下澤，廬匪厭承明。雙槳催孤泛，單犁問耦耕。茶濤甘蟹眼，菰味趁鱸羹。隱操偕松勁，貞心就石盟。壠隨黃犢臥，汀遂白鷗行。禪味參祇樹，騷言雜杜蘅。松扉藏窈窱，竹牖帶琮琤。文荇喻喁躍，寬蒲郭索爭。緇徒時問訊，紅友亦逢迎。柿葉書盈屋，松花釀入罌。淋漓箋涴潤，盤礴筆經營。蠅誤屏中畫，龍慳點處睛。天疑真宰訴，人作鬼工驚。駒出俱千里，經傳乍一鳴。堦前森謝樹，庭下盛田荆。祖德詩堪述，賢臣頌好賡。桑懸芬閥閱，柯爛閱楸枰。鸞鶴俱仙馭，楩楠總國楨。似聞叢桂晚，兼採肉芝烹。

送王煙客奉使周藩

張　溥

旌動留歌霜氣侵，大車新命識朋簪。江都世讀存家系，東海傳書冠士林。吹遠無多餘別響，絹長不暇敘繁心。天王友愛珍言語，風送名邦禮在今。

壽贈王煙客奉常四首

何　絜

靈光何聳峙，高望奉常門。嶽降原無匹，芝生幸有根。昌言颺祖烈，信史重君恩。金玦銷鎔盡，惟憑相業尊。元臣當國日，偉績并留侯。不借綺園力，何煩狐趙憂。宮袍傳太史，彩筆照螭頭。况有孫謀在，多才足應求。膝下珠光繞，玲瓏瑞氣鍾。羽毛多謝鳳，鱗爪勝荀龍。象笏丹臺滿，鸞坡花誥重。當年王儉府，開遍舊芙蓉。華筵歌介壽，月令正陽春。四海檠盂客，千秋著述身。天家新錦幄，人瑞舊綸巾。令子論文久，應須拜後塵。

游東園呈王煙客太常

釋宗渭

獨攜筇竹趁新晴，路入松陰一徑清。遠寺秋鐘天外落，虛堂畫檻鏡中明。林邊轉壑雲猶濕，花下題詩鳥不驚。自是謝公高臥處，坐深能使客愁輕。

西田歌壽王煙客奉常六十。西田，奉常公所隱處也。

王　昊

歸村村深林木寬，西田一名歸村。四面溪水流汍瀾。萬卷圖書數楹室，中有百箇青琅玕。歸村先生居其内，觴詠之暇垂漁竿。借問先生誰姓氏，相國名孫太史子。身作先朝老奉常，拂衣還臥婁江里。在昔隱者稱淵明，寄託往往多琛情。棄官非爲五斗米，義熙年間寧遽爾。東籬今復聞西田，風流標格凌其前。最難避世同梅福，却喜傳經有韋賢。傳經令嗣氣咆勃，驥子鵷鶵盡奇兀。來日希耩上壽時，知列華堂幾牀笏。庭畔三株柏葉漿，堦前九色肉芝光。樽中將進千秋酒，一曲長安金鳳凰。

游王煙客奉常西田有述

同　前

偶然成勝事，出郭趁斜陽。古岸蒹葭白，疏林橘柚黄。渾疑移釣艇，忽似坐漁莊。最喜閒身到，東籬逗晚芳。

草木自平泉，煙雲更輞川。入門纔得路，倚杖便疑仙。綠酒藍輿後，黃花白帢邊。東家如可問，肯惜買山錢。

別墅仍稱圃，翛然半掩關。茅檐生晝雨，畫壁見秋山。石亂苔三徑，亭空水一灣。晚尋支榻處，高閣白雲間。

有客娛花月，行厨亦自饒。開尊猶勝地，燒燭且餘宵。惜別懸殘夢，重來記小橋。幽棲真谷口，莫厭屢相邀。

壽王煙客奉常八十

吴綺

門前畫戟欲成叢，客望東山比華崧。秦隸獨傳王次仲，漢官猶記叔孫通。綵衣捧杖多才子，寶閣藏書自上公。但是人間俱第一，不知蓬島更誰同。

為吴五崖題王煙客太常畫卷

張　英

奉常老作西田客，剩有閒情寫泉石。古來筆墨非浪傳，高人片紙如和璧。況復煙雲兼衆妙，濃澹蒼深非一格。門外紅塵没馬蹄，故山雲樹江南隔。願常對此滌胸臆，閉門坐擁千山碧。

寄王煙客先生二首

同　前

五湖三泖足鱸蓴，筇杖吴舠賦隱淪。舊典曲臺曾珥筆，老投幽壑自垂綸。青門路接烏衣巷，白社花迎皁帽人。海内只今耆舊少，東皋獨許伴松筠。

雅聞詞藻壓三吴，洛社香山勝此無。鄴架千編皆錦字，輞川片紙亦驪珠。先生書畫皆工。絲綸世濟傳鸞掖，花萼聯輝引鳳雛。獨有採芝人自遠，圖成五嶽著潛夫。

贈王奉常煙客

葛芝

鑒湖久已賦歸與，選得青門更荷鋤。欲釣錦魚疏碧沼，時開松徑望柴車。室存鄭國三朝笏，家擁鄴侯萬卷書。無事移舟疏柳下，便揮金椀醉樵漁。

寄王奉常煙客

釋讀徹

東門種瓜地，蒔菊到西田。人老筆椽下，雲生硯瓦邊。此生餘世外，一往悟生前。笑指空庭樹，誰來問畫禪。

次韻王奉常煙客首夏西田雜興三首

同　前

出郭應知塵事稀，相忘魚水不關扉。披襟池上風來好，散髮天高露下微。盡向傍觀爭局勢，誰先一着解棋圍。避人不欲逃名姓，半着緇衣半素衣。

春寒送盡雨聲稀，不覺經旬未啟扉。徑掃殘紅從亂落，人行空綠到幽微。打魚網挂垂楊外，放鶴船停淺水圍。舉世笑同吹落帽，煙波老我一簑衣。

墨裝數里訪依稀，新築墻垣白板扉。拜石舞圭□興劇，灌花抱甕息機微。喧闐愁聽蛙爭鼓，浪戰閒看螘合圍。蒲水何人堪織屨，水田有意學裁衣。

丁亥秋王奉常煙客西田賞菊和吳宮詹駿公韻

同　前

東籬寂歷抱幽香，誤認柴桑□墨床。霜下染來僧衲素，菊名有老僧。風前翦去羽衣黄。自甘野逸惟宜冷，未必秋心不向陽。草色也同霜色落，更從何處覓花王。

題王煙客畫

博爾都

間亭初避地，俗客往來稀。日落寒煙暝，輕鷗上釣磯。

東園觀芍藥歌為王遜之尚寶賦

程嘉燧

先臣一出安儲王，廿年歸釣婁水傍。徵書十召臥不起，園花徑草皆天香。神宗末命寵眷極，廕補束髮官朝行。雍容三后儼法從，翺翔九列升巖廊。科名接武等際會，詞翰趾美尤芬芳。生長綺紈習稼穡，屏遠聲色祛膏粱。愛栽花藥繼獨樂，厭鬭水石誇奇章。池上篇留晝錦第，花畦葺近尊賢坊。西州門前久不到，仰視喬木今蒼蒼。平津賓客尚餘幾，黄髮僅數金與唐。偶來看花踏清曉，露晞日杲穠瀼瀼。天孫照身爛雲錦，國寶觸目生琳琅。稱詩士女比溱洧，論價公侯傾洛陽。主人倒屣兼倒筐，爲出寶繪行玉觴。紛綸入眼得未有，顧眄四座神揚揚。坐忝方袍亦圖畫，雅集髣髴西園王。時岸公同閱書畫。更期春秋值佳日，時許扣門留徜徉。竹房水閣連窈窕，中有净名獅子床。尋花載酒直餘事，從此來往亡何鄉。

奉常煙客先生八十初度寄呈兼寄端士巽公惲民虹友藻儒諸兄弟四首

王士禛

相業婁江大，孫謀奕葉賢。居傳通德里，史紀定陵年。耆舊人還在，蒼茫歲屢遷。西田高卧處，指點説平泉。

夙世謬詞客，前身應畫師。居然輞川隱，高詠右丞詩。縑素千金直，雲煙萬象隨。清齋還繡佛，此意少人知。

問訊東園菊，吴山日夕佳。秖躭彭澤飲，莫問太常齋。丘壑自孤往，春秋多好懷。平生吴祭酒，晚歲共荆柴。梅村先生。

家世青箱學，先生絳縣身。五君光禄詠，九老洛陽人。銅狄看朝暮，熊經有屈伸。扁舟未東下，吟望只逡巡。

詞

满庭芳　王煙客太常八十

尤侗

七葉門風，三槐世德，先生作述無憂。筆精墨妙，名下更空儔。富貴公家自有，但稱壽、八十平頭。等而上，老彭八百，大樹八千秋。　優游。興不淺，西田倚杖，風月嘲謳。看兒孫戲綵，白馬青裘。笑問香山洛社，齊年者、大斗同浮。吾家老，與君成二，來往亦風流。家君同庚，故引杜句足之。

百字令 祝王煙客奉常

余懷

神僊富貴，看桑田滄海，幾番更變。家世蓮華王儉府，簇簇南金東前。江左風流，山中宰相，細語堂前燕。園林花鳥，太平盛事重見。優游北館西田。法書名畫，外國俱傳遍。龍馬精神鸞鶴性，耄矣猶然强健。五葉簪纓，百季禮樂，衮衮徵文獻。老人星瑞，一杯桂酒相勸。

莊椿歲 壽王煙客先生，并寄端士茂京

董元愷

婁江東閣筵開，廣寒鶴舞清秋節。霞明瑶海，香吹珠樹，戟門羅列。天矯八龍，翺翔三鳳，蟬聯七葉。羨烏衣群少，錦衣初賜，又早向、斑衣曳。好是墻東舊隱，結西廬、恣談風月。蕺里才名，輞川詩畫，神仙度越。法護難兄，廣之有子，千秋

閥閲。看黑頭王掾，稱觴玉醴，霜浮金闕。

文

與王遜之書

陳繼儒

昨見兩得温旨。君恩浩大，此亦地下之所喜也。風波之世，約束僕童，早完國賦，爲保家第一。聰明先之以孝，富貴濟之以寬，古人歷有明訓，此老姪所長，不待囑矣。

送王尚寶遜之入朝序

唐時升

辛亥春，上念文肅公之勳烈，命官其孫，於是遜之拜尚寶司丞之命。至甲寅春，始趨朝就列。余與子柔、子魚、孟陽輩各賦詩送之，而言不盡意，乃題數語於其端。昔在壬辰，文肅公被召還朝，而遜之尊人辰玉，尚未第，邀余爲讀書談道之業，時遜之方在襁褓中，珠輝玉耀，神明絶異，余甚奇之。明年，中外多事，而國本未定，發言盈廷，公日在禁闥，最受恩眷，而歲中不得一造膝，忠言至計，多鬱而不伸，退朝後往往呼嗟太息。又明年，以微疾，請告東歸。後七年，辰玉成進士，官翰林院，編修國史。未幾，奉使歸，不及展尺寸之用。蓋公父子清亮忠正，信於百寮，四海想望其風采，而功效不究於世，此志士所爲流涕者也。今遜之浴德潔行，廪廪自將，類其祖父，而志意清明，通曉萬事，使之從容廟堂，或投之盤錯之地，宜無不可爲者。史稱黄瓊之賢，爲漢良相。而初立梁冀之世，後與五侯同朝，度力不能匡正，稱疾不起。後其孫琬，左右正直，斥退貪污，乃祖之志略施行矣。夫以遜之之材，年力方富，身在日月之際，上可以備天子顧問，下可以參公卿謨謀，益習古今學，兼資文武之用，則文肅公所爲鬱而未布，與辰玉之孜孜討論者，吾有望於君矣。是以爲序。

贈別王遜之尚寶詩序

婁堅

蓋聞邁種之英，趾美之彦，其才皆有大過乎人，以故通方之論，未嘗或軒輊焉。夫寒士每困於無資，然而憂患之玉成，爲不少矣。世胄每憑於有藉，然而宴安之鴆毒，亦多有之。譬之方舟而溯，拾級而登，雖遲以勤，何虞溺且躓哉？若夫順流張帆，走坂以馬，十有一危，能勿懼乎？今吾遜之以甫冠之年，承祖父之緒，人謂世德之難求也，薄俗之難諧也，弱齡之難立也，咸爲疑之。乃未幾，以虔恪無隋偷，稱於族姻矣。又未幾，以精警無滯礙，稱於賢士大夫矣。向之群疑，化爲多譽。行且涉江淮，越齊魯，而游大都，揖讓公卿之間，雍容清華之署，譬懷球玉而走市肆，必有賈胡挾重貲而議其價，不翅鄉閭之譽而已。於以趾美祖、父，不足重歟？始予勸遜之，勿爲經生之學，宜專力於前史，史之書，莫要於司馬氏《通鑑》，此治身之藥石，而醫國之俞跗也。逮今三年矣，遜之識益明，才益裕，則又將進之於學道。夫道非他，即史之所載，有險有夷，有經有權，而皆不詭於正，無動於氣，無牽於情，無懾於勢，不失其本心者是已。吾嘗怪李文饒相業，盡掩時彦，有光前人，卒以懻忮之私，釀朋黨之禍，旋至身竄國危。惜乎有才如是，而於道未有聞也。遜之儻不以予言爲迂乎，則其於讀史也，彌博彌精矣。吾二三子之自託於贈言，叔達既序於篇首，而余復申之，以見拳拳於遜之如此者，知必有以大慰之也。

王尚寶元配李安人哀辭并序

同前

太原王遜之，娶於岷山李氏，今中丞公之女孫，而太史君之女也。嘗從官京師，然未受封而稱曰安人者，從尚寶爲京朝六品而稱之也。來歸八年，屢遘閔凶。連舉三男子。今年夏還，哭子而頺，醫藥未效，既又免身，彌不能支，迨其疾而病也。嘉定之通家某某，數譁其進退，以爲憂喜，間二三日則往問遜之。李氏姊及聞生男，喜且慰曰，可無慮矣，孰意其增劇以至斯耶，悲夫！安人之始爲婦，年及笄耳，進止有常度，不妄言笑，家人無不宜之。居王舅之喪，戚而無違禮。明年，文肅公薨，山崩梁壞，而遜之不震不撓，聞譽日起。顧其内事，久茀不治，既而外内肅然，人皆曰安人實賢，且能以佐之也。或以語太史君，則謝曰：「孺子何足以當之？吾爲父，知其於婉娩聽從，或庶幾焉。」比歿，遜之書來，辭極酸楚，至云身賴以康，家賴以庀。聲不出於梱，而臧獲各循其職。疾已瀕於殆，而話言咸中其竅，神識恬然，無戀與怖，有類聞道者，而竟夭其年，造物冥茫，其又何可知耶！歿未幾，而仲子痘愈，尚寶常以使事之江右，吾儕相謂弔與賀不可兼，再踰月而始克往奠，爲辭以解遜之之悲。詞曰：稟清淑兮閑姆訓，外則温兮中彌濬。生華胄兮歸高門，惟夙慧兮遠驕吝。逮事舅兮驟見背，茹辛酸兮佐厥胤。矧泰山其復隤兮，傍之人兮爲彼震。嗟梱内兮糾紛，試亂絲於芒刃。既大事之克襄，蓋盈耳兮休聞。雖夫子之競爽兮，賴夫人兮坐鎮。樂欣欣兮所知，彼蠢蠢兮奚齎。泣呱呱兮蜂珍，秋之中兮再孕。望國門而北溯兮，尚纍纍之符信。已使車其南還兮，飭藩封之虞殯。攫明珠兮掌中，等朝華於彼蕣。淚涔涔其盈眶兮，魂怔怔而欲殉。又一舉而得雄兮，謂可療乎疾疢。竟形神兮兩億，埋塵土兮玉潤。淼西江兮旅次，攬繐帷於方寸。靈之歸兮安養，陟蓮臺兮崇峻。神逍遥兮無方，睇金容而不瞋。何修短兮足云，去塵勞之若慊。留結想於人間，乃宿緣之定分。誠靈心兮永湛，已相忘於喜愠。無嗷嗷而怛化兮，斯達人之委順。

祭太常王公文

曹李煜

維年月日，某官某以生芻之儀，致祭於皇清勅封儒林郎、翰林院編修、加一級、前中憲大夫、太常寺少卿煙翁王老先生之靈，而陳以詞曰：惟公天謫福星，人中之瑞。爲賢宰相之孫，名翰林之子。才子顯官之父，世澤聯科之祖。生於太平全盛之時，簪纓洽累之族。爲清高潔白之官，擅絶妙無雙之技。孝於父，孝於祖，更孝於叔。睦於兄，睦於簇，更睦於國人。忠勤其職，謹慎其心。撝謙其氣，剛正其行。茲惠其性，嚴肅其法。備謙卦之六吉，行終身之一言。聖人之一生常憂，君子之終日無間。其德望則泰山北斗，其才名則江都洛陽。日星河嶽，鍾多福多壽之靈。天地鬼神，存不悖不息之氣。是以貽燕翼，裕後昆。登上壽，爲國珍。生榮死哀，天下識與不識，咨嗟歎息，慨思無窮者，不知凡幾。嗚呼，至矣，蔑以加矣！謹成俚韻，用達神聽：盛世生人瑞，天邊福壽精。身從黄閣長，官繞紫宸行。大業一身繼，宏庥百代成。憂勤綿德澤，謙謹盡平生。妙畫通靈異，神工絶主盟。寒汀霜樹遠，煙浦墨儔傾。科斗書同羡，龍鱗勢共驚。前無程李陣，後乏柳顔兵。德量茫無際，聲名遠更盈。周旋中禮法，談笑視簪纓。人指豐年玉，天和洛下英。承休真灼爍，啟裕更峥嶸。洵矣人儀範，公然世典型。山川失遺老，風雨墜長庚。井里懸河哭，天庭倒屣迎。騎鯨歸去後，空憶大音聲。

王煙客太常七十壽序

陳　瑚

天之福一鄉也，必先福一家焉，以爲一鄉之望，使之煦燠而安全之。天之福一家也，又必先福一人焉，以爲一家之主，使之蘊崇而昌大之。是故善人，天地之元氣也。天以元氣孕爲一人，而一人復以其元氣渾淪旁皇乎天地之間，如江海之爲百谷王，如布帛菽粟之利天下而不言所利，則其積之也厚，而天之報之也亦不薄。太常王煙客先生，吾鄉之元氣也。今歲辛丑，爲先生七十覽揆之辰，周臣端士兄弟輩屬瑚爲祝嘏之辭。瑚辱先生交最久，知先生最深，其敢無一言以獻。先生壯而登朝，守文肅、太史之遺訓，夙夜恪共，宣勞於國，敭歷周旋，多歷年所。晚而退老於東皋西田之上，纍石爲山，引水爲池，優游結隱，蕩滌情志於園亭花鳥之間。歐陽子謂富貴之樂、山林之樂二者不可兼得，而先生獨得而兼之。然而先生曰：「此特吾寄跡焉而已。爲善最樂，漢東平王之言，吾師也。」以故德行孚於人人，聲稱浹乎閭黨。里之人聞一善言，則稱道而歌咏之，曰：「此先生之言也。」聞一善事，則歡欣而贊歎之，曰：「此先生之行也。」下至販夫樵豎、兒童婦女，莫不舉手加額。頌先生者大都不稱官稱里居，稱行不稱姓，蓋親之也，親之也者，德之也。先生其冬日之日乎？先生謙以持己而厚以待物，其教子也有禮，而其治家也有法。凡事必退讓不爲人先，對鄰舍小兒嘻嘻然，無疾言倨色，接晚進折輩行相往來，有賢而文者則下交，惟恐失。其持已也不亦謙乎？宗族有告輒相周救，親戚故舊多待以舉火，鄉黨之間傾囊倒皮，好行其義，急病讓夷，無少德色。其待物也不亦厚乎？門有才子八人，以孝弟恭謹著爲家範，旦暮則立於堂下，告之以古人束修厲行之法，浣厠牏，數馬足，若萬石君之教也。聞人之過，如聞父母之名，若伏波之戒其子弟也。是不亦教子者有禮乎？閨門之内，肅如治軍，僮僕畏罪，小心不入官府，遇賓客於道必却立，或與人角，不問其曲直，輒箠楚之。是不亦治家者有法乎？吾嘗見他郡縣人，一登賢書，或成進士，見故交不下車，刺字大於錢，予親戚無一銖，鄰舍煙火不通問，子弟手反接，眼生頂上，家人狀如餓鴟，攫訟者公庭，奴隸叱衙官，比比而是也。而吾婁獨無之。以蕭然閉門，能受人辱爲榮；以干謁外事，武斷鄉曲爲可恥。論者以爲吾婁人心之厚、風俗之美，而瑚獨歸其本於先生。蓋薦紳先達後進之楷模也，世家大族寒素之表帥也。其薦紳先達、世家大族如是，則漸漬被服，以爲固然，而莫之覺矣。故予嘗謂周臣端士變革之初，屠戮之慘，所在都有，而吾婁幸無恙，即君家積善，天之報之亦應如是。雖周臣端士遜謝不敢當，然而聞者不以爲諛，而以予言爲可信，亦信其理之不誣者而已矣。然則先生之善，有以福一鄉之人，則天亦必有以福先生。先生之壽之無疆，無疑也。先生之壽無疆，則先生之爲善於一鄉者愈無疆。天之福先生，以福一鄉又無疑也。瑚故不爲先生一人賀，并不爲一家賀，而爲一鄉賀。所以致其頌禱於先生，以復吾周臣端士諸兄弟者如此。若夫讀書好學，老而不倦，揮灑詞翰，涉筆千言，書法丹青，妙絶今古，先生之多材多藝，不一而足，他日必有傳之，今日亦必有能言之者，皆不必道也。

西田記

錢謙益

西田者，太倉王奉常遜之之别墅也。出太倉西門，郊牧之間，隩隈表裏，沙丘邐迤，疇平如陸，岸墳如防，瓜田錯互，荳籬映望，襏襫挂門，苓箵緣路，水南雲北，逈異人間，游塵市囂，不屏而絶，西田之風土也。廣平百里，却望極目，玉山東南，虞山西北，若前而揖，若背而負，日落霞起，月降水升，歸雲屬連，倒影薄射，西田之景物也。娛賓之堂，顔曰農慶。秋原膴膴，農務告作，饁婦在田，農歌滿耳，主人所以明農而親禾稼也。燕處之菴，顔曰稻香，琴書横陳，花藥分列，凝塵蔽榻，燕寢凝香，主人取以清齋而晏晦也。越長隄而西，菰蒲蔽虧，鳧鴨凌亂，清潭瀉空，秀木漏日，有霞外之閣，以覽落日，有錦鏡之亭，以俯遠水。又折而西，西廬在焉。中祠純陽，法筵精潔。旁繪屋壁，粉本蕭疏。啟東軒則婁江如鏡，面北窓則虞山如障。顔之曰垂絲千尺，曰緑畫，而西廬之事窮。客游西田者，以謂江岸縈迴，柴門不正，誅茅覆宇，丹雘罕加。竹屋繩床，類岩穴之結搆；牛欄蟹舍，胥江村之物色。主人却謝朝簪，息機雲壑，箕裘日新，蘭錡如故，夙世詞客，前身畫師，擅輞水敧湖之樂，謝三年一病之苦，杖履盈門，漉囊接席，無朝非花，靡夕不月，此則主人之樂，而西田之所以勝也。客有曰：「子知主人之樂矣，未知主人之憂。家世相韓，身居法從。宸章昭回，行馬交互。大田卒獲，寧無周京離黍之思；嘉賓高會，或有青門種瓜之感。讀方叔名園之記，慨歎盛衰；詠右丞秋槐之詩，留連圖畫。子非主人也，亦焉知主人之樂乎？」

客以其言告蒙叟，蒙叟笑曰：「吾聞之，生住異滅，惟一夢心。有作夢窗下者，夢窗非無，窗夢非有，安得以夢中建立，爲主人之樂乎？有覺眠一堂者，覺者之堂即眠者之堂，安得以夢外遷改爲主人之憂乎？三災起時，壞劫不至四禪。西田一畝之宫，劫火返銷，兵輪遠屏，此世界中之四禪也。舍利弗不能見佛土嚴浄，螺髻梵王見如自在天宫。主人通西方《觀經》，妙達圓浄。如佛所言，或有佛土，以園觀臺觀而作佛事，安知此土非寂光土於四土中示現？華觀沉灰，瓊臺驟雨，如夢中事，豈足問哉。西田落成，會奉常六十始壽，羣公屬予言張之。余未游西田，于其勝未能詳也，聊約夢語以爲記。重光單閼之歲中秋二十日。

王奉常煙客七十壽序

同前

余庚戌二座主，皆出太原文肅公之門。次世誼，二公于辰玉先生輩行，而余于煙客奉常則兄弟也。奉常又命二子執經余門。蓋余與王氏交四世矣。辛丑歲，奉常年七十，門人歸子玄恭、周子孝逸輩請余爲祝嘏之文。余老耄，厭生却賀，囁嚅未敢應。然王氏之爲壽，非尋常燕饗而已，君子于是藏國成焉，占天咫焉，又用以頌豐芑歌燕喜焉，不可以莫之識也。文肅事神宗皇帝，當盛明日中，君臣大有爲之日，菀枯之集，孽于宫闈，水火之争，蔓于朝著。公以孤忠赤誠，搘拄宫府，上欲泯伏蒲廷諍之跡，而下不欲暴羽翼保護之心。久之，事見言信，身去而國本定。余嘗論次申文定事，謂昔人有言，此陛下家事。東朝之事，神廟與先帝親爲證明，豈可動哉。奉常藐然孤孫，痛憤謡諑，臚陳本末，丹青炳然，使天下後世通知兩朝慈孝，君父無金玦衣尨之嫌，儲貳無黄臺瓜蔓之恐，而文肅日中見斗，值負塗盈車之候，遇雨之吉，已應于生前，張弧之疑，并消於身後，則奉常錫類之孝遠矣。所謂藏國成者此也。

《文王》之詩曰：「陳錫哉周侯，文王孫子，本支百世。凡周之士，不顯亦世。」謂文王受命于天，其本支嫡庶，百世爲天子諸侯，而周士之有顯德者亦如之。文肅陰翊元良，于本支嫡庶，有百世功。其子孫受亦世之報，宜也。自古陰德之食，不報于其滿，而報于其餘。文肅之股肱國本，眉目清流也，而不能免于浮石沉木之口，雖其功成名遂，身致太平，而申旦不寐，未有能舍然者，此則其餘而未滿者也。歲有餘十二日未盈，三歲得一月而置閏，取其餘而未盈也。文肅之餘，在君臣邦國間，其未盈也，則食報于子孫，奉常父子其當之矣。天道不僭其容，以不顯亦世，本支之報，私與太原一家，所謂占天咫者此也。

國家之盛，比隆三代。以有殷方之，神廟禮陟配天，多歷年所，蓋當祖乙、武丁之世。而文肅在保乂六臣之列，無可疑者。故家遺俗，孟子蓋三歎于易世，而况昭代之孫子乎？孔子曰：「豐水有芑，百世之仁也。」西京之金、張，東京之袁、揚，元氣鬱然，與國終始，士食舊德，班固之所以張《兩都》也。今觀于王氏之壽宴，其知之矣。升其堂，所藏弆而供奉者神，廟之寶章御札，如藏河雒之圖，而抱鼎河之弓也。御其賓筵，嘉肴旨酒，上尊養牛之殊錫，而郢醪蓬鱠之遺法也。考鐘伐鼓，絲肉遞代，歌鐘二八，清商一部，元臣之所娱賓而送老也。巾車南園，其芍圃則謝家之紅藥，其菊籬則韓公之晚香；泛舟西莊，梧桐之萋萋者猶在朝陽，而鳴鳳之羽猶翩翩于高崗也。千金萬壽，獻酬卒爵，奉常拜于前，諸子拜于後，顒顒卬卬，左右奉璋，

《棫樸》之終壽考，而《卷阿》之矢吉士，頌聲猶洋洋盈耳也。凡百君子，與于燕會者，相與念國恩，仰舊德，頌豐芑而歌燕喜，忠孝之心有不油然而生矣乎？

余定陵老史官也，佩文肅琬琰之遺訓，故記斯宴也，亦用史法從事。諸子有志于古學者也，作爲歌詩以祝壽，豈亦將取徵詩史，恥爲巫祝之詞？則余之志其不孤也矣。

與王煙客書

同前

荒村殘臈，風雪拒户。紙窓竹屋，佛火青熒。瑶華遠存，重以餽歲。佳肴珍果，盈筐溢笥。春風滿座，椒盤郁然。淵明省扣門乞食之詞，少陵無稚子恒飢之感。古人老不得志，輒退思東阡西陌，雞豚同社之樂。殘生頹景，百里相望，不意得之于門下，不能不慨然太息也。老病日增，身世相棄。畏近城市，自竄于荒江墟落間，人世聲華，取次隔絶，莊生所謂「惄然仁者去之，畫然智者去之」，亦庶幾空谷逃虚之人矣。而仁兄留心長物，耿耿胸臆間。長言讕語，每相薦樽，斷編醬翰，手自披録。昔人破琴輟絃，希風千古。不揆衰朽，坐而得之。舊學荒落，老筆叢殘，每思傾囊倒皮，自獻左右，少慰嗜芰采葑之思。周章摒擋，慚懼而止，每以自愧，又以自傷也。衰殘窮蹇，歸心法門。辟如旅人窮路，迫思鄉井。衣珠茫然，糞掃無計。來教以導師見推，良爲跼蹐。每思今世，不乏聰利上根，却有一種影明客慧，浮動六根門頭，習禪則染禪，習静則染静，習教則染教。邪師盲宗，又從而影掠鈎牽，引狂趨僞，染神尅骨。如仁兄皈依大乘，心安如海，此非獨靈根宿習，亦向來善友薰習，扣擊于聞谷諸師，已得真正種智故也。《首楞》一鈔，稿已五削；《般若》二本，幸而先成，以二經教義最爲精奥。《心經》則賢首《畧疏》，全通法界；《金剛》則慈氏頌偈，親授僧法。近代大老箋註，猶多遺落本源。少有管窺，每思就正，亦以此中牛毛麟角，可與微言者良鮮也。向者村舟暫出，未奉報章。寒疾少間，專力奉復。梅燈二盞，未可行列銀華西莊大士龕前，或少借長明一照耳。青陽載新，郎君輩奉侍佳勝。馳神函丈，不盡翹仰。

復王煙客書

同　上

孝逸來，得手書勞問，情事委折，如侍函丈。迴環捧誦，拊掌太息。竊怪仁兄學殖深厚，辭條清芬，當世文士，罕有其此。重自閟藏，被褐懷玉，不欲少見乎尹，吐光怪於人間，此真加於人數等矣。鄙人制作，不勝昌歜之嗜，至於篝燈繕寫，目眵手胼，非知之深、好之篤，何以有此。上下古今，横見推挹，顧然茫然，不知所措。殆有如《莊子》所云「始聞之懼，復聞之怠，卒聞之而惑」者。拊心定氣，伏枕沈思，始知仁兄知我愛我，終不若僕之自知也。僕於斯文，中年始學書，計垂四十年，學問進退，氣力衰旺，甘苦曲折，歷歷在心手間，謂其於古人文字，粗知阡陌，略能湔除俗學，别裁僞體，或有少分相應。若欲深窮古學之閫奥，而抉擿其心髓，如韓之《進學解》、柳之《答韋中立書》云，則濛濛然未視之狗耳。暇日蕭閒，屏去筆墨，信手拙古文一篇，從容雒誦，行間字裏，深知其不能幾及。屈指算度，至於什，至於百，至於千萬而猶未既也。豈唯韓、蘇數家，自唐李遐叔、獨孤至之，以迨金之元好問，元之姚燧，靡不皆然。僕豈不受人抬舉，好自貶損哉？此中畦徑，漸老漸熟，如背癢之把搔，如毒刺之呼叫，寱語啞夢，心中了了，良欲少自遮瞞而不可得也。客歲答李叔則、徐伯調二書，頗詳言之，今安敢有不盡于知己？東坡謂晚畏無實之名，甚於畏虎。僕深佩其言。又答陳師仲相推許書，謂「處世齟齬，深自嫌惡，見足下輩相屬如此，輒亦少自赦」。今仁兄於僕，護短矜愚，鄭重拂拭，亦可援東坡之例以自赦矣。而猶不敢者，以謂畹晚失學，介恃人之愛我，有幸心焉。幸則疑，疑則惑，惑則驕，卒至於迷頭借面，盡喪其所懷來，將誤用坡老苦言。爲發狂之急藥，故不敢也。

來教指用事奥僻，此誠有之，其故有二：一則曰苦畏，一則曰苦貧。昔者夫子作《春秋》，度秦至漢，始著竹帛。以《公羊》三世考之，則立於定、哀之日也。爲衮爲鉞，一無可加。徵人徵鬼，兩無所當。或數典於子虛，或圖形於罔象。燈謎交加，市語雜出。有其言不必有其事，有其事不必有其理。始猶託寄微詞，旋復鈎牽讔語。輟簡迴思，亦有茫無消釋者矣。此所謂苦畏也。文章之道，無過簡易。詞尚體要，簡也。辭達而已，易也。古人修詞立誠，富有日新。文從字順，陳言務去。雖復鋪陳排比，不失其爲簡，詰屈聱牙，不害其爲易。今則裨販異聞，餖飣奇字，駢花取妍，賣藥求益。譬如窮子製衣，大吴紫鳳，顛倒裋褐，適足暴其單寒、露其補坼耳。此所謂苦貧也。苦貝之病，僕所獨也；苦貧之病，衆所同也。文章之病，與世運相傳染。欲起沉痼，苦無金丹。安得與仁兄明燈促席，杯酒細論，相與頫仰江河，吐胸中結轖耶？

《初學》之刻，稼軒爲政。取盈卷帙，未薙榛蕪。此後草稿叢殘，都無詮次。累承嘉命，不敢自棄。擬以湯液餘暑，少爲排纘。初集翦削繁苭，汰其强半，效廬山内外之例，釐爲二集。後集亦效此例，俟有成編，專求是正，然後寫以故紙，藏諸敝篋。放唐衢之詩瓢，埋劉蜕之文冢。山川陵谷，劫火洞然。海墨因緣，深資啟發。仁人之言，其利溥哉。亂後無意爲文，障壁蠟車，不堪塗乙。一二族子，有志勘讎，意欲請孝逸、伊人共事油素。惟仁兄力爲獎勸，俾勿以槐市爲辭，則厚幸矣。

寒燈臥病，蘸藥汁寫詩，落句奉懷，附博一笑。方當餞歲，共感流年。窮冬惟息勞自愛。

王奉常煙客七十序

吴偉業

吾友奉常煙客以今年七十，虞山錢牧齋先生爲文以壽。先生與奉常之祖文肅相公後先事神宗皇帝，君誥臣謨，年經月緯，取之腹笥，故其爲文也，推家以本於國，用表兩朝慈孝，而文肅所以調護元良，維持宮府者，其言信而有徵，奉常得之以燕饗，可考鐘鼓而耀丹青矣。州人士謂余之習奉常也，又以其言屬余。余生也晚，奉常筮仕，猶及見先朝之郅隆，而余已駸駸乎末造，時就奉常以訪吾所不逮。又先生於余爲詞林先達，貫穿一代之史，願備掃除，討求掌故，而才識駑下，輒苦未能。今湍然載筆從其後，其於王氏祖孫身處家國之際，何容贊一詞也。無已，請就余通籍以來，在朝及里中所見聞於奉常者爲壽可乎。當先皇帝稽古右文，修舉郊社、籍田、朝日、夕月諸大禮，奉常以世臣備禁近職，奉璽紱陪侍屬車豹尾間，尺寸咸有程度。

數捧英蕩之節，出使諸藩，肅將蕆事，不擾亭傳，乘皮束紡之贈，無所私焉。自少以一身搘拄中外，築賜塋已畢，即起祠堂，歲祭時享、月舍葫禮無違者。事母周太宜人以孝，閨門之内規重矩疊，訓子弟，御僮僕，吉凶婚嫁，足爲合境師法。歲大祲，爲粥於路，里之人皆歌其長德。雲間董宗伯玄宰、陳徵君眉公，相國之高弟，而編修公執友也，折輩行與游。先朝論畫，取元四大家爲宗，繇石田山人後，宗伯爲集其成，而奉常畧與相亞。當其搜羅鑒别，得一秘軸，閉閣凝思，瞪目不語，遇有賞會，則遶牀狂叫，拊掌跳躍。於黄子久所作，早歲遂窮閫奥，晚更薈萃諸家之長，陶冶出之，解衣盤礴，格高神王，力追古人於筆墨畦徑之外，識者知其必傳。玄宰署書爲古今第一，顧以八分推許奉常，語陳徵君曰：「此君何所不作，吾當避舍。」今二十年間，海内争購奉常之書，小或盈尺，大過尋丈，懸毫落紙，旁觀無不拱手歎息，其文采風流，沾被傾動，近世所未有也。江南故多名園，其最者曰樂郊，煙巒洞壑，風亭月榭，經營位置，有若天成。兵興之後，再闢西田於距城十里之歸村，因以老農自號。蓋追念國恩，感懷今昔，雖居賜第，游塵寰，屢思從樵牧自放。賦調日急，生計浸微，類有所不釋於中，乃日偕高僧隱君子往來贈答，間召集梨園老樂工，用絲竹陶寫，以此行年七十，齒髮不衰，人服公之天資夷曠，而不知其寄託則固深遠矣。余每傷近時風習，士大夫相遇，惟飲酒六博爲娱。獨過奉常，見丹黄勘讎，插架千卷，賓朋雜坐，舉史傳中一事，輒援據出入，穿穴舊聞，於尺牘師蘇子瞻、黄山谷，於詩仿白香山、陸渭南。諸子濡染家學，作爲篇章，人人有集。四方徵文考戲，屈指江南地望，咸曰彼有人焉。固不止絹素流傳，以書畫專門已也。唐宋宰執世家，於言行微顯，子孫昭穆，必備著之，用裨蘭臺石室之采。在嘉、隆全盛，江南賢輔，推華亭、吴門、太倉爲恩禮終始，其後人亦世通婚姻。文貞、文定奕葉卿貳，王氏緣編修公早世，門户中衰。迄於今運會遷改，三相國譜系之中，奉常獨能守其堂構。聞諸故老説文肅公里居軼事，仁厚恭謹，爲同時大僚所莫及，足以光啟奉常，故今日燕喜之晨，揚觶爰告。先朝之史未立，則有虞山公之文大書特書，而余言亦堪登裨官而入家乘，於以見奉常搜揚祖烈之意，小大皆不可以無識也。虞山既以史筆紀斯宴，侑之以《文王·大雅》「本支百世」之詩，余不敢上引，請爲歌《楚茨》，大夫有田禄者，藝黍稷，潔蒸嘗，而子孫因之以勿替。鄉人父老稱説景福，本之於力田農事，其義有所取爾。《傳》曰：「歌詩必類。」奉常通於古，竊取《詩》與《春秋》之旨，隨長者之末，再拜以爲獻焉。

歸村躬耕記

同　前

吾友王煙客太常，治西田於歸涇之上。歸涇者，去城西十有二里。或曰先有歸姓者居焉，或曰以其沿吴塘而北可歸也，故名之。煙客自號歸村老農，築農慶堂以居，而以告其友人曰：「吾年六十，蓋已老矣，將躬耕乎此。」聞者疑之，曰：「古之爲耕者，以其有耕者之樂也。土膏陸海，畝乃一鍾；芍陂白渠，灌及萬頃。故有築隄作塘，開田引瀆，役使數千家，此美田上腴者之樂也。若夫陸渾山中，褒斜谷口，平疇廣野，反出於孤峰疊嶂之顛，屏棄世事，隔絶人代，架絶壑以立屋，焚深林而糞田，此高山窮谷者之樂也。今吾州僻陋海濱，陂渠湮廢，舄鹵沈斥，沮洳汙萊，歲頻不登，賦以日急，居此土者，亦何樂乎有耕？煙客自奉常謝政，幅巾里門，有城中賜第以安起居，有近郊别墅以娱杖屨，圖書足以供朝夕之玩，賓客足以接談笑之歡，又何必去城市、舍園圃、謝朋舊，以樂此躬耕爲也？」煙客曰：「不然。此田是先朝禄賜之所遺也，是先相國文肅所以貽子孫也。往者神廟之世，海内乂安，生民不見兵火。江以南大臣之致政家居者，美田宅，盛邸舍，厚自奉養。而吾祖惟得海濱寢丘之地，以供饘粥，蕭閒杜門，不知家人生計。性愛田野，嗜花藥，開種竹之圃於東郊，築藝菊之亭於北郭，而猶患過客之跡我也。晚歲璽書存問，郡邑大夫執板而賀謁者，車填馬咽，而吾祖命小舟，攜短策，逍遥於南陌東阡，遇者不知爲三公也。即今三十餘年，而韋相之莊籬落猶存，陸生之田桑麻如故，舊老遺民尚有過而歎息者，吾爲人子孫，忍使茀而不治乎？且吾受前人餘澤，奉車省闥，陪祀陵園，以及親郊、視學、大閲、藉田，無不具簪笏以從。已而持節銜命，渡錢塘，入豫章，涉沅湘，踰閩嶠，足跡幾半天下。世故流離，衰遲頽暮，猶得守先疇之畎畝以送餘齒，退而與田夫野叟談昇平之遺事，敘平生之舊游，不亦幸歟！雖其土之瘠而賦之繁，吾猶將樂而安之。若夫歌舞陸博，通飲食，侈游觀，下至逐什一之利、競錐刀之末者，吾之所不能爲也。」梅村吴偉業聞之曰：「不忘先朝，忠也；追述祖德，禮也；保素節而出流俗，義也。其爲躬耕也大且備矣，是不可以不記。

王氏西田詩序

歸莊

太倉之太原王氏，自相國太史以來，有南園在城中，東園在郭外，皆游觀之勝區。奉常煙客先生，復去城十餘里，營西田，樓臺花石之勝，與前二園并峙。而落成之年，先生適花甲一週，於是遠近大夫士争賦西田詩以致賀，凡若干首。甲午春，先生之長君周臣，出以示余，且屬爲序。詩則五七言、古風、律、絶諸體悉備，人則自江南及浙、閩、楚、蜀數千里之外皆有，雖工拙不同，要亦一時之勝事也。余以連年浪迹江淮間，獨不及與，今復何敢辭序。太倉有兩王，其一則瑯琊也，與太原競爽。瑯琊盛時，有弇園林壑之美，爲吴中名園之冠。弇州先生自爲記數十篇，余嘗讀而心美之。近年訪弇園，則主非王氏矣。又僅得其一隅，且問知某氏某氏之居，皆故弇園也。瑯琊後人之所守者未得其半，而林木已斬伐，洞壑已頹，奇石已鬻，臺榭無復有存者。以弇州之記案之，不可復識矣。園僅百年，而分裂蕪廢，遂至於此，不亦可感乎。而因以歎先生之業，久而不墜，且益昌大，如太原者，不易得也。李文饒平泉草木，遺命：「有壞之者，非我子孫。」亦但期勿壞耳，固不望後之人能增其式廓也。今先生於東園、南園，既不改先世之舊，而又營西田以避世而娛老，豈非可喜之事，宜形諸歌詠者耶？且先生以祖任，歷涉京卿，宦成而歸，有丈夫子九人：周臣以中翰居家，泊然自守，以文章自娱；端士爲孝廉已十年，與異公皆有才名；其餘皆能稟父兄之訓，不失王謝家風，其可謂光於前人矣。今世無識之士，逐電光如日月，倚冰山爲泰岱，馳騖榮名，矜張氣勢，隆隆赫赫，以爲一時之盛，將毋揚子雲所謂「朱丹其轂，一跌而赤族」者歟。我是以歎太原世業所以不墜益昌者，其人才維之也。先生以相國、太史作之於前，諸子述之於後，而先生以林下之身，游翰墨之苑，詩詞繪畫、篆隸八分，悉妙天下，文采風流，殆與君家摩詰先後輝映。西田之中，朝暮煙雲，春秋花鳥，先生操觚飛翰，即成詩中之畫、畫中之詩，而四方名彦，侑觴之篇，雜進於前，友朋唱和之樂，非直一裴秀才而已。又況先生超然遐舉，與夫委蛇屈節，僅藉凝碧池一詩以明心事者，不有逕庭耶。是則先生之有西田，不惟瑯琊之弇園，遜其奕葉重光，即較之先世輞川，亦不啻過之矣。余既承長君之命，亦因以追致區區之意於先生。他日過太倉，倘得隨先生之杖履，覽西田之勝概，尚能爲先生賦之。

附録二 書畫著録資料選輯

李佐賢

書畫鑑影

王太常溪山勝趣卷

紙本。高一尺四寸，長一丈四尺六寸。墨筆寫意，披麻皴，前後簡淡著筆，中間峰巒四起四伏，山凹村落長林、沙隄石徑，左右映帶。通幅無人物。題在前上。

「溪山勝趣」四大字。

「山根小築趁閒身，甕牖繩牀不算貧。一夜風吹春茗緑，滿腔溪壑鬭嶙峋。八十一叟王時敏畫於西田草廬并題」行書九行。押尾白文「遜之」方印、白文「王時敏印」方印。卷末朱文「程瑶田審定」方印、「瑞清館收藏」長方印。

後另紙跋三段：一段秀水朱彝尊識，有竹垞印；二段海鹽彭孫遹題，有羨門子印；三段退谷汪士鋐，均未詳記。

王太常仿古山水册

前額二開：「西廬逸興」隸書大字。「丁未嘉平，王時敏自題」行書一行。押尾朱文「王時敏印」方印、白文「西廬老人」方印。

畫紙本。高一尺二寸四分，寬九寸一分，十幅俱同。

第一開，墨筆寫意。章法開合，深淺濃淡相間。題在左上。「仿巨然」行書一行。押尾白文「王時敏印」方印。以下至十幅印俱同。

第二開，青綠工筆。林間亭子，面對溪山。題在右上。「仿趙伯駒」真書一行。

第三開，墨筆寫意。松下觀瀑。題在右上。「仿王叔明」行書一行。

第四開，墨筆寫意。秋林亭子。題在右上。「仿雲林筆意」行書一行。

第五開，墨筆寫意。煙林濃厚，沙水瀠紆，雲山浮動。題在左上。「仿小米雲山」行書一行。

第六開，濃著色兼工帶寫。楊柳水村。題在左上。「臨趙大年」行書一行。

第七開，寫意。青山紅樹。題在右上。「仿趙承旨」行書一行。

第八開，墨筆寫意。山谷藏村。題在右上。「仿黄子久」行書一行。

第九開，墨筆寫意。林下村居，嵐陰濃郁。題在右上。「仿梅華道人」行書一行。

第十開，兼工帶寫，淡著色。空林寒舍，山巒戴雪。題兩段，在右上。「臨李成雪圖」真書一行。押印以上俱同第一幅。

「丁未冬日，仿宋元諸家十幀。西廬老人王時敏，旹年七十有六」楷書四行。押尾朱文「穠閣」長圓印。

王太常仿古山水册

紙本，尺寸失記。計十二幅。畫皆寫意。

第一開，墨筆。三樹一廬，遠岫兩重。無題有印。白文「時敏」方印。

第二開，墨筆。層巒疊嶂，墨氣濃鬱，石法披麻。以下十一幅，俱有題款。「仿吳仲圭煙江疊嶂圖」行書一行。押尾白文「野老」長印。

第三開，設色。青山紅樹，筆意深厚，作荷葉皴。「仿趙文敏筆」行書一行。押印損蝕。

第四開，墨筆煙巒。「仿黄子久」行書一行。押尾白文「遜之」方印。

第五開，墨筆。山樹蓊鬱，雲氣騰上。「仿米敷文」行書一行。押尾白文「煙客」圓印。

第六開，青緑色。禿柳松杉，中藏古廟，坡下艤舟。「仿趙白駒」行書一行。押尾白文「遜之」方印。

第七開，墨筆。棧道周迴，山岡參錯。「仿北苑半幅溪山行旅圖」行書□行。

押尾白文「煙客」圓印。

第八開，墨筆。松岡上面兩峰對出，中藏梵宇。「仿巨然」行書一行。押尾白文「王時敏印」方印。

第九開，墨筆乾皴。沈鬱頓挫，下作松林，兩峰間一泉陡落。「仿黄鶴山樵」行書一行。押尾白文「野老」長印。

第十開，淺絳色。山法樹法，開麓臺之先聲。「仿一峰筆」行書一行。押尾白文「王時敏印」方印。

第十一開，墨筆。棟宇橋梁，峰凹垂瀑。「仿梅華道人」行書一行。白文「煙客」壺盧印。

第十二開，墨筆。雪景，樹作蟹爪，石兼斧劈。「仿李營邱雪景。辛丑春仲，寫此十二幀。王時敏」行書□行。押尾白文「王時敏印」方印。

王太常仿倪雲林山影圖軸

紙本，高四尺一寸六分，寬一尺九寸一分。墨筆寫意。皴法折帶，平岡淺渚，攢樹五株，林中野屋，坡上板橋，遠峰數疊。題在上右，又董題在上中。

「癸丑初夏，錫山舟次，擬雲林《春林山影圖》。時敏」行書三行。押尾白文「王時敏印」方印。

「雲林小景，幾作無李論。遜之亦搜索殆盡，誰知筆端出現，清閟主者，若再來騁妍競爽如此。珍重珍重。甲戌初冬，其昌」。押尾白文「宗伯學士」方印、白文「董氏玄宰」方印。下角朱文「休陽汪彦宣小某甫珍藏」長方印。

王太常仿子久山水軸

絹本。高五尺，寬失記。墨筆寫意。崇山峻嶺，岡巒交互，林木叢雜，村落參差，氣勢雄傑，皴法披麻，遠山兼小米點，筆墨濕潤。題在右上。

「康熙甲寅仲秋，仿黄子久筆，王時敏」行書□行。押尾白文「王時敏印」方印、白文「西廬老人」方印。

王太常仿子久山水軸

絹本。高七尺九寸，寬四尺三寸。著色寫意。峰巒茂密，草木華滋，平原人家幾簇，高峰瀑布孤懸。題在右上。

引首朱文「真寄」長圓印。

「辛亥長夏，仿子久筆意，似孝翁老父臺詞宗教正。治弟王時敏」行書□行。押尾白文「王時敏印」方印、朱文「西廬老人」方印。

王太常仿山樵山水軸

紙本。高一尺三寸，寬一尺。墨筆寫意。松亭人坐，合沓層巒。題在上。

「仿黄鶴山樵」行書一行。押尾白文「王時敏印」方印。

題在裱綾，邊款係秋泉居士汪士鋐，後學澍記，世琛琛謹記，水南程嗣立識，共四段，均未詳記。下角朱文「若林曾觀」方印、「陳履中審定」方印。

王太常山水軸

紙本。高三尺九寸五分，寬一尺八寸六分。墨筆寫意。林巒偏右，層山疊出，平坡數重，間之村落，在左上露遥山，主峰在頂，墨氣濃厚，通體秀潤華滋，痕迹俱化。自題，又鄒題，俱在上左。「時敏」真書。押尾白文「王時敏印」方印、白文「煙客」方印。「濕雲滿林牖，墨妙乃筆妙。□客見珍入室□幾於道矣。」行書四行。押尾白文「鄒炳泰印」方印。上右角白文「寄梧閣」長方印。

王太常山水軸

紙本。高五尺一寸，寬二尺八寸。墨筆。中鋒，用披麻皴。林屋峰巒，重疊茂密。題在上。「人家在仙掌，雲氣欲生衣。丙辰夏日畫，王時敏」行書□行。押尾白文「王時敏印」方印。

題在詩堂。「王時敏，字遜之，太倉人。文肅公孫，以廕官太常。工隸法，雅不習楷書。畫山水得大癡神髓，爲畫苑領袖。海虞王翬游其門，名噪一時。當時學士大夫，得王太常片紙尺絹爲榮。是軸用筆渾脱，局境閒雅，與余編定内府所見《溪山深秀圖》布置同，洵稱的筆，當寶之。樂山別駕屬題，時甲辰大雪，頤性老人阮元。」行書□行。

澄蘭室古緣萃録

邵松年

王煙客仿宋元各家山水合璧卷

紙本。高九寸，長一丈六尺五寸。紙三接。起手溪山平遠，林亭清疏。水墨，仿倪高士。忽然層岩陡立，三起三伏，石梁跨澗，野屋在坳。設色，仿黄大癡。山盡溪平，遠山銜接，峰巒迭起，雲氣迷蒙。水墨，仿黄鶴山樵。雲連山隱，峰頭高下。水墨，仿高尚書。雲净岩高，泉飛峽小，山坳結屋，松竹滿山。水墨，仿梅花盦主。

山村臨水，緑樹陰濃，雲岫横空，點皴細密。水墨，仿巨然僧。一峰盡處，山亭峙立，對面重崖峭壁，密葉長林，筆力堅凝，氣象雄闊。水墨，仿董北苑。石壁才峭，路徑彎環，屋宇參差，溪山明媚，扁舟盪槳，柳緑桃紅。設色，仿趙大年。花邨隱約，岩石高撑，圓厚渾淪，恍似虬蟠貌伏，林含餘碧，葉賸殘紅。設色，仿關仝。山外巨石凌厲，百道泉流，溪水凝寒，雪光照嶺。淡設色，仿洪谷子。林巒雪積，野屋寒深，棧道縈紆，行旅絡繹。淡設色，仿李營邱。通幅十一變，仿宋元十一家。錘爐在手，杼柚從心。意到筆隨，有神無迹。雖筆筆精到，較異老年神化之作。而布置深穩，點綴精嚴，魄力沈雄，氣韻深厚，早年用功之作，已覺石谷子所不能及。款小楷：

「丁卯九月，法宋元諸家筆意。王時敏。」「王時敏印」

「國朝畫手，以煙客爲領袖，吴梅邨有《畫中九友歌》，煙客其一也。其生平收藏名蹟甚夥，每得秘軸，則繞床大笑，拊掌跳躍，故凡布置設施，鉤勒斫拂，水暈墨影，悉有根底。是卷萃宋元諸大家之長，筆墨異境，而妙能一以貫之，結束入細，俄而平林澹抹，俄而浮嵐暖翠，俄而迷離煙雨，俄而雪映層岡，使閲之者，如舟行萬里，瞬息奇景疊遭，渾忘身之在蝸廬也。此等妙墨，近所罕覯。聞舊有題識，爲人割去，然鄭人買櫝還珠，珠固在，庸何傷。道光己丑長至前二日，爽泉高塏跋。」「子高廬審亮塏爽泉之印信」

王煙客仿子久富春山圖卷

紙本設色。高七寸六分，長八尺三寸三分。起手石壁竦立，遠岫清明，溪水空澄，林巒起伏。漸至崇山疊嶂，密樹緣坡，雲影嵐光，柳溪罨靄。入後樹石點綴，巖壑空靈，野屋山亭，映帶有致。是卷布局之謹嚴，設色之沈郁，氣韻之深厚，邱壑之渾成，誠所謂「運腕虚靈，布墨神逸，隨意點刷，妙造自然」者也。看似尋常却奇特，吾於此畫亦云然。此真山水正宗，駸駸乎入癡翁之室矣。卷首有「恕齋珍玩」「醉墨軒書畫記」二印，末有「瑶華道人鑒藏」「娱清書屋」二印。跋上有「煙雲過眼」「醉墨軒鑑賞章」「瑶曄道人鑒賞圖書」「瑶華道人圖書」四印，重二印不録。款在卷尾角上，小楷。

「甲戌春日，仿黄子久筆，呈象翁老師相，王時敏。」「王時敏印」

「太倉王煙客太常，以千金爲前人報德，香山何象岡相國却之，迺以是卷請。是時太常宦京師，力謝酬應，累月始就，故得精工若此。卷衡凡十有三尺，無一筆苟且塞責意，太常僅見之傑作，大江以南，所絶少也。太常家藏古畫甚富，最得力於子久，子久深山静坐，十年始得畫之三昧，曾藏子久《長江萬里圖》，是卷可稱得其神理矣。予潦倒山城，無意得之，驚喜欲狂，太常筆墨爲一代珍重，觀此墨妙，雖千百世後，猶將珍重焉。一日相國令子孝廉旦兼過予寓，出以示之。蓋因周李之變失已十年，今得復見，爲之凄然。甲戌、乙亥間，相國夫人與我朝帝后兩家子姓，遂爲世講，予欲仍歸何氏，孝廉爲予述其顛末。且謂予曰：「此卷向恐不得所，即歸我，焉知後之無它變乎。屬之子也可。」予什襲藏之，遑計其後，并以計之。時癸丑年上巳日，檇李山樓主人朱茂昉書後。」「子葆」「朱茂昉印」

「畫一藝耳，古人以之澄懷觀道。予素頗好之，謂不可與它玩好之物等視。婁江王煙客先生，學道之餘，留心畫理。昔與先司馬交好京師，嘗爲寫山水大幅，今猶藏在山齋，珍同拱璧。重光作噩之夏，舟泛鴛湖，訪故人朱子葆，獲觀此卷。其位置皴染，法猶可尋，而氣韻超逸，有在筆墨之外者，弗可迹求。當是其生平最得意之作。廣陵散絶，不謂這至寶不可。讀子葆自記，知爲何香山故物。以相國之貴，且兼爲之子，顧不能長有之，雖世變使然，而過眼煙雲，古今同慨。裒回山樓，風景頓異，反復遺蹟，典型已遥。因題數語，俯仰今昔，真不覺百感之交集也。華山王弘撰書。」「王弘撰印」「山史」

「煙客，婁東相國子，是以家藏甚富，石谷、麓臺皆所以教誨而成就者。有大癡《富春卷》，沈酣於此，此外一步不窺。常自云不及麓臺之生，石谷之能，然自明即已傳其名矣。規度井井，不可得也。李世倬。」「倬」「臣顧」

「筆墨沈著處，最爲慘淡，運神氣於人所不見之地，惟懸解者得之。美人之光，可以養目，吾於此圖亦云。龍眠張若澄。」「若澄」「鋆居士」

王煙客仿子久山水軸

紙本水墨。高二尺七寸七分，闊一尺二寸九分。層厓壁立，數屋臨溪，小橋低横，長松高偃，林木清潤，遠岫重重。筆墨韶秀，氣韻生動。昔惲道生論先生畫，謂其嫩處如金，秀處如鐵，此幀乃不愧斯語。右下「李氏珍秘」「季雲審真跡」二印。款左上。「壬辰初夏，爲奉山先生畫。王時敏。」「王時敏印」

王煙客仿子久山水軸

絹本設色。高三尺三寸，闊一尺八寸。林巒深厚，邱壑渾成，山坳人家，兩兩相對，溪流絶底，雲抱中峰，蒼潤之色，撲人眉宇。惟縑素稍爲濕侵，精神不免少減耳。款在右上。印首「西田」。「戊了端陽月，畫爲駕卿詞兄六十初度。王時敏。」「王時敏印」「遜之」

王煙客山水軸

紙本水墨。高二尺七寸八分，闊一尺二寸六分。溪山深秀，雲樹溟濛，澗外流泉，溪邊老屋。筆意揮灑自如，而章法天成，其秀在骨，亦仿大癡筆也。款在右上。「庚子清和畫，王時敏。」「王時敏印」

王煙客南山松柏圖軸

紙本水墨。高二尺九寸四分，闊一尺三寸二分。峰巒渾厚，林木濃滋，岩石嵯峨，屋宇高下，兼以煙雲環繞，濃點密皴，實處皆空，極沈鬱頓挫之致。右角下「研香閣棣邨鑑賞之印」，左角下「周壽昌荇農氏所藏」。題款在上偏右。印首「西田」。

「瓌瑋文章妙當世，高蹤獨行冠閩鄉。滄桑已歷山河異，松柏彌增歲月長。雒社共尊三老席，幔亭先進九霞觴。承歡遥羡天倫樂，箕潁相將史册光。繇來江夏羨無雙，烜赫堆瓊又繼香。喬梓詞壇皆擅美，璠璵寶玉暫韜光。椿枝偃蓋垂瑶砌，橘柚芬芳進養堂。聞道懸弧家慶日，團圞喜色上清楊。　辛丑九秋，寫《南山松柏圖》，係以俚言，寄祝楚翁先生詞宗七十初度。王時敏。」「王時敏印」「煙客」

王煙客仿子久山水大軸

紙本水墨。高四尺六寸，闊二尺一寸五分。千巖萬壑，密樹長林，溪澗左迴，關門右峙，雲横遥嶺，路遶長坡。點染蒼潤，氣息深醇，筆墨似覺細碎，而仍元氣渾淪。先生大幅中不經見之作，與前仿《富春圖》卷可稱雙絶。且此幀係老年之筆，尤爲難得。右邊「李氏意西印」，左邊「鄧邦靖觀」「長白李慎勤伯氏鑒賞章」「春績堂眼福」。又宫爾鐸四印。絹邊卜「荔香齋收藏印」。款在右上，題二段在後。林題在絹邊上。印首「真寄」。

「丁未冬日，仿子久筆。王時敏。」「王時敏印」「西廬老人」

「余此圖雖刻意仿子久，然如婢學夫人，舉止羞澀，終不似真，重觀不覺慚汗。己酉初夏，時敏又題。」「煙客」

「太原奉常公，博極群書，目空千古，以餘技爲繪事，亦度越當代諸家，直與宋元人爲伍。如此圖蒼秀之色，撲人眉宇，雖不知畫理者，亦能望而欽之，非贋筆所能夢見也。丙辰秋日，王瑞國題。」「王瑞國印」「野民」

「元季四大家，子久風格獨勝。後學者罕得其神，惟奉常煙翁，深傳三昧，非近代名手所能夢見。此圖尤稱傑出，法眼自當寶藏如天球拱璧也。王鑑題。」「王鑑之印」「湘碧」

「吾聞婁江北，虞山南，前朝奉常誅茆庵。餐光飲渌入肝肺，清氣翕納開煙嵐。亦如井西供養富春渚，神明未衰齊彭聃。興來游戲師造物，粉本自出無青藍。范緩倪迂盡斂手，抗行癡叟豈汝慚。樂郊擁卷百城坐，長林巨壑來庭參。濡毫涉想飛鳥上，崩雲裂石摧穹嵁。天風浩洶勢吹海，空際隱現山成三。銀河匹練忽倒挂，下方作雨龍吟潭。東峰近水響野碓，西崦落照明禪龕。危關側入磴道險，幾家小聚人語酣。大宫小霍互包絡，揞笻笠疲登探。圖長七尺聳萬笏，子久筆力容未堪。奉常老向歸涇隱，澹泊世緣百不貪。解衣盤礴弄狡獪，想其意態殊狂憨。吴越禹跡恣搜採，安用折腰低首趨朝簪。西園樵牧足自放，南渡衣冠誰解談。迢迢青山我夢寐，垂垂白髮今氍毿。君恩許休武彝住，待繪陶令歸乘藍。林壽圖題。」

王煙客墨花卉軸

紙本水墨。高二尺五寸一分，闊八寸九分。蒲葵、艾各一枝，襯以梔子、木筆作一束，蓋端陽景也。墨具五采，俯仰向背，各盡其致。白陽山人無以過也。花卉、山水雖分門，然運筆之法無異。先生山水超絶當代，偶作花卉，亦豈庸史所能夢見，真不可多覯之品也。右角下葉志詵、葉東卿閱畫記二印，左角下黄左田審定一印。款在右上。「西廬老人筆。」「王時敏印」「遜之」

「西田壟上真風露，雨後皆成古墨香。中有緑蓑人澹對，横涇一碧氣清蒼。雲素老老筆濃陰點石欄，空諸鉤染法尤難。莫將道復傳神比，我作芝廛篆隷看。先生屬題二詩，方綱鑑。」「方綱」

「石庵讀畫。」「劉墉」

「奉常畫山水，傳世已少，而花卉尤爲罕見。此軸本富春相國所藏，而贈我同年雲素舍人者。相國於舍人有文字之契，又皆精於鑒賞，故名蹟因之益章。嘉慶甲子夏日示楷，諦觀筆法，蓋筆筆從書法中來，故非俗工所能夢到。舍人今擢宗人府主事云。檇李年弟錢楷。」「臣楷小印」「讀畫敲詩」

「分明五色具喻麋，染出花枝帶露時。却笑諸黄太無賴，枉將落墨妒徐熙。奉常山水容臺匹，墨暈花心也自妍。畫手亦推前輩好，虛懷猶欲拜耕煙。嘉慶癸亥中秋，題應雲素同年屬，左田黄戉未定稿。」「黄戉」「左君」

奉常山水真跡極難得，余竭力搜求，二十餘年竟得兩卷六軸之多，足補瓶麓齋之缺。惟册子殊不可得，曩於京師見一册，以未精不曾收。嗣於顧肖墀處見六幀，費西蠡處見九幀，雖真跡亦非極精之品，轉不若此仿宋元各家一卷，璧合珠聯，足稱蓺林至寶也。

王太常仿古山水册

鄒登瀛

滿清一代畫禪，人皆豔稱四王，而四王則首推煙客。煙客畫幀，匠心獨絶，兼宋元諸大家之長，而仿黄子久尤擅勝。廉州太守稱其深傳三昧，非近代名手所能夢見，誠不愧麓臺之祖、石谷之師，巋然爲江左文獻矣。余於李氏《書畫鑑影》、邵氏《古緣萃録》外，獲見陶齋尚書所藏山水册十幅，亦仿古之作也。一仿黄鶴山樵，押尾白文「王時敏」方印；一仿黄子久，押尾亦白文「王時敏」方印；一仿米家山，押尾與上幅同；一仿北苑，押尾朱文「遜之」方印；一仿趙文敏，押尾白文「遜之」方印；一仿大癡，押尾與上幅同；一仿吴廷暉，押尾朱文「煙客」方印；一仿梅道人，押尾亦「王時敏」方印，與第二幅同；一仿子久《沙磧圖》，押尾與上幅同；一仿倪高士，押尾方印二，一「王時敏」白文，與第二幅同，一「煙客」朱文，與第七幅同。而自題其末云：「此册共十幀，乃余十年前所作，後三幀未及竟。

丁未十一月，爲文邃禪兄續成之，并署名焉。」（王時敏）余考《婁東耆舊傳》謂奉常卒於康熙十九年，而《畫史彙傳》《桐陰論畫》則以是年爲庚申，然則此幅自記丁未，當在康熙六年，爲晚年手筆無疑。董玄宰所謂「蒼秀高華，奪幟古人」者，觀此而益信。

吴越所見書畫録

陸時化

國朝王奉常武夷山接笋峰圖立軸

宣紙本。水墨。高三尺三寸二分，闊一尺三寸二分。董宗伯題於本身。王時敏，字遜之，號煙客，别墅有樂郊、東園，又有西田，因晚稱西廬老人。明相錫爵孫，太史衡子。恩蔭授尚寶丞，奉使甚多，封藩者四，俱清潔却餽，遷至太常少卿。入國朝，惟揚前烈，勗子孫，身係鄉黨安危四十年。終八十九。子九人，八子掞相本朝。「武夷接笋峰，爲天下山水最佳處。丙寅十月，余以使事過之，曾一躡蹬，恨足弱不能陟其巔。丁卯五月，雨窗偶作此圖，峰巒形勢，彷彿相類，但少清流幾曲迴環其下耳。王時敏。」

「余以辛卯之秋游武夷，曾爲雲窩二律詩，獨未爲圖耳。今見遜之此圖，追踪子久，煙雲奔放，林麓深密，實爲畫中之詩，三十年前眼境，重新坐收幔亭奇致，歎服歎服。董其昌丁卯仲夏識。」「昌」

又王奉常南山松柏圖立軸

紙本。水墨。高二尺八寸四分，闊一尺二寸八分。畫在逸品。收藏如新。今在金蘊石處。

「瓌瑋文章妙當世，高蹤獨行冠閩鄉。滄桑已歷山河異，松柏彌增歲月長。雒社共尊三老席，幔亭先進九霞觴。承歡遥羡天倫樂，箕潁相將史册光。繇來江夏羡無雙，烜赫推瓊又繼香。喬梓詞壇皆擅美，璠璵寶玉暫韜光。椿枝偃蓋垂瑶砌，橘柚芬芳進養堂。聞道懸弧家慶日，團圞喜色上清揚。辛丑九秋寫《南山松柏圖》，系以俚言，寄祝楚翁先生詞宗七十初度。王時敏西田。」

又王奉常仿子久立軸

宣德紙。水墨。高三尺六寸二分，闊一尺六寸二分。王廉州題本身。今爲畢竹嶼藏。

「甲辰九月，含素以佳菊見贈，寫此奉答。王時敏歸村。」

「畫得子久三昧，前惟董文敏，近獨奉嘗。煙翁此幀乃爲得意之作，以含素法眼，故特贈之，真不負此筆墨矣。王鑑題。」「湘碧」「染香庵主」

又王奉常雨夜止宿圖立軸

宣德紙本。淡設色。高三尺九寸八分，闊一尺零四分。今亦在畢竹嶼處。

「白石翁有《雨夜止宿》巨軸，全師北苑。余作此圖，略仿其意。效顰學步，徒見笑大方家，書以志媿。丁丑春日，王時敏畫。」「王印時敏」

又王奉常夏山曉霽圖立軸

紙本。設色。高二尺八寸五分，闊一尺五寸八分。今在金莛右處。

「夏山曉霽。壬子清和，仿大癡筆。西廬老人王時敏，時年八十有一。」「王印時敏」「煙客」

又王奉常山水立軸

宣德紙本。水墨。高二尺七寸三分，闊九寸三分零。珍藏如新，筆墨冲澹。耿菴，金俊明號也。

「丁酉秋日，畫似耿菴老社翁政之。弟王時敏。」「王時敏印」

又王奉常仿子久立軸

紙本。水墨。高三尺四寸八分，闊一尺五寸九分。王廉州即題於本身，見之玉峰山房。

「癸卯夏日雨窗，爲偉公詞兄畫。王時敏西田。」

「子久畫如天駿騰空、白雲出岫，在元季大家中有超逸絶倫之譽。近代惟太原奉嘗公深得其三昧。此幀更爲傑作，宜珍藏之，勿以尋常視之也。王鑑題來雲館。」

「王鑑之印」「弇山後人」

又王奉常仿子久立軸

宣德高麗紙。水墨。珍藏如新。高二尺八寸四分，闊一尺五寸二分。向爲進士閫府毛西曲物。

「仿一峰老人筆意。王時敏。」「紙窗竹屋」「王時敏印」「西田遺老」

又王奉常秋山白雲圖

宣德紙。設色。珍藏如新。高二尺七寸五分，闊一尺一寸七分。此等筆墨，乃以氣勢勝人，爲奉常生平傑作。

「己丑六月望，過西田村舍，毒熱不異炮灼，偃卧揮汗，瞥睨筆硯。適雨後稍凉，憶古人三伏生秋之句，戲作《秋山白雲圖》。雖曰摹仿大癡，實未得其脚汗氣也。愧絶愧絶。王時敏識西田。」「西田」「王時敏印」

「此余十年前所作。公瑕將以贈宿章道兄，復攜見示。追憶揮汗舐筆時，宛然如昨。今年至力衰，百事慵嬾，不復求舊管城公，誦少陵『丹青不知老將至』之句，益深慨歎。辛丑子月，時敏又題。」「煙客」「懦齋」

又王奉常端陽景立軸

紙本。水墨。高二尺八寸二分，闊一尺三寸七分零。奉常墨花筆墨兼到，生致勃勃，與石田齊驅。但端陽景居多。

「辛丑端陽戲墨。西廬老人西田。」「西田」「王時敏印」

又王奉嘗仿一峰立軸

紙本。水墨。高一尺八寸九分，闊一尺零九分零。

「鬆秀高老，得子久之神。今裝入巨册。西廬老人，時年八十有三。」「王印時敏」

又王奉常仿古山水册

宣德紙。每幅高八寸六分零，闊七寸二分零。珍藏潔浄，畫得古人神髓，在牝牡驪黄之外。

第一，水墨。「仿吴仲圭。」「王時敏印」十幅俱此印。

第二，着色。「仿子久。」以下印不録。

第三，水墨。「仿倪高士溪亭山色。」

第四，着色。「仿黄大癡。」

第五，水墨。「仿米敷文筆意。」

第六，水墨。「仿巨然。」

第七，着色。「仿一峰老人。」

第八，水墨。「仿梅道人。」

第九，着色。「仿趙文敏。」

第十，水墨。「仿北苑。」

「吾郡王文恪公家藏有宋元諸大家合册，雲間董文敏亟稱其爲希世之寶。適從毗陵返棹，舟中清暇，追憶臨摹，然口能言而筆不隨，曾未得其脚汗氣，正米老所謂慚惶殺人也。煙客，時年七十有三。」

又王奉常真蹟册

宣紙。水墨。珍藏潔净。每幅高六寸五分，闊三寸八分。九幅止有一印，款在末幅。許安弦、王石谷跋另紙。

石谷題籤：「奉常真蹟，畊煙散人鑒定。」「王翬之印」「石谷」

「遜之」四幅用此印。「王時敏印」五幅用此印。

「丁亥長夏，避暑漁莊，一日竟此十幅。煙客。」「王時敏印」

「畫家以氣韻生動爲第一，然非善用筆墨、得心應手者不能，此元季四家所以擅美於前。國朝文、沈以後，惟董詹伯慧心秀腕，陵轢四家，直超董、巨，而用筆用墨之妙，令人瞻望彌深彌遠，有不可思議者。煙翁先生比肩競爽，向稱伯仲。《漁莊》十幅，空翠欲流，蕳遠雋逸，筆筆生動，較之宋元諸大家，匪特出藍，所謂翩翩欲度驊騮前矣。摩詰前身是畫師，定非虛語。丁亥六月晦，獲觀於菉斐軒敬題，許纓。」「許纓之印」「安弦」

「畫學至華亭董公極矣。蓋於黄、王、倪、吴四家爲能集其大成也。繼之者，惟太原奉嘗公。憶壯歲趨侍硯席，親見其匠心運筆，巧力均到，衰老懷舊，恍在目前。今觀《漁莊避暑》十幀，深遠高雅中蒼潤欲滴，真得華亭之神韻者，元人之法其備矣乎。夏疇先生什襲，固其宜也。甲午九秋，耕煙人王翬題。」「上下千年」「耕煙」「王翬之印」

又王奉常長夏仿古袖珍册

宣德紙本。珍藏如新。每幅高五寸一分零，闊三寸九分零。面以宋紙自題籤，引首大隸書二字。

「閑家具。」（面籤，亦隸書。）「閑家具」腰印

「寄賞。（隸。）西廬老人題。」「漁隈半席」「王時敏印」「西廬老人」

第一幅，水墨。「仿北苑。」「遜之」

第二幅，水墨。「仿巨然。」「煙客」

第三幅，水墨。「仿米家山。」「煙客」

第四幅，水墨。「仿大癡筆。」「煙客」「真趣」

第五幅，水墨。「仿徐幼文。」「煙客」

第六幅，水墨。「仿黄鶴山樵。」「遜之」

第七幅，水墨。「仿梅道人。」「野老」

第八幅，水墨。「仿倪高士。」「煙客」

第九幅，水墨。「仿子久。」「煙客」

第十幅，水墨。「寒山落木。」（隸。）「壬寅長夏，寫此十幀。時敏。」「煙客」「真趣」

又王奉常仿諸名家册

宣德紙，珍藏如新。每幅高七寸二分，闊九寸三分。内有六幅，與此卷載石谷第一件爲奉常册中之畫筆筆相同。石谷成於甲寅春，奉常始於甲寅秋，反是奉常臨摹石谷，可見先輩爱士，虚衷爲學翁。總跋另紙。

第一，設色。「蕭寺晚晴，仿鷗陂老人。」「王時敏印」此幅與石谷同。

第二，水墨。「仿梅道人。」「煙客」

第三，着色。「仿趙令穰《春郊散牧圖》。」「王時敏印」此幅與石谷同。

第四，水墨。「仿黄鶴山樵《竹趣圖》。」「煙客」

第五，水墨。「仿荆、關筆意。」

第六，水墨。「澗水空山道，柴門老樹村。用巨然筆寫少陵詩。」「煙客」此幅與石谷同。

第七，青緑。「仿高尚書山川出雲。」

第八，水墨。「仿李咸熙寒林。」「煙客」此幅與石谷同。

第九，着色。「晴巒晚色，仿子久。」「王時敏印」此幅與石谷同。

第十，水墨。「仿倪高士，溪山亭子。」「王時敏印」

第十一，着色。「仿大癡《砂磧圖》意。」「煙客」此幅與石谷同。

第十二，着色。「仿趙承旨《夏木垂陰》。」

「此册仿諸名家筆。經始於甲寅秋仲，作輟者再四，凡三易歲而後成，共計十二幅，蓋丁巳清和之六日也。王時敏識。」「王印時敏」

「余自精力向衰，囊筆櫝硯，久疏盤礴。比更病目昏眵，益與無緣。偶逢風日清美，適乘興會戲仿諸家小景，積久成册，頗用自喜。兹因小孫原祁謁選入都，因學翁老年臺累世至誼，揆兒苦索之以爲孺子利見之資，遂以畀之。仰祁大方郢政，聊當親承指誨，知醜惡不堪獻笑也。康熙丁巳夏五，時敏再題，時年八十有六。」「垂絲千尺」「王時敏印」「煙客」

又王奉常仿董北苑夏口待渡圖卷

宣德紙。珍藏如新。高八寸三分，長八尺三寸八分。陳眉公題於本身。水墨畫，冲和澹古，不食人間煙火。

「甲子仲夏，在長安吴太學寓，同雲間董宗伯觀北苑《夏口待渡啚》。丁卯，雪窗漫興，呵凍寫此。未能得其萬一，正米老所謂慚惶殺人也。王時敏。」「王時敏印」

「遜之尚寶既具賀知章之清鑑，又具陶弘景之□悦，漫興寫卷，遂與古人抗行，恨文肅父子不及見也。眉公。」「繼儒」

董文敏自題畫云：「遜之尚寶以紙索畫，經年漫應，非由老嬾，每見近作，氣韻冲夷，已入倪迂、黄癡之室，令人氣奪耳。」文敏與緱山太史爲年兄弟，於游藝一道推服後起如此，可見先輩虚衷，非近人所及。是卷入手疏林一叢，乃仿倪迂。過此專師黄癡，通體得氣韻冲夷之妙。自題謂追想北苑《夏口待渡圖》，元人皆從董、巨脱胎，原其所自出，不可作真是專摹北苑，善鑒而知畫理者自能意會。余向謂生平無得意事，無勝人處，惟生長婁東，得讀琅琊弇山、澹圃兄弟未刻之文，得瞻太原煙客、麓臺祖孫秘笈之畫，得意勝人，咸在於是。舍余或不欲見，或不得見，或見猶未見耳。麓臺屢以長卷見長，煙客則軸册多，而卷僅見。乙未十一月十一日，聽松山人陸時化題。

石渠寶笈

張照等

明王時敏層巒秋霽圖一軸上等。露一。

素牋本。著色畫。左方上署「層巒秋霽」四字，款識云「丁卯八月畫，王時敏」，下有「王時敏印」「遜之」二印。右方上董其昌跋云：「遜之璽卿嘗聞沈石田嵐容川色之妙，爲此欲擬之，已先得其神照矣。其昌題。」左方下有「教忠堂藏」

「衣園居士」二印。軸高三尺四寸七分，廣一尺四寸一分。

明王時敏董其昌書畫合璧一册次等。地一。

素牋本。右方墨畫，未署款。左方行書七言絶句，末幅款識云：「友人持遜之璽卿山水八幀見示，爲題其上。其昌。」書畫相間各八幅。

明王時敏仿宋元諸家畫一卷次等。果一。

素牋本。墨畫。凡十幅，每幅款署「煙客」。第一幅云「仿北苑」，第二幅云「仿倪迂筆」，第三幅云「仿大癡」，第四幅云「仿吴仲圭」，第五幅云「仿雲林」，第六幅云「仿叔明」，第七幅云「仿巨然」，第八幅云「仿米家山」，第九幅云「仿子久」，第十幅云「仿黄子久」。

明王時敏松巖静樂圖一軸次等。稱一。

素絹本。著色畫。款識云：「辛亥秋日，寫爲澹翁老親臺。西廬老人王時敏。」前隸書「松巖静樂」四字。

明王時敏畫杜陵詩意一册上等。元一。

素牋本。凡十二幅，墨畫、著色相間。第一幅書「請看石上藤蘿月，已映舟前蘆荻花」句，下有「王時敏印」一。第二幅書「孤城返照紅將斂，近寺浮煙翠且重」句，下有「王時敏印」一。第三幅書「花徑不曾緣客掃，柴門今始爲君開」句，下有「王時敏印」一，第四幅書「百年地僻柴門迥，五月江深草閣寒」句，下有「王時敏印」一，第五幅書「絶壁過雲開錦繡，疏松隔水奏笙簧」句，下有「王時敏印」一，第六幅書「含風翠竹孤煙細，背日丹楓萬木稠」句，下有「王時敏印」一，第七幅書「絶壁倒聽楓葉下，櫓摇背指菊花開」句，下有「遜之印」一，第八幅書「楚江巫峽半雲雨，清簟疏簾看弈棋」句，下有「王時敏印」一，第九幅書「白沙翠竹江村暮，相送柴門月色新」句，下有「遜之印」一，第十幅書「無邊落木蕭蕭下，不盡長江滾滾來」句，下有「遜之印」一，第十一幅書「藍水遠從千澗落，玉山高并兩峰寒」句，下有「王時敏印」一，第十二幅書「澗道餘寒歷冰雪，石門斜日到林邱」句，下有「遜之印」一。前副頁時敏隸體自書「杜陵詩意」四大字，款云「王時敏書」，下有「煙客」「西田老人」二印。前有「西廬印」一。幅高一尺一寸九分，廣七寸九分。

石渠寶笈續編

王時敏仿黄公望浮嵐暖翠圖一軸　　同　前

本幅宣紙本。縱一尺九寸八分，横八寸八分。水墨畫。雲山煙樹。款：「庚戌春仲，仿大癡《浮嵐暖翠圖》，王時敏。」鈐印二：「王時敏印」「煙客」。

鑒藏寶璽：八璽全。

收藏印記：「伯子」「汪氏古香樓藏」。

王時敏仿黄公望山水一軸

本幅絹本。縱四尺六寸二分，横二尺八分。設色畫。巖壑雜樹。款：「大中丞覲翁老先生，偉略宏猷，爲世鼇柱，越江濊澤，流溢鄰疆。敏雴九里餘潤，傾向日殷。且衰門之與高平，世有姻誼，顧草野枯賤，不敢以莩末攀援雲霄。惟繪事性所夙耽，久因衰眊廢閣，兹勉作小圖奉供几席。雖目昏腕弱，醜拙滋彰，猶冀筆墨之惟，仰邀大方法鑒，庶蕡蒩小草，得沐慶霄渥采，生色更無量耳。康熙庚戌暮春，婁東王時敏識。時年七十有九。」鈐印三：「王時敏印」「西廬老人」「真寄」。

鑒藏寶璽：八璽全。

王時敏仿王蒙山水一軸

本幅素箋本。縱五尺三寸二分，横二尺一寸六分。淺設色畫。叢山深樹，孤寺連寸。款：「丁未秋日，仿黃鶴山樵筆，王時敏。」鈐印五：「王時敏印」「西廬老人」「笙歌燈火樓臺」「鴻雪」「太原王遜之收藏書畫」。有孫朝讓、錢朝鼎題。「余家舊藏黃鶴山樵《花谿漁隱圖》，後歸思白尚書，尚書嘗謂余曰，當爲收藏壓卷。今睹煙客奉常此畫，恍然如微風動竹矣。壬戌暮春，九十歲翁孫朝讓題。」鈐印二：「孫朝讓印」「本芷翁」。「曾見石田翁《廬山高圖》，法黃鶴山樵筆，層巒疊嶂，沈鬱變化，令人目不暇接，真有『横看成嶺側成峰』之勢。奉常先生此圖仿佛相似，流覽忘疲，歸神日母，釋手爲之悒怏。朝鼎。」鈐印三：「山滿樓」「舟壑」「錢朝鼎印」。

左方褾綾，王翬題。「叔明畫似輞川爲骨，北苑爲神，趙吳興爲風韻，古秀鬱密，兼備衆長，勝國時推獨步。此圖奉常先生傑作，直與山樵頡頏矣。辛酉中秋，後學王翬拜題於金陵客舍。」鈐印二：「王翬之印」「石谷」。

王時敏畫山水一軸

本幅素箋本。縱三尺六寸，横一尺五寸。淺設色畫。山林邨落，谿水板橋。款：「丙辰夏日，仿子久筆意。」鈐印一：「王時敏印」。

鑒藏寶璽：八璽全。

收傳印記：「徐堅曾觀」「雲曲」「金牛山人平原陸氏清玩」。

王時敏晴嵐暖翠圖一卷

本幅宣德箋本。縱八寸，横一丈六尺一寸三分。設色畫。山水，點綴村店籬落諸景。款：「戊申清和月，畫於毗陵舟次。王時敏，旹年七十有七。」鈐印二：「真趣」「王時敏印」。

引首：「晴巒暖翠。家末學澍題，并放九府圜法書。」鈐印三：「隨園」「王澍印」「虛舟」。

後隔水，御題行書：「王氏山水多超群，豈於維也得脈親。宋元明已難數論，本朝作者三其人。翬與時敏原祁掄，是卷乃出時敏真。平生恒作小幀存，似此長卷誠希珍。重巒大壑何紛紜，山村水郭雞犬聞。連林疊巘曲抱原，蕩以雲氣蓊氤氲。漁者樵者耕讀勤，宅兹天宇胥天男。濛濛濕潤不可捫，迥然去情而得神。七十七叟游戲皴，精力弗減年少洵。晴嵐暖翠王澍云，書以九府圜法文。我時二月方東巡，岱宗近瞻五嶽尊。以畫質境覲區分，作爲長歌紀絶倫。何當以時億萬民，置斯樂土咸飽温，澹華祛侈都還淳。辛卯仲春下澣，泰安行館，御題。」鈐寶二：「得佳處」「幾暇怡情」。

後幅，前人題跋：「煙客先生《晴嵐暖翠圖》，專法子久，而設色精潤，兼擅子昂。余見先生畫多小幀，未有重林疊巘、雲煙渺瀰如此卷者，信是第一合作。於時先生年已大耋，乃精力鮮潤不殊少年，宜其子孫貴盛，爲國柱石，垂休問於無窮也。己酉五月。恭壽澍，書於梁谿鳳光橋之恒齋。」鈐印二：「王澍印」「恭壽」。

題籤，御筆：「王時敏晴嵐暖翠圖，神品。」鈐寶一：「乾隆宸翰」。

鑒藏寶璽：八寶全，「樂壽堂鑒藏寶」「叢雲」「涵虚朗鑒」「幾暇臨池」「寓意於物」。

收藏印記：「王澂印」「水晶宫道人」「恭壽」。

王時敏王鑑山水合璧一册

本幅宣紙本。十幅。縱一尺二分，横七寸五分。王時敏、王鑑畫各五。第一，設色畫，春山白雲，款「仿范寬，時敏」。第二，水墨畫，山林茂密，巖亭中一人獨坐，款「仿黄鶴山樵，王時敏」。第三，設色畫，山臺古寺，荆籬茅屋，款「仿子久，王時敏」。第四，水墨畫，叢林山寺，野彴横溪，款「仿梅華道人，王時敏」。第五，水墨畫，雨山，款「仿北苑，時敏」。每幅鈐印一「煙客」。第六，水墨畫，雪霽後山水，款「仿北苑，王鑑」。第七，設色畫，雲山樓閣，□冠茅亭，款「仿惠崇，王鑑」。第八，淺設色畫，林坳草閣，對泉兀坐，款「仿叔明，王鑑」。第九，水墨畫，山腰雲滃，古木喬柯，款「仿子久，王鑑」。第十，水墨畫，遠山積雪，晚林夕照，款「仿李成。前五幀乃奉常煙翁所作，後者余爲續貂，共成十幀。明珠在前，溷以魚目，不禁顔汗耳。丁未冬日，王鑑」。每幅鈐印一：「鑑」。對幅金粟箋本。

御筆分題行書：「層白千瀑，深青九夏山。雲容方釀雨，樹態總含閒。游客未尋徑，枯僧早閉關。如云師范緩，似不似之間。澤畔是誰乎，依稀楚大夫。賦蘭應有閒，聽筑且爲娛。泉唱竹相和，竹于泉則喁。石渠法堪證，鐵網得珊瑚。秋林紅間緑，深處有禪宮。村屋還相近，山蹊若可通。居斯或摩詰，謁者定璿公。神契大癡處，那論同不同。山複澗之澳，花宮隱碧巘。一庭静忍草，萬樹總禪枝。鐘韻寺樓出，溪聲古渡隨。欲詢應答者，可悟七條披。傍峰皆拱揖，大嶺獨隆崇。游可復居可，内空還外空。翠濃緣過雨，響颯欲吟風。龍宿郊民法，神同别撰中。古屋喬林下，憑欄阿那誰。泉聲高處落，溪色遠邊披。小閣滿風際，夏山欲雨時。不知默會者，可解許渾詩。生翠千層壑，燒丹百尺臺。有山隔塵世，不海亦蓬萊。雲自吐金鼎，露誰飲玉杯。仙如謝資藉，此地若爲哉。覆屋惟誅草，起樓非背山。松陰常匼匝，溪水自潺湲。適足供吟嘯，居然謝往還。應須唤宏景，名姓諜人寰。一峰一起伏，一磵一迴環。乃悟詩文境，原同圖畫間。無殊富春嶺，那數秣陵山。欲掃溪橋路，閒當數往還。一家合筆墨，十幅具雲嵐。堪擬難兄弟，何須論北南。霽光凝陰嶺，寒氣逼巖庵。閉户山僧好，安禪悟毗曇。壬辰新春，御題。」每幅分鈐寶：「即事多所欣」「陶冶賴詩篇」「水月兩澂明」「落紙雲煙」「如水如鏡」「繪月有色水有聲」「妙意寫清快」「煙雲舒卷」「游六藝圃」「惟精惟一」「研露」「筆花春雨」「用筆在心」「吟詠春風裏」「几席有餘香」「漱芳潤」「天地爲師」「心清聞妙香」「乾隆宸翰」「得象外意」。

前副葉，御筆「雲藍競爽」，鈐寶三：「游六藝圃」「乾」「隆」。

後幅，吴偉業題跋：「余向仕秣陵爲少司成時，新安王越石曾攜雲林、子久合作見示，後復在鹿城見李氏所藏若水、大癡合作，俱水墨，寥寥數筆，然賞鑒家珍重如天球拱璧。此册乃太原奉常、瑯琊廉州各出所長，成此十幀，見者如入龍宫海藏，觸目皆火齊夜光，應接不暇，使前輩風流不得獨擅美矣。過法眼，不知如何歎賞，記當以剖腹藏之耳。余亦何幸，獲此奇觀，特書數語，以誌欣快。梅村吴偉業題。」鈐印：「王真想齋」「吴偉業印」「駿公」。

鑒藏寶璽：七璽全，「淳化軒」「淳化軒圖書珍秘寶」「乾隆宸翰」「信天主人」「古希天子」「五福五代堂寶」「壽八徵耄念之寶」。

石渠寶笈三編

同　前

王時敏仿趙孟頫山水一軸

本幅紙本。縱一尺一寸，横一丈六尺五寸。設色畫。巖巒蔥翠，雲水空明。款「丙午秋日，仿趙承旨筆，王時敏」。鈐印一：「時敏」。

後幅，題跋：「趙文敏作畫直入宋人之室，吾見婁東奉常最好用其筆意，幾幾神似。予舊藏文敏著色春山一幅，山頭頗與此類，後爲北海夫子所歎，遂以貢之。今見奉常畫卷，舊觀尚徘徊胸臆間也。展玩間殊當留意，寶之寶之。壬寅上巳，櫟下周亮工題於就園。」鈐印二：「亮工之印」「周元亮氏」。

卷内分鈐高宗純皇帝寶璽：「乾隆御覽之寶」「乾隆鑑賞」。

鑒藏寶璽：五璽全，「寶笈三編」。

收傳印記：「怡老堂珍藏印」「雲間王鴻緒鑒定印」。

王時敏仿黄公望浮嵐煙嶂圖一軸

本幅紙本。縱二尺八寸五分，横一尺八寸六分。設色畫。仿黄公望《浮嵐煙嶂圖》并臨黄公望記，暨倪瓚、吴鎮題。行書：「余爲善夫之作是幅，自辛巳之春三月，抵今壬午之冬十月，方始卒業，善夫無乃謂余懶慢乎？大抵畫，心畫也；畫，心靈也。苟不愜意，徒兀兀搦管終日，下有缺字。仿若是作，悉於閑中所就，亦不敢爲得意，然亦頗有生色。善夫知我，當矜其短而採其長，則老農幸甚。大癡道人黄公望記，兼試損一字墨。」「子久丹青好，斯圖更擅長。浮空煙嶂聳，停岸樹陰涼。咫尺分濃淡，高深見渺茫。幸今相展對，愈久豈能忘。雲林生倪瓚，時至正二年四月十二日。」「黄郎握得如椽筆，模寫江南一段山。清遠不須推董巨，一天涼月草堂閒。梅道人。」自識：「崇禎癸未秋仲，從虞山雲泉上人借得真蹟，作此臨本。今藏於吾妻問梅禪院，即雲泉之高徒，爲少林丈室也。西廬王時敏識。」鈐印二：「王時敏印」「西廬老人」。

題籤：「王煙客仿大癡《浮嵐煙嶂圖》。（無上神品。）」鈐印一：「廣堪齋書畫章」。

鑒藏寶璽：五璽全，「寶笈三編」。

收傳印記：「靖節公子孫」「少林廣堪齋書畫章」「羽高珍玩」「畢澗飛祕笈印」。

王時敏仿黄公望山水一軸

本幅紙本。縱三尺八寸二分，横一尺五寸。水墨畫。層嵐遠浦，雜樹遥村。款：「壬午仲冬，吴江道中，仿大癡筆意，王時敏。」鈐印一：「王時敏印」。

鑒藏寶璽：五璽全，「寶笈三編」。

王時敏畫浮嵐暖翠一軸

本幅絹本。縱五尺五分，横三尺一寸五分。設色畫。嵐峰煙樹，蒼翠欲滴。自題：「壬子長夏，仿黄子久《浮嵐暖翠圖》筆意，婁東王時敏，旹年八十有一。」鈐印三：「王時敏印」「西廬老人」「西田」。

鑒藏寶璽：五璽全，「寶笈三編」。

國朝人畫山水册

本幅金箋本，推篷裝。十幅，每幅縱九寸八分，横一尺一寸八分。（中略）七，水墨畫。雲際奇峰，林端古寺。款：「仿范華原法，王時敏。」鈐印一：「王時敏印」。

（下略）

鑒藏寶璽：五璽全，「寶笈三編」。

收藏印記：「賞奇齋賞鑑書畫印」「畢秋颿書畫記」「海虞朝棟莊仲寶藏」「秋颿珍賞」。

王時敏王鑑吴偉業董斑陸岱毓畫山水合册一册

本幅紙本。推篷裝。八幅。每幅縱七寸八分，橫一尺一寸七分。一，墨畫。叢巖密樹。款：「戊戌秋，爲百翁老祖臺壽，王時敏。」鈐印一：「王時敏印」。二，設色畫。青嶂林亭。款：「時敏。」三，墨畫。松林野屋。款：「時敏。」鈐印一：「煙客」。四，設色畫。翠巘丹崖。款：「戊戌九秋，畫祝百翁老祖臺大詞宗壽，王鑑。」鈐印一：「鑑」。五，墨畫。秋林遠山。自題：「雨過重陽後，疏林日漸嘉。秋山畫屋裏，仙客醉黄花。戊戌九日，畫似百翁祖臺壽，偉業。」鈐印二：「吴偉業印」「駿公」。六，設色畫。晴厓蒼鬣。款：「仿叔明筆，王鑑。」鈐印一：「鑑」。七，墨畫。溪橋村落。款：「董斑。」鈐印二：「峻」「洲」。八，設色畫。松磵流雲。款：「戊戌秋日畫，陸岱毓岱。」鈐印一：「岱毓」。

鑒藏寶璽：五璽全，「寶笈三編」。

收傳印記：「香汀珍賞」七重、「秋颿珍賞」、「畢沅審定」、「畢秋颿書畫」。

王時敏王維江山雪霽一軸

本幅紙本。縱三尺七寸三分，橫一尺七寸五分。設色畫。雪林新霽，巖壑增輝。自題：「右軍《江山雪霽圖》，用筆運思，所謂迥出天機，參乎造化，非後人所能企及。後於京邸，見《江干雪意》長卷，其筆致亦略相同。余屏跡村莊，追憶其意，點染此圖。惜老眼昏眊，未能仿彿，殊自愧耳。戊申秋日，西廬老人王時敏畫并識。」鈐印二：「王時敏印」「西田遺老」。

鑒藏寶璽：五璽全，「寶笈三編」。

胡氏書畫考三種

胡　敬

王時敏《仿黃公望浮嵐煙嶂圖軸》，紙本，設色，畫山重水複，亭峙橋橫，村屋散布于碧樹紅葉閒。自臨黃公望記，倪瓚、吴鎮詩并識。○余爲善夫之作是幅，自辛巳之春三月，抵今壬午之冬十月，方始卒業，善夫無乃謂余懶慢乎？大抵畫，心畫也;畫,心靈也。苟不愜意,徒兀兀搦管終日,下有脱字。彷若是作,忝于閒中所就,亦不敢爲得意,然亦頗有生色。善夫知我,當矜其短而采其長,則老農幸甚。大癡道人黄公望記,兼試損一字墨。〇子久丹青好,斯圖更擅長。浮空煙嶂聳,停岸樹陰涼。咫尺分濃淡,高深見渺茫。幸今相展對,愈久豈能忘。雲林生倪瓚,時至正二年四月十二日。〇黄郎握得如椽筆,模寫江南一段山。清遠不須推董巨,一天涼月草堂閒。梅道人。〇崇禎癸未秋仲,從虞山雲泉上人借得真蹟,作此臨本。今藏於吾妻問梅禪院,即雲泉之高徒,爲少林丈室也。西廬王時敏識。

紅豆樹館書畫記

陶　樑

國朝王煙客蘆汀雪雁圖

絹本。高一尺二分,寬八尺八寸五分。圖中野水彎環,黄蘆夾岸,群雁飛集其閒。山頭積雪皓然,曲徑疏林杳無人迹,惟斷橋側張一漁罾而已。奉常宗法大癡,深得其渲染烘託之法。此卷雖不署款，情景清絶，令閲者亦動訪戴逸興矣。

「西廬」葫蘆印「煙客」方印「王時敏印」方印

國朝王煙客溪山勝趣圖

紙本。高八寸，長九尺二寸。

「溪山勝趣。」

「山根小築趁閒身，甕牖繩床不算貧。一夜風吹春茗緑，滿腔溪壑鬬嶙峋。八十一剩叟王時敏畫於西田草廬并題。」「遜之」方印「王時敏印」方印

「東坡算與可畫竹長萬尺，當用絹二百五十疋，與可笑謂二百五十疋，吾將買田歸老焉。余戲謂文忠算竹，是用測日景南北綫法。太常此卷深厚濃蔚，若用測歲實平行法量之，正不知有幾千百頃也。余其沉冥於斯矣。且紆餘魁傑，步步不同。退之詩稱垠崖豁劃、乾坤雷硠，若此混成中，何處求繪族痕耶。戊寅七十老人秀水朱彝尊識。」「竹垞」方印

「唐盧仝集有《蕭宅二三子贈答詩二十首》，詩甚奇譎。蓋館於其家，遂攫石以去，旁羅瑣碎，馬蘭、蛺蝶且爲之辭，亦太劇矣。余觀王太常此卷，山氣巃嵸，林木茇骫，長松層坂，青巖白屋，意愜色動，真如楚太子之聞獵，陽氣見於眉宇然。營營世業，峰壑争誚，輒復不能自已。因戲敷其意。焦卷待土龍，看雲先荷鍤。此盟不待尋，余與爾同歃。（客贈畫。）閒介跡罕計，嶔崟上且慄。客徒看畫耳，慎語莫倉卒。（畫答客。）我心鎮皈依，誓離煩惱戹。未參卍字胸，先睹兜羅迹。（客請畫。）冬擲鱉於江，夏止乎山樊。客非公閱休，過此勿自言。（畫謝客。）海鹽彭孫遹題。」「羨門子」長方印

「余所見太常畫甚夥，然未有濃蔚深秀如此卷者。蓋晚年學力益精進，於元四家中幾欲凌轢大癡矣，宜羨門、竹垞二太史動巖壑之想。跋語彌復馴雅，『遠性風疏，逸情雲上』二語，庶幾足當之。退谷汪士鋐。」

「程瑶田審定」長方印「娱清館收藏」長方印「太原于氏收藏書畫記」長方印

國朝王煙客山水卷

紙本。高一尺三寸，寬五尺三寸四分。圖爲馬升書介壽而作。重巒密樹，遠水平橋，深細之中，別饒秀潤。煙客平時希蹤子久，此則參用香光墨法也。

「愷悌君子。（隸書。）婁江王時敏。」「王時敏印」方印　「西廬老人」方印

「丙子秋日，畫似升老道長。王時敏。」「王時敏印」方印

「予友桴亭講《易》毘陵，數爲予言一菴、升書二馬子之學，升書尤精樂律，著《律吕增釋》一書。隱居不仕，人以此重之。昔戴安道精於琴，審古音作奇弄，所居武邱隱舍，別加修築，有若自然。北固山中亦有其處。梁武所云戴公山也。升書肥遯及識古學與戴公相似，煙翁作此圖爲其五十壽，所謂何必絲與竹山水有清音矣。吴克孝。」「魯岡氏」方印

「婁東吴偉業題於鹿樵溪舍。」「吴偉業印」方印「梅邨」方印

「絳帳流風遠，傳來自象山。人逃金馬外，心在玉壺閒。危坐頻穿榻，潛修日閉關。二難同羽翼，吾道未云艱。禮樂推先輩，河南兩弟兄。義高貞不字，望重雅知

名。白月懷中朗，青山眼底明。艾年由進德，吾道賴干城。贈語知珍重，千金一赫蹏。嗜痂應有癖，拙著《字説》，謬承推愛云。泣玉豈無稽。雲樹山川邈，風塵世路迷。相期載尊酒，長嘯話西谿。」婁東王育。「王育」方印「石翁」方印「家在錦雲溪上」長方印

「此事能擔荷，乾坤一偉人。孔顔親受記，濂洛共傳神。風月無邊趣，鶯花不記春。隨時爲隱見，盛德是完真。婁江郁法。」「静觀樓」橢圓印「郁法」方印

「學易心通太始前，假年今復繫羲編。但從一畫窺精理，并悟元聲得自然。伯氏吹壎天樂奏，重瞳入夢祕書傳。何時寒谷聽鳴律，大地陽回衍大年。婁水宋龍。」「宋龍之印」方印

「多君善取友，風月得宗盟。虚己能無我，同心更有兄。詩書千載貴，人物一時榮。爲致岡陵祝，緇衣自性情。婁江陳瑚草。」「陳瑚之印」方印「確菴」方印

「置身千載欲名垂，避世懸車正合宜。香似屈平蘭作佩，清如元亮菊爲籬。蒹葭霜露勤求友，理學淵源自得師。伯玉年來知過寡，箕疇五福九如詩。婁東顧士

璉。」「顧印士璉」方印

「學道多年鬢未霜，江流漭漠月蒼蒼。師儒講席推南郡，兄弟才名屬季常。空谷有蘭知露澤，小山聞桂識天香。床頭老易千秋義，每欲從君一共商。婁東盛敬。」

「盛敬之印」方印「聖傳」方印「寒溪」方印

「聞説英流馬季常，傳經久負失登堂。襟期萬里懸明月，節槩三秋挾素霜。道重自來輕利禄，時危今已賤文章。蒹葭白露江天遠，却望伊人水一方。婁江沈受宏。」「沈印受弘」方印「台臣氏」方印

「桴亭」橢圓印

「君子處世，如玉在淵。或廟而升，或璞而潛。升非玉榮，潛非玉辱。升潛有時，玉德恒足。達則淑世，窮則淑身。愷悌君子，邦家之楨。君子務學，如玉在礱。追之琢之，以精以瑩。豈無奇巧，可媚時好。貶道狥人，非吾所樂。在夏曰瑚，在商日璉。愷悌君子，古訓是先。君子守身，如玉在執。洞洞屬屬，惟恐或失。學績斯顯，德積斯尊。不于其身，則于子孫。子孫繩繩，纘承祖服。愷悌君子，百福千禄。

《愷悌》三章，章十二句。婁水陸世儀。」「陸印世儀」方印「衍成」方印

國朝王煙客效黄大癡山水

粗絹本。高六尺五寸六分，寬二尺九寸一分。奉常平日於大癡覃精勵志，深入幽微。此幀重規疊矩之中，仍有灝氣流轉。蓋晚年化境，非石谷輩所能望其肩背也。

「掃花庵」長方印

「吴中畫道，自雲間宗伯後，風格浸衰，必縱觀唐宋元名蹟，藴之胸中而驅之筆端，方可抉擿其元妙。此畫規模大癡，然未能悟入，於筆墨之外，得其三昧也。庚子臘月，西廬老人王時敏識。」「王印時敏」方印「煙客」方印

「朱彝尊印」方印「錫鬯」方印「朱氏家藏」方印

國朝王煙客水墨山水

紙本。高三尺三寸六分，寬一尺四寸二分。臨流結屋，喬松古柏，交蔭衡門。二人并坐水檻，几上置書數帙，童子循廊，瀹茗以進。前有小軒，别設一榻，中横古琴。後屋幔卷無人，爲高士偃息之所。筆意雅潔，在元人中酷似子久。楊子宣家藏。

「庚午仲春，仿元人筆意。王時敏。」「王時敏印」方印「煙客」方印

夢園書畫録

方濬頤

王煙客山水直幅

紙本。今尺高二尺六寸五分，闊一尺五寸。水墨。高山半面，雜樹數株。左幅石磴平坦，矮亭翼然在叢竹間。右清泉細流，高峰後遠山，一抹爽氣撲人眉宇。鈐「太原氏藏」方印。

「真趣」長方印
「癸卯長夏，仿倪迂筆意寫《落木寒泉圖》。時敏。」「王時敏印」方印

王煙客仿黄鶴山樵墨筆山水小幅

紙本。今尺高三尺餘，闊一尺四寸五分。松坡下有亭，翼然臨水。高峰數重，飛瀑直瀉橋下。
「仿黄鶴山樵。」「王時敏印」方印

王煙客仿黄子久立軸

紙本。今尺高二尺七寸，闊一尺七寸。崖松數本，山居人家，傍溪數處，對山凹裏，屋樹掩映，上聳一峰，雲氣噴溢。左下鈐「隴西默稼氏珍藏印」。
「西田」葫蘆印
「别一山川眼更明，幽居端的稱幽情。谿來老筆荆關輩，施粉施朱笑後生。

右張伯雨題黄子久畫作。甲辰仲春偶仿黄作，因録此詩。王時敏。」「王印時敏」方印「煙客」方印

王煙客仿大癡山水立軸

絹本。今尺高四尺六寸，闊二尺一寸。左幅高峰矗天，半山飛瀑如綫，平坡林木甚茂。右幅山村層折而下，緣山四處，直抵水閣，有路可通。村樹秀古，嵐翠迴環，尺幅中作千山萬水之致，非深於涉獵者不辦。下鈐「邦褱珍藏」「承素堂書畫記」「永存珍祕」「埽花庵」等四印。

「丙戌夏日，仿大癡道人筆。婁東王時敏。」「王時敏印」方印「煙客」方印

王煙客山水册

紙本。今尺高八寸，闊五寸七分。首頁：墨筆作煙雲勢，仿香光而得高、米之旨。次頁：秋山黄葉，虬松盤屋角，頗具危巖之概。三頁：純以簡潔筆着意，山明

水静，各極其妙。四頁：山村傍巖，石磴穿雲，亂峰矗天際。五頁：山如亂雲，松濤萬壑，瀑布石梁，墨色融化筆下，有煙霧氣。六頁：山樹清古，溪水浩渺。七頁：亂山中煙氣盎然，村樹極爲盤魄。八頁：緑樹青山，水亭五楹，傍山面水，明潤獨絶。通册鈐「杜村清賞」「青琅館書畫記」「靄菴鑑賞」等印。

「此册雜仿諸家。後有三幀未畫，未及題款，其在何年與爲誰氏作已都不復記憶。不知文邃開士得之何人。前秋出以眎余，因請續成後幅。展觀纖弱支離，一筆無有是處，不禁顏汗。攜歸留置篋中，老懶未能卒應，荏苒又逾兩年。今冬屏居一室，小窗晴暖，適有筆墨之興，終日遂竟此册。視前稍覺老蒼，然自分焦芽敗種，迄以無成，非但疾行無善迹也。邃公鄭重購藏，何異千金以享敝帚？深愧其意。丁未子月，西廬老人王時敏題，時年七十有六。」「王時敏印」方印「□之」方印

「煙翁此圖雖仿廷暉，實得趙文敏三昧。運筆遒美，設色華滋，即董思翁見之，亦須讓一頭地，非學者所能彷彿萬一也。邃公宜寶藏之，勿輕示俗眼。辛亥二月，王鑑得觀於染香菴。」「圓照」圓印「王鑑之印」方印

別下齋書畫録

蔣光煦

王煙客摹古畫册紙本。高　尺二寸九分，闊八寸五分。

「王遜之奉常摹古畫册。余見王奉常摹古畫册不一，是摹真古，是真摹古，二百年無第二手也。瞰藏十幀，宋白牋上，神明特焕發。此生沐六兄藏寶，後有奉常手跋特詳，致足重。道光二十一年辛丑八月二十日，嘉興竹里七十四歲老者張廷濟。」「張叔未」方印、「廷濟」方印、「海嶽盦門弟子」方印。

第一頁：「仿巨然。」「煙客」方印。「王遜之書畫記」方印，此印在右方下押角。「掞」方印，此印在左方下押角。

第二頁：「江亭秋色(隸)，仿趙伯駒。」「遜之」方印。「掞」方印，此印在左方下押角。

第三頁：「仿黄子久。」「煙客」方印。「字藻儒號顯菴」方印，此印在右方下押角。

第四頁：「仿趙令穰《江鄉清夏圖》。」「遜之」方印，印在上方下。

第五頁：「仿吴仲圭。」「煙客」方印。「掞」方印，印在右方下。

第六頁：「仿董北苑。」「煙客」方印。「顓菴」圓印，此印在右下方。

第七頁：「仿黄鶴山樵。」「遜之」方印。「顓菴」圓印，此印在右下方。

第八頁：「趙文敏團扇小幀，布景閎偉，有尋丈之勢。因仿其意，爲作此圖。」「遜之」方印。「字藻儒號顓菴」方印，此印在左下方。

第九頁：「仿小米筆。」「遜之」方印。「掞」方印、「字藻儒號顓菴」方印，二印在左下方。

第十頁：「仿大癡筆。」「煙客」方印。「顓菴」圓印，此印在左方下。

第十一頁：「仿倪高士。」「煙客」方印。「顓菴」圓印，此印在右方下。

第十二頁：「仿梅花道人《溪山圖》。壬辰首春，爲聖符賢甥寫此十二幀博笑。」「顓菴」方印、「掞」方印，二印在右方下。「錢印天樹」方印，此印在末幅空頁左方下押角。「西田」葫蘆印，此印在跋頁右上方。

「余於畫道雖有癖嗜，未游其藩。比年愁累紛遝，益與筆墨諸緣落落。聖符以巨册索畫，因無興會，且苦難竟，庋閣者年餘。新正偶見玄照郡伯一册，備宋元諸家體，精成而兼神逸，反覆展玩，悦目賞心，不覺棖觸技癢。適遇風日融和，明窗和墨，率意盤礴，遂得十二幅。於董、巨、三趙、元四大家無所不仿，亦猶見獵生喜、聞樂起舞之意。聊以强名，非謂果得其形模也。然畫雖小技，亦必所見者廣，日以古法浸灌心胸，而又專精熟習，乃臻工妙。如董文敏公，骨帶煙霞，學深淵海，近代罕二。憶余曩時每侍燕閒，見其揮翰之餘，評論書畫，遇几上有斷束殘箋，輒弄筆墨，作樹石紛披滿紙，心手躭習，至老不衰，宜其筆墨韻致妙絶今古如此。若余資本鈍劣，又經年不一執筆，頹墮自廢，詎能有成？今且衰病日增，專攻無及，歲月蹉跎，徒有惋歎。聖符正當盛年，又深畫學，願益淬厲，制舉子業，整翮天衢，然後研精肆力，直追古人之室，一振時習之衰，爲文敏傳衣鉢，差不負老人期許。如此册軟甜疥癩，不足爲法，即當屏置勿觀，勿使惡習薰染，貽桓祖恭似舅之譏也。壬辰花朝，西廬老人王

時敏識。」「王時敏印」方印「西廬老人」方印

王煙客仿黄子久山水幅紙本。高二尺二寸六分，闊一尺一寸。

「仿黄子久筆。王時敏。」「王時敏印」方印。

王煙客仿迂翁山水立軸紙本。高二尺九寸，闊一尺二寸八分。

「丁卯中秋，仿迂翁筆意，似宸甫詞丈覽教。王時敏。」「王時敏印」方印、「煙客」方印。

「丁卯中秋，舟泊金閶門外，時毗陵唐君俞載雲林畫來赴約，方竚待入眼，忽得宸甫所示遜之此圖，遂奪雲林之神情，觀止矣。君俞畫至，知其無以尚矣。他時更不爲宸甫作仿倪畫也。玄宰。」題在左方上，無印。

王煙客臨良常山館圖立軸紙本。高三尺八寸四分，闊一尺六寸。

「甲戌初冬，臨大癡老人《良常山館圖》，西廬王時敏。」「王時敏印」方印、「煙客」方印。「吳越錢氏鑑藏書畫」方印，此印在左下方。

王煙客山水横幅紙本。高二尺二寸，長三尺五寸五分。

「癸丑初秋，屏跡西田，仿董北苑筆意，西廬老人王時敏跋。」「王時敏印」方印、「煙客」方印。

過雲樓書畫記

顧文彬

楊龍友王煙客惲道生張爾唯四家山水合卷

崑山徐司寇舊藏楊、王、惲、張四家合卷。龍友似松雪，道生似雲林，煙客、爾唯皆似大癡。据爾唯乙未臘月跋云：「戊寅六月，余訪道生於晋陵，忽無補、小有、龍友先後至，舟楫紛然在門，淹留兩日而别。今年余謝郡事，無補持畫卷來索題，前爲龍友，後爲道生，中爲煙客與余。諦視幀首所跋，正爲惲草堂燈下筆，而煙客者亦戊寅所畫也。蓋戊寅爲崇禎十一年，龍友、爾唯遇無補於道生齋頭，龍友以金山舟中背臨水村圖筆意贈别，道生、爾唯繼之，至煙客則無補過婁所徵畫，已在其年初秋矣。龍友、煙客、爾唯三家爲畫中九友之最難得者，即以煙客論，余訪求五十年真蹟，此外無幾，況龍友爾唯乎？無補爲楊補，號古農，又字曰補，長洲沈得輿欽圻有《送楊曰補南還詩》，見《國朝别裁集》。道生爲惲向，後更字香山，見《讀畫録》。記壬戌歲，余避兵滬上，有持此卷贋本求售者，余笑謂之曰：「世間安有此無價寶哉。」未展卷時固，料其必僞也。既而訪沈揖甫，發其祕篋，則真者在焉。驚愕失喜，不忍釋手，顧揖甫非求沽待價者，未若駔儈之易與也。久之，聞有田孟春者，嘗以醫往來沈家，因屬其爲回易使，田有難色曰：「揖甫非求沽待價者。雖然姑妄圖之。」翌日報余曰：「若能以朱提三百相博易，可得也。」亟如言與之，卷迺歸余。余念鍾侯美玦，因仲茂而喻旨；和氏寶璧，易趙王以連城。結習所存，古今一轍。爰記顛末，以告後人。

王煙客仿古山水册

《明畫録》稱煙客山水規摹古法，筆墨蒼秀，嘗擇名蹟廿四幅，縮本裝成巨册，載在行笥，出入與偕，其根蒂故深也。此册白宋紙本十幀，其仿北苑、巨然、米元暉、倪高士、梅花道人、大癡皆用水墨，仿趙令穰村居、伯駒江皋秋色、文敏夏木垂陰則用青緑，仿黄子久用淺絳，蓋於宋元大家畦徑壺奥皆夙所諳習，自能直闖古人之室。非若今世粗解塗抹，略記姓名，輒詡摹仿，實於各家家數瞢然若墜雲霧焉。盲人觀優，野叟説古，何以異哉。册初爲新安黄秋山物，有王修竹題記。黄晚年病篤，以贈嘉善朱得天，朱又贈張叔未，其署籤及前後題跋，皆清儀老人手迹也。

西廬老人爲子頫菴仿古册

墨寫北苑、陸天游、黄子久、張子政、黄鶴山樵、梅花道人、倪高士、徐幼文八家筆意，又取趙承旨及令穰《江村月夜》、大癡《秋山圖》，以青緑淺絳寫之。末署「壬寅清和，仿古十二幀」。後有跋云：「吾年來爲賦役所困，塵坌滿眼，愁鬱填胸，於筆墨諸緣久復落落。此册爲兒子掞裝以乞畫者，日置案頭，每當煩懣交并無可奈何，輒一弄筆以自遣。」又云：「諸幀雖借古人之名漫爲題仿，實未能少窺其藩。然坡公有言，『論畫以形似，見與兒童鄰』，則臨摹古蹟，尺尺寸寸而求其肖者，要非得畫之真。山谷詩云『文章最忌隨人後，自成一家始逼真』，正當與坡語並參也。」考《樸村文集·工部屯田司主事郭公墓誌銘》有云，順治十八年，巡撫某憤其所屬士大夫之逋糧者，彙爲籍疏上之，悉將褫革，名曰奏銷，自縉紳先生多蹈密網，士子有至空庠者。所謂奏銷案，奉常當日必爲所累，跋中故有賦役語也。

王西廬答菊軸

煙客此作雖畢竹癡署爲仿子久，實則烘暈水墨，參用小米雲山法也，故氣韻深厚，筆致沈雄。款署「甲辰九月，含素以佳菊見贈，寫此奉答」，并鈐歸村印。按，

《梅村文集》有《歸村躬耕記》，稱煙客自號歸村老農，此幀是其得意之作，故特誌之。又本幅有湘碧跋，亦見《吴越所見書畫録》。

王煙客仿黄子久秋山曉霽圖軸

以淺絳寫山林，而於平坡及點子樹復用石緑渲染，遂覺丹黄紫翠，滿紙秋色。又西廬生平絶不畫人，其後麓臺司農承之，頗似嬾瓚家法。此寫一翁携杖過橋，童子捧書隨行，亦如元鎮畫龍門僧，偶然破例。至其繁而不重，密而不窒，千巖萬壑，仍復位置從容，益信衣鉢真傳，的在烏目矣。款署己酉秋仲，乃康熙八年也。

王煙客仙山樓閣圖軸

坡上兩松虬枝宛蟺，龍鱗飛動，茅亭一角隱隱出深翠中。仰視白雲在空，横束山腰，樓臺半明，時露松頂。旁有瀑布一道，瀉珠漱玉，傳響青林。玩其款署，知乙巳冬日寫《仙山樓閣圖》，壽静孚毋氏方太夫人七袠也。書堂有梅村題記云「陳子静孚母夫人方太君七十，王煙客奉常、王湘碧郡伯繪《仙山樓閣圖》以爲祝，郡伯所製可以頡昂松雪，若太常此幀，蒼深高遠，尺幅中恍見仙真棲止出入於煙雲縹緲間，筆墨之奇，非僅得子久三昧也」云云，祭酒精於六法，評騭至當。愚山《學餘詩集·王太常煙客畫歌》有云「乍看僧巨然，再觀癡子久。晴山濕空翠，輕雲罥林藪」，又云「峽裏飛流迴積雪，松間細葉垂蒼藤」，蓋不啻對此圖放歌矣。

過雲樓續書畫記

顧麟士

王奉常仿古山水册

此册曾載《吴越所見書畫録》，宣德紙本，凡十幅，仿北苑、巨然、米敷文、倪高士四幅皆墨筆，仿梅沙彌者二幅亦墨筆，仿趙文敏一幅青緑，仿癡黄淺絳者三幅。蓋煙翁年七十有三，毗陵返棹，舟中清暇，追憶王文恪公家藏宋元諸大家合册而作也。昔趙松雪嘗詢錢舜舉如何謂士夫畫，舜舉曰隸法耳。後董香光評畫，引而申之曰：

「隸者以異於描，所謂『寫畫須令八法通』也。」今奉常此册中鋒直下，純以隸法作畫，故勾勒點皴，筆筆渾厚圓勁，渲染處復工奪造化，醖釀天和，每仿一家，必盡其趣，此所以與趙、董代興者也。

西廬老人仿大癡秋山圖軸

款書「壬子清和望前一日，庭儀表侄囑筆，爲文安年親翁六十壽」。畫則丘壑靈奇，筆墨渾厚，色麗神古，的真秋山粉本，與所藏癡翁《秋山》真跡正合。按西廬見大癡《秋山圖》在四十歲時，余於人癡卷已詳記之。壬子爲康熙十一年，西廬八十一歲。數十年心摹手追，淺絳法訣，焕若神明。衣鉢相傳，端在石谷。至其通體腴潤熨帖，依舊翩翩風度，爲石谷老筆所不能到矣。

王煙客仿黄鶴山樵軸

仿者，仿其大意，非臨摹比也。臨摹得其人之偏，不如仿古得其人之全。臨摹得其人之形，不如仿古得其人之神。然非學詣如西廬，而輕言仿古，夫誰信旃？此幅陵壑秀異，脈絡靈融，溪流則曲曲通橋，巖脊又隱隱見屋。飛瀑下注，輒障於雲樹。荒亭中峙，交環乎林楚。題曰「仿黄鶴山樵」，無名款，惟有「王時敏印」名章，當是四屏之一。夫畫之爲數小數也，然非師古人、師真境、師造化、師寸心，學之百年無成矣。道貴以古人印真境，不然未能肖；以造化印寸心，不然未能妙。先生之肖，可學而能，先生之妙，其可學而能邪？觀此密而能疏，露而能藏，墨采深淺，化成五光十色，非僅正法眼藏，抑更無盡藏焉。境詣深遠，爲四王、惲、吴之首，允無愧色。即華亭亦有時俯首，遑論其他。故有明畫人，雖瓣香山樵者多，能如奉常者有幾人哉。

王西廬贈袁籜庵墨筆山水軸

西廬此幅乃仿大癡，以國朝六家第一手仿元賢四家第一人，宜其工力悉敵，確如分量也。堤上列樹成林，林際有廬，牆牖洞然，向山開門，門對峰巒不盡。渡橋入山，彌轉彌高，非登峰造極不止。山腰山頸輒見人家，更上白煙横斷，雲樹在杳靄中矣。顛頂際天，斜呈遠嶺。通幅蕃密殊甚，望去則羅羅清疏，一氣沖虛，非名大家莫辦。款書「己亥清和，畫似鑵翁老社盟長笑正」，爲公六十八歲時筆。雖紙色微乏，神采仍一絲不敝，知下筆之頃，精力過人百倍，固宜長留天地，光價日高耳。

穰梨館過眼録

陸心源

王煙客山水册

紙本，八頁，每頁高九寸八分，長七寸。

第一頁，設色。「仿黄子久。」「王時敏印」白文

第二頁，水墨。「仿大癡。」「煙客」朱文

第三頁，水墨。「仿倪高士。」「遜之」朱文

第四頁，設色。「仿李營丘。」「煙客」朱文

第五頁，水墨。「仿黄鶴山樵。」「遜之」朱文
第六頁，設色。「仿趙文敏。」「遜之」朱文
第七頁，水墨。「仿梅道人。」「王時敏印」白文
第八頁，水墨。「仿米元暉。」「遜之」朱文

王煙客水墨山水軸

紙本。高四尺六寸三分，廣二尺三寸八分。

「瓌瑋文章妙當世，高蹤獨行冠閭鄉。滄桑已歷山河異，松柏彌增歲月長。雒社共尊三老席，幔亭先進九霞觴。承歡遥羨天倫樂，箕穎相將史册光。繇來江夏羨無雙，烜赫推瓊又繼香。喬梓詞壇皆擅美，璠璵寶玉暫韜光。椿枚偃蓋垂瑶砌，橘柚芬芳進養堂。聞道懸弧家慶日，團欒喜色上清揚。楚白先生七衮華誕，爲作此圖，輙以俚言奉祝，并呈朗伯盟翁社長博笑。婁東弟王時敏。」「王時敏印」白文「西廬老人」朱文「□□閣」朱文

「閩中黄朗伯，昔年來游吾婁，與先大夫道誼契合，翰墨相酬。值其尊大人七衮，特寫此圖寄祝，兼賦律爲壽。至今墨跡宛然，書畫雙絶，誠爲希世之珍，觀者勿易視之也。西廬後人隨菴撰敬題，時年八十有一。」「太原異撰」白文「隨菴」朱文「半園」朱文

「甲午臘月八日，後學王翬敬觀于水雲精舍。」「耕煙」朱文「王翬之印」朱文

王煙客仿元六大家山水册費屺懷太史藏。

紙本九頁。每頁高一尺六寸一分，廣九寸四分。

第一頁，設色。「仿大癡。」「遜之」白文

第二頁，水墨。「仿黄鶴山樵。」「懦齋戲墨」朱文

第三頁，水墨。「懦齋戲墨」朱文

對題一頁，高長同。

「往在都下，於萬金吾所見小米尋丈大軸，青緑設色者，雲氣滅没，群松鬱葱，高

華迥絶，不獨以墨氣取勝。乃知高尚書所自出。閒窗追憶，作此小幀，紙鬆拒筆，未有芥子許與古法相應。不揣效顰，祇益慚惶耳。」「遜之」朱文

第四頁，水墨。

「仿梅華道人。」「煙客」朱文

第五頁，水墨。「仿趙文敏《水村圖》。」「煙客」朱文

第六頁，設色。「懦齋」朱文

第七頁，設色。「懦齋」朱文

對題一頁，高長同。

「余舊藏唐宋元畫巨册中，有趙文敏《東西洞庭圖》，致佳。數年前爲好事者易去，不可復見，時時往來於懷。兹背臨二幀，筆墨氣韻未能彷彿萬一，略存其大意而已。」「西田遺老」朱文

第八頁，水墨。「仿倪雲林幽澗寒松。」「煙客」朱文

第九頁，水墨。「巨册中有雲林子少時短幅，初尚名斑，題款字精楷，規橅率更，

書畫皆與晚年不類。此圖略仿其意，以存倪畫一種。」「懦齋」朱文「徐印渭仁」白文「隨菴」朱文

跋紙一頁，高一尺九寸，長二尺二寸九分。

「稱心而言」朱文「畢瀧鑒賞」白文

「煙客先生收藏冠海内，其沈浸於宋元諸大家日久，故落筆輒造神逸之境。此册專仿元六大家，共九幀，聚精會神，無美不具，真煙翁生平合作。向爲太原家藏世守，故款識不書名氏。我婁陸朴埜從太原得之，余昔年過朴埜齋中，每請出觀，詫爲煙翁登峰造極之作。未幾，朴埜辭世，不數年幾散爲襪材。余聞之，即物色之，幸依然無恙，遂不惜重價歸之。噫，物之聚散無常，雖等之雲煙之過眼，而斯册之得以保全，益信神物之自有呵護。余之書畫船亦爲之增色也。乾隆甲辰九秋，静逸主人畢瀧重裝於廣堪齋并識。」「畢瀧書畫」朱文「南園小隱」白文「人淡如菊」白文

「六法精於唐，至宋元明而極情盡致。迨及國朝，出太原奉嘗煙客、瑯琊廉州湘碧，能羅四代之精微於一手，畫道至此，盡美而又盡善也。二公皆不喜作長卷，巨册

亦廉州多而奉嘗絶無，惟大父儒林公舊臧一册，内有趙吴興東西洞庭摹本，真傑作也。大父授伯父容與公藏庋，大父伯父相繼歸道山，伯父嗣又絶，遂不知落於誰手。今春畢竹嶼先生云：『近得一君家故物。』出而觀之，即是册耳。叩其由來，笑而不答，謂：『若眷手澤之存，償吾重值而還之。』竟攜以歸，如數而酬百錠。夫物之去留，亦有定數。是册假道於畢氏，而完璧於故主，書畫之緣與，抑吾大父呵護之靈與？乙巳小春，平原後人陸愚卿謹識。」「愚鄉」白文「願吾」朱文

王煙客仿古山水册

紙本十頁。每高八寸一分，廣五寸八分。對題六頁，高廣同。

第一頁，水墨。「仿米家山。」「王時敏印」白文「宋犖審定」朱文

對題

「个菴」朱文

「米老以氣骨勝，而後人多以肉掩血奪，不過形似而已，神不附焉。非富有顧

廚，日對米老如樂郊園主人，欲求石隱豪端雲生墨裏，何啻無基之屋，万無成理。乃知學者必貴有所本也。余見之老狂勃發，猶當拜石敢揖止哉。寸草庵主敬題。」「正嵒之印」白文「苕上人」朱文

第二頁，水墨。「仿大癡。」「遜之」白文「□□敏印」白文「宋犖審定」朱文

對題

子久源本北苑，以删繁就簡，自立門庭。至其用實，往往去水存乳，仍不失從來家法，更加以中鋒秃穎，誠可謂左右逢源者矣。然簡者似易，實者良難，非骨氣超凡，不可以膚似求也。適見西廬翁此幀，足徵眼博胸富、力勝才廣之候。余觀之如貧兒入群玉山中，眩目駭魂，惜載月空歸，不得金粟粘許，奈何奈何。苿菴。「正嵒」白文「隨山」白文

「苿菴」朱文

第三頁，設色。「仿子久《沙磧圖》。」「王時敏印」白文「□之」朱文「宋犖審定」朱文

第四頁，水墨。「仿北苑。」「遜之」朱文「□□敏印」白文「宋犖審定」朱文

對題

「寸草庵」白文

「董太守自有精細、粗放二種，皆各極其妙，可以救偏補敝。若執一而求，均失之矣。太常公此幀，如從楷入行，雖縱逸，而精詳具在。學者能以是爲法，方是正宗。若不然者，即是邪觀。茮庵。」「正嵒之印」朱文「南屏愚叟」白文

第五頁，設色。「仿趙文敏。」「遜之」白文「□□敏印」白文「宋犖審定」朱文

第六頁，水墨。「仿黄鶴山樵。」「王時敏印」白文「□之」朱文「宋犖審定」朱文

對題

「茮庵」朱文

「山樵嘗有句云『家在白雲忘住處，山從黄鶴問樵人』，則其所寄去人遠矣。後

之問津者，亦何從跡之。煙翁老居士，雖身栖華膴，而意在高深，故偶作此幀，能取右丞之骨，而兼巨公之氣，蒼鬱古秀，深得黃鶴之神，可無白雲千載長悠悠之歎，于遂公可謂真法供養矣，宜慎寶之。品山。」「正喦之印」朱文「隨山愚叟」白文

對題

第七頁，設色。「仿吴廷暉。」「煙客」朱文「□□敏印」白文「宋犖審定」朱文

「煙翁此圖雖仿廷暉，實得趙文敏三昧，運筆遒美，設色華滋，即董思翁見之，亦須讓一頭地，非學者所能彷彿萬一也。邃公宜寶藏之，勿輕示俗眼。辛亥二月，王鑑得觀於染香菴。」「員照」朱文「王鑑之印」白文

第八頁，設色。「仿黃子久。」「王時敏印」白文「宋犖審定」朱文

第九頁，水墨。「仿梅道人。」「王時敏印」白文「宋犖審定」朱文

第十頁，水墨。「仿倪高士。」「王時敏印」白文

「此册共十幀，乃余十年前所作。後三幀未及竟，丁未十一月爲文邃禪兄續成之。王時敏。」「煙客」朱文

對題

「此册雜仿諸家。後有三幀未畫，未及題款，其在何年與爲誰氏作已都不復記憶。不知文邃開士得之何人。前秋出以眎余，因請續成後幅。展觀纖弱支離，一筆無有是處，不禁顔汗。攜歸留置篋中，老懶不能猝應，荏苒又逾兩年。今冬屏居一室，小窗晴暖，適有筆墨之興，終日遂竟此册。視前稍覺老蒼，然自分焦芽敗種，迄以無成，非但疾行無善迹也。邃公鄭重購藏，何異千金以享敝帚，深愧其意。丁未子月，西廬老人王時敏題，時年七十有六。」「王時敏印」白文「西廬老人」朱文

王煙客設色山水軸

紙本。高四尺八寸，廣一尺四寸四分。

「庚子暮春，畫似允文詞兄政之。王時敏。」「王時敏印」白文「西廬老人」白文

王煙客菖蒲石壽圖卷

紙本。高九寸二分，長三尺三寸四分。

「西廬老人王時敏補圖。」「西廬老人」白文

「白髮禪僧到講堂，衲衣錫杖拜先皇。半杯松葉長陵飯，一炷沉煙寢廟香。有恨山川空歲改，無情鶯燕又春忙。欲知遺老傷心處，月下鐘樓照萬方。甲申龍去可悲哉，幾度東風長緑苔。擾擾十年陵谷變，寥寥七日道場開。剖肝義士沈滄海，嘗膽王孫葬劫灰。誰助老僧清夜哭，只應猿鶴與同哀。昭陽大荒落之歲皋月朔日，録近著《新蒲緑》二律，偉業。」「駿公」白文

題紙高同，長四尺二寸。

「右《菖蒲石壽圖》，乃王煙客爲吴梅村作也。煙客以山水馳聲藝苑，人得其尺縑片楮，莫不珍若璆琳。此圖所作蒲石，亦本自梅村詩意，二美畢具，當爲識者寶之。乾隆丁卯四月，嘉興褚平世題。」「褚玉平印」白文

「根蟠古石著芳姿，不管滄桑歷歲時。艸木無知誰得似，故將幽恨訴于詩。國

運興亡孰轉移，一華一卉亦生悲。王吴詩畫傳千古，論世知人漫詆訾。癸丑春三月，金壇段玉裁。」「玉裁」白文

「余讀《幸存録》，述明莊烈帝以甲申三月之變，崩於天壽山，除死難二十餘人外，當時群臣亦無有近而拜泣哀號者，惟一僧以麥飯供之耳。吴駿公、王西廬生際時艱，然西廬以兵後歸隱，世無有責之者，駿公以鼎甲歷官宫詹學士，未能致身殉國，論古者往往詆之。今讀《新蒲緑》二律，知其心未盡忘乎君國，猶痛悼先皇無已也。此蓋駿公先有是詩，因屬西廬繪圖，書此以明已志。後之論古者，觀此亦可勿苛於責駿公矣。嘉慶三年戊午中秋前一日，肅然山外史桂复跋。」「未谷」朱文「桂馥信印」白文

「梅邨先生書此詩，在順治十年癸巳，去國變時不過十年間耳。遺老傷心，未能忘情，觀梅村之詩，讀煙客之畫，猶令人撫卷三歎。嘉慶乙亥冬十月望日，仁龢趙魏獲觀因題。」「晋齋」白文連珠

愛日吟廬書畫録

葛金烺

王時敏南山暖翠圖軸絹本

高五尺一分，闊二尺四寸三分。

「戊申初夏，仿子久筆意寫《南山暖翠圖》，奉祝梅翁老親臺六十初度，兼祈教政。王時敏，昔年七十有七。」印二：「王時敏印」白文方印，「西廬老人」朱文方印。

引首印一：「真寄」朱文橢圓印。

煙客太常爲國朝畫家領袖，固無待言。而是幅蒼然其筆，郁然其氣，直逼取大癡之神髓。蓋煙客祝梅村壽而爲是本，乃極經意之作，石谷、麓臺安能望其肩項耶？尤奇在年垂八旬，而魄力沈雄，無一懈筆，其精神爲何如也！吾齋中允以此幅爲本朝之冠，後之人尚其寶諸。梅翁，即吴梅村祭酒也。考梅村生於萬曆三十七年己酉五月二十日。崇禎四年辛未以第二人及第，年二十三。至康熙七年戊申年，正六十。越三年辛亥十二月二十四日卒，年六十三，實康熙之十年也。

曹林洗硯圖小像卷絹本

高八寸六分，長二尺三寸。

「結幽蘭而延佇，靈均自況也，言以芳香自潔，而無所趨向。以贈雲材年道兄，庶有當乎？弟王時敏。」印二：「王時敏印」白文方印、「西廬老人」朱文方印。

清王時敏墨山水軸紙本

高三尺六寸一分，闊一尺二寸六分。

「乙亥秋日，畫於維亭舟中。王時敏。」印一：「王時敏印」白文方印。收傳印記：「只可自怡悦」白文長方印、「名教中樂地」白文長方印、「秦氏書屋」朱文方印。

奉常上承董氏，下啟廉州、石谷、麓臺、漁山，爲有清畫學初祖。其用筆沈著沖和，發爲神韻，故閉門自脩之南田，亦渴思一見，其相感微矣。迄今二百餘年，凡工六法求南宗者，無不資其餘潤。戴鹿牀亦謂南田非不妙，尚見聰明，惟奉常淵穆處，使人伎倆無所施，其傾倒爲何如。是幀紙墨相得，精來蔚然，獨坐對之，可以怡我情也，故録之爲山水中正法眼藏。

壬寅消夏録

端　方

王煙客吴梅村書畫合壁卷

收藏有「陸恭」雙龍白文方印、「堇庭珍玩」朱文方印、「陸堇庭藏」朱文長方印、「秀水張氏家藏」白文方印、「浦山之印」朱文方印。

畫幅二。一《歸村圖》。紙本，高七寸八分，寬三尺八寸七分。水墨。畫平疇沃壤，村落數家，竹樹連雲，舴艋狎浪，想見烽煙甫息，居民熙皞之象。一《農慶堂讀書圖》。紙本，高七寸八分，寬二尺六寸。淺色。畫茅屋疏籬，圖書百軸，主人偃息其中，農事之外，不預世事。窗中遠岫，其虞山拂水者乎。

「歸村圖。」

「籬落參差屋數楹，青衫箬笠課農耕。西田雨過秧針緑，原隰風來麥浪平。香稻宿儲春作飯，吴菘新長摘調羹。呼僮爲置門前榻，向午貪陰坐豆棚。王時敏。」

「王時敏印」白文

「農慶堂讀書圖。」

「忽忽吾心意不如，悠悠此世計全疏。曉來到晚一無事，翻盡牀頭百卷書。順治壬辰秋八月，歸村老農王時敏畫并題。」「煙客臨古」朱文

吴記高七寸八分，寬四尺一寸七分。紙本，行書四十七行。

「歸村躬耕記。」

「吾友煙客太常，治西田於歸涇之上。歸涇者，去城西十有二里。或曰先有歸姓者居焉，或曰以其沿吴塘而北可歸也，故名之。煙客自號歸村老農，築農慶堂以

居，而以告其友人曰：『吾年六十，蓋已老矣，將躬耕乎此。』聞者疑之，曰：『古之爲耕者，以其有耕者之樂也。上膏陸海，畝乃一鍾；芍陂白渠，灌及萬頃。故有築隄作塘，開田引瀆，役使數千家，此美田上腴者之樂也。若夫陸渾山中，褒斜谷口，平疇廣野，反出於孤峰疊嶂之顛，屏棄世事，隔絶人代，架絶壑以立屋，焚深林而糞田，此高山窮谷者之樂也。今吾州僻陋海濱，陂渠湮廢，舄鹵沈斥，沮洳汙萊，歲頻不登，賦以日急，居此土者，亦何樂乎有耕？煙客自奉常謝政，幅巾里門，有城中賜第以安起居，有近郊别墅以娱杖屨，圖書足以供朝夕之翫，賓客足以接談笑之歡，又何必去城市、舍園圃、謝朋舊，以樂此躬耕爲也？』煙客曰：『不然。此田是先朝禄賜之所遺也，是先相國文肅所以遺子孫也。往者神廟之世，海内乂安，生民不見兵火。江以南大臣之致政家居者，美田宅，盛邸舍，厚自奉養。而吾祖惟得海濱寢邱之地，以供饘粥，蕭閑杜門，不知家人生計。性愛田野，嗜花藥，開種竹之圃於東郊，築藝菊之亭於北郭，而猶患過客之跡我也。晚歲璽書存問，郡邑大夫執板而賀謁者，車填馬咽，而吾祖命小舟，攜短策，逍遥於南陌東阡，遇者不知爲三公也。即今三十餘年，而韋相之莊籬落猶存，陸生之田桑麻如故，舊老遺民尚有過而歎息者，吾爲人子孫，忍使茀而不治乎？且吾受前人餘澤，奉車省闥，陪祀陵園，以及親郊、視學、大閱、藉田，無不具簪笏以從。已而持節銜命，渡錢塘，入豫章，涉沅湘，踰閩嶠，足跡幾半天下。世故流離，衰遲頹暮，猶得守先疇之畎畝以送餘齒，退而與田夫談昇平之遺事，敘平生之舊游。』余聞之曰，不忘先朝，忠也；追述祖德，禮也；保素節而出流俗，義也。其爲躬耕也大且備矣，是不可以不記。吴偉業。」一「駿公」白文

題跋

「八尺籐牀手自支，西田賞菊撲琴絲。柳煙欲上不得上，正是谿樓話雨時。」

「農慶堂近煙波宅，菱藕香濃自掩關。何事釣船長不弄，煙巒只畫大癡山。」

「邱壑雲煙有性情，畫禪詩意總無聲。急須料理書千卷，莫對屠沽與論兵。」

「董文敏云：『宋人千巖萬壑，無一筆不簡；元人一樹一石，無一筆不繁。』蓋明代諸名家邱壑位置都宗元人，故簡之一字，似尚未領會。奉常傲睨一世，落筆輒與人殊，思翁亦當退避三舍，況其下者邪？余近得此卷，愛玩不釋，至忘寢食。觀其

筆精墨妙，邱壑止一開一闔，而宏闊無際，神味蕭爽，元氣淋漓，冲融駘宕之筆致，力沈貫紙背，而光氣發越於上，尤公愜意作也。雍正十二年甲寅仲冬之月，白苧村桑者張庚題。」「張庚」白文「浦山父印」朱文

王太常爲明文肅公孫，賜莊在州西十二里之歸涇桑悦。太倉州志不著録。想從來所添，志所謂諸浦之間，有一里二里而爲小涇，皆破古隄而爲之者。太常常至焉。中有農慶堂，爲太常讀書之處。自繪《歸村圖》《農慶堂讀書圖》，時在順治壬辰，我朝定鼎之九年，太常年六十一歲，作此兩圖。野艇山橋，煙雲竹樹，淵明種秫，遺山還鄉，以寄世故流離、衰頹遲暮之感，追述祖德，不忘先朝躬耕之旨，於是乎在。梅村此記見本集二十八，取以相較，首自「吾友煙客」集作「吾友王煙客」；「敘平生之舊事」下集增「不亦幸歟」；「雖其土之瘠而賦之繁，吾猶將樂而安之，若夫歌舞陸博，習飲食，侈游觀，下至逐什一之利，競錐刀之末者，吾之所不能爲也」一段，文法較密，文氣較完；「余聞之曰」集作「梅村吳偉業聞之曰」。是梅村後訂稿時所增，此贈太常，乃初稿也。前輩集中往往如此。《太常七十壽序》亦梅村爲

之。有云：「兵興之後，再闢西田於歸村，以樵牧自放，日偕高僧隱君子往來贈答。行年七十，齒髮不衰，固不止絹素流傳、以書畫專門已也。」真能窺太常之心哉。蒙叟《有學集》有《西田記》，成於辛卯，在此畫前一年，有云：瓜田錯互，豆籬映望，襏襫挂田，笭箵絲路，西田之風土也。玉山東南，虞山西北，日落霞起，月降煙升，西田之景物也。娛賓之堂顔曰農慶，秋原膴膴，農務告成，主人取以明農而祝禾稼也。與此兩圖恰合。後有張浦山跋并詩，浦山亦深於畫者，推重如此，則此畫可貴矣。

王奉常仿古十圖册

收藏有「宋犖審定」朱文方印、「西坡詩老書畫府印」朱文長印。

畫幅：紙本。高八寸二分，寬五寸九分。十幅同。對開有題跋六幅，對題。

弟一幅，水墨，畫山濃樹密，屋矮橋長。「仿米家山。」「王時敏印」白文「介菴」葫蘆印

「老米以氣骨勝，而後人多以肉掩血奪，不過形似而已，神不附焉。非富有顧

厨，日對米老如樂郊園主人，欲求石隱毫端，雲生墨裏，何啻無基之屋，萬無成理。乃知學者必貴有所本也。余見之老狂勃發，猶當拜石敢揖山哉。寸草菴主敬題。」「正嵒之印」白文「茗上人」朱文

第二幅，水墨，畫重山掩暎，茅屋在下。「仿大癡。」「遜之」白文「茉菴」朱文「子久源本北苑，以删繁就簡，自立門庭。至其用實，往往去水存乳，仍不失從來家法。更加以中鋒秃穎，誠可謂左右逢源者矣。然簡者似易，實者良難，非骨氣超凡，不可以膚似求也。適見西廬翁此幀，足徵眼博胸富、力勝才廣之候，余觀之如貧兒入群玉山中，眩目駭魂。惜載月空歸，不得金粟粒許，奈何。茉菴。」「正嵒」白文「隨山」白文

第三幅，著色，畫沙在重山之外。「仿子久《沙磧圖》。」「王時敏印」白文

第四幅，水墨，畫山遠樹茂，空處皆水。「仿北苑。」「遜之」朱文「寸草菴」白文「董太守自有精細、粗放二種，皆各極其妙，可以救偏補敝。若執一而求，均失之矣。太常公此幀，如從楷入門，行雖縱逸，而精詳具在。學者能以是爲法，方是正

宗。若不然者，即是邪觀。茉庵。」「正嵒之印」朱文「王鑑之印」白文

弟五幅，著色，畫高峰蒼緑，老樹青紅。「仿趙文敏。」「遜之」白文

弟六幅，水墨，畫重巖微徑，瀑布直瀉，松濤不絶，四無人聲。「仿黄鶴山樵。」「王印時敏」白文

「山樵嘗有句云『家在白雲忘住處，山從黄鶴問樵人』，則其去人遠矣。後之問津者，亦何從跡之。煙翁老居士雖身栖華膴，而意在高深，故偶作此幀，能取右丞之骨，而兼巨公之氣，蒼鬱古秀，深得黄鶴之神，可無白雲千載長悠悠之歎，于邃公可謂真法供養矣。宜慎寶之。」「正嵒之印」朱文「王鑑之印」白文

弟七幅，著色，畫山秀若屏，屋小於舟，垂柳高蘆，□□水吹。仿吴廷暉。「煙客」朱文

「煙翁此圖雖仿廷暉，實得趙文敏三昧。運筆遒美，設色華滋，即董思翁見之，亦須讓一頭地，非學者所能彷彿萬一也。邃公宜寶藏之，勿輕示俗眼。辛亥二月，王鑒得觀于染香菴。」「員照」朱文「王鑑之印」白文

弟八幅，著色，畫一山開合，寒林岡平。「仿黄子久。」「王時敏印」白文

弟九幅，水墨，畫山腰白雲，蹊徑昏幽。「仿梅道人。」「王時敏印」白文

弟十幅，水墨，畫林疏山遠，水圍行秋。「仿倪高士。」「王時敏印」白文

「此册共十幀，乃余十年前所作。後三幀未及竟。丁未十一月，爲文邃禪兄續成之。王時敏。」「煙客」朱文

「此册雜仿諸家，後有三幀未畫。未及題款，其在何年，与爲誰氏作，已都不復記憶。不知文邃開士得之何人？前秋出以眎余，因請續成後幅。展觀纖弱支離，一筆無有是處，不禁顏汗。攜歸留置篋中，老懶未能猝應。荏苒又逾兩年，今冬屏居一室，小窗晴暖，適有筆墨之興，終日遂竟此册，視前稍覺老蒼。然自分焦芽敗種，迄以無成，非但疾行無善迹也。邃公鄭重購藏，何異千金以享敝帚，深愧其意。丁未子月，西廬老人王時敏，時年七十有六。」「王時敏印」白文「西廬老人」朱文

王遜之山水畫册

收藏有「竹南珍藏」朱文方印、「查瑩」白文方印、「映山父印」朱文方印、「聽雨樓藏」白文方印、「映山秘玩」白文方印、「查氏映山鑒定書畫之章」朱文方印、「映山珍藏」朱文方印、「依竹居士鑒賞書畫印」朱文方印、「伍氏金泉真賞」朱文長印、「猛庵審定」朱文小方印。

「躬耕西田」朱文

「漁隈漫興。」（分書引首。）

「王時敏自題。」「王時敏印」朱文「西廬老人」白文

畫幅

第一開，紙本，高一尺，寬七寸，十二幅同。水墨，畫溪山重疊，煙樹蒼茫，高處一亭，溪邊一叟。「仿黄鶴山樵。」「王時敏印」白文

對題

「冶溪漁隱」朱文

「文獻吴中凋謝了，婁江留得西廬老。茗椀香□人，静□桐陰悄。閒窗摹出山樵稿，詞客畫師稱二妙。蓬萊水淺乾坤小，一帶林巒雲浩渺。塵事少卧游，似傍龍眠曉。調寄《漁家傲》，梁清標。」「梁印清標」白文「家在北潭」朱文

弟二開，紙本，高寬同上，著色，畫山青樹碧，下有漁舟。「仿李營邱。」「王時敏印」白文

對題

「安定」朱文

「碧陰斜日艤孤舟，有客偏憐葭菼秋。當世漫爲無李論，西田彩筆見風流。

誰識王維畫雪工，太原遺法在婁東。剡籐半幅春蠶吐，文沈煙雲想像中。　鎮州梁清標。」「梁印清標」白文「家在北潭」朱文

弟三開，同上，水墨，畫高山疏牀，自淑俊逸。「仿倪高士。」「王時敏印」白文

對題

「□□堂」朱文

「懶迂小景妙天下，遠執尤工最瀟灑。絹素流傳真蹟希，後來畫苑誰摹寫。方絜裁成玉版光，含毫染墨露珠香。煙雲合與長供養，珍重西田老太常。華亭沈荃。」「沈荃之印」白文「繹堂」朱文

第四開，同上，著色，畫青緑溪山，江南小景。「偶見董文敏臨大癡，戲仿其意。」「王時敏印」白文

對題

「煙客先生爲吴中文獻，風韻瀟灑，與文敏相後先。觀其老筆紛披，秀色獨絶，駸駸欲度驊騮前矣。非天資與工力兼勝，安能臻此，真當拜倒床下也。龔鼎孶。」「鼎孶」朱文

第五開，同上，水墨，畫大山挂瀑，小橋跨溪。「仿董北苑。」「王時敏印」白文

對題

「卜居屏山下，俛仰三十秋。終然邨墟迴，未愜心期幽。近聞西山西，深谷開平疇。茅茨十數家，清川可行舟。風俗頗淳樸，曠土非難求。誓捐三徑貲，往遂一壑

謀。伐木南山顛，結廬北山頭。畊田東溪岸，濯足西水流。朋來即共歡，客去成孤游。静有山水樂，而無身世憂。分書古堂山人李崽，書於晚翠軒。」「李崽」朱文「方□」白文

弟六開，同上，著色，畫老人仰面看山，有扶杖尋曲之意。「一峰老岸筆意。」「王時敏印」白文

對題

「□閣」朱文

「六朝煙水行吟遍，尺幅丹青點徐餘。標格遠追文待詔，風流直繼董尚書。潤浦張玉書。」「張印玉書」白文「素存」朱文

弟七開，同上，水墨，畫叢山深林，中有茅屋。「仿大癡筆。」「王時敏印」白文「遠峰」朱文

「奉常老作西田客，猶有閒情寫泉石。古來筆墨非浪傳，高人片紙如和璧。況乃煙雲兼衆妙，濃淡蒼深非一格。門外紅塵没馬蹄，故山遠夢江南隔。願常對此滌

胸次，閉門坐擁千峰碧。張英。」「張英之印」白文

弟八開，同上，著色，畫垂柳書堂，煙霆清曠。「仿趙大年。」「王時敏印」白文

對題

「古令墨妙幾何人，又見奉常衆妙臻。林壑巖泉開片素，意匠經營若有神。老筆矯矯勢閒逸，萬象争赴毫端出。質之古人應不讓，尋常塗抹安足匹。處處位置如天成，平林漠漠草青青。石梁細路人煙寂，髣髴疑聞流水聲。工不在似工在意，豁然心目饒奇致。寸珠尺璧未足珍，此册得之良不易。我友置之几案間，物以人重豈等間。想君亦應擅此技，他日相求君莫慳。王遵訓。」「王印遵訓」白文「信初父」朱文

弟九開，同上，水墨，畫晴嶧插昊，細徑穿雲。「仿黄子久。」「王時敏印」白文

對題

「雅□堂」朱文

「靉巖臨水處，疏柳小橋横。寺載溪雲積，峰低野樹平。萬花藏月暗，一鳥破山晴。塵境居然淡，幾能悟此生。三韓朱之璉。」「朱印之璉」白文「商玉」朱文

第十開，同上，著色，畫石壁摩天，茅亭臨水。「仿趙松雪。」「王時敏印」白文

對題

「萬株花柳列成行，緑酒紅亭集暗香。是處煙村圖影裏，幾家雲樹畫橋旁。青山有意能留興，黄鳥多情亦解歼。欲渡石梁尋勝友，相攜明月醉滄浪。史鶴齡。」「史鶴齡印」白文「了修」朱文

第十一開，同上，水墨，畫小點攢峰，大點寫樹。「仿米元暉。」「王時敏印」白文

對題

「遮日幾重峰，依林數間屋。何事掩柴門，高人媚幽獨。還我此中住，閒來坐石橋。白雲盈樹杪，寒瀑落山腰。程可則。」「程印可則」白文「周量」朱文

第十二開，同上，淺著色，畫玉山瑶林，林中有紺宇。「臨巨然雪圖。」「王時敏印」白文

對題

「老眼昏眵，久疏筆墨，於此道漸遠。秋窗明凈，桐陰滿庭，滌硯作此。興會偶

及，用宋元諸家法，共成十二幀。然于古人神髓全未夢見，具眼見之定當一笑也。己酉仲秋，西廬老人王時敏自題，時年七十有八。」「王時敏印」白文「西廬老人」白文

題跋

「廣堪齋」朱文

「吾吴文、沈俱以八旬老人畫入三昧，追元軼宋，神明迥出，直以龍馬精神，淬力震采。太常今亦近八，筆墨益遒，姿致益逸，煙雲供養，探挹不窮，四家三趙，兼有其長，真摧前廓後之墨寶也。展玩能不歎絶？梅村吴偉業識。」「吴印偉業」白文「梅邨」朱文

王遜之山水軸

畫幅：紙本。高四尺六寸五分，寬二尺四寸。水墨。畫溪山環蔚，萬樹參差。

「瓌瑋文章妙當世，高蹤獨行冠閭鄉。滄桑已歷山河異，松柏彌增歲月長。雒

社共尊三老席，幔亭先進九霞觴。承歡遥羡天倫樂，箕潁相將史册光。繇來江夏羡無雙，烜赫惟瓊又繼香。喬梓詞壇皆擅美，璠璵寶玉暫韜光。椿枝偃蓋垂瑶砌，橘柚芬芳進養堂。聞道懸弧家慶日，團圞喜色上清揚。楚白先生七袠華誕，爲作此圖，綴以俚言奉祝。并呈朗伯盟翁社長博笑。婁東弟王時敏。」「王時敏印」白文「西廬老人」朱文

「□雲閣」朱文橢圓印

「閩中黄朗伯昔年來游吾婁，與先大人道誼契合，翰墨相酬。值其尊人七袠，特寫此圖寄祝，兼賦二律爲壽。至今墨跡宛然，書畫雙絶，誠爲希世之珍，觀者勿易視之也。西廬後人，隨菴撰敬題，時年八十有一。」「太原異撰」白文「隨菴」朱文

「半園」朱文葫蘆印

「甲午六月八日，後學王翬敬觀於水雲精舍。」「耕煙」朱文「王翬之印」朱文

王遜之仿大癡山水軸

畫幅：絹本。高四尺七寸，寬一尺七寸五分。著色。畫萬笏朝天，萬松鼓濤。屋小於舟，橋平於帶。

「真寄」朱文

「古來盤礴名家，宗派皆有淵源，意匠各極慘澹。然其筆法位置，皆可學而至。惟癡翁筆墨外，別有一種淡逸之致、蒼莽之氣，則全出天趣，不可學而能，故學癡翁者多失其真。余自童時以白首，即刻意摹仿，歲月雖深，相去愈遠，曾未得髣髴萬一。茲承貞翁老父臺誤聽下索，且恐耄衰假手捉刀，諄諄垂囑，益滋慚汗然。余一生游戲點染，僅同小兒塗墻，拙劣自知，何有真贋。况比來癃篤倍甚，目昏腕弱，更非昔日，縱黽勉竭其薄技，祇足供大方一噴飯耳，於癡翁神韻固毫髮無當也。特此請正，并以志媿。康熙甲寅春仲既望，治弟王時敏，旹年八十有三。」「王時敏印」白文「西廬老人」朱文

王遜之山水軸

畫幅紙本。高三尺四寸，寬一尺二寸五分。水墨。畫山平水遠。

「壬午十月十二夜，和暖如暮春，月色佳甚，徙倚不能卧，乘興篝燈作此，王時敏。」「王時敏印」白文

虛齋名畫録

龐元濟

王烟客書畫合璧卷

引首紙本，高八寸三分，長二尺二寸一分。「西廬漫興，（隸書。）八十四叟。」

畫紙本，凡兩段水墨山水，每高八寸三分，長一尺一寸一分。

第一段：「仿米家山。」

第二段：「仿倪高士，八十四叟王時敏。」

書紙本，凡三接，高八寸二分，長四尺三寸六分。惲、湯、許三跋題於本身書後。

「喜嘉客，闢前軒。天月浄，水雲昏。雁聲苦，蟬影寒。聞裛露，滴檀欒。歡宴處，江湖間。卷翠幕，吟佳句。恨清光，留不住。高駕動，清角催。惜歸華，重徘徊。露欲晞，客將醉。猶宛轉，照深意。書唐人三言詩。」

「結廬在人境，而無車馬喧。問君何能爾，心遠地自偏。採菊東籬下，悠然見南山。山氣日夕佳，飛鳥相與還。此中有真意，欲辨已忘言。秋菊有佳色，裛露掇其英。泛此忘憂物，遠我遺世情。一觴雖獨進，桮盡壺自傾。日入群動息，歸鳥趨林鳴。嘯傲東軒下，聊復得此生。書陶靖節詩。」隸書。

「觀奉嘗先生遺墨，真行古隸悉備。隸宗漢法，真書規模《十三行》《表册》，行書臨《枯樹賦》，兼米南宫。此學書要訣，可略見奉嘗公一生學力矣。蓋奉嘗与董思翁講正最久，凡所宗向，皆墨林神髓，足爲後學之津梁。臨池餘暇，間爲米家雲山、迂翁小景，一點一拂，都成逸趣。子惠游奉嘗公門下幾二十餘年，凡有請乞，揮灑立就。此册爲奉嘗公所貽，尚餘後幅，以待興到抽豪游戲，而日就衰遲，遂亦不及竟也。余見奉嘗公遺墨多矣，如此册隨筆點刷，天真爛然，雖畫止二幀，然吉光片羽，已足矜重，正不在多。子惠當裝褫珍襲，奉爲世寶也。時癸亥春正月，後學南田惲壽平題。」

「檇李、婁江相去僅二百餘里，未得一識奉常王先生，真生平恨事。而所居之堂，爲項氏舊物，有先生所題『東野草堂』，字徑二尺許，日夕諦觀，如遇索靖之碑也。今見此册，知先生年逾大耋，揮灑不倦有若此。因念先生蔭藉高華，門稱王謝，悠游晚歲，德比荀陳，而詩文翰墨，標映風流，前輩立身行己，學有本原，固非尋常可及。然寒畯之士，蹉跎歲月，迄老無成，聞先生之風，能無媿心乎？子惠精於音律，所至輒推擅場，宜先生待之厚而有請必應，如南田所云也。後學湯騆題。」

「道光三十年八月既望，海昌許楗觀。」篆書。

跋紙，高八寸三分，長三尺二寸八分。

「西廬太常晚年所作，或書或畫，偶然興到，以不經意而輒覺神來。近日摹本甚多，似此真妙者絶少，芝生其珍重之。辛卯八月廿九日，因培觀於江夏官舍，因記。」

「煙客先生晚年游戲筆硯，點墨可寶。此二幀形勢渾厚，氣脈相和，淋漓滿幅，無一筆不從董、巨中來。書法勁逸，出入褚、顏，上接古人之法，下開後學之門，可謂靈心獨絶也。惲南田跋語精詳，字亦神妙，真不可多見之至寶。辛卯九月觀於鄂城看山讀畫樓，穀原黄均。」

「奉嘗翁畫法全仿倪、黄，上追董、巨、米。此二幀，一仿米，一仿倪，尤其生平所精詣。雖册非全頁，而經南田翁題識，真吉光片羽，人間不多見也。丁巳秋九月望後六日，桐陰逸史祖永。」

王煙客仿雲林筆意軸

紙本。水墨山水。高二尺七寸三分，闊一尺一寸一分。思翁、眉公二題，書於本身。

「丁卯二月，仿雲林筆意。王時敏。」

「此遜之璽卿仿雲林畫，所謂優鉢羅花不世開者。舊藏於青浦曹太學家，已落程氏手。遜之於長安邸數見之，遂能奪真，當今名手不得不以推之。玄宰題。」

「寫倪迂畫者，啟南老，徵仲嫩，王尚璽衷之矣。眉公。」

王煙客仿山樵山水軸

紙本。水墨。高二尺五寸一分，闊一尺三寸一分。

「乙巳小春，晴窗融暖。展閱山樵蹟，欣然會心，戲作此圖，自喜略得其意。王時敏。」

王煙客仿北苑山水軸

紙本。水墨。高二尺九寸五分，闊一尺三寸七分。

「乙巳夏日，仿北苑筆。王時敏。」

王煙客山水軸

紙本。水墨。高四尺九分，闊一尺七寸一分。

「戊戌長夏，畫似伯敘先生正。王時敏。」

王煙客仿子久山水軸

紙本。設色。高二尺四寸六分，闊一尺五寸一分。

「乙卯清和，仿黄子久筆。王時敏。」

王煙客仿子久筆意軸

絹本。淺絳兼青緑山水。高三尺八寸七分，闊一尺六寸三分。

「辛亥夏五，仿黄子久筆意，似□□年翁政之。王時敏。」

王煙客山水爲渭翁壽軸

絹本。設色。高五尺八寸八分，闊二尺九寸一分。右角下三印，模糊不辨。

「丙辰清和，仿子久筆，奉祝渭翁老門年臺兼祈教正。婁水弟王時敏，旹年八十有五。」

王煙客爲石谷索贈乃昭畫軸

高麗紙本。水墨山水。高二尺九寸五分，闊一尺二寸三分。王圓照題，書於本身。

「丙午秋日，石谷索贈乃昭道兄，聊博一笑。王時敏。」

「乃昭先生雅有筆墨之癖，小阮石谷今秋館於煙翁所，因索此畫以贈，先生法眼，非此不足以當其賞鑒。山水靈通，得所歸矣。王鑑。」

王煙客端午景圖軸

紙本。水墨瓶花。高三尺五寸四分，闊一尺八寸三分。

「癸巳端陽戲墨。西廬老人。」

詩斗，紙高一尺八分，闊同本身。

「此先大夫真蹟。於兹六十餘年矣。吴中人攜入長安，雲岡姪愛而展玩，彌日不置，余特購遺之，并識歲時於幀首。康熙丙申清和既望，西田掞題。」

「婁東奉常公以名德世其家，游神翰墨，乃餘事也。山水固集宋元之成，至其點染花卉，世未盡知。觀此娟秀古雅，縱横中自分條理，有非專門名家所能仿佛者，片紙尺幅，珍逾拱璧矣。康熙庚子清和下澣，項齡題。」

王煙客仿古山水册

紙本，凡十二幀。每高一尺四寸，闊九寸三分。

紙籤：「王遜之太常摹古畫册。（隸書。）道光二十一年辛丑七月廿六日，爲生沐六兄書籤，嘉興張廷濟，時年七十四。」

引首，灑金牋一幀，界朱絲格，高一尺四寸五分，闊二尺五分：「王遜之奉常摹古畫册。（隸書。）余見王奉常摹古畫册不一，是摹真古是真摹古，二百年無第二手也。漱臧十幀，寫宋白牋上，神明特焕發。此生沐蔣六兄臧寶，後有奉常手跋特詳，致足重。道光二十一年辛丑八月二十日，嘉興竹里七十四歲老者張廷濟。」

第一幀，設色。「仿董北苑。」

第二幀，水墨。「仿巨然。」

第三幀，水墨。「仿小米筆。」

第四幀，青緑。「江亭秋色，（隸書。）仿趙伯駒。」

第五幀，水墨。「仿黄子久。」

第六幀，淡青緑。「仿趙令穰《江鄉清夏圖》。」

第七幀，水墨。「仿吴仲圭。」

第八幀，青緑。「趙文敏團扇小幀，布景閎偉，有尋丈之勢。因仿其意，爲作此圖。」

第九幀，水墨。「仿黄鶴山樵。」

第十幀，淺絳。「仿大癡筆。」

第十一幀，水墨。「仿倪高士。」

第十二幀，水墨。「仿梅道人《溪山圖》。壬辰首春，爲聖符賢甥寫此十二幀博笑，王時敏。」

自跋一幀，吴跋一幀，尺寸同畫。

「余於畫道，雖有癖嗜，未游其籓。比年愁累紛遝，益與筆硯諸緣落落。聖符以巨册索畫，因無興會，且苦難竟，庋閣者年餘。新正偶見玄炤郡伯一册，備宋元諸家體，精能而兼神逸，反覆展玩，悦目賞心，不覺棖觸技癢。適風日融和，明窗和墨，率意磐礴，遂得十二幀。於董、巨、三趙、元季四大家無所不仿亦，猶見獵生喜、聞樂起舞之意。聊以强名，非謂果得其形模也。然畫雖小技，亦必所見者廣，日以古法浸灌心胸，而又專精熟習，乃臻工妙。如董文敏公胷帶煙霞，學深淵海，近代罕二。憶余曩時每侍燕閒，見其揮翰之餘，評論書畫，遇几上有殘牋斷束，輒弄筆作樹石，紛披滿紙，心手躭習，至老不衰，故宜其筆墨韻致妙絶古今如此。若余資本鈍劣，又經年不一執筆，頹墮自廢，詎能有成？今且衰病日侵，目力無及，歲月蹉蛇，徒有惋歎。聖符正當盛年，又深畫學，願益淬厲制舉業，整翮天歬，然後研精肆力，直造古人之室，一振時習之衰，爲文敏傳衣，差不負老人期許。如此册軟甜疥癩，不足爲法，竟當屏置弗觀，勿使惡習熏染，貽桓祖恭似舅之譏也。壬辰花朝，西廬老人王時敏識。」

「董文敏爲庶常時，乞假歸鄉里，廣求戚友處所藏名蹟，鋭意臨摹，與宋元諸名家血戰。王太常所謂：『摹古之難，形似者神不全，神具者形未肖，必功參造化，思接混茫，迺能垂千秋而開後學。』此閱歷有得之言。今觀太常仿古鉅册，集董、巨、三趙、元四家之長，而杼軸從心，神韻超逸，正與宋元人血戰時慘淡經營之作，爲董文敏一脈真傳。國朝畫家群推四王惲吴，而婁東宗派實自太常啟其緒。今世所傳贋本無論矣，即余所藏所見真蹟，以是册爲第一神品。香巖先生不惜重值購得之，令嗣遠辰觀察又能永寶什襲珍藏，名畫爲得所矣。遠辰知余有癖嗜，借觀兩月，何幸如之。時在光緒壬辰正月，手臨一過，至花朝而題竟，與太常作畫時年月相符，亦偶然一合也。吴大澂。」

虚齋名畫續録

同前

王煙客夏口待渡圖卷

紙本。高九寸一分，長九尺三寸二分。水墨山水。起手疏林一段，繼以崗巒起伏，樹木鬱沈，野屋幽亭，陂陀沙脚，無不曲盡其妙。此係早年筆墨，全以北苑爲宗，幾與董文敏頡頏也。陳眉公題於本身，題内脱去一字，兹仍照録。

「甲子仲夏，在長安吴太學寓，同雲間董宗伯觀北苑《夏口待渡圖》。丁卯，雪窗漫興，呵凍寫此，未能得其萬一，正米老所謂慚惶殺人也。王時敏。」「王時敏印」白文

「遜之尚寶既具賀知章之清鑑，又具陶弘景之悦□，漫興寫卷，遂與古人抗行，恨文肅父子不及見也。眉公。」「繼儒」朱文「陸時化臧」朱文「婁東陸愚卿願吾氏秘笈圖書」朱文「姚六榆所臧」朱文

跋紙，高同上，長二尺三寸四分。

「董文敏自題畫云：『遜之尚寶以紙索畫，經年漫應，非由老懶，每見近作氣韻冲夷，已入倪迂、黄癡之室，令人氣奪耳。』文敏與緱山太史爲年兄弟，於游藝一道推服後起如此，可見先輩虚衷，非近人所及。是卷入手疏林一叢，乃仿倪迂，過此專師黄癡，通體得氣韻冲夷之妙。自題謂追想北苑《夏口待渡圖》，元人皆從董、巨脱胎，原其所自出，不可作真。是專摹北苑，善鑒而知書理者，自能意會。余向謂生平無得意事，無勝人處，惟生長婁東，得讀瑯琊弇山、澹圃兄弟未刻之文，得瞻太原煙客、麓臺祖孫秘笈之畫，得意勝人，咸在於是。舍余或不欲見，或不得見，或見猶未見耳。麓臺屢以長卷見長，煙客則軸册多而卷僅見。乙未十一月十一日，聽松山人陸時化題。」

「陸印時化」白文「聽松散仙」朱文「機雲餘韻」白文「萬事易足一生且過」白文

王煙客峰巒渾厚草木華滋圖軸

紙本。高四尺八寸七分，闊二尺二寸七分，淺絳兼青緑。層巒疊嶺，長松茂林，上下山坡人家密佈，山腰流泉直瀉，樹木交縈，路徑紆迴，川光明浄，渾厚而兼秀潤，實爲無上神品。

「己酉仲冬仿大癡筆，西廬老人王時敏，時年七十有八。」

「王印時敏」白文「煙客」朱文「真寄」橢圓朱文

「昔人題大癡畫，峰巒渾厚，草木華滋，余作此圖，意亦欲仿萬一，而甜俗之氣終未能脱，於超逸絶塵之致略未得也。重觀不勝慚愧，甲寅臘月時敏又題。」

「王時敏印」白文「慵齋」橢圓朱文

王煙客山水軸

紙本。高三尺二寸四分，闊一尺一寸八分。水墨。林密徑曲，巖壑幽深，遠近山坡，村居隱顯，高峰聳秀，雲氣滃濛，是圖係盛年所作，故墨采極爲腴潤。

「壬午十月十二夜，和暖如暮春，月色佳甚，徙倚不能臥，乘興篝燈作此。王時敏。」

「王印時敏」白文「祚門心賞」朱文「抱疉子」朱文「愉庭審定」白文

王煙客仿大癡山水軸

紙本。高三尺二寸四分，闊一尺六寸三分。水墨。層巖疊巘，林木重深，氣韻渾成，杳無窮盡。其中點染陂陀茅舍、梵閣溪橋，各有幽致。通幅以積墨橫點爲苔，濃淡相間，古厚蒼潤，實爲老年肆力之作，此係留以自娱，非尋常酬應可此也。

「余見大癡畫不下數十幀，亦時爲摹仿，顧資鈍腕拙，未能得其彷佛，聊以自娱，不堪入大方清鑒也。王時敏識。」

「王印時敏」白文「煙客」朱文「歸邨」朱文

王煙客仿古山水册

金牋本。十幀，每高七寸三分，闊五寸三分。設色四，水墨六。其中，仿古者力追前代規模，神情華具，自搆者不落凡俗蹊徑，丘壑獨開。是册作於乙丑、丁卯年間，爲三十四五六歲，用筆傅色已極精到，惜昔人收藏不善，致多蠹損，尤幸神采不失，故録入之，以存真蹟。

第一幀，設色。「仿黄子久，王時敏。」「王時敏印」白文

第二幀，水墨。「乙丑小春寫，王時敏。」「王時敏印」白文

第三幀，水墨。「仿雲林筆，王時敏。」「王時敏印」白文

第四幀，設色。「仿松雪筆，時敏。」「煙客」朱文

第五幀，水墨。「丁卯三月，寫米家山，時敏。」「王時敏印」白文

第六幀，水墨。「仿倪高士，時敏。」「煙客」朱文

第七幀，設色。「仿大癡筆，王時敏。」「王時敏印」白文

第八幀，水墨。「丁卯暮春，王時敏。」「王時敏印」白文

第九幀，設色。「仿黄子久，時敏。」「王時敏印」白文

第十幀，水墨。「丁卯暮春，時敏。」「王時敏印」白文

壯陶閣書畫録

裴景福

清王煙客臨黄大癡富春山圖長卷

宋紙精潔。四幅接長工尺約二丈，高尺許。全用墨筆，濃淡相參，或如輕煙，或如點漆，縱横磅礴，神完氣足，有石田之雄，有香光之韻，不見此等鉅製，焉知其爲一代冠冕？丙戌七月初沐，余衝泥游廠肆，於德寶齋雜架俗謂之「店底」，都不措意揀得，酬以善價。出門遇徐頌閣師仲若之師呼曰：「新得何物？」下車攜之去。越日告予曰：「瓶公常熟相國别號謂是卷之妙不必論，怪君都能識得。」因出示煙客着色小幅、石谷《秋山》小卷以相印證。

「静巖老親翁以宋紙屬臨大癡道人《富春山圖》，老嬾久疏筆硯，留笥中經年。春暮晴窗，屏居多暇，興至漫爲點染，而思涸手生，每致相戾，兼以年暮目昏，益復增

其疥癩，黽勉完幀，聊以酬宿諾耳，不暇計工拙也。甲辰㝈月下浣，王時敏寫并識。」

南宗山水，唐之王右丞、吴道元、鄭虔諸劇跡已不可見，至北宋荊、關、董、巨愈闊而大之，李成尤爲冠絶。元王、黄、倪、吴馳譽一時，而松雪尤集衆長。明文、沈、唐、仇實兼擅南北宗之勝，至董思翁專精南宗，别饒神韻，煙客經香光口傳心授，獨參妙諦，師表三王、吴、惲，而後竟無繼起。煙客傳世劇跡，就予所親見，驚歎叫絶者，尚不下百種，從未有峰巒渾厚、草木華滋精妙如此卷者，殆用宋楮精牋，心手相調，揮灑愉快，始臻此神化也。昔人非精紙佳墨不書，有以哉！福記。

白雲外史富春卷，皖公城頭昔曾見。春山如黛春雲飛，青葱染遍鵝溪絹。西廬老人畫中師，生平最愛黄大癡。收斂毫芒作墨本，萬山變滅煙雲姿。我聞富春之景天下無，丹崖翠巘羣仙呼。新安江水東入海，其源乃在黄山之天都。桐廬富陽百餘里，中多奇山與異水。羊裘老子把釣竿，樂哉是鄉吾老矣。大癡腕底犇龍虵，濃皴斧劈兼披麻。手移名山入圖卷，神力未許操蛇誇。自元以來立宗派，畫院風流誰沆瀣。南田翁與西田翁，偶然動筆發光怪。己未新秋，伯丈命僕走示煙客《仿富春圖》

卷子，展閱真氣彌滿，用筆如鑄，煙客真實本領具見於此，寒夜不寐，用成長句，媿不足道其萬一也。璧城記於淮上節署。

漁山自著畫跋，云：「大癡晚年歸富陽，寫《富春山卷》，筆法游戲如草篆。傳聞有二本，一不知其詳，一被好事者拳拳寶愛，迨將終時投之於火，旁人亟取已燒卷首尺餘矣。予在廣陵所臨者，燼餘本也，歸而質之太原奉常公。」按漁山所謂「將終投之火」者，新安吴氏也。南田另有記述子久《富春卷》始末甚詳。煙客此卷用筆嚴重渾綸，極得草篆意，與漁山語合，四王、惲、吴傳子久法乳，悉出《富春》，未有能及煙客此卷者，蓋淵源一脈，悉受業於煙客，即子久復生，亦未必不心折也。福。

清王煙客仿高房山小軸

高文簡《煙嶺雲林圖》爲希世之珍，其得力全從二米，有出藍之妙，不徒以濃厚見長耳。

「庚戌首夏，戲筆於燕京官舍，西廬王時敏。」

紙本如新。虞山僧藥庵藏。昔與仲若游三峰寺，見是軸，留宿寺内，遣小奚招余乘月往，將近松門，煙靄空濛，見松林深處有微火，仲若偕藥師來迎也。入寺雞鳴，登後堂觀日出。小睡起，閲是軸，不覺叫絶。此煙客八十歲作，竹籬茅舍，溪水環之，一老倚門而立，古松五株，隔溪兩三峰，蒼翠滃潤，白雲如帶，房山復生亦當俯首。藥師復出示南田没骨花卉册，亦絶品。此三十年前事，今夜與仲若談及，追憶舊游，惘惘若夢。戊午仲春望日，福。

清王煙客溪山無盡圖卷

紙本。高工尺七寸七分，長九尺五寸。初置廣州市，無識者，予購得之，人始知重。峰巒用石緑，林木用靛青，以色易墨，煙客盛年已深入大癡堂廡。自題「春日過西田村舍」，即《溪山無盡》之元神也，須識良工心苦。福。

「癸酉春日，過西田村舍，仿子久《溪山無盡圖》。王時敏。」「王印時敏」方印

煙客生於萬曆二十年壬辰，崇禎六年癸酉年四十二，順治元年年五十四，康熙

十九年庚申化去，年八十九。此卷妙處全在將村落樓觀位置深林幽壑間，高低隱現，引人入勝。色墨融化，濃潤滃鬱，覽之覺嵐翠濕人襟袖。《桐陰論畫》謂煙客之嫩爲石谷所不及，此語未經人道，能悟此旨，方知此卷全以嫩勝。余又藏煙客《臨富春卷》，墨筆老橫，因進一解曰：「墨筆宜老，設色宜嫩。」

大癡《谿山無盡卷》，舊爲馮展雲師藏，出撫關中，留京師質庫，被火，下半已灼損，付博古齋裝池。余兩見之，深爲惋惜。近已在滬上影照矣。丁巳秋八月，睫庵記。

煙客中年仿大癡著色山水最精之作，壬寅春正，購自西蜀盧雪堂太守處。元宵節前二日，睫庵記於五羊城。

雪堂藏煙客仿宋、元六家六段，爲神妙之蹟，以四百金購之錫山秦氏。繼見此卷於粵垣博古齋，雖知其真，因設色太濃而猶豫焉，曰：「煙客盛年學大癡，竟拘泥如此乎？」攜以訪余，掩其款題，曰：「此何人作？」余曰：「煙巒出没，洲渚縈迴，紅心小樹，高低排列，穠潤欲滴，三松森蔚，村居寺觀，幽深隱現，嵐翠撲人，此煙客盛年仿大癡《浮嵐暖翠》《溪山無盡》，不失尺寸之精品。」乃舒卷相示一快。太守決意收購，不圖從者漏言於博古，故昂其值，久不得。當經五月，太守他往，始挽友人以四百金歸余，聞之猶戀戀，屢向余假觀。余曰：「君篋藏六幅，已蜀得其隴，此何足稱？」乃釋然。此卷入余篋將廿載，從不輕閱，今付裝潢，忽憶游嶺南日，與雪老極書畫鑑賞之樂。余謫西域賜還，旋值國變，從未一通音訊，蹤蹟存亡，彼此均不得知，思之憮然。壬戌大雪後三日，裴景福記於梁溪六桂居。

清王煙客仿古山水十二幀册

紙本，白如玉雪。每幀高工尺一尺一寸，寬七寸許。摹宋、元大家，墨暈精微，設色濃潤，對題俱同時老輩，尤爲難得。册前隸書「漁隈漫興」四大字，時敏自題，劉湃年復題「西廬墨寶」四字。余得之嶺南，陶齋尚書借閱，李葆恂跋稱爲『奉常真蹟之冠』。每幀有「竹南珍藏印」，後有「映山秘玩」「查氏映山鑑賞書畫之章」「查瑩映山氏印」「伍氏金泉真賞」等印。

一、「仿黄鶴山樵。」「王時敏印」方印。墨筆。

「文獻吴中凋謝了，婁江留得西廬老。茗椀香爐人静□，桐陰悄，閒窗摹出山樵稿。詞客畫師稱二妙，蓬萊水淺乾坤小。一帶林巒雲浩渺，塵事少，卧游似傍龍眠曉。詞寄《漁家傲》。梁清標。」

燕人梁敞《題秦逸芬桐陰論畫》詩云：先蕉林相國有《題王煙客摹黄鶴山樵畫册》詞，即指此幀。天下名跡多見著録，不博覽不知也。福。

二、「仿李營邱。」印同前。青緑、淺絳。

「碧陰斜日艤孤舟，有客偏憐葭菼秋。當世漫爲無李論，西田彩筆見風流。鎮州梁
誰識王維畫雪工，太原遺法在婁東。剡籐半幅春蠶吐，文沈煙雲想像中。
清標。」

三、「仿倪高士。」印同前。墨筆。

「嬾迂小景妙天下，遠勢尤工最瀟灑。絹素流傳真蹟希，後來畫苑誰摹寫。方絜裁成玉版光，含毫染墨露珠香。煙雲合與長供養，珍重西田老太常。華亭沈荃。」

四，「偶見董文敏臨大癡，戲仿其意。」印同前。青緑、淺絳，溪山深秀。

「煙客先生爲吴中文獻，風韻瀟灑，與文敏相後先，觀其老筆紛披，秀色獨絶，駸駸欲度驊騮前矣，非天資與工力兼勝，安能臻此，真當拜倒床下也。龔鼎孳。」

五，「仿董北苑。」印同前。墨筆。

「卜居屏山下，俛仰三十秋。終然邨墟迥，未愜心期幽。近聞西山西，深谷開平疇。茅茨十數家，清川可行舟。風俗頗淳樸，曠土非難求。誓捐三徑貲，往遂一壑謀。伐木南山巔，結廬北山頭。畊田東谿岸，濯足西水流。朋來即共歡，客去成孤游。静有山水樂，而無身世憂。古堂山人李甍書於晚翠軒。」

六，「一峰老人筆意。」印同前。淺絳。

「六朝煙水行吟遍，尺幅丹青點染餘。標格遠追文待詔，風流直繼董尚書。潤浦張玉書。」

七，「仿大癡筆。」印同前。墨筆清潤。

「奉常老作西田客，猶有閒情寫泉石。古來筆墨非浪傳，高人片紙如和璧。況乃煙雲兼衆訬，濃澹蒼深非一格。門外紅塵没馬蹄，故山遠夢江南隔。願常對此滌胸次，閉門坐擁千峰碧。張英。」

八，「仿趙大年。」印同前。青緑，即《水村圖》中段，余舊藏也。

「古今墨妙幾何人，又見奉常衆妙臻。林壑巖泉開片素，意匠經營若有神。老筆矯矯勢閒逸，萬象争赴毫端出。質之古人應不讓，尋常塗抹安足匹？處處位置如天成，平林漠漠草青青。石梁細路人煙寂，髣髴疑聞流水聲。工不在似工在意，豁然心目饒奇致。寸珠尺璧未足珍，此册得之良不易。我友置之几案間，物以人重豈等閒。想君亦應擅此技，他日相求君莫慳。王遵訓。」

九，「仿黄子久。」印同前。墨筆細秀。

「愛茲臨水處，疏柳小橋横。寺古溪雲積，峰低野樹平。萬花藏谷暗，一鳥破山晴。塵境居然淡，幾能悟此生。三韓朱之璉。」

十，「仿趙松雪。」印同前。青緑、淺絳。

「萬株花柳列成行，緑酒紅亭集暗香。是處煙村圖影裏，幾家雲樹畫橋旁。青山有意能留興，黄鳥多情亦解狂。欲渡石梁尋勝友，相攜明月醉滄浪。史鶴齡。」

十一，「仿米元暉。」印同前。墨筆，深厚秀潤。

「遮日幾重峰，依林數間屋。何事掩柴門，高人媚幽獨。憙我此中住，閒來坐石橋。白雲盈樹杪，寒瀑落山腰。程可則。」

十二，「臨巨然雪圖。」印同前。淡設色，雪色皓然，古寺隱現。

「老眼昏眵，久疏筆墨，於此道漸遠。秋窗明淨，桐陰滿庭，滌硯作此興會，偶及用宋、元諸家法，共成十二幀，然於古人神髓全未夢見，具眼見之，定當一笑也。己酉仲秋，西廬老人王時敏自題，時年七十有八。」

「吾吴文、沈俱以八旬老人畫入三昧，追元軼宋，神明迥出，直以龍馬精神，淬力震采。太常今亦近八，筆墨益遒，姿致益逸，煙雲供養，探挹不窮，四家三趙，兼有其長，直推前廓後之墨寶也，展玩能不歎絶。梅村吴偉業識。」

「余蓄墨數百挺，暇日輒出品試之，終無黑者，其間不過一二可人意，以此知世間佳物自是難得。煙客畫筆不減古人，石谷、麓臺皆後輩，久爲賞鑒家所寶，然贋本甚多，得其真者一二亦致足貴矣。同治癸酉立春日，北京劉淮年書於潮州郡齋，東坡所云信不誣也。」

「竊嘗以禪喻國朝畫派，明之香光譬達磨；東來、西廬則二祖也；三王、吳、惲并獲傳衣，得正法眼；其後東山、南華、篁邨、瓜田、鐵生、穀原、鹿牀、琴隱鐙鐙相繼，不墜宗風，其南嶽石頭之儔匹邪？若石濤、八大，雖神通狡獪，終是教下別傳，儗諸寒山、拾得，或其倫耳。奉常此册臨摹各家，形神宛肖，其賦色沉着古雅，尤非貽厥所及，宜其見石谷而心醉也。寶華盦中藏奉常真蹟數十事，一旦得此，遂爲之冠，況有婁東、合肥、正定、京江諸老題識，更增聲價。倘以張懷瓘之例估之，亦千金帖矣。五十之年覩此瓌寶，其失喜踴躍即何異貧子乍獲衣珠乎？合十讚歎而爲之跋。

宣統紀元二月朔日，義州李葆恂。」

煙客於崇禎九年秋授太長寺少卿，十二年夏册封岷世子，十月旋里病甚，時年四十八。次年春遣僕人王宰入都繳使節，從此不再出。簡齋撰《顓庵傳》，謂爲本朝太常寺卿，失考甚矣。

似昇所收書畫録

周嵩堯

王奉常山水小幅

綾本，水墨。超澹沖逸，不矜才，不使氣，惜墨如金，而精神團結，詩中之陶淵明也。似昇性情亦超澹沖逸，故愛此幅獨甚。謂麓臺山水册高妙極矣，與此并觀猶嫌煙火氣，况其下焉乎？款題崇禎甲申春王正月，距懷宗之變僅兩月矣，而煙客爲此閑情，豈真無心肝者邪？國亡家破，蓋同一理。當局者迷，旁觀者亦未必清。（略）未至其時，終不悟也。既至其時，亦不悟也。（略）煙客不居京師，不謀國事，其不能於兩月以前料煤山之禍也，宜矣。

名人書畫集錦册

（六）墨筆山水，作遠岫長堤，疏林叢舍，近則一邱對峙，小樹數株，遥爲屏障。

畫特蒼古而不署名，左側只有「青梧」二字小印，蓋吾邑嚴先生泓曾所作也。同頁之書爲煙客老人真蹟，録如下：「丁卯春，雲間董宗伯過余鶴來堂，相與審定家藏古今法書名畫，留連旬日。暇時即研墨伸紙，捉筆作字，或小楷，或真行，或臨摹古人，或自出機杼。至癸未歲，始裝潢，共計一十二册，余寶之不啻拱璧。後諸孫就塾，取爲法帖，遂稍稍散失。今年秋，從虞山歸，偶檢敝篋，獲睹是册，蓋爲孫輩攫取之餘，故猶非魯靈光殿，因留置案頭，日臨一二過。他日同老人化去，得如昭陵之《蘭亭》，亦墨林中一段佳話也。放筆爲之，一笑。癸卯中秋後三日，西廬老人王時敏識。」下有陰文「王時敏印」、陽文「煙客」兩方印。

附録三　傳記及評論資料選輯

余嘗寫《法華經》七卷，十三載始竣，今已鐫海寧，頗費時日，愧惰徵也。遜之璽卿以孝誠發願，數月書就，又字字端楷，雖細謹中有尋丈之勢，與顔、柳稍帶作家習氣者殊絶。真以翰墨而作佛事，何異皮紙骨筆，海墨淋漓，可爲震旦法寶。吾益愧矣，吾益愧矣。

余以辛卯之秋游武夷，曾爲雲窩二律詩，獨未爲圖耳。今見遜之此圖，追踪子久，煙雲奔放，林麓深密，實爲畫中之詩。三十年前眼境，重新坐收幔亭奇致，歎服歎服。王遜之《接笋峰圖》。

沈石田每作迂翁畫，其師趙同魯見輒呼之曰：「又過矣，又過矣。」蓋迂翁妙處實不可學，啟南力勝于韻，故相去猶隔一塵也。遜之爲迂翁蕭疏簡貴如此圖者，假令啟南見之，當咄咄歎賞。

余以丙申冬得黄子久《富春大嶺圖卷》，以丙寅秋得沈啟南《倣癡翁富春卷》，相距三十一年，二卷始合。初聞白石翁有出藍之能，乃多本家筆，又雜以米家墨戲，其肖似者過半。不若遜之此圖，氣韻位置，遂欲亂真也。丁卯夏五日，雨窗觀長蘅鑒定，因書此以志崇慕。

（以上録自董其昌《容臺集》）

畫一藝耳，古人以之澄懷觀道。予素頗好之，謂不可與他玩好之物等視。婁江王煙客先生學道之餘，留心畫理。昔與先司馬交好京師，嘗爲寫山水大幅，今猶藏在山齋，珍同拱璧。重光作噩之夏，舟次鴛湖，訪故人朱子葆，獲觀此卷。其位置皴染法猶可尋，而氣韻超逸有在筆墨之外者，弗可迹求。當是其平生最得意之作。廣陵散絶，欲不謂之至寶不可。讀子葆自記，知其得之粤中，爲何香山故物。以相國之貴，且兼爲之子，顧不能長有之，雖世變使然，而過眼煙雲，古今同慨。裒褏江樓，風景不異。反復遺跡，典型已遥。因題數語，又不覺百感之交集也。

（録自王弘撰《砥齋集·題王太常煙客畫卷》）

王奉常煙客先生之論畫，如父老之談農桑。而其推服王子石谷，猶張横渠一見二程子輒撤皋比，其精藝可及，其虚中不可及也。嗟乎，「知己」二字豈易言哉！苟以未嘗學問之人，作不著痛癢之語，雖贊歎千萬口，不入耳也。必也作家相見，勝己相賞，乃爲快耳。今觀煙客先生與石谷諸札子，有不啻口出之好，有真實不虚之讚，且其情款篤摯，有骨肉之愛，意思蕭閒，有物外之契，此求之昔人，雖大家名家如董、巨、癡、迂，所未嘗有也。而石谷獨得之，豈非千載一覯哉。記余己亥客婁東，荷先生知愛，招攜游讌，殆無虚日。自來鶴堂以至東園、西田，留連窮晝夜，每於樂闋酒闌，亦復詩文間作，先王之左好良亦不減，石谷之畫烏能忘之？乃一别垂三十年，遂不復再見。聞先生在日每以爲恨，即余又可知已。惟數年前曾一遇異公於桃葉渡，再一遇藻儒於承恩寺，隨荷枉訪，敘致淒然，約於秋深再至婁東一拜先生之墓，亦復未果。此懷何如哉！兹因石谷惠示此帙，屬書其後，循覽數過，不勝今昔之感，縱筆直書，不違點竄。蓋余與石谷有同心云。郵翁杜濬題於金陵之瀟齋，時爲丙寅臘朔日。

（録自杜濬《變雅堂遺集·書王奉常與王石谷諸札後》）

王時敏，字遜之。衡子，以祖廕補尚寶丞，擢本卿。崇禎間歷太常寺少卿，歸里。入國朝，家居四十餘年，卒年八十九。有《西廬遺稿》。煙客輯睦鄉黨，維持善類，承先啟後，子孫鼎盛，巋然爲江左文獻。生平工書畫，韻語亦和平藴藉。

（録自汪學金《婁東詩派》）

王時敏，字遜之，衡子。以祖蔭授尚寶丞，奉使齊、豫、楚、閩、兩江及藩封者四。天啟四年，陞正卿。丁母憂，服闋，遷太常寺少卿，仍筦尚寶事。又五年，謝病歸。當爲丞時，刊神宗御筆及祖錫爵揭稿，流布遠近，東朝定策，心事乃白。家居飭内行，著《家訓》勖諸子，讀書砥行，維持善類，獎掖英髦，以其身係鄉黨重者四十年。

性通達，工詩文書畫，畫師黄公望，分隸師《魏受禪碑》，參用《夏承碑》法，寸縑尺紙，海内珍之。卒年八十九。

（録自王昶等《嘉慶直隸太倉州志》）

王時敏，字遜之，號煙客，晚號歸村老農，人稱西田先生。强學博觀。年十八九，太史與文肅相繼下世，高門事重，以藐孤獨主之，不能竢應舉。萬曆甲寅，恩蔭尚寶丞，典司國寶印信及牙牌銅符諸雜事，頗煩劇，公奉職唯謹。奉命四方，歷直隸、山東、河南、湖廣、福建、江西，凡名山大川詭譎奇瑋之狀，咸盪其胸臆，恢廓見聞。官吏餽問，不受半菽寸絲，所過郵置一無煩擾。雖驅馳詘屈、輿馬風駛，必執卷帙，呫嗟伊吾，未嘗暫休。蹤跡所到，或屏傔從，訪求肥遯潔白尚行之士，造謁贈遺，如恐不及。甲子，陞尚寶卿。丁卯，閩中頒詔歸，丁母周太夫人艱。服闋，還舊秩，仍管司事。己卯，持節册封岷世子。庚辰春，具疏繳節，以病請，得旨歸，年四十九。當公之仕宧也，天下幸無事，朝廷不能不次官人，以故置公散地，無可舒展，非無欲傾公以瑕疵前人者，而公當官盡瘁，小心誠慤，出入中外無過差，由是意氣漸平。然終不肯躋之清要，後先同列多坐致顯庸，而公鞅掌如故。既去官家居，整内行，睦鄉里，小物大閑，無或不勤，遠近宗師之。嘗捐家財，行開濬平糶之法，旱澇凶災，全活者億萬家，長吏謁公咨方略，公協助善政，然未嘗投私牘有所干請也。門無博弈蹋踘、號呶燕游之客，而窮交窶戚藍褸滿座，虔事執友，持後生禮，不少替。如雲間陳仲醇，練川婁子柔、唐叔達等，終身如一。少同研席，如張休儒者，生給居食，死助喪葬，存卹其孤寡。疫癘則聘良醫，覈方書，施藥物，曲意援救，不起者予棺櫘，比屋咨嗟，如戴慈母。御家人特嚴，蒼頭指數百，無敢闌户外事。流寇熾張，罹國變，公痛不欲生，卧病幾半載。留都建號，大學士高公弘圖、姜公曰廣，以耆舊在位，數起公，公知勢無可爲，弗應，而兩公亦竟罷去。國隨破亡。江南所在騷動，太倉居府治東，不逞之民攘臂蠭起，乘釁報仇行剽，豪右震懼，不知所爲。公使親信以善言諭之，僉曰長者意，不可違也，或有解散者。天下平定，公乃避跡郊外。生平讀書，日有常程，即耄齡病目，手一卷不暫釋。詩文淹雅而淵博瑰粹。簡牘數十卷，匠心獨絶。

畫兼宋元諸大家之長，而仿黄子久尤擅勝，董玄宰所稱爲「蒼秀高華，奪幟古人」者也。八分書師《受禪碑》，參用《夏承碑》法，署榜字大數尺者尤雄偉有勢，名山巨刹，公筆爲多。壯歲置東、南兩園，疏築并舉，南園千樹梅花，四圍叢桂，樂郊紅藥，數畝修堤廣陂，其標峰置嶺，皆摹荆、關、倪、米諸家筆意。晚歲卜隱西田，枕流清潭，渚蒲汀柳，蕭疏淡蕩，公最樂之。築室寄傲，若將終身焉。公孝友異恒，冲齡疊遭大故，爲文肅請卹營葬，已而較刻奏牘草及兩世文集，已又建特祠、建家廟，又卜兆以葬庶母長兄，非鉅才不任矣。長兄鳴虞夭，禮未婚者不置後，公曰禮以義起，乃爲文告廟，以第三子撰，繼其蒸嘗。吴江寡姑，崐山寡姊，皆以貧老迎養，迄於厚終。以其身係鄉俗盛衰安危者四十年。康熙十九年六月十七日卒，年八十有九。十二月十二日，葬二十都墅溝之兆。子九人：挺、揆、撰、持、抃、扶、攄、掞、抑。

論曰：相國李霨之銘奉常也，曰：席豐多懼，而戒厲乃亨；孤根易危，而束修乃平。故其顯也，張弧不憯；而其晦也，弋視不驚。司寇王貽上叙《芝廛集》，則稱太常公風流弘長，巋然爲江左文獻，尤擅六法，寸縑尺素，流傳海外，論者以比黄公望。合斯二者以觀公，而生平之行詣該焉矣。要之，於相國太史爲賢似續，於礽緒鵲起者爲名高曾，孝悌以爲基，恭讓以爲節，平恕以爲施，固當與川渟嶽峙而同久云。

（録自程穆衡《婁東耆舊傳》）

王時敏，字遜之，太倉人。衡子。明崇禎初，以廕歷官太常卿，奉使楚閩，饋遺一無所受。入本朝，杜門稽古，益工詩文，兼精隸書畫法，并爲海内所珍。

（録自穆彰阿等《大清一統志》）

公諱時敏，字遜之，號煙客，晚號歸村老農、緱山公子。母周宜人，贈一品太夫人。幼岐嶷，勤學問，未弱冠，緱山公捐館舍。不踰年，大父文肅公厭賓客。高門震虩，不及應科目，即以恩廕授尚寶丞。丞所掌誥敕貼黄用寶、巡方御史領印、文武官關領牙牌及稽查守衛官銅符，諸事冗劇，公飲冰執玉，恭謹事朝，儁無稍失。刊神宗御筆及文肅公疏稿，布流遠近，東朝定策，心事大白。又請建專祠，用揚祖烈。奉使齊豫楚越閩兩江，跡幾遍天下。所過省厨傳，却餽遺，朱邸所贈，自圖史篆刻外概不納。雖與同事者矯異，弗顧也。天啟甲子，陞尚寶卿。内艱服闋，遷太常寺少卿，仍管司事。己卯持節册封岷世子於楚南，絶徼衝瘴患瘧，畢使事乞骸骨歸。歷官二十四年，無復出山志矣。明末時，里中群不逞乘機洶洶，欲雪私憤，里黨騷然，公至，則摇手相誡曰「太原王公來矣」。蓋公家居時，飭内行，著《家訓》，率皆敦睦恭順，知足少欲，厚施薄責，檢束僮僕諸大端。邑有一大事，如濬河平糶，必捐貲首事，長吏諮訪，但陳要政，不干以私。而又維持善類，獎掖英髦，不遺餘力，人素欽服。故前以一身係一家之安危三十年，而後以一身係鄉黨之安危者又四十年。性通達，工詩文，尤精六法及八分書，寸縑尺幅，海内珍藏。趣尚雅遠，興耽泉石，改築樂郊園於東關外，自布圖稿，壘石種木，家數各别。晚年復闢西田别墅，清潭曲流，渚蒲汀柳，誅茆息陰其中，所交游父執如雲間董文敏、陳眉公及同里吴梅村、陳確庵諸公，至則流連觴詠，或題佳句於園花，或灑丹青於粉壁，風流宏長，巋然爲江左文獻之宗。平生撮録經傳子集，不下數萬卷，著有《西廬遺稿》。易簀之日，執瓣香蒲伏，叩門泣涕者日數輩。年八十有九。里人稱爲恭孝先生，祀鄉賢祠。以子掞貴，贈光禄大夫、文閣大學士。配李夫人，贈一品太夫人。葬二十都墅溝之阡。

（節録自宋德宜撰《神道碑》）

太原王時敏，字遜之，號煙客，太倉人。相國文肅公錫爵孫，翰林衡子也。姿性穎異，淹雅博物，工詩文，善書，八長八分，而於畫有特慧。少時即爲董宗伯其昌、陳徵君繼儒所深賞。於時宗伯綜攬古今，闡發幽奥，一歸於正，方之禪室，可備傳燈一宗，真源嫡派，煙客實親得之。先是文肅公以暮年抱孫，鍾愛彌甚，居之别業，以優裕其好古之心，故所得有深焉者。家本富於收藏，及遇名蹟，不惜多金購之，如李營邱《山陰泛雪圖》，費至二十鎰。每得一秘軸，閉閣沈思，瞪目不語，遇有賞會，則繞牀大叫，拊掌跳躍，不自知其酣狂也。嘗擇古蹟之法備氣至者二十四幅，爲縮本，裝成巨册，載在行笥，出入與俱，以時模楷。故凡布置設施，鈎勒斫拂，水暈墨彰，悉有根柢。於大癡墨妙，早歲即窮閫奧，晚年益臻神化，世之論一峰老人正法眼藏者，必歸於公。以蔭官至奉常，然淡於仕進，優游筆墨，嘯詠煙霞。爲國朝畫苑領袖。平生愛才若渴，不俛仰世俗，以故四方工畫者踵接於門，得其指授，無不知名於時，海虞王翬其首也。卒年八十有九。子撰，傳其大癡法，亦古秀。孫原祁，世其業而精之，推重於時，自有傳。

白苧村桑者曰：余聞公家居時，廉州太守挈王翬來謁，翬方少，公與之論究，歎爲古人復出，爲揄揚名公卿間，至詘己右之。翬家故貧，周恤亦備至，故翬得成絶藝，聲稱後世。吾鄉倦圃曹公，拭拔竹垞朱彝尊、秋錦李良年於童年，遂成一代名人。美有所先，於此益信。鄉使王翬不遇二王，朱、李不遭倦圃，安知不悒鬱風塵而終老也？或謂鹽車之驥，豐獄之劍，其聲光激射，終有不可得而掩者，惟其然，而伯樂、張華，尤令人慨想已。

（録自張庚《國朝畫徵録》）

王時敏，字遜之，號煙客，又號西廬老人，太倉人。崇禎初，以蔭仕至太常。祖文肅公錫爵，暮年抱孫，居之别業，以優裕其好古之心。家藏本富，取資甚深，畫窮大癡閫奥，晚年益臻神化。爲國朝畫家之冠。工詩文，善書，尤長八分書。萬曆壬辰生，康熙庚申卒，年八十有九。

（録自彭藴燦《歷代畫史彙傳》）

煙客家太倉，緣蔭官太常，累世簪纓，收藏甚富，故落筆無纖塵。余家舊有條幅絹，寫山水煙雲出没，邱壑參差，深入吴、黄之室，尤臻神化。所以稱國朝之冠，良有以也。

（録自謝堃《書畫所見録》）

王時敏，字遜之，號煙客，太倉人。文肅公孫，緱山先生子。儀度醖藉，儒雅風流，翩翩佳公子也。寫山水得宋元標格，蓋恒與思白、眉公揚榷畫理，故啟發爲多。

以蔭仕至太常卿。

（録自姜紹書《無聲詩史》）

王煙客太常時敏，運腕虚靈，布墨神逸，隨意點刷，邱壑渾成。晚年益臻神化，駸駸乎入癡翁之室矣。後之人得其形者每失其神，洵絶詣也。畫苑領袖，吾無間然。奉常翁，全從力行苦心得此自在面目，真不易窺見藩籬也。

西廬老人，太倉人。相國文肅公錫爵孫，翰林衡子。崇禎初，以蔭仕至太常。癖好繪事，於宋元諸家，無不精研兼擅，尤於癡翁稱出藍妙手。工詩古文，行楷橅《枯樹賦》，隸追秦漢，榜書八分，為近代第一，名山梵刹，非先生書不足為重也。明萬曆二十年壬辰生，康熙十九年庚申卒，年八十有九。

（録自秦祖永《桐陰論畫》）

先朝論畫，取元四大家爲宗，繇石田山人後，董宗伯爲集其成，奉常略與相亞。

當其搜羅鑒别，得一秘軸，閉閣凝思，瞪目不語，遇有賞會，則繞牀狂叫，拊掌跳躍。於黄子久所作，早歲遂窮其奥。晚薈萃諸家之長，陶冶出之，解衣盤礴，格高神王，力追古人於筆墨畦徑之外，識者知其必傳。玄宰署書爲古今第一，顧以八分推許，語陳徵君眉公曰：「此君何所不作，吾當避舍。」於尺牘師蘇子瞻、黄山谷，於詩仿白香山、陸渭南，固不止絹素流傳，以書畫專門已也。

（録自吴偉業《梅村集》）

太常公風流宏長，巋然爲江左文獻。尤擅場六法，寸縑尺素，流傳海外，世之論者，以比黄公望，而年壽亦如之，此非煙雲供養不能。

（節録自王士禛《蠶尾集》）

婁東王奉常煙客，自髫時便游娱繪事，乃祖文肅公，屬董文敏隨意作樹石，以爲臨摹粉本。乃輞川、洪谷、北苑、南宫、華原、營邱，樹法石骨，皴擦勾染，皆有一二語拈提根極理要。觀其隨筆率略處，别有一種貴秀逸宕之韻不可掩者，且體備衆家，服習所珍。昔人最重粉本，有以也夫。

（録自惲格《甌香館集》）

國朝畫法，廉州、石谷爲一宗，奉常祖孫爲一宗，廉州匠心瀉染，格無不備，奉常祖孫獨以大癡一派爲法，兩家設教宇内，法嗣蕃衍，至今不變宗風。

（録自方薰《山静居畫論》）

王鑑云，子久畫如天駿騰空，白雲出岫，在元季大家中，有超逸絶倫之譽。近代推太原奉常公，深得其三昧。

（録自陸時化《吴越所見書畫録》）

《秋山煙靄》。國朝畫品，當以煙客爲第一，淵深静穆，藏而不露。若南田，便有一段靈秀之氣，浮動楮墨閒矣。

煙客落筆沖澹，而自見雄渾。此如房、杜無赫赫之功，麓臺便覺費力，其塗抹處，亦未免魏文貞故作嫵媚也。

煙客自謂得大癡之形，以形神俱得許麓臺。其實煙客得神更勝於得形，不自謂得神者，謙詞耳。因仿煙客，偶論及之。

筆墨之妙，廉州可謂精能已。然耐人尋味處，尚遜煙客一籌。甚矣，筆墨不可以工力盡也。

煙客、石師臨大癡道人淺絳，色墨渾融，别有神采。

清夷閒曠之境，空鬆敏妙之筆，煙客不著意時有之。

香光之妙，煙客得之矣。下此黄小松最深，蒙泉不逮也。趙文度非不妙於董法，直是格不相入。

（選録自戴熙《習苦齋畫絮》）

余在吴中，有以惲南田尺牘册來者，因價昂不果售，但録其記《秋山卷》始末云：董思翁嘗謂，黄一峰墨妙在人間者，惟潤州修羽張氏所藏《秋山圖》卷爲第一，非《浮嵐》《夏山》諸圖所可伯仲。間以語王煙客奉常，謂：「君研精繪事，以癡老爲宗。然不可不見《秋山圖》。」奉常矍然，向宗伯乞書爲介，并載幣以行。抵潤州，先以書幣往。比至，門庭闃然，雖廣厦深閎，而廳事惟塵土，雞鶩糞艸幾滿。奉常大詫，心疑：「是豈藏一峰名蹟家耶？」已聞重門啟鑰，僮僕掃除，主人肅衣冠揖客入，張樂庀具，備賓主之歡。繼出《秋山圖》示奉常，一展視間駭心洞目。其圖乃用青緑設色，寫叢林紅葉，翕赩如火。上起正峰，純是翠黛，用房山横點積成。白雲籠其下，雲以粉汁澹之，彩翠爛然。村墟籬落、平沙小橋相映帶，靈奇而渾厚，色麗而神古，視向所見諸名本，皆在下風，始信思翁歎絶非過。奉常既見此圖，觀樂忘聲，當食忘味，神色無主。明日停舟，使客説主人，願以金幣相易，惟所欲。主人啞然笑曰：「吾所愛，豈可得哉！」不得已，蹔假往都下，歸時見還，時奉常氣甚豪，謂：「終當有之！」竟謝去。既而奉常抵京師，奉使南還，道京口，重過其家，閽人拒勿納矣。問主人，對以他往，因請前圖一過目，使三反不可，重門扃鑰，糞草積地如故，徘徊淹久而去。奉常既晝夜念此圖，不可得。後與石谷述其事，爲備言當日寓目間，如鑑洞形，毛髮不隔，口摹手擬，恍若懸一圖於眼中者。其時思翁棄世久，藏圖之家亦更三世，未知此圖存否何如，每與石谷相對歎息。適石谷將有維楊之行，奉常曰：「能一訪《秋山》否？」以手書屬石谷。攜書往來吳閶間，對客言之。客聞奉常語，立袖書於貴戚王長安氏，王氏果欲得之，丞命客渡江物色。於是張氏之孫某，悉取所藏彝鼎法書名蹟來，王氏大悦，延置上座，出家姬合樂享之，張氏遂以彝鼎法書名蹟，合抵千金爲壽，一時羣知《秋山》妙蹟已歸王氏。王氏遣使招婁東二王公來會，時石谷先至，便詣貴戚。揖未畢，大笑樂曰：「《秋山圖》已在吾橐中。」立呼侍史取觀之。展未及半，貴戚與諸食客皆覘石谷辭色，謂當狂叫驚絶，比圖窮惝怳若有所失，貴戚心動，啃曰：「得無有疑乎？」石谷唯之曰：「信神物，何疑？」須臾傳奉常來。奉常先在舟中，呼石谷驚問：「王氏果得《秋山》乎？」石谷曰：「昔日先生所説，歷歷不忘。今否否，烏覩所謂《秋山》哉。雖然，願先生勿遽語王氏。」奉常既見貴戚，展圖辭色一如石谷，强爲歎羨，貴戚愈益疑。頃元照亦至，石谷又先諭意，元照亦諾之。乃入，大呼：「《秋山》來。」披指靈妙，贊歎纚纚不絶口，戲謂非王氏厚福，不能得此奇寶。於是王氏釋然安之。嗟夫，奉常曩所觀者，豈夢境耶，抑神物變化不可測耶？其家無他本，人間無流傳。昔奉常捐千金而不得，今貴戚一彈指而取之，可怪已。豈知既得之，而復有淆訛顛錯，王氏諸人至今不寤，不亦重可怪乎？石谷爲予述此，且訂他日同訪《秋山》真本，或當有如蕭翼之遇辨才者。

（節録自梁章鉅《浪跡叢談》）

陸文聲，字居實，少讀書外父貢士周文濳家。時張受先亦從文濳受經，兩人同塾得交。後受先通籍成進士，文聲援例入雍。海鹽錢肅樂來宰婁，于諸縉紳中獨信受先，言聽計從。行鄉約，立約正副，博採人言，分别淑慝而懲勸之，政聲籍甚。文聲間條陳地方利病，便文無害，肅樂亦採之。時有一陶姓惡人，所爲不法，受先惡之，列其惡款，欲達當道。偶置硯下，文聲窃視，漏泄其事，陶人往張自辨，受先知文聲所爲，因大怒。文聲央楊姓老儒同至張所解釋，受先不顧，竟欲將文声褫扶，老儒厲聲責受先，乃止。時崇禎丙子三月也。文聲不堪挫辱，忿恨甚，聞上因星變下詔求言，乃裒集受先交通上官、把持武斷諸事繕疏，走入京，期登聞上奏。逢璽卿王時敏家人，階之進謁。

烏程黨人，自韓城、德清、永新外，又有四任子焉：一曰朱泰藩，文懿公賡之後也；一爲許曦，潁陽相國國之後也；一爲袁樞，文榮公煒之後也；一爲王時敏，文肅公錫爵之孫、緱山公衡之子也。四人皆以才識通練，爲相君所倚重。俟歷俸著績，即破格遷轉，方面已有定局。時敏與體仁又以兩世通家誼，恩禮較他人尤厚。太倉望族，瑯琊、太原、延陵稱鼎峙。顯皇之季，清河聿興。迨至兩張倡立復社，門墻熾盛，邑中士望若汝南、高陽、河南、譙國諸子弟，皆贅居門下。時敏之子挺、揆、撰，甥吴世睿、世澤，俱美秀有文，獨外壇坫。兩張疑與立異意，頗少之。時又以吴世睿有家僮張堯者，能文章，少受業于趙自新。兩張收之爲弟子，列名社録，主人不之許，使之供隷役，職抄謄，堯恥之，避之南張所。延陵拘繫堯之父母，南張爲堯請甚力，事雖解而使執役如故，堯不能堪，舉家徙之武陵，吴來之處之賓席。未幾，兩張言之學使者，厠吴江黌序。延陵控之當事，求正叛亡罪，卒不勝。久之，兩張囑知州事周仲璉，仲璉携來之手書造延陵，進贖金爲堯削隸籍，延陵壓于州父母，勉從之，而内不能平。太原家法素嚴，僮奴千餘，深以此爲恥，而竟無如之何，由此怨復社。文聲一見時敏，告以入京之意。前張堯事，南張主之，時敏故啣受先甚于天如，乃曰：「相君正仇復社，參之正當其機。但相君嚴重，不輕見人。而主張黨局者，惟德清爲政，宜就商之。」因使人導之蔡奕琛所，文聲面進疏稿，奕琛即袖入示體仁。

（録自陸世儀《復社紀略》）

王時敏，字煙客，太倉人。文肅公錫爵之孫，衡之子。以門廕官璽丞。工詩，善楷隸，山水規摹古法，筆墨蒼秀，大雅不羣。

（録自徐沁《明畫録·王時敏》）

自昌黎以名次三王爲榮幸，而「三王」二字遂爲雅典。國朝亦有兩「三王」：漁洋尚書與其兄司勳士禄、進士士祜連牀唱和，人各有集，世稱「濟南三王」，此詩家之「三王」也。王煙客人常時敏爲一代畫苑開山，四方工畫者，得其指授，無不知名。同鄉廉州太守鑑，字元照，亦善山水，摹古尤精。及太常孫麓臺少司農原祁，以畫侍直内廷，法大癡淺絳，尤爲獨絶，人稱「太倉三王」，此畫家之「三王」也。太常諸公又與常熟王翬石谷號「四王」。石谷亦太常弟子，太常目爲畫聖。

（録自陳康祺《壬癸藏札記》）

西廬老人法本一峰，妙於用筆。作松枝樹幹，層層皆有法度。山脚、平坡、側壁，脈理井井。肆而能醇，熟不病恬，大家氣象，故應獨冠本朝。

（録自葉鳳毛《庚子書畫評》）

煙客先生《晴嵐暖翠圖》，專法子法。而設色精潤，兼擅子昂。余見先生畫多小幀，未有重林疊巘、雲煙渺瀰如此卷者，信是第一合作。於時先生年已大耋，乃精力鮮潤，不殊少年，宜其子孫貴盛，爲國柱石，垂休問於無窮也。己酉五月，余游淮陰，與故人楊致軒刺史相遇河曲，十年不見，把臂惘然，感念舊雨彫殘殆盡，致軒作詩贈我，有「花間宿約來今雨，天末殘光賸曉皇」之句。俯仰吟研，相對淒惋，致軒遂出此見贈。匪惟畫卷足珍，此段深情，亦使吾於邑不能已已。顧視此卷，焉得不倍爲珍重。余題曰「晴嵐暖翠」，略足彷彿其意耳。

（録自王澍《虚舟題跋·王奉常晴嵐暖翠圖》）

得陳確菴先生所作陸桴亭行狀一篇，是集中所無者。其敍桴亭尊人振吾先生居鄉，性謙謹，口出氣若恐傷人。太常王公煙客嘗巾車過里門，遇先生於隘巷。其僕以行之驟也，誤牽先生衣，碎其裾。太常窺見之，亟下車爲禮。而先生已却避不可得見矣。太常心異其人，後物色知爲先生，屬友人道殷勤，聘諸家塾，爲弟子師，里人兩賢之。余按，減菴公爲桴亭序《論學酬答》云：「桴亭之尊人，予弟端士所從受業也。」與陳説合。

（録自王寶仁《行年紀略》）

煙客續華亭之緒，開虞山之宗，太原、瑯琊一時匹美，石谷、甌香、漁山皆親炙西田，得其指授，麓臺之衍家傳，又無論矣。入國朝三十餘年，巋然爲畫苑魯靈光。吴梅村《西田詩》云：「到此身世寬，息心事樵牧。」可以想其峻節高風矣。

（録自陳田《明詩紀事》）

王時敏，字遜之，號煙客，江南太倉人。明大學士錫爵孫，以廕官至太常寺少卿。時敏系出高門，文采早著。鼎革後家居不出，奬掖後進，名德爲時所重。明季畫學董其昌有開繼之功，時敏少時親炙，得其眞傳。錫爵晚而抱孫，彌鍾愛，居之別業，廣收名蹟，悉窮秘奥，於黄公望墨法尤有深契。暮年益臻神化。愛才若渴，四方工畫者踵接於門，得其指授，無不知名，於時爲一代畫苑領袖。康熙十九年卒，年八

（録自趙爾巽等《清史稿》）

十有九。

太常公遭明思宗之變，國祚已斬，宗社爲屋，清軍南征，將至太倉，郡人倉皇奔走，吴梅村與太常商議曰：「拒之百姓屠戮，迎之有負先帝之恩，終無萬全之策。」太常籌畫數晝夜，又與郡紳集議明倫堂，衆以太原爲明之舊臣，代有顯貴，咸視太常爲進退。太常知時勢之不可回，涕泣語衆曰：「余固知大臣之後，死已恨晚。嘉定屠城，前車之鑒。吾寧失一人之節，以救闔城百姓。」梅村相與大哭，聲震數里，衆亦咸泣，議遂定。而清軍已至，遂與父老出城迎降。至今西門弔橋，顔公迎恩，可見當時太常之心良苦矣。

煙客太常書畫，爲有清一代之冠，世所稱「大四王」之巨擘。寸縑尺紙，藏之者目爲希世之珍。當時仕宦京師，揮寫甚多，歸田後親友求之者踵相接，太常苦之，遂不復從事。其筆記有云，倩王石谷捉刀，每年只畫一紙，貽石谷以爲報酬。石谷摹仿，逼真太常，每遇神肖者輒自題語，鈐西田老人印，可見當時已不多覯。今世所謂真跡，皆石谷橅之也。按，太常爲我外祖篆香公七世祖，其所著筆記，余幼時曾於外祖案頭讀之。惜髫年不懂人事，不甚記憶。今之收藏家，輒以太常真跡自矜名貴，焜耀友朋，不亦傎與。

（以上録自汪曾武《外家紀聞》）

諸君仲芳，得王煙客遺像并尺牘八通。上款皆署書翁，疑爲寄與同里王子彦瑞國之札，而未得碻證。檢《太倉州志》，僅言瑞國字子彦，未詳别號。嗣檢《清暉贈言》載《瑞國贈石谷序》，下署書城太倉，此序即應煙客之命而作，與第一通所言若合符節，於是知書翁即子彦，信而有徵。屬爲題跋，余因深佩仲芳之讀書得間也。各札皆未署年月。第三通述追逋之累，有「揆兒遠出，獨爲料理，愁腸幾碎」等語。王揆中順治十二年乙未進士，煙客作《分田完賦志》，歷敘賦斂加派之煩苛，累以貧增，後將益甚。今九子各受餘田，收租供賦，留千二百畝自贍，無催科之擾。時在順治十八年，年正七十。第五通言邸報内遣都統至江浙閩廣巡察海防，似因創見而生疑慮。檢《浙江通志》，欽差巡閲海防，係康熙四年事。故各札年月，可定爲順治之末、康熙之初。其時石谷年甫三十餘，得登農慶之堂，盡睹宋元名蹟，指示宗派，引爲忘年之交，傾心推服，逢人延譽，所謂其心好之，實能容之，前哲之雅量不可及也。子彦之子，天值爲吴梅村之婿，見靳价人引程迓亭説，子彦選授增城縣令，順治十四年到任，見《廣東通志》。未幾，去任，梅村有《王增城罷官哭子詩》，逝者當即天植，故梅村《遺悶詩》云：「一女血淚啼闌干，舅姑嶺表無書傳。」又短歌云：「愛子摧殘付託空，萬卷飄零復奚惜。」靳氏謂子彦而作，其説正合。天植有子，梅村《送子彦南歸詩》云：「相攜孫入抱，解唤阿翁來。」自注云：「子彦近得孫，余之外孫也。」第一及第八通，殷殷以令孫爲念，其諸即爲梅村之外孫歟？第二通調停口舌，以鄉曲至親一語推之，所云「梅老」，當即梅村。短歌作於增城初罷時，其餘各詩皆在其前。以後寂無投贈，或仍有芥蒂之嫌歟？子彦蘊藉好客，喜飲啖，煙客屢謝郇厨之惠，且以芳旨遞進、絲竹迭奏爲戒。梅村壽其五十詩「即看哺啜亦風流」，注云

「善嗽」，正堪印證。雜書所見，藉復仲芳，希有以教正之也。近人輯《煙客尺牘》二卷，此八通皆屬遺珠，亟爲補鈔，兼以志謝。中華民國三十二年，歲次癸未九月霜降日，杭縣葉景葵敬記。

（録自葉景葵《卷盦書跋·王煙客與王子彦尺牘》）

王時敏，本名贊虞，字遜之，號煙客，晚號歸村，世稱西田先生，太倉人。祖錫爵，萬曆時官大學士；父衡以進士第二人及第，告終養歸，先後卒。時敏年十九，獨當門户。以廕爲尚寶丞，累官太常寺少卿。崇禎庚辰以病歸。爲人有智計。錫爵以請三王并封，爲世詬病，時敏刻錫爵密揭及神宗御札以釋疑。雖門户各別，不免依傍馮銓，稱門下士，頗與聞機事，然不樂美宦。易代後以父執事錢謙益，請業甚謹；時與吴偉業酬唱往還，皆東林也。累世富厚，而居鄉頗言地方利弊興革，爲民請命。鼎革之際，獨能保全其家，蓋善以術自全者。諸子皆富文采，而掞獨貴。以以遺老終於康熙十九年，年八十九。事俱程穆衡《太倉耆舊傳》。著述傳者：曰《偶諸舊草》一卷、《續草》一卷，爲當官奉使四方之作；曰《西廬詩草》二卷、《補遺》二卷，則里居所作；曰《西廬詩餘》一卷；曰《遺訓》一卷；尺牘二卷。自傷失學，不敢言詩。然筆調横恣，故是作者。特爲畫名所掩。畫能立宗開派，一代畫人，鮮有能越其範圍者。别行《家書》一卷，康熙初與第五子抃者。晚景蕭條，家計甚窘，讀之知其征斂之苦。

（録自鄧之誠《清詩紀事初編》）

附錄四　奉常公年譜

王寶仁

明萬曆二十年壬辰，公生。

公姓王氏，諱時敏，初名贊虞，至十二歲更名。字遜之，號煙客。後取龐居士詩「日用事無別，惟吾自偶諧」，自號偶諧道人。繼葺小齋，用昌黎「斂退就新懦」之句顔曰新懦，又號懦齋。晚歲築室西郊之歸村，稱西田主人，亦號歸村老農。既而於潭西結茅屋三間爲西廬，又稱西廬老人。先世系出山西太原，南渡後居河南汴梁。歷傳至諱榮公長子諱求一，遭元至正間紅巾賊亂，割據河南，始遷平江路嘉定之樂智鄉。明宏治間，割隸太倉，遂爲州人。其遷之松江者，次子求二公也。求一公子諱伯皋。伯皋公長子諱道昭，字叔昭。叔昭公長子諱瑁，字孟威。孟威公長子諱謹，作諱謙者誤。字有常，號散田，官福建莆田縣縣丞，以廉惠著，治冤獄反活七人。有常公長子諱侃，字文剛，號耕樂。耕樂公長子諱銑，字汝澤，號自然。自然公次子諱湧，字以東，號友荆，宏爽有才器，人稱長者。友荆公長子諱夢祥，字奇徵，號愛荆，年十六試有司，以異等補州諸生，旋奉例入太學，尋授鴻臚寺序班，以孝友稱。自自然公以下并以文肅公貴，累贈光禄大夫、太子太保、禮部尚書、武英殿大學士，加贈少保、吏部尚書、建極殿大學士。愛荆公二子：長即文肅公，諱錫爵，字元馭，號荆石。嘉靖戊午經魁，壬戌會元，一甲第二名進士。歷官至太子太保、吏部尚書、建極殿大學士，授光禄大夫。初贈太保，謚文肅，賜全祭葬。嗣加贈太傅，勅建特祠，春秋丁祭。國朝因之。是爲公之王父。次諱鼎爵，字家馭，號和石，嘉靖甲子舉人，隆慶戊辰會魁。由刑部主事官至河南提學副使。有子名術，既殤，嗣孫賡虞，又未及長，公以次子撰爲之後。公父諱衡，字辰玉，號緱山。萬曆戊子解元，辛丑會魁，一甲第二名進士。授翰林院編修。愛荆公、文肅公、和石公、緱山公并崇祀鄉賢，事實詳國史州志。文肅公、緱山公并以公第八子掞貴。國朝贈光禄大夫、文淵閣大學士，兼禮部尚書。公嫡母爲金太夫人、徐太夫人、馮太夫人，生母爲周太夫人，俱贈一品夫人。

公之兄鳴虞公、賡虞公係馮太夫人出，餘未詳。周太夫人以是年八月十三日子時生公。去年，緱山公隨朱太夫人奉吴太夫人歸。文肅公旋以省母給假，思與朱太夫人治子舍，爲長隱計。既而再奉特召，至是已屢疏仍不得請，乃偕出。至高郵吴太夫人病，更命緱山公隨朱太夫人奉以歸，而文肅公獨身待命。至八月吴太夫人病漸愈。而是月七日，爲朱太夫人六十誕辰，緱山公請率内外諸婦諸孫，羅鐘鼓，具衣冠，爲母稱壽，朱太夫人以爲不可，乃止。閏四月，文肅公仍奉吴太夫人北上。

萬曆二十一年癸巳，二歲。

嫡繼母馮太夫人殁，年二十二歲。先是，金太夫人殁於萬曆壬午，年二十一歲。徐太夫人殁於萬曆癸未，年十有七歲。按，緱山公《詩集·癸巳前十一月二十二日送亡妻櫬出東郊次楊氏墓追述往痛五律十首》其四云「大兒能哺弟，小女解呼爺」，其六云「將雛雙乳雀，唶唶傍檐行」，其七云「分作兩兒孺」，蓋馮太夫人生二子，一爲鳴虞公，一爲賡虞公也。又其六云「九載歡期促」，其八云「十五妝成日」，是十五來歸也。又其四云「重陽風雨合」，蓋殁於九月也。又按，緱山公《游湯泉記》云：「癸巳秋，余有内戚，不自聊。九月四日，從母舅朱向之，友人唐叔達、周季良、張伯新再游盤山。」疑馮太夫人歿於九月四日之前，故云内戚。而詩云「重陽風雨」者，特言其後耳。

萬曆二十二年甲午，三歲。

二月上以纂修玉牒書成，有旨：「加王錫爵少傅，兼太子太傅、吏部尚書，晉建極殿大學士。廕一子，與做中書舍人。」文肅公三疏懇辭。六月，文肅公得請，吴太夫人喜甚，以命下之次日行。九月抵家。十二月十五日，吴太夫人歿，得壽八十。先是愛荆公歿於壬午十月九日，得壽六十有八。文肅公兄弟選地得墅溝口之新阡，以乙酉之二月五日葬焉。

萬曆二十三年乙未，四歲。

先是，次兄賡虞嗣和石公殤兒術後，至是痧殤，乃出繼和石公爲嗣孫。一本自述賡虞作稽虞，今和石公祠止有嗣孫賡虞木主。按，緱山公與公孝與書云「浹月之間失一妻一子」，又與馮文所書言「室人而即及次兒」，是賡虞公殤在癸巳，距馮太夫人歿不久，特是年公纔出繼耳。又按，賡虞公次於鳴虞公，鳴虞公長公五歲，而文肅公爲弟和石公行狀云：「丙戌歲，吴太夫人歸，命不肖次孫賡虞爲弟殤兒術後。」意其時豫立名以待之。又按，緱山公遺囑云：「先仲父之歿，既奉大母之命，以敏兒嗣矣。不幸長男早世，敏兒居長，理難出繼，即擬別議立嗣，而見病未果。」計和石公歿以乙酉，距公生八載，所云奉命以嗣者，殆指賡虞公殤後言之。賡虞公殤在癸巳，故猶奉吳太夫人命也。五月二十四日，文肅公奉吳太夫人柩，合葬於愛荆公墓。和石公及莊宜人亦於是月二十日葬洋子涇之新阡。和石公生於嘉靖丙申，歿於萬曆乙酉，年五十。莊宜人生於嘉靖甲午，歿於萬曆壬午，年四十九。按，和石公墓誌銘及墓表俱稱嗣孫贊虞。

萬曆二十四年丙申，五歲。

萬曆二十五年丁酉，六歲。

萬曆二十六年戊戌，七歲。

緱山公自戊子首領順天鄉薦，橫被口語，覆試後詔許會試，謝不入。至是，三不公車矣。去冬又值計偕，仍不欲行。朱太夫人納登科録於袖，強遣之。入棘之朝，感惡夢驚而痛，欲擲卷出，同舍人強之，乃勉試畢。即以其次日星馳歸。朱太夫人正據床而咯，且撫且泣。至七月四日，朱太夫人歿，得壽六十有六。

萬曆二十七年己亥，八歲。

萬曆二十八年庚子，九歲。

萬曆二十九年辛丑，十歲。

緱山公會試中式第二人，殿試一甲第二名，授翰林院編修。時朱太夫人尚在淺土。七月，緱山公奉文肅公命，奏乞卹典。照例與祭一壇，墳界銀三百兩。卜地於長洲縣楓橋鳳皇墩之陽。擇於十月築墳，十一月開壙。先期上《給假回籍遷葬疏》。按，文肅公祭緱山公文云「母未及葬」，又緱山公墓誌銘謂公屬纊時云母夫人有墓而未葬，蓋朱太夫人仍於癸丑年合葬。此則或請而未舉，或殯而非葬也。是冬，冊立皇太子及冊封福王等王禮成，加上皇太后徽號。上遣刑部員外郎捧敕諭，存問在籍大學士王錫爵。十月一作十一月十五日，以冊立分封禮成。緱山公齎詔南下，事竣，上終養疏。

萬曆三十年壬寅，十一歲。

上於二月中微感風痰，既而即愈，文肅公方具疏申賀，而遣官存問疊沛恩綸，遂又具本，專差長孫鳴虞詣闕陳謝，奉旨與做中書舍人。按，鳴虞公先廕國子生，會恩特授中書舍人，未任而卒。

萬曆三十一年癸卯，十二歲。

七月，文肅公七十壽辰，遠近祝者遍海內。緱山公爲撰杜祁公雜劇以佐觴，并訪同閈布衣耆老，與文肅公雁行班席，爲竟日歡。先是乙未歲，出繼和石公爲嗣孫，至是長兄鳴虞夭，仍歸宗。鳴虞公字稺皋，號糸一，時年十七歲。南雍秋試後得咯血之疾，至十月竟不起。曾聘吴縣申孝廉次女而未娶。按緱山公文集尺牘，與陳抱冲云：「弟比遭摧剥甚苦，止存一蚩蚩未角之犢耳。」與于穀峰云：「往年登籍之子四，今僅存一。」與楊魯源云：「弟歸後遂失三子。」與耿叔臺云：「不肖初有四子，浹年來已失其二，皆嬛秀可念。承歡爲重，猶能以强笑遣之。今奈無歡可承何！」與陸欽所、黄荆山幷云「浹歲而失三子」。與鄒瀘水云：「前者失兩幼兒，尚可以理譬遣。曩歲所失則頭角已見之長子也。」據浹年三子云云，則不數賡虞公可知。與文肅公祭緱山公文中「自以去國十五年，先喪母，繼喪婦，繼又喪三孫」語合。蓋緱山公尺牘云云，皆係鳴虞公既夭之後。賡虞公於乙未歲疹殤，相懸八載，如數及賡虞公，不得云浹年而失三子；至文肅公祭文止敘喪三孫於喪婦之後，亦未兼數賡虞公，皆就其近者言之耳。若賡虞公疹殤之歲，於奉常公《自述》外更得一證，緱山公與馮文所書云：「室人之不長世，八年前已預卜之，中道摧割，尚在人意中。乃次兒磊落有奇骨，方款款翔舞膝下，而遽以殤死，則意外甚矣。」又與公孝與書云：「比浹月之間，失一妻一子，生趣都盡。」是馮太夫人歿後不久，即殤也。且奉常公作周太夫人行畧云：「辛丑，吾父歸省文肅公，比時繞膝稱孫者凡四人。亡何，而長兄幼弟相繼夭折。」是浹年所失之三子，其一爲鳴虞公，其二爲奉常公弟也。緱山公未刻尺牘與雲泉云「家君自失第三兒後，飲食起居，都不自聊」，下接云「時下賓客錯履，筐篚載庭，只有一味勞辛，是所失未知爲何名也」。又考唐叔達集祭周太夫人文云「太史公有子六人，皆有圭璋之質，而不克成器，以薦於明堂。當是時也，太原之緒如綫，故游於兩世之間者，謂報施之尚茫茫」，下接「今尚璽君」云云，是奉常公兄弟曾有六人。又案文肅公牘草與張起潛云「弟費詞費氣，彌浹年月，僅而得此一歸。今已抱孫侍二老親，行年四十有六，無意人間事矣」，是文肅有孫在四十六歲時，而鳴虞公夭時年僅十七，時文肅適七十歲，知鳴虞公尚有長兄。又于慎行爲朱夫人傳云「太史多子，及夫人之世，稱孫男者八人」，是奉常公兄弟且曾有八人，都生而不育也。

萬曆三十二年甲辰，十三歲。

萬曆三十三年乙巳，十四歲。

十一月，皇太子第一子生，又以上皇太后徽號，上特遣行人存問在籍大學士王錫爵，文肅公上疏云：「故事閣臣蒙恩存問，例遣嫡男嫡孫詣闕陳謝，而臣今止有一男在籍，一孫尚幼，只得權令同祖弟監生元爵代行。」旋奉恩旨，王元爵與做中書舍人。

萬曆三十四年丙午，十五歲。

緱山公於是年始患頭疾，堅頑如石，百不能療，醫家或謂之中鬱。

萬曆三十五年丁未，十六歲。

六月，大學士朱賡等奉上諭：「再起在籍大學士王錫爵續諭加少保，兼太子太保，餘官如故。着差官召來。」文肅公疊疏辭恩，仍不允。

萬曆三十六年戊申，十七歲。

李夫人來歸。夫人係崑山人，萬曆庚子解元、辛丑進士、翰林院編修名胤昌集虛公女，時年十有六歲。初來時，適蘇松四郡水災，道殣相望，因却綺紈弗御，儉素淡泊，曰：「此何時也，而忍居温食厚乎？」公自幼依王父文肅公同寢息，偶或園居，亦必相隨。至成婚後，始居別室。是冬緱山公病甚，自知不起，以所爲詩文屬唐叔達時升、婁子柔堅。唐序稱己酉冬者，其序爲明年作也。

萬曆三十七年己酉，十八歲。

正月二十九日，緱山公歿於家，年四十有九。世俗喪禮，類以七終而輟，公以大父不堪哀勞，爲趣期二十日，亦體緱山公之孝思也。文肅公以緱山公殯宫未穩，遂於三月三日清明節移柩權厝。公哀毁骨立，遂嬰咯血之疾，綿歷年餘，幾濱危殆。文肅公前後屢疏辭召，未蒙俞允。至第八疏未得報旨，適緱山公病故，喘喘腸斷，精神日衰，乃更上疏申請。

萬曆三十八年庚戌，十九歲。

文肅公以建儲事横被流言。去秋，因病移床，檢出書箱一隻，題「緊要文卷」四字，起封閲之，皆緱山公手録次第御札，併御筆批答之語。至是，文肅公重寫一通，并録原諭原揭，隨本上進。本中有「孤忠未明」及「以雪沉冤」之語。

十二月二十九日，文肅公薨於家，享壽七十有七。

萬曆三十九年辛亥，二十歲。

正月六日，上遣蘇州府知府趙世禄，諭祭原任大學士王錫爵。首七、七日内恐不及奉旨，或另日補祭耳。七七及百日同。公爲文肅公上遺疏請卹典，六月十九日，奉旨王錫爵准贈太保，還廕一子，與做尚寶司司丞。九月十七日，奉賜謚文肅誥命。二十二日，上遣趙世禄諭祭。十二月三十日，又遣趙世禄諭祭。期年、其再期、禫除皆如之。先是緱山公奉命頒詔東南六郡，旋請終養，里居之暇，詮次文肅公年譜，自甲午誕生，壬戌登朝，乙酉入相，癸巳首揆，欲歷歷詳爲纂敘，而病奪之，故遺囑有云：「吾有二恨，未曾作老父年譜及檢校文集也。」公於居喪之日，更爲補緝，就正於陳徵君繼儒，以成先志。次第求文肅公、緱山公行狀、墓志、神道碑、傳於諸名公，質之申相國時行及陳徵君。爲文肅公刻《奏草》《文集》。《奏草》爲申相國序，《文集》爲何君美宗彦序。《牘草》未詳何年所刻。

萬曆四十年壬子，二十一歲。

文肅公生前少保原銜未及追贈三代，至是始得籲請補給。

萬曆四十一年癸丑，二十二歲。

二月八日，葬文肅公於鳳皇墩之賜塋。上遣蘇州府知府林紹明諭祭下葬。長洲申時行作墓誌銘，《行狀》《墓誌》稱公子履清、履任，是其時李夫人生有二子也。福唐葉向高作神道碑。申爲文肅公壬戌同年，葉爲文肅公門下士，又同官。以緱山公未得吉壤，於是秋移厝文肅公之賜塋。據唐叔達所著《行狀》中年月，當是移厝。又叔達過緱山公墓舍詩云「靈巖西去鬱嵯峨」，又云「憶逢寒雨泊楓橋」，是緱山公固曾厝楓橋賜塋側也。

萬曆四十二年甲寅，二十三歲。

自辛亥夏有恩卹璽丞之詔，服闋後周太夫人謂公曰：「吾家三朝袍笏，兩世絲綸，兒念家聲，豈忍遽就門廕？但兒獨身當户，又素羸弱，門内門外事輻輳填委，何暇攻苦下帷？且世情滐惡，非冠裳曷支巨閥？宜急入京拜恩。」乃注名就之。於是春偕李夫人奉周太夫人北上，唐叔達、妻子柔輩并贈以詩，叔達并爲序送之。闔宅赴京之先，論囑管家人，家中一切覼縷詳盡，累數十紙，宅内及東鄉莊上，蘇州壽山東園、後園等處，各有示言粘貼。於收租完糧事宜，尤不憚再三。并諭禁家人輩生事壞法、干瀆公庭及刻剥鄰里、武斷鄉曲諸弊。一有不遵，令管家人送橋上二老爹責罰，重或送官治罪。其有事須酌議，而行者亦必稟問蕭相公及二老爹。蕭相公者，名士佐，諸生，與緱山公曾同硯席，爲公業師。橋上二老爹者，即公從祖中書崙石公名元爵，居武陵橋南也。赴京即拜官璽司。璽司列禁廷侍從，體貌優崇，職事清簡，而頭緒頗繁，所典有誥勅貼黄用寶及巡方御史領印、文武官關領牙牌及稽查守衛官銅符等事。公夙夜兢兢，寅恪共職，不以閒曹冷署而自假易。凡朝參陪祀，戴星出入，即祁寒盛暑，未嘗稍有間缺。公奉命出使，輶軒所歷，南北兩畿、齊、豫、楚、閩、江右，足跡幾半天下。每叱馭時，必先戒僮僕曰：「此行車徒廩餼，幾千里間所縻朝廷金錢不少，而吾不費一錢優游乘傳，又得便道歸里，已大逾分，何得復有苛擾？」故所至厨傳務從省約，傔從凛奉約束，静謐無聲。凡至止奉使之地，使事畢不少留，以滋地方煩累。即候吏館人咸歎詫，以爲未有。所過監司及郡邑之長，凡有餽遺，一概謝絶。有先知一路却餽，止以家製盤飧爲餉者，則受之。奉命册封、存問、祭葬，使於藩封者凡四，王府有遺，止受書籍、石刻之類，鏹幣則堅辭之，即與共事者異同，不顧也。

萬曆四十三年乙卯，二十四歲。

奉命視葬益藩，隨周太夫人旋里。李夫人所生三子，相繼而殤。長名履清，年幾就傅，曾聘觀察黄元會女。次名履任，又次名履和。按，唐叔達集《遜之子周歲詩》云「去歲衣冠賀紫宸，傳聞相府産麒麟」，又云「應知此後中秋月，緑野堂前燕喜頻」，蓋指李夫人所生也。又按，唐叔達《寄陳御史書》云：「前承台教，垂問辰玉後人。今璽郎遜之者，潔清自好，不嫚不惰，動無越禮，殆類其祖父。而通曉萬事，調量人情，則又過之。惜其以任子爲官，不得展其才藻耳。已舉二男，骨體俱不凡，蓋其門户未至塗地也。」所云二男，未知指李夫人所生，抑即指減庵公、芝麈公也。李夫人過傷致病，至九月十六日而卒，年纔二十三歲。周太夫人哭之慟，遂患痰壅頭眩諸病。

萬曆四十四年丙辰，二十五歲。

爲緱山公刻詩文集。

萬曆四十五年丁巳，二十六歲。

春，入都報命，周太夫人不任遠涉，而以公孑身在外，未忍恝置，遂力疾偕行。

以三年奏滿，授承德郎，封贈如其官。周太夫人春秋正五十四，方知交之仕於朝者，咸醵金張屏爲賀。

萬曆四十六年戊午，二十七歲。

以致祭衡藩差，奉周太夫人歸，優游子舍者匝歲。嗣是，周太夫人亦憚遠役，不復同行矣。

萬曆四十七年己未，二十八歲。

是夏，將文肅公芍藥圃稍拓，花畦隙地，插棘誅茅，作暫息塵鞅之計。適雲間張南垣至，其巧藝直奪天工，慫恿爲山甚力，遂不惜傾囊聽之。去歲旋里，是夏蓋猶在家也。七月初十日，長子挺生。李夫人所生三子，俱殤。其九子：長減菴公，諱挺，側室孫氏出。次芝廛公，諱揆，側室徐氏出。次隨菴公，諱撰，側室姚氏出。次平宰公，諱持，姚氏出。次巢松公，諱抃，徐氏出。次砥菴公，諱扶，姚氏出。次汲園公，諱攄，徐氏出。次顓菴公，諱掞，側室沈氏出。次南湖公，諱抑，側室徐氏出。南湖公與芝廛公、巢松公、汲園公非同母，蓋有兩徐氏也。

萬曆四十八年（是年八月後為泰昌元年）庚申，二十九歲。

上年太倉州儒學廩增附生員顧昌胤、蕭士佐、張嘉并耆糧等，同詞具呈，請建文肅特祠，并崇祀鄉賢。節經大憲覆准，鳩工經始，於是年正月告成。即於是月之二十七日，迎像入祠，載入憲綱，春秋丁祭，仍送主鄉賢祠中。按，王書城瑞國《澄碧亭文肅公遺像記》云：「吾州城隍廟之東行宮，有澄碧亭者，故太傅王文肅公之讀書所也。今距公之薨，且踰一甲子矣。會父老輩有鼎新城隍廟之舉，相與修而飾之，以公家別業所存遺像奉之於中。」是舉不知何年，惟中有「今太常年踰八十」云云，是在康熙十年後也。姑附記於此。五月初六日，次子揆生。是年經始東園。園本文肅公藥圃，在東門外半里，向止老屋數間。有玉壺閣、芍藥亭，見顧抱桐集《栗園傳》。公先以己意構造亭臺，累山植木，名曰樂郊。以張南垣爲累石妙手，延之過婁，遂盡廢昔構，別出新裁，從來累石者惟以高架疊綴、危梯深洞爲上，不解用土，南垣一變舊習，因形布置，土石相間，高阜平陂，獨得真趣。《自述》云「東、南兩園疏築並興」。按南園爲文肅公舊構，是時蓋曾修葺也。冬過廬山，作詩紀之。

天啟元年辛酉，三十歲。

天啟元、二之間，山林彙徵，英賢濟濟，署中至無可施席。大都皆宿素名碩，負海内重望。按，公致郭瞻月漕院札云：「辛酉冬，雄州郵舍，一奉顔色。嗣後甲子仲秋，復以中州捧詔之役，得操篲臺端。」疑是年曾奉差出都也。

天啓二年壬戌，三十一歲。

五月二十五日，上加贈文肅公爲太傅。

天啓三年癸亥，三十二歲。

正月初一日，第三子撰生。癸亥、辛巳辛巳爲崇禎十四年兩察始則當事者，欲修先人之郄，繼則竊枋者將爲異己之鋤，多方吹索，究無抉摘而止。

天啓四年甲子，三十三歲。

夏，以九年奏滿，陞尚寶卿，適遇覃慶，授奉政大夫，封贈如其官。令甲閣廕璽丞者，九年滿始陞二級。先是同官中徼登極特恩、不幾年而驟躋者比比。公以奉差在外，秩滿逾期。是秋，得中州捧詔之使，事畢旋里，途中作《自警文》一篇，大旨謂立身應物，總不踰言行兩端。言行之得失，人品之優劣，一生禍福繫焉。因歷敘粗浮疏脱、直言嗔性之弊，朝夕覽閲，深自檢察，凡一千一百餘言。

天啓五年乙丑，三十四歲。

庶母陳氏，於是年七月初八日卒，年五十七歲。公爲之服朞。按，陳氏曾生一女，適曹長發公，待之甚厚，見陳眉公與公札中。

天啓六年丙寅，三十五歲。

自甲秋旋里，擬乞身侍養，周太夫人諭以「晋秩方新，國恩未報，尚寶雖冷署，循分亦可自効。我幸健飯，勿以爲念」，趣戒裝北上，乃黽勉就道。比入都，數感惡夢，遂汲汲思歸。適有閩中頒詔之使，至七月十五日舟抵毘陵，家人出迎，知周太夫人病痰喘，亟易輕舠，兼程疾馳，十七日抵家。幸周太夫人病稍差，相與抱持而泣。按，公跋自作《幔亭秋色圖》云：「丙寅秋杪，曾以使事入閩，長揖幔亭君，因戲繪其《接笋圖》以歸。」又爲葉雁湖作《武夷山圖跋》云：「丙寅秋杪，以使事入閩，曾游武夷，至三曲而止。」據此則七月抵家，尚未畢使事也。爲緱山公卜地於十九都之宋涇，以十二月壬寅自長洲楓橋奉緱山公柩歸葬。請唐時升爲作《行狀》，温體仁爲作《墓誌銘》，唐公并作哀詞哭之。金、徐、馮三夫人當亦於是年合葬。按，周太夫人墓誌銘云：「璽卿以形家言編修之幽宅不利於嗣，欲爲改阡，以告之太夫人，太夫人曰可興事。」疑緱山公曾遷葬也。又按，《自述》云「卜吉壤以葬先父母、庶母、長兄共七喪」，所言庶母，蓋生男未育、生女適曹之庶母陳氏。《遺訓》所云陳庶母久在祠中者，當時疑亦從葬於緱山公塋也。

天啓七年丁卯，三十六歲。

公以周太夫人夙疾時發，皇皇醫藥，不能復事絶裾，且見閹孽猴冠璽署，恥與同列，决計疏請終養，而簡查令甲侍養一款，凡京官奉差在外，欲乞終養者，必親身至京具奏，乃擬延至冬初，爲周太大人稱六十觴，再决進止。四月七日，華亭董思翁其昌、陳眉公繼儒過南園繡雪堂，話雨留宿，思翁題「話雨」二字於壁。附公書問梅禪院題額後云：「先文肅種梅數百株於此園，每值早春，寒香競發，萼緑紅白，花相錯如繡，故有『繡雪』之稱。自頤陳大師得法斷橋，歸過婁，寓錫其中，道化爲緇素之仰，遂以歸之。迨師順世其上座巨公以名家子勤修梵行，真實參究，智過於師，又能以其餘力經營締構，將使殘梅廢圃鬱成佛門精舍，亦勝事也。昔大梅悟馬祖即心即佛之旨，以梅熟機緣，與道侶相問答，禪林傳爲佳話。今正巨公梅子熟時矣，適其山門成，請余安名，喜爲題額。」入秋以後，周太夫人病勢加厲，初患咯血，繼以寒熱不止，遂妨眠食。至十月三日而歿，年五十九。公居喪三年，每一言及，淚未嘗乾，麻衣未嘗去身。又爲廣作佛事，寫經造像，以資冥福。十一月初二日，第四子持生。

崇禎元年戊辰，三十七歲。

三月初三日，第五子抃生。往雲棲，爲周太夫人作佛事，諸子從焉。城南有海月菴，在鐘樓之左偏，爲萬曆庚戌間鄒愚谷學憲、顧惺涵給諫士琦、黄陽平觀察元會所構，數間瓦屋，有沙門恒如，焚誦其中，而甕牖頹垣，無異田舍。是年雲棲法嗣聞谷禪師，偶過兹土，與公議舉放生會，而難其地，隨喜是菴，以爲福地可興，公乃首倡捐貲，一時緣事輻輳，殿宇遂成傑構，而廊廡寮舍，以次增焕。并請額於董宗伯，易之曰海印菴。至丙子，而李萍槎繼貞爲之記。

崇禎二年己巳，三十八歲。

崇禎三年庚午，三十九歲。

緱山公崇祀鄉賢。按，公致周道尊札云：「先子鄉賢一事，周文宗在任時，道府久已詳請，文宗亦許於試後批行。不圖有意外之變，遂爾中格。今在學諸生，復擬具呈學憲矣。」又按陳眉公與公札云：「尊公鄉賢，允稱德舉。兄之孝思心力竭矣。」下文有「以讀禮之時讀經，居喪之時戒殺」云云，是在周太夫人喪中也。又云「學臺聞是上虞李公懋芳，未知確否」。按，三年科考學臺是李，而此尚云未知確否，是李公尚屬初任之時，約計太史公崇祀事，定於二三年間也。

崇禎四年辛未，四十歲。

三月，赴補北行。舟中無事，偶攜得佳絹，乘興戲擬子久《秋山圖》，凡三日而成。秋以存問周藩差過家。爲周太夫人營葬事，將祔葬於緱山公新塋，諸地師堅執不可，僉云地隘土薄，所葬已多，不宜復動畚插，動必獲咎。不得已，别營兆於出字圩之南，距緱山公塋僅半里，松楸鬱鬱相望也。《行略》首云「先慈見背越三載矣」，末叙營葬營兆云云，當在是年。據隨菴年譜，則明年仍祔葬於緱山公新塋也。爲周太夫人作行畧，請義興周延儒撰墓誌銘。

崇禎五年壬申，四十一歲。

壬申、癸酉間屢下卹郵之詔，奉差官員復命過限者，不許復用原領郵符。是夏，奉周太夫人柩祔，葬於緱山公新塋。隨菴年譜云是秋，恐有悮。按，公致劉彦尺牘云「客冬歸途，邂逅餘皇，匆匆分棹。輟軏里門，即爲母、兄營葬，拮据海壖，殆夏始竣」，又云「清秋素節，或得於燕市中瞻侍光塵」，又按董思翁致公書有云「太母大襄，其昌不獲與執紼之列。兹聞吉期在六月，敬具炷香之儀，因尊使以布」，又按陳眉公致公札云「春初京使萬不可遲，一則催文，一則謝其賜差之恩，一則説明夏初就窆之故」，是葬事當在夏間也。爲長兄鳴虞公築墓，請陳繼儒撰墓誌銘。禮未婚者不置嗣，公謂禮以義起，乃爲文告廟，以第三子撰繼烝嘗，使執喪抱主入家廟奉祀。初擬以鳴虞公繼和石公殤兒術後，既思大宗長子無出繼之理，乃以第三子爲鳴虞公後，而以次子出繼賡虞公，爲和石公嗣曾孫。

崇禎六年癸酉，四十二歲。

長子挺補博士弟子員。是秋北行。

崇禎七年甲戌，四十三歲。

東園落成，園自庚申經始，中間改作者再四。磴道盤紆，廣池澹灔，周遭竹樹蓊鬱，渾若天成，而涼堂邃閣，位置隨宜，卉木窗軒，參差掩映，頗極林壑臺榭之美。有藻野堂、揖山樓、涼心閣、期仙廬、掃花菴、香緑步、綰春橋、沁雪林、梅花廊、翦鑑亭、鏡上舫、峭蒨專壑、煙上霞外、紙窗竹屋、清聽閣、遠風閣、密圓閣、畫就香霞檻、雜花林、真度菴并東岡之陂諸勝。據常熟嚴虞惇記及巢松公、族祖小山公時翔、郁東堂植各詩集《東園雜咏》。十餘年中，費以累萬。樂郊之名，著海内矣。謹按，康熙四十六年，聖祖仁皇帝南巡，有旨取道太倉，臨幸王掞家東園。時顓庵公以刑部尚書扈從，面奏東園光景，并水淺不能前進。初夏齎糧，長勘合勑，至南户部，中途具疏移疾，奉旨沿途調理。十二月二十日，第六子扶生。

崇禎八年乙亥，四十四歲。

正月初一日，第七子攄生。子揆、撰同補博士弟子員。三月，爲長子挺娶婦吴氏，在燕喜堂，而自移居樂頤堂。自僱夫馬北行。自記云是春，而隨菴、巢松年譜并云五月。抵都具揭以勘合，繳之駕司，復命後於常。朝日面見致詞，音吐明朗，進退雍容，上目屬久之。退朝後，忽有中使持文書房墨字揭帖至尚寶司，寫上傳王某係何出身、何處人，問明速速回報。本司以履歷開進，後竟寂然，想以資格置之也。奉勑諭，凡在京五品以上，皆薦舉一人，吏部發單各衙門，不報者重處，且嚴連坐之條。公交游頗不少，而所深知者祇得一人，已先爲許某開薦，例又不許重複。部文屢催，竟未有以應之。公姊丈黃翼聖，官新都知縣，陞安吉知州，爲公所薦，當在此後。公意俟明秋奏滿，或乞便差作歸隱計。

崇禎九年丙子，四十五歲。

秋陞太常寺少卿，仍管司事。授中憲大夫，未詳何年。據李夫人行略云，去秋量移太常寺少卿，再贈恭人，疑是年即得恩典也。寄諸子札云：「有淮安武舉陳啟新者具疏，通政司不爲上達，賫本席藁，伏大明門外，復大書揭帖，張之柵欄。如是者五日，廠衛以事件進，上令取其疏入。次日送票閣中，原擬以議論駁雜斥之，上竟改批褒美，直授吏科給事。諸中貴爭欲識其面，擁觀者塞路。一時長安大譁，無不歎憤。及見其疏，惟停罷科舉一款，過於憤激，果屬悖謬，其餘指陳利弊，痛快透徹，不能使人不動心。雖甲科恨如言推知之貪殘，驅民爲盗一段，真可一字泣。疏既出傳抄，幾於紙貴。上所最善者，罷推知、考選破之刺骨，然被捉着病處，且其言正辨，亦無有以折之。爾時郡縣諸公，養交布局，翰林銓諫，一資格二款，於款上各加一圈，令下部確議。孰意爲一武舉倒翻也？自此疏後，上遂疑舉朝臣工人人貪僞，事事欺朦，手握廣詢芻蕘，漸更成憲。定。而市井無賴，盡生妄心，泥塗下賤之人，無不具疏，誕妄猥褻之語，無不上聞朝堂之上，狐嗥鬼嘯，囂囂不知所止。」錢州人有陸文聲者，字居實，少州守肅樂時獨與張受先采同受經於外父周文潛，後受先成進士，文聲援例入雍。信受先言，行鄉約，立約正副，博采人言，分別淑慝，而勸懲之。文聲間條陳地方利病，州守亦採之。有陶姓所爲不法，受先列其惡款，偶置硯下，文聲窺得之，洩其事。陶往張自辨，受先知文聲所爲，大怒，竟褫抶之。是年三月間事也。文聲不堪挫辱，忿甚，因星變求言，乃裒集受先文通上官、把持武斷諸事繕疏，走入京上之。先陳《病民十款》，歸咎鄉紳，意實有所報復。且向人説，共草五疏，陸續上聞。雖通政一再駁還，而咆哮恣肆，其勢不已。第三疏通政疏請聖裁，奉旨不准封進。繼大司禮曹某進署，文聲迎謁馬首，疏揭外復以張天如家墓誌刻文、國表序文目録、姚深書周司李之夔諸揭、復社十罪檄、討受先檄，一併送呈，諸刻已先達御覽矣。既有旨：着提學倪元珙查究復社回奏。天如使人謂文聲子茂貞曰：「忝在同里，與尊君素昧平生，若因他人負罪，而無故加兵，是城火池殃也，如陰鷙何？」茂貞赴京，苦口以勸其父，且曰：「復社黨與半天下，獨不爲子孫計乎？」乃許之。時社中有候選在京者，説之就選，醵金爲費，使得善地，乃選道州吏目以去。公寄書諸子云：「我爲陸人一事，雖綿薄不能排解，然數月以來，或當面痛切曉警，或託人婉持，自謂竭盡心力，不意里中反以爲罪。京師此時，群小得志，滴水興波。此人邇來脚步愈闊，心膽愈横，如瘈狗逢人便噬，不論生熟。同里士紳在都者，畏其唇舌，無不與之周旋，款贈特厚。我家門望尤其所最注意，彼若有時而來，我何能獨拒之？然聞彼在人前尚謂我待之簡薄，頗有惡言，乃獨以密字加我，豈不冤哉？總之，里中有非常風波，我在京不能消弭，又不能絶其往來，旁觀者自然疑猜。况吾州小人流落京師者甚多，險幻萬端，鑿空駕虚，固自不免。要之，久當自明，不必分剖。至若首揆嚴峭孤冷，人不可得而親，我每隨衆朝房一見，并無私覿，乃同鄉諸公及地方當事者，妄以先世舊誼，謂我可片言解紛，屢貽書託我，使我何以置對？我婆娑一官，久思引退，悔抽身不早耳。」一按，錢州守以十年來任，此據《復社紀略》，有誤。上疑宦家豪富，刻意搜求，借端希售者，每復以此聳聽。時有武生李璡一疏，大畧謂江南縉紳，富皆百萬，最少亦數萬，無非瘠國瘠民以自肥，宜割其半充餉，有隱匿不報者即行籍没。而田産一入官家，便爲子孫永遠之計，宜每畝責税一兩。此疏分錢相公士升，遂擬提問。隨發出改票，再擬姑不究。又復發改，相公疑上意欲行，遂進一揭，極言此説果行必致激變。次日批紅發下，仍用初旨。上以相公不面奏而用揭，疑爲沽名，嚴旨切責，尋斥爲民。時廷試歲貢有四川一生，於試卷後寫一奏疏，專贊陳啟新而罵縉紳，閣中以違式題，累下部議處。去歲保舉一事，降旨甚嚴。至是，上意亦不復如前，而銓部亦視之甚緩。據舉朝之論，皆謂海内州縣缺有限，即盡儘甲科貢三途，尚虞擁塞，今頓增薦舉一二千人，位置何所，此斷斷難行。即使必行，亦必待各省到齊，吏部議定題請，或廷試，或朝考，就中量拔十之一二，以信明詔。非一登薦牘，即通仕籍矣。是秋，都中道上戒嚴，驢馬皆絶。公意原欲待考滿之後少需月餘，即請告南還，乃正值多事，未敢言請。且有坐守東門之役，縱有差亦不能題，憂心如焚，顔髮爲之盡改。初冬，偶有山行，以楓林丹黄悦目，仿黄子久筆意寫成長幅。有清客陳明卿者，名廉，係松江人，善畫，爲人坦易恒良，與物無忤，而賦性狷潔，淡於財利。與公交，十六年如一日，凡事無鉅細，必盡心相爲，不辭勞苦，不避艱難，爲士人中所難得。以是冬十二月病故於公寓館，公手寫哀詞哭之。

崇禎十年丁丑，四十六歲。

正月九日，題差得糧長，二月九日領勅出都。董思翁有致公書云「榮擢奉常，即有皇華之命」。經過州縣驛遞，應付煩難，不比往時。至兖州以南各處，夫逃馬倒，必等候一日半日，方得起身。更有幾處夫馬都自僱，日蹴躃數十里，夜宿茆店，甚至竟日不得一食。公奉差十餘次，足跡半天下，至此始覺行路之難。山東、北直爲入京孔道，未經兵荒，蓋已頽敝如此矣。二十九日，從宿遷下船，順流而下，一日便可進口，乃日日遇大逆風，五日方抵淮安。溯江至南都，完差事。望後抵京口，因鎮江以下河路阻塞，至丹陽下船，便道過家，時五月中也。七月，爲子撰娶婦申氏，令居道南宅中。長女適常熟陸廷保。九月，爲李夫人作行畧。子抃遷至道南東宅。

崇禎十一年戊寅，四十七歲。

新正三日，撿書篋得舊作《白警文》，跋識一百餘言。夏間，擬上病疏，既而不果。蘇州賜塋差役本係優免，時漸更張，公力請當事以仍朝典。冬十一月初，自家北行丹陽，一路水涸舟膠，鎮江、揚州壅塞尤甚，登陸後行抵郯城，知前路梗塞，風鶴驚傳，因而重回宿遷。十二月初九，復從淮安放舟探問消息，至平沙橋距淮安三十里泊焉，天寒冰合，荒村斷岸間，凄涼寥廓，風樹流澌，無非助愁之響。二十九日，爲文肅公忌辰，於舟中寫片紙作神位，焚香擊顙，南嚮嗚咽。途中寄諸子札云：「吾鄉世態人情，真成鬼國。汝等如處覆巢之下，旦暮不保，宜刻刻戰兢凜惕，不可一毫任性。居家惟閉户讀書，遇人惟謙恭緘默，莫務虚名，莫妄交游，實實做本分工夫，持身應世，以縝密沉細爲第一義。我正坐疏忽之病，所以多尤悔，汝等宜切戒之。里中好事，有力可爲者，黽勉行之，勿惜小費，延壽積福，多一件受用一件，感應之理，斷斷不爽。如此荒歲收租税，宜量加寬恤，明出告示，饒免若干，不可容管莊人朦朧滋弊，有名無實也。」又云：「我直腸快口，機心盡忘，於世遂多尤悔。然旅中朝夕自念，人生在世間，一言一動，當有軌則，豈可率行胸臆，草草乃爾。自今已後，痛自刻責，一以含容渾厚爲主，將平日躁言浮氣盡行鋤洗。自拈二聯云：『寧人負毋我負人，寧我容人毋人容我。』又云：『舉頭惟畏神明，絶口不談世事。』以此銘座書紳，未知能持循勿失否。」又云：「汝等年齒漸長，趨向亦近高明，姓字騴騴在人耳中，一舉一動，當顧名譽，不可示纖毫滲罅。況滿眼風波荆棘，正當一刻百慮，非晏安放浪之時。平日宜深居簡出，勿徵逐泛交，遇人宜傴僂謹默，勿翔態沸詞。蓋所處之地，與他家貴冑及寒素者不同，萬分歛退，猶恐媒忌，況可露一毫英氣邪？至於善事，要隨所遇而爲之，不必有意，如葛繁、黄兼濟二則，我曾刻以施人，可刷一紙，時時省閲，仿而行之。」又云：「聞吾鄉旱涸已極，河路盡絶米價日甚一日。吾家決宜多積米糧，或以減價平糶，或備煮粥賑饑。就各莊稻租，粒粒徵完，日用之外，尚有幾百石贏餘，亦可用作好事。此際商之衆家人，必謂儉歲廩虛，自家用度尚不足，何力爲此。不知此時人情世風，天災時變，皆不可保，富不如貧，聚不如散，智士決宜早計，以不足爲有餘，切勿狃眉睫之見，貽顧指失掌之悔也。」自十一月起程，至明年三月抵京，家信計發三十餘次，極言中途危苦之狀，至於諄囑諸子，料理家務，刻志下帷，連篇累牘，尤曲折詳盡云。時州中有修學之舉，張天如溥、受先采爲之倡率，公令諸子竭力許之，既而不果興工。通學諸生，又請壑東南一路故河，以疏壅滯。

崇禎十二年己卯，四十八歲。

子揆，於是年中式舉人。正月六日，借寓淮安城中。至二月初，畧得前途確耗，僱舟北行。十七日，抵宿遷，以前路董家口開濬打壩，舟行不能至濟上。有徐州總兵馬爌者，乃李萍槎繼貞職方時所提拔，感恩甚深，李與公素善，適至，謂閘河阻塞，坐待開壩，尚在三月望後，不若出舊河至徐，從馬總兵乞健丁護衛，起旱至京，乃從之。在徐州日日見報，因道尊總戎皆撥馬在德州北偵探，郵傳甚速故也。自二十六日，徐州起旱，因北路殘破處多，每日遇有旅店便歇，不能按常程儹路。至二十九日抵兖州。三月初七日，抵德州。十五日，抵都。十九日，因上徽號慶典，暫止朝儀。二十三日，始得陛見。時都中門禁漸寬，而百物踴貴幾倍矣。公以白糧船途中觸沉，交納又不容緩，借貸補缺幾不能支。時差中貴督理兩浙鹽課，其勅書所載，大而兵農錢穀，小而户婚田土，無不該括，更細注蘇、松、常、鎮等處，令遍歷各州縣，稽查守備，清覈錢糧，詗察鄉紳，許以不時參奏。公寄諸子札云：「吾家素爲德於鄉，錢糧從來清楚，可以無慮。但此後更宜百倍收斂謹慎，每事務從寬厚，不可一毫得罪鄉曲。至僮僕田園，尤宜着實收斂。年來我諄諄戒諭，固知必有今日之事也。」是夏，又持節册封岷世子，其地爲楚南絶徼，公衝炎出都，暫返里門。七月中，至南京，病瘧，初猶勉强，至池州困憊不支，延醫調理數日，稍可而後行。嗣此時止時發，日日在高山峻嶺崎嶇跋涉，更有數百里無驛跕處，深林叢箐，多虎不敢夜行，未晚即從農舍投宿，百苦備嘗，力疾勉完使事。有《題瀘溪館壁》及《中秋宿湘鄉有懷家園》《雨夜次紫陽口占詩》。九月十二日，行至臨江，從清江令無錫秦若水借《南録》觀之，知次子中式秋闈，悲喜交集。十月初，旋里，適次子亦從留都歸，公因途中瘧痢交作，消瘦骨立，遂不作還朝之想。子揆新宅落成，公車北上。次女適華亭董祖京。

崇禎十三年庚辰，四十九歲。

正月，三女適華亭徐佐。二月，爲三子娶婦顧氏。是春，具疏遣老僕王宰入都繳節，遂以病請。奉旨在籍調理，病痊起補。而公從此不復出山矣。公自筮仕以及予告共二十四年，强半奉差，實在衙門者十年有餘。時子揆公車未回，擇吉遷居新宅，爲光大堂。三子乃居道南宅中，五子仍歸老宅。三月杪，子揆歸言京中百物湧貴，山東民饑食樹皮。及十六日，怪風飄轟之異。夏間，米價騰貴，公首倡平糶。時里中亂民焚劫南門陸足吾中丞家。足吾名文獻，官江西巡撫。其宅燼餘後，爲冰菴太守所居，在旱涇橋。

崇禎十四年辛巳，五十歲。

公姊丈吴叔寶鳴珙，感寒疾不治，絶而復甦，自言身入蓮邦，親見諸佛，合掌端坐，大笑而逝，公爲作《往生記》，時六月十七日也。五十初度，詣吴門瑞光寺，禮懺薰塔，兒輩從往。親友設席金閶爲壽，旬餘乃歸。自初夏以至深秋，點滴不雨，木棉微有所收，種稻者不留一寸，遂至斗米千錢。冬間，餓莩盈衢，僵尸載道。

崇禎十五年壬午，五十一歲。

春，作《一家同善會引》，倡率合家眷屬及家人輩，至在宅各男女，或銀錢，或米麥糠粞，隨力輸助，廣施粥餅，親自給散。長子挺入南雍，挈家白下。錢州守丐公同張受先管理積米，公辭以書，云：「積貯者天下之大命。今此之米，台臺費幾計劃輸，閭閻費幾許出內，群千萬人之心思耳目，環而注之，亦千萬人所待命，莫不喁喁，嚮風歸心。受老總其成，而諸約正副分其任，臂指之勢，無有扞格，則似專而實分，事必克濟。不肖某既無知識，徒擁空名，必將事事併煩受老，於分與專兩無所據。況城中名彦如林，豈乏真實幹濟、可以共效劻勷者乎？」又謂：「愚意通邑之人出之，當使通邑之人見之。或選擇長厚，分貯各門。數少則易於稽，地近則便於發。勢散則民情亦不耽耽於一處，而銷其觖望之疑。惟台臺察之。」州中以積米宜速賑饑，有郎玄翌星緯，具呈道尊。時郎館公家，錢州守疑公與子挺主之。又有匿名單，痛詈州守及張受先，粘州學牆上，數其十大罪，字字切實，且文辭華暢，逐款援引聖旨，極其明確，似一通達世務者所爲。州守見之大怒，持以泣愬道尊，有人亦以公家爲言，公寄長子札及之。是歲賠貱漕糧，遂及萬金。田既不售，衣飾酒器盡歸質庫，眉燒肘露，不可言喻。八月十六日，長孫原祁生，次子揆所出也。

崇禎十六年癸未，五十二歲。

子抃補博士弟子員。元宵，里中張燈極盛，小街僻巷，喧闐徹夜。蓋是時天下大亂，而吴人猶處堂如故也。是年會試，改期八月。夏間，子揆北上，十月抵家。有《燕游草》一卷。

國朝順治元年甲申，五十三歲。

公抱病里居。四月杪得三月十九日確耗，五内摧裂，不自意生，哀慟欲絶者數次。會南都部院諸公擁立福藩，起陞太常寺正卿，公深惟知止之義，且見爾時朝政混濁，黨論分争，自分無可報稱，遂引疾疏辭。冬底，爲子持娶婦曹氏。

順治二年乙酉，五十四歲。

正月初七日，第八子掞生。二月初，入郡謁撫臺張公鳳翔，尋遇侯廣成、黄陶菴兩先生於鄧村。去秋被召已得請，復爲臺中疏薦起原官，仍不赴。南都有旨，義陽王准太倉居住，該撫按照例給與禄糧。向例，郡王與親藩體統遼絶，不啻天淵。其在本封，雖服王者之服，於地方官及士民交際往來，原與鄉官無異。即其居室，會典開載，止平屋二十八間，自禄糧之外，一切宫室服用，皆自備辦，與朝廷絶不相干。乃自有太倉居住之旨，州中烏龍會人與市棍衙役，居爲奇貨，倚爲窟穴，煽惑州守，營建府第，遂集鄉紳會議，供帳務極華侈，并出牌索納絹疋數十，唤諸銀匠製造各色器皿，種種騷擾，莫知底止。公寄札長子，囑其速與錢曼修、吴梅村痛切一言，貽書州守，力爲救正。長子挺題補南都中書舍人。三月，奉差乞假歸。五月，王師渡江，南都潰散。時大江以南，望風瓦解矣。夏間，避地城西，見有深林僻塢，夐絶人境，其中廣池曲流，不煩開鑿，而曠觀幽致，渾若天成，意頗樂之。此據《懿訓》中西田囑語。按，巢松年譜云「鼎革時，隨吾母到十四都避亂，離城止數里外。歸述之大人云，此間頗有幽致。大人以滄桑之後，不欲專居城市，即於此創一別業」，是西田爲五子避亂所也。時州中群不逞者，思於里閈修宿郄而快私憾，揭竿嘯聚，望屋而食，比户束手，莫敢出氣。惟公至，則摇手相戒曰「太原王公來矣」，抱頭争竄，鳥獸散去。南郭張公以正直爲里中奸蠹所疾，毆辱至體無完膚，公力救之，得不死。里中又有奴變事，著姓累世舊僕，盡索身契，公然背叛。吾家獨無其事。後兩案巨惡，悉正法焉。六月二十八日，荆兵入城，有吴升階、魯瑟若、蔣龍岡等統兵分駐道署及報本寺，人心惶怖，不知所云。次早訛傳大兵已來，遂拔營而去。越三日，大兵始至。司禮姚在洲，爲子撰、持、扶生母之弟。秋杪，孑身忽至，詢其國變情形，談之甚悉，相對欷歔灑涕，遂留不復去，館之别室，後老於婁東。按，隨菴年譜：「康熙十八年十一月，舅氏在洲姚公卒於碧香寮，年七十三。十九年仲春望後，葬姚公於香林寺西。」顧治齋成《志邑乘小識》云，人呼太監墳。是年得文肅公南宫闈牘墨本，以數百千易諸老兵之手，吴梅村偉業爲之跋尾。

順治三年丙戌，五十五歲。

南園梅花盛開，時通州白在湄及其子彧如俱善琵琶，流落吾州，延之園中，爲度新聲。適梅村至，置酒，白生朗彈一曲，敘述亂離，豪嘈淒切。坐客有舊中常侍姚公，當即子撰、持、扶生母之弟。亦避地來此，因言愍帝在玉熙宫中，梨園子弟奏水嬉、過錦諸戲，内才人於暖閣，賫鏤金曲柄琵琶，彈清商雜調。自河南寇亂，帝顔常慘然不悦，無復有此樂矣。相與哽咽者久之。梅村因作《琵琶行》，以紀其事。據《梅村集》，編年在丙戌、丁亥間。 時當事疏薦舊人，列及公名，公引疾力辭。三月，爲子抃娶婦錢氏。是春析産，諸子各授田二千五百畝，房租一百八十金，僮僕亦皆分屬。見隨菴、巢松年譜，疑是時但分析五分也。 是秋，始築西田於歸涇之上，去城西十有二里，構農慶堂、語稼軒、飯犢軒、逢渠處、巢安等室，次第告成，吴梅村爲作《歸村躬耕記》。巢松年譜云，丙戌秋間興築始起，嗣後日積月累，費至四五千金，纍石穿池，亭臺竹樹，頗堪游賞。時集文人談客，觴詠其中。 十月初六日，第九子抑生。

順治四年丁亥，五十六歲。

三月，長子婦吴氏卒。由西田寄兒輩札云：「城中人情，日異而月不同，我畏之真如火坑。得汝等分任家事，一毫不以相聞，我投老村塢，經年不入城市，豈非至樂。」長夏避暑漁莊，一日竟畫十幅。是秋，農慶堂菊花盛開，王遺民瑞國，吴梅村偉業，朱昭芑明鎬，黄攝六翼聖，李爾公可衛、賓侯可汧，二李崑山人，公之内姪。同過夜飲。踰月，蒼雪法師亦至。蒼雪名讀徹，滇南呈貢趙氏子，住吴之中峰，以佛教重東南者也。西田看菊，梅村以詩貽公，公次韻答之。吾州從無蘆課，因把馬巡歷海濱，以民間計田佗入，始有蘆田之目。蠹猾乘機慫爲奸利，更於額課外鑿空囤粲，變幻無窮，累年劇患，自是冬始，其流毒正未有艾也。

順治五年戊子，五十七歲。

集中有《林居有感》及《初夏西田雜興》《夏夜雨後西田泛月》《西田農隙次陶南村集中村居雜興二十章韻》諸詩，當在丁亥以後。織造陳工部點富室爲機户，江南著姓無得免者，長子與焉，賠累不支，諸子皆捐貲助之。

順治六年己丑，五十八歲。

子揆赴公車，口占爲别，五月抵家。蘆洲禍日益熾，不經之費動盈千百，奸蠹索擾，奴輩侵漁，正復不少。子持改造新居，子抃亦經營北門宅。子抃於十月中遷居北門，子持亦於歲暮遷高橋新宅。十二月初三日，三房孫日表生，是夕夢獅舞庭中，以獅威能攝百獸，因命乳名曰威。

順治七年庚寅，五十九歲。

正月初三日，子持婦曹氏卒。西田中緑畫閣、垂絲千尺等處俱落成，復構西廬，縛茅蓋屋，籬花徑草，大有幽趣。延畫友卞潤甫名文瑜，長洲人繪壁，高妙直追董、巨，公作長歌紀之。時招書城、梅村、攝六諸公，觴詠其中，屬和成帙。自此樂郊泉石，花時偶一游賞，不免三徑就荒之歎矣。七月十八日，有諭諸兒一則，謂人家所貴乎有子者，專爲撑持門户，爲父母分憂，令諸子同心協力，拮据經營，以搘柱孤危，捍禦外侮。秋，六女適周曦。冬，五女適沈受宜。十月既望，詞人楊曰補見訪，適有虞山之行，兒輩留止拙修堂累日，歸後集菊下，以詩倡和。

順治八年辛卯，六十歲。

子扶、攄同補博士弟子員。是春，以樂郊園區畫爲四，分授子挺、揆、撰、抃，令其各自管領，有《樂郊分業記》。二月，憲委王二府吉人丈勘蘆洲，頗多繁費。閏二月，入山觀梅。子抃婦錢氏卒。子持續娶卜氏。時秦瑞寰侍御世楨方按吴郡，乃率諸子跪門，控告蘆蠹楊琪芳等，准拘提，蓋覆盆見天之幸矣。吴中巨蠹肆横，狐鼠相依，沈碧江、邵昇斯實爲巨惡，秦公皆斃之於獄，爲地方造福不淺。秦世楨，廣寧人。隸正藍旗漢軍，官至浙江巡撫。順治八年，巡按江南。中秋，林若撫過訪，攜册以示，皆一時巨公與若撫王叔父尊甫先生往還尺牘，而文肅學憲尤多。蓋少同硯席，契誼最深，故書辭皮膚脱盡，止留真實，足見前人友道文情，非晚近悠悠者可比。公以先人手澤所存，莊誦之餘，不勝感愴，特書數語歸之。作《西田感興詩》三十章，其序云：「余以頹齡，適丁迍運。西村卜築，六載於兹。惟田圃之是謀，與樵牧而爲侣。眷言晨夕，永矢寤歌。豈其離群索居，妄希高蹈；庶幾處陰息景，用畢餘年。何圖世路巇屼，時態猜惡。既困誅求於刻木，復驚毒螫於含沙。且也洪潦爲災，田廬胥溺。卒歲無計，萇楚徒嗟。每悒鬱無憀，不勝低徊詠歎。觸物興感，因事屬詞。每韻各爲一章，近體共得三十首。數年來歲功時景、人事物情、豐歉悲愉，約畧可見。」

順治九年壬辰，六十一歲。

春晴，偶步後園，池上梅花盛開，得詩一律。後園即宅後地，東西可三百餘尺，南北三之，係文肅公所治。此詩末句云「不堪聞笛悵南村」，自注：「南園梅花最盛，樸菴師僦爲禪居，游人排擊攀折，於方吐蕚時盡擊去。」蓋是時南園已屬他人矣。春曉，從西田放棹探梅蔡灣，飲曹氏花下，以詩紀之。據集中次序，二詩當在壬辰、癸巳間。蘆訟批發魯司李，長子、三子在郡候審，不時往返。夏初，秦公來按吾婁，適有鳳里周氏冤獄，得申。時方亢旱，忽沛甘霖，公作《秦雨歌》一篇紀之。秦公親鞫蘆洲諸蠹，分别痛懲定罪，大快人心，隨具疏豁除重糧。蓋丁亥以來，蘆洲爲患，業户横罹湯火，吾婁較他邑獨深。公屢次致書當事及都中諸老，力爲剖析，未得稍安。至此，而積困始甦也。四房孫維卜生。爲子扶娶婦金氏，子攄亦於是秋就婚崑山李氏。九月，子抃續娶汪氏。

順治十年癸巳，六十二歲。

上巳，吴中兩社并興，兩郡名流大會於虎邱，設席舟中，奉梅村爲宗主。梅村賦《禊飲社集》四首。畫舫鱗集，冠蓋如雲，爲一時勝舉，諸子與焉。梅村即於是秋被召入都。白林九州守登明涖任未久，政績卓然。是秋偶傳詿誤，里中諸公相約入郡保留。九月初二日，冢孫源慶生。七房孫昭溥生。

順治十一年甲午，六十三歲。

自壬夏病目，至此未就痊愈。六月，長子挺繼婦徐氏卒。曾經又續，未詳何年。時海氛乍熄，婁民方幸得保耕鑿。乃自去歲水災，米價騰貴，木棉僅存霜蔕。今歲四月間，高區又漸憂旱。而黄梅得雨，竟至翻盆，三晝夜，低處禾苗盡被淹没，猶得竭力車救。七月初，颶風挾怒潮以至，發屋拔木，平地水湧數尺，木棉遂皆罄掃。且四境盜賊充斥，西關至奣子一帶，日見殺掠，即近至清水港，距城不過三四里，亦有白晝暴掠者，民心惶恐，莫知所措。又以春間漕白緩徵二分，繼奉部文催繳，轉滋一年兩兑之累。是年學使改用詞林，江南爲侍讀石公申。十月中，子揆北上。東郊藻野堂向極宏敞，前臨藥圃，後瞰廣池，樹石掩映，誠爲大觀。因歲久蟲蝕，榱楝朽壞，改築小堂三楹，仍顔之以藻野。旁構一軒，名曰疏快，雖失閎鉅之觀，頗盡清幽之致，於是冬落成。是歲奇寒，冰寒雪凝沍，川途幾至斷絶。冬間，海氛復起，日聞鯛帆跋浪，迫近崇沙，未免驛騷之累。除夕，聞捕巨惡，既逸旋獲，詩以志喜。

順治十二年乙未，六十四歲。

二月，七房孫昭復生。常熟楊子常彝來訪，留飲拙修堂，陸桴亭世儀、盛寒溪敬俱在焉。子揆成進士，上巳之晚，喜得捷音，繼接家報，知已點庶常，得而復失。七月杪，旋里。是年白州守開濬朱涇，諸生顧殷重士璉竭力佐之，工始於孟春下旬，成於季春上旬，雨晴相半，役民不過一月。其時大劉河未開，朱涇爲劉河北派，故稱新劉河。民感白公之惠，又號白公渠。張爾唯郡守學曾過東園，看芍藥。文肅公楓橋祭田，公占先年隨即抵補，原未缺額，屢經勘覈，有碑帖累累可據。而吏胥時復藉端滋擾，因思特祠既蒙復祭，則墳墓一體，可邀異數。求郡守申憲批定，用杜横索。惟事須達部，殊費周折。公更商長便，不必申請立石，止請郡守再給一帖，歷敘詳明，以垂永久。吾婁十九、二十等都爲濱海邊圍之地，頻年因寇氛不靖，防戍兵丁接踵而至，然猶分彼此，來去之期，居民猶得偷息。近苦寇艅飄忽，入犯寖逼，登岸殺掠，略無顧忌。防禦之師，徵調不絶，莫辨何營何伍，皆散處民家，坐索酒食，兼之縱放馬匹，踐嚙禾菽，騷擾實甚。即如文肅公起家之地，有老屋幾間，距汛尚遠，兵馬往來，於此屯駐，幾至不保。公致書當事，力陳居民擾累之苦，始得署爲禁止。

順治十三年丙申，六十五歲。

長孫原祁補博士弟子員。是年江南照各省例，學院改爲學道。西田小築，流水環户，雜花滿庭，幽曠差堪避地。而公私逋欠叢集，初夏暫憇其中，踵索者日至。煩悶無聊，口占七律一章，以自慰。依次當在是年。五月十五日，次房孫原博生。堂姊適崑山魏氏者，貧老不能自給，迎養東園十餘年。是夏病殁。爲治棺殮，概從優厚。冬間，即爲反葬崑鄉。八月，七女適張熙。九月之望，西田積潦，與月光交映，滉瀁空明，一碧千頃，公與客泛舟其中，笛聲縹緲，恍在天際，樂飲忘疲，有詩一律，以紀其勝。黄攝六及陳確菴瑚并過西田賦詩，與公倡和。十月朔，舉鄉飲酒禮，白州守延鄉老年尊者七人，同爲大賓，公暨顧松霞方伯燕詒、吴約叟封翁琨、吴魯岡僉憲克孝、凌約菴憲副必正、曹梅梁大尹有武、黄攝六州牧翼聖，號婁中七老。仲冬，子撰輯公詩，分二卷：一爲《偶諧草》，歷仕時所著；一爲《西廬草》，歸田後所著。乞序於嘉定陸公元輔。

順治十四年丁酉，六十六歲。

是時，學道科試，因崑山衙署未成，權駐吾婁。春，石公和尚在隆福寺講《法華經》，公率三子設齋聽講。時吳梅村以大司成告歸。劉河湮塞已久，適侍御李公森先按吳，紳士條議，皆言白公朱涇法有成效，今亦宜專委開濬，侍御從所請，令崑、嘉二邑協辦。役始於仲春下旬，吾州與嘉邑一月告成，崑山因按君被逮，規避者作輟無恒，越三月始竣，而中尚有淺段數里。劉河自重濬之後，東方田畝，賴以蓄洩。白公固殫盡心力，而贊襄籌畫者則顧殷重、陸桴亭之功居多也。三月，子抃北上應試。季夏十有二日，白州守過東園揖山樓，月夜觀荷，適公患瘧，命子挺、揆、撰爲主人，而賦詩一律貽白公。同集者有武陵吳興公振宗，維揚陸無文朝，陽羨任文素雄，雲間董得仲、黄子少楹栟及陳確菴、顧殷重、陸桴亭，各設紙筆，即席賦詩。確菴以詩見貽，次韻酬和。《西田感興次確菴韻》七律四章。曬家藏墨蹟，復次前韻。確菴過西田止宿，有詩，仍疊前韻和之。以上諸詩，依次當在是年。子撰、持、扶生母姚孺人，以是年六月二十四日卒，年五十有八。有《閫後課諸子說》一則、《訓持兒》五古四十二韻。據《懿訓》注明是年，據集中次序在己丑、庚寅間。十月，子抃抵家。是年除夕詩有「已見閭閻空杼軸，況經藪澤盛萑苻」之句。

順治十五年戊戌，六十七歲。

元旦次日立春，有七律一章。夏，邀白州守東園賞芍藥。作詩貽公，公和原韻答之。長子四十初度，口占示之。子揆謁選北行，送之楓橋，歸棹不勝悽惋，寄勖四律，中有句云「宦跡應看四十成」，時年三十有九也。適患怔忡，秋杪即歸。是秋霪潦爲災，高低盡没，幸開壩後水即漸退。吴梅村嫡伯文玉瑗，與公交垂五十餘年，自總角以至皓首，歡好無間。是秋病殁，年近八旬。惜無有爲之承嗣者。子持，以是年十一月初七日卒。丁酉科場禍發，主司、房考悉置重典，吾郡新雋亦有流徙關外者。

順治十六年己亥，六十八歲。

三月，游武林，捐資至雲棲，建水陸道場七晝夜，從者子挺、撰、掞三人。先訪許堯文煥於嘉興府署，隨至湖上，遍訪名勝，禮具德和尚於靈隱、豁堂和尚於净慈，最後入雲棲，謁石公大師，觀其殿宇卑隘，器用儉樸，雖蓮大師辭世已久，而僧衆守其遺訓，規範肅然。初夏，復邀白州守東園觀芍藥。貽詩二律，公依韻酬之。時州守新奉調用之命。江上寇警，管提督效忠全軍覆没，人心惶恐無措，幸梁帥化鳳戰捷，逆氛即退，海隅得以漸安。然調整餉徵兵，誅求無已，固已民不堪命矣。公有《亥秋書事》詩二律，其二云「江邊空戰骨，海外漫羈魂」，自注：「京口士民有隨海船去者。」其四有「戍兵終日至，田税疊年徵」之句。公姊丈黄攝六，素爲蓮社中勝友。以薦辟宰蜀之新都，治民以慈惠。歸田後，堅修淨業。是年十月杪病革，公衝寒過其廬，則四壁張彌陀像，爲西歸計矣。次晨與言别，尅八日必行，屆期果不爽。仲冬，作《自述》一通，歷敘平生居官居鄉及慎終崇本、交游好尚，始腴終悴之大畧，凡三千餘言。嘉邑鈎考欠糧甚亟，通學繫縲，無一存者。有宗人所逋最多，而家赤貧，公立典數百金代輸，出之於獄。

順治十七年庚子，六十九歲。

五月，子抃北上應試。十月，旋里。女適張熙者於十月病卒。十一月，歸延陵姊氏卒，有《哭姊詩》十四章，其序云：「余薄祜終鮮，雁行零落，惟吾姊居止鄰并，幸得朝夕數見，晼晚相依。乃今復舍我而去，衰年殘息，顧影無儔，摧割何能已已。因念吾姊自歸延陵，爲婦爲母，拮据萬狀，勤苦一生，實未一申眉頭。今年屆古稀，眼見三子成立。舊業不墜，夫豈容易。其平日持身正静，教子義方，内則端嚴，家規整肅，人皆知之。而隱德細行，更未可以一二數。愧余椎魯，無能闡揚萬一。姑舉闈幃病榻所親見親聞者，爲斷句十四章，以識梗概。」末章自注云：「昔年叔寶姊丈面西念佛而逝，今吾姊亦然。」

順治十八年辛丑，七十歲。

子掞補博士弟子員。親朋于姪，請於新正預祝，四方知交及諸戚黨來賀者，接踵而至，開讌累日。有《七十自詠詩》四律，其序云：「余偷延視息，忽屆古稀。循省生平，深慚虚度。惟是胸懷結轖，夢寐囈喃，每思效鼃黽之鳴，少攄榛苓之感。而椎拙自媿，牽綴未能。勉賦俚句四章，仰呈詞壇一笑。倘荷不遺鄙俚，俯賜賡酬，庶沙礫溷投，反博珠員入手。而春花蔚粲，頓令茅塞開心。不但絳雪延年，兼亦黄露洗髓矣。」時嘉定侯研德浤致壽詞曰：「奉常公之纘承前烈，胚胎後祚，蓋有三難，其事隱而難窺，不可以不論：公以相國、太史兩世一綫，少遭惸疚，劇疾幾殆。公私細大，百責委身，伺間蹈瑕，或探厥鷇。公年少凝定，陽示椎納，徐出凶悔，以底終吉。此一難也。國本事秘，相國以元臣赤藎，默佑東朝，而疏逖之張弧，或傳疑於易世。公以孑然藐孫，趨使禁近二十餘年，獵名竊勢者，盛修影響之隙，舉足左右，鋒鏑所叢，或推或輓，進退皆谷。公小心以值清班，折節以下朝儁，孤臣之本末較然，先公之謡諑遂息。此二難也。甲乙以後，僨轍相尋，駭機四出。公以世族遺老，俯仰跼蹐，阡陌陂池，盡爲禍藪。官吏叱呼於外，科賦撿括於内，公能綢繆佶窘，委虵混濁，有戒有厲，不滓不皭，卒使家宅克全，風義弗墜。此三難也。」其言可謂深知公矣。三月，子扶移居長街新宅。七月十二日，五房孫兆新生。公不堪催科之擾，諸子懇請代任賦役，乃於閏七月初旬，分授田各二百畝於諸子，而以膳田賦税任之。有《分田完賦記》一篇，中間歷溯壯年餘衍及晚景蕭條之況，使知盛衰之代謝、稼穡之艱難，門第無足稱，甘媮不長保，而以流行坎止之義，嚴切警示。凡一千言。八月，子扶婦金氏卒。冬間，長子大病，病後即失明。是年，吴中有奏銷之禍，朱撫軍將民間零欠錢糧造册上聞，紳袍衿士釐毫挂欠者，無一得免，江南四郡，共一萬三千五百一十七人，公及子揆俱在欠册中，奉提解之旨，憲牌絡繹，驚惶莫措，大費經營。子扶因金漢廣户，亦以零欠賠累。此後復有請兵團城之舉，吴民湯火，未有甚於此者。

康熙元年壬寅，七十一歲。

子抑補博士弟子員。去歲初秋，就所存田留千二百畝自贍，九子各受田二百，收其租入，以供三千畝之賦。乃以當歲即逢歲儉，租入蕭條，終歲之資艱窘不給。迨至是秋，木棉罄掃，竟不得名一錢。庖爨屢空，資用常缺，枝梧無術。因以一千二百畝之半，分給九子，爲飲食資，依次就養，三日而更，令以二日葷一日素爲率，亦自任三日。而仍留餘田，取其歲入，以爲公私酬應之費。作《分田就養記》。後又以管理乏人，收租不能如法，遂以餘存盡授諸子，不論歲收豐歉，每分出銀二十兩、米二十石，名曰包租，自此永爲定式，以終天年，未嘗少變也。是冬奇寒，子掞就婚宋氏，長孫亦同時娶婦李氏，迎親舟楫，冰凍不能行。

康熙二年癸卯，七十二歲。

西田土木未息，方約南垣抹山種樹，又修葺後園，改築亭榭，爲衰年憇息之所。五月初三日，五房孫兆建生。秋闈後，功令廢八股，用策論取士。是冬，始延蘇崑生教家僮時曲，爲娛老計。崑生，中州人，音律最精，吳中善歌者罕及，蓋即所謂崑腔也。十二月，九女歸郁煒爲養媳。

康熙三年甲辰，七十三歲。

作《友恭訓》一則，以示諸子，謂人之有兄弟，猶身之肢體連心，木之枝條附本，未有四肢殘而腹心不潰、枝葉瘁而根本不撥者。設爲未然之慮，諄勖將來。華亭徐婿亡。是年有《深秋卧病詩》五六云「自是寒風催木葉，不同閏歲厄黄楊」，蓋是年閏六月也。冬，八女適李樞。州守浙人陳國楨莅任數載，朘民膏髓爲之吸盡。最可恨者，以鞭撻子衿爲能事，有一老儒竟斃杖下。甚至登世閥之門，笞其子弟，真怪事也。時與胥吏比而厲民，增加無名之賦，凡三四十款。十一月中，諸生周雲驤持經承加撮一端，將白當道，邑紳佐之。先是，周嘗館公家，疑公長子有力焉，致書於公，公復書辨之。

康熙四年乙巳，七十四歲。

元夕，往虞山觀燈。仲春，於子抑几頭瞥見畫册，乃崇禎辛未赴補時舟中所作，忽忽將四十年。中間陵谷滄桑，變遷多故，俯仰今昔，不勝慨歎。且謂筆墨之功，視壯時畧不少進，小藝尚爾，何況其他。因題數行於首。春杪，爲九子娶婦周氏。八房孫奕清、七房孫昭被生。九月之望，邀吴梅村諸公郊園小集。陳麑涇、許九日以詩貽公，公亦賦詩奉謝。佘山陳眉公徵君故廬久歸他姓，諸進士乾一名嗣郢，青浦人捐資贖還，改置祠屋，四方頌高義者詩歌盈帙，公賦七律一首。依次當在是年。時朱涇戚浦中多淤段，難以行舟。甲辰春，值劉河議移城而將作不能出朱涇，崇沙告餉匱而運艘不能出戚浦，羽書旁午，軍民交困。陳州守奉撫院韓公檄，并浚兩河，仍用白公銷圩勸分法，權兩河繁簡，以撥夫役，通計一州二十九區，分五十扇，以四十扇役戚浦，而以一十扇役朱涇。役始於甲辰四月之二十日，卒事於五月之二十六日。自茶菴起，南至天妃鎮，北至茜涇鎮，計四千餘丈，每丈約十六工，計六萬四千工，每工准租銀六分，計三千八百四十兩。朱涇告成後，戚浦亦漸浚，由是運艘既達，城工可興矣。明年秋霖，吴地大浸，又決婁江、朱涇兩壩以洩上江積水。公於是年十月，作《太倉州重濬朱涇碑記》，刻入顧殷重《新劉河志》。

康熙五年丙午，七十五歲。

子掞中式舉人，未報以前，公夢家僮捧硯於壁上書一大奏字，初不解，乃爲春秋房第二人，可謂奇驗。仲冬，子扶續娶錢氏。子揆、抃、攄生母徐夫人，以是年十一月八日卒，年六十有六。時子抃闈後考教習，未歸。十二月，子掞公車北上。

康熙六年丁未，七十六歲。

四房母子棄高橋住宅，欲卜居東城，三子以廳堂議典與居。作《預囑》一則，始以特祠修葺之計，繼及歲時祭享之規，思仿錫山王仲山祠，自置影像於合祠之東壁，既而不果。除夕小盡，爲文肅公忌辰，詩有「桑榆惜歲意淒其，況復傷心泣硯時」之句。

康熙七年戊申，七十七歲。

二月，六房孫遵扆生。有額駙慕公已久，五月初特遣使持書幣相迎，情不能却，遂買舟渡江，款洽經旬而返。七月，子抃棄北門宅，典大房鶴來堂一帶居焉。九月，游西泠，僦居湖樓。子撰以住宅議售七房。有《再囑》一則，謂「家禮尊祖敬宗，人倫慎終追遠，惟祭祀爲最重，我生平於此最爲注心」。以長子廢病且貧，而家祠設饗一次，約費數金，恐或致闕畧，命諸分各助資費。先期出單遍約每分若干，收取備辦。篇中兼及薦新至清明、十月朝展墓之例。有《終事》一則，謂：「我後命終，切勿徇流俗之見，用門徒混鬧。惟於善知識道場中，選擇有德禪衲，或四衆，或六衆，即在佛堂中，日誦大乘經典，早晚持咒，七七而止。請大德法師放餤口一壇，以拯濟幽冥，必得實益。至佛堂爲魂魄所依之地，身後宜留爲公所，擇一人令居側近，朝夕灑掃，各分湊出米糧，給其口食，於家中留此净域，薰長善根。」

康熙八年己酉，七十八歲。

長孫原祁於是年中式舉人，時功令仍復八股。初春，袁節母年八十有五，其子重其特延名手繪像，傳之世世。公爲之題云：「重其以幼孤，奉事節母，備極孝養，迄於白首。其所以表揚貞嫠者，有海内諸公鴻著，自足抗跡圖史，炳燿千秋。今以虞山所爲旌節頌書於像端，於義斯愜，并以表袁氏一門節孝，亦吾吳希有盛事也。」三月，楓橋掃墓，畢，渡太湖至洞庭席氏弔喪。次日，登莫釐峰，游翠峰寺諸勝，并游席氏家園。初夏，子抃北上應試。十月，祭掃後，詣靈巖山。冬初，子抃抵家，子掞及長孫原祁公車北上。是冬，子攄東遷，子撰乃移居東偏小宅。

康熙九年庚戌，七十九歲。

子掞及長孫原祁同榜成進士，掞選庶吉士。次房孫原博、七房孫昭復後改名旦復同補博士弟子員。時三房孫試而見遺，公卜關聖籤有「巍巍獨步向雲間」之句，乃令俟校松郡時，借名再考，遂借吳日表名，列入府庠。三月初四晚，得春闈捷音。五月，又得子掞館選信，賀客滿堂稱盛事，公不色喜，常憂滿溢，家中防閑愈嚴，作《家訓》一篇，釐爲五則：一首先敦睦，一省察功過，一敬恭桑梓，一慎收童僕，一早完國課。字字皆格言至論，統二千數百言。長孫於五月中歸里。五月十三日，始得曾孫，名之曰謩，長孫原祁所出也。公歿時曾孫九人，未盡詳其生年。吾高祖成都公諱瞻，則以康熙乙卯五月二十三日生。郵書寄子掞，其畧云，世間最難到手者甲第，幸而得之。又有「幾年閒歲月，本分切己事，所應做者甚多，其最上遍讀群書，覃思著述，留心經世之學，務期以博洽有聞於世。其次諳習世故，交游名俊，聯合氣誼，亦可自振於流俗。乃觀近科貴，一從京師歸，出游日多，家居日少，衝寒涉險，苦覓蠅頭，皆以迫於困乏，心之所思，口之所言，惟此一事，孜孜汲汲，勞於夏畦，反不如做秀才時，猶得自在，似已遂成風氣。此則前輩極庸者不若是。究竟并無實益，世家子徒失家風，寒素者亦損名節，吾深爲之惜耳」。自夏徂秋，霪雨不止，巨浸稽天，木棉掃地，陸桴亭歷指顛危之狀，具控各臺，爲民請命，凡數千言，惜當事莫有上聞者。是冬，一日在拙修堂早膳後，忽然暈去，頭面俱冷。時王石谷翬正在座中，少頃即平復如常。

康熙十年辛亥，八十歲。

子撰於二月北行。自去歲夏秋，洪水爲災，太湖四溢，高低受害，督撫各憲，檄州開濬海口，未有成議。是春，郡守郭公四維親覽形勢，聞顧殷重名，召詢籌畫，計工估費，遂委二府于公署，州三府吴公暨崑、嘉兩令，分段督濬。于公立法甚善，忽以病卒，新任蕭守下車，與吴共襄厥事，河工以成。後天妃宫又有建閘之舉，皆藩司慕公天顔所調度也。八月，舉八十觴，同里及四方來稱祝者開宴累日，子撰、掞遍徵都門諸大老及詞場名宿，壽言以累百計，彙集郵寄。作《族勸》一則，大旨謂「凡我尊長及兄弟姪輩，累世聚族而居，漸漬文肅公懿訓有年。無論讀書者勵行好修，即力田者亦循分守理。惟族蕃人衆，恐心志未能齊一。此後更望互相勖勉，倍加砥厲，每事必主退讓，同宗切勿鬬争，毋與户外，毋比匪人，務使禮義敦睦之風，洽聞遠近，庶幾條葉發祥，更益昌大，爲太原盛事佳話」。子扶婦錢氏、子抑婦周氏、常熟長女沈壻受宜俱於是年病亡。

康熙十一年壬子，八十一歲。

子掞散館，授翰林院編修。大宗友芝公之次子慕芝公有二子，長文石公，次楚石公，俱歿，久未葬，其後嗣漸替。公於是年三月偕孫孺人易簪珥，代營窀穸之費，一時六棺并舉。四月杪，子撰自都中歸。七月初，子抃北上應試，是年蓋閏七月也。

三房孫日表中式副榜。是科副榜共四十五人，貢額僅十二人，後謁房師，知主司已批取中正榜四十九名，繼因謄録有悮覆字，監臨堅執不從，故抑置貢額之外。後更考補廩生，又以改歸原籍本姓，降作增廣。子揆生母沈夫人，以是年十月十七日卒，年五十有七。十一月，子抃歸。

康熙十二年癸丑，八十二歲。

冢孫源慶補博士弟子員。春，子抑移居小北門。二月中，子揆以生母憂歸。公倡議修建鐘樓，請法印禪師住持。此見隨菴年譜。據錢大可廣居年譜，則修葺鐘樓系之康熙戊申，其言云：「州中鐘樓高峙巽方，關係文運盛衰。鐘聲二十餘年絶響矣。余商之煙翁，毅然募資修葺。託吴東溟督功，約費千金，拮据二年，厥功始竣。」又按，黄忍菴與堅《鐘樓記》云：「康熙十一年，樓漸圮，太常王公時敏與憲副錢公廣居竊慮之，告之知州張公良庚、州佐單公國玉以再建。工始於壬子十一月，竣於癸丑某月。」作《後友恭訓》。先是，甲辰歲曾作《友恭訓》示諸子，至是恐各分家人輩口語間微有牴牾，更曉切示之。八月十六日，作《祭問》一篇。先是，預囑、再囑時議歲時祭饗，諸子均出公分，衆擎易舉，似簡便可行。後又恐房分衆多，事難畫一，復議挨年輪值，而傳之久遠。萬一或有參差，因思立祭田若干，使各分共輪經理其事。至賜塋、特祠，何項可備繕修，何人可任典守，尤宜詳慮深籌。故作此一篇，設問諸子，使與族友中老成練達者細細商榷，以求至當。九月二十八日，諸子集族中衛重名玠、蔚儀名文炳及公執友顧殷重、盛聖傳公議開列設田、楓橋西郭田二百六十六畝七分三釐，共租二百九十五石一斗五升三合，又地租銀八兩一錢二分，房租銀三十一兩七錢，特祠前基地銀一十二兩二錢，馬路内地租銀五兩九錢五分，皆可充用。但所費極繁，更宜隨力隨時量爲增益。輪任、兄弟九分，定爲三分管協，三年一輪。其管協之序：大房、二房、四房爲一分，三房、六房、八房爲一分，五房、七房、九房爲一分。收管、每年就輪管之中，推一房主持，兩房協助，所收銀米悉貯主持者之家，必三分面同封貯，不得私開。祭享所餘，公同寄貯典庫，以備祠墓修葺之需。貯典時，更三分公用半票爲憑，以杜獨自支取之弊。三分中，第一分二房輪主，大房、四房協助；第二分八房輪主，三房、六房協助；第三分五房輪主，七房、九房協助。其管協中，間有怠緩者，他分亦得催促，不得以煩聒爲嫌。查覈、造總册一本，鐫圖記一方，付輪管主持者執掌。每次公用畢，輪管三分面同會算，注册用記，以便交盤。三分各自造底册備查，不得稍有異同。至交盤之際，務極清楚從公，勿使授受不明，致滋議端。經始、初年任事者，租利未入，即有條銀啟徵，且丁祭時享接踵而來。定議：初年費用，九分協辦料理，直至歲除爲止，使任事者全收今歲之租，準備來歲之用。至第三年交盤，定期十月朔，不得稍有游移。管租、管租之人，須九分公擇實心堪任者充之。得妥，不必屢易。如有未妥，則公議易之。祭享、文肅公賜塋祭掃、特祠春秋二祭及家祠夏至、中元、長至、除夕作享，并節序奉觴薦新、祖父母生日忌辰，每次儀式務期豐潔，垂法後人。修葺、定期三年一修，而三年中擇其最急者先之。更須九分公同估算，不得苟且粉飾，耗費開銷。備荒、如遇大歉，則動支餘租；如無餘租，則公同協辦。謹守輪任之年，不得擅廢一畝、拋荒一坵十則，至東鄉老宅，係祖宗發祥之地，理宜作九分公所，亦隨祠塋之後三年一修。九月，爲孔贊侯作七十壽序。贊侯係諸生，爲臯憲盛天虞壻，而窮約自如，居平以孝友稱善，事後母四十年如一日。其五世祖爲至聖六十一世孫。自澄江之梧塍里，隨戚屬至婁，遂寄居焉。其父君陽，與緱山公輩唱酬贈答，有詩集行世。十月望日，有《西田囑》兼《答祭田公議》一篇，諸子集族友會聚一堂，公議長便之策，皆云祭田必不可不立，但田各有主，不分屬者祇存楓莊一百餘畝與西田頃餘。諸子以西田小築尤公一生意志所注，宜少留以存付託。請於分授田中各出數畝，湊成百畝，以補此項。蓋仰體公意，將以西田讓付子掞也。掞以昔年東園分授，僅長者四分，今諸兄尚有未授者，未敢越次先之。如父意必不可違，或祇受屋宇，田則仍歸公分。公謂：「僻荒寂寞之鄉，若田無分寸，何以守此廬舍？諸兄既能共諒，掞兒當以從命爲敬。」因作此示之。至公議所列十則，公謂皆鑿鑿中窾，無可移易，其委折細微之處，尚可不時參酌，傳示子孫。十二月朔日，又書《祭田公議後》，其畧云：「祭田一議，承親族苦心斟酌，深思極慮，更無不盡。但議中諸款皆屬異日之事，非目前可以遥度。況臨時事或變更，亦難懸定。且饗祀所費猶少，如修葺祠墓、增益祭田，更爲繁重。議中所云『恢拓裕用，神而明之』等語，要期次第構求，協力整緝，實實增光廟祏，非徒託紙上空言。此事我一生精魂所注，故復縷縷言之。」

康熙十三年甲寅，八十三歲。

時詔撤三藩，平西中途變叛，自滇蜀以至湖南，干戈鼎沸，西南半壁擾攘不安，楚、蜀、閩、浙、豫章一時騷動，徵兵調餉，警報日聞。吳地剥膚，民不堪命。如是者四五載。有訓大、三兩房一則，凡八百餘言，其畧謂：「諸子雖皆極貧，而長子、三子顛連尤甚，大房關係非尠。即今所居之宅，乃文肅公故第，相沿已逾百年，風雨侵凌，漸多傾圮，每歲修葺之費，皆我任之。今大兒以赤身窮漢，住城中第一大宅，賠糧既所不堪，葺費從何設處？況我身後，各房往來稀簡，宅中益復寂寥。一分不能獨任，恐其未必能守。特此先囑諸兒，萬一有此，須協力涕泣諫止，縱未能終使常留，但遲一日可令存殁安妥一日，亦子孫之大孝。倘汝等有仕途得意者，或借或買，分割同居，更爲兩便。至讀書爲善，斡旋厄運。凡各分子孫，皆當專心着力，更不獨大房、三房宜然。子孫但能深體我意，奉四字爲養身秘寶，奮勵力行，交相勖勉，以慰我心，則我將含笑入地矣。」

康熙十四年乙卯，八十四歲。

四月下旬，五房大孫婦忽得奇疾，變幻百出，至七夕前始得平復，子抃有《奇疾紀畧》一篇。五月，子掞服闋還朝。夏間，有丈量蘆田之舉，遲糧道日巽臨州丈勘，用小步弓，以漲灘侵隱爲言，大有騷擾，排年頗受其累。子掞典山東，試得士四十六人。中秋，始患頭眩舌强，歷三四年，形神漸衰。

康熙十五年丙辰，八十五歲。

二月，子掞陞左春坊左贊善，兼翰林院檢討。時新設詹事府坊局等官。上年冬始設。子扶捐納歲貢，三月初入都廷試，事畢即歸。四月既望，有《後樓囑》一則。公生子九人，分授住宅，惟大、二、三房皆親自經營。大房於正屋之外加以小宅、後園，所以隆長枝也。其餘或授外宅，或畀田爲買宅之資。八房僅以中宅授之，俱係書齋，無一間可作內室。因思長子病廢已久，家復就落，兩孫雖已婚配，孱懦未諳世事，諸叔宜爲照管。而各分另居，往來未便，八房同宅，義自無辭，特有此囑。謂：「俟我身後，大房長孫居燕喜堂，次孫居樂頤堂，其後樓一帶，一正兩側，則付八房作內室，庶爲兩便，并非損長益幼，無不從祖宗起見。要使大房安於無言，且使八房不得推卸，併使諸兒共白我隱，故書此以爲後券。」望後一日，有《祭田申訓》一則，其畧謂：「文肅公特祠與楓橋賜塋，規模宏大，日後每年修葺，爲費甚繁，況有春秋展墓，并有兩丁祭享之用。前所議祭田僅二百九十餘畝，將來必不濟用。向聞諸兒曾有各助數畝之說，甚善。若得通顯得意，尤當篤念本原，須多助增入，如可湊成千畝，固屬上願。否則，五六百畝，必不可少此。不獨文肅公祠塋得以修葺，凡東鄉祖塋，雖經各分承任，亦可以餘力所及，永不至於坍塌。是在賢子孫，神明我意而已。至於不思加增，反欲侵損，或豔羡膏腴，妄期更换，在祖宗爲罪人，在我老人爲不孝。汝曹皆知大體，必無此事。特恐再傳而後未必盡如目前，故爲未然之慮，書以示誡。」子掞告假歸里。

康熙十六年丁巳，八十六歲。

子抑於是年中式舉人。隨菴年譜云，是年特設一科，專試太學諸生，闈期在九月。《貢舉考略》云，是歲因軍興，開科有鄉試無會試。江西、湖廣附江南，福建附浙江，山東、山西、陝西附河南。長子失明雖久，然猶飲噉如常。至三月初九早，忽疾作，即以是日下午卒。是年六月，將長子所遺田産令諸子等公議爲兩孫分析，公申諭之。同宗擢、聞炳卜吉壤於祖居之後，爲并穴以葬其先人，公爲作《封樹連枝記》。

康熙十七年戊午，八十七歲。

三月初，五房大孫忽發狂疾，半月餘始愈。江右地師熊開先爲公卜吉壤於二十都金字圩墅溝舊宅之左。是時營築方興，有五鶴盤旋之瑞。州守朱君實士華，署任一年，士民感之，去之日諸生設生位於學宫，迎至城隍廟之西偏，復與三韓林九白侯講院合而祝之。已而鄉鎮相率踵行，咸以後至爲恥。且集《德政詩》一編刻之，公爲之序，并賦七律一章。

康熙十八年己未，八十八歲。

是夏，邀顧樊村、盛寒溪諸公同賞芍藥。十一月，女歸吴江周氏者病亡，周壻已先物故矣。

康熙十九年庚申，八十九歲。

子扶賦性廉潔，不與户外事，又素甘淡薄，每自歎命蹇福薄，堅持齋素。兩經喪偶，誓不復娶，并不置婢妾，云：「我必不永年，奈何悮人子女？」自去歲患脾疾，入春加劇，二月杪病勢益重，遂以三月初七日卒。三月望日，家祠不戒於火，祖先木主盡爲灰燼。六月七日，猶手書徑尺榜額。是夕，諸子侍側，坐談娓娓，神氣朗然。次晚忽夢西方三聖人現丈六金身，垂手相接，曰：「我來引度汝。」翼日而寒疾陡作矣。毘陵惲南田壽平，慕公已久，時適與石谷同至來謁病榻，一見而別。至十七日酉時，薨於寢。病中數云，欲歸舊宅，喃喃不休。又稱雪老師者再，蓋徑嶠老人，公向所皈依者也。越月而副室吴氏亦病卒。是無子而撫育長子者。至隨菴年譜，康熙二十二年癸亥七月望日，吴母病終，時年八十有三。且云吴母，嫡姓孫，以長兄甲申受官封太孺人，乃長子生母也。公歷官至太常寺少卿，授中憲大夫。以八子掞官國朝，封徵仕郎，内宏文院庶吉士，晋封儒林郎，翰林院編修，加一級。子九人，時存者揆、撰、抃、攄、掞、抑，女子八人，孫十六人，孫女二十一人，曾孫九人，曾孫女十二人。是冬十二月十二日，諸子奉公及李夫人柩合葬，而以徐夫人、姚孺人、沈夫人祔焉。公及李夫人墓誌銘，李霨撰。神道碑，宋德宜撰。徐夫人墓誌銘，汪琬撰。姚孺人墓誌銘，黄與堅撰。沈夫人墓誌銘，熊賜履撰。時九子生母徐宜人尚在焉。按，《芝廛集》《蘆中集》俱有是年十月朔展先大人墓畢詩。二十二年正月二十二日，祀鄉賢祠，學者私謚爲恭孝先生。後以子掞貴，累贈公爲光禄大夫、文淵閣大學士，兼禮部尚書。公幼時曾事帖括，從仕後未曾廢學，迨垂老歸田，閒居無事，更涉獵群書，即晚年病目昏眵，猶依檐映日，手一卷不暫釋。吴梅村贈公七十壽序云，丹黄勘讎，插架千卷，每賓朋雜坐，舉史傳中一事，輒援據出入，穿穴舊聞是也。繪事尤所癖嗜，每見古人真蹟，不惜重估購藏。宋元諸名家無不摹仿，而子久尤爲專詣。董思翁宗伯每見公作，必讚歎題識，有「蒼秀高華，奪幟古人」之稱。病目後，時仿惠崇、趙大年作村莊小景，用筆纖細，設色鮮妍，不類平日筆法。真行書學褚河南，八分師《受禪碑》，參用《夏承碑》法。署牓字大數尺者，尤雄偉有勢。於尺牘師蘇子瞻、黄山谷，於詩仿白香山、陸渭南。至竺乾之學，夙所皈心，禪宗一門，亦有志趨向，諸方尊宿之至吴者，必擔簦參訪，公固夙具慧根也。所著《偶諧草》《西廬草》及《詩餘》若干闋、《懿訓》一册，俱係子撰編集。并《尺牘》《家書》百餘則，子姓中傳寫不置。寶仁近更搜輯，得《雜體文》一卷，《詩詞拾遺》一卷，《書畫題跋》一册，并藏於家。

附錄五　西廬先生年譜

顧文彬

明萬曆二十年壬辰，公生。　公姓王氏，諱時敏，初名贊虞，至十二歲更名，字遜之，號煙客，後取龐居士詩「惟吾自偶諧」，自號偶諧道人，繼葺小齋，用昌黎「斂退就新儒」之句，顏曰新儒，又號儒齋，晚歲築室西郊之歸村，稱西田主人，亦號歸村老農，既而於潭西結茅屋三間爲西廬，又稱西廬老人。先世系出山西太原，南渡後居河南汴梁。歷傳至諱求一，始遷平江路嘉定之樂智鄉。明弘治間，割隸太倉，遂爲州人。八傳至文肅公諱錫爵，官至建極殿大學士，爲公之王父。父諱衡，號緱山，萬曆辛丑翰林院編修。并祟祀鄉賢。嫡母金、徐、馮，生母周，以八月十三日生公。

萬曆二十一年癸巳，二歲。　嫡繼母馮夫人歿，年二十三。

萬曆三十六年戊申，十七歲。　李碩人來歸。公幼依文肅寢息，至是始別居。

萬曆三十七年己酉，十八歲。　正月二十九日，緱山公殁，年四十九。

萬曆三十八年庚戌，十九歲。　十二月二十九日，文肅公薨，壽七十七。

萬曆三十九年辛亥，二十歲。　先是，緱山公里居之暇，詮次文肅年譜，公於喪次更爲補輯，又刻文肅奏草、文集。

萬曆四十一年癸丑，二十二歲。　二月八日，葬文肅於楓橋鳳皇墩之賜塋。

萬曆四十二年甲寅，二十三歲。　自辛亥夏，有恩恤璽丞之詔。服闋北上，唐叔達、婁子柔并贈詩序。至京拜官。

萬曆四十三年乙卯，二十四歲。　奉命視葬益藩，隨周太君旋里。李碩人九月十六日卒，年二十三。

萬曆四十四年丙辰，二十五歲。　爲緱山公刻詩文集。

萬曆四十五年丁巳，二十六歲。　春，入都，太君力疾偕行。

萬曆四十六年戊午，二十七歲。　致祭衡藩，奉太君歸，嗣是憚於遠役，不復同行。

萬曆四十七年己未，二十八歲。　夏，拓文肅芍圃爲花畦。七月初十，日長子挺生。李碩人所生三子俱殤。其九子：長減菴公諱挺，側室孫氏出。次芝廛公諱揆，側室徐氏出。次隨菴公諱撰，側室姚氏出。次平宰公諱持，姚氏出。次巢松公諱抃，徐氏出。次砥菴公諱扶，姚氏出。次汲園公諱攄，徐氏出。次顓菴公諱掞，側室沈氏出。次南湖公諱抑，側室徐氏出。南湖公與芝廛公、巢松公、汲園公非同母，蓋有兩徐氏也。

萬曆四十八年（是年八月後為泰昌元年）庚申，二十九歲。　文肅祠成。正月二十七日，迎像入祀，旋送主鄉賢祠。冬，游廬山。

天啟四年甲子，三十三歲。　夏，陞尚寶卿。秋，得中州捧詔之使，事畢旋里。

天啟六年丙寅，三十五歲。　自甲秋旋里，至是北上。入都，數感惡夢，汲汲思歸，適有閩中頒詔之使。七月十七日，抵家，太君方病，相與抱持而泣。按，公跋自作《幔亭秋色圖》云，丙寅秋杪曾以使事入閩，長揖幔亭君，因戲繪其《接笋圖》以歸。又爲葉雁湖作《武夷山圖》跋云，丙寅秋杪以使事入閩，曾游武夷，至三曲而止。

天啟七年丁卯，三十六歲。　四月七日，華亭董思翁其昌、陳眉公繼儒過南園繡雪堂，話雨留宿，思翁題「話雨」二字於壁。附公《書問梅禪院題額後》云：「先文肅種梅數百株於此園，每值早春，寒香競發，萼緑紅白花相錯如繡，故有繡雪之稱。」秋七月三日，周太君歿，年六十。

崇禎元年戊辰，三十七歲。 往雲棲，爲太君作佛事，修復海印菴。

崇禎三年庚午，三十九歲。 緱山公祟祀鄉賢。

崇禎四年辛未，四十歲。 三月，北行舟中，擬子久《秋山圖》。秋，以存問周藩之役至家。

崇禎五年壬申，四十一歲。 夏，祔葬太君於緱山公新塋。

崇禎六年癸酉，四十二歲。 秋，北行。

崇禎七年甲戌，四十三歲。 東園落成，自庚申經始，改作再四，頗極臺榭之美。有藻野堂、揖山樓、凉心閣、期仙廬、掃花菴、香緑步、緡春橋、沁雪林、梅花廊、翦鑑亭、鏡上舫、清聽閣、遠風閣、密圓閣、畫就香霞檻、雜花林、真度菴諸勝，費以累萬，以樂郊名之，著聲海内。

崇禎八年乙亥，四十四歲。　春，抵都。

崇禎九年丙子，四十五歲。　秋，陞太常寺少卿。初冬，山行，以楓林丹黄悦目，仿黄子久筆意寫成長幅。

崇禎十年丁丑，四十六歲。　正月九日，題差得糧長。二月九日，出都，至南都完差事，五月抵家。

崇禎十一年戊寅，四十七歲。　冬十一月初，自家北行。

崇禎十二年己卯，四十八歲。　夏持節册封岷世子，其地爲楚南絕徼，公銜炎出都，暫返里門。七月中，至南京，病瘧，力疾勉完使事。十月，旋里，消瘦骨立，遂不作還朝之想。

崇禎十三年庚辰，四十九歲。　春，具疏遣老僕王宰入都繳節，從此不復出山。

崇禎十四年辛巳，五十歲。　五十初度，詣吴門瑞光寺禮懺，設席金閶，旬餘乃歸。

崇禎十五年壬午，五十一歲。　春，作一家同善會，廣施粥餅。又賠漕糧萬金，衣飾酒器盡歸質庫。八月十六日，長孫原祁生，次子揆所出也。

國朝順治元年甲申，五十三歲。公抱病里居，值國變，五内摧裂，不自意生。會南都擁立福藩，起陞太常寺正卿，公引疾疏辭。

順治二年乙酉，五十四歲。二月，遇侯廣成、黄陶菴兩先生於鄧村。去秋被召，已得請。復爲臺中疏薦，仍不赴司禮。姚在洲爲子撰、持、扶生母之弟，秋杪孑身至，述國變事甚悉，相對灑涕，館之别室，老於婁東。

順治三年丙戌，五十五歲。南園梅花盛開，時通州白在湄及其子彧如俱善琵琶，流落吾州，延之園中，爲度新聲。適梅村至，置酒，白生朗彈一曲，敘述亂離。豪嘈凄切中，常侍姚在洲因言愍帝在玉熙宫中，梨園子弟奏水嬉、過錦諸戲，内才人於暖閣齎鏤金曲柄琵琶，彈清商雜調，自河南寇亂無復此樂，相對哽咽。梅村因作《琵琶行》紀事。秋，築西田於歸涇，構農慶堂、語稼軒、飯犢軒、逢渠處、巢安室，梅村爲作《歸村躬耕記》。

順治四年丁亥，五十六歲。夏，避暑漁莊，日畫十幅。秋，農慶堂菊花盛開，王遺民瑞國，吴梅村偉業，朱昭芑明鎬，黄攝六翼聖，李爾公可衛、賓侯可汧二李，崑山人，公之内姪同過夜飲。踰月，蒼雪法師亦至西田看菊，互相唱和。

順治七年庚寅，五十九歲。西田中緑畫閣落成，復構西廬，延畫友長洲卞潤甫文瑜繪壁，高妙直追董、巨，公作長歌紀之。時招梅村、攝六諸公觴咏，屬和成帙。十月既望，詞人楊曰補見訪，集菊下，以詩倡和。

順治八年辛卯，六十歲。閏二月，入山觀梅。

順治九年壬辰，六十一歲。春晴，偶步後園，池上荷花盛開，賦詩志異。春曉，從西田放棹探梅蔡灣，飲曹氏花下，以詩紀之。

順治十一年甲午，六十三歲。東郊藻野堂歲久朽壞，改築小堂三楹，旁構疏快軒。

順治十二年乙未，六十四歲。常熟楊子常彝來訪，留飲拙修堂，陸桴亭世儀、盛寒溪敬俱在焉。

順治十三年丙申，六十五歲。九月望，西田積潦與月光交映，滉瀁空明，一碧千頃，公與客泛舟其中，笛聲縹緲，恍在天際，樂飲忘疲，有詩一律以紀其勝。黄攝六及陳確菴瑚并過西田，與公倡和。仲冬，子撰輯公詩，分二卷：一爲《偶諧草》，歷仕時所著；一爲《西廬草》，歸田後所著。乞序於嘉定陸元輔。

順治十四年丁酉，六十六歲。　春，石公和尚在隆福寺講《法華經》，公率三子聽講。

順治十五年戊戌，六十七歲。　元旦次日立春，有七律一章。

順治十六年己亥，六十八歲。　三月，游武林，從者子挺、撰、掞三人，遍訪名勝，禮具德和尚於靈隱、豁堂和尚於净慈，最後雲棲謁石公大師。

順治十八年辛丑，七十歲。　有《七十自詠詩》四律。

康熙二年癸卯，七十二歲。　西田土木未息，約雲間張南垣疊石種樹，又修葺後園，改築亭榭，爲衰年憩息之所。冬，延蘇崑生教家僮時曲，爲娱老計。

康熙四年乙巳，七十四歲。　元夕，往虞山觀燈。仲春，於子抑几頭瞥見畫册，乃崇禎辛未赴補時舟中所作，忽忽將四十年。中間陵谷滄桑，變遷多故，俯仰今昔，不勝愾歎。且謂筆墨之功，視壯時略不少進，小藝尚爾，何况其他。因題數行於首。九月望，邀吴梅村諸公郊園小集。陳麋涇許九日以詩貽公，公亦賦詩奉謝。

康熙七年戊申，七十七歲。九月，游西泠，僦居湖樓。

康熙八年己酉，七十八歲。三月，渡太湖至洞庭，次日登莫釐峰，游翠峰寺諸勝，并游席氏園。十月，詣靈巖山。

康熙九年庚戌，七十九歲。冬日，在拙修堂，王石谷輩在座，忽暈去，少頃平復如常。

康熙十年辛亥，八十歲。八月，舉八十觴，子撰、掞遍徵壽言，以累百計。

康熙十二年癸丑，八十二歲。公倡議修建鐘樓，請法印禪師住持。

康熙十七年戊午，八十七歲。地師江右熊開先爲公卜吉壤於二十都金字圩墅溝舊宅之左。是時營築方興，有五鶴盤旋之瑞。

康熙十八年己未，八十八歲。夏，邀顧樊村、盛寒溪諸公同賞芍藥。

康熙十九年庚申，八十九歲。六月七日，猶手書徑尺榜額。是夕，諸子侍側，坐談娓娓，神氣朗然。次晚，忽夢西方三聖人現丈六金身，垂手相接。翼日，寒疾陡作。毘陵惲南田壽平慕公已久，時適與石谷來謁，病榻一見而別。至十七日酉時，薨於寢。病中數稱雪老師，蓋徑嶠老人，公向所皈依者。子九人，時存者揆、撰、抃、攄、掞、抑。女子八人，孫十六人，孫女二十一人，曾孫九人，曾孫女十二人。是冬十二月十二日，諸子奉公及李碩人柩合葬，而以側室徐、姚、沈諸碩人祔焉。公及李碩人墓誌銘李霨撰，神道碑宋德宜撰，徐碩人墓誌銘汪琬撰，姚碩人墓誌銘黃與堅撰，沈碩人墓誌銘熊賜履撰。時九子生母徐碩人尚在焉。二十二年正月二十二日，祀鄉賢祠，學者私謚爲恭孝先生。公自幼至壯，未嘗廢學。垂老歸田，更涉獵羣書。晚年多病，猶依簷映，日手一卷不暫釋。繪事尤所癖嗜，見古人真蹟不惜重值購藏，宋元名家無不摹仿，而子久尤爲專詣，董宗伯每見公作，必讚歎題識，有「蒼秀高華，奪幟古人」之稱。病目後，仿惠崇、趙大年作村莊小景，用筆纖細，設色鮮妍，不類平日筆法。真行書學褚河南，八分師《受禪碑》，參用《夏承碑》法，署牓字大數尺者尤雄偉有勢。於尺牘師蘇子瞻、黃山谷。於詩仿白香山、陸渭南。至竺乾之學，夙所皈心，諸方尊宿之至吴者必擔簦參訪。所著《偶諧草》《西廬草》及《詩餘》若干闋、《懿訓》一册，俱係子撰編集，并《尺牘》《家書》百餘則，子姓中傳寫不置。寶仁近更搜輯雜體文一卷，詩詞拾遺一卷，書畫題跋一册，藏於家。

先生以相門佳公子，厝意文獻，交游如玄宰、駿公，皆耆德異能，極一時勝選。滄桑後，屏棄人事，手種花藥，琴詩自娱。偶寓志六法，静穆之氣迎人，尺幅閒令讀者神遠，登其堂者，惟道威、言夏、攝六最密，類勝國遺老。并世衆君子，或嬰吏議，或不終箕潁之高，而先生肥遯邱樊，默容盛世，名溢宇内，爲時逸民，厥養邃已。余雅慕先生，暇輒訪其年譜，後晤詠宜文學櫄林，稔爲先生裔孫，亟訊之，迺於行笈中出是譜見示，則其七世孫寶仁所編，都四卷，余録副藏之，而掇其大凡，存什之一二，附槖卷中，諗出之心醉先生筆墨者。

附録六　王煙客先生繪畫年表

編者按：民國二十八年(一九三九)，江蘇省立圖書館刊行徐澂先生所編《王煙客先生繪畫年表》。此書爲鉛字排印，共計四十頁。書中以表格形式，羅列圖名、畫本、尺寸以及款識等，這對於了解王時敏繪畫創作是頗爲直觀便捷。今即以影印形式，將此表收入書中。需要説明的是，限於當時的研究條件，這部年表在目前看來尚有不少脱漏之處。例如，郭味蕖《宋元明清書畫家年表》及劉九庵《宋元明清書畫家傳世作品年表》等書中所著録王時敏書畫，多有此書未收者。故而完整之王時敏書畫年表，則有待於研究者進一步增補編製。

圖名	畫本	圖數	尺寸	款識	作畫年份	作者年齡	題跋者	紀載書籍	備註
仿子久山水軸	紙(設色)	一	高二尺四寸六分闊一尺五寸一分	乙卯清和仿黃子久筆王時敏	(一)明萬歷四十三年(二)清康熙十四年	(一)二十四歲(二)八十四歲		虛齋名畫錄	是年先生奉命視葬益藩
山水便面	金扇(設色)	一		丙辰春日畫爲子順詞兄	(一)明萬歷四十四年清天命元年(二)清康熙十五年	(一)二十五歲(二)八十五歲		三秋閣扇萃	是年先生爲父緱山公刻詩文集

山水大幀	紙（水墨）	一	高五尺一寸寬二尺六寸	人家在仙掌雲氣欲生衣　丙辰夏日畫　王時敏	（一）明萬曆四十四年　清天命元年（二）清康熙十五年	（一）二十五歲（二）八十五歲	阮元　汪昉	甌鉢羅室書畫過目考　書畫鑑影	
倣古山水册	金牋（水墨六幅設色四幅）	十	每幅高七寸三分闊五寸三分	（一）倣黃子久王時敏（二）乙丑小春寫王時敏（三）倣雲林筆王時敏（四）倣松雪筆時敏（五）丁卯三月寫米家山時敏（六）倣倪高士時敏（七）倣大癡筆王時敏（八）丁卯暮春王時敏（九）倣黃子久時敏（十）丁卯暮春時敏	明天啓五年至明天啓七年　清天命十年至清天聰元年	三十四歲至三十六歲		虛齋名畫錄續錄	丙寅先生北上入都有閩中頒詔之使七月抵家

倣雲林筆意軸	紙(水墨)	一	高二尺七寸三分闊一尺一寸一分	丁卯二月倣雲林筆意 王時敏	明天啓七年淸天聰元年	三十六歲	董其昌 陳繼儒	虛齋名畫錄	是年四月七日華亭董思翁陳眉公過先生南園繡雪堂話雨留宿思翁題話雨二字於壁
武夷山接筍峯圖立軸	宣紙(水墨)	一	高三尺三寸二分闊一尺三寸二分	武夷接筍峯爲天下山水最佳處丙寅十月余以使事過之曾一躋登恨足弱不能陟其巔丁卯五月雨窗偶作此圖峯巒形勢彷彿相類但少淸流幾曲迴環其下耳王時敏	明天啓七年淸天聰元年	三十六歲	董其昌	吳越所見書畫錄	

倣董北苑夏口待渡圖卷		層巒秋霽圖軸
宣德紙(水墨)		素箋(設色)
一		一
高八寸三分 長八尺三寸八分	(虛齋名畫錄補錄作高九寸一分長九尺三寸二分)	高三尺四寸七分 廣一尺四寸一分
甲子仲夏在長安吳太學寓同雲間董宗伯觀北苑夏口待渡圖丁卯雪牕漫興呵凍寫此未能得其萬一正米老所謂愧惶殺人也王時敏		層巒秋霽丁卯八月畫 王時敏
明天啓七年 清天聰元年		明天啓七年 清天聰元年
三十六歲		三十六歲
陳繼儒 陸時化		董其昌
吳越所見書畫錄 虛齋名畫錄續錄		石渠寶笈初編(上等露一)

仿迂翁山水立軸	紙	一	高二尺九寸闊一尺二寸八分	丁卯中秋仿迂翁筆意似宸甫詞丈覽教王時敏	明天啓七年清天聰元年	三十六歲	董其昌	別下齋書畫錄
仿宋元各家山水合璧卷	紙	一	高九寸長一丈六尺五寸	丁卯九月法宋元諸家筆意王時敏	明天啓七年清天聰元年	三十六歲	高塏	古緣萃錄

山水軸	紙(水墨)	一	高三尺三寸六分寬一尺四寸二分	庚午仲春倣元人筆意　王時敏	明崇禎三年　清天聰四年	三十九歲		紅豆樹館書畫記	是年先生父緱山公崇祠鄉賢
仿子久山水軸	紙(水墨)	一	高二尺七寸七分闊一尺二寸九分	壬申初夏爲奉山先生畫	明崇禎五年　清天聰六年	四十一歲		古緣萃錄	是年夏先生葬母周太君於緱山公新塋
仿倪雲林春林山影圖軸	紙(水墨)	一	高四尺一寸六分寬一尺九寸一分	癸酉初夏錫山舟次擬雲林春林山影圖時敏	明崇禎六年　清天聰七年	四十二歲	董其昌	書畫鑑影	是年秋先生北行

仿子久富春山圖卷	紙(設色)	一	高七寸六分長八尺三寸三分	甲戌春日倣黄子久筆呈象翁老師相王時敏	明崇禎七年 清天聰八年	四十三歲	朱茂昉 王弘撰	古緣萃錄	是年先生新構東園落成自庚申經始改作再四頗極臺榭之美費以累萬以樂郊名之著聲海內
山水軸	紙(墨水)	一	高三尺六寸一分闊一尺二寸六分	乙亥秋日畫於維亭舟中王時敏	明崇禎八年 清天聰九年	四十四歲		愛日吟廬書畫續錄	是年春先生抵都

山水軸	紙（水墨）	一	高三尺一寸五分闊一尺一寸	乙亥秋日畫于維亭舟中	明崇禎八年清天聰九年	四十四歲		虛齋名畫錄補	
爲馬升書介壽山水卷（亦稱愷悌君子卷）	銀光紙（水墨）	一	高一尺三寸闊五尺三寸四分	愷悌君子婁江王時敏丙子秋日畫似升老道長王時敏	明崇禎九年清崇德元年	四十五歲	吳克孝　吳偉業　王育　郁法　宋龍　陳瑚　顧士璉　盛敬　沈受宏　陸世儀	紅豆樹館書畫記　寶迂閣書畫錄	是年秋先生陞太常寺少卿初冬山行以楓林丹黃悅目仿黃子久筆意寫成長卷
雨夜止宿圖立軸	宣德紙（淡設色）	一	高三尺九寸八分闊一尺零四分	白石翁有夜雨止宿巨軸全師北苑余作此圖略仿其意效顰學步徒見笑大方家書以志媿丁丑春日王時敏畫	明崇禎十年清崇德二年	四十六歲		吳越所見書畫錄	是年正月題差先生得糧長二月出都至南都完差事胥抵家

山水軸	紙(水墨)	一	高三尺二寸四分闊一尺一寸八分	壬午十月十二夜和暖如暮春月色佳甚徙倚不能臥乘興篝燈作此 王時敏	明崇禎十五年 清崇德七年	五十一歲		虛齋名畫錄續	是年春先生作一家同善會廣施粥餅又賠漕糧萬金衣飾酒器盡歸賫庫 八月十六日先生長孫原祁生次子揆所出也
倣黃公望浮嵐烟嶂圖軸	紙(設色)	一		崇禎癸未秋仲從虞山雲泉上人借得眞蹟作此臨本今藏于吾婁梅禪院卽雲泉之高徒爲少林丈室也(圖上有白臨黃公望記倪瓚吳鎭詩幷識)	明崇禎十六年 清崇德八年	五十二歲		西清劄記	

仿大癡山水立軸	絹
一	
高四尺六寸闊二尺一寸	
丙戌夏日仿大癡道人筆婁東王時敏	
清順治三年	
五十五歲	
夢園書畫錄	

是年南園梅花盛開通州白在湄父子流落太倉先生延之園中爲度新聲適吳梅村至置酒與中常侍姚在洲共話當年玉熙宮中憑帝舊事相對嘆咽梅村因作琵琶行紀事秋先生築西田於歸涇構農慶堂語稼軒飯櫝軒逢渠處巢安室吳梅村爲作歸村躬耕記

秋山白雲圖	宣德紙(設色)	一	高二尺七寸五分闊一尺一寸七分	己丑六月望過西田村舍毒熱不異炮灼偃臥憚汗讐晛筆硯適雨後稍涼憶古人三伏生秋之句戲作秋山白雲圖雖曰摹仿大癡實未得其脚汗氣也愧絕愧絕工時敏識	清順治六年	五十八歲	自跋	吳越所見書畫錄
倣洪谷子便面	紙(水墨)	一		己丑夏日	清順治六年	五十八歲		甌鉢羅室書畫過目考

摹古畫册	紙	十二	每幀高二尺二寸九分闊八寸五分（虛齋名畫錄作每幀高一尺四寸闊九寸三分）	（一）仿巨然（二）江亭秋色仿趙伯駒（三）仿黃子久（四）仿趙令穰江鄉清夏圖（五）仿吳仲圭（六）仿董北苑（七）仿黃鶴山樵（八）趙文敏團扇小幀布景闊偉有尋丈之勢因仿其意爲作此圖（九）仿小米筆（十）仿大癡筆（十一）仿倪高士（十二）仿梅道人溪山圖壬辰春爲聖符賢甥寫此十二幀以博一笑王時敏	清順治九年	六十一歲	自跋 張廷濟	別下齋書畫錄 虛齋名畫錄	是年先生春晴偶步後園池上荷花盛開賦詩志異 春曉從西田放棹探梅蔡灣飲曹氏花下以詩紀之
端午景圖軸	紙（水墨）	一	高三尺五寸四分闊一尺八寸三分	癸己端陽戲墨西廬老人	清順治十年	六十二歲	王掞 項齡	虛齋名畫錄	

菖蒲石壽圖	紙	一	高九寸二分長三尺三寸四分	西廬老人王時敏補圖	清順治十年（據吳偉業題詩）	六十二歲	吳偉業 褚平世 段玉裁 桂馥 趙魏	穰梨館過眼續錄	
山水立軸	宣德紙(水墨)	一	高二尺七寸三分闊九寸零三分	丁酉秋日畫似耿菴老社翁政之弟王時敏	清順治十四年	六十六歲		吳越所見書畫錄	是年春石公和尚在隆福寺講法華經先生率三子往聽講

山水軸	紙(水墨)	一	高四尺零九分闊一尺七寸一分	戊戌長夏畫似伯敍先生正王時敏	清順治十五年	六十七歲		虛齋名畫錄	是年元旦次日立春先生賦七律一章
端午景軸	紙(水墨)	一		己亥端陽戲筆西廬老人烟客	清順治十六年	六十八歲		寶迂閣書畫錄	是年三月先生遊武林子挺撰掞從偏訪名勝禮具於和尚德靈隱於堂和尚於淨慈最後至雲棲謁石公大師

山水軸	紙(水墨)	一	高二尺七寸八分闊一尺二寸六分	庚子清和畫王時敏	清順治十七年	六十九歲		古緣萃錄
山水軸	紙(設色)	一	高四尺八寸廣一尺四寸四分	庚子暮春畫似允文詞兄政之王時敏	清順治十七年	六十九歲		穰梨館過眼續錄
倣黃大癡山水	絹	一	高六尺五寸六分寬二尺九寸一分	吳中畫道自雲間董宗伯後風格浸衰必縱觀唐宋元名蹟蘊之胸中而驅之筆端方可抉摘其元妙此畫規模大癡然未能悟入其筆墨之外得其三昧也庚子臘月西廬老人王時敏識	清順治十七年	六十九歲		紅豆樹館書畫記

仿古山水册	紙(水墨九幅設色二幅青綠一幅)	十二	失記	(一)(無題)(二)仿吳仲圭烟江疊嶂圖(三)仿趙文敏筆(四)仿黃子久(五)仿米敷文(六)仿趙伯駒(七)仿北苑半幅溪山行旅圖(八)仿巨然(九)仿黃鶴山樵(十)仿一峯筆(十一)仿梅華道人(十二)仿李營丘雪景 辛丑春仲寫此十二幀 王時敏	清順治十八年	七十歲		書畫鑑影	是年先生於壽辰賦自詠詩四律
端陽景立軸	紙(水墨)	一	高二尺八寸二分 闊一尺三寸七分	辛丑端陽戲墨西廬老人	清順治十八年	七十歲		吳越所見書畫錄	

南山松柏圖立軸

紙（水墨）

一

高二尺八寸四分闊一尺二寸八分（古緣萃錄作高二尺九寸四分闊一尺三寸二分）

環瑋文章妙當世高蹤獨行冠閩鄉滄桑已歷山河異松柏彌增歲月長雒社共尊三老席幔亭先進九霞觴相歡遙義天倫樂箕穎承將史冊光繇來江夏美無雙炬赫推瓊又繼香喬梓詞壇皆擅美璠璵寶玉暫韜光椿枝偃蓋垂瑤砌橋柚芬芳進養堂問道懸弧家慶日團欒喜色上清揚辛丑九秋寫南山松柏圖系以俚言寄祝楚翁先生詞宗七十初度一吳越所見書畫錄古緣萃錄欸識倶同穰梨館過眼錄則作楚白先生七衮華誕爲作此圖綴以俚語奉祝並呈朗伯翁博笑婁東弟王時敏且後有王撰王翬兩跋以其詩同欸同年月同故併錄於此（

清順治十八年

七十歲

王撰
王翬

吳越所見書畫錄
古緣萃錄
穰梨館過眼錄

爲子顳菴仿古册	水墨八幅（青綠淺絳四幅）	十二		（一）仿北苑（二）仿陸天遊（三）仿黄子久（四）仿張子政（五）仿黄鶴山樵（六）仿梅花道人（七）仿倪高士（八）仿徐幼文（九）仿趙承旨（十）仿趙令穰（十一）江村月夜（十二）大癡秋山圖　壬寅清和　仿古十二幀	清康熙元年	七十一歲	自跋	過雲樓書畫記
仿古袖珍册	宣紙（水墨八幀設色二幀）	十	每幀高五寸一分零闊三寸九分零	（一）仿北苑（二）仿巨然（三）仿米家山（四）仿大癡筆（五）仿徐幼文（六）仿黄鶴山樵（七）仿梅道人（八）仿倪高士（九）仿子久（十）寒山落木　壬寅長夏寫此十幀	清康熙元年	七十一歲	自題面籤及引首	吳越所見書畫錄

仿子久立軸	山水直幅
(墨水)紙	(墨水)紙
一	一
高三尺四寸八分闊一尺五寸九分	高二尺六寸五分闊一尺五寸
癸卯夏雨窗爲偉公詞兄畫王時敏	癸卯長夏仿倪迂筆意寫落木寒泉圖時敏
清康熙二年	清康熙二年
七十二歲	七十二歲
王鑑	
吳越所見書畫錄	夢園書畫錄
是年西田土木未息先生約雲間張南垣疊石種樹又修葺後園改築亭榭爲衰年憩息之所冬延蘇崑生教家僮時曲爲娛老計	

仿黃子久立軸	紙	一	高二尺七寸闊一尺七寸	別一山川眼更明幽居端的稱幽情緜來老筆荊關韻施粉施朱笑後生右張伯雨題黃子久畫作甲辰仲春偶仿黃作因錄此詩王時敏	清康熙三年	七十三歲		夢園書畫錄	
仿子久立軸	宣德紙(墨水)	一	高三尺六寸二分闊一尺六寸二分	甲辰九月含素以佳菊見贈寫生奉答王時敏歸郵	清康熙三年	七十三歲	王鑑	吳越所見書畫錄 過雲樓書畫記	

臨良常山館圖立軸	紙	一	高三尺八寸四分闊一尺六寸	甲辰初冬臨大癡老人良常山館圖西廬王時敏	清康熙三年	七十三歲		別下齋書畫錄
仿古山水册	宣德紙（水墨六幅着色四幅）	十	每幅高八寸六分闊七寸二分	（一）仿吳仲圭（二）仿子久（三）仿倪高士溪亭山色（四）仿黃大癡（五）仿米敷文筆意（六）仿巨然（七）仿一峯老人（八）仿梅道人（九）仿趙文敏（十）仿北苑吾郡王文恪公家藏有宋元諸大名家合册雲間董文敏亟稱其爲希世之寶從毘陵返棹舟中清暇適追憶臨摹然口能言而筆不能隨曾未得其脚汗氣正米老所謂慚惶殺人也煙客時年七十有三	清康熙三年	七十三歲		吳越所見書畫錄

倣黃鶴山樵山水軸
紙(水墨)
一
高二尺五寸一分闊一尺三寸一分
乙己小春晴窗融暖展閱山樵眞蹟欣然會心戲作此圖自喜略得其意王時敏
清康熙四年
七十四歲
虛齋名畫錄
是年元夕先生往虞山觀燈九月望邀吳梅村諸公郊園小集陳廉涇許九日以詩貽先生先生亦賦詩率謝

倣北苑山水軸	紙(墨水)	一	高二尺九寸五分闊一尺三寸七分	乙己夏日倣北苑筆王時敏	清康熙四年	七十四歲		虛齋名畫錄
仙山樓閣圖				乙己冬日寫仙山樓閣圖壽靜孚母氏方太夫人七袠也	清康熙四年	七十四歲	吳偉業	過雲樓書畫記

畫杜甫詩意冊	宣德鏡光紙（水墨四幅設色八幅）	十二	每幅高一尺二寸一分廣八寸	（一）藍水遠從千澗落玉山高並兩峯寒（二）白沙翠竹江村暮相送柴門月色新（三）花徑不曾緣客掃柴門今始爲君開（四）絕壁過雲開錦繡疏松隔水奏笙簧（五）含風翠壁孤烟細背日丹楓萬木稠（六）無邊落木蕭蕭下不盡長江滾滾來（七）孤城返照紅將斂近市浮烟翠且重（八）百年地僻柴門迥五月江深艸閣寒（九）請看石上藤蘿月已映洲前蘆荻花（十）石出倒聽楓葉下櫓搖背指菊花開（十一）楚江呉峽半雲雨清簟疏簾看弈棋（十二）澗道餘寒歷冰雪石門斜日到林丘　乙巳臘月寫少陵詩意十二幀似旭咸賢甥時年七十有四時敏	清康熙四四年	七十四歲	自跋	石渠寶笈初編（上等）（荒一）	

倣古名家山水册	紙	八		(一)倣巨然(二)倣柯丹丘(三)倣子久(四)倣米敷文(五)倣倪迂(六)倣大癡(七)倣黄鶴山樵(八)倣趙令穰 丙午冬日寫於農慶堂 王時敏	清康熙五年	七十五歲	寶迂閣書畫錄
倣子久山水大軸	紙(水墨)	一	高四尺六寸闊二尺一寸五分	丁未冬日倣子久	清康熙六年	七十六歲	自題 王瑞國 王鑑 林壽圖	古緣萃錄

倣宋元諸家册	紙	十	每幀高一尺二寸闊八寸八分（書畫鑑影作每幅高一尺二寸四分寬九寸一分）	（一）倣巨然（二）倣趙伯駒青綠（三）倣王叔明（四）倣雲林筆意（五）倣小米雲山（六）臨趙大年（七）倣趙承旨（八）倣黃子久（九）倣梅花道人（十）倣李成雪圖丁未冬日倣宋元諸家十幀西盧老人王時敏時年七十有六	清康熙六年	七十六歲	自題西廬逸興隸書引首	三秋閣書畫錄　書畫鑑影
倣古山水册	紙（水墨五頁設色五頁）	十	每頁高八寸一分廣五寸八分（夢園書畫錄作高八寸闊五寸七分）	（一）倣米家山（二）倣大癡（三）倣子久沙磧圖（四）倣北苑（五）倣趙文敏（六）倣黃鶴山樵（七）倣吳廷暉（八）倣黃子久（九）倣梅道人（十）仿倪高士此册共十幀乃余十年前所作後三幀未及竟丁未十一月為文遂禪兄續成之王時敏（對題六頁）	清康熙六年完成	七十六歲	自跋　王鑑	穰梨館過眼續錄　夢園書畫錄

南山暖翠圖	絹	一	高五尺一分闊二尺四寸三分	戊申初夏倣子久筆意寫南山暖翠圖奉祝梅翁老親臺六十初度兼祈教正王時敏時年七十有七	清康熙七年	七十七歲		愛日吟廬書畫錄	是年九月先生遊西冷僦居湖樓
倣子久山水軸	絹(設色)	一	高三尺三寸闊一尺八寸	戊子端陽月畫爲駕卿詞兄六十初度王時敏	清康熙七年	七十七歲		古緣萃錄	
仿黃子久秋山曉靄圖	紙(設色)	一		己酉秋仲	清康熙八年	七十八歲		過雲樓書畫記	是年三月先生渡太湖至洞庭登莫釐峯遊翠峯寺諸勝并遊席氏園十月詣靈巖

峯巒渾厚艸木華滋圖軸	紙（淺絳兼青綠）	一	高四尺八寸七分闊二尺二寸七分	己酉仲冬倣大癡筆西廬老人王時敏時年七十有八	清康熙八年	七十八歲	自題	虛齋名畫錄續錄	
倣自李成以下宋元名家山水冊	紙	三十		西廬老人畫付原祁收藏	清康熙九年	七十九歲		無益有益齋論畫詩	是年冬日先生在拙修堂王石谷翬在座忽暈去少頃平復如常

仿子久筆意軸	倣子久山水軸
絹（淺絳兼青綠）	絹（青綠）
一	一
高三尺八寸七分闊一尺六寸三分	高七尺九寸寬四尺三寸
辛亥夏五仿黃子久筆意似□□年翁政之王時敏	辛亥長夏倣子久筆意似孝翁老父臺詞宗教正治弟王時敏
清康熙十年	清康熙十年
八十歲	八十歲（有西廬老人印非二十歲作）
虛齋名畫錄	寶迂閣書畫錄　書畫鑑影
是年八月先生舉八十壽觴子撰挨偏徵壽言	

松巖靜樂圖軸	絹(著色)	一		松巖靜樂辛亥秋日寫爲澹翁老親臺西廬老人王時敏	清康熙十年	八十歲		石渠寶笈初編（次等稱一）	
夏山曉靄圖立軸	紙(設色)	一	高二尺八寸五分闊一尺五寸八分	夏山曉靄壬子清和仿大癡筆西廬老人王時敏年八十有一	清康熙十一年	八十一歲		吳越所見書畫錄	
山水大幀		一		康熙壬子秋日畫	清康熙十一年	八十一歲		甌鉢羅室書畫過目考	

溪山勝趣圖長卷	紙	一	高八寸長九尺二寸	山垠小築趁閑身甕牖繩牀不算貧一夜風吹春茗綠滿腔溪壑鬪鱗峋八十一剩叟王時敏畫於西田草廬并題	康熙十一年	八十一歲	朱彝尊 彭遹孫 汪士鋐	紅豆樹館書畫記 甌鉢羅室書畫過目考 書畫鑑影	
山水橫幅	紙	一	高二尺二寸長三尺五寸五分	癸丑初秋於西田仿董北苑筆意	清康熙十二年	八十二歲		別下齋書畫錄	是年先生議修建鐘樓請法印禪師住持
仿一峯立軸	紙(墨水)	一	高一尺八寸九分闊一尺零九分	西廬老人時年八十有二	清康熙十三年	八十三歲		吳越所見書畫錄	

仿子久山水軸	絹(水墨)	一	高五尺寬失記	康熙甲寅仲秋仿黃子久筆王時敏	清康熙十三年	八十三歲		書畫鑑影
仿諸名家册	宣德紙(水墨六幀設色五幀青綠一幀)	十二	每幀高七寸二分闊九寸三分	(一)蕭寺晚梅仿鷗陂老人(二)仿梅道人(三)春郊散牧圖仿趙令穰(四)竹趣圖仿黃鶴山樵(五)仿荆關筆意(六)澗水空山道柴門老樹村用巨然筆寫少陵詩(七)山川出雲仿高尚書(八)寒林仿李咸熙(九)晴巒晚色仿子久(十)溪山亭子仿倪高士(十一)砂磧圖仿大癡筆意(十二)夏木垂陰仿趙承旨此冊仿諸名家筆經始於甲寅秋仲作輟者再四凡三易歲而後成共計十二幅蓋丁己清和之日也王時敏識	清康熙十三年至十六年	八十三至八十六歲	自跋	吳越所見書畫錄

書畫合璧卷	紙(水墨)	二	共高八寸二分長四尺三寸六分	(一)倣米家山(二)倣倪高士 八十四叟王時敏	清康熙十四年	八十四歲	惲壽平 湯駉 許槤	虛齋名畫錄	
山水爲渭翁壽軸	絹(設色)	一	高五尺八寸八分闊二尺九寸一分	丙辰清和仿子久筆奉祝渭翁老門年臺兼祈教正婁水弟王時敏時年八十有五	清康熙十五年	八十五歲		虛齋名畫錄	
山水大幀	(淺絳)	一			清康熙十五年	八十五歲		甌鉢羅室書畫過目考	

仿黃子久山水幅	紙	一	高二尺二寸六分闊一尺一寸	仿黃子久筆王時敏				別下齋書畫錄	以下俱無年月可稽附錄於後
仿古山水册	紙（水墨七幀青綠一幀設色二幀）	十	每幀高八寸七分餘闊七寸餘	（一）仿子久（二）仿小米（四）仿雲林（五）仿黃鶴山樵（六）仿巨然（七）（無題）（八）（無題）（九）（無題）（十）（無題）			自跋	麓雲樓書畫記略	
江山蕭寺圖卷	紙（墨水）	一	高九寸長九尺六寸				陳覲酉	麓雲樓書畫記略	
臨黃鶴山樵喬柯文石軸	紙（墨水）	一	長四尺闊一尺五寸					麓雲樓書畫記略	

倣子久立軸	宣德高麗紙(水墨)	一	高二尺八寸四分闊一尺五寸二分	倣一峯老人筆意王時敏				吳越所見書畫錄
倣山樵山水軸	紙(水墨)	一	高一尺三寸寬一尺	倣黃鶴山樵			汪士鋐 王澍 王世琛 程嗣立	書畫鑑影
歸村雪霽圖卷	紙	一		歸村雪霽擬李晞古關山雪霽圖意			文從簡 查愼行 曾筌	甌鉢羅室書畫過目考
沒骨山水	(設色)	一		倣李昇法				甌鉢羅室書畫過目考
倣郭河陽樹色平遠圖小卷	紙(水墨)	一					畢沅	甌鉢羅室書畫過目考

蘆汀雪雁圖	絹	一	高一尺二寸寬八尺八寸五分					紅豆樹館書畫記
千巖聳秀圖	紙(淺絳)	一	長八尺三寸七分闊一尺七寸八分	千巖聳秀王時敏畫			翁同龢	三秋閣書畫錄
倣大癡浮嵐暖翠圖	紙(青綠)	一	高二尺二寸九分闊一尺一寸九分	仿大癡浮嵐暖翠圖婁水王時敏				三秋閣扇萃
倣山樵便面								三秋閣扇萃

倣元六大家山水册	紙本（水墨六幅設色三幅）	九	高一尺六寸一分廣九寸四分	（一）倣大癡（二）黃鶴山樵（三）（無題）（四）倣梅華道人（五）倣趙文敏水村圖（六）（無題）（七）（無題）（八）仿倪雲林幽澗寒松（九）			畢瀧 陸愚卿	穰梨館過眼錄	
倣宋元諸家畫卷	青箋（水墨）	十		（一）倣北苑（二）倣倪迂（三）倣大癡（四）倣吳仲圭（五）倣雲林（六）倣叔明（七）倣巨然（八）倣米家山（九）倣子久（十）倣黃子久（每幅署欵烟客）				石渠寶笈初編（次等果一）	
王時敏董其昌書畫合璧册	素箋（水墨）	八		畫不題欵（有董其書八幅相間）			董其昌	石渠寶笈初編（次等地一）	

杜陵詩意册	素箋（墨畫着色相間）	十二	每幅高一尺一寸九分廣九寸七分	（一）請看石上藤蘿月已映舟前蘆荻花（二）孤城返照紅將斂近寺浮煙翠且重（三）花徑不曾緣客掃柴門今始爲君開（四）百年地僻柴門迥五月江深艸閣（五）絕壁過雲開錦繡疎松隔水奏笙簧（六）含風翠竹孤煙細背日丹楓萬木稠（七）絕壁倒聽楓葉下櫓搖背指菊花開（八）楚江巫峽半雲雨清簟疎簾看弈棋（九）白沙翠竹江村暮相送柴門月色新（十）無邊落木蕭蕭下不盡長江滾滾來（十一）藍水遠從千澗落玉山高並兩峯寒（十二）澗道餘寒歷冰雪石門斜日到林邱			石渠寶笈初編（上等一）元一
山水册	紙（水墨三頁設色五頁）	八	每頁高九寸八分長七寸	（一）倣黄子久（二）倣大癡（三）倣倪高士（四）倣李營丘（五）倣黄鶴山樵（六）倣趙文敏（七）倣梅道人（八）倣米元暉			穰梨館過眼錄

墨花卉軸	(墨水)紙	一	高二尺五寸一分闊八寸九分	西廬老人筆			翁方綱 錢楷 黃鉞	古緣萃錄
仿黃鶴山樵山水小軸	(墨水)紙	一	高三尺餘闊一尺四寸五分	仿黃鶴山樵				夢園書畫錄

1	仿大癡山水軸
2	紙(水墨)
3	一
4	高三尺二寸四分闊一尺六寸三分
5	余見大癡畫不下數十幀亦時爲摹倣顧資鈍腕拙未能其彷彿聊以自娛不堪入大方法鑒也王時敏識
6	
7	
8	
9	虛齋名畫錄續錄
10	

附錄七　諸書序跋彙編

王祖畬《記南園始末》民國間排印本

南園爲明太傅文肅公别墅，寬廣三十餘畝。奉常公開拓之，中有繡雪堂、潭影軒、香濤閣、水邊林下、煙垂霧接諸勝。鼎革後，奉常公避居西田，延從父衛仲公課幼子，因居於此。復築獨樹軒、小山堂以延賓朋。衛仲公生子三，曰熙載公，次雲公，香濤公。香濤者，以香濤閣自號也。是爲南園三分。香濤公少子竹娱公，以詩文主盟壇坫，每楳花盛開，集朋畜修禊，是以有南園風雅之集。乾隆季年，公歿，遂葬於此。時畢秋帆先生于我太原爲姻婭，而其姊歸沈氏者，因居園之東偏，《嘉慶志》中所謂賃畢氏者是也。其西偏爲竹娱從子白石公所居，好道家言，建吕祖祠，榜曰鶴楳仙館，傍造玉癯閣，日焚香寂坐其中。至道光初歿，無子。時淮雲寺有伐樹之事，樹爲寺僧竊其一二，噉其利者因盡伐之，得百餘株。顧拙園、陸劍泉諸君創議，以樹之值歸南園，因贖沈氏所居之屋、鶴槑仙館平屋五楹，改建大樓，不足則募錢以竣事。越十餘年，徐秋士先生歸自陝西，寓書錢伯瑜、陸範菴兩先生，集貲修葺，遂奉我文肅栗主，以弇州尚書、梅村祭酒附焉。大抵是園自文肅、奉常經營，傳至衛仲公，子孫世居於此，惟沈氏割居東偏之屋三十餘年，而其地則向屬我家，從未歸諸他姓。蓋大略如此。庚申之亂，鞠爲茂草。寇平，合肥蒯侯權守吾州，遂有重建安道書院之舉。是時，董其事者瞢然於園之始末，而我諸父昆弟奔走衣食于四方，歲時歸，登台光閣，覩鄧山人之題，以爲景行我文肅，而書院特暫寄于此，不以爲嫌也。歸安吴侯守吾州之六年，百廢俱舉，遂開志局，禮某而命以纂修之事。族之人則走相告曰，書院之移南園暫也，非常也，志胡以書焉。竊謂先人一草一木，宜知所愛護，子何以慎諸。乃稽諸案牘，則詳請移建於此，而餘地盡入書院。則又驚相告曰，是先人釣游之地，三百年來未之或棄也。不告而奪以歸公，是籍没等也。且往者安道書院之始，湯文正實毁五通祠爲之，今視我南園如五通祠。誰爲之而誰主之。則以咨於邦人士，僉曰此固王氏之地也，三百年未之或棄也，誰爲之誰主之。且園地僻處東南，向稱名勝，游人雜沓，僻處則艱於往来，襍沓則非教學之所，盍請於吴侯而復其舊。某乃進而告之曰，書院禮讓之地，安道先生德行之宗。昔先生過我文肅特祠，下輿致敬，虧文肅以成安道，仁者不爲也。攘有主之地以歸公，智者不爲也。昔五通祠之改書院，實即先生之故居，文正以表墓式閭之意，啟高山景行之心，賢者舉動之不苟如此。今吴侯建尊道書院於桴亭，亦其志也。且復移安道之肄業生童于彼，又豈無意乎。公等共静以俟之，則皆曰諾。遂書以紀其顛末。

陸元輔《王太常詩集序》民國間排印本

王太常煙客先生詩二卷：《偶諧草》者，先朝時歷仕所著也，《西田草》者，國變後歸田所著也。先生詩不苟作，作亦不輕出以示人，故傳之者絶少。巽公懼其散佚，從而掇拾編次，繕寫成帙，請余爲敘。余後生末學，何敢敘先生之詩，亦何能序先生之詩哉。固辭不獲，因爲之言曰：婁東詩人，國朝以來指不勝屈，然先輩如吕敬夫、馬公振、張亨父、陸鼎儀之徒，皆貫穿經史，學有原本，各自名家。自王元美弱冠登朝，與歷下李于鱗輩互相推許，倡爲七子五子之社，修復盛唐開元、天寶之詩，樹幟登壇，號令一世。於是天下奔走歙集，剽襲緒餘，競以浮誇相尚，而婁水人士爲尤。獨太原文肅太史父子，能自樹立，不隨時俗爲浮沉。文肅序弇山續藏稿，詆訶歷下，謂不及三十年，水落石出，索然不見其所有。即元美晚年，悔其少作，而手子瞻集不置，亦文肅有以發之也。元美既歿，彈射四起，公安倡之於前，竟陵和之於後，然矯枉過正，或流於俚俗，或變而纖佻，風雅之道。日以敝壞。斯君子有江河之歎也。先生謝絶品流，因心師古，本性情，參才調，不落淺易，不事叫囂。今讀其詩，有少陵之沈鬱，兼香山之瀏亮，而其深情逸韻，更能出入於眉山、劍南之間，彬彬乎質而能文，麗而有則，雖未嘗與世別薰蕕、辨涇渭，然已深砭俗學之膏肓，而投之藥石矣。斯非家學淵源，請求精審，詎能若是乎？先生名時敏，字遜之，煙客其別號。歷任太常少卿。長身偉軀，謙恭嚴重，敦孝敬，矜廉節，律身若處子，而治家若朝廷。文工尺牘，書善七分，畫兼宋元諸大家之長，而仿黄子久尤爲擅勝，江左風流未有能過之者。巽公名撰，先生第三子。讀書好古，詩文書畫，有聞於時，不愧父風云。丙中仲冬望日，練川後學陸元輔敬題於婁東寓館。

李聯珪《西廬懷舊集序》民國間排印本

吾邑文獻，莫盛於明季，陸、陳、江、盛四先生，講道於荒涼寂寞之濱。當時深相契合者，顧殷重、王石隱而外，煙客先生其尤著也。煙客爲文肅後裔。明亡而後，黄冠歸里，砥行修德，皭然泥而不滓。一門子姓，世傳孝友，有漢萬石家風。桑梓化之，務遵禮教，易稱碩果不食，豈不信哉。聯圭幼時嘗游先生所居之南園，小憩於潭影軒中，孤鶴不飛，老梅無恙，十畝之外，桑者閒閒，輒神往流風餘韻不置。比長，偕舅氏熾甫明經，肄業於尊道書院，課餘間至其家，展讀煙客先生墨蹟及遺訓，益深馨香尸祝之思。先生擅長三絶，今世所嘖嘖稱慕者，先生之畫而已。其八分書之得漢法，僅見於包氏慎伯《藝舟雙楫》中，稱爲逸品。詩則雅近王、孟，亦并無人誦習之矣。聯圭竊謂先生之蹤跡似雲林，而學問較邃。《遺訓》一卷，其粹言遠出《顔氏家訓》上。厥後顓庵相國、麓臺侍郎，傳其家學，儒雅風流，繼承不替。嗚呼盛已！世知先生以畫名，而不知先生之於畫，蓋亦有託而逃也。賸水殘山，寄之豪素，傷心人别有懷抱。以畫稱先生，夫豈足以知先生者！讀先生嚴灘弔古詩云「用晦以自明，豈曰好崖異」，又次陶南村村居雜興詩云「黍離悲故國，風景泣新亭」，先生之心，昭然若揭。今所存詩詞各集，爲其子隨菴所輯，殆非全豹。文自書牘及遺訓外，悉散佚無徵。蓋清初文字之禍綦嚴，先生守大《易》括囊之義，是以遺文至簡。曩歲唐師刻桴亭先生遺書於京邸，屬聯圭任校勘之役，得以遍讀桴亭先生全集。獲知桴亭、確菴兩先生，與先生志節相投，交誼極密。非若天如、梅村，方奔走於盛名之下，落落不相契合者也。唐師刻桴亭遺書畢後，曾抱宏願，欲爲鄉先賢之遺著悉付梓人，嗣以丁太夫人憂南歸而止。今春錫山鄒君聞磬詢聯圭曰：「君邑煙客先生，有未刻稿乎？余久仰止先生，願出任梨棗事，子其爲我訪之。」聯圭乃就商於舅氏熾甫明經，舅氏慨然，盡取先生之遺稿，以畀聞磬。聞磬復就各家詩文集中有與煙客集相證合者，輯爲《西廬懷舊集》一卷。由是而煙客先生生平之事略，甄録無遺矣。書成，問序於余，聯圭爲之重有慨曰：「子錫人也，錫山有高忠憲公，余亦仰止之久矣，水居遺址，今其尚可溯洄者乎？高先生論學宗旨，師法紫陽，與桴亭、確菴兩先生并主東南之講席。憶昔年在唐師處，曾見忠憲公未刻稿，擬偕唐師籌資付刊，卒卒未果。今讀君《西廬懷舊集》，發潛德之幽光，余愧不如君遠矣。君邑有先賢之遺著，聯圭等有其志未之實行，而吾邑先賢之遺著，君乃先踐其言爲之傳世。嗚呼，是則可感也夫！是則可感也夫！」民國五年三月鄉後學李聯珪序。

王乃昌《王煙客先生集跋》民國間排印本

我家自愛荆公後，歷數百年來，文獻流傳蜚聲藝苑，著録於邑志、述記於家乘者，不下百數十種。惜以風霜兵燹，簡籍飄零，有已梓而什佚其五六者，有未梓而什佚其七八者。庚戌之春，慧言族子編太原藝文目録，其獲覩者什不一二三。邑志載奉常公著《西廬遺稿》二十卷，乃昌於紫翔夫子萃岳族孫處僅得《偶諧舊草》《西廬詩草》《西廬詩餘》并《家訓》《尺牘》若干卷，彙録一編，而以減庵公《詩存》、顓庵公

《西田集》二卷附焉。今春錫山鄒君聞磬、同門李君頌韓謀廣文獻之傳，徵奉常公遺著於乃昌，爰將手鈔各種舊卷予之，而鄒君又爲旁搜博采，成《西廬懷舊集》一卷，綜次成書，復裹眎乃昌，而屬爲之跋。嗚呼，其止是也耶？遐維先澤，掬感良朋，謹附數語，以志不朽云。丙辰四月，七世族孫乃昌敬跋，裔孫熙元、康祖、舜成、惟仁敬校。

潘景鄭《王煙客詩鈔跋》笏盦鈔藏本

《煙客詩鈔》二卷，笏庵族伯鈔本。二十年前，收諸吴市。《煙客先生遺集》，民國初吾友鄒君章卿得輯本，付諸鉛槧，家户遂得傳誦。顧舊本迄難一覯，知當時傳寫之不易，名山事業，顯晦有時，不當以短篇忽視焉。笏庵先生所録，爲《偶諧舊草》一卷，存歷仕所著；《西廬草》一卷，則歸田以後之作。附録詞一首，曲二折，雜文一首。陸元輔作序，謂經先生第三子異公掇拾編次，繕寫成帙。知此編所存，是其菁英，固非斷編殘簡所可同日而語也。先生畫名振千古，暮年困頓重斂，雖得薛鳳荀龍，娛情田園，黍離宗周，意在言外。讀其詩邈然清風，深得《小雅》，怨悱而不亂。讀先生《丁未除夕賦文肅忌日》詩云：「桑榆惜歲意淒其，況復傷心泣硯時。砥礪敢矜窮始見，艱辛轉覺老難支。春來細草餘寒色，雪後庭梅勒凍枝。少長共圍商陸火，可能求祖遂無詩。」固不能不低徊流連於無盡也。新年苦雨兀坐，檢得斯册，盥誦一過，率志數語，聊存夢痕。時丁丑新正二月燈下記。

徐渭仁《西廬家書跋》丙子叢編本

王時敏，字遜之，未冠，祖、父相繼即世，以恩蔭授尚寶丞，奉使齊豫、楚閩、兩江及藩封者四。天啟四年，陞正卿，丁内艱，服闋遷太常寺少卿，仍筦尚寶事。又五年，謝病歸。當爲丞時，刊神宗諭筆及文肅揭稿，流布遠近，東朝定策，心事乃白。又請建立專祠，用揚祖烈。家居飭内行，著《家訓》勖諸子讀書砥行。維持善類，奬掖英髦，以其身係鄉黨重者四十年。時敏性通達，工詩文書畫，畫師黃公望，八分師《魏受禪碑》，參用《夏承碑》法，寸縑尺幅，海内珍之。卒年八十九，祀鄉賢祠。子挺、揆、撰、持、抃、扶、攄、掞、抑。持字平宰，扶字匡令，貢生。餘自有傳。右見《太倉州志》。此卷家書十通，皆丙午所作。是年爲康熙五年，所謂八弟南闈幸雋者，當爲掞，後於庚戌成進士。所謂三老佛者，麓臺之父異公也。咸豐元年閏八月十日，徐渭仁書。

吴慶坻《西廬家書跋》丙子叢編本

太倉王氏自前明至國朝，代有聞人，而西廬先生以勝國遺老，戢景家巷，負盛名，登大年，有子九人，并名在志乘，可謂盛矣。此家書十通，密行細字，絮絮道家常，時年已七十五，而思慮縝密乃如此。書中言當日有司苛虐狀，殆無人理，意康熙之初，戡亂甫定，綱紀尚弛，江南官吏踵明季餘習，催科嚴迫，淫刑以逞。迨仁廟親政，而後吏治澂肅，政崇寬大，休養生息，以馴致百數十年太平之盛軌也。今世變日亟，國用匱乏，外人且獻加賦之策，以熒我政府之聽。脱用其説，奉行之官吏，其不敲骨吸髓如書中所云者幾希。甲辰之冬，慶坻謝病將歸，奂彬吏部出此卷屬題，中有所感，率筆書此，吏部其不以爲無病之呻也耶。錢塘吴慶坻。

龐鴻書《西廬家書跋》丙子叢編本

光緒丙午，虞山龐鴻文暫到長沙節署看家弟鴻書，展卷同觀，率題二絶識之，中云洞庭人，謂奂彬吏部，原籍吾蘇洞庭山也。「聲價三王重藝林，太常尺幅值千金。誰知當日偏憐女，綰發愁看白骨簪。」「雲仍宦蹟寄湘川，疏稿教題記墨緣。又見家書傳手迹，洞庭人載洞庭船。」曩在京師，嘗見文衡山家書長卷，絮語深情，與此卷略相似。奂彬吏部出以見眎，攜置案頭數月，始題識歸之。時西廬之裔開元適在衙齋也。鴻書并記。

葉德輝《西廬家書跋》丙子叢編本

王太常家書十通，用新法照原本尺寸大小影印，但改卷爲摺疊，便於綫裝耳。頃已别鎸於木，以廣流傳。以其中多國初時事及當時聞人事蹟，不可令其泯滅也。

太常畫蹟今日一紙千金，而書中叙述當日窮窘之情，幾乎不可終日。使其生在近世，豈不居然一富翁耶。己未八月寒露，葉德輝記。

葉啟勳《西廬家書跋》丙子叢編本

王煙客奉常，爲國朝畫苑開山祖。平生殘山賸水，價重量珠。獨其書翰詩文，世人往往不甚經意，聽其散佚。故其畫幅真僞糅雜，至今收藏家不別涇渭，珍若鼎彝。而不知其法書偪近晋人，其真蹟尤爲難遘也。此康熙丙午四月至九月家書十通，原卷先世父早已用西法印影行世，猶慮其不能垂遠，擬付手民墨於板，俾託之梨棗，以永其傳。又非第重其書蹟也。蓋此雖一時家書，其中實有係於國初掌故。書中屢言當時徵比錢糧之案，州縣私刑拷掠，濫斃人命，皆與當時私家紀述足相印證。此由開國之時，承明季弊政，法網嚴密，未能一旦擴清。其後聖祖臨御，漸次整齊，旋得湯文正、陸清獻諸公先後撫吴，奏請核减糧賦，於是民間積困爲之一蘇。今二百餘年，江南生聚甲於東南，何莫非聖主賢臣之賜也。又書中極推王石谷畫，謂其凌跨古人，無一家不酷肖。且謂其爲曠代所無。其後石谷名成，竟與奉常及廉州太守鑑鼎足而三，又與奉常之孫麓臺侍郎并稱四王，則奉常宏奬之功，實先爲之道地。又一書云「石谷藝固獨絶，利上最重」及「臨行贈之八金，使大失望」等語，是其時石谷雖爲奉常所知，猶未十分契合。後由奉常介紹得見廉州，而藝日進，名亦大成，故石谷晚年歲必一拜二王墓，以識感恩。則非此時交淺之言矣。又一書論季滄葦、錢遵王交易宋板書及書畫之事，有云「此公最刻」，謂季滄葦。「遵王亦一鑽骨剔髓之人，俱非好相識，聞欲與之偕來，我甚畏怖」，又云「遵王尤爲峭刻詭譎之人，同來必無好意，心甚憂之」云云。遵王爲牧翁族子，生平受牧翁提挈，得附士林。後乘牧翁之喪，率族人争産，致逼河東夫人縊死。其人狗彘不若，乃知奉常有先見之明。至明季宦家陋習，家蓄歌童，故奉常雖極貧窮，猶恃出賣優童稍圖轉活，書中云平西差趙蝦至江南採買優童事，亦他處紀載所未詳，得此書流傳，亦略存當時逸聞也。書中叙説家常，宅心忠厚，其於親故貧窘之際，猶時時眷戀於懷，如聞當時父子絮語。至其教子有爲善乃受實用，勖勉諸兒事事務存寬厚，念念勿萌邪曲，培養元氣，少答天意等語，尤見其居心慈善，不墜忠厚家風。宜乎子孫科第蟬聯，及身享高壽大名，爲一代清流領袖。彼季滄葦、錢遵王輩，雖事事經營，惟恐失利，而身後所聚之物子孫不能保守，至今談其逸事，猶爲士林齒冷，其遺臭流芳，不誠有天壤之别耶。乙亥清和月，吳中後學葉啟勳跋。此跋作於丙寅，當時擬刻未果，旋世父被難。荏苒迄今，王君欣夫欲印入《丙子叢編》，因檢出寄之。

趙詒琛《西廬家書跋》丙子叢編本

王時敏，號煙客，晚號西廬老人，太倉人。祖名錫爵，嘉靖四十一年會試第一，廷試第二，授編修，官至首輔。引疾乞休，卒於萬曆三十八年庚戌，年七十七。贈太保，謚文肅。父名衡，字辰玉，萬曆二十九年進士，廷試第二，如其父，授編修。三十七年卒，年四十九。先生幼年即以恩蔭授尚寶丞，官至太常寺少卿。入清不仕。康熙十九年卒，年八十九。子九人：長名挺，字周臣，諸生，以蔭授中書舍人，卒年五十九；次名揆，字端士，順治十二年進士，舉博學鴻詞，力辭，卒年七十一；三名撰，字巽公，爲婁東十老之一，康熙四十八年己丑卒，年八十七；四名持，字平宰，貢生；五名抃，字鶴尹；六名扶，字匡令，貢生；七名攄，字虹友；八名掞，字藻儒，康熙九年庚戌進士，改庶吉士，授編修，官至文淵閣大學士，雍正六年戊申卒，年八十四；九名抑，字誦侯，康熙十六年丁巳舉人，官太原府同知，三十八年卒。端士之子名原祁，即麓臺。徐氏跋謂麓臺是巽公子，非也。麓臺長子名謩，以編修累官至粵撫；次名諤。諤子名宸，即號蓬心。《畫史彙傳》謂蓬心是麓臺曾孫，誤。世稱小四王之一。西廬、圓照、麓臺、石谷山水世稱大四王，巽公、東莊、蓬心、椒畦山水世稱小四王。王氏自有明中葉迄於遜清雍乾，以詩文書畫名聞四方者，難更僕數。而西廬先生上受恩蔭，下得誥封，已享大年，而負盛名。乃與子家書十通，愁窮説苦，至乎其極，不禁令人失笑。書中又言有司嚴追糧税，無以應付，幸聖祖親政，與民休息，馴致百數十年太平之盛軌。誠如吴跋所云。此册爲葉奂彬吏部用珂羅版印行，莫氏收藏，今歸王氏學禮齋。王君欣夫商諸吏部猶子定侯，重校排印，吏部跋言别鎸於木，實未果也。歳在柔兆困敦如月上旬，崑山趙詒琛識。

王大隆《西廬家書跋》丙子叢編本

右《西廬家書》一卷，明王時敏撰。案，時敏字遜之，又號煙客，太倉州人。官太常寺少卿。工畫山水，名重藝林。此家書十通，係康熙五年丙午所作。時敏卒於康熙十九年，年八十九，則丙午爲年七十五矣。書中所述有司追賦事，據張雲章《樸村文集》稱，順治十八年巡撫某憤其所屬士大夫之逋糧者，彙爲籍疏上之，悉將褫革，名曰奏銷。自縉紳先生多蹈密網，士子有至空庠者。又據陸文衡《嗇庵隨筆》謂撫公朱因見協餉不前，創爲紳欠之法，奏銷十七年分錢糧，但分釐未完，即挂名册籍，目以抗糧，革職枷責者至一萬三千五百十七人。案，時巡撫江蘇者爲朱國治，苛政虐民，構成大獄。此家書作於康熙五年，朱已去職，繼任者爲韓世琦，猶奉行前令尹之政，不稍寬假。以時敏一門鼎盛，尚不能免至拮据困乏，不可終日，知張、陸之言爲不虛也。是卷真跡舊藏長沙葉氏觀古堂，有影印本。余所得本，乃奂彬先生贈獨山莫楚生者。附題短跋謂既刻木，兹問諸先生猶子定侯，知但擬刻而未果，因重付寫正，爲印行之。歲在丙子清明後一日，吴縣王大隆跋。

王俊《西廬家訓序》笏盦鈔藏本

吾祖砥庵公，廪貢生也。與滅庵、隨庵諸伯祖齊名，績學砥行，孤介特絶，不事交游，人罕識其面。所著制藝幾二百首，盛寒溪先生評點；詩數十首，則伯祖隨庵敘之，皆未及梓。閉户清修，賫志以殁。毗陵惲南田先生扁舟見訪，而吾祖已厭塵世，甫百日，而奉常公亦捐賓客，南田哭之以詩云：「瑶臺月落不聞簫，春去人間玉樹凋。東山終爲多情死，絮酒從君哭海潮。」先生自注云：「與砥庵未相識面，遥相愛重，有如夙契。」二十八字，而吾祖之學行，奉常之情深，皆於此見之。此卷乃奉常手書以授吾祖者，皆先哲格言。内裴晋公訓子一條，有云富貴紈綺之子，少而穎悟，援筆立賦，人又從而諛之，角蛇虎翼，釀成淫毒，願士大夫教子，坊以禮義，教以謙抑，而後課以文藝，責以古今，是真能愛子弟者。吾祖詩文秘不示人，非體奉常之意歟？乙酉六月，姪孫蓬心見此卷於吴門友人家，遂購之以歸余。吾父檢討公十三歲而孤，此卷必是吾祖常置座右，易簀時當爲童奴竊去，轉展而至吴門者，不獨俊意中所無，即檢討公亦不知有是物。一旦復歸，豈非厚幸。亟付裝池，而識其本末如此。丙午清和，奉常翁曾孫俊題記。

許琬《西廬家訓序》笏盦鈔藏本

婁東王奉常恭孝先生，時中之君子也。黄也髫齔之年，屢聞父兄頌先生之德，稍長而游歷四方，聞海内名賢之緒論，莫不稱先生爲大福德人。蓋先生以今天下三達，享用五福，而勤行萬善，采海内之公評，稽先生之隱行，實能名實相稱也。黄之來寓婁東，閲十二星霜矣。與諸賢公子訂方外交，久而倍敬。而與其叔子隨菴，尤心期其必登道岸者，以其澹泊寧静，能超越於舉世之名流也。隨菴以手鈔先生遺訓一編示黄，且命作弁首之語。黄也拜手稽首，焚香莊誦，以先生與先文貞同仕啟、禎兩朝，聲應氣求，始終二十年，誼如一日，讀父執之遺編，如承先府君之教誨也。吾聞古來賢大夫，莫不爲教於家。昔《孔子家語》多與門弟子論道，近自身心，遠而一國家天下，無不備言。而子思子上輩敬述所聞，録之簡編，勤勤乎念祖而脩厥德，故名之曰《家語》。迨後世傑出之彦，亦多有格言，教誡其子若孫者。黄也孤陋寡聞，所見者僅《顏氏家訓》《司馬温公家訓》《朱子家禮》。此三書者，童而習之，今雖衰病廢學，猶能識其根概也。敬頌先生之懿訓，以尼山爲心學，淵源不待言矣。其諄諄然勉勵向學，鉅細去盡，如顏勸諸公子友恭於家庭，厚施於鄉黨；如司馬申囑祠墓之祭祀修葺；如朱子詳示敬天敦本之心、御窮守貴之道，則祖述宣聖而憲章諸賢者也至矣哉。先生是編集古昔群賢之大成，以爲家教，苟非高賢鉅儒，豈有此著述哉？而小子黄，特以時中之君子稱先生者，以先生爲人不矯不飾。昔年面承德音，見而知之。今讀《懿訓》，而知其舉一念、發一言、行一事，無非庸言之信，庸行之謹，遵道而行，依乎中庸而已矣。隨菴能恪遵庭訓，篤志好學，勉力爲仁，其克家子與齊弓冶箕裘，善繼善述，則將來詠駿烈而誦清芬者，正方興未艾也。世世子孫寶兹懿訓，君子之澤殆無窮矣。讀其書，論其世，而思慕其人，則以顏氏、司馬公、朱夫子比之，庶幾可以告無罪於先生哉。至於先世之丕顯丕承、後葉之爾昌爾熾，則夫人而能言之，小子黄無庸更贊一辭矣。虞山通家小姪本黄原名許琬稽首敬述。

顧士璉《西廬家訓題詞》笏盦鈔藏本

予竊見婁俗之盛衰，不勝慨焉。當其盛，有君子以扶其盛。當其衰，有君子以持其衰。常以一邑而係一家，百年而係一人矣。太原，一邑之望也。以太傅公之勳業、太史公之文章、太常公之繼述，世閲三代，時歷百年。當前代太平之日，治化之久，而太原世濟其美，爲一邑望，於時人心益厚，風俗益淳，所謂君子扶其盛者也。至太常公中晚之年，當前代輓季以迄今兹，治亂既已迭更，氣習無不漸降，然四方之稱故家遺俗者，莫不首太原，咸以爲詩書禮義之家，正人君子之所集，鄉評月旦之所出；後生小子尚知有大人先生，而不敢放肆其狂瀾，風俗不至於大壞，則是太常公隱然爲一邑砥柱焉，所謂君子持其衰者也。豈非一邑係於一家乎？是以百餘年來，太傅之勳德日隆，太史公之文章日重，子孫之科名日盛，閭里之愛公者日切。豈非百年係於一人乎？迄今公往矣，豈獨一家之悲，實一邑之不幸也。公之家範難以悉舉，即以令似隨菴手輯《奉常懿訓》觀之，所載家居宦游之誡諭、生平出處之大略、尊祖敬宗之鉅典、宗族鄉黨之厚道、山莊園林之逸事，莫非忠厚正直，温恭遜順，乃知能保百年堂構，蓋在斯也。更即芝廛諸君子所著公《行略》論之。以人子述其父，諛則失真。今即以公《懿訓》中《自述》一篇入。公生平文筆古藻博雅，是篇尤爲可誦，其體格仿南豐《學舍記》。《行略》即用公言，似廬陵《瀧岡阡表》純用母氏之言也。終之侯君研德三難之説，公之心事、公之大節在焉。然後知太原百年家法，前有太傅之忠於國，後有太常之效於祖，忠孝至性，發謂「懿訓」，凡讀之者，可以知富貴福澤之基焉，可以知驕奢淫佚之戒焉。庶幾人心於以漸厚，風俗於以還淳，又豈獨一姓家範而已哉！同里後學顧士璉殷重父拜題。

周象明《西廬家訓跋》笏盦鈔藏本

奉常煙客王公厭世之明年，令似隨菴先生集其生平遺訓，手録一編見示，且屬余題其篇端。余讀之而慨然有感，曰：石氏謹厚之遺，杜氏寶田之喻，皆於是乎在矣。從來國有國風，家有家風。一家之中，創業者固難，守成者亦復不易。夷考史册所載，凡簪纓華胄，前而欒郤，後而房杜，以子孫不肖而損祖父之令名者，比比皆然。若太原世德，抑何源之遠而流之長也！當文肅公以盛朝元老立德立功，衣被海内；太史公文章事業，號稱濟美，可稱極盛者，難爲繼矣。公承其後，爲禁廷侍從，輶軒所過，皆有廉聲。當事者或以門户起見，欲爲異己之鋤，公殫力支吾，張弧旋釋。凡承先啟後之事，一一體祖父之志而光大之，以守成而兼創業，可不謂難乎！予弱冠時，公一見即爲奬成，不惜齒牙餘論，至今有知己之感。周旋二十五年，見其執玉捧盈，夷險一節，即對後生小子，亦未嘗以齒德上人也，其卑以自牧類如此。居恒與子若孫告誡者，纖微畢具，絶無一語及世情，而獨於謹祠墓、敬桑梓、重友恭、戒盈滿之道三致意焉，宜其如三桂五桂，揖揖振振，世道紹承勿替也。公自少至老，無日不以激薄停澆爲志，持此道也以往，由一家而推之一鄉，由一鄉而推之一邑，由一邑而推之天下，勃谿誶語之風庶其有瘳乎？是編也，匪特爲太原一家之拱璧也，垂之惇史，君子直以爲世道無窮之慶焉。則此爲家風也可，以爲國風也亦可。年家晚學生周象明頓首。

王瀛《西廬家訓跋》笏盦鈔藏本

先奉常公家訓，幼時曾録　過，弗敢忘。咸豐十年，粤匪犯境，負母倉皇避難，所有書籍及祖宗祭器，并祭田方册帳目等件，均不及攜帶。雖有數存乎其間，而自我失之，罪何可逭？兹於七房小齋弟處借得八房從曾叔祖賓竹公手抄家訓稿本，敬謹重録，以志弗諼。再同治二年，克復城垣後，於三年五月到雙鳳里，得文肅公特祠祭器中大爵一隻，存於二房篆香兄處，亦兵燹後一幸事也。同治五年五月，七世孫瀛謹識。

楊毓昌《題奉常公遺訓》南圖藏鈔本

盡誠薦饗致殷殷，世禄何嘗無禮云。同善闔門徵碩望，廿年尚寶誦清芬。賦田塋共親題記，書畫詩餘自警文。遺訓允誼鄉里式，不爲豐嗇兩邊分。己卯孟冬，楊毓昌謹題。

王景懿《題奉常公遺訓》南圖藏鈔本

蒸嘗瀹祀最心殷，敦本諄諄三復云。遺訓慈祥垂德澤，當年群屐繼清芬。園林痛覩牛羊臥，苔蘚荒侵碑碣文。回首不勝今昔感，收宗田產慎無分。癸未仲春，族侄後裔景懿拜題。

李玉棻《王奉常書畫題跋序》宣統間刊本

近之鑒賞家，動曰四王，而奉常氣韻實較廉州、石谷尤勝。後之司農，抑又遜焉。乃讀其題跋，每道人之精能而卑以自牧，蓋由研究妙理，志願宏深。昔奉常與南田始未相見，惟以筆墨往還。後南田偕石谷詣之，奉常已疾篤，有「昨曾夢見兩公」之語，可謂神交矣。南田有《哭奉常詩》十二章，沉痛之至，其契合更有深於他人者。或當時未嘗題南田畫，或間有題跋而未存稿，皆不可知。然不得以未及南田，致滋疑論也。此卷世鮮知者，涿鹿尊行芝陔老人，昔在商丘宋牧仲裔孫家，得見鈔本，字多蠹蝕，倉卒借鈔，無可校正，故久未示人。癸卯秋初，棻以索讀，遂得所歸，藏之篋衍，倏忽七年。客冬晴窗夜雪，手自校讎，付之剞劂，俾世之擿埴索塗者，能知畫理。今芝老墓草歲青，追維疇昔，必亦印可也。宣統二年，歲次庚戌上元日，通州李玉棻均湖識於甌鉢羅室。

倪壎《王奉常書畫題跋序》宣統間刊本

王太常在勝國時與董宗伯訂忘年交，以畫砥礪，探討源流，遂成絶詣。吴祭酒作《畫中九友歌》，首推兩公。至我朝，太常爲畫苑領袖，故工畫者踵門商榷，無不知名。湘碧太守、耕煙散人，皆其指授也。此卷題跋，世無刊本，未悉何氏所存。昔爲李芝陔觀察搜得草本，髦年未遑校讎，付其宗家筠塢太守。太守暇則編校，節食貶衣，刊刻成帙。不獨慰鑒賞、好事兩家未見之憾，抑亦完芝公未償之願云。然諸不渝，良可敬也。若夫詞翰之妙，固太常之餘事，然亦豈他人所能及哉。書成，將與前著《過目》并行，游意於古者，其一染指歟。宣統二年庚戌，會稽倪壎小舫年八十三，人日雪後爲《煙客題跋》序。

王寶仁《奉常公年譜序》道光間刊本

傳志年譜之作，其昉於史之紀事編年乎。然傳志舉大端一二，年譜則條分件繫，并始終本末而著之，故年譜可補傳志所不及。傳志取其簡括，年譜取其詳備。此大較也。余七世祖煙客公，承文肅、太史之後，以門蔭起家，歷仕太常。官非顯要，中年以往，又值國家多故，群小横行，中抱隱憂，退居林下。比聖朝鼎興，法制初定，太倉爲濱海之地，吏胥肆擾，未獲遂登衽席。時公以故家遺老，外負邦人之望，内支門户之艱，廩廩焉恐或失墜，大旨以謹言慎行，讀書爲善，垂訓於家庭，爲法於鄉黨。暨乎年躋大耋，林立孫曾，人每豔稱其諸福俱備。不知上綿世澤，下啟詒謀，惟公獨際其難也。余幼讀先大父手輯祖先遺蹟，即擬爲公編作年譜。至庚辰下第南歸，家居無事，訪於族中長老，得公懿訓、家言、詩草，先爲編集一二。繼又推及先世遺集、傳志，公子隨菴、巢松之自譜，同時諸先輩之詩文、尺牘、碑版、劄記，最後得公書畫跋語。蓋雖零篇碎墨，苟可徵信，悉爲排次後先。十餘年來，屢經易稿，而公之始終本末，畧具是編。且有補傳誌所不及者。後之人猶想見公所遇之時、所值之境，而不勝低徊往復其間也。道光十六年孟春月，七世孫寶仁謹序。

葉恭綽《王時敏致王翬七札跋》

四王、吴、惲齊名，而論人品者，每於石谷不無異議。往者頗疑中有愛憎恩怨之見。今觀此七札，煙客翁好賢樂善之懷，溢於楮墨，而石谷之嗜利忘義，亦可於言外得之。知往論之非誣矣。石谷與墨井亦復隙末，且有人以爲因墨井事奉天主教之故，其實恐亦緣簞豆刀錐以致乖忤耳。山水畫純視胸襟，石谷之未能高逸，其以此乎，其以此乎。民國三十一年秋，遐翁。